GOLDMANN

Buch

Nach dem Tod ihres Vaters brennt in der heißblütigen jungen Jocelyn Ashbury nur noch ein Gedanke: Sie will an Rayne Garrick, dem Viscount Stoneleigh, Rache nehmen. Doch ihre Pläne werden verraten, und sie findet sich plötzlich als Gefangene ihres Todfeindes wieder. Und Rayne will nur eines: die wilde Schönheit mit dem rabenschwarzen Haar und dem sinnlichen Körper, die ihn aus ihm unbekannten Gründen so sehr haßt, besitzen.

Als sich herausstellt, daß nicht Rayne, sondern sein Vater für Jocelyns Unglück verantwortlich ist, verwandelt sich Jocelyns Haß in leidenschaftliche Liebe. Doch da fühlt Rayne sich durch einen tragischen Irrtum von ihr hintergangen, und mit Hilfe eines Freundes läßt er Jocelyn einsperren und nach Jamaika verbannen. Jahre später treffen sie sich unter der glühenden Sonne der Karibik wieder, wo Liebe und Haß erneut aufflammen – und Zweifel und Verlangen, Mißtrauen und Leidenschaft die Schatten der Vergangenheit erneut lebendig werden lassen.

Autorin

Kat Martin studierte an der University of California Geschichte und Anthropologie. »Ich war schon immer fasziniert von der Vergangenheit, von romantischen Liebesgeschichten und von Schauspielern wie John Wayne, Clark Gable und Errol Flynn.« Kat Martin lebt mit ihrem Mann Larry, ebenfalls Schriftsteller, in Bakersfield, Kalifornien.

Bei Goldmann sind von Kat Martin
folgende Titel erschienen:

Kreolisches Feuer. Roman (42054)
Der Pirat und die Wildkatze. Roman (42210)
Heißer Atem. Roman (42224)
Hungrige Herzen. Roman (42409)
Duell der Herzen. Roman (42623)
In den Fängen der Leidenschaft. Roman (42699)
Heißer als die Sonne. Roman (42781)
Dunkler Engel. Roman (42976)
Wilde Rose. Roman (43215)

Kat Martin

Süße Rache

Roman

Ins Deutsche übertragen
von Uschi Gnade

Goldmann Verlag

Originaltitel: Sweet Vengeance
Originalverlag: St. Martin's Press, New York

Umwelthinweis:
Alle bedruckten Materialien dieses Taschenbuches
sind chlorfrei und umweltschonend.
Das Papier enthält Recycling-Anteile.

Der Goldmann Verlag
ist ein Unternehmen der Verlagsgruppe Bertelsmann

Deutsche Erstveröffentlichung April 1995

Umschlaggestaltung: Design Team München
Umschlagillustration: Pellegrino / Schlück, Garbsen
Satz: IBV Satz- und Datentechnik GmbH, Berlin
Druck: Elsnerdruck, Berlin
Verlagsnummer: 42826
Lektorat: Silvia Kuttny
Redaktion: Sabine Dolt
Herstellung: Stefan Hansen
Made in Germany
ISBN 3-442-42826-2

3 5 7 9 10 8 6 4 2

Meinem Bruder Michael, der in mehr als einer Hinsicht den großen Sprung gewagt hat. Ich gratuliere euch beiden und wünsche dir und Sue Glück und Zufriedenheit. Ich liebe euch!
Einen ganz besonders herzlichen Gruß an zwei liebe alte Freundinnen, Carol Drury und Carol Van Horn.
Dank, daß ihr da wart, als ich euch gebraucht habe.
Ich denke oft an euch.

1. Kapitel

London, England, März 1807

Was für ein verfluchter Dummkopf ich doch bin!

Rayne Garrick, der Vierte Viscount von Stoneleigh, lehnte in seinem Landauer die breiten Schultern an das rote Samtpolster mit den Quasten und ballte dabei unbewußt eine Hand zur Faust. Hatte er doch gleich gewußt, daß er sich nicht noch einmal mit der Dame hätte einlassen sollen, doch aus purer Langeweile hatte er einfach nicht widerstehen können.

Jetzt fragte er sich, ob er die Nacht im Bett der wollüstigen Frau verbringen würde oder ob ihn ihr Zorn erwartete – und die Pistolen ihres Gemahls am nächsten Morgen.

Rayne fluchte derb. Was war in ihn gefahren? Was hatte ihn dazu gebracht, wieder einmal auf die eindeutigen Annäherungsversuche der Frau einzugehen? Ihm war durchaus klar, daß er sich damit Scherereien einhandelte. Von dem Tag an, als sie in wogende Röcken aus kostbarer Seide gekleidet in die Londoner Szene gerauscht war, hatte Geneviève Morton nichts anderes als Ärger verursacht. Aber dennoch – wer hätte schon ahnen können, daß der Versuch, die kurze Affäre zu beenden, dazu führen würde, daß die Dame ihm damit drohte, ihn vor ihrem Ehemann zu entlarven?

Und diesem verrückten alten Narren war zuzutrauen, daß er ihn zum Duell forderte.

Verdammt. Rayne verfluchte sich für seine eigene Dummheit – und für das Kribbeln in seiner Hose, das ihm diesen ganzen Ärger überhaupt erst eingebrockt hatte. Er schaute aus dem Fenster der Kutsche. Draußen war es dunkel, kein Mond, keine Sterne, und die Straßen waren vergleichsweise leergefegt. Lediglich ein paar elegant gekleidete Damen und Herren der oberen Zehntausend verließen für einen unterhaltsamen Abend irgendwo in der Innenstadt ihre schicken Stadthäuser im West End.

Rayne hörte den schrillen Pfiff seines Kutschers, der dem perfekt aufeinander abgestimmten Zweiergespann von Braunen galt, das die Kutsche zog. Der Mann riß an den Zügeln, und das Gefährt verließ die Haymarket Street und bog in die King Street ein, um ihn zu Lord Dorrings Stadthaus in einer schmalen Straße nicht weit vom James Square zu bringen.

In den letzten Jahren hatte Dorring jeden Dienstag die Mitglieder seines Boxclubs, genannt The Pugilist's Hand, bei sich zu Hause empfangen. Die kleine Gruppe von Männern, die in Jackson's Parlor Sparringskämpfe miteinander führte, versammelte sich bei Dorring, um dort zu trinken und um Geld zu spielen. Am späteren Abend statteten sie dann ihren Mätressen einen Besuch ab, begaben sich zu verbotenen Rendezvous oder vergnügten sich in ihren bevorzugten Bordellen.

Da er vor einigen Wochen die Beziehung zu seiner derzeitigen Mätresse beendet und dann seine erneut aufgenommene Affäre mit Lady Campden abgebrochen hatte, hatte Rayne sich ausgemalt, heute abend Karten zu spielen und dann bei Madame Du Mont Zerstreuung zu suchen, die das eleganteste Bordell in der ganzen Stadt führte. Statt dessen würde er, falls er auf Genevièves Erpressungsversuche einging, gezwungen sein, die fragliche Dame noch mindestens ein weiteres Mal aufzusuchen.

Rayne zog die Stirn in Falten. Würde eine weitere leidenschaftliche Nacht genügen, um die lüsterne Gräfin dazu zu bewegen, das Leben ihres betagten und doch übereifrigen Gemahls nicht zu gefährden?

Vielleicht. Wenn Rayne sein unbändiges Temperament zügeln konnte – was ihm viel zu oft mißlang.

Rayne murrte in der Dunkelheit der Kutsche vor sich hin.

Kaum hatte er eine Schwierigkeit gemeistert, schien sich ihm eine andere in den Weg zu stellen. Was er brauchte, war Abwechslung, etwas ganz anderes, was sich außerhalb der starren gesellschaftlichen Strukturen bewegte – nicht etwa, daß er viel darauf gegeben hätte. Etwas, was sein Leben um den Reiz des Neuen bereicherte, der ihm fehlte, seit er das Militär verlassen hatte und nach London zurückgekehrt war.

Was er ganz bestimmt nicht gebrauchen konnte, und das war jetzt klarer denn je, war eines dieser verfluchten Weiber!

»Siehst du ihn irgendwo, Jolie, Kleines?«

»Er wird kommen. Darauf kannst du deinen letzten Taler wetten. Die Nachtwache hat gerade die Stunde geschlagen. Dieser verfluchte Mistkerl wird in weniger als fünfzehn Minuten hier sein – wie sonst auch immer.«

Brownie kicherte, ein rauher, krächzender Laut, der tief aus seiner Brust kam. »Recht hast du, Kleines. Seine verflixte Lordschaft kommt so pünktlich wie der Monatswechsel einer weisen Hure.«

Jo spürte, wie die Glut in ihre Wangen strömte. Sie hätte an Brownies derben Humor gewöhnt sein müssen, denn schließlich war sie ihm in diesen elenden letzten zwei Jahren tagtäglich ausgesetzt gewesen. In Wahrheit hatte sie mehr als genug grobe Ausdrücke aufgeschnappt, die sie geschickt als Mittel einsetzte, um unter dem bedauernswerten Lumpengesindel nicht aufzufallen, mit dem sie in den schmutzigen Straßen Londons zu leben gezwungen war.

Es hätte wirklich komisch sein können, wenn es nicht gar so traurig gewesen wäre. Jocelyn Ashbury, einst ein Vorbild an feinen Manieren, lebte jetzt mit dem Abschaum der Stadt zusammen, Dieben, Einbrechern und Rumschmugglern, und es hätte ihr die allergrößte Freude bereitet, wenn sie dem übelsten Gauner unter den Bettlern ein Veilchen hätte verpassen können, der unwürdigsten Dirne in den St. Katherine's Docks Paroli hätte bieten können.

»Da kommt er!« Das kam von Tucker, einem dünnen blonden Jungen von dreizehn Jahren, den sie und Brownie in ihre kleine verlotterte Bande aufgenommen hatten. »Die Kutsche biegt gerade um die Ecke. Man kann sie sehen, wie sie unter der Straßenlaterne vorbeifährt. Jetzt wird er jeden Moment in die Gasse einbiegen.«

»Zieh den Kopf ein!« flüsterte Jo.

Sie folgten ihrem sorgsam ausgetüftelten Plan und duckten sich hinter die Hecke, die von dem Stadthaus bis zur Straße reichte. Sie waren nur zwei oder drei Meter von der Stelle entfernt, an der die Kutsche des Vicomte ausrollen und anhalten würde. Nur einen Pistolenschuß von dort entfernt, wo der große Mann mit dem breiten Kreuz die Füße auf den Boden stellen würde, um sich auf den Weg ins Haus zu begeben, der Mann, dem sie diese entsetzlichen Jahre in Armut und Kummer zu verdanken hatte.

Jocelyn zog die schwere Waffe aus dem Hosenbund. Sie trug eine zerrissene und ausgebleichte Kniebundhose aus braunem Köperstoff, die sich eng an die Rundungen ihrer schmalen Gestalt schmiegte, ein selbstgewebtes Hemd mit weiten Ärmeln und eine zerfetzte Brokatweste, die von matt gewordenen Goldfäden durchzogen war. Die kurzen schwarzen Locken, die gewöhnlich ihr Gesicht umrahmten, hatte sie unter die Wollmütze gestopft, die sie sich tief in die Stirn gezogen hatte.

Gott im Himmel, verhilf mir zu dem Mut, den ich brauche.

»Mach dich bereit.« Jos Hand schloß sich fester um die Pistole, und sie hielt den Atem an. Jetzt würde die Kutsche des Vicomte jeden Moment ausrollen und anhalten, und er würde aussteigen. Es würde nur noch Sekunden dauern, bis Jocelyn Ashbury hinter der Hecke hervortrat, um ihr Rachegelübde einzulösen.

»Wir sind da, Eure Lordschaft.« Der Lakai zog die Tür der Kutsche auf und trat zur Seite, damit Rayne aussteigen konnte.

Er nahm die Bibermütze mit der schmalen Krempe von dem

Sitz neben sich und wog in Gedanken immer noch ab, welchen Kurs er am späteren Abend einschlagen sollte, als er aus der Kutsche stieg.

Rayne hatte gerade erst zwei Schritte gemacht, als er spürte, wie sich kalter Stahl in seine Rippen bohrte, und das unverwechselbare Geräusch eines Hahns hörte, der gespannt wurde.

»Keinen Schritt weiter, Mann.« Ein älterer Mann mit einem kleinen Schmerbauch, langem ergrautem Haar und einem dichten Schnurrbart hielt die Waffe in der Hand, die durch die Hecke gestreckt war.

Ein Jüngling, der schlanker und fast einen Kopf kleiner als Rayne war, trat ebenfalls vor. »Ich schlage vor, Eure Lordschaft, daß weder Sie noch Ihre Dienstboten sich zu abrupt bewegen.«

Rayne warf seinem Kutscher einen kurzen Blick zu und bedeutete dann seinen Lakaien zurückzutreten. Er bemerkte einen schlanken blonden Knaben, der etwas weiter links im Hintergrund stand und ihn geringschätzig musterte.

»Falls Sie es auf meine Geldbörse abgesehen haben, dann nehmen Sie sie und verschwinden Sie.« Rayne griff betont langsam in die Tasche seiner weißen Pikeeweste, zog einen schweren kleinen Lederbeutel voller Münzen heraus und warf ihn dem Mann mit dem ergrauten Haar zu.

»Rücken Sie den Rest raus.« Der Mann stopfte den Beutel in seinen Hosenbund und stieß Rayne schmerzhaft die Pistole in die Rippen. »Feine Pinkel von Ihrer Sorte müssen bestimmt eine ganze Handvoll Bilder des Königs mit sich herumtragen.«

Fluchend wollte Rayne in seine Westentasche greifen.

»Es geht hier nicht um Ihr Geld«, sagte der zweite Mann und warf seinem Partner einen scharfen warnenden Blick zu.

Rayne zog die dunklen Augenbrauen hoch. »Ach ja?«

Der junge Mann hatte unglaublich blaue Augen, fiel ihm auf, und er nahm seine langen schwarzen Wimpern und die üppigen, fast schon sinnlichen Lippen wahr. »Wenn Sie nicht auf Geld aus sind, worum geht es dann?«

Die Haut des Knaben war rein, und seine Züge waren so zart, daß sie nahezu feminin wirkten. Und überhaupt... Rayne betrachtete den jungen Mann genauer und sah die sanften Rundungen, die sich unter der abgetragenen braunen Hose abzeichneten und die beiden kleinen, aber doch ganz offensichtlich weiblichen Brüste. Blitzschnell streckte er die Hand nach der Wollmütze aus, die fast bis auf die geschwungenen schwarzen Augenbrauen heruntergezogen war, und riß sie ihr vom Kopf.

»Lassen Sie Ihre verfluchten Finger von mir!« Schimmerndes pechschwarzes Haar fiel der Frau in das hübsche Gesicht, das sich zu einer zornigen Miene verzog. »Noch eine solche Bewegung, Eure verdammte Lordschaft, und ich schwöre beim Atem Gottes, daß ich abdrücke.«

Rayne musterte sorgfältig ihre schlanke Gestalt und schätzte ihr Gewicht und ihre leicht überdurchschnittliche Körpergröße. Sie konnte noch keine zwanzig Jahre alt sein.

»Ihr seid diejenigen, die letzte Woche in der Seitengasse vor dem Boodle's meine Kutsche aufzuhalten versucht haben.« Er hatte sie nicht genau erkennen können, aber die Größe und der Körperbau der Frau, die vor ihm stand, waren ihm vertraut, und diesmal war er vorbereitet.

»Das ist nur zu wahr«, sagte der Mann mit dem grauen Haar. Er kicherte, und es klang ein wenig gar zu rauh. »Gemeine Burschen von Ihrer Sorte sollten keine derart starren Gewohnheiten haben.« Obwohl er einen kleinen Bauch vor sich herschob, waren seine Schultern breit und kräftig, und seine Züge drückten eine Härte aus, die keinen Zweifel daran bestehen ließ, daß der Mann ein gefährlicher Gegner sein konnte. »Wir verschwenden unsere Zeit. Mach schon, Jolie, Kleines, sag dein Sprüchlein auf und bring es hinter dich.«

»Ja, Jo, erschieß ihn«, drängte sie der hagere blonde Knabe.

Rayne richtete seine Aufmerksamkeit auf das Mädchen. Ihre Gesichtszüge waren angespannt, ihre Lippen fest zusammengepreßt. Ein Blick in diese haßerfüllten eisblauen Augen genügte, und er wußte, daß Mord tatsächlich ihre Absicht war. Nur hatte Rayne nicht vor zu sterben.

»Jetzt, Finch!« rief er seinem Kutscher zu und bewegte sich schlagartig. Er warf seinen muskulösen Körper auf den Mann mit dem grauen Haar und packte gleichzeitig das Mädchen. Auf dem Kutschbock riß der Kutscher die Pistole hoch, die er unter seinem Sitz verborgen hielt, während Rayne dem Mann mit dem grauen Haar die Pistole wegschlug. Dann wirbelte er herum und riß den Arm des Mädchens in dem Augenblick hoch, in dem sie einen Schuß abgab, der die Stille der Luft zerschnitt.

»Lauft fort!« befahl sie ihren Begleitern. »Verschwindet von hier, zum Teufel!« Einen Moment lang standen die beiden wie erstarrt da, beobachteten, wie sie sich in Raynes Umklammerung wand, und schauten auf die Pistole, die Finch auf sie gerichtet hielt.

»Der erste, der sich von der Stelle rührt, ist ein toter Mann«, warnte der Kutscher die beiden.

»Lauft!« rief das Mädchen noch einmal, da sie, so schien es, mehr um ihre Freunde als um sich selbst fürchtete. »Sonst landet ihr bestimmt in Newgate!«

Ihre Worte ließen die beiden schlagartig handeln. Der Junge sprang mit langen Sätzen auf die Hecke zu, und der ältere Mann rannte los. Seine großen Füße trommelten auf die Erde.

»Stehenbleiben, sage ich!« Finch schwenkte mit unsicherer Hand die Waffe, legte an und betätigte den Abzug. Der Schuß hallte laut durch die Nacht. Der große Mann wankte, als er um die Ecke bog, doch beide rannten weiter, bis sie in der Dunkelheit verschwunden waren.

»Laß sie laufen.« Rayne schlang den Arm fester um die schmale Taille des Mädchens, bis sie nach Luft schnappte, doch sie hörte immer noch nicht auf, sich zu wehren.

»Sie verfluchter Mistkerl!«

Selbst als er sie zur Kutsche zerrte, trat sie noch um sich und kratzte ihn, trommelte mit den Fäusten auf seine Brust ein und versuchte, ihn zu beißen. Fluchend bog er ihr einen Arm auf den Rücken, riß die Kutschentür auf, stieß sie hinein und versperrte ihr mit seiner großgewachsenen Gestalt die Tür, als er ihr in die Kutsche folgte.

»Bring uns schleunigst von hier fort!« rief er seinem Kutscher zu, der die Pferde daraufhin mit der Peitsche antrieb. Das Mädchen, das auf den Namen Jo hörte, sah sich im Innern der Kutsche um, musterte seine harten, entschlossenen Gesichtszüge und sprang mit einem Satz zur Tür.

»O nein, das wirst du nicht tun.« Rayne packte eine Handvoll von ihrem schimmernden schwarzen Haar, riß sie zurück und warf sie auf den gegenüberliegenden Sitz. »Ich rate dir, still zu sitzen und dich zu benehmen«, warnte er sie, und seine Stimme war kalt und grob.

Sie musterte ihn einen Moment lang und wägte ihre Chancen ab, und bei jedem ihrer tiefen, abgehackten Atemzüge hoben und senkten sich ihre Brüste unter der Weste. »Ich werde nicht am Galgen baumeln, Sie verfluchter Dreckskerl!«

Er musterte sie mit einem kühlen Blick, der über seine rasende Wut hinwegtäuschte. »Vielleicht hättest du dir das eher überlegen sollen.«

»Schnauze, du Lump!« Sie kreischte schrill wie die Frau eines Fischverkäufers, stürzte sich auf ihn, ballte die Hände zu Fäusten, trat mit den kleinen Füßen nach seinen Schienbeinen, und dabei überhäufte sie ihn mit einem Schwall von Beschimpfungen, wie Rayne sie seit seinen Zeiten beim Militär nicht mehr gehört hatte.

»Verflucht und zum Teufel!« Er wich den Nägeln aus, die sich in seine Wange gruben, packte ihre Handgelenke, riß sie ihr über den Kopf, drehte sie um und benutzte dann seinen Körper, um sie unter sich auf dem Sitz festzuhalten. »Verdammt, halt still! Ich werde dir nicht weh tun – solange du mich nicht dazu zwingst –, und ich habe nicht die Absicht, dich hängen zu sehen, zumindest nicht, ehe ich herausgefunden habe, warum, zum Teufel, du mich tot sehen willst.«

Sie schluckte schwer. Ihr Körper war immer noch angespannt, und ihr Atem ging jetzt noch abgehackter. »Wohin... wohin bringen Sie mich denn dann?«

Er schaute ihr fest ins Gesicht und sah die Furcht, die zu verbergen sie bemüht gewesen war, spürte ihr Zittern und bemerkte, daß trotz ihrer schäbigen alten Kleider ihr Gesicht und ihre Hände sauber waren, ihr Atem süß roch und ihr Haar glänzte. Sie roch nach Seifenlauge, in die sich jedoch ihr lieblich weiblicher Duft mischte.

»Wie heißt du?«

»Das werden Sie erfahren – in dem Moment, bevor ich abdrücke.«

Ein Muskel in seiner Wange pochte. »Ach ja?«

Jetzt trat ein aufsässiger Blick in ihre Augen, doch sie sagte nichts mehr, sondern starrte ihn nur noch mit diesen kalten blauen Augen an, in denen ein Ausdruck bitteren Abscheus stand. Wenn sie sich auch noch so sehr anstrengte, abgebrüht zu wirken, dann entsprach sie doch nicht dem Bild des verwahrlosten Mädchens aus der Gosse und auch nicht dem einer abgehärteten Hure. Selbst ihre Ausdrucksweise wirkte nicht ganz stimmig. Manchmal redete sie mit einem Akzent, der direkt aus den Londoner Docks kam, doch ab und zu klangen ihre Worte nahezu kultiviert.

Er fragte sich, wie ihre Vergangenheit wohl ausgesehen haben mochte, fragte sich, *wer*, zum Teufel, sie wohl war. Und was all das mit ihm zu tun hatte.

Sie ächzte unter seinem schweren Körpergewicht, und er rutschte ein wenig von ihr herunter.

»Noch mal, wohin bringen Sie mich?« Sie warf ihm einen verächtlichen Blick zu, doch er spürte, daß sie wieder zitterte. Er beobachtete, wie sie sich wappnete, sah, wie ihre Augen eine dunklere Blautönung angenommen hatten, wie sie die dichten schwarzen Wimpern senkte, um ihre Unsicherheit zu verbergen, wie ihre Brüste sich gegen die fleckige zerrissene Jacke preßten.

»Nach Stoneleigh.«

Die Worte hallten durch die enge Kutsche, und in dem Moment, in dem sie über seine Lippen kamen, hörte das Mädchen auf, sich zu wehren.

Stoneleigh. Jocelyn konnte es kaum glauben. Drei Jahre lang war das große steinerne Haus am Rande von Hampstead Heath, direkt im Norden von London, durch ihre Alpträume gespukt und hatte sie in Wut versetzt. *Stoneleigh.* Sie hatte davon geträumt, dieses Haus zu betreten, war von seiner ehrfurchtgebietenden Schönheit fasziniert gewesen – und abgestoßen von dem heimtückischen, kaltherzigen Hausherrn.

Stoneleigh. Sie sah den Mann an, der eben diesen Namen trug, und ihr ging auf, daß das Haus und der Mann beide dieselbe verwirrende Mischung von Schönheit, Kraft und Grausamkeit ausströmten. Sie war den Spuren des Vicomte zwar in den beiden letzten Jahren zwischendurch immer wieder gefolgt, doch sie kannte nur seine Gewohnheiten und wußte ansonsten immer noch wenig über ihn.

Sie hatte gesehen, daß er gut aussah, aber aus der Nähe war das bei weitem noch nicht alles. Er strahlte Kraft aus, eine rauhe, sinnliche Männlichkeit, die andere Männer vergleichsweise schwächlich wirken ließ. Es ging auch Gefahr von ihm aus, sogar etwas Tödliches.

Aus der Leichtigkeit seiner Bewegungen in seiner makellos geschneiderten Jacke mit dem Samtfutter und der eng anliegenden Rehlederhose und aus der Lockerheit, mit der er sein elegantes weißes Halstuch trug, hätte sie das nicht geschlossen. Sie hatten es nicht geahnt, und jetzt war es zu spät.

Sie wand sich unter ihm und erschauerte dann, als sie sah, wie mühelos er sie festhalten konnte.

»Ich bin doppelt so stark wie du. Du kannst also aufhören, dich zu wehren.«

Sie konnte seine Kraft in den Muskelsträngen auf seiner Brust spüren, als er sie auf den roten Samt hinunterpreßte. Die großen starken Hände, die ihre Handgelenke umfaßt hielten, sorgten dafür, daß sie sich nicht von der Stelle rühren konnte, und doch spürte sie seltsamerweise keinen Schmerz. Er hatte sie nicht geschlagen, obwohl sie ihm wahrhaft Anlaß dazu gegeben hatte. Und doch hatte sein Vorgehen noch gar nichts zu bedeuten. Sie wußte, was für eine Sorte Mann er war und welche Verbrechen er begangen hatte, und nichts auf der Welt konnte sie davon abhalten, ihn dafür büßen zu lassen.

»Ich lasse deine Handgelenke los«, sagte er, »wenn du mir versprichst, dich nicht mehr zu wehren.«

Jo funkelte ihn kalt an. »Scheren Sie sich zum Teufel.« Sie wollte sich losreißen, zuckte jedoch zusammen, als er sie mühelos wieder auf den Sitz preßte.

»Ich habe dich bereits gewarnt und dir geraten, dich zu benehmen.«

»Und weshalb sollte ich das tun?«

»Weil sich andernfalls die Wut entladen wird, die ich mich nach Kräften zu unterdrücken bemühe, und dann verpasse ich dir die Tracht Prügel, die du verdient hast.«

»Von einem Mann von Ihrer Sorte hätte ich ohnehin nur Schläge erwartet.«

Einer seiner Mundwinkel zog sich zu einem Lächeln hoch, das eigentlich keines war. »Dann wird es dich wohl nicht wundern, wenn ich damit beginne, dir dein kleines Hinterteil zu versohlen.«

Jocelyn riß die Augen weit auf. Das konnte er problemlos tun. Und sie war machtlos, ihn daran zu hindern. In den Jahren, seit sie von zu Hause fortgegangen war, waren ihr alle erdenklichen Demütigungen widerfahren – aber zum Glück diese eine nicht. Und die Vorstellung, ausgerechnet der verhaßte Vicomte könnte der Mann sein, der ihrer Würde einen solchen Schlag versetzte, ließ den Gedanken nur um so abstoßender erscheinen.

Sie nickte steif. »Gut, Sie haben gewonnen.« Für den Moment, dachte sie. Und außerdem, warum sollte sie nicht tun, was er von ihr verlangte? Er brachte sie weder in die Fleet Street noch nach Newgate – oder zumindest hatte er das gesagt. Statt dessen würde Jocelyn Ashbury, wie sie es sich schon seit ihrer Kindheit ausgemalt hatte, Stoneleigh betreten.

Sie schaute zu ihm auf und stellte fest, daß er sie beobachtete. Er versuchte, ihr anzusehen, ob sie vorhatte, ihr Wort zu halten.

»Sie brauchen keinen Moment lang zu glauben, ich täte nicht genau das, was ich versprochen habe – und ich versichere Ihnen, daß ich jeden einzelnen Schlag genüßlich auskosten werde.« Er ließ ihre Arme los, und Jo rückte von ihm ab, bis ihr Rücken sich gegen den roten Plüschsamt auf der gegenüberliegenden Seite der Kutsche preßte. »Der blonde Junge hat dich Jo genannt. Ist das dein Name?«

»Das geht Sie einen Dreck an.«

Sein sinnlicher Mund zog sich zu einem grimmigen dünnen Strich zusammen. »Du solltest lieber anfangen, dein Mundwerk im Zaum zu halten, du kleine Göre, oder ich mache meine Drohung wahr, bloß zum Vergnügen.«

Jo spürte, wie das Blut aus ihrem Gesicht wich. »Bloß weil Sie kräftiger als andere sind, gibt Ihnen das noch lange nicht das Recht, die Schwächeren zu malträtieren.«

Der Vicomte zog die kaffeebraunen Augenbrauen hoch. Als ihr klar wurde, daß sie ohne die geringste Spur ihres Gossenakzents gesprochen hatte, reckte Jo das Kinn in die Luft. »Der Teufel soll Sie holen, damit Sie in der Hölle schmoren.«

»Bei dem Tempo, das ihr drauf habt, du und deine Freunde, glaube ich, daß ihr mir um etliche Jahre zuvorkommen werdet.«

Jo sagte nichts. Vielleicht würden sich seine Worte als wahr erweisen. Insbesondere, wenn ihre Rachepläne gelingen würden. Was jedoch nicht hieß, daß sie die Absicht hatte, sich erwischen zu lassen.

Dann ging ihr ein anderer Gedanke durch den Kopf. Es war absolut möglich, daß sich ihre Gefangennahme im ungünstigsten Moment als ein Segen erweisen konnte und gar kein Fehlschlag war. Wenn sie Stoneleigh erst einmal erreicht hatten und sie den rechten Zeitpunkt abwartete, bis die Wachsamkeit des Vicomte nachließ, dann konnte sich ihr Scheitern durchaus in einen Triumph verwandeln. Ungeachtet des Umstands, daß es sich als weitaus schwieriger erwiesen hatte, den Schuß abzugeben, als sie erwartet hatte, konnte sie ihr Gelübde, Stoneleigh zu töten, endlich doch noch einlösen.

Dann glitten die harten dunklen Augen des Vicomte über ihren Körper. Er taxierte sie von Kopf bis Fuß, schätzte jede ihrer sanften Rundungen und ihre Brüste ab. Jocelyn erschauerte. Stoneleigh war ein kalter, herzloser Schurke von einem Mann. Sie konnte sich nicht einmal ansatzweise ausmalen, was er für sie bereithielt, wenn sie sein Haus erst erreicht hatten.

Sie beherrschte ihre Gesichtszüge und ließ sie zu einer Maske der Ruhe erstarren. Sie würde ihn nicht siegen lassen, nein, ganz gewiß nicht.

Eines war sicher: Die kommenden Stunden würden über ihr weiteres Schicksal entscheiden. Bald würden beide wissen, wer als Sieger aus diesem tödlichen Spiel hervorging.

In der Dunkelheit der mondlosen Nacht ruckelte die Kutsche durch die Stadt, über die Hampstead Road, an der Ortschaft Campden vorbei und in Richtung Hampstead Heath. Jocelyn sah gerade noch rechtzeitig aus dem Fenster, um das Schild einer Taverne zu erkennen, die sich Blackleg Inn nannte, und gleich darauf kam eine zweite, King's Bounty, ein Bierlokal an der Straße. Es war still hier draußen, und die Luft war kühl und erfrischend. Schon jetzt war der drückende Gestank der Straßen von London verflogen und vom Duft blühender Blumen abgelöst worden.

Den größten Teil der Fahrt hatten sie schweigend verbracht. Der Vicomte hatte die breiten Schultern lässig an den Sitz gelehnt, den Kopf zurückgelegt und die Augen halb geschlossen, aber es bestand kein Zweifel daran, daß er sie beobachtete.

»Wie lange seid ihr mir schon gefolgt, du und deine Freunde?«

Die unerwartete Frage riß sie aus ihren Träumereien heraus. Sie richtete den Blick fest auf sein Gesicht. »Lange genug, um zu wissen, daß Sie wie ein trunksüchtiger Matrose saufen und im Club ein verdammtes Vermögen verspielen – lange genug, um zu wissen, daß Sie ein Lebemann sind, der sich herumtreibt und der Hälfte aller leichten Mädchen in der Stadt unter die Röcke geschaut hat.«

Sein Mund verzog sich zu etwas, das Belustigung hätte sein können. »Du scheinst das nicht zu billigen.« Sein Blick glitt über ihre zerrissene Weste und die Hose, die sich an ihre Hüften und Oberschenkel schmiegte. »Aber natürlich muß eine *Dame* wie du, mit ausgeprägtem Feingefühl, ein solches Leben widerwärtig finden.«

Jo errötete gegen ihren Willen.

»Was die Frauen angeht, mit denen ich ins Bett gegangen bin – es dürfte interessant sein, sich eine Meinung darüber zu bilden, wieviel du eigentlich über diese Dinge weißt. Hast du vielleicht Lust, mich darüber aufzuklären?«

Die Farbe schlich sich noch höher in ihre Wangen hinauf. »Ich weiß, was sich zwischen einem Mann und einer Frau abspielt. Ich bin schließlich kein Dummkopf.«

»Dumm genug, um dich schnappen zu lassen, während deine Freunde ungeschoren davonkommen.«

»Halt den Mund.«

Stoneleigh lachte in sich hinein, doch es klang keineswegs heiter. Sie kamen durch eine Gegend mit Viehweiden am Straßenrand, vorbei an etlichen Bauernhöfen, auf denen Kühe und Schweine gehalten wurden, und dann an einer Baumschule und etlichen Gärtnereien und Höfen, die Obst und Gemüse für den Markt produzierten. Es war still in der Kutsche, abgesehen von dem Scheppern der eisernen Räder und dem rhythmischen Klappern der Pferdehufe, und dann verklangen selbst diese Geräusche.

Sie hatten Stoneleigh erreicht.

Als ein Lakai, der die rotgoldene Livree von Stoneleigh trug, die Tür öffnete, musterte Jocelyn sehnsüchtig die Türöffnung, doch der stämmige Körper des Vicomte versperrte ihr jeden Fluchtweg.

»Ich will dich nicht fesseln«, sagte er, »aber wenn es sein muß, werde ich es tun. Wie hättest du es lieber?«

»Warum, zum Teufel, sollte ich fortlaufen? Das hier ist wohl kaum das verdammte Newgate.«

»Nein, wohl kaum.« Er packte ihren Arm mit einem Griff, der ihr keine andere Wahl ließ, als seinem Geheiß zu folgen. Dann stieg er aus der Kutsche und half ihr die Stufen hinunter. Sie liefen über den Kies der Auffahrt und traten auf die breite Veranda vor dem Haus, und Jos Schritte verlangsamten sich unwillkürlich.

Vor ihr ragte das gewaltige Steinhaus, das hundert Jahre alt und im französischen Stil erbaut war, drei Stockwerke hoch auf, und beidseits des Eingangs erstreckten sich zwei große Seitenflügel. Die Fassade und die Flügel waren von hohen Sprossenfenstern durchsetzt, die bis über das erste Stockwerk hinausreichten, und über das zweite Stockwerk zog sich ein schiefergedecktes Walmdach mit Reihen von winzigen Dachfenstern.

»Beeindruckend, nicht wahr?« Stoneleigh hielt an, doch statt das Haus anzuschauen, wie sie es tat, sah er sie an.

»Es hat ein bißchen was von einem verdammten Mausoleum.«

Der Vicomte brummte nur, als wüßte er genau, daß das keineswegs der Wahrheit entsprach. »Mein Ururgroßvater, der erste Vicomte, hat es im frühen achtzehnten Jahrhundert erbaut.

»Was Sie nicht sagen.«

»Da du so gut informiert bist, überrascht es mich, daß du das nicht schon wußtest.«

Ein schwaches Lächeln zog sich über ihre Lippen. »Ich weiß

eine ganze Menge über Ihre verdammt schlechten Angewohnheiten, aber nicht das geringste über Ihre verfluchte blaublütige Familie.«

Er packte sie wieder am Arm. »Du kannst mir glauben, daß ich ebensoviel über dich wissen werde, ehe wir all das hinter uns gebracht haben.«

Er zerrte sie weiter, an dem Butler vorbei, der die massive Haustür aufhielt, und in die riesige Eingangshalle. Mit ihrem schimmernden Marmorboden, den kunstvollen Schnitzereien, den Wandgemälden und dem Tonnengewölbe der Decke war diese Halle weitaus luxuriöser als alles, was sie sich je hätte erträumen können. Sie wäre gern stehengeblieben, um sich jede der kunstvoll gearbeiteten Einzelheiten genau anzusehen, doch diesmal lief der Vicomte nicht langsamer.

»Wohin bringen Sie mich?« Jocelyn grub die Fersen in den Boden und zwang ihn, stehenzubleiben.

Er grinste. »Wieso, in meine Gemächer natürlich. Schließlich habe ich jedem anderen leichten Mädchen in London unter den Rock geschaut – warum also nicht auch dir?«

Jocelyn schnappte hörbar nach Luft. »Wie können Sie es wagen anzudeuten, daß ich... daß ich...«

Rayne packte ihren Oberarm und zog sie auf die Zehenspitzen. »Du bist keine verfluchte Gossenratte, obwohl dir die Imitation extrem gut gelingt. Wer, zum Teufel, bist du?«

»Ich habe Ihnen doch schon gesagt, daß Sie das in dem Moment erfahren werden, ehe ich Sie töte.« Jocelyn funkelte ihn an, und der Vicomte schaute finster zurück.

»Farthington!« rief er und wandte seine Aufmerksamkeit dem kleinen schwarzgekleideten Butler zu, der nervös dastand, nur wenige Meter von ihnen entfernt.

Der kleine Mann eilte herbei. »Ja, Eure Lordschaft?«

»Führen Sie Miss... Smythe zu einem der Gästezimmer. Zu dem direkt über meinem Schlafzimmer. Lassen Sie ihr ein Bad richten, während ich dafür sorge, daß sie etwas Anständiges zum Anziehen bekommt.«

»Ja, Sir.«

Er warf einen grimmigen Blick auf Jo. »Ich werde meine Männer informieren, daß du das Haus nicht zu verlassen hast. Ich glaube, du und ich, wir haben eine ganze Menge miteinander zu besprechen.«

»Ich habe Ihnen nicht das geringste zu sagen, was sich nicht auch mit einer Pistole sagen ließe.«

»Versuch das, und du wirst die Nacht tatsächlich in Newgate verbringen. Und jetzt geh nach oben und sieh zu, daß du aus diesen verdreckten Kleidern rauskommst.«

Jocelyn drückte das Rückgrat steif durch, reckte das Kinn in die Luft und wandte sich dem winzigen, grauhaarigen Butler zu. Er starrte sie mit einem verächtlichen Ausdruck an, und ein Übermaß an Mißbilligung ließ ihn die Lippen schürzen. Er gab die Wünsche des Vicomte an einen anderen Hausangestellten weiter, warf noch einen angewiderten Blick auf sie und ging auf die Treppe zu.

Jo rührte sich nicht von der Stelle.

Der Butler lief noch ein paar Meter weiter, und seine Schritte hallten auf dem schwarz-weißen Marmor, ehe er bemerkte, daß sie nicht hinter ihm war.

»Hätten Sie bitte die Freundlichkeit, mir zu folgen?« sah er sich gezwungen, sie zu fragen.

»Aber gern, mit dem allergrößten Vergnügen«, erwiderte Jocelyn in ihrem arrogantesten, hochnäsigsten Tonfall im reinsten Salonenglisch. Der verblüffte Blick des Butlers wurde nur noch von dem verärgerten Ausdruck auf dem schönen Gesicht des Vicomte überboten.

»Ich freue mich bereits auf unsere Unterhaltung miteinander, Mistress Smythe«, höhnte er, doch Jo ging einfach weiter.

2. *Kapitel*

Rayne beobachtete, wie das Mädchen die Treppe hinaufstieg, mit einer korrekten Haltung und anmutigen Bewegungen, und bis auf den gelegentlichen Hang zu wanken, ging von ihren Schritten die Eleganz der Dame mit der vornehmsten Erziehung aus, die ihm je begegnet war.

Ihre Kleider waren verschmutzt und verknittert, aber ihr schimmerndes schwarzes Haar – leicht gewellt und vorn und an den Seiten kurz geschnitten, im Nacken dagegen etwas länger – hätte sich in den feinsten Salons von London modisch ausgenommen.

Er konnte nicht leugnen, daß sie der faszinierendste Fratz war, der ihm seit Jahren über den Weg gelaufen war. Tatsächlich fand er die Ironie der gesamten Situation geradezu ans Phantastische grenzend. Schließlich hatte die Dame versucht, ihn zu töten. Jetzt verbrachte sie die Nacht in seinem Haus und wurde wie ein Gast behandelt!

Wenn es nicht gar so ärgerlich gewesen wäre, hätte er darüber lachen können. Was, zum Teufel, hatte er getan, um sich ihren Zorn zuzuziehen? Ob sie nun ein leichtes Mädchen war oder nicht – er war sicher, daß sie ihm nie das Bett gewärmt hatte. An ein so zart geschnittenes und hübsches Gesicht wie ihres hätte er sich erinnert. Diese klaren blauen Augen unter den dichten schwarzen Wimpern hätte er in Erinnerung behalten.

Er grinste, während er beobachtete, wie sie in ihrer eng anliegenden braunen Hose die letzten Treppenstufen hochstieg. Ein so keckes kleines Hinterteil hätte er bestimmt nicht vergessen.

Sie war attraktiv, wenn auch nicht im üblichen Sinne. Sie war keine klassische Schönheit mit üppigen Rundungen. Nein, sie war schlank und katzenhaft, und ihr Körper war geschmeidig und straff. Ob sie ihn wirklich getötet hätte? Er war beim Militär Colonel gewesen. Er kannte Männer – und Frauen. Geneviève Morton hätte einen Schuß abgeben können, aber er glaubte nicht, daß dieses Mädchen es getan hätte. Ihm war nicht entgangen, wie ihre Finger gezittert hatten, wie sie sich hatte wappnen müssen.

Dennoch konnte er nicht sicher sein.

Er sah zu, wie Farthington sie durch den Gang und eine weitere Treppe hinauf zu den Gästezimmern im zweiten Stock führte. Das Geschoß lag zu hoch, als daß sie hätte springen können, und er würde ihre Bewegungen dort oben hören können.

Rayne wartete, bis sie ihr Zimmer sicher erreicht hatte, und erst dann stieg er die Stufen zum ersten Stock hinauf und begab sich ins Schlafzimmer seiner Schwester, das seiner eigenen Suite am anderen Ende des Westflügels gegenüberlag. Alexandra besuchte Freunde auf dem Land, aber sie würde bald nach Hause kommen. Hoffentlich nicht, ehe das Geheimnis des heutigen Abends geklärt worden war und er sich seiner derzeitigen Scherereien entsprechend angenommen und das Mädchen fortgeschickt hatte.

Rayne trat vor den riesigen weißen Kleiderschrank seiner Schwester, öffnete ihn und wühlte in den Unmengen von Kleidern herum: Musseline, Jakonett, Bombassin, Samt, Seide und Satin. Zum Glück hatten das Mädchen im oberen Stockwerk und seine Schwester in etwa dieselbe Größe, wenn Alex wahrscheinlich auch vollbusiger war.

Das gelbe Musselinkleid kam in Frage, beschloß er, als er sich vorstellte, wie es sich gegen schimmerndes schwarzes Haar, große blaue Augen und dichte schwarze Wimpern absetzte. Er riß das Kleid von dem Bügel, warf es auf das Bett und zog dann etliche der Kommodenschubladen seiner Schwester auf, wühlte in dem Inhalt herum und zog ein feines Batisthemd heraus, ein Paar weiße Seidenstrümpfe, einen Slip und einen zarten Strumpfhalter aus Satin.

Ein schelmisches Grinsen zog über sein Gesicht, als er sich überlegte, daß seine intimen Kenntnisse des Boudoirs einer

Frau ihm schon oft sehr gelegen gekommen waren. Dann packte er ein paar weiche Rehlederschuhe dazu und machte sich auf den Weg zur Tür. Ein Blick in den Spiegel auf dem Weg, und er entdeckte eine gelbe Satinschleife, die denselben Farbton wie das Kleid hatte.

Es war Dummheit, der reinste Wahnsinn, daß ihm die unglücklichen Lebensumstände der jungen Frau nahegingen, und doch packte er die Schleife und warf sie auf den Packen, den er im Arm hielt.

Als er zu ihrem Zimmer ging, nahm er bei jedem Schritt zwei Stufen gleichzeitig, schwang die Tür auf, ohne den Anstand zu haben, vorher anzuklopfen, und trat ein. Er hörte, wie sie Luft schnappte, sich dem Geräusch zuwandte und sich, so tief es ging, unter den Schaum in der kleinen kupfernen Badewanne sinken ließ.

»Sie hätten sich die Mühe machen können anzuklopfen.« Jede Spur von Gossenjargon war verschwunden.

»Warum? Glaubst du, ich hätte noch keiner Frau beim Baden zugesehen?«

Tiefe Röte stieg in ihre Wangen. Ihr Gesicht war zwar von der Sonne ein wenig gebräunt, doch ihre Schultern waren so bleich wie Elfenbein, und die Wölbung ihres Busens ragte gerade ein wenig über das Wasser hinaus. Rayne lachte in sich hinein. Die Brüste von Alex mochten zwar größer sein, aber diese hier schienen ganz entschieden Möglichkeiten in sich zu bergen. Bei diesem Gedanken wurden seine Lenden schwer.

»Angesichts Ihres Rufs«, sagte sie, »bin ich sicher, daß Sie eine beträchtliche Anzahl von Damen entkleidet gesehen haben. Aber ich bin keine von denen – und ich wünsche es auch nicht zu werden.«

Er ließ die Kleider auf das Bett fallen. »Ich kann mir vorstellen, daß du Hunger hast. Wenn du fertig bist, kannst du diese Sachen hier anziehen und dich mir im Eßzimmer anschließen.«

Jo sagte nichts, sondern versuchte nur, noch tiefer in die Wanne zu sinken.

»Viel Spaß beim Baden.« Rayne überlegte sich, daß er nicht das geringste dagegen gehabt hätte, dieses Vergnügen mit ihr zu teilen, als er zur Tür hinausging.

Als er wieder unten angekommen war, goß er sich einen Cognac ein, kippte ihn runter und schenkte sich gleich den nächsten ein. Er lief in seinem Arbeitszimmer vor dem Feuer auf und ab und sah dann auf seine Taschenuhr. Himmel, inzwischen hätte diese Göre längst erscheinen sollen.

»Ich bitte um Verzeihung, Mylord.« Es war das Zimmermädchen aus dem oberen Stockwerk, ein junges blondes Mädchen von Anfang Zwanzig.

»Ja, Elsa, was ist?«

»Es geht um Miss Smythe, Mylord. Sie macht viel Wirbel wegen ihrer Kleider. Sie sagt, die, die Sie ihr gebracht haben, zieht sie nicht an.«

Rayne stellte den Cognacschwenker etwas fester als beabsichtigt auf den Tisch. »Danke, Elsa. Ich werde mich selbst um unseren Gast kümmern.« Er stürmte die Stufen hinauf und durch den Korridor. Als er die Zimmertür aufriß, rechnete er durchaus damit, das hübsche Kleid seiner Schwester in Fetzen zerrissen vorzufinden, und er nahm an, sie hätte die Unterwäsche aus dem Fenster geworfen.

Statt dessen sah er das schwarzhaarige Mädchen in ein Handtuch gehüllt vor einem hohen Glasdrehspiegel stehen und das gelbe Kleid vor sich hinhalten. Auf ihrem Gesicht stand ein so wehmütiger Ausdruck, daß etwas seine Brust zuschnürte.

Doch in dem Moment, in dem sie ihn sah, zog sich ein Schleier vor ihre Augen, und sie warf das Kleid hin. »Wo sind meine verdammten Kleider?« Unbewußt hob sie die Hände zu der Stelle, wo sie das Handtuch zwischen ihren Brüsten zugeknotet hatte. Ihm fielen etliche verblassende blaue Flecken auf, und er fragte sich, wie sie dazu gekommen war.

»Ich habe sie verbrennen lassen.«

»Was?«

»Zieh das Kleid an.«

»Ich will nichts von Ihnen haben.«

»Ich habe gesagt, du sollst das Kleid anziehen.«

»Wem gehört es?«

»Ich dachte, da du soviel weißt, sollte ich dich von selbst dahinterkommen lassen, aber um dich bei Laune zu halten, werde ich dir die Freude machen, dir zu sagen, daß es meiner Schwester Alexandra gehört.«

»Sie haben eine Schwester?«

»Ganz genau. Und jetzt zieh das Kleid an.«

Jo rührte sich nicht von der Stelle.

»Sie sehen sehr bezaubernd aus in diesem Handtuch, Miss ... Smythe. Dennoch fände ich es außerordentlich unterhaltsam, es zu entfernen und Ihnen in diese Kleidungsstücke zu helfen.« Ihm entging nicht, daß sie hörbar Luft holte. »Die Entscheidung liegt ganz bei Ihnen.«

Einen Moment lang starrte sie ihn nur an. Dann bedachte sie ihn mit einem spöttischen Halblächeln. »Wie Sie wünschen, Mylord.«

Rayne entging die Glut in diesen eisblauen Augen nicht. Dennoch lachte er in sich hinein, als er sich abwandte und ging.

Dieser verfluchte Mistkerl, dachte Jo, als sie das Kleid aufhob, das sie auf das Himmelbett geworfen hatte, aber ihre Finger glitten über den Stoff, der so zart war, daß er ihre Haut zu liebkosen schien. Wenige Minuten später hatte sie das edle weiße Batisthemd angezogen und die dünnen Seidenstrümpfe an dem Strumpfhalter befestigt. Die Schuhe waren ihr ein wenig zu groß, und daher wühlte sie in dem Schreibtisch herum und stopfte zusammengeknülltes Papier in die Spitzen.

»Entschuldigen Sie, Miss, aber seine Lordschaft hat mich geschickt, damit ich Ihnen das Kleid zuknöpfe.« Das kleine blonde Zimmermädchen, das gekommen war, als man ihr das Bad gebracht hatte, stand in der offenen Tür und schien vor dem Eintreten zurückzuschrecken.

»Ich darf nicht vergessen, mich bei ihm zu bedanken«, sagte

Jo bitter. Sie war sicher, daß das Zimmermädchen von dem Besuch des Vicomte in ihrem Zimmer wußte, aber auch, daß es ihm gelungen war, ihr seinen Willen aufzuzwingen, nachdem das blonde Mädchen daran gescheitert war.

»Ich heiße Elsa«, sagte sie und trat hinter Jocelyn, um ihr das Kleid zuzuknöpfen.

»Ich heiße Jo.« Es war ein seltsames Gefühl, vornehm, glatt und in einem weichen Tonfall zu reden. Unter ihren Freunden auf der Straße hatte sie hart daran gearbeitet, den Schliff abzulegen, den ihr Vater ihr im Lauf der Jahre beigebracht hatte. Jetzt stellte sie fest, daß es eine Wohltat war, die Rolle der Dame zu spielen – und sei es auch nur für eine Nacht.

Das komische war, daß es schwerer war, als sie erwartet hatte. Nachdem sie so viele Monate lang nichts anderes gesprochen hatte, schlich sich ihr Gassenjargon in den merkwürdigsten Momenten ein – oder dann, wenn sie verwirrt oder wütend war.

Jocelyn schaute auf das hübsche gelbe Kleid hinunter. Es war nach der neuesten Mode geschnitten, mit einer hoch angesetzten Taille und einem tiefen V-Ausschnitt und kleinen Puffärmeln, und es betonte vorteilhaft ihre schlanke Gestalt und ihre anmutigen Formen, ganz anders als jedes Kleid, das sie je besessen hatte.

Es saß nahezu perfekt, bemerkte sie, als das Mädchen die letzten Knöpfe durch die Schlaufen preßte.

»Machen Sie schon. Sehen Sie sich an«, sagte Elsa.

Jocelyn ging auf den Spiegel zu und war fest entschlossen, sich zu betrachten, obwohl sie wußte, daß sie das nicht hätte tun sollen, und dann blieb sie abrupt stehen, als sie ein Haarband aus gelbem Satin sah, das noch auf dem Bett lag. Sie hob es auf, und das Gewebe faßte sich so glatt und so unglaublich weiblich an, daß schon allein die Berührung ihre Finger zittern ließ.

Das erinnerte sie an Zeiten, zu denen sie solche Kleinigkeiten als selbstverständlich vorausgesetzt hatte. Ihr bereitete der Gedanke Unbehagen, daß Stoneleigh so aufmerksam gewesen war, diese Schleife zu ihrer Kleidung legen zu lassen.

»Warum lassen Sie mich Ihre Haarschleife nicht binden?« fragte Elsa.

Sie zögerte nur einen Moment lang. »Einverstanden.« Jocelyn ging zu dem Stuhl vor der Frisierkommode mit der marmornen Tischplatte, benutzte die Bürste mit dem versilberten Rücken, um sich die frisch gewaschenen Locken zu bürsten, und ließ sich dann von Elsa die Schleife ins Haar binden.

»Ist das alles, Miss?«

»Ja, Elsa. Danke.« Als das Mädchen gegangen war, lief Jo durch das Zimmer, um sich in dem Spiegel zu betrachten, in dem sie sich von Kopf bis Fuß sehen konnte. Sie sah hübsch aus. So hübsch, daß es schon schmerzhaft war und ihr Herz stocken ließ. Diese schöne junge Frau, die sie aus dem Spiegel anstarrte, konnte doch gewiß nicht sie sein. Aber sie war es, und zum ersten Mal seit Monaten spürte sie einen Kloß in der Kehle.

Wie lange war es her, seit sie feminine Kleider getragen hatte? Zwei lange elende Jahre. Zwei Jahre dieses Lebens in der Gosse, zwei Jahre bitterer Kälte und nagender Hungergefühle, die ihren Bauch hatten schmerzen lassen. Zwei Jahre in fadenscheinigen abgelegten Kleidungsstücken, die beim Lumpensammler gekauft und mit Münzen bezahlt worden waren, die sie einem Betrunkenen aus der Tasche genommen hatte.

Selbst früher, als sie noch zu Hause gelebt hatte, hatte sie nie so kostbare Kleider wie dieses getragen, obwohl sie sich recht hübsch gekleidet hatte. Sie hatte ihre Kleider selbst genäht und ein paar Schülern ihres Vaters Nachhilfestunden gegeben, damit sie den Stoff bezahlen konnte. Und ihr Vater hatte sich immer darüber gefreut.

»Es mag ja sein, daß du keine Aussteuer bekommst, mein Kind. Es mag ja sein, daß wir nicht so glücklich dran sind, den reichen Mann für dich zu finden, den du verdient hast, aber du bist von edler Herkunft und besitzt angeborene Anmut und

Schönheit. Und du hast ein Gesicht und eine Figur, um die dich die Hälfte aller hochwohlgeborenen Damen Londons beneiden würden.«

Fast konnte sie sein geliebtes freundliches Gesicht vor sich sehen und seine sanften, liebevollen und ermutigenden Worte hören. Schon allein bei dem Gedanken an ihn schnürte sich ihre Kehle enger zu, und die Erinnerungen an all das, was sie verloren hatte, loderten so hell wie ein frisch entfachtes Feuer.

Jocelyn fühlte sich in ihrem Vorsatz bestärkt. Stoneleigh hatte ihnen dieses bittere Ende eingebrockt. Stoneleigh war der Mann, der für all das Leid verantwortlich war, der Schuld an dem entsetzlichen Mißgeschick trug, an dem Unglück, das sie seit dem Tod ihres Vaters erlitten hatte.

Wenn sie an dem Vicomte auch eine kleine Portion Anstand wahrnahm, dann änderte das trotzdem nichts. Und wenn Gott die Sache der Gerechtigkeit vertrat, hatte Jocelyn vor, den Vicomte heute abend büßen zu lassen.

»Guten Abend, Eure Lordschaft.«

Rayne gestattete es sich, sie ausgiebig zu betrachten. Sein Blick fiel auf die sanfte Rundung ihres Busens, und er nahm wahr, mit welcher Anmut sie sich bewegte. Ein Lächeln zog an seinen Lippen. »Wo ist der Wildfang geblieben, den ich oben zurückgelassen habe?«

»Sie können versichert sein, daß dieses Mädchen noch da ist, aber für den Augenblick wird sie Ruhe geben.«

»Die Katze hat die Krallen eingezogen?«

»So in etwa.«

»Hätten Sie gern ein Glas Sherry, oder wäre Ihnen Ratafia lieber?«

»Mir wäre ein Flip am liebsten, aber ich vermute, ich muß mich mit einem Sherry begnügen.«

Rayne lachte leise. »So, ein Flip? Bier, Schnaps und Zucker. Ein Matrosengetränk, direkt aus der Hafengegend.« Er schenkte ihr einen Sherry aus der Karaffe ein, die auf dem Büfett aus geschnitztem Rosenholz stand, und dann reichte er ihr das langstielige Kristallglas. »Sie halten wahrhaft Überraschungen bereit, Miss Smythe.«

»Ich heiße Jocelyn. Da ich heute abend die Rolle einer Dame spiele, würde ich es vorziehen, wenn Sie mich bei meinem Namen nennen.«

»In Ordnung... Jocelyn.« Er heftete den Blick auf ihr Gesicht. »Falls das wirklich Ihr Name ist, dann vermute ich, das könnte mir einen Hinweis darauf geben, worum es bei dieser ganzen Geschichte eigentlich geht.«

»Ich bezweifle, daß Sie sich daran erinnern können.«

»Wollen Sie mir damit etwa sagen, wir seien einander bereits begegnet? Ich kann mir nicht vorstellen, daß ich mich daran nicht erinnern würde.«

»Nein, wir sind einander nie begegnet.«

»Wenn wir schon diesen freundlichen Umgangston haben, warum nennen Sie mich dann nicht Rayne?«

Sie trank einen Schluck von ihrem Sherry. »Warum nicht? Falls meine Erinnerung mich nicht im Stich läßt, habe ich Sie schon mit weitaus schlimmeren Namen bedacht.«

Darüber lachte er und erinnerte sich wieder an ihren Kampf in der Kutsche. »Ja, allerdings.« Er ließ den Cognac in dem Schwenker kreisen, den er zwischen den Handflächen drehte. »Sind Sie hungrig? Die Köchin ist erst im letzten Moment verständigt worden, aber ich bin sicher, daß die Kost dennoch weit besser sein wird als das, was Sie gewohnt sind.«

Traurigkeit glitt über ihre Züge und verschwand gleich wieder. »Ja, ganz bestimmt.«

Rayne führte sie zu dem Sofa vor dem marmornen Kamin, und beide setzten sich. »Sie sehen heute abend ganz reizend aus. Das Kleid steht Ihnen noch besser, als ich es mir vorgestellt hätte.« Ihre anmutigen Finger strichen den Stoff glatt. Rayne fiel auf, daß ihre Nägel kurz geschnitten waren und daß keine Spur von Schmutz darunter zu finden war.

»Danke. Es ist ein wunderschönes Kleid.«

»Woran haben Sie gedacht, als ich vorhin die Mahlzeit angesprochen habe, die wir gemeinsam einnehmen werden?«

»Ich weiß nicht, wovon Sie reden.« Ihre dichten dunklen Wimpern senkten sich über ihre Augen, um sie zu verbergen.

»Ich glaube, Sie wissen es ganz genau.« Nie hatte er einen leuchtenderen Blauton gesehen.

»Ich habe an die anderen gedacht, meine Freunde und die Menschen, mit denen ich auf der Straße lebe.« Sie nahm eine kostbare Cloisonnévase in die Hand, die auf dem Chippendale-Tischchen neben dem Sofa stand. »Ich habe an dieses Haus und an die schönen Dinge gedacht, mit denen es eingerichtet ist. Daran, daß diese Vase genügen würde, viele von ihnen über Jahre zu ernähren und ihnen ein Dach über dem Kopf zu geben.«

Er drehte die bernsteinfarbene Flüssigkeit in seinem Schwenker und trank dann einen Schluck. »Wenn man bedenkt, daß Sie vor wenigen Stunden versucht haben, einem Mann das Leben zu nehmen, dann ist die Sorge um die Menschheit und ihr Wohlergehen ein Gefühl, das recht unerwartet kommt.«

Sie starrte ihn an, und ihre Augen nahmen einen kühleren Blauton an. »Ich nehme an, damit ist deutlich klargestellt, daß ich Sie ganz entschieden von den restlichen Angehörigen der menschlichen Rasse abgrenze.«

Ein Muskel in seinem Kiefer spannte sich an. Er hob das Glas, um ihr spöttisch zuzuprosten. »Touché«, sagte er und trank einen Schluck von seinem Cognac. Das Glas gab einen lauten Hall von sich, als er es auf dem Tischchen aus indischem Atlasholz abstellte, das vor ihm stand.

»Aus dem wenigen zu urteilen, was Sie bisher gesagt haben, schließe ich, daß diese Farce, die Sie mir vorgespielt haben, nur teilweise aufgesetzt ist.«

»Wie meinen Sie das?«

»Ich meine damit, daß Sie offensichtlich eine Dame von guter Herkunft sind, und doch wollen Sie mich glauben machen, daß Sie tatsächlich zusammen mit diesen beiden Gaunern hausen, von denen Sie heute abend begleitet worden sind.«

»Die beiden sind meine Familie. Und Ihnen habe ich zu verdanken, daß das alles ist, was mir geblieben ist.«

Rayne schlug fest mit der Hand auf die Armlehne des Sofas. »Verdammt noch mal, was soll ich angeblich getan haben?«

»Was ist los mit Ihnen, Eure Lordschaft? Sind Ihre Verbrechen so zahlreich, daß Sie den Überblick verloren haben?«

»Ich habe meines Wissens überhaupt kein Verbrechen begangen. Es sei denn, Sie reden von den Verbrechen, die ich im Namen des Krieges begangen habe.«

Jocelyn schien verblüfft zu sein. »Sie haben im Krieg gekämpft?«

»Ich war Colonel beim Militär.«

»Ein Mann tut, was er tun muß, um sein Land zu verteidigen.«

»Dann sagen Sie mir, was Sie mir unterstellen.«

Jo stellte ihr Glas auf den Tisch und stand auf. »Da es mir nicht gelungen ist, Sie zu töten, und da ich jetzt als Ihre Gefangene hier in Ihrem Haus bin, ginge ich gern auf den Vorschlag ein, den Sie mir vorhin gemacht haben, nämlich, etwas zu essen.«

Rayne stand ebenfalls auf. Als sie sich in Bewegung setzte, hielt er ihren Arm fest. »Sie sind ganz offensichtlich eine intelligente Frau, Jocelyn. Warum sagen Sie mir nicht, worum es hier eigentlich geht?«

»Das ist durchaus meine Absicht... zur rechten Zeit.«

Rayne kniff die Kiefer zusammen, denn er stand kurz davor, die Selbstbeherrschung zu verlieren. »Bei Gott, ich rate Ihnen, es mir jetzt zu sagen!«

Ihre Augen sprühten blaues Feuer, und ihre Hände ballten sich zu Fäusten. »Verdammt noch mal, scheren Sie sich zum Teufel, Eure verfluchte Lordschaft.«

Raynes Hand schloß sich fester um ihren Arm. »Es sind Dienstboten anwesend. Ich rate dir, deine böse Zunge im Zaum zu halten. Ich bin der Herr in diesem Haus. Schlechtes Benehmen wird schnell und schwer bestraft, und ganz gleich, welche Strafe ich verhänge, niemand wird sich mit mir anlegen. Hast du verstanden?«

Jocelyns Haltung wurde noch aufrechter, doch innerlich hatte sie zu beben begonnen, und zum ersten Mal seit ihrer Ankunft in diesem Haus spürte sie, wie Furcht sie durchzuckte. Im flackernden Kerzenschein war der muskulöse Vicomte eine finstere und bedrohliche Erscheinung. Der Inbegriff roher Kraft und enormen Reichtums schien sich in jedem angespannten Muskel seines Körpers auszudrücken.

Mit einer honigsüßen Stimme, die dennoch vor Schärfe fast schnarrte, sagte er: »Wollen wir jetzt speisen, meine liebe Jocelyn?« Mit diesen Worten reichte er ihr seinen kräftigen Arm.

Sie zwang sich zu einem Lächeln. »Wie Sie wünschen, Mylord.« Sie mißachtete einen neuerlichen Schauer des Unbehagens, der sie überlief, legte die Hand auf den Ärmel seines edlen Jacketts und ließ sich von ihm fortführen.

Sie betraten das Eßzimmer, und der Vicomte zog den geschnitzten hochlehnigen Stuhl neben dem am Kopfende des Tisches für sie zurück. Der prächtige Raum hatte eine hohe Decke, die Wände waren mit Gold gesprenkelt, und auf dem Boden lagen dicke weiche Orientteppiche. Neben einer silbernen Schale, in der Rosen schwammen, stand ein mehrarmiger Kerzenleuchter, dessen Schein auf den Tisch fiel.

Jocelyn, die von der Pracht des Raums beeindruckt war, ließ sich von dem Vicomte den Stuhl zurechtrücken und achtete nicht weiter darauf, daß ihr Magen zu knurren begonnen hatte. Sie war es gewohnt, mit sehr wenig Essen auszukommen, doch die würzigen Gerüche, die von der Anrichte herüberwehten, ließen das Wasser in ihrem Mund zusammenlaufen, und ihr Magen meldete sich mit einem weiteren Knurren.

Der Vicomte zog die Stirn in Falten. Als er auf dem Stuhl neben ihr Platz nahm, flackerte der Kerzenschein über sein gutgeschnittenes Gesicht, das von der Sonne gebräunt war, und in seinem dichten kaffeebraunen Haar zeigte sich ein rötlicher Schimmer. Seine Hände waren groß und kräftig, und doch bewegten sie sich mit einer lässigen Anmut, die sie von einem so stämmigen Mann nicht erwartet hätte. Sie ertappte sich dabei, daß sie seine Hände anstarrte und sich daran erinnerte, wie er sie mit unnachgiebiger Härte berührt hatte, ohne ihr je weh zu tun, fast sanft.

Seine Schultern waren breit und schienen sehr muskulös zu sein. Schon zuvor hatte sie bemerkt, daß seine Taille weitaus schmaler war, als sie es anfangs vermutet hatte. Seine Augenbrauen waren dunkel und wohlgeformt, und seine Augen, die einen warmen Braunton hatten, waren um die Pupillen herum golden gezeichnet.

Ihre Augen verharrten auf seinem Mund, der immer noch hart und zornig wirkte, obwohl seine Lippen voll waren und einen sinnlichen Schwung hatten.

Sie dachte an ein anderes Lippenpaar, nicht annähernd so voll, das Martin Carey gehört hatte, dem Sohn des Pfarrers. Sie war gerade erst fünfzehn gewesen, als Martin sie geküßt hatte, der einzige Kuß, den sie je von einem Mann bekommen hatte. Damals war sie sich sicher gewesen, in den schlaksigen Jungen mit dem einnehmenden Wesen verliebt zu sein und eines Tages von ihm geheiratet zu werden.

Vielleicht hätte er es auch getan. Statt dessen war am Jahresende ihr Vater tot gewesen, ihr süßes kleines Häuschen in der Meacham Lane abgebrannt und sie zu ihrem Cousin verfrachtet worden. Sie hatte Martin nie wiedergesehen. Ein weiterer Verlust, für den der Vicomte büßen würde.

Jocelyns Magen knurrte wieder, und der Vicomte stieß einen grimmigen Fluch aus. »Warum hast du mir nicht gesagt, daß du kurz vor dem Verhungern stehst? Wann hast du das letzte Mal etwas gegessen?«

»Gestern morgen.« Sie mußte sich mit dem Sherry in acht nehmen. Auf leeren Magen war ihr der Alkohol direkt in den Kopf gestiegen.

»Gestern morgen?« wiederholte er ungläubig. »Verdammt und zum Teufel! Ambrose!« rief er einem Dienstboten zu. »Wir wollen augenblicklich essen.«

Zum Abendessen gab es kaltes Wildbret, gebratenes Geflügel und Hammelpastete, kandierte Karotten und Spargel und Gloucesterkäse. In dem Moment, in dem der Porzellanteller mit dem Silberrand vor sie hingestellt wurde, riß Jocelyn mit den Fingern ein Hühnerbein ab, grub die Zähne hinein, nagte lustvoll den Knochen ab und leckte den Saft von ihren Fingern. Innerhalb von Sekunden hatte sie jeden Bissen des köstlichen Essens verschlungen, ihren Teller vollständig geleert und den letzten Tropfen Wein aus ihrem Kelch gesogen.

Erst nachträglich ging ihr auf, daß sie kläglich versagt hatte, falls er sie auf die Probe gestellt haben sollte, wie weit es mit ihren guten Manieren her war.

Sie blickte zu dem Vicomte auf und sah, daß er sein Essen kaum berührt hatte. Er starrte sie mit einer Mischung aus Mitgefühl und Bestürzung an.

Jocelyn nahm eine steife Haltung ein. »Ich… es tut mir leid. Ich vermute, mein Hunger war größer, als ich dachte.«

»Es ist schon gut«, sagte er freundlich. »In Ihrer Lage hätte ich genauso großen Hunger.«

Die Schärfe war aus seiner Stimme gewichen. Jetzt klang sie wie rauher Samt. Wenn er sie so ansah, wie er es jetzt tat, dann richtete das seltsame Dinge in ihrer Magengrube an.

»Möchten Sie vielleicht noch etwas haben?«

Sie hätte nein sagen sollen, wenigstens einen Rest an Würde bewahren sollen. Sie fuhr sich mit der Zunge über die Lippen. »Wenn es nicht zuviel Mühe macht.«

Er nickte, und ihr Teller wurde abgeräumt. Kurz darauf wurde ein voller Teller vor sie hingestellt. Ein Bediensteter füllte ihr Weinglas nach und stellte ein silbernes Tablett mit kandierten Früchten mitten auf den Tisch. Sie aß den zweiten Teller leer, diesmal ein wenig gesitteter, und sie wurden gleichzeitig fertig.

»Fühlen Sie sich jetzt besser?«

Da ihr Hunger jetzt gestillt war, kam sie sich in erster Linie töricht vor. Aber auch lächerlich, da sie ihm Einblick in einen Teil ihrer Welt gewährt hatte, den sie ihm nicht zu zeigen gedacht hatte. »Gut genug, um Ihr Haus zu verlassen. Aber ich bin sicher, daß das nicht Ihren Absichten entspricht.«

»Wohl kaum.«

Als sie daraufhin nichts sagte, stieß er seinen Stuhl zurück, erhob sich und ragte über ihr auf. Zum ersten Mal in ihrem Leben war sie dankbar dafür, ein paar Zentimeter größer als andere Frauen zu sein.

»Es ist schon spät«, sagte er und zog ihren Stuhl zurück. »Kommen Sie. Ich bringe Sie nach oben.«

Jo zögerte. »Was wird morgen geschehen?« Sie hoffte, es würde keine Rolle spielen. Wenn die Dinge plangemäß verliefen, war Stoneleigh bis dahin tot, und sie hatte sich in Sicherheit gebracht.

»Wir werden dort weitermachen, wo wir aufgehört haben. Ich werde dich weiterhin vor dem Zugriff der Behörden bewahren, bis ich herausgefunden habe, was du mir vorwirfst. Ich warne dich jedoch, meine Süße – mit meiner Geduld ist es nicht weit her. Wenn du mir nicht bald sagst, was das alles soll, sehe ich mich gezwungen, dich dem Wachtmeister zu übergeben. Falls du dir auch nur die geringste Vorstellung davon machst, wie es in einem Londoner Gefängnis zugeht...«

Ein wimmernder Laut entrang sich Jos Kehle, und der Vicomte ließ seinen Satz abreißen. »Wie ich sehe, jagt dir dieser Gedanke Angst ein, und das zu Recht. Warum ziehst du nicht in Betracht, mir die Wahrheit zu sagen?«

Sie stieß ihren Stuhl zurück, bis er vom Teppich schlitterte und auf dem Marmorboden scharrende Geräusche verursachte. »Ich sagte Ihnen doch bereits, daß das durchaus meine Absicht ist.«

»Dann, wenn du den Hahn bereits gespannt hast.«

Jocelyn sagte nichts. Stoneleigh ging um den Tisch herum,

nahm ihren Arm und führte sie reichlich unsanft die Treppe hinauf. In ihrem Zimmer fand Jo Elsa vor, die sie erwartete, um ihr beim Auskleiden behilflich zu sein. Ein besticktes weißes Baumwollnachthemd lag auf dem Bett bereit. Es war kaum ein geeignetes Kleidungsstück für ihre Flucht, aber ihr blieb nichts anderes übrig, als sich damit abzufinden.

»Danke, Elsa«, sagte Jo, als das Mädchen ihr beim Auskleiden geholfen hatte. »Warum lassen Sie die Sachen nicht einfach hier? Sie können sie dort aufhängen.« Sie deutete auf einen Kleiderschrank aus Rosenholz und hoffte, das Mädchen würde das Kleid dalassen, doch Elsa schüttelte den Kopf.

»Es tut mir leid, Miss, aber Seine Lordschaft hat strikte Anweisungen erteilt. Ich soll ihm diese Dinge bringen.«

Dieser verfluchte Kerl! Er war wahrhaftig kein Dummkopf. »Nun, dann wollen Sie ihn doch gewiß nicht enttäuschen.«

»Nein, Miss.«

Elsa ging, und Jocelyn lief auf und ab, wartete darauf, daß die Stunden vergingen, und betete, der Vicomte möge einen tiefen und festen Schlaf haben. Die Stunde war bereits extrem weit vorgerückt; allzulange konnte sie nicht mehr warten. Sie trat an den Schreibtisch, zog die mittlere Schublade auf und holte den langen silbernen Brieföffner heraus, den sie dort entdeckt hatte. Er war schmal und hatte scharfe Ränder, und der Griff war schwer und sehr handlich. Dieses Instrument gab eine perfekte Waffe ab.

Sie sah, wie er sich in ihre Handfläche schmiegte, und ihr Magen hob sich. Einen Mann zu erschießen, war ganz etwas anderes, als einen Mann zu erstechen. Sie dachte an das Blut und daran, wie sich das Messer in ihrer Hand anfühlen mußte, wenn es sich durch Muskeln und Knochen schnitt, um das Herz eines Mannes zu erreichen.

Gütiger Gott im Himmel, ich kann es nicht tun! Sie schluckte schwer, und ihre Hand begann zu zittern. »Ich kann es nicht. Ich kann es beim besten Willen nicht.«

Du mußt es tun! meldete sich eine Stimme in ihrem Kopf zu

Wort. *Das bist du deinem Vater schuldig. Du bist es dir selbst schuldig!* Sie dachte an Sir Henry, an diese letzten fürchterlichen Momente, als er in die lodernden Flammen zurückgerannt war. Sie dachte daran, wozu ihn Stoneleighs Grausamkeit getrieben hatte, an seine Schreie des Entsetzens, als das brennende Dach über ihm einstürzte.

Sie erinnerte sich an ihr winziges strohgedecktes Häuschen in der Meacham Lane, sah den weißen Lattenzaun vor sich und die Butterblumen, die vor dem Haus geblüht hatten.

Dann sah sie dasselbe Haus in Schutt und Asche, nur noch die glimmenden Überreste der Träume eines ganzen Lebens. Sie erinnerte sich an das Begräbnis ihres Vaters, an die übermächtige Traurigkeit, erinnerte sich an die Reise, die sie unternommen hatte, um bei ihrem Cousin zu leben. Sie dachte wieder an das gräßliche Jahr, das sie bei ihm verbracht hatte, an die anzüglichen Bemerkungen und die lüsternen Blicke, die heißen Hände, die versucht hatten, sich auf ihren Körper zu pressen.

Sie dachte an die Nächte, die sie auf der Straße verbracht hatte, seit sie fortgelaufen war, an die Kälte und den Hunger. Sie sah sich vor sich, wie sie in der Gosse geschlafen hatte, um ihr Essen gebettelt und gestohlen hatte, und sie dachte an die Schläge, die sie jedesmal bekommen hatte, wenn sie dabei erwischt worden war. Sie dachte an Brownie, den guten streitsüchtigen Brownie, der sie vor dem Verhungern bewahrt und ihr gezeigt hatte, wie man in den Straßen Londons unter harten Bedingungen überlebte.

»Stoneleigh«, sagte sie laut vor sich hin, und ihre Hand schloß sich fester um den kalten Silbergriff. Die kleine Öllampe, die sie auf dem Schreibtisch hatte brennen lassen, ließ ihren flackernden Schein auf die lange, dünne Klinge fallen. »Du kannst es«, sagte sie sich mit fester Stimme. »Du hast an Papas Grab geschworen, ihn zu rächen, und du wirst es tun.«

Sie schätzte das Gewicht des Brieföffners ab und wie er in ihrer Hand lag, ehe sie ihn in den Falten ihres Nachthemds verbarg und sich auf den Weg zur Tür machte.

3. Kapitel

Rayne lag noch eine Zeitlang wach und dachte über die seltsamen Ereignisse des Abends nach, über die rätselhafte junge Frau im oberen Stockwerk. Gelegentlich konnte er in dem Zimmer direkt über seinem noch Bewegungen hören, doch schließlich verstummten die Geräusche, und er schlief ein.

Erst eine ganze Weile später erwachte er von einem leisen Geräusch. Er war nicht sicher, was es war, aber er wußte, daß er etwas gehört hatte. Zu viele Jahre auf dem Schlachtfeld, zu viele unachtsame Männer, die aus mangelnder Vorsicht tot in ihrem Bettzeug gelegen hatten. Man konnte ihn so schnell nicht überrumpeln.

Er schlug die Augen nicht auf, sondern blieb einfach liegen und stellte sich schlafend. Das Geräusch war wieder zu vernehmen, nicht weit von der Tür. Ein Türknauf drehte sich. Schritte. Ein leises Rascheln. Rayne kniff die Kiefer zusammen. Das Mädchen war in sein Zimmer gekommen.

Er ließ sie näher kommen und lauschte den leichten weiblichen Schritten, zögernd und doch entschlossen, das leise Rascheln des Stoffs an ihren Beinen. Er wartete, bis sie das Bett erreicht hatte, bis sie direkt neben ihm stand. Durch den kleinen Spalt zwischen seinen nahezu geschlossenen Lidern konnte er sehen, wie sie ihn beobachtete, sein Gesicht betrachtete, das braune Haar auf seiner Brust ansah. Sie fuhr sich nervös mit der Zunge über die Lippen, und dann nahm sie eine aufrechte Haltung ein und riß den Arm über den Kopf. Die Klinge, die sie in der Hand hielt, schimmerte in der letzten Glut des Feuers silbern.

Rayne spannte sich an und wartete darauf, daß das Messer herabgestoßen wurde. Er sah den schmalen Arm zittern, die Klinge schwanken. Er öffnete die Augen weiter, richtete den Blick auf sie, sah die Unsicherheit und das Auflodern widersprüchlicher Gefühle in ihren Augen. Dann merkte sie, daß er sie gesehen hatte. Sie stieß einen erstickten Protestschrei aus, und die Klinge sauste seiner Brust entgegen.

»Verdammt noch mal!« Raynes Arm schoß hervor, um den Schlag abzuwehren. Er fing ihr Handgelenk mitten in der Luft und bog es um, bis sie zusammenzuckte, die Waffe aber immer noch festhielt. Er drückte fester zu, weil er entschlossen war, sie zu entwaffnen, doch er fürchtete, ihr schmales Handgelenk könnte brechen. Endlich löste sich das Messer aus der Umklammerung ihrer Hand und fiel scheppernd auf den Boden.

Rayne, der von Sekunde zu Sekunde wütender wurde, sprang hoch, ragte über ihr auf und bog ihr Handgelenk weiter um, bis sie unter ihm auf dem Bett lag und er sie mit dem Gewicht seines langen, kräftigen Körpers auf die Matratze preßte. Sie kämpfte und wehrte sich, doch beide wußten, daß es zwecklos war. Innerhalb von Sekunden hatten sich seine Finger um ihre Handgelenke gewunden, und er hielt ihre Hände seitlich neben ihrem Gesicht fest.

»Du blutrünstiges kleines Biest. Ich hätte wissen müssen, daß man dir nicht trauen kann.« Sogar in seiner rasenden Wut konnte er ihre schlanken Rundungen spüren, ihre Brüste, die sich an die Muskeln seiner Brust preßten. Ihre Hüften trafen auf seine, er konnte ihren flachen Bauch und ihre spitzen Beckenknochen spüren, und die Wut, die durch seine Adern kroch, begann, sein Blut in eine andere Richtung aufzuheizen.

»Laß mich los, du verdammter Dreckskerl!« Sie versuchte, sich ihm zu entwinden, und dabei drückte sie den Rücken durch und trat um sich. Als sie das rauhe Haar auf seinen Waden spürte, wurden ihre Augen groß, und erst jetzt bemerkte sie, daß er nichts anhatte.

»Du bist ja... du bist ja splitternackt!«

Raynes Mund verzog sich zu einem kalten Halblächeln. Er lachte, doch es war ein barscher Laut. »Du kommst in mein Schlafzimmer, um mich zu töten, und jetzt denkst du nur noch daran, daß ich nicht angezogen bin? Was hast du denn erwartet, Süße? Hast du mich etwa für einen dieser Milchbuben gehalten, die in einem Nachthemd schlafen? Es tut mir leid, daß ich dich enttäuschen muß.«

Ihr schmaler Körper wurde steif. »Ich bin verdammt enttäuscht, das kann ich dir versichern. Enttäuscht darüber, daß meine Klinge ihr Ziel verfehlt hat und daß du – Hund, der du bist – noch atmest.«

»Dann hat sich das Blatt also wieder einmal umgedreht.« Seine Blicke glitten über ihren Körper und beobachteten, wie ihre Brüste sich bei jedem ihrer schweren Atemzüge hoben und senkten. »Ich frage mich... hättest du es wirklich gewagt?«

Sie wand sich mit mordlustigem Gesichtsausdruck unter ihm. »Du hast das Messer selbst gesehen.«

Ihr Körper fühlte sich warm an, und die dünne Baumwollschranke zwischen ihnen rieb sich zart an seiner Brust. Rayne spürte neuerliche Glut in seine Lenden strömen, und sein Schaft wurde noch steifer.

»Woher hast du das Messer?«

»Es handelt sich um einen verdammten Brieföffner. Und den habe ich deinem verfluchten Schreibtisch gefunden.«

»Welche Unbesonnenheit von meiner Seite. Aber andererseits hätte ich selbst dann, wenn ich gewußt hätte, daß er dort liegt, nicht geglaubt, daß du ihn verwenden würdest.«

»Das zeigt nur wieder einmal, was für ein verdammter Dummkopf du bist.«

»Ja...«, sagte er und hielt sie fester, »das könnte man fast meinen.« Er grinste wölfisch. Es war ein Lächeln, das in den Herzen der Männer, die seinem Befehl unterstanden, Grauen auslöste. »Aber damit ist jetzt Schluß.« Er zog ihre Hände über ihren Kopf, umfaßte beide Handgelenke mit einer Hand, ließ die andere Hand über ihren Oberschenkel gleiten und begann, ihr Nachthemd hochzuziehen.

»Was... was tust du da?«

»Ich habe beschlossen, auch ein wenig Rache zu üben.« Er hob sein Gewicht so weit von ihr, daß er ihr das Nachthemd bis zur Taille hochziehen konnte, stieß mit einem Knie ihre Beine auseinander und legte sich zwischen ihre Oberschenkel. »Und zwar *süße* Rache.«

Ein Laut drang aus ihrer Kehle, als er seine Hand über ihr Fleisch gleiten ließ, das straff war. Er spürte die geschmeidigen Muskeln, die so gar nichts mit dem weichen üppigen Fleisch von anderen Frauenkörpern zu tun hatten.

»Tu das nicht. O Gott, bitte, tu das nicht.«

Er war jetzt heiß und steif, und die Vorstellung, in ihr zu sein, ließ ihn pulsieren. Würde sie dort so schmal und fest sein wie ihr übriger Körper? Würde sie sich leidenschaftlich unter ihm winden, oder würde sie sich auf jedem einzelnen Zentimeter seines Weges gegen ihn zur Wehr setzen?

Sie zuckte zusammen, als sich seine Hand auf ihre Brust legte, doch die Brustwarze begann, sich zwischen seinen Fingern aufzustellen.

»Das kannst du nicht tun!« Sie wölbte und wand sich unter ihm, um ihn abzuwerfen, doch das bewirkte nur, daß er noch besseren Zugang zu ihr fand. »Lieber Gott, du hast mir alles genommen... bitte, ich flehe dich an, nimm mir nicht auch noch das.«

Raynes Hand, die eine kleine Brust umschlossen hielt, blieb still liegen. Unten fühlte sie sich voll und sanft gerundet an, oben reif und leicht aufwärts gebogen. Sein Schaft preßte sich steif gegen ihren Oberschenkel.

»Ich bin doch bestimmt nicht der erste Mann. Du hast auf der Straße gelebt, und es muß Dutzende von Männern gegeben haben, die...«

Die Tränen, die in ihren hübschen blauen Augen glänzten, das Grauen, das in ihr Gesicht gemeißelt war, und das Zittern ihres kleinen schlanken Körpers besagten jedoch, daß dem nicht so war.

»Verdammt und zum Teufel!« Rayne rollte sich von ihr, zog ihr Nachthemd wieder herunter und zerrte sie auf die Füße. »Bei Gott, du wirst mir erklären, was hier gespielt wird, oder ich prügele dich halb tot!«

Ein kleines Wimmern entrang sich ihrer Kehle, als er sie durch das Zimmer zerrte, die Tür zu seinem massiven Kleiderschrank aufriß und seinen Morgenmantel aus burgunderrotem Samt herausholte. Er ließ sie los, um seinen nackten Körper zu bedecken, doch sie unternahm keine Anstalten wegzulaufen.

Statt dessen reckte sie das Kinn in die Luft und sah ihm fest ins Gesicht. »Du kannst mich schlagen, wenn du willst. Aber du kannst mich nicht dazu bringen, dir auch nur ein Wort zu erzählen – nicht, ehe ich nicht soweit bin.«

»Und warst du heute abend etwa soweit? Hattest du vor, es mir zu erzählen, nachdem du mir den Todesstoß verpaßt hast?«

Jocelyn feuchtete sich nervös die Lippen an. »Ich... ich weiß es nicht.« In Wahrheit hatte sie es ganz und gar vergessen. Sie hatte sich geschworen, den Vicomte im allerletzten Moment erfahren zu lassen, für welche seiner Sünden er mit dem Leben bezahlte, aber als sie über ihm gestanden hatte, hatte sie an nichts anderes mehr denken können als daran, wie unglaublich schön er im Schlaf aussah, wie stark und unwahrscheinlich attraktiv. Sie hatte gewußt, daß er kräftig gebaut war, aber sie hätte niemals geahnt, wie großartig seine Muskeln waren, wie deutlich sich jeder Muskelstrang und jede Sehne abzeichneten und wie deutlich alle Einzelheiten seines phantastischen Körperbaus durch seine Haut zu sehen waren.

Sie hatte die lange scharf Klinge hochgehoben, aber in Wirklichkeit hätte sie sich wahrscheinlich abgewandt und wäre fortgegangen, wenn er nicht die Augen aufgeschlagen und sie dort stehen gesehen hätte.

»Du weißt es nicht?« wiederholte er, und die volle Wucht seiner harten braunen Augen bohrte sich in sie. »Du weißt nicht, ob du mir gesagt hättest, warum du meinen Tod willst?«

Als sie gerade glaubte, jetzt würde er gewiß eine starke Faust gegen sie erheben, erstaunte er sie damit, daß er seufzte und sich mit einer Hand durch das wellige dunkelbraune Haar fuhr.

»Verflucht, du bist mir wirklich ein Rätsel.« Er packte ihren Arm und zog sie zur Tür.

»Wohin bringst du mich?«

»Zurück in dein Zimmer. Diesmal habe ich jedoch vor, dich dort einzuschließen.«

»Scher dich zum Teufel.« Er schenkte ihr keine weitere Beachtung, sondern zerrte sie ins zweite Stockwerk. Mit der freien Hand riß er die Tür auf und stieß sie ins Zimmer. Sie konnte hören, wie der Schlüssel im Schloß umgedreht wurde, und dann vernahm sie Stoneleighs schwere Schritte, als er durch den Korridor stürmte und sich entfernte.

Er war ein eigenartiger Mann, soviel stand fest. Er entsprach nicht im entferntesten der Vorstellung, die sie sich von ihm gemacht hatte. Gütiger Gott, jeder andere Mann hätte sie für das, was sie zu tun versucht hatte, halb tot geschlagen – sie vielleicht sogar umgebracht. Jeder andere Mann, fügte sie als Nachsatz hinzu, hätte sie in dem Moment, in dem sie ihn auf der Straße angehalten hatte, ins Gefängnis werfen lassen.

Sie dachte an das, was sich in seinem Zimmer abgespielt hatte. Sie konnte immer noch die Glut seines Körpers spüren, als er sie auf die Matratze gepreßt hatte, das prickelnde Gefühl, als sich seine Hand über ihre Brust bewegt hatte. Er hätte sie nehmen können, aber er hatte es nicht getan. Sie hatte sein Verlangen gespürt, hatte den imposanten, steifen Beweis nur allzu deutlich gesehen, als er sie durch das Zimmer gezogen hatte.

Sie hatte schon vorher nackte Männer gesehen – Tote, denen man ihre Kleidung weggenommen und die man dann in der Gosse hatte liegen lassen, Kranke, die für einen letzten Happen ihre Kleider verkauft hatten. Aber nie hatte sie einen gesehen, der so gebaut war wie er, und sie hatte erst recht noch keinen nackten Mann erregt gesehen. Es war ein erschreckender Anblick, räumte sie ein, als sie versuchte, sich vorzustellen, wie etwas so Großes und Starres sich in sie hineinstoßen könnte, denn sie hatte gehört, daß es das war, was Männer taten.

Natürlich konnte sie es nicht mit Sicherheit sagen.

Und sie dachte gar nicht daran, Brownie danach zu fragen – sie wußte, daß er es ihr in den derbsten Ausdrücken schildern würde, und sie war nicht sicher, ob sie es so genau wissen wollte. Sie hegte immer noch kindliche Illusionen von Romantik und Liebe zwischen einem Mann und einer Frau. Sie war noch nicht bereit, sich ganz von diesen Vorstellungen zu lösen.

Jocelyn seufzte in der Dunkelheit. Sie war müde. Sehr, sehr müde. Sie wollte nichts weiter als schlafen – und aus diesem Haus verschwinden.

Sie wollte fort von Stoneleigh.

In einem Anflug von blitzartiger Klarheit erkannte sie, daß sie nicht mehr vorhatte, ihn zu töten. Ihr letzter verzweifelter Versuch hatte sie von diesem Vorhaben abgebracht, wenn sie nicht sogar schon eher Abstand davon genommen hatte.

Sie war keine Mörderin, soviel stand fest. Vielleicht war Stoneleigh gar kein ganz so übler Schurke.

Aber andererseits war er es vielleicht doch.

Sie wünschte von ganzem Herzen, sie hätte niemals ihren Mordplan ausgeheckt, niemals gelobt, Rache an Stoneleigh zu üben, niemals versucht, ihn zu töten, und sie wäre niemals als Gefangene in seinem Haus gelandet.

Wieder seufzte sie und ließ sich in dem Moment auf das Bett sinken, in dem der Vicomte die Tür abschloß. Morgen war ein neuer Tag. Sie würde entscheiden müssen, was sie ihm erzählte, denn sonst würde sie ganz bestimmt im Gefängnis landen. Aber selbst, wenn sie ihm seine Verbrechen vor Augen führte, um ihren Haß zu rechtfertigen, änderte das mit Sicherheit nichts. Weshalb hätte es auch etwas ändern sollen? Was konnte einem Mann wie Stoneleigh eine Obdachlose aus der Gosse schon bedeuten?

Jocelyn streckte sich auf der riesigen Federmatratze aus. Sie war tiefer und weicher als alles, worauf sie je geschlafen hatte. Um sie herum wehten hübsche Bettvorhänge aus korallroter Seide, und das große Daunenkissen fühlte sich wunderbar unter ihrem Kopf an. Morgen würde sie versuchen, einen Fluchtweg zu finden und wieder nach London zu gelangen. Morgen nacht würde sie wieder auf den Bodendielen in der Mansarde im vierten Stock über Boswell's Bierstube auf einer Matratze schlafen, die mit den Hülsen von Maiskolben gefüllt war.

Sie schmiegte sich in die weiche Federmatratze und kostete voll und ganz den köstlichen Luxus aus. Wie wunderschön es hier war, wie sauber und freundlich. Sie fragte sich, ob der Vicomte wußte, wie glücklich er sich schätzen konnte, in einem solchen Haus zu leben.

»Jo! Jolie! Ich bin es, Tucker.« In ihrer Schlaftrunkenheit nahm Jocelyn vage ein leises, aber beharrliches Pochen an der Tür wahr. »Jo!« ertönte jetzt wieder das heisere Flüstern.

Im nächsten Moment war sie aus dem Bett gesprungen und hatte den Saum ihres Nachthemds bis auf ihre Knie hochgezogen, als sie zur Tür eilte.

»Tucker! Wie, zum Teufel, habt ihr mich gefunden?« Sie redeten durch das Schlüsselloch miteinander. Jocelyn betete, keiner der Hausangestellten möge wach sein und sie belauschen.

»Ich bin der Kutsche Seiner Lordschaft gefolgt, bis ich gesehen habe, daß er dich zu sich nach Hause bringt. Dann bin ich zu unserer Mansarde zurückgelaufen, weil ich gehofft habe, Brownie dort zu finden. Er war oben, das stimmt schon, aber eine Kugel hat ein Loch in ihn gepustet – und er hat geblutet wie ein angestochenes Schwein. Ich habe ihn verbunden, so gut es eben ging, Jo, aber es steht schlecht um ihn, wirklich schlecht.«

»Gütiger Gott im Himmel.«

»Ich mußte herkommen, um dich zu holen. Ich habe Glück gehabt, mich im Gepäckabteil einer Kutsche versteckt und bin mitgenommen worden. Ich bin durch ein offenes Fenster ins Haus eingestiegen. Zufällig war ich gerade im Parterre, als Seine Lordschaft dich hier raufgezerrt hat. Er hat dir doch nichts getan, oder?«

»Nein, mir fehlt nichts, Tuck, aber Brownie braucht jetzt unsere Hilfe. Wie, zum Teufel, komme ich bloß hier raus?«

»Warum steigst du nicht aus dem Fenster? Ich bin schon im

Nebenzimmer gewesen. Ich könnte dort das Fenster aufmachen, und du steigst über das Dach und kletterst rein.«

»Ich weiß nicht, Tuck, es geht doch reichlich tief runter.«

»Du schaffst das schon. Zum Teufel, ich bin schon wie ein verdammter Affe über die Hälfte aller Dächer in ganz London geklettert.«

Das stimmte allerdings. Ehe er sich mit Jo und Brownie zusammengetan hatte, war Tuck als Lehrling zum Schornsteinfeger ausgebildet worden. Er war fortgelaufen und zum Dieb geworden, um nicht zu verhungern, aber nicht, ehe er die meisten Finger und etliche seiner Zehen verloren hatte.

»Also, gut, laß uns verschwinden.« Jocelyn lief durch das Zimmer und wünschte, sie hätte noch das hübsche gelbe Kleid gehabt. Sie fragte sich, wie sie in ihrem Nachthemd nach London kommen sollte.

Sie blieb vor dem Fenster stehen, stieß es auf und beugte sich dann über die Brüstung. Da sämtliche Zimmer diese hohen Decken hatten, schien es, als sei sie eine Meile über dem Boden. Sie warf einen Blick auf das Fenster des Nebenzimmers. Tukker streckte den blonden Schopf durch die Öffnung und grinste sie frech und aufmunternd an.

»Das ist nichts dabei, glaub mir das. Laß dir einfach nur Zeit und schau nicht nach unten.«

Sie nickte und stieg auf die Fensterbank. Das Dach war mit glatten grauen Schieferplatten gedeckt und steiler, als es auf den ersten Blick den Anschein erweckte. Jocelyn ging einen Schritt auf Tuck und das offene Fenster zu und schnappte dann nach Luft, als der eiskalte Stein sich in ihre Fußsohlen schnitt. Sie machte einen weiteren zaghaften Schritt nach vorn und dann noch einen.

Dieses verdammte Nachthemd, dachte sie, als der Wind es zwischen ihre Beine wehte. Aber sie dachte gar nicht daran, es auszuziehen.

»Du bist gleich da, Jo. Nur noch ein klitzekleines Stückchen.«

In Jos Augen nahm sich das klitzekleine Stückchen wie eine Meile aus, und ihre Knie waren butterweich. Sie kauerte sich hin, um die Windstöße weniger heftig zu spüren, und in gebeugter Haltung glitt sie mit langsamen, zielstrebigen Schritten weiter.

»Komm schon, Jo. Ehe irgendein Dreckskerl nach oben schaut und uns sieht.«

Das war der Ansporn, den sie brauchte. Sie brachte nicht nur ihr eigenes Leben in Gefahr, sondern auch Tucks Leben. Sie stand wieder auf und bewegte sich voran. Sie hatte das Fenster fast erreicht, als ein Windstoß ihr Nachthemd hochhob und einen beträchtlichen Teil ihres Unterkörpers entblößte. Jocelyn bekam den Saum zu fassen und versuchte, ihn wieder herunterzuziehen. Sie wankte ein paar Schritte voran und wäre fast hingefallen.

»Heiliger Strohsack, sei vorsichtig!« rief Tuck.

Jocelyn bemühte sich, ihr hämmerndes Herz zur Ruhe zu bringen, und sie zwang sich, nicht nach unten zu schauen.

»Du hast es gleich geschafft.« Tucker streckte ihr den Arm entgegen, aber Jocelyn warf nur einen flüchtigen Blick darauf.

Sie wollte nicht ausgleiten. Sie schwankte ein wenig, machte den nächsten zaghaften Schritt, hielt einem kräftigen Windstoß stand, der ihr Nachthemd aufblähte, bemühte sich, den Saum festzuhalten, spürte, wie ihre Fußsohle ausglitt, und schrie schrill auf, als sie stürzte.

»Jolie!«

Jocelyn fiel nach vorn und landete hart auf der Seite. Ihre Finger krallten sich in den glatten grauen Stein und versuchten, Halt zu finden. Sie sah den Rand des Daches schnell auf sich zukommen, packte in ihrer Panik ein letztes Mal zu und erwischte eine Schieferplatte, die ein wenig hochstand und ihr Schlittern abbremste. Von Kopf bis Fuß zitternd rang sie um Selbstbeherrschung. Ihr Atem ging abgehackt, und ihr Herz drohte, ihre Brust zu sprengen.

Langsam zog sie sich hoch und tastete mit der freien Hand

nach dem Fenster. Plötzlich spürte sie einen Ruck und ein Brennen in ihrem Handgelenk, und es kam ihr vor, als würde ihr der Arm ausgerissen.

Als Jocelyn aufblickte, sah sie Stoneleigh mit nacktem Oberkörper dastehen. Er hatte sich über die Brüstung gebeugt, seinen kräftigen Arm aus dem Fenster gestreckt und ihr Handgelenk umklammert.

»Ganz ruhig«, sagte er. »Ich habe dich.« Er zog sie über das Fensterbrett in seine Arme, und zu ihrem Erstaunen ließ Jocelyn es zu. »Du kleiner Dummkopf«, sagte er, und jetzt, nachdem sie in Sicherheit war, brach seine Wut durch. »Was, zum Teufel, hast du dir dabei bloß gedacht?«

»Ich wollte aus deinem verfluchten Haus verschwinden!« sagte sie, klammerte sich jedoch weiterhin an ihn. Sie zitterte von Kopf bis Fuß, war bis auf die Knochen durchgefroren und glühend dankbar dafür, überhaupt noch am Leben zu sein.

Als hätte er ihre Gedanken gelesen, schlang er die Arme fester um sie und preßte sie an seine starke Brust. »Gütiger Himmel, das hätte dich wirklich beinah das Leben gekostet.«

Jocelyn löste sich von ihm, obwohl ein kleiner Teil ihres Innern es gar nicht wollte. »Ich... ich hätte es schaffen können. Dann hätten wir dieses verdammte Haus verlassen und wären für immer von hier verschwunden.«

»Du hättest es geschafft, ach ja? Du hast um Haaresbreite davorgestanden, die Radieschen von unten wachsen zu sehen.« Er wirkte tatsächlich besorgt.

»Was würde das für dich schon ändern?«

Rayne zog eine finstere Miene. »Ganz gleich, was du denkst, aber ich bin nicht der Menschenfresser, für den du mich hältst.«

Sie mußte mit einem gewissen Widerstreben eingestehen, daß ihr Bild von ihm sich verändert hatte.

»Wo ist der Junge?«

Sie sah sich nach Tucker um und war dankbar dafür, daß er fortgelaufen war, als der Vicomte aufgetaucht war. »Welcher Junge?«

»Dieser kleine Gassenlümmel, der dich überredet hat, über das Dach zu klettern.«

»Ich mußte fliehen«, sagte sie anstelle einer Antwort. »Brownie ist angeschossen worden. Er könnte sterben, wenn ich nicht rechtzeitig zu ihm komme.«

»Du meinst diesen alten Galgenvogel, mit dem du umhergezogen bist? Der Mistkerl hat mich ausgeraubt – und hätte mich gern tot gesehen. Was ihm auch zustößt, er hat es verdient.«

»Er ist mein Freund. Ich muß zu ihm gehen.«

»Sag mir, warum du versucht hast, mich zu töten.«

Sie schüttelte nur den Kopf. Ihr Bild von ihm mochte sich geändert haben, aber sie war keinesfalls bereit, ihm zu vertrauen. Und außerdem, was hätte das schon genutzt? Sie glaubte nicht einen einzigen Augenblick lang, daß er sie hätte laufen lassen, wenn sie es ihm gesagt hätte.

»Dann bleibst du eben in diesem Haus eingeschlossen.«

Jo biß die Zähne zusammen. »Nein, ganz bestimmt nicht. Ich werde einen Fluchtweg finden.«

»Du wirst hierbleiben, bei Gott. Du wirst mir die Wahrheit sagen, oder du bleibst hier, bis die Hölle zufriert!« Mit diesen Worten packte er ihr Handgelenk und zerrte sie durch das Zimmer. Draußen im Korridor hob er sie hoch, obwohl sie sich wand und wehrte. Er trug sie die Treppe hinunter.

»Ist... ist alles in Ordnung, Eure Lordschaft?« Diese Frage kam von Farthington, der verschlafen dastand und sich die Augen rieb. Sein Nachthemd endete direkt über zwei knochigen Knien.

»Ja, es ist alles in Ordnung.« Stoneleigh lief an ihm vorbei. »Sie könnten allerdings die Augen nach einem verwahrlosten blonden Jungen offenhalten. Er muß sich irgendwo hier verstecken. Aber lassen Sie sich deshalb nicht um Ihren Schlaf bringen. Sorgen Sie nur dafür, daß das Silber weggesperrt ist.«

Er lief durch die Tür in sein Zimmer und durch das Zimmer in einen angrenzenden Raum, der, wenn er heiratete, der Vicomtesse vorbehalten war. Er ließ Jocelyn auf das Bett mit dem enormen seidenen Baldachin fallen, riß eine der goldenen Schnüre herunter, mit denen die schweren eisblauen Vorhänge zurückgebunden waren, und schlang sie ihr um die Handgelenke. Innerhalb von Minuten hatte er sie an den Pfosten am Fußende des Bettes festgebunden.

»Läßt du mich laufen, wenn ich dir die Wahrheit sage?«

Er sah ihr ins Gesicht und las die Lüge, die sie ihm ins Gesicht schleudern würde. »Nein.«

»Du verfluchter Kerl, ich muß von hier fort!«

Er beugte sich über sie, und seine dunklen Augen loderten. »Hör mir zu, du kleine Göre. Es wird bald hell. Allein heute nacht hast du versucht, zweimal mich und einmal dich umzubringen. Du hast mir eine ganze Menge zu erklären, ehe ich dich aus diesem Haus verschwinden lasse, und im Moment bin ich nicht dazu aufgelegt, mir deine Erklärungen anzuhören. Ich rate dir, dafür zu sorgen, daß du ein paar Stunden Schlaf bekommst. Ich habe jedenfalls die Absicht, jetzt zu schlafen.«

Mit einem letzten harten Blick ging er auf die Verbindungstür zu seinem Zimmer zu, riß die Tür auf und knallte sie lautstark hinter sich zu.

»Verdammt noch mal, der Teufel soll dich holen!« Jocelyn wand und verrenkte sich auf dem Bett und versuchte, die Knoten um ihre Handgelenke zu lösen, doch es gelang ihr nicht. Jede Sekunde zählte, und ihr waren wortwörtlich die Hände gebunden! Sie sah sich nach etwas um, was ihr bei ihrem Fluchtversuch hätte behilflich sein können. Statt dessen entdeckte sie das gelbe Musselinkleid, das sie am Abend getragen hatte. Es hing an einem Haken neben der Tür.

Zumindest hatte sie jetzt etwas Anständiges zum Anziehen, falls sie sich befreien konnte. »Wo steckst du, Tucker?« flüsterte sie laut und fragte sich, wohin der Junge wohl verschwunden war. Sie hatte das sichere Gefühl, daß er zurückkehren würde. Irgendwie würde er dahinterkommen, wo er sie finden konnte, und dann würde er ihr helfen, von hier zu fliehen.

Es dauerte nicht lange, bis sie ihn hörte, oder zumindest hörte sie, wie ein Schlüssel in dem eisernen Türschloß umgedreht wurde. Tucker grinste, als er die Tür aufstieß und einen großen metallenen Schlüsselring hochhielt.

»Der gehört dem Zimmermädchen vom oberen Stockwerk. Ich habe ihn auf der Kommode in ihrem Zimmer gefunden. Ich dachte mir, der Schlüssel sei eine bessere Idee, als es noch einmal durchs Fenster zu probieren.«

»Viel besser«, stimmte Jo ihm zu. »Eil dich.«

Er brauchte nicht lange, um sie zu befreien. Und dann dauerte es nur wenige Augenblicke, bis sie in das gelbe Musselinkleid geschlüpft war. Tucker machte gerade so viele Knöpfe zu, daß sie das Kleid nicht verlor. Jocelyn schnappte sich das weiße Baumwollnachthemd, das sie abgelegt hatte, als Schutz gegen die Kälte und später dann als perfektes Verbandsmaterial, und schon liefen sie zur Tür hinaus und machten sich auf den Weg. Mit einer Kutsche brauchte man eine Stunde, um nach London zu gelangen, zu Fuß entsprechend länger. Wenn sie Glück hatten, würden sie vielleicht von jemandem mitgenommen.

»Stoneleigh hat einen leichten Schlaf«, warnte Jocelyn Tukker. »Wir müssen leise sein.« Sie lief an seinem Zimmer vorbei durch den Gang und auf die massive Haustür zu, aber Tucker hielt sie am Arm fest.

»Er hat an der Vordertür und an der Hintertür Dienstboten aufgestellt. Wir müssen das Fenster nehmen, durch das ich reingekommen bin.«

Jocelyn nickte und ließ ihn vorangehen. Als sie das Fenster erreichten, war sie so nervös, daß sie sich benommen fühlte. Erst als sie von der Fensterbank auf den Boden gesprungen waren, stieß sie einen Seufzer der Erleichterung aus. Am Haupteingang war ein Lakai aufgestellt, doch niemand bewachte das Tor neben den Ställen. Sie nahmen diesen Weg und hatten bald das Anwesen verlassen.

Als sie über das Gras zur Hampstead Road rannten, dachte Jocelyn an den Mann, den sie zurückgelassen hatte. Sie würde ihn nie wiedersehen – es sei denn, er setzte die Behörden auf sie an. Selbst wenn er das tat, war sie unbesorgt. Für das eine oder andere geringfügige Vergehen hatte sie sich dem Wachtmeister und seinen Leuten jahrelang entziehen können.

In gewisser Weise war sie froh, daß ihre Wege sich endlich gekreuzt hatten. Seine Verbrechen waren dadurch nicht abgemildert worden, aber sie hatte eine ganze Menge über ihn in Erfahrung gebracht – und noch mehr über sich selbst herausgefunden. Das Wichtigste war jedoch, daß ihr Zusammenstoß mit ihm sie befreit hatte, und jetzt konnte sie sich mit der Vergangenheit auseinandersetzen, sich damit arrangieren und ihr Leben in irgendeiner Form weiterführen.

Dieser Gedanke betrübte sie. Jahrelang hatte ihr Racheschwur ihr ein Ziel im Leben gegeben, einen Grund dafür, jeden einzelnen jämmerlichen Tag zu überstehen. Jetzt war dieser Grund ausgeräumt, und die Zukunft erstreckte sich trostlos und finster vor ihr. Keine Träume, keine Ziele, keine Zukunftspläne. Alles, was sie jetzt noch hatte, waren Tucker und Brownie.

Brownie. In diesem Augenblick war der gute alte Gauner alles, was zählte. Sie hatte ihm ihr Leben zu verdanken. Jetzt stand sein Leben auf dem Spiel, und sie mußte ihm helfen. Das würde sie tun, gelobte sie sich, und sowie das getan war, würde sie einen Weg finden, wie sie weiterleben konnte.

Rayne blieb nur einen Moment lang in seinem Arbeitszimmer am Fenster stehen, gerade lange genug, um zu sehen, wie seine Beute durch das Tor neben den Ställen schlüpfte und in der Dunkelheit verschwand, sich seinen Blicken entzog. Er hatte gewußt, daß der Junge zurückkommen würde. Er hatte gewußt, daß die beiden einen Fluchtweg finden würden.

Genau das hatte er beabsichtigt.

Er verließ das Arbeitszimmer und war entschlossen, auf ihrer Flucht zurück in die Stadt hinter ihnen zu bleiben. In einer Rehlederhose, hohen Stiefeln und einem weißen Batisthemd mit weiten Ärmeln lief er durch das Haus. Er verließ es durch die Hintertür und begab sich direkt zu den Ställen. Es dauerte nur einen Moment, bis der verschlafene Stallknecht Trafalgar, seinen Vollbluthengst, einen Fuchs, gesattelt und ihm das Zaumzeug angelegt hatte, und im nächsten Augenblick schwang er sich auf den Sattel und ritt in Richtung Straße. Er hatte nicht die Absicht, die beiden aus den Augen zu verlieren; er wollte es aber auch nicht riskieren, von ihnen gesehen zu werden.

Rayne dachte an die Frau, die er verfolgte, und ein Muskel in seiner Wange zuckte. Sie hatte sich anerboten, ihm zu sagen, warum sie ihn töten wollte, aber sie hätte alles gesagt, um ihrem Freund zu helfen. Er wollte die Wahrheit erfahren, und er wußte sich keinen anderen Rat, wie er dahinterkommen konnte.

Er würde ihr dorthin folgen, wo sie lebte, den Schurken finden, den sein Kutscher offensichtlich verwundet hatte, ihm mit der Brutalität drohen, die er gegen das Mädchen nicht hatte einsetzen können, und die beiden zwingen, ihm die Wahrheit zu erzählen.

Vor seinem geistigen Auge zog noch einmal das Bild vorüber, wie sie in ihrem züchtigen weißen Nachthemd vor seinem Bett gestanden hatte. Ob sie ihn tatsächlich erstochen hätte? Er konnte noch den Ausdruck auf ihrem Gesicht vor sich sehen, als sie das Messer gehoben hatte – eine Mischung aus Wut, Zweifel und Furcht. Stolz und vereitelte Bemühungen hatten sie zu dem Angriff provoziert. Trotzdem wußte er immer noch nicht, welches Verbrechen sie ihm unterstellte, und er kannte ihre Gedankengänge noch nicht gut genug, um sicher zu sein, was sie möglicherweise getan hätte und was nicht.

Seit er den ersten Blick auf sie geworfen hatte, schwirrte sein Kopf. Ein heruntergekommenes, verwahrlostes schwarzhaariges Gör mit langen, wohlgeformten Beinen und einem knackigen kleinen Hinterteil hielt ihn in Atem. Weshalb haßte sie ihn?

Sie war zu alt, um von ihm abzustammen, die uneheliche Tochter irgendeiner Frau zu sein, die er längst vergessen hatte. Hatte er ihrer Schwester oder ihrer Mutter ein Unrecht angetan? Eine Freundin von ihr sitzengelassen, die glaubte, in ihn verliebt zu sein? Gut möglich, aber er glaubte es nicht. Der Haß, den er in ihren Augen gesehen hatte, war viel zu groß. Sie hatte gesagt, mit dem Krieg hätte es nichts zu tun, mit irgendeinem Soldaten des gegnerischen Heers, den er getötet oder verstümmelt hatte.

»Verdammt«, sagte er in dem Moment laut vor sich hin, ehe er über die Kuppe des Hügels über der Hampstead Road ritt. *Was, zum Teufel, konnte es bloß sein?*

»Ganz ruhig, Junge.« Er griff in die Zügel und zwang Tray, im Schritt zu laufen. Auf dem Kamm des Hügels, hinter einem dicken Baumstamm, stieg er ab. Unter ihm rannten Jocelyn und der magere Junge hinter einem Milchwagen her, der in die Stadt fuhr. Sie sprangen hinten auf, kletterten auf die Ladefläche und kauerten sich unter die Plane über den Milchkannen. Rayne lächelte vor sich hin. Es würde nicht schwierig sein, ihnen zu folgen. Ein gemütlicher Ritt nach London, und dort würde er die Antworten auf seine Fragen bekommen.

London. Geneviève. Verflucht. Zum ersten Mal seit gestern abend ging ihm auf, daß er Lady Campden und die Drohungen, die sie ausgesprochen hatte, gänzlich vergessen hatte. Er stieß einen matten Seufzer aus. Er hatte keine Lust gehabt, sie zu besuchen. Jetzt war das Schicksal eingeschritten, und sein Kurs war vorbestimmt. Geneviève würde tun, was ihr paßte; er hatte die Gelegenheit versäumt, sie davon abzuhalten. Er hoffte nur, sie würde nicht die Dummheit begehen, ihren Mann in diese schmutzige Affäre einzuweihen, aber wenn sie es tat, dann sollte es eben so sein.

Er dachte an ihre aufdringliche Art, an ihre üppigen Formen und erstaunlicherweise fiel ihm dabei eine andere dunkelhaarige Schönheit ein. Diese andere war jünger, schlank und anmutig, und ihre Brüste waren hoch angesetzt und straff. Ihre

Augen waren leuchtend kornblumenblau, ihr Gesicht fein geschnitten, und ihre Beine waren lang und wohlgeformt. Wenn sie nicht ein gar so rachsüchtiges kleines Geschöpf gewesen wäre, hätte er sie verflucht attraktiv gefunden.

Er dachte an ihre winzige Taille, ihren strammen, runden, kleinen Hintern, und seine Hose spannte sich um seine Lenden.

Wem wollte er hier eigentlich etwas vormachen? Diese Frau setzte sein Blut in Flammen. Beim Abendessen hatte er jedesmal, wenn er sie angesehen hatte, daran gedacht, wie sie sich angefühlt hatte, als sie sich in der Kutsche unter ihm gewunden hatte. Nach seiner Rauferei mit ihr auf seinem Bett hatte er an ihre elastische Haut gedacht, an die langen schmalen Beine, an ihren flachen Bauch. Er erinnerte sich daran, wie ihre Brüste sich angefaßt hatten, und er wünschte, er hätte sie sehen können.

Als er in ihrem Zimmer Geräusche gehört hatte, nach oben gegangen war, den Jungen gesehen und begriffen hatte, daß sie draußen auf dem Dach war, hatte ihm das Herz fast die Brust gesprengt. Sie hätte es geschafft haben können. Sie hätte bereits tot sein können. Schon allein der Gedanke daran ließ seine Brust schmerzen.

Er hatte sie durch dieses Fenster ins Haus gezerrt und den Wunsch gehabt, sie zu erdrosseln. Durch die dünne Baumwolle des Nachthemds hatte er ihre Brüste gespürt, die Rundung ihres süßen Hinterteils, und er hätte ihr am liebsten die Kleider von ihrem reifen kleinen Körper gerissen und sie stundenlang ohne jede Unterbrechung geliebt.

Wenn er sich selbst gegenüber ehrlich war, dann wollte er von diesem attraktiven kleinen Luder mehr als nur die Wahrheit. Und wenn man bedachte, was sie ihn hatte durchmachen lassen, konnte er durchaus der Vorstellung nachgehen, die sich in seinem Hinterkopf breitgemacht hatte.

Ein kleines Lächeln spielte auf seinen Lippen. »Wir werden es ja sehen, du kleines Biest, ob dich dein Rachefeldzug letztendlich in mein Bett führen wird.« Während er auf der staubigen Straße dem Milchwagen folgte, lachte Rayne vor sich hin und drängte das Pferd zum Galopp.

4. Kapitel

Die Fahrt in dem Wagen schien ewig zu dauern.

Jocelyn und Tucker hatten kaum ein Wort miteinander gewechselt, denn beide waren von den Anstrengungen des Abends und der Sorge um ihren Freund ermattet. Statt dessen hatten sie die Köpfe an die rauhen Seitenwände aus Holz gelehnt und gedöst. Jeder einzelne Knochen in Jos Körper schmerzte, ihre Muskeln schrien vor Erschöpfung, und ihre Glieder waren von ihrem Handgemenge mit dem Vicomte in dessen Bett von blauen Flecken übersät.

Sie schlief nicht lange, aber selbst diese kurze Zeit gab ihr ein gewisses Maß an Kraft zurück, genug, um einem Besen auszuweichen, den der Fahrer des Wagens schwang, als er sie schlafend auf der Ladefläche vorfand.

Anschließend hatten sie sich auf den Weg gemacht, waren vom Stadtrand aus durch die schmalen Straßen und Gassen gelaufen, die zu ihrer Mansarde über Boswell's führten, nicht weit von der Drury Lane. Selbst um diese späte Stunde ging es in dem heruntergekommenen alten Gebäude noch lautstark zu, da die Stammgäste noch da waren, vorwiegend Gintrinker, Männer, die dem Alkohol verfallen waren. Jocelyn hatte sich derart an diesen Krach gewöhnt, daß sie ohne ihn kaum noch schlafen konnte.

»Gott sei Dank, daß wir es fast geschafft haben«, sagte sie zu Tuck, als sie durch die schmutzige kleine Gasse zur Rückfront des Hauses liefen.

»Ich hoffe nur, daß Brownie nicht zuviel durch die Gegend läuft. Viel nutzen ihm meine Verbände ganz bestimmt nicht.«

»Solange sie die Blutung bloß verlangsamt haben. Das ist die Hauptsache.«

»Ich habe ihm ein Stück Schnur um den Arm gewickelt, wenigstens das. Damit das Blut nicht ganz so schnell fließt.«

Jocelyn nickte nur, und ihr wurde übel bei dem Gedanken, daß Brownies Lebenssaft aus ihm heraussickerte. Sie lüpfte das gelbe Musselinkleid, damit es nicht auf die schmutzige Gasse hing, und dann stieg sie die wackligen Stufen zum Dachboden hinauf und öffnete eilig die Mansardentür.

Brownie lag in der Ecke auf seiner Matratze gleich neben der, die Tucker sich selbst angefertigt hatte. Jocelyn lag an der anderen Seite auf dem Fußboden, hinter einem behelfsmäßigen Vorhang, denn das war alles, was sie sich an Intimsphäre leisten konnten. Ein winziges Dachfenster ließ eine spärliche Menge Luft in den Raum, doch die war vorwiegend schwarz und rußig, und ihr ehrgeiziger enormer Luxus – ein alter eiserner Ofen – stand auf kurzen dicken Beinen neben der Tür.

»Brownie«, sagte Jocelyn liebevoll und kniete sich neben ihn. »Ich bin es, Jo.«

Er umklammerte ihre Finger, und sie spürte, wie kalt und klamm seine Hand war. »Ich wußte doch gleich, daß du ihn überlistest. Du bist also unbeschadet davongekommen, ja? Ich bin stolz auf dich, Jolie, Kleines.«

»Tucker hat mir bei der Flucht geholfen. Aber um dich machen wir uns Sorgen.« Sie zog die fadenscheinige Decke zurück, die das schwarze und silberne Haar auf seiner muskulösen Brust bedeckte, und sah den nassen roten Ärmel seines ausgefransten, handgewebten Hemdes an. Er hatte eine Menge Blut verloren. Sie konnte sehen, daß er geschwächt war.

»Der Mistkerl hat dir doch nichts getan?«

»Nein ... nein, mir fehlt nichts.« Sie nahm ihm den provisorischen Verband ab, nichts anderes als ein Stück von Tuckers Wolldecke, das hastig zusammengefaltet und in die Wunde gestopft worden war. Die Kugel war direkt durch den fleischigen Teil von Brownies Oberarm gedrungen.

»Der verfluchte Lüstling war wahrscheinlich viel zu sehr damit beschäftigt, dir an die Röcke zu wollen, und deshalb hat er seinen Grips nicht beieinander gehabt«, murrte Brownie.

Als sie an die Momente dachte, die sie in Stoneleighs Bett verbracht hatte, errötete Jocelyn. »Ich hatte keinen Rock an, oder hast du das vergessen?« Sie zog sich das Nachthemd von den Schultern und fing an, die weiche weiße Baumwolle in Streifen zu reißen.

Brownies graue Augen glitten über ihren Körper. »Also, wenn ich dich in diesem feinen gelben Kleid sehe, dann kann ich nur sagen, daß du jetzt ganz bestimmt einen Rock trägst.«

Ihre Wangen röteten sich noch tiefer. Sie hoffte, er würde es im matten gelben Schein der Kerze nicht bemerken. »Er hat meine Kleidungsstücke verbrannt.«

Sie spürte, wie seine Muskeln sich unter ihrer Hand anspannten. »Der dreckige Mistkerl hat dich wohl nackt ausgezogen, was? Wie, zum Teufel, hast du ihn dazu gebracht, seine Manieren nicht zu vergessen? Ich wette, dieser Schurke ist so hart geworden wie ein gewaltiger Steinbrocken, als er deinen reifen kleinen Körper zu sehen bekommen hat.«

»Brownie, würdest du bitte stillhalten? Der Vicomte war ein vollkommener Gentleman. Er... er hat mir ein Bad bringen lassen und mir saubere Kleider gegeben. Es ist nichts Ungehöriges passiert.«

Brownie sah ihr mit einem durchtriebenen Blick in die Augen. »Du warst schon immer eine fürchterlich schlechte Lügnerin, Kleines.«

»Verdammt, Brownie! Wenn ich dir doch sage, daß absolut nichts passiert ist. Wir haben miteinander gerungen, das ist alles. Dann ist Tucker gekommen und hat mich aus diesem verfluchten Haus rausgeholt, und hier bin ich.«

Er lachte leise in sich hinein und schien sich zu beruhigen. »Wie ich sehe, hast du beschlossen, ihn nicht zu töten.«

»Ich habe festgestellt, daß es keine Rolle mehr spielt.« Brownie wollte noch etwas sagen, aber Jo legte einen Finger auf seine

Lippen. »Bitte, Brownie, bleib einfach nur still liegen. Es ist wichtig, daß du bei Kräften bleibst.« Sie wandte sich an Tuck. »Gib mir die Wasserkanne. Ich muß die Wunde säubern.«

Tucker nickte und ging, um die Kanne zu holen.

Rayne stand vor der Tür im Gang. Er war dem Mädchen und dem magern blonden Jungen durch die Außenbezirke von London in die Innenstadt gefolgt und hatte Tray in einem Gasthaus im Stall zurückgelassen. Als die Straßen immer schmaler und schmutziger und der Gestank der offenen Kloaken und der Abwasserkanäle immer stärker wurden, steigerte sich sein Unbehagen sichtlich. Und er sorgte sich mehr und mehr um Jocelyns Sicherheit.

Eine Frau von ihrer offensichtlich guten Herkunft konnte doch nicht in einer solchen Gegend leben! Aber es schien immer klarer zu werden, daß dem so war.

Selbst in einer mondlosen Nacht wie dieser war sie in ihrem leuchtend gelben Kleid mühelos zu verfolgen. Jocelyn eilte weiter, vorbei an Tavernen und Kaffeehäusern, deren riesige hölzerne Aushängeschilder über den schmalen dunklen Gassen in der Brise schwankten, vorbei an zerlumpten Bettlern, die keine Schuhe trugen und in der Gosse schliefen, vorbei an Betrunkenen, die Arm in Arm mit unzüchtigen, halb entblößten Huren herumliefen. Mehrfach hatte er sich Sorgen gemacht, sie könnte ihn entdecken, aber sie war so sehr um ihren Freund besorgt, daß sie sich nicht ein einziges Mal umsah.

Jetzt verstand er ihre Verkleidung, verstand, daß sie Hosen trug. In diesem Teil der Stadt war eine Frau in Röcken das gefundene Fressen für jeden Gauner und Erpresser.

Zu beobachten, wie sie durch die Straßen rannte, reichte aus, damit sich seine Brust aus Angst um sie zuschnürte.

Und je weiter sie lief, desto schäbiger wurde die Gegend. Er kannte diesen Teil der Stadt, diese engen gewundenen Gassen in der Nähe der Drury Lane. Er war vor Jahren hier gewesen, um einen Soldaten, der versackt war, wieder zur Pflicht zu rufen, einen jungen Knaben, der in der Schlacht einen Freund verloren hatten und in schlechte Gesellschaft geraten war, um seinen Kummer zu ertränken. Rayne hatte den Jungen heil herausgeholt, obwohl er sich mit der Hälfte aller Betrunkenen in der Red Cock Tavern hatte herumschlagen müssen, um das zu erreichen.

Hinterher war er noch ein paarmal hier gewesen, um sich selbst zu amüsieren oder, genauer gesagt, zur Belustigung seines besten Freundes, Dominic Edgemont, Marquis von Gravenwold. Dominics Charakter hatte eine Schattenseite, die ab und zu ans Licht kam. Gravenwold wußte, wo er sie ausleben konnte, und gelegentlich schloß Rayne sich ihm an.

Aber das war kein Ort für eine Frau.

Er folgte Jocelyn und dem Jungen über die Straße, durch ein paar dunkle Seitengassen, dicht bei der Great Queen Street und der Long Acre, bis sie schließlich in ein Elendsquartier zwischen der St. Martin's Lane, der Bedfort Street und Chandos Place einbogen, einen Slum, den die Diebe »Karibik« nannten.

Gütiger Himmel. Das Gebäude, das sie schließlich betrat, war vielleicht das heruntergekommenste, das er je gesehen hatte. Die Fenster des Bierlokals waren schmutzig, die Dielen der Veranda alt und brüchig, die Gasse dahinter mit stinkenden Abfällen angefüllt und von Ratten überschwemmt. Rayne stieg nicht lange nach ihnen die wackligen Stufen hinauf und lauschte dann in jedem der Stockwerke, ob aus einem der Zimmer etwas zu hören war. Im dritten Stockwerk konnte er Jocelyns Stimme durch die dünne Tür des Dachbodens hören, konnte aber nicht verstehen, was sie sagte.

Sein Kiefer spannte sich vor Entschlossenheit an. Er wollte dieser ganzen häßlichen Geschichte ein Ende bereiten. Er öffnete leise die Tür, zog die Pistole heraus, die er sich in den Hosenbund gesteckt hatte, weil er hoffte, mit dieser Demonstration von Überlegenheit die Wahrheit ans Licht zu bringen, und betrat den Raum.

Es war eine kleine stickige Mansarde, die mit zwei kaputten

Rohrstühlen, einem massiven Eisenherd und einem furnierten Tisch eingerichtet war, auf dem ein eiserner Kerzenhalter stand. Eine kantige Spiegelscherbe hing an der Wand, und eine Ecke des Raumes wurde durch einen roten Vorhang aus grobem Leinen abgeteilt.

Es war eine weit schlimmere Bruchbude als alles, was er sich je hätte ausmalen können, und doch strahlte dieser Dachboden seltsamerweise Behaglichkeit aus und war makellos sauber. Vielleicht lag es daran, wie säuberlich die vergilbten Zeitungen neben der gesprungenen Kaffeekanne auf dem Tisch aufgeschichtet waren, oder an dem winzigen liebevoll bestickten Stückchen Vorhang, das vor dem Fenster flatterte, vielleicht kam es aber auch von dem Teller mit den blauen Blumen und den abgeschlagenen Kanten, der als Dekoration an der Wand hing.

Was es auch sein mochte, es bekräftigte ihn nur noch in seinem Entschluß, die Wahrheit über dieses wunderschöne und faszinierende junge Mädchen herauszufinden. Er spannte den Hahn seiner Waffe.

»Wie rührend.« Alle zuckten zusammen, drehten sich um und starrten in seine Richtung. »Ich persönlich bin der Meinung, es könnte ratsamer sein zu sterben – wenn man bedenkt, wie viele Jahre Sie im Gefängnis verbringen werden.«

»Sie!« Jocelyn starrte ihn voller Entsetzen an.

»Ganz genau.«

»Wie... wie haben Sie uns gefunden?«

»Das hast du dem Kleid zu verdanken, das du gestohlen hast. Es hat es mir außerordentlich leicht gemacht. Es war so, als folgte man bei einem Sturm einem Leuchtfeuer.«

»Sie können mit mir machen, was Sie wollen«, sagte der Verwundete, »aber lassen Sie das Mädchen und den Jungen laufen.« Er versuchte, sich von seinem Lager hochzuziehen, doch Jocelyn stieß ihn auf seinen Strohsack zurück.

Sie musterte Raynes Pistole und sah dann in sein Gesicht auf. »Ich gehe nicht von hier fort – Lordschaft hin, Lordschaft her.«

Jocelyn schenkte Brownies Protesten keine Beachtung, beugte sich über ihn und machte sich wieder daran, die Wunde zu säubern, als hätte Rayne kein Wort gesagt. Der Junge schien nicht ganz sicher zu sein, was er tun sollte, aber er versuchte nicht wegzulaufen.

»Du... Junge... wie heißt du?«

»Tuck... Tucker, Sir. Ich meine, Eure Lordschaft.«

»Komm her und setz dich auf diesen Stuhl.«

»Ja, Sir.« Tucker ging auf den Stuhl zu und setzte sich vorsichtig hin.

Rayne sicherte die Waffe und stieß sie wieder in seinen Hosenbund. Soviel zu seiner Demonstration von Überlegenheit. »Wie steht es um ihn?«

Jocelyn blickte auf, aber nur einen Moment lang. »Er hat eine Menge Blut verloren.«

Rayne ging durch den Raum, kniete sich neben ihr hin und begann, die Wunde zu untersuchen. Sie war sauber, doch es sickerte immer noch Flüssigkeit heraus. »Zu schade, daß du eine so ordentliche kleine Hausfrau bist. Spinnweben sind oft gut, um die Blutung zu stillen.«

»Woher wollen Sie das wissen?«

»Ich weiß eine ganze Menge über Blut... und über das Sterben.«

Tucker sprang auf. »Draußen in der Gasse gibt es haufenweise Spinnweben. Ich könnte welche holen und gleich wieder da sein.«

Leuchtend blaue Augen hefteten sich auf Raynes Gesicht. »Würde das wirklich etwas helfen?«

»Das kann gut sein.«

»Hol welche, Tuck.«

Als Tucker zur Tür rausrannte, tupfte Jocelyn mehr Blut aus der Wunde, faltete dann ein quadratisches Stück, das sie aus dem sauberen weißen Baumwollnachthemd herausgerissen hatte, zusammen, um die Wunde damit zu polstern. Als Tucker zurückkam und ihr einen großen Klumpen graubraune Spinnweben in die Hand drückte, warf sie einen unsicheren Blick auf Rayne, begann aber dann, die Spinnweben sorgfältig auf der Wunde auszubreiten.

»Da unten herrscht Tumult«, sagte der Junge. »Ich gehe noch mal runter und schaue nach. In einer solchen Gegend kann man gar nicht zu vorsichtig sein.« Er warf einen Blick auf Rayne, der nickte.

Im Grunde genommen war ihm egal, ob der Junge zurückkam oder nicht. Er hatte mit den beiden hier ohnehin schon alle Hände voll zu tun. Und außerdem war es gut, wenn man wußte, was los war, falls sich hier in irgendeiner Form Ärger zusammenbraute. »Lauf schon los.«

Der Junge verschwand eilig, und Jo verband sorgfältig die Wunde und schnürte den Verband dann fest zu.

»Dank dir, Schätzchen.« Brownie drückte ihr die Hand. »Ich fühl mich jetzt schon wieder munterer.«

»Das höre ich gern«, sagte Rayne, dessen Stimme wieder kalt war, »weil wir beide nämlich etwas miteinander zu besprechen haben.«

»Er ist verletzt – lassen Sie ihn in Ruhe«, setzte Jo an, doch in dem Moment flog die Tür auf, und Tucker kam mit Augen, die vor Entsetzen weit aufgerissen waren, hereingerast.

»Wir müssen hier raus – das verdammte Haus steht in Flammen!«

»Was?« Jocelyn riß abrupt den Kopf hoch. Rayne ging zur Tür und zog sie auf. Jetzt schon züngelten orangerote Flammen durch das baufällige Treppenhaus nach oben. Er schloß die Tür gegen den erstickenden schwarzen Rauch, der hineinwogte. »Gibt es noch einen anderen Ausgang?«

»Ja«, sagte Tucker. »Am anderen Ende vom Gang. Eine Treppe, die durch die Taverne führt.«

»Du und Jocelyn, ihr lauft voraus. Ich bringe euren Freund nach.« Er lief durch das Zimmer und legte einen Arm unter Brownies Schultern. Sie zogen sich gemeinsam von der Matratze hoch, hielten jedoch abrupt in der Bewegung inne, als sie

Tuckers vergebliches Drängen und Jos erstarrte Glieder und ihr entsetztes Gesicht sahen.

»Sie hat Angst vor Feuer«, sagte Tuck mit hoher, eindringlicher Stimme. »Sie kann keinen Muskel rühren.«

»Verdammt und zum Teufel!« Rayne lehnte Brownie mit einem grimmigen Fluch an eine Wand, packte die fadenscheinige Decke, unter der der ältere Mann gelegen hatte, ging auf das Mädchen zu, das erstarrt dastand, und warf ihr die Decke über den Kopf und über die Schultern. »Du mußt mir helfen, Jo«, sagte er. »Wenn wir nicht bald hier rauskommen, schafft es keiner von uns.«

Sie nickte, als hätte sie ihn verstanden, doch sie setzte sich nicht in Bewegung.

Rayne packte sie an den Schultern. »Jocelyn, hast du mich gehört?« Es war der Kommandoton, den er bei seinen Truppen eingesetzt hatte, ein Zischen, das lauter durch den Raum hallte als das Knistern des Feuers vor ihrer Tür. »Wir müssen uns in Bewegung setzen, und zwar sofort! Ich werde Brownie tragen. Halt dich einfach an mir fest, hast du verstanden?«

Sie nickte. »Ja.«

Rayne ging wieder zu Brownie, bückte sich und hievte sich den stämmigen Mann über die Schultern. Tucker ging voran, und Jocelyn hatte den Arm um Raynes Taille gelegt, als sie zur Tür hinausliefen. Inzwischen hatten die Flammen die Hintertreppe vollständig verschlungen.

Während sie in der heißen Luft, die ihnen den Atem raubte, husteten und ächzten, führte Tucker sie unbeirrt durch den dichten schwarzen Rauch und die Treppe hinunter, die durch die Taverne nach oben führte. Die Hitze im Haus sorgte dafür, daß die Luft ihre Lungen versengte. Sie schwitzten ihre Kleidungsstücke durch, und der schweißnasse Stoff klebte ihnen an der Haut. Auf dem Treppenabsatz im ersten Stock, direkt über dem Bierlokal, blieben sie stehen, da ihnen eine Mauer von orangeroten Flammen jeden weiteren Abstieg unmöglich machte.

»Hier entlang!« Rayne hob einen Fuß, der in einem Stiefel steckte, trat eine der Schlafzimmertüren auf, trat ein und schloß die Tür fest hinter ihnen. Er ging direkt auf das Fenster zu. »Von hier aus müssen wir springen. Kannst du das schaffen, Brownie?«

»Mir tut der Arm weh, nicht der Arsch. Solange ich auf den Füßen lande, geht's mir besser als einer Hure, die gerade frisch durchgevögelt worden ist.«

»Jocelyn?« Rayne riß ihr die Decke vom Kopf. Ihre Augen waren glasig und ihr Gesicht so bleich, daß ihre Haut nahezu durchscheinend wirkte.

»Ich springe zuerst und helfe den anderen.« Tucker eilte vor.

»Guter Junge.« Rayne stieß das Fenster auf und stellte fest, daß die Seitenmauer des Gebäudes einen halben Meter neben ihnen bereits von den Flammen verschlungen war. Er half dem Jungen auf das Fensterbrett. Dabei fielen ihm zum ersten Mal die Hände des jungen Knaben auf. Nichts weiter als eine Masse von Narben, und an einer Hand waren ihm nur der Daumen und der Zeigefinger geblieben, an der linken hatte er noch den Daumen und zwei Finger. Die anderen Finger waren zu Stumpen verkohlt und teilweise miteinander verwachsen. Er spürte, wie ihm das Mitgefühl einen Stich versetzte, doch er kämpfte gewaltsam dagegen an. »Spring.«

Tucker ließ sich vom Fenstersims fallen, rollte beim Landen aus und sprang mühelos auf die Füße. Er drehte sich um und blickte grinsend zu ihnen auf. Jo sprang ohne ein Wort des Protests als nächste. Sie schien keinen Laut herausbringen zu können. Sie landete mit einem Stöhnen, fiel nach vorn und blieb so liegen, doch dann zog sie sich auf die Füße. Inzwischen hatten sich die Flammen durch die Tür gebrannt, und der Rauch im Zimmer war so dicht, daß sie nichts sehen konnten. In der Luft, die man nicht mehr atmen konnte, schwebten riesige Ascheflocken.

»Jetzt Sie«, würgte Brownie heraus.

»Kommt nicht in Frage.« Rayne stieß den stämmigen Mann

auf das Fensterbrett, hielt ihn einen Moment lang fest und ließ ihn dann los, und Brownie sprang.

Sowie er von der Fensterbank verschwunden war, stieg Rayne zum Fenster hinaus. Seine massige Gestalt füllte die Öffnung nahezu gänzlich aus. Dann sprang er durch den Rauch und die Flammen, landete mit angezogenen Knien auf dem Boden, kam besser auf, als er erwartet hatte, und konnte das Gleichgewicht halten und auf den Füßen bleiben.

»Jetzt stürzt es ein!« schrie Tucker, als das Dach in einem Funkenregen, der etliche Stockwerke höherstieg, einsackte. Im selben Moment brachen die brennenden Wände des Gebäudes auseinander und begannen, sich nach außen zu wölben, und der starke Wind ließ das Feuer heftiger lodern. Rayne riß Jocelyn in seine Arme, und Tucker und Brownie rasten neben ihm her, um sich in Sicherheit zu bringen. Hinter ihnen schlug die Mauer auf den Boden und sandte einen leuchtend orangen Funkenregen in den schwarzen Nachthimmel, und der Kreis der Schaulustigen lief auseinander.

Alle vier blieben ein Stück weiter hinten in der Gasse stehen. Sie alle atmeten schwer, und ihre Herzen schlugen schnell.

»Seid ihr beiden in Ordnung?« fragte Rayne Brownie und Tucker. Der ältere Mann sah bleich aus, aber auf seinem Gesicht stand ein breites Grinsen.

»Für ein verdammtes Blaublut sind Sie kein Weichling.«

»Sie hätten uns da oben sitzenlassen können.« Tucker musterte ihn ganz eigentümlich. »Nach allem, was Jo gesagt hat, hätte ich Sie nicht für einen verdammten Helden gehalten.«

Rayne schenkte diesen letzten Worten keine weitere Beachtung, sondern stellte das Mädchen sanft auf die Füße. Ihr Gesicht und ihre Kleider waren von Ruß bedeckt, und ihr kurzes schwarzes Haar hing als wüste Lockenmähne um ihr Gesicht, doch die Farbe war wieder in ihre Wangen zurückgekehrt. »Alles in Ordnung?« fragte er.

Sie nickte. »Ja. Es ist alles in Ordnung, nur… es tut mir leid, daß ich solche Schwierigkeiten gemacht habe.«

»Das ist schon gut.«

»Nein, eben nicht, aber ich...« Sie wandte den Blick ab, weil sie nicht bereit war, noch mehr zu sagen. »Wenn sich hier jemand vor Feuer fürchten sollte, dann sollte das Tucker sein.«

»Wieso?«

»Er ist als Lehrling von einem Schornsteinfeger angenommen worden, als er vier Jahre alt war. Seine Mutter ist gestorben, und sein Vater hat ihn für die Ginration von einer Woche verkauft. Vor ein paar Jahren ist er weggelaufen. Jetzt lebt er mit uns zusammen.«

Rayne hatte Geschichten über solche Vorkommnisse gehört. Kinder, die klein genug waren, um in die Schornsteine hinaufzusteigen, wurden nackt ausgezogen und gezwungen, sie auszufegen. Manche von ihnen verbrannten dabei; andere wie Tuck wurden oft schlimm zugerichtet und verstümmelt. Es waren Gesetze erlassen worden, um Kinder vor solchen Grausamkeiten zu beschützen, aber bisher war damit kein wirklicher Erfolg erzielt worden.

Er schaute den Jungen an, dem eindeutig unbehaglich zumute war und der es kaum erwarten konnte, daß das Thema gewechselt wurde.

»Sieht ganz so aus, als wären wir nicht die einzigen, die das Schlimmste abkriegen.« Tucker deutete hinter die eingestürzten Überreste des niedergebrannten Bierlokals. Das Gebiet, das dahinterlag, war ein Labyrinth von baufälligen Gebäuden, von denen viele unbewohnt waren, abgesehen von dem Gesindel von der Straße, das sich dort eingenistet hatte. Hinterhöfe waren ineinandergebaut, Gassen zweigten wahllos in alle Richtungen voneinander ab, und dazwischen lagen Trümmerhaufen, die schon lange hätten abgeräumt werden sollen.

Rayne, der ganz in den Anblick der Flammen vertieft war, drehte sich um, als er Jos Stimme hörte.

»Gütiger Himmel – es ist das Waisenhaus!« Ehe er sie aufhalten konnte, hatte sie ihre Röcke gelüpft und begann, wie eine Irre loszulaufen. Tucker war ihr direkt auf den Fersen.

»Du bleibst hier«, wies Rayne Brownie an, der zu schwach zu sein schien, um Einwände zu erheben. Im Laufschritt machte Rayne wieder einmal Jagd auf seine Beute und fragte sich, welcher Wahnsinn ihn davon abhielt, diesen Ort des Schmutzes und der Verzweiflung zu verlassen und sich auf den Rückweg nach Stoneleigh zu machen.

Und doch wußte er ohne jeden Zweifel, daß er das nicht tun würde.

Jocelyn schoß vor ihnen her in eine Gasse, die um die Feuersbrunst herumführte, und als Rayne ihr folgte, tauchte er gerade noch rechtzeitig aus der Gasse auf, um zu sehen, wie das Schild, auf dem FINDLINGSHOSPITAL NEW ROW LANE in Flammen aufging.

»Gütiger Gott.« Kinder in schmutzigen Nachthemden oder auch splitternackt strömten durch die offene Tür hinaus. Sie waren barfuß und weinten und schrien. Ihre Gesichter waren rußgeschwärzt und ihre Augen groß vor Angst, als sie sich umdrehten und das anschauten, was einst ihr Zuhause gewesen war.

Rayne ging näher. »Sind alle Kinder aus dem Gebäude draußen?« fragte er eine der Gemeindeschwestern, eine ältere Frau mit breiten Hüften, einem pockennarbigen Gesicht und mausbraunem Haar, das grau zu werden begann. Doch schon während er die Worte aussprach, sah er, wie etliche Kinder die Köpfe aus einem Fenster im ersten Stock herausstreckten und um Hilfe zu schreien begannen.

»Gütiger Gott im Himmel!« Die Frau begann zu schluchzen und hysterische Schreie auszustoßen, denen Rayne keine Beachtung schenkte. Statt dessen stieß er sie zu dem provisorischen Löschtrupp, der Eimer weiterreichte. Feuerwehrwagen rasten um die Ecke, von Gäulen gezogen, die sich ins Zeug legten, Messingglocken klingelten, aber es blieb ihnen keine Zeit, auf das Eintreffen der Feuerwehr zu warten.

Nicht, wenn sie die Kinder retten wollten.

Rayne schnappte sich auf dem Weg einen Eimer Wasser,

schüttete ihn sich über das Hemd und seine Hose und lief auf die offene Haustür zu. Um ihn herum schrien Menschen Befehle, wankten hinter ihm auf die Straße oder saßen auf dem Pflaster und weinten. Während er sich seinen Weg nach vorn bahnte, suchte er die Menge ab. Wo, zum Teufel, steckte Jo?

Wenn sie es bis hier geschafft hatte, dann konnte sie auch weitergehen – sie mußte es tun! Jocelyn stand am Fuß der glimmenden Treppe und blickte auf, als Rauch in die Eingangshalle zog. Tucker war bereits nach oben gelaufen. Sie mußte ihm folgen. Sie mußte ihm helfen, die Kinder nach unten zu bringen.

Der Vorhang nicht weit von ihr ging in Flammen auf, und Jocelyn kämpfte gegen eine Woge von Übelkeit an. Ihre Füße kamen ihr bleischwer vor, ihre Arme und Hände blutleer und taub. Es kostete sie jeden Funken Willenskraft, einfach nur am Fuß der Treppe zu stehen und zu beobachten, wie die Flammen an den Wänden in die Halle hinunterzüngelten. Sie hatten das gleiche grelle Orange, das in ihrer Erinnerung wütete, und sie verrichteten mit der gleichen grauenerregenden Hingabe ihr Zerstörungswerk. Vor ihrem geistigen Auge vermischte sich eine Feuersbrunst mit der anderen. Fast konnte sie die Balken fallen sehen und die gequälten Schreie hören, die aus dem Wohnzimmer drangen.

»Jo!« Stoneleighs Stimme riß sie aus ihrer Trance. »Zum Teufel, verschwinde von hier!«

»Ich... ich muß den Kindern helfen. Sie sitzen dort oben fest. Tucker ist schon raufgelaufen.«

»Ich hole sie.«

»Du? Aber warum solltest du...«

»Um Himmels willen, Jo, es sind Kinder! Zum Teufel, für was für einen Menschen hältst du mich eigentlich?«

Ehe sie etwas darauf antworten konnte, packte er sie am Arm und wirbelte sie herum. »Je länger du hierbleibst, desto schwerer machst du es mir.«

Sie nickte und lief auf die Tür zu.

»Bist du sicher, daß du es schaffst, allein rauszukommen?« fragte er.

»Ich werde es schon schaffen.«

Es war nicht annähernd so schwer, das Haus zu verlassen – im Vergleich dazu, es zu betreten. Vielleicht kam das daher, daß sie es nur zu gern verlassen wollte. Vielleicht lag es auch daran, daß Stoneleigh gesagt hatte, er würde die Kinder retten. In den langen Stunden dieser gräßlichen Nacht hatte sie den Glauben gewonnen, daß er so ziemlich alles schaffen konnte.

Sie wußte, daß er die Kinder retten würde, und ebenso genau wußte sie, daß ihr Haß auf den Vicomte ein Fehler gewesen war. Sie konnte sich keinen einzigen Moment länger einreden, daß Stoneleigh der unerbittliche herzlose Mann war, der den Tod ihres Vaters verschuldet hatte.

Draußen auf der Straße blieb Jocelyn stehen, schaute das brennende Gebäude an, biß sich auf die Unterlippe, rang die Hände und zählte die Sekunden, die immer länger wurden, seit Tucker und der Vicomte gegen die tobenden Flammen ankämpften.

Sie wäre vor Erleichterung fast ohnmächtig geworden, als sie die beiden herauskommen sah. Die Gesichter beider rußgeschwärzt, und jeder von ihnen trug ein Kind in den Armen. Sie grinsten von einem Ohr zum anderen.

Auch Jocelyn begann zu lächeln. Sie hatte alles verloren, aber die Kinder waren gerettet. Sie und Brownie und Tucker waren gerettet. Und das alles hatten sie nur Stoneleigh zu verdanken.

Als er und Tucker auf sie zukamen, lachte Jocelyn die beiden an und umarmte dann impulsiv ihren jungen Freund. Tuck räusperte sich und wich zurück.

»Ich sehe mal nach Brownie«, sagte er und ließ die beiden miteinander allein.

Sie blickte zu dem großen gutaussehenden Mann auf und verspürte eine Woge von Dankbarkeit, die ihre Kehle schmerzen ließ. »Du hast sie rausgeholt.«

»Ich habe dir doch gesagt, daß ich es tun werde.«

»Ja...« Tränen brannten in ihren Augen, und sie mußte den Blick abwenden. Sie fühlte sich so matt. Matt bis in die Knochen. Sie hatte entsetzliche Kopfschmerzen, und die Überreste des dichten schwarzen Rauchs, den sie eingeatmet hatte, ließen ihre Lunge brennen. Das Haar klebte feucht an ihren Wangen. Sie schaute auf ihre Hände herunter und sah, daß sie rußgeschwärzt waren und daß sich schwarze Streifen über ihre Arme zogen.

Dann fiel ihr Blick auf das wunderschöne gelbe Kleid.

Es war zerrissen und schmutzig, rußgeschwärzt und versengt. Einer der Puffärmel war abgerissen und hing herunter, und sogar die zarte Stickerei über ihren Brüsten, die am frühen Abend so unglaublich feminin gewirkt hatte, war jetzt mit Schlamm und Ruß verschmiert.

»Mein Kleid«, sagte sie, denn irgendwann im Lauf des Abends hatte sie sich in ihrer Vorstellung das luxuriöse Kleidungsstück angeeignet, das Kostbarste, was sie je besessen hatte. »Es... es ist ruiniert.«

Ihre schmerzerfüllten Augen sahen in ein besorgtes braunes Augenpaar mit goldenen Rändern um die Pupillen herum, und die Tränen, die sie so lange tapfer zurückgehalten hatte, begannen jetzt, über ihre Wangen zu rinnen. »Es war so hübsch«, sagte sie. Es war nicht mehr als ein Flüstern, das der Wind mit sich trug. »So hübsch.«

Die Tränen liefen ungehindert, und ihr Schluchzen, gegen das sie nicht ankam, ließ ihren Körper beben. Sie weinte um das winzige Mansardenzimmer über dem Bierlokal, das sie verloren hatten. Sie weinte, weil Brownie solche Schmerzen erlitten hatte, weil die Kinder kein Zuhause mehr hatten, und doch weinte sie am meisten um sich selbst, weil sich ein bitteres leeres Leben vor ihr erstreckte.

»Es ist schon in Ordnung, mein Liebes, du hast allen Grund zu weinen.« Die tiefe Stimme des Vicomte drang in ihre Ohren, und jetzt erst merkte sie, daß er sie in seine Arme gezogen hatte. »Mach dir keine Sorgen wegen des Kleides. Ich werde dafür sorgen, daß du ein anderes bekommst.« Aber es ging nicht um das Kleid, und das wußten sie beide.

Die Güte in seiner Stimme und der Trost, den er ihr spendete, ließen sie nur um so heftiger schluchzen, und sie schlang ihm die Arme um den Hals und klammerte sich an ihn wie an einen Felsen in der Brandung.

»Ganz ruhig, Liebes. Sei ganz ruhig. Es wird schon alles gut ausgehen.«

O ja, das würde es, das wußte Rayne. Er würde dafür sorgen. Dieses arme hübsche Mädchen rührte ihn auf eine Weise wie schon seit Jahren niemand mehr. Er würde ihr helfen. Er würde sie nicht auf der Straße um das Überleben kämpfen lassen. »Aber willst du mir bis dahin nicht erzählen, woher es kommt, daß du mich so sehr haßt?«

5. Kapitel

»Wirst du es mir sagen?« Rayne bog mit den Fingern ihr Kinn zurück. Hinter ihnen nahmen sich der Rauch und die Flammen vor dem düsteren Hintergrund der Morgendämmerung aschfahl und grimmig aus.

Jocelyn nickte. »Ja.«

Er sah jetzt etwas anderes in diesen klaren blauen Augen, die ihn durchdringend musterten, Aufrichtigkeit und möglicherweise sogar Erleichterung. Rayne glaubte, diesmal würde sie ihm die Wahrheit sagen.

Jetzt mußten sie sich jedoch zuerst einmal um die Kinder kümmern, die weinten, froren, hungrig waren und keinen Ort mehr hatten, an den sie gehen konnten, keinen Unterschlupf, in dem sie Zuflucht suchen konnten.

Während das Feuer eingedämmt wurde, half Jocelyn den Gemeindeschwestern mit den vierzig zerlumpten Kindern, die ihnen anvertraut worden waren. Rayne war mit einem Beamten fortgegangen, um das Problem zu lösen, wo die Kinder untergebracht werden konnten. Sowie entschieden worden war, daß sie vorübergehend im Armenhaus in Bell Yard untergebracht werden konnten, befaßte er sich damit, Transportmittel zu organisieren. Er setzte jede freie Mietdroschke und jeden Wagen, den er anhalten konnte, für den Transport ein und lief dann von einem Gasthaus ins andere, um Lebensmittel und Decken aufzutreiben.

»Sie hat uns Gott gesandt, Mylord.« Ezra Perkins, der Verwalter des Findlingshospitals, ein kleiner schlaksiger Mann mit einem ovalen Gesicht und fliehender Stirn, drückte Rayne die Hand, bis er sie ihm schließlich gewaltsam entziehen mußte. »Ich kann mir beim besten Willen nicht vorstellen, was wir ohne Sie getan hätten.«

»Sowie Sie soweit sind, werde ich Ihnen und Ihren Mitarbeitern dabei helfen, ein neues Zuhause für Sie zu finden. In einem Gebäude, das sich besser eignet, und das in einer anderen Gegend liegt.«

»Danke, Mylord. Sie können sich nicht vorstellen, wie dankbar wir Ihnen sind.«

»Es freut mich, daß ich Ihnen behilflich sein konnte.« Rayne erklärte sich außerdem bereit, alles zu spenden, was nötig war, wenn es um Betten, Decken, Kleider und Essen ging, um das neue Heim auszustatten.

Er lächelte vor sich hin. Er war rußverschmiert, verschwitzt und schmutzig, und seine Kleider waren zerrissen, aber er fühlte sich nützlicher als in den letzten drei Jahren, und seitdem hatte er auch nicht mehr soviel Leben in sich gefühlt. »Falls Sie sonst noch etwas brauchen, geben Sie einfach meinem Anwalt Bescheid. Und wenn Sie mich jetzt entschuldigen würden, Mr. Perkins ...«

»Ja, sicher. Selbstverständlich.«

Nachdem diese Probleme für den Moment geregelt und Pläne für das neue Findlingshospital geschmiedet worden waren, arbeitete Rayne Hand in Hand mit Jocelyn und Tucker.

Sie luden die Kinder, die sie in Decken gehüllt hatten, in die gemieteten Wagen und Kutschen und schickten sie auf den Weg in ihre einstweilige Unterkunft. Die Sonne war aufgegangen, aber es war ein verhangener Tag, und ein kalter Wind wehte von Norden.

»Warum hängst du dir nicht eine dieser Decken um die Schultern?« sagte Rayne zu Jo, die noch schmutziger und zerlumpter als er wirkte.

»Ich bin zu müde, um zu frieren.« Ein barfüßiger kleiner Junge, der Stevie hieß, klammerte sich an ihren Hals, als sie ihn in einen requirierten Brotwagen hob, dessen Ladefläche bereits mit anderen in Decken gehüllten Kindern angefüllt war.

»Ich will nicht fortgehen«, sagte das Kind und schob die kleinen Lippen vor. Tränen strömten über seine Wangen.

»Ich weiß, daß es schwer ist, von zu Hause fortzugehen, Stevie, aber die anderen Kinder gehen schließlich alle mit.«

»Du kommst uns doch trotzdem noch besuchen, oder nicht?«

»Natürlich komme ich zu Besuch. Sooft ich kann.« Sie drückte ihm einen Kuß auf die rußgeschwärzte Wange und brachte ihn zwischen den anderen unter.

»Tschüß, Jo!« rief ein kleines Mädchen mit rotblonden Locken.

»Tschüß, Carrie.« Jocelyn winkte zum Abschied, als sich der Wagen in Bewegung setzte, und dann wischte sie sich verstohlen eine Träne von der Wange.

Rayne beobachtete sie einen Moment lang, und dann streckte er die Hände aus, drehte mit einer Hand ihr Kinn zu sich um und zwang sie, ihm ins Gesicht zu sehen. »Ich werde dafür sorgen, daß es ihnen gut geht. Du brauchst dir keine Sorgen um sie zu machen.«

»Das ist sehr nett von dir.«

»Ich tue es gern. Ich bin froh, daß ich hier war und helfen konnte.« Sie warf ihm wieder einen Blick von der Sorte zu, die er schon einmal auf ihrem Gesicht gesehen hatte, nicht direkt

Erstaunen, aber doch etwas Verwandtes. Es setzte ihm zu, diese Meinung, die sie von ihm hatte und mühsam zu überwinden versuchte. »Du mußt oft hier gewesen sein«, sagte er, denn er war wild entschlossen, die Gereiztheit zu unterdrücken, die in ihm aufkeimte.

»Ich liebe Kinder. Diese hier sind noch süßer, weil sie sonst niemanden haben, der sich um sie kümmert.« Sie machte einen matten Schritt auf den letzten wartenden Wagen zu, stolperte und wankte, und Rayne fing sie in seinen Armen auf. »Was... was tust du?«

»Die Kinder sind in Sicherheit, das Feuer ist nahezu ausgebrannt, und du bist erschöpft. Da jetzt ganz offensichtlich nicht der rechte Zeitpunkt für unser kleines Gespräch ist, bringe ich dich nach Hause.«

Sie stemmte die Hände gegen seine Brust. »Ich kann nicht mit dir kommen – nicht ohne Brownie und Tucker. Sie haben kein Dach mehr über dem Kopf, und Brownie ist verletzt.«

Rayne kapitulierte seufzend. Er hätte wissen müssen, daß sie es verlangen würde. »Gut, gut, sie können auch mitkommen. Aber ich warne dich – keine Tricks mehr, keine Täuschungsmanöver mehr, und du wirst auch nicht mehr auf das Dach klettern und auch nicht mehr fortlaufen.«

Jocelyn lächelte matt. »Weshalb sollten wir fortlaufen? Wir wüßten jetzt ja doch nicht mehr, wohin mit uns.«

Daraufhin schüttelte Rayne nur den Kopf. Nachdem er die letzte freie Kutsche für ihre Rückfahrt nach Stoneleigh aufgetrieben und dann Brownie und Tucker gesucht hatte, half er ihnen allen beim Einsteigen. Tucker saß mit dem Fahrer auf dem Kutschbock, Brownie und Jocelyn mit ihm in der Kutsche. Direkt am Stadtrand ließ Rayne den Kutscher anhalten, um Trafalgar aus dem Stall des Wirtshauses zu holen, in dem er den Hengst untergebracht hatte.

Danach schliefen sie alle ein. Als Rayne zwischendurch wach wurde, stellte er fest, daß Jocelyns Kopf auf seine Schulter gesunken war. Er drehte sich auf dem Sitz um, schlang ihr einen

Arm um die Taille und zog sie an seine Brust, damit sie es bequemer hatte.

Er erwachte erst wieder, als die Kutsche abrupt anhielt. Sein Arm lag immer noch um ihren Körper. Sein Unterbewußtsein mußte ihre Gegenwart wahrgenommen haben, denn seine Männlichkeit war steinhart und pochte, und seine Hose kniff.

Als er aufblickte, sah er in Brownies kalte schwarze Augen, in denen eine eindeutige Warnung lag.

»Ganz ruhig, Alter.« Rayne lehnte Jocelyn neben sich. »Ich habe nicht die Absicht, mir etwas zu nehmen, was die Dame mir nicht freiwillig gibt.«

Brownie musterte ihn noch einen Moment lang, doch ein Teil der Spannung schien aus seinem Körper zu weichen.

»Was ist los?« fragte Jo und streckte die verkrampften Muskeln, als sie langsam zu sich kam.

»Kein Grund zur Sorge«, sagte Brownie. »Solange Seine Lordschaft seinen verdammten Meter in der Hose behält.«

Rayne knurrte nur vor sich hin und öffnete die Kutschentür.

»Ich und der Junge schlafen im Stall.« Brownie lehnte schwer an der Seite der Mietsdroschke.

»Dazu besteht keine Notwendigkeit. Ihr Arm muß verarztet werden. Jocelyn wird nicht wollen, daß...«

»Der Stall tut es auch. Ich hab's nicht mit Brimborium. Tukker kann sich um meine Wunde kümmern.«

»Aber, Brownie...«, setzte Jocelyn an.

»Das ist mein letztes Wort, Kleines.«

Sie sah ihm an, daß es zwecklos war, Einwände zu erheben, und sie konnte ihm das in gewisser Weise auch nicht vorwerfen. Das luxuriöse dreistöckige Herrenhaus war einschüchternd, um es harmlos zu formulieren. Innerhalb seiner imposanten Wände würde sich Stoneleighs enorme Ausstrahlung noch mehr auswirken, als sie es ohnehin schon tat.

»Es gibt Räume über dem Schuppen für die Kutschen«, sagte der Vicomte zu Brownie. »Mein oberster Stallknecht und seine Söhne leben dort. In den Ställen gibt es eine Bademöglichkeit, und ich werde dafür sorgen, daß Sie saubere Kleidung bekommen.«

Brownie nickte. Er und Tucker machten sich auf den Weg hinter das Haus, und Jo ließ sich von Stoneleigh die steinernen Stufen zu der massiven Eingangstür hinaufführen. Als sie den ungläubigen Ausdruck auf dem Gesicht des Butlers sah, dem sie in ihren zerfetzten und rußverschmierten Kleidern gegenüberstanden, ertappte sie sich dabei, daß sie sich ein Lächeln verkniff.

»Im Waisenhaus hat es gebrannt«, sagte Stoneleigh als Erklärung zu dem verblüfften Grüppchen von Hausangestellten, die in der Eingangshalle standen. »Miss Smythe und ich hatten das Glück, rechtzeitig dort zu erscheinen, um helfen zu können.«

Er gab keine Erklärungen dazu ab, was sie dort überhaupt zu suchen gehabt hatten, sondern bedachte seine Diener statt dessen mit einem Blick, der sie warnte, keine weiteren Fragen zu stellen.

Erstaunlich, dachte sie, als sie den großen Mann durch gesenkte Wimpern ansah. Selbst schmutzig und verdreckt und mit einer dicken Rußschicht im Gesicht, besaß er noch eine würdevolle Ausstrahlung. Einen Tonfall, der Respekt verlangte und eine aufrechte Haltung, die keinen Zweifel daran ließ, wer der Herr im Haus war.

Farthington schnalzte mit den Fingern, und die Dienstboten schwärmten aus, um seinem Geheiß Folge zu leisten. Bäder und saubere Kleidungsstücke für alle. Lakaien sollten den beiden Männern etwas beschaffen, die über den Kutschen schliefen. Jocelyn wurde ein Schlafzimmer im ersten Stock zugewiesen, nicht weit von Stoneleighs Zimmer.

»Ich werde Elsa zu dir schicken«, sagte er, als sie vor ihrer Tür standen. »Bade, sieh zu, daß du ein paar Stunden schlafen kannst, und wir sehen uns dann beim Abendessen. Hinterher werden wir uns miteinander unterhalten.«

»Einverstanden.« Es klang alles so einfach. Geh ruhig nach oben, laß dich verhätscheln und verwöhnen, schlaf mitten am

Tag in einem dieser tiefen, weichen Federbetten ein und komm dann zu einem aufwendigen Mahl und dem besten Wein nach unten, den man für das Geld des Vicomte kaufen kann.

Und dann würde sie ihm lediglich erklären... ja, was eigentlich? Daß das erbarmungslose Vorgehen seiner Lordschaft den Tod ihres Vaters verschuldet hatte? Die entsetzlichen Jahre verschuldet hatte, in denen sie gezwungen gewesen war, auf der Straße zu leben? Oder lag hier ein Irrtum vor? Gab es eine andere Erklärung für das, was sich zugetragen hatte?

Was auch immer der Fall sein mochte, ihr Kurs stand fest. Sie hatte ihr Wort gegeben, und sie gedachte, es zu halten. Stoneleigh würde schon bald die Wahrheit erfahren.

Es lief ziemlich genauso ab, wie sie es sich ausgemalt hatte: ein luxuriöses Bad, lange Stunden traumlosen Schlafs in sauberem Bettzeug, und dann kleidete sie sich in ein anderes der kostbaren Gewänder seiner Schwester, diesmal ein zartrosafarbenes Batistkleid, das mit Röschen besetzt war. Es saß so gut wie das erste Kleid, und Jocelyn ertappte sich dabei, daß sie neugierig auf diese Frau wurde, die, zumindest, was ihre Figur anging, ein Spiegelbild ihrer eigenen schlanken Gestalt sein mußte. Natürlich wußte sie, daß sie sie niemals kennenlernen würde.

Der Vicomte würde wohl kaum einer hochstehenden Dame vom Rang seiner Schwester ein kleines Mädchen vorstellen, das er in der Gosse aufgelesen hatte.

Jocelyn seufzte und wünschte, die Dinge hätten anders sein können, doch sie war dankbar dafür, wie alles ausgegangen war. Sowie Elsa ihr in das Kleid geholfen hatte, verließ sie ihr Zimmer und war für den bevorstehenden Abend gerüstet. Seltsamerweise mußte sie feststellen, daß sie sich darauf freute. Seit sie in die Stadt gekommen war, hatte sie von diesem Zusammentreffen geträumt. Natürlich hatte sie in ihren Träumen Rache geübt. Jetzt wollte sie nur einfach die Version des Vicomte darüber hören, was sich zugetragen hatte, wollte ihre Vergangenheit zur Ruhe legen und ihr Leben weiterführen.

Am unteren Ende der breiten Treppe wurde sie von dem Vicomte erwartet. »Ich habe den anderen ihr Abendessen bringen lassen. Du brauchst dir also keine Sorgen um sie zu machen. Wir können später nach ihnen sehen, wenn du magst.«

Er trug eine beigefarbene Kniebundhose, einen schokoladenbraunen Frack, ein weites weißes Hemd mit einem steifen Kragen und ein schneeweißes Halstuch. Falls sie vorher der Meinung gewesen war, er sähe gut aus, dann fand sie ihn jetzt, nach der Gefahr, die sie gemeinsam durchlebt hatten, und nachdem er ihr in dieser Form zur Rettung gekommen war, einfach umwerfend.

»Danke. Ich weiß es sehr zu schätzen, daß du ihnen hilfst.« Sie nahm den Arm, den er ihr reichte, und plötzlich fühlte sie sich schüchtern. So also hätte es sein können, wenn man zu Hause im Salon stand und einen Gentleman empfing. Eine Ballsaison in London verlebte und von einem gutaussehenden Kavalier durch die Stadt begleitet wurde.

Näher werde ich diesem Leben niemals kommen, dachte sie und kostete genüßlich den Moment aus.

»Die Kleider meiner Schwester scheinen dir zu passen. Wenn wir in die Stadt zurückkehren, werde ich dich zu einem Besuch zu ihrer Modistin mitnehmen und dafür sorgen, daß sie eine angemessene Garderobe für dich zusammenstellt.«

»Eine Garderobe? Aber ich kann unmöglich...«

»Warum reden wir darüber nicht später? Das Abendessen ist fertig. Ich bin sicher, daß du halb verhungert sein mußt.«

Das war sie tatsächlich. Nach ihrer Ankunft war sie zu müde gewesen, um mehr als einen Happen von dem kalten Fleisch, dem Obst und dem Käse zu sich zu nehmen, Dinge, die er auf ihr Zimmer hatte bringen lassen.

Sie lächelte ihn an. »Ich verspreche dir, daß ich diesmal meine Manieren nicht vergessen werde.«

Er erwiderte ihr Lächeln. »Darüber mache ich mir nicht die geringsten Sorgen.«

Die Mahlzeit war nicht annähernd so formell wie die letzte.

Sie machten es sich in einem Salon an der Rückseite des Hauses bequem, auf zwei Ohrensesseln an einem kleinen Tisch, der mit Silber und einer weißen Tischdecke gedeckt war. Unter dem marmornen Kaminsims hinter ihnen brannte ein kleines wärmendes Feuer, dessen weicher gelber Schein auf die Platten mit den silbernen Abdeckhauben fiel, die vor jedem der Teller standen.

»Wir nennen diesen Raum den Rubinsalon«, sagte Stoneleigh zu ihr und bezog sich dabei auf den roten Samt an den Wänden. Die Decke war hoch und hatte schwere, kunstvoll verzierte Deckenbalken. Die Einrichtung war vorwiegend in tiefroten Schattierungen oder Gold gehalten. Die Teppiche waren plüschig und rubinrot, und durch vergoldete Armlehnen wurden Akzente gesetzt.

»Es ist ein sehr schöner Raum... Mylord.« Wie der Rest des Hauses war auch dieses Zimmer außerordentlich elegant eingerichtet.

»Ich finde, es ist an der Zeit, daß du mich Rayne nennst.« Er rückte ihr den dick gepolsterten Sessel zurecht, der ihm gegenüberstand, und dann nahm er selbst Platz.

»Einverstanden... Rayne.« Sie lächelte. »Ich nehme an, das paßt zu deinem stürmischen Temperament.«

Er lachte leise in sich hinein. »Mit richtigem Namen heiße ich Raynor. Raynor Augustus. Das kommt von irgendeinem meiner Vorfahren im tiefen Mittelalter.«

Jocelyn zog ihre weiße Leinenserviette aus dem silbernen Serviettenring neben ihrem Teller und entfaltete sie sorgsam auf ihrem Schoß.

»Ich heiße Jocelyn Ashbury.« Sie behielt den Vicomte fest im Auge und erwartete seine Reaktion, doch sein Gesichtsausdruck blieb unverändert. Ein Bediensteter trat ein und entfernte die silbernen Abdeckhauben über den dampfenden Wedgwood-Platten, ehe er sich diskret zurückzog.

»Du siehst mich an, als sollte mir dieser Name etwas sagen. Ist dem so?«

»Ich bin nicht sicher. Jetzt nicht mehr. Ehe all das passiert ist, habe ich geglaubt, du seist ein so hartherziger Mann, daß du es vielleicht einfach nur vergessen hast. Aber jetzt...«

»Jetzt glaubst du zu glauben, daß du dich geirrt haben könntest.«

Sie hoffte es. Plötzlich ging ihr auf, wie sehr sie sich wünschte, im Irrtum zu sein. »Ja.«

Er griff nach ihrer Hand, die auf dem Tisch lag, um sie sanft zu drücken.

»G-glaubst du, daß Brownies Wunde verheilen wird?« fragte sie, da sie noch nicht ganz soweit war, auf das angeschnittene Thema einzugehen. Erst nachträglich ging ihr auf, daß eine anständige Dame ein solches Thema wohl kaum während einer Mahlzeit angesprochen hätte. Zum Glück schien sich der Vicomte nicht daran zu stören.

»Infektionen sind immer gefährlich, aber du hast die Wunde gründlich gesäubert. Es spricht alles dafür, daß er wieder gesund werden wird.«

»Du hast solche Wunden früher schon gesehen?« Sie aß einen Bissen Fisch. Das Rebhuhn sah saftig aus, der Merlan war auf den Punkt richtig poschiert, und die kandierten Karotten köchelten noch in ihrem dicken nahrhaften Saft. Alles, was man ihnen serviert hatte, sah ganz köstlich aus, und doch war sie, da sie wußte, was ihr bevorstand, nicht sicher, ob sie auch nur einen einzigen Bissen herunterbringen würde.

»Ich war Colonel beim Militär. Beim dreizehnten Regiment, den Leichten Dragonern.«

»Bei der Kavallerie?«

»Ja. Aber ich war für einen großen Teil der Zeit auf dem Kontinent stationiert. Als Gesandter von General Bergen-Zach. Meine Mutter war Österreicherin, verstehst du. Ich spreche die Sprache. Ich habe einen großen Teil meiner Kindheit dort verbracht.«

»Deine Mutter hat dem österreichischen Adel angehört?«

Er nickte und aß einen Bissen von dem Rebhuhn, den er mit

einem Schluck Wein hinunterspülte. »Sie war Gräfin. Mein Großvater war ein enger persönlicher Freund von Kaiser Joseph. Da es zu dem Zeitpunkt, zu dem ich das Offizierspatent bekommen habe, eines der Ziele Pitts war, die Franzosen aus den österreichischen Niederlanden zu vertreiben, haben sich meine Verbindungen als recht wertvoll erwiesen.«

»Du warst doch bestimmt nicht in die Kämpfe verwickelt.«

»Ich habe in Stockach, Magnano und Zürich gekämpft. Bei Marengo hat mich eine Musketenkugel erwischt, und man hat mich für eine Weile nach Hause verfrachtet.«

»Die Narbe auf deiner Schulter«, sagte sie und erinnerte sich viel zu deutlich an die Muskeln auf seiner entblößten Brust, als sie ihn nackt gesehen hatte. Ihre Wangen wurden warm, und ein belustigtes Lächeln zog an den Lippen des Vicomte.

»Ganz genau.« Er wischte sich mit der Serviette den Mund ab. »Als die Kämpfe mit dem Frieden von Amiens geendet haben, dachte ich, ich hätte dieses ganze schmutzige Geschäft hinter mir, aber ein Jahr später bin ich wieder einberufen worden. Ich war auf dem Rückweg nach Österreich, als mein Schiff angegriffen worden ist. Ich habe mir eine Säbelwunde in der Seite zugezogen und ein Jahr in einem schmutzigen französischen Gefängnis verbracht, ehe ich entkommen konnte und mich auf den Heimweg gemacht habe.«

»Du warst im Gefängnis?«

»Ein Thema, über das ich lieber nicht reden möchte.«

»Ja... natürlich. Das kann man dir wohl kaum vorwerfen.« Sie konnte sich mühelos die gräßlichen Bedingungen ausmalen, die ihm dort zugemutet worden waren.

»Warst du über den Krieg auf dem laufenden?« fragte er, während sie so tat, als ob sie aß, in Wirklichkeit jedoch lediglich in dem Essen auf ihrem Teller herumstocherte.

»Dir sind die Zeitungen oben in unserem Dachboden aufgefallen... ich vermute, es überrascht dich, daß ich lesen kann.«

»Ja, vermutlich. Es scheint, als stecktest du voller Überraschungen.«

Jocelyn war nicht sicher, ob das ein Kompliment war, aber der freundliche Ausdruck in seinen Augen besagte, daß es durchaus so gemeint sein konnte. Während der Mahlzeit setzten sie ihre Unterhaltung miteinander fort, und der Vicomte bemühte sich, es ihr leicht zu machen und ihr Zeit zu lassen, ihre Gedanken zu sammeln. Jocelyn ließ sich immer mehr von seinem Charme einlullen.

»Ich dachte, du seist ausgehungert«, sagte er, als er merkte, daß er seinen Teller leer gegessen hatte, während sie ihr Essen kaum angerührt hatte.

»Ich fürchte, ich hatte wohl doch keinen allzu großen Appetit.«

»So scheint es, ja.« Er warf seine Serviette hin und erhob sich. »Ich würde allzu gern zu meinem Cognac genüßlich eine Zigarre rauchen. Ich weiß, daß sich das in Gegenwart einer Dame wohl kaum geziemt, aber...«

»Mich stört das überhaupt nicht.« Sie legte ihre Serviette hin, als Rayne kam, um ihren Stuhl zurückzuziehen. »Mein Vater hat nach den Mahlzeiten oft eine Pfeife geraucht. Ich habe den Geruch immer gern gemocht.« Sie spürte einen momentanen Stich, unterdrückte ihn jedoch entschlossen.

In einem kleinen Salon, der hinter dem Arbeitszimmer des Vicomte lag, tranken sie Cognac und Sherry, und Rayne forderte sie auf, sich zu ihm auf ein waldgrünes Sofa vor einem sachte glimmenden Feuer zu setzen.

»Nun, ich glaube, wir haben mehr als genug über mich geredet. Ich finde, es ist an der Zeit, daß du mir etwas über dich erzählst. Ich wüßte nur zu gern, was das alles eigentlich zu bedeuten hat.«

Sie betete stumm um Mut, lehnte sich auf dem Sofa zurück und trank einen Schluck von ihrem Sherry. »Es ist schwer zu sagen, wo ich anfangen sollte... ich vermute, mit Marden.«

»Marden Manor?« Er zog an der Zigarre, die zwischen seinen kräftigen weißen Zähnen steckte, und dann stieß er eine Rauchfahne in die Luft aus.

»Genau genommen Marden Village.« Eine Ansammlung von strohgedeckten Häusern, die am Rande von einer der riesigen Ländereien des Vicomte entstanden war, einem der vielen Güter, die er besaß. »Ich bin in einem kleinen Häuschen in der Meacham Lane am hinteren Ende der Ortschaft aufgewachsen.«

»Ich fürchte, ich kenne mich dort nicht aus. Meine Familie hat sehr wenig Zeit in Marden verbracht.«

»Ich bin in dem Häuschen geboren worden. Mein Vater war Sir Henry Ashbury. Er war Gelehrter. Er hat Kinder des Landadels unterrichtet, die in der Nähe gelebt haben, aber auch den Sohn des Pfarrers und einige Kinder aus dem Dorf. Natürlich nicht allzu viele.«

Immer noch kein Anzeichen dafür, daß ihm etwas dämmerte. »Ich nehme an, er hat auch seine Tochter unterrichtet.«

»Ja. Meine Mutter ist gestorben, als ich zehn Jahre alt war. Dann waren Papa und ich allein.« Sie beobachtete ihn weiterhin und wartete auf einen Hinweis darauf, daß ihm etwas dazu einfiel, eine vage Erinnerung an das, worüber sie sprach. Nichts.

»Vor drei Jahren brachen für meinen Vater schlimme Zeiten an. Die älteren Kinder, die er unterrichtet hatte, wurden in Schulen geschickt, und manche seiner anderen Schüler kamen nicht mehr. Das Geld wurde knapp. Es wurde zu einem Problem, die Pacht für das Haus zu bezahlen. Mein Vater reiste nach Stoneleigh, um mit dir darüber zu reden. Er...«

»Dein Vater ist zu mir gekommen?« Er beugte sich zu ihr vor. »Wann?«

»Ich habe es dir doch gesagt – vor rund drei Jahren. Im Sommer 1804.«

Darüber dachte er einen Moment lang nach, ehe er bedächtig an seiner Zigarre zog. »Sprich weiter.«

»Mein Vater bat um Aufschub. Wir könnten das Geld früher oder später aufbringen, sagte er. Wir bräuchten nur ein wenig mehr Zeit dafür. Du schlugst ihm seine Bitte ab. Danach weigertest du dich, ihn noch einmal zu empfangen. Er ging nach Marden, um mit deinem Gutsverwalter zu reden, und dort befahl man ihm, das Haus zu räumen. Inzwischen wusch ich Wäsche für andere Leute... wir brauchten das Geld so dringend.«

Sie seufzte. »Vielleicht hätte ich das nicht tun sollen, ich weiß es selbst nicht. Es schien ihm deshalb nur um so schlechter zu gehen. Er konnte nichts mehr essen, er begann abzunehmen, und er schlief nicht mehr. Ich machte mir solche Sorgen... ich sagte ihm, daß wir es schaffen könnten... ich sagte ihm, aber er...« Bei den letzten Worten überschlug sich ihre Stimme.

»Es ist schon gut, Liebes. Bleib ganz ruhig.« Rayne drückte seine Zigarre in einem Aschenbecher aus Kristallglas dicht neben seinem Ellbogen aus und führte das langstielige Kristallglas mit dem Sherry an Jos Lippen. Sie trank einen großen beruhigenden Schluck von der Flüssigkeit.

»Ist es wieder besser?«

»Ja.«

»Ich weiß, daß es dir schwerfällt, aber ich möchte, daß du mir den Rest auch noch erzählst.«

Sie wandte den Blick ab. »Das hatte ich vor. Ich *muß* es tun, aber...« Aber ihre zugeschnürte Kehle wollte die Worte nicht herauslassen.

»Ich weiß, daß es dir zusetzt, aber ich muß es wirklich wissen.«

Sie nickte, trank noch einen Schluck Sherry und wappnete sich gegen die Schlacht mit ihren grauenhaften Erinnerungen.

»Danach waren die Tage der reinste Alptraum. Mein Vater fing an zu trinken. Er saß stundenlang im Haus und starrte einfach nur vor sich hin. An dem Tag, an dem der Sheriff kam, um uns zur Räumung des Hauses zu zwingen, stand es schlimmer um ihn, als ich es je zuvor erlebt hatte. Er redete zusammenhanglos über die Vergangenheit und erzählte Dinge, die sich vor Jahren zugetragen hatten. Als er vor die Tür ging, um mit dem Sheriff zu reden, muß mein Vater durchgedreht sein. Anders läßt es sich nicht erklären, weil e-er... weil e-er...«

Rayne griff nach ihrer Hand und hielt sie fest. »Es ist schon gut, Jo, all das liegt in der Vergangenheit. Bald wirst du imstande sein, sie ruhen zu lassen.«

Sie nickte. Die Wärme seiner Finger trug dazu bei, ihre Anspannung abzuschwächen und die eisige Kälte, die sie um ihr Herz herum spürte, ein wenig aufzutauen.

»Während ich draußen auf der Veranda stand, gab mein Vater das Öl für die Lampen über die Möbel und die Vorhänge. Er zündete das Haus an und kam dann vor die Tür und trat dem Sheriff gegenüber. Er sagte, ehe er es sich von dir wegnehmen ließe, würde er alles zerstören, was uns gehört hat.«

Ich werde jedes einzelne verdammte Brett und jedes Blatt Papier in diesem Haus anzünden, ehe ich zulasse, daß es an diesen Lumpen fällt!

O mein Gott, Papa, was hast du bloß getan?

»Ich habe versucht, ins Haus zurückzulaufen, und ich habe alles getan, damit sie mich loslassen, aber das Haus brannte wie Zunder. Papa stand ewig lange auf der Veranda. Ich weinte. Erst, als er sah, daß seine schönen Bücher Feuer fingen, begriff er, was er angerichtet hatte.«

Sie konnte es jetzt noch genauso deutlich vor sich sehen, als wütete das Feuer hier in dem kleinen Salon des Vicomte. Der Brand im Bierlokal hatte alles wieder über sie hereinbrechen lassen, all den Schmerz, das entsetzliche Leid.

»Als eine der Innenwände einstürzte, fing er an zu schreien und alle möglichen verrückten Sachen zu sagen, und er bedachte dich mit gemeinen und schmutzigen Schimpfnamen, die schlimmer waren als alles, was ich auf der Straße gehört hatte.«

Rayne drückte ihre Hand, und dieser Trost gab ihr Kraft.

»Keiner ahnte, was mein Vater vorhatte. Er drehte sich um und rannte ins Haus. Ich vermute heute, daß ihm die ganze Tragweite dessen aufgegangen war, was er getan hatte, aber ich werde es nie mit Sicherheit wissen. Ich weiß nur, daß er durch die offene Tür in die Flammen rannte. Ich konnte ihn schreien hören, als die Decke auf ihn niedersauste.«

Unbewußt entzog sie ihm die Hand. »Es war der gequälteste und unmenschlichste Laut, den ich in meinem ganzen Leben gehört habe.«

Sie merkte erst, daß sie weinte, als Rayne sie in seine Arme zog. »Es ist schon gut, Liebes.« Er wiegte ihren Kopf an seiner Brust, und sie begann, heftiger zu schluchzen.

»Er w-war ein so sanftmütiger Mann. Er hat nie etwas von anderen gefordert. W-wie konntest du ihn bloß abweisen?«

»Ich habe es nicht getan«, sagte er leise. »Mein Vater war damals Vicomte...«

»Dein Vater?« Sie löste sich von ihm, und ihre Augen wirkten riesig in ihrem bleichen Gesicht. »Aber ich dachte...«

»Was dachtest du?«

»Ich weiß es nicht. Alles w-war so durcheinander.« Sie hatte einen leichten Schluckauf, und frische Tränen flossen über ihre Wangen. »Ich hatte den Vicomte natürlich nie zu Gesicht bekommen, und mein Vater hatte ihn vorher auch nie gesehen, aber ich habe dich für das gehaßt, was du getan hast. Damals hätte ich dir gegenübertreten können und...«

»Meinem Vater«, verbesserte er sie. »Du hättest meinem Vater gegenübertreten können. Er ist im Dezember 1804 gestorben. Damals habe ich den Titel geerbt.«

Die Enormität ihres Irrtums traf sie wie ein Schlag. *Sein Vater.* Nicht Rayne, sondern der Mann, der vor ihm Vicomte gewesen war. »Lieber Gott, ich hätte dich fast getötet!«

»Du hast es aber nicht getan. Das ist das einzige, was zählt, und all das liegt jetzt hinter uns.«

»Wenn ich – Allmächtiger, wenn ich...«

»Hör mir zu, Jo. Unsere Mißverständnisse sind nahezu ausgeräumt. Ich möchte, daß du mir den Rest erzählst.«

Sie nahm das Taschentuch entgegen, das er aus seiner Westentasche zog, tupfte sich die Augen ab, schneuzte sich die Nase und holte bebend Atem. »Zwei Tage nach dem Begräbnis bin ich zu meinem Cousin geschickt worden, zu Barclay Peters und seiner Frau Louella.«

»Ich nehme an, das ist nicht gut gegangen.«

Sie seufzte und wischte sich die Tränen vom Gesicht. »Anfangs war es nicht allzu schlimm. Ich war natürlich einsam, und die Arbeitslast war schwer. Erst, als ich sechzehn wurde, verschlimmerte sich die Lage. Danach konnte Barclay die Finger nicht mehr von mir lassen und versuchte es jedesmal, wenn seine Frau aus dem Haus ging. O Gott, wie sehr ich ihn haßte. Schließlich lief ich dann weg.«

»Und dann bist du nach London gekommen.«

Sie nickte. »Ich dachte, ich könnte für mich selbst sorgen. Ich dachte, ich könnte irgendeine Form von Arbeit finden. Wie verflucht dumm ich doch war.«

»Ich habe den leisen Verdacht, jetzt erscheint Brownie auf der Bildfläche.«

»Als ich Brownie kennenlernte, hatte ich keinen Penny mehr. Ich konnte keine Stellung finden. Niemand wollte eine alleinstehende Frau ohne Empfehlungsschreiben einstellen. Sogar mein Wissen hat mir nichts geholfen.«

»Was ist dann passiert?«

»Ich war am Verhungern. Ich schlief auf der Straße. Die nötigsten Lebensmittel, um nicht zu verhungern, stahl ich, aber dabei stellte ich mich nicht besonders gut an. Ich bekam eine fürchterliche Tracht Prügel vom Besitzer der Red Cock Tavern, als er mich dabei erwischte, wie ich aus seiner Küche eine Nierenpastete stahl. In jener Nacht fand mich Brownie auf der Straße. Ich verarztete gerade meine gebrochenen Rippen und mein eingeschlagenes Gesicht. Er nahm mich unter seine Fittiche und brachte mir bei, wie ich überleben kann. Ohne ihn hätte ich es niemals geschafft.«

Rayne lächelte sie mit einer Mischung aus Wärme und Bedauern an. »Dann schätze ich, daß ich ihm eine ganze Menge zu verdanken habe.«

Jo riß abrupt den Kopf hoch. »Wie... wie meinst du das?«

»Ich meine damit, daß ich alles wieder an dir gutmachen will. Ich weiß nicht genau, was sich zwischen deinem Vater und meinem abgespielt hat, aber ich werde es herausfinden. Mein Vater war kein schlechter Mensch, Jocelyn. Es muß mehr hinter der Geschichte stecken, und ich habe die Absicht, es herauszufinden. Bis dahin möchte ich, daß du hierbleibst und wieder zu Kräften kommst. Ich habe in der Stadt ein paar Geschäfte zu erledigen. In ein oder zwei Tagen werden wir wieder miteinander reden.«

Jocelyn sah lächelnd zu ihm auf. Zum ersten Mal seit Jahren fühlte sie sich unbeschwert. Gewiß würden sich die Dinge irgendwie regeln lassen. Rayne hatte es ihr versprochen, und sie glaubte ihm.

Das war nicht der erste Irrtum, dem sie erlag.

Und es war auch gewiß nicht der letzte.

6. Kapitel

Rayne hatte allerdings Geschäfte in der Stadt zu erledigen. In der Lombard Street sprach er mit seinem Anwalt und benachrichtigte dann William Dorset, seinen Grundstücksverwalter auf Marden. Dorset hatte die letzten zwanzig Jahre über für die Familie Garrick gearbeitet. Die Ländereien von Marden brachten in jeder Erntesaison ein kleines Vermögen ein, und das Gut wurde zwar ohne viel Rücksicht auf Fortschrittlichkeit geleitet, aber Rayne war mit Dorsets Arbeit zufrieden und froh um das Geld, das ihm der Mann verdienen half.

Finanzen waren jedoch nicht der Grund für den Brief, den Rayne seinem Gutsverwalter schickte. William Dorset würde genau wissen, was sich zwischen Sir Henry Ashbury und Augustus Bartlett Garrick, dem dritten Vicomte Stoneleigh, abgespielt hatte. Und Rayne wollte unbedingt erfahren, was damals vorgefallen war.

In den folgenden Tagen bekam er wenig von Jocelyn und noch weniger von ihren beiden Freunden zu sehen, hegte jedoch den Verdacht, daß sie einen großen Teil ihrer Zeit mit ihnen verbrachte. Er erteilte seinem Anwalt den Auftrag, eine Inspektion etlicher seiner Häuser in verschiedenen Gegenden der Stadt zu arrangieren. Das, was seinen Zwecken am besten entsprach, war ein kleines, elegant eingerichtetes Haus in der Maddox Street, gleich am Hanover Square.

Er war sicher, daß Jocelyn sich für das Haus mit seinem entzückenden Salon, dem geräumigen Schlafzimmer, den Hepplewhite-Sofas mit den Brokatbezügen und den roséfarbenen Seidendraperien begeistern würde.

Das hieß, falls sie einwilligte, seine Mätresse zu werden. Rayne spürte, wie sich schon allein bei dem Gedanken daran seine Lenden strafften. Seit er sie in ihrer eng anliegenden Herrenhose gesehen hatte, zog sie ihn zunehmend mehr an. In den letzten zwei Tagen war diese Anziehungskraft geradezu schmerzhaft geworden. Die Probleme zwischen ihnen waren alle ausgeräumt worden. Er wollte Jocelyn Ashbury in seinem Bett haben, und er hatte vor, dafür zu sorgen, sie in diesem Stadthaus einzuquartieren.

Es sei denn, verstand sich, sie weigerte sich, was er nicht wirklich glaubte. Nicht in ihrer ungewissen Lage.

Um jedoch ganz sicher zu gehen, hatte er die Absicht, ihr das Stadthaus zu zeigen. Sie brauchte es nur mit ihrer abgebrannten Bruchbude über Boswell's Bierlokal zu vergleichen. Wie hätte eine vernünftige Frau dieses Angebot ablehnen können?

Als er an jenem Abend nach Stoneleigh zurückkehrte, teilte er Jocelyn mit, sie würde am folgenden Tag mit ihm in die Stadt fahren. Er hatte sie ohnehin schon zu lange in seinem Haus untergebracht. Früher oder später würden Lästermäuler zwangsläufig Wind davon kriegen, daß eine ungebundene Frau in Stoneleigh untergekommen war. Ihn selbst interessierte das eigentlich nicht weiter, aber er mußte auch an seine Schwester denken. Alexandra würde bald von ihrem Aufenthalt auf dem Lande zurückkehren, und er wollte nicht, daß ein unschöner Skandal mit ihrem Namen verknüpft wurde.

Und außerdem, je eher er Jocelyn in seinem Stadthaus einquartierte und sie zu seiner Mätresse machte, desto eher konnte er in ihrem Bett sein Vergnügen suchen.

Rayne lächelte innerlich und war stolz auf sein gelungenes Werk. Jocelyn würde bestens versorgt sein – und er mit etwas Glück auch.

»Nun, was hältst du davon?« Sie standen in der Eingangshalle unter dem Kristalleuchter, und Jocelyn sah in dem hellen Tageskleid seiner Schwester aus apricotfarbenem Musselin ganz reizend aus. Er lachte leise in sich hinein. Alexandra würde ihm für jedes der beiden Kleider, die er sich von ihr geborgt hatte, zwei kostspielige neue Gewänder abluchsen, aber Jo in ihren Kleidern zu sehen, war jeden einzelnen Shilling wert.

»Ich finde dieses Haus sehr schön. Wem gehört es?«

»Warum setzen wir uns nicht in den Salon?« Er nahm ihren Arm und führte sie zum Sofa. Sowie sie saßen, griff er nach ihrer schmalen Hand. »Bist du ganz sicher, daß es dir gefällt?«

»Natürlich gefällt es mir. Es ist großartig. Aber was hat all das mit mir zu tun?«

»Wie alt bist du, Jo?«

»Ende letzten Monats bin ich achtzehn geworden.«

Ihr Alter stellte kein Problem dar. »Ich will offen mit dir reden, Jocelyn. Dafür erwarte ich von dir, daß du mir gegenüber ebenso aufrichtig bist.«

»Einverstanden.«

»Zuerst einmal solltest du wissen, daß die Wahrheit, ganz gleich, wie sie aussieht, nichts zwischen uns ändert.« *Sie macht alles nur leichter und hilft mir, mein Gewissen zu entlasten.*

»Worum geht es?«

»An dem Abend, an dem wir uns kennengelernt haben ... in der Nacht, in der du in mein Zimmer gekommen bist, habe ich ganz entschieden den Eindruck gewonnen, daß du ...« Rayne sah ihr forschend ins Gesicht. »Bist du je mit einem Mann zusammen gewesen, Jo?«

Sie sah ihn seltsam an. »Ja, selbstverständlich. Ich habe mit Brownie und Tucker zusammengelebt. Sie mögen zwar keine Aristokraten sein, aber sie sind Männer, wie alle anderen auch.«

Das hatte er nicht berücksichtigt. Der Knabe schien zu jung zu sein, und der ältere Mann... nun, er hatte sich ihr gegenüber nahezu väterlich gegeben. Es störte ihn, sich die beiden zusammen vorzustellen, obwohl er wußte, daß er sich nicht daran hätte stören sollen.

»Dann hast du also mit beiden geschlafen?«

Sie machte einen äußerst verlegenen Eindruck. »Ich weiß, daß sich das wohl kaum geziemt, aber mir ist wenig anderes übriggeblieben. Und außerdem war es oft sehr kalt. Verstehst du, wir sind erst vor ein paar Wochen in diese Dachstube eingezogen. Vorher haben wir in einem Keller gelebt. Der alte Eisenofen war für uns ein großer Luxus.«

»Das heißt doch nicht etwa, daß ihr alle drei zusammen geschlafen habt?« Er bemühte sich, nicht entrüstet zu wirken. Schließlich hatte die Frau nur getan, was sie um des blanken Überlebens willen hatte tun müssen. Und dennoch... »Ich bin sicher, daß du in dem Punkt wenig zu sagen hattest, aber...«

Jo nahm eine erzürnte Haltung ein. Ihr Rücken wurde steif, und sie preßte die Brust heraus wie eine wütende kleine Henne. »Es tut mir leid, daß ich dein verfluchtes Feingefühl verletzt habe, *Eure Lordschaft*, aber wenn du die Wahrheit eigentlich doch nicht hören willst, dann solltest du auch nicht fragen.«

»Es tut mir leid. Du hast natürlich recht, und ich entschuldige mich. Ich hätte nicht erwarten dürfen, daß du noch Jungfrau bist – nicht nach allem, was du durchgemacht hast.«

Ihr Gesicht lief flammend rot an. »Was... was haben Tucker und Brownie damit zu tun, ob ich noch Jungfrau bin? Du glaubst doch nicht etwa... das soll doch nicht etwa heißen, du glaubst, daß sie... daß ich... daß wir...?« Sie sprang abrupt auf. »Ich glaube, ich möchte jetzt gehen.« Sie stand stocksteif vor ihm und hatte die Hände zu Fäusten geballt, und das schimmernde schwarze Haar lockte sich um ihr hübsches Gesicht. Er wußte, daß er es nicht hätte tun dürfen, doch wider besseres Wissen lachte er.

»Du *bist* Jungfrau.« Er lachte noch einmal schallend. »Ich hätte dich nicht gefragt, nur dachte ich, als ich dich in meinem Bett hatte...«

»Ich habe gesagt, daß ich gehen möchte.«

Sie wandte sich ab und ging auf die Tür zu, aber Rayne sprang von dem Sofa auf und hatte sie mit zwei großen Schritten eingeholt. »Immer mit der Ruhe, Süßes. Ich wollte dich nicht verletzen. Ich mußte nur wissen, wie ich vorzugehen habe.«

»Womit vorzugehen?« Als er den rebellischen Ausdruck auf ihrem Gesicht sah, fiel ein Teil seiner Selbstsicherheit von ihm ab. Vielleicht würde es doch nicht so einfach sein, wie er geglaubt hatte.

»Warum setzen wir uns nicht wieder hin?«

Sie tat es widerstrebend, ja geradezu wachsam.

»Ich habe dir gesagt, ich würde offen mit dir reden. Ich wollte dich nicht beleidigen, aber jetzt weiß ich wenigstens, wo ich stehe.«

»Und wo genau ist das?«

»Ich würde gern dein Beschützer werden, Jocelyn. Du könntest hier in diesem Haus leben. Brownie und Tucker könnten hier wohnen – hier arbeiten, falls ihnen das lieber ist – und sich hier ebenfalls zu Hause fühlen.«

Sie sah ihn noch argwöhnischer an. »Und was verlangst du im Austausch dafür?«

»Daß du das Bett mit mir teilst.«

Die Röte kehrte in ihre Wangen zurück. Sie musterte ihn durch dichte schwarze Wimpern. »Nicht so, wie ich es mit Brownie und Tucker getan habe«, sagte sie leise.

»Nein... ich will dich, Jo. Ich begehre dich so, wie ein Mann eine Frau begehrt. Du verstehst doch, was das heißt?«

Er ließ sie nicht aus den Augen, und sie wurde unruhig und

ruckelte voller Unbehagen auf dem Sofa herum. »Ich habe gesehen, wie sich die Leute auf der Straße paaren. Ich habe nackte Männer gesehen. Ich habe *dich* gesehen – oder hast du das vergessen? Ich bin nicht völlig blöde.« Sie war immer noch fassungslos. Er konnte es daran hören, daß sich ihr Straßenjargon wieder einschlich, der sogar aus ihrem Tonfall herauszuhören war.

»Ich würde sanft mit dir umgehen. Dir beibringen, wie du mir Vergnügen bereiten kannst, und dir dafür ebenfalls Vergnügen bereiten. Eigentlich ist das alles ganz einfach.« Verdammt noch mal, sie würde nein sagen. Er hätte ausgiebiger um sie werben müssen, sich Zeit lassen müssen.

Aber er verzehrte sich zu sehr nach ihr.

Er sagte nichts mehr dazu, sondern ließ sie einfach an seinen Worten herumgrübeln. Als sie schließlich etwas sagte, waren aus ihrer Stimme Unsicherheit, ein Anflug von Angst, aber in erster Linie Resignation herauszuhören.

»Brownie hat schon vor langer Zeit gesagt, das Beste, was ich mir erhoffen könnte, sei ein Mann, der mich zur Mätresse nimmt. Bisher hätte ich Glück gehabt, und es sei ein Wunder, daß mich nicht längst schon ein verdammter Hurensohn gründlich durchgevögelt hat.« Sie blickte zu ihm auf, und wieder färbte Röte ihre Wangen. »Zumindest sagt Brownie das.«

»Ich werde gut für dich sorgen, Jo. Es wird dir an nichts fehlen. Du wirst wunderschöne Kleider haben, ein schönes Haus, in dem du leben kannst, und eine Menge Geld zum Ausgeben.«

»Warum ich?« fragte sie.

Weil dein zarter, schlanker Körper alles ist, woran ich seit Tagen denke. Weil ich von nichts anderem mehr träumen kann als davon, deine Röcke hochzuheben und mich in dir zu begraben.

»Weil du schön und unschuldig bist. Weil du gutherzig und liebevoll bist. Weil du dich nicht davor fürchtest, dich mir zu widersetzen.« Ihm ging plötzlich auf, daß diese Worte sogar der Wahrheit entsprachen. »Weil ich an dich denke und mein Körper nach dir lechzt.«

Sie schluckte so schwer, daß er es sehen konnte. »Ich... ich muß Browníe fragen.«

Brownie. Das war eine Schwierigkeit, an die er nicht gedacht hatte. Und das gerade jetzt, wo er sicher gewesen war, sie würde ja sagen. »Bist du sicher, daß das klug ist? Schließlich verspürt dieser Mann dir gegenüber sehr ausgeprägte Beschützertriebe.«

»Brownie ist aber auch sehr praktisch veranlagt. Wir haben dieses Jahr mehr als eine Mahlzeit aus einer Mülltonne zu uns genommen, und jetzt haben wir kein Zuhause mehr. Er wird zwangsläufig sagen, daß ich besser dran bin, wenn ich mich von dir bumsen lasse als von einem Kerl von der Straße mit einem Spatzenhirn.«

Er kämpfte gegen ein belustigtes Grinsen an. »Ja, nun, ich vermute, ich habe ein paar gute Eigenschaften zum Ausgleich.« Er betete zu Gott, daß sie ihn wenigstens ein kleines bißchen attraktiv fand.

»O ja, die hast du«, sagte sie. »Mit absoluter Sicherheit. Du bist tapfer und freundlich, und du siehst extrem gut aus.«

»Es freut mich, daß du das so siehst. Das wird uns die Dinge gewiß erleichtern.« Er rutschte auf dem Sofa etwas näher zu ihr. »Aber warum küsse ich dich nicht einfach, damit wir auch sicher sein können, daß es mit uns klappt?«

O Gott, das wollte er jetzt schon seit Tagen tun. Allein schon der Gedanke an ihre üppigen rosa Lippen unter seinem Mund ließ das Blut heiß durch seine Adern rauschen.

Er nahm ihr Gesicht in die Hände, senkte den Kopf und bemächtigte sich ihres Mundes. Ihre Lippen waren noch zarter, als er sie sich vorgestellt hatte. Und wärmer. Er wollte seine Zunge zwischen ihre Zähne stecken, die seidige Süße im Innern ihres Mundes kosten, ihr Kleid aufknöpfen und seine Hände mit ihren kleinen Brüsten füllen, die sich nach oben reckten.

Statt dessen knabberte er an ihrer Unterlippe, benutzte seine Zunge dazu, mit ihren Mundwinkeln zu spielen, und verschmolz dann ihre Lippen mit seinen. Er zog sie zart an sich, und Jocelyn rückte bereitwillig näher, schlug ihm die Arme um den Hals und ging auf seinen Kuß ein, wenngleich ihre Versuche auch zaghaft und eindeutig die eines naiven Mädchens waren. Er streichelte ihren Rücken und spürte, daß sie zitterte. Jetzt schon konnte er hören, wie sie schneller atmete, und er konnte spüren, wie die Spannung durch ihren Körper zu strömen begann. Er hatte schon vorher vermutet, daß sie, mit ihrem aufbrausenden Naturell, leidenschaftlich reagieren würde. Jetzt war er sicher.

Rayne, der noch schwerer atmete als sie, löste sich als erster aus der Umarmung. »Mein Gott, bist du süß.«

Ihre Finger fuhren nahezu verwundert über ihre Lippen, die von seinem Kuß aufgequollen waren, und dann blickte sie lächelnd in sein Gesicht auf. »Wenn es so sein wird, glaube ich nicht, daß ich allzuviel dagegen haben werde.«

»Es wird noch besser werden. Das verspreche ich dir.«

Auf der Heimfahrt war Jocelyn versonnen, und auch Rayne war nachdenklich. Wenn alles gut ging und Brownie sich beschwichtigen ließ, würde er morgen seine Anwälte benachrichtigen und die letzten Regelungen für das Stadthaus treffen lassen. Und bereits übermorgen konnte er sich von Jocelyn Ashbury das Bett wärmen lassen. Rayne spürte eine Woge von Hitze und eine Spannung, die sich tief in seinem Bauch zusammenbraute. Allein schon der Gedanke an das Mädchen machte ihn so geil wie einen verdammten Ziegenbock.

Er schnitt eine Grimasse. Er war zu verflucht lange ohne eine Frau gewesen.

Was ihn daran erinnerte, daß er zumindest nichts mehr von Lady Campden gehört hatte – und auch nichts von ihrem Mann. Geneviève war offensichtlich wieder zu Sinnen gekommen und hatte ihre Affäre mit ihm, Gott sei Dank, verschwiegen.

Er warf einen Blick auf die Frau, die auf dem Kutschensitz neben ihm saß. Sie hatte keinerlei Ähnlichkeit mit den üppigen Frauen, die er gewöhnlich attraktiv fand. Jocelyn war schlank und anmutig und bestand aus geschmeidigen Muskeln. Im Lauf der Jahre hatte ihr Körper, ähnlich wie seiner während des Krieges, auf die Notwendigkeit des Überlebens reagiert und war fest und elastisch geworden, hatte kaum überschüssiges Fleisch angesetzt.

In den Jahren seit er sein Regiment verlassen hatte, war sein eigener Körper erstaunlich geschmeidig und gut in Form geblieben. Insbesondere, wenn man die Strafen bedachte, die er über ihn verhängt hatte – das unmäßige Trinken, die spätnächtlichen Stunden, die Dutzende von namenlosen und gesichtslosen Frauen.

Er war so reich wie Krösus, Besitzer von etlichen riesigen Ländereien und einer Anzahl von kleineren Immobilien, die zu zahlreich waren, um sie zu benennen. Er war ein mächtiger Edelmann der oberen Zehntausend, den man nicht unterschätzen durfte. Er verspielte Summen, die man nur als ein Vermögen bezeichnen konnte, betrank sich mehrfach in der Woche nächtens sinnlos und verbrachte den Rest seiner Zeit im Bett irgendeiner Frau.

Und von dem Tag seiner Rückkehr nach London an hatte er sich in jedem einzelnen Moment jeden einzelnen Tages nutzlos und gelangweilt gefühlt.

In Wahrheit war der Müßiggang sein Tod. Er wäre lieber beim Militär geblieben, aber seine Pflichten gegenüber seiner Familie, seinem Titel und seinen Ländereien standen an erster Stelle. Er war gelangweilt – und abgestumpft –, und der einzige Gegenstand von Interesse, auf den er in diesen letzten drei Jahren gestoßen war, hockte neben ihm auf der Bank.

Diese glücklose junge Frau mit dem strammen kleinen Körper und den porzellanblauen Augen faszinierte ihn. Er wollte Jocelyn Ashbury, wollte ihre Rätsel ergründen und ihre tiefsten Geheimnisse erfahren. Er wollte ihre sinnlichen Rundungen erkunden, sich heiß und steif in sie stoßen und sie vor Verlangen nach ihm um den Verstand bringen.

Wenn ihm das Glück treu blieb, würde sie heute abend einwilligen, seine Mätresse zu werden. Rayne ertappte sich dabei, daß er zum ersten Mal seit Jahren so nervös wie ein Schuljunge in seinem Schlafzimmer auf und ab lief und darauf wartete, daß die Stunden vergingen. Es war verrückt, und er wußte es, aber, verdammt, er wünschte, seine Qualen würden enden.

Jocelyn betrat den Roten Salon in einem durchscheinenden silbernen Morgenmantel, der schöner war als jeder andere, den sie je zuvor getragen hatte. Sie hatte Einwände dagegen erhoben, dieses Kleidungsstück anzunehmen. Es war nicht richtig, daß sie sich weiterhin widerrechtlich der Kleider seiner Schwester bemächtigte. Rayne hatte daraufhin lediglich gelacht und gesagt, Alexandra hätte ihm damit zugesetzt, daß er sie komplett mit einer neuen Garderobe einkleidete; jetzt würde sie sie bekommen.

Jo sah, wie er sich bei ihrem Eintreten vom Sofa erhob. Nie hatte er besser ausgesehen. Seine langen muskulösen Beine steckten in eierschalfarbenen Kniebundhosen, die, wie alle anderen, die er trug, der neuesten Mode entsprechend länger geschnitten waren; seine breiten Schultern wirkten in einer großartig geschnittenen Weste aus goldenem Brokat und in seinem waldgrünen Frack noch breiter. Als er auf sie zuging, musterten seine braunen Augen sie eindringlich und verdunkelten sich in einer Form, die eine leise Glut durch ihren Körper strömen ließ. Dann zogen sich seine sinnlichen Lippen zu einem Lächeln hoch.

Jocelyns Blick richtete sich auf seinen Mund und erkundete den fein geschnittenen Schwung seiner Lippen, und sie konnte an nichts anderes mehr denken als daran, wie dieser Mund sich angefühlt hatte, als er über ihre Lippen geglitten war. Allein schon die Erinnerung daran, wie sein Mund geschmeckt hatte, ließ sie innerlich zerfließen.

Seit dem Nachmittag in der Kutsche hatte sie die kühne Süße dieses Kusses noch ein dutzendmal an sich vorbeiziehen lassen, und sie erinnerte sich mit absoluter Klarheit daran, was für ein

Gefühl es gewesen war, von ihm in seinen starken Armen gehalten zu werden. Feste Muskeln und erbarmungslose Kraft, gepaart mit Zartheit und einer Leidenschaft, die kaum verhalten war – so sah sie ihn jetzt, und jedesmal, wenn er in ihre Richtung schaute, wurde es ihr flau in der Magengrube.

»Guten Abend, Mylord.« Zum ersten Mal seit Jahren sank sie zu einem Knicks herunter, erhob sich und sah die Freude, die auf seinem Gesicht stand.

»Komm her«, sagte er mit seiner honigsüßen Stimme, die doch unterschwellig rauh war. Sie ging auf ihn zu, und Rayne nahm ihre Hand. Als er sie hob und sie mit seinen Lippen streifte, lief ihr eine Gänsehaut über den Rücken. »Du siehst ganz bezaubernd aus.«

»Danke.«

Er goß ihr einen Sherry ein und sich selbst einen Cognac, und dann führte er sie zum Sofa. Sie redeten über das Wetter, wie sie es schon früher getan hatten, und ein klein wenig über den Krieg, aber ihre Gedanken schweiften immer wieder zu dem Thema ab, dessentwegen sie hergekommen war, um es mit ihm zu besprechen. Warum fragte er sie nicht nach ihrer Entscheidung?

Rayne räusperte sich und wirkte zum ersten Mal, seit sie ihn kennengelernt hatte, nervös. »Ich bin nicht besonders geduldig, Jo. Wie lange gedenkst du mich noch im unklaren zu lassen?«

Dem Himmel sei Dank, das Warten war vorüber. Es wühlte sie innerlich auf, auch nur daran zu denken, und doch hatte sie von Anfang an gewußt, daß sie gar keine andere Wahl hatte.

»Brownie sagt ja – vorausgesetzt, wir können uns einigen.«

Eine dunkle Augenbraue zog sich hoch. »Uns einigen?«

Sie nickte. Gott im Himmel, was sollte werden, wenn er nicht einwilligte? Sie dachte daran, ihr Leben auf der Straße wieder aufzunehmen, dachte an den abgebrannten Dachboden, den sie früher einmal ihr Zuhause genannt hatte, und sie betete, daß Brownie recht hatte und Rayne nachgab.

»Brownie sagt, ich soll dich im voraus bitten, eine Abfindung für mich festzulegen, und zwar schriftlich. Er sagt, du könntest meiner in vierzehn Tagen überdrüssig sein, und was soll dann aus mir werden?«

»Ich glaube kaum, daß vierzehn Tage für das genügen, was ich im Sinn habe, aber er sieht das schon ganz richtig. Wie hoch ist die Summe, die er will?«

»Fünftausend Pfund.«

»Fünftausend...«

Jocelyn biß sich auf die Unterlippen, um zu verhindern, daß sie zitterten. Sie hatte gleich gewußt, daß daraus niemals etwas werden konnte. Brownie mußte den Verstand verloren haben! Trotzdem konnte sie jetzt nicht mehr zurück. »Brownie sagt, ein Mann sollte für seine Torheit bezahlen.«

»Ach ja? Und was hat Brownie sonst noch gesagt?«

Jocelyn lief von der Kehle bis zu den Schultern rot an. »Er hat gesagt, wenn einer von deiner Sorte eine Schwellung hat, dann ist er viel zugänglicher, solange seine Rute noch steif und hart ist und es ihn reichlich in der Hose kneift.«

Rayne bedachte sie mit einem verwunderten Gesichtsausdruck, der dann von Belustigung abgelöst wurde, durchsetzt von Verdruß. »Ich glaube, ich bin wirklich froh, wenn du erst einmal meinem Schutz unterstehst und dich nicht mehr an Brownie wenden mußt. Das erste, worauf ich bestehe, ist, daß du keine derart undamenhaften Diskussionen mehr mit deinen beiden boshaften Freunden führst.«

»Er sagt außerdem, du sollst mir das Haus noch zwei Jahre lang überlassen, nachdem du fortgegangen bist.«

»Ich glaube, das läßt sich einrichten. Sonst noch etwas?«

Bisher hatte er noch nicht nein gesagt. Zumindest nicht rundheraus. Vielleicht hatte Brownie doch recht gehabt. »Eine monatliche Summe für Kleider und andere Dinge, die ich brauchen könnte.«

»Ich hätte dir eine großzügige Summe zukommen lassen, Jocelyn. Ich bin kein Geizkragen.«

Hätte? Hieß das, daß sie es zu weit getrieben hatte? »Wenn dir das nicht fair erscheint... ich meine, ich habe nie... ich bin nicht sicher, wie... ich meine, es muß zwangsläufig schwer sein, über meinen Wert zu entscheiden. Wenn du möchtest, könnte ich Brownie bitten, ins Haus zu kommen, und dann könntest du es mit ihm besprechen.«

»Es ist allerdings schwer, das kann man wohl sagen«, murrte Rayne tonlos. Er heftete aus braunen Augen einen glühenden Blick auf sie, der ihren Puls noch schneller rasen ließ als er ohnehin schon schlug. »Aber ich glaube, daß der Wert, den du für dich festgesetzt hast, mehr als fair ist. Ich werde dafür sorgen, daß die Papiere morgen früh unterschrieben werden. Übermorgen wirst du dann in dein neues Zuhause einziehen.«

Jocelyns Magen verkrampfte sich. Übermorgen würde sie bei Tagesende keine Jungfrau mehr sein. »Ich vermute, dann hätten wir alles geregelt.« Sie stand auf und hielt ihm die Hand hin. Rayne stand ebenfalls auf, packte fest ihre Hand und zog sie in seine Arme.

»Ich glaube, ein Kuß würde unseren Handel besser besiegeln.«

Vor allem *dieser* Kuß, dachte sie, als sein Mund ihren für sich forderte. Das war kein sanftes Streifen von Lippen, sondern der fordernde Kuß eines Mannes, der mit ihr schlafen würde. Jocelyn umklammerte Raynes Schultern und war hin und her gerissen zwischen den heißen, schmelzenden Gefühlen, die sich durch ihren Körper wanden, und der Angst vor diesem harten Körperteil, der sich so kühn an sie preßte. Er schmeckte nach Cognac und edlen Zigarren, und seine Lippen waren warm und verführerisch.

Sie zitterte, als er sich von ihr losriß. Der Gesichtsausdruck des Vicomte war leidenschaftlich, seine Augen glühend und besitzergreifend.

»Ich glaube, mein hübsches, herrenloses Mädchen, hier bin ich derjenige, der das bessere Geschäft gemacht hat.«

An dem Morgen, an dem sie nach London aufbrechen wollten, wurde sie von Stimmen in der Eingangshalle begrüßt. Eine Frauenstimme, lieblich und aufgeregt, Raynes Stimme voller Erstaunen und heiserem Gelächter. Jocelyn erstarrte auf dem oberen Treppenabsatz, als beide zu ihr aufblickten, der gutaussehende Vicomte und das gertenschlanke Mädchen mit dem kastanienbraunen Haar, das ihn umarmt hielt.

»Guten Morgen«, sagte die junge Frau und blickte mit einem Lächeln zu Jo auf. »Rayne, du hast mir ja gar nicht gesagt, daß wir Besuch haben.«

»Wenn man bedenkt, daß du drei Tage eher nach Hause gekommen bist und mir bisher noch nicht einmal Gelegenheit gegeben hast, ein Wort zu äußern, dann hatte ich wohl kaum eine Chance dazu.«

In dem Moment wurde Jocelyn klar, was sie von Anfang an hätte vermuten müssen, nämlich, daß die wunderschöne junge Frau Raynes Schwester war. Und sie würde es wohl kaum gutheißen, daß er seine künftige Mätresse in ihr Haus mitgebracht hatte.

»Es wäre einfacher, euch beide einander vorzustellen, Jocelyn, wenn du dich entschließen könntest, die Treppe runterzukommen und dich uns anzuschließen.«

»Ich… ich… ja, natürlich.« Sie wünschte, sie hätte im Erdboden versinken können oder sich in Luft auflösen wie Raynes Zigarrenrauch, aber dazu war es schon viel zu spät.

»Jocelyn, das ist meine Schwester Alexandra.«

Das hübsche Mädchen lächelte. Sie schien etwa in ihrem Alter zu sein, dachte Jo, vielleicht ein oder zwei Jahre jünger.

»Es ist mir ein Vergnügen, Sie kennenzulernen«, sagte Alexandra.

»Es freut mich auch sehr, Sie kennenzulernen.« Jo spürte, daß die grünen Augen des Mädchen über sie glitten und das blaßroséfarbene Musselinkleid wahrnahmen, das sie als eines ihrer eigenen erkannt haben mußte, und eine Woge von Verlegenheit spülte über sie hinweg. »Ihr Bruder war so freundlich, mir ein paar Sachen von Ihnen zu borgen. Ich hoffe, ich habe Ihnen damit keine Ungelegenheiten bereitet.«

Sie sah mit etwas zu großen Augen Rayne an. »Nein, nein. Natürlich nicht.« Alexandra hatte die gleiche schlanke Gestalt und die leicht überdurchschnittliche Körpergröße wie Jo, aber sie war etwas vollbusiger und hatte helleres Haar und ein paar Sommersprossen auf der Nase. Sie war ganz außerordentlich hübsch mit ihren hohen Backenknochen, den grünen Augen und den üppigen rosenroten Lippen, die denselben Schwung hatten wie der Mund ihres Bruders.

»Ich werde dir alles später erklären, Alexandra«, sagte er auf seine nüchterne Art, die mehr nach einem Befehlston klang. »Bis dahin muß es genügen, wenn ich dir sage, daß Jocelyn die Tochter von Sir Henry Ashbury ist. Sie hatte in der letzten Zeit einige Schwierigkeiten, aber die Dinge beginnen, sich zu klären.«

Alexandra nickte, als hätte sie ihn verstanden, was unmöglich der Fall sein konnte. Sie sah Jocelyn mit einem freundlichen strahlenden Lächeln an. »Wir sind gerade erst vom Land zurückgekommen. Ich bin restlos ausgehungert. Habt ihr beide schon etwas gegessen?«

Jocelyn dachte daran, was das Wort »ausgehungert« für sie im allgemeinen bedeutete, nämlich einen Magen, der vor Schmerzen knurrte, und einen Mund, in dem das Wasser unkontrollierbar zusammenlief, wenn auch nur der leiseste Essensgeruch in der Luft hing. Für dieses behütete junge Mädchen hieß dieses Wort nichts dergleichen. Dennoch strahlte sie eine Wärme und eine Freundlichkeit aus, die Jocelyns Unbehagen verfliegen ließen.

»Ich fürchte, wir sind gerade im Aufbruch begriffen«, sagte Rayne, und sie war ihm dankbar dafür. Gütiger Gott, was auf Erden hätte sie zu dem Mädchen sagen können? »Die Köchin hat im Wintergarten Schokolade und Kuchen bereitstehen. Ich habe eine Menge in der Stadt zu tun und werde daher ein paar Tage fort sein.«

Jo wußte genau, was er zu tun hatte – er wollte sie in seinem Stadthaus einquartieren und sie erstmals in sein Bett aufnehmen. Ihr wurde flau in der Magengrube.

»Das heißt«, verbesserte er sich mit einem anzüglichen Blick auf seine Schwester, »falls du glaubst, daß du dich benehmen kannst, wenn ich nicht hier bin und die Rolle deiner Anstandsdame übernehme.«

»Natürlich kann ich das. Miss Parsons wird bei mir sein. Du weißt doch selbst, wie genau sie es mit dem Anstand nimmt.«

»Und genau deshalb habe ich sie eingestellt. Ich glaube, daß du dir trotzdem noch viel herausnimmst.«

Alexandra wirkte geknickt.

»Schon gut. Benimm dich einfach nur. Wirf diesen armen Kerlen, die sich dir zu Füßen werfen, ab und zu einen Krumen Mitleid zu, und gegen Ende der Woche bin ich wieder zu Hause.«

Die beiden umarmten einander noch einmal. Jocelyn verabschiedete sich, und sie gingen zur Haustür hinaus.

Brownie und Tucker erwarteten sie schon. Sie wirkten sauberer, als sie sie je gesehen hatte, und ihre braunen Hosen und ihre Leinenhemden mit den weiten Ärmeln waren ordentlich gebügelt und wiesen keinerlei Löcher auf. Brownies Arm verheilte gut. Tucks Haar war geschnitten worden, und als sie sah, wie gut für die beiden gesorgt worden war, schnürte sich ihr die Kehle zu.

»Fertig?« Die Frage kam von Rayne, der ihr in seinen eleganten schwarzen Landauer half, auf dessen Tür das Wappen der Stoneleighs mit dem Bären und der Schlange prangte.

Die Kleider, die sie getragen hatte, waren in eine Truhe gepackt worden, und Elsa war an jenem Morgen zu ihr geschickt worden, damit sie die Rolle ihrer Zofe übernahm und alles für sie in Ordnung brachte. Sie machten sich auf den Weg in die Stadt, und obwohl die bevorstehenden Ereignisse Jocelyns Magen in flatternde Aufregung brachten, setzte sie größere Hoffnungen in die Zukunft als in den letzten Jahren.

Dann blickte sie zu dem Vicomte auf, sah die dicken Muskelstränge auf seinem Hals und dachte an seinen nackten Körper, an die Kraft seiner starken Arme und Schultern. Sie dachte an die Nacht, in der sie sich in sein Zimmer geschlichen hatte, und sie konnte immer noch deutlich vor sich sehen, wie sich sein starrer Schaft an seinen Bauch gepreßt und in einem kühnen Winkel von ihm abgestanden hatte.

Als sie wieder an den Matrosen dachte, den sie einmal aus dem Schatten einer dunklen Gasse beobachtet hatte, an das brünstige Grunzen und an das Auf und Ab seines nackten Hinterns, als er in eine betrunkene Hure eingetaucht war, bebte Jocelyn innerlich. Sie hatte die Nähe des Hungertodes und die Armut überlebt, und sie würde auch das überleben. Dennoch schien ihr die strahlende Zukunft, die sie sich ausgemalt hatte, plötzlich ein wenig stumpf zu sein.

Alexandra Garrick stand an dem Sprossenfenster in der Eingangshalle und beobachtete, wie die Kutsche der Stoneleighs losfuhr. Sie war drei Wochen lang fort gewesen, nach Marden abgeschoben worden wie ein ungezogenes Kind, und all das nur wegen dieser albernen Geschichte mit Lord William, dem zweiten Sohn des Earl of Crayfield. Um Himmels willen, es war doch nur ein winzig kleiner Kuß gewesen, aber Rayne hatte die beiden ertappt und war wütend geworden.

Bei Gott, wenn sie nicht schon tausendmal das unglaublich aufbrausende Temperament ihres Bruders erlebt hätte, hätte sie um das Leben des armen William fürchten können! Aber was spielte das jetzt schon noch für eine Rolle; sie war wieder zu Hause, und die Saison dauerte noch lange an.

Sie war tatsächlich vorzeitig aus Marden zurückgekehrt, weil sie wußte, daß die Wut ihres Bruders sich inzwischen längst gelegt hatte, und weil sie hoffte, er könnte bereits begonnen haben, die endlose Reihe von Bällen, Abendgesellschaften, Maskenbällen, Wochenendeinladungen und Empfängen zu besuchen, die in diesem Jahr stattfanden. Statt dessen war er beschäftigt gewesen, hatte sich um seine Geschäfte gekümmert – oder zumindest hatte er das behauptet – und um dieses wunderschöne Mädchen, das im Haus zu Gast gewesen war, ein Mädchen, das höchstens ein oder zwei Jahre älter war als sie.

Es hatte Alexandra erstaunt, das Mädchen in Stoneleigh vorzufinden, wenn man bedachte, daß sie wohl dort genächtigt hatte, aber nicht in Begleitung einer Anstandsdame gewesen war. Und wie Rayne sie angesehen hatte! Alle unter den oberen Zehntausend wußten, daß ihr Bruder eine Schwäche für Frauen hatte. Sie mußte es ehrlich zugeben, sie warfen sich ihm regelrecht an den Hals, aber er hatte nie eine von ihnen nach Hause mitgebracht!

Und was war mit dem Mädchen? Mit ihrer herzlichen Wärme und ihrer Aufrichtigkeit war Jocelyn Ashbury etwa soweit von den raffinierten Frauen entfernt, die gewöhnlich dem Geschmack ihres Bruders entsprachen, wie England von Wales.

Alex spürte, wie sich ein schelmisches Grinsen auf ihrem Gesicht ausbreitete. Die ganze Geschichte war köstlich schockierend. Sie mußte ehrlich sagen, sie war schon froh, daß Miss Parsons damit beschäftigt gewesen war, ihre Sachen auszupacken.

»Der Mann mag zwar Ihr Bruder sein«, hätte die stocksteife alte Jungfer gesagt, »aber er ist trotzdem nicht besser als diese anderen Weiberhelden und Lumpen. Ich sage dir, er ist ein schlechter Einfluß für ein junges Mädchen, das leicht zu beeindrucken ist.«

Wohl kaum ein schlechter Einfluß, dachte Alex. Rayne war seit dem Tod ihres Vaters tatsächlich übermäßig streng gewesen – zeitweilig ein absoluter Tyrann! Er machte sich Sorgen um sie und drohte jedem Mann, der ihr nahe kam – aber er liebte sie, und sie liebte ihn.

Alexandra entfernte sich von dem Fenster. Rayne war ihr heute anders vorgekommen, mehr so, wie sie ihn früher gekannt hatte, als er neben dem hübschen schwarzhaarigen Mädchen gestanden hatte. Seine Art hatte eine gewisse Leichtigkeit ausgedrückt, und sogar in seinem Lächeln hatte etwas gelegen, was sie lange nicht mehr an ihm gesehen hatte.

So hatte sie ihn nicht mehr gesehen, seit er aus dem Regiment ausgeschieden war. Damals war er ein Mann gewesen, der eine Aufgabe zu bewältigen hatte, ein Mann mit einem Ziel. Dann war Christopher gestorben... und dann Papa. Und Rayne war gezwungen gewesen, nach Hause zu kommen.

Vielleicht würde die Frau ihrem Bruder guttun. Alex hoffte es. Ebensosehr, wie er sich Sorgen um sie machte, hatte auch sie sich Sorgen um ihn gemacht.

7. Kapitel

»Bist du sicher, daß dir das nicht zuviel wird, Kleines?« Brownie legte den Striegel hin und trat zurück, nachdem er sich den Apfelschimmel vorgenommen hatte, einen der beiden Wallache aus dem Gespann, das die elegante Kutsche seiner Lordschaft zog.

»Ganz so schlimm kann es nun auch wieder nicht sein«, sagte Jo leise, aber Brownie konnte ihr ansehen, daß sie sich nicht so sicher war. »Die meisten Frauen tun es früher oder später.«

Das Mädchen war in den Stall hinausgekommen, in dem er und Tuck gerade bei der Arbeit waren. Sie hatten anständige Zimmer über dem Stall und so volle Bäuche wie seit Jahren nicht mehr. Trotzdem machte sich Brownie Sorgen um Jo und das Opfer, das sie demnächst bringen würde.

Brownie knurrte: »Das hängt ganz davon ab, wer dich pflügt, schätze ich.«

Jo reckte das Kinn in die Luft. »Der Vicomte ist nicht der fürchterliche Mann, für den ich ihn gehalten habe, Brownie. Er war freundlich und großzügiger als jeder andere Mann, der mir je begegnet ist. Wie viele Männer hätten schon ihr Leben für uns aufs Spiel gesetzt, wie er es getan hat?«

Sie zog einen goldenen Strohhalm aus dem Futtertrog und drehte ihn zwischen den Fingern. »Und außerdem hast du selbst gesagt, es sei das Beste, was ich tun kann, mir einen Beschützer zu suchen. So, wie wir auf der Straße gelebt haben, hat dafür wohl kaum eine Chance bestanden.«

»Der bleibt dir nicht, verstehst du?« Es war ihm verhaßt, das zu sagen, aber in den letzten zwei Jahren hatte er genug über den Vicomte in Erfahrung gebracht, um zu wissen, daß das der Wahrheit entsprach. Stoneleigh hielt sie sich, eine nach der anderen, bis er sie satt hatte, und dann war er auch schon weg und jagte einem anderen Weibsbild nach. Nach Brownies Meinung hatte der Mann bereits mehr als genug Mädchen für ein ganzes Leben abgelegt. Wozu, zum Teufel, brauchte er ausgerechnet Jo?

Er räusperte sich. »Was ist mit Babies, Kleines? Hast du dir darüber schon Gedanken gemacht?«

Jo lächelte zart, beinah wehmütig, und jetzt erinnerte sie ihn wieder an das sanftmütige verängstigte Mädchen, das er in jener Nacht in der Gasse gefunden hatte.

»Ich habe darüber nachgedacht, Brownie. In der Nacht, in der du und ich darüber geredet haben, gewisse Bedingungen zu stellen. Ich liebe Kinder, und selbst, wenn ich ein Kind von ihm bekommen sollte, dann kann ich es von all dem Geld, das der Vicomte bereit ist, mir zu bezahlen, selbst großziehen. Und ich halte ihn nicht für einen Mann von der Sorte, die ihr eigenes Fleisch und Blut im Stich läßt.«

Brownie nickte mürrisch. »Ich nehme an, da hast du recht. Trotzdem weiß ich, daß du für so was nicht erzogen bist. Ich weiß, daß es dir irgendwie gegen den Strich geht.«

»Ja, natürlich. Aber es geht mir auch gegen den Strich, einem Mann das Geld aus der Tasche zu stehlen. Oder einem Betrunkenen wegzunehmen, was er hat. Ich habe schon vor langer Zeit gelernt, daß Menschen alles tun, was nötig ist, um zu überleben.«

»Weißt du, was er von dir erwarten wird?«

»So halbwegs, vermute ich.«

»Willst du, daß ich es dir sage?«

Sie machte ganz den Eindruck, als würde sie gleich ja sagen, doch dann schüttelte sie den Kopf. »Nein. Ich fürchte mich so schon genug.«

»Die meisten Frauen finden sich mit der Zeit damit ab. Ob Mätresse oder Ehefrau, sie gewöhnen sich daran. Ich habe viele gekannt, denen es Spaß gemacht hat.« Er grinste und legte dabei eine Zahnlücke in der unteren Reihe frei. »Manche Kerls sind besser drin als andere. Die Frauenzimmer, die ich bestiegen habe, haben sich nicht beklagt. Wer weiß, Seine verfluchte Lordschaft hat sein Ding in genug Büchsen reingesteckt, um zu wissen, was er tut. Vielleicht bringt er dir ja bei, es zu mögen.«

Jos hübsche Wangen wurden leuchtend rot. »Vielleicht.« Aber als sie nervös den Blick abwandte, steigerte sich seine Sorge um sie um ein Zehnfaches.

»Du bist für mich so was wie eine Tochter gewesen. Schicke Kleider und ein sauberes Haus, das ist noch nicht alles. Wenn du es dir anders überlegst, brauchst du es mir nur zu sagen. Eher schneide ich Seiner Lordschaft die Kehle durch, ehe ich zulasse, daß er dich in seine verdammten Finger kriegt.«

Jo lächelte sanft und legte ihm eine Hand auf die Schulter. »Ich habe meinen Entschluß gefaßt, Brownie. Der Vicomte hat in unsere Bedingungen eingewilligt. Er hat seinen Teil getan – jetzt bin ich dran.«

Brownie nickte nur. Ihn brachte die Vorstellung auf, sein hübsches kleines Mädchen könne für den verfluchten Vicomte die Beine spreizen. Für Seine verdammte Lordschaft war sie nichts weiter als ein leichtes Mädchen mehr, doch er und Tukker kannten ihren wahren Wert – und der war in Gold kaum aufzuwiegen.

»Der ist nicht gut genug für dich, Mädchen, aber ich halte mich an deine Entscheidung.« Brownie zog ihr Kinn mit seinen Fingern hoch. »Denk nur immer daran – wenn du mich brauchst, ich bin in deiner Nähe.«

Rayne saß an dem langen Mahagonitisch im Eßzimmer seines neuen Stadthauses und schluckte gerade einen Bissen gebratenen Kapaun. Nicht weit von ihm hob Jocelyn ihr Weinglas. Ihre Finger, die den langen Stiel des Kristallglases hielten, zitterten.

»Bist du nervös?«

Sie lächelte ihn tapfer an, wandte jedoch den Blick ab. »Ein wenig.«

Nach ihrer Ankunft hatten sie den Tag damit zugebracht, Jocelyns kärgliche Habe auszupacken und zu verstauen – die Kleider seiner Schwester, die er beschlagnahmt hatte, und Kleidung und allerlei Gegenstände, die er für sich selbst mitgenommen hatte. Hinterher hatte er einen kurzen Einkaufsbummel mit ihr unternommen.

»Du hast keinen Grund, dich zu fürchten, Jo. Wir werden ganz langsam und sachte vorgehen. Ich werde dir nicht weh tun.« Das entsprach natürlich nicht ganz der Wahrheit, denn er konnte den Schmerz nicht verhindern, den sie dieses eine Mal verspüren würde. Selbstverständlich würde er ihr das nicht sagen. Oder zumindest nicht vorher. Sie war ohnehin schon nervös genug.

»Bist du fertig mit dem Abendessen?« Er schaute auf die Bratensauce, die auf ihrem Teller eingedickt war und eine Haut bekommen hatte, und auf das Gemüse, das längst kalt geworden war. Jocelyn hatte es nicht angerührt.

»Ja. Ich nehme an, ich hatte keinen allzu großen Hunger.«

»Den Eindruck habe ich auch.« Bei allen Göttern, er war wahrhaft genügend für sie beide ausgehungert, aber nicht nach Essen. Er konnte den Blick kaum von den zarten Wölbungen lösen, die über ihrem eisblauen Kleid mit dem Satinbesatz herausschauten. Ihr Gesicht wirkte blaß, doch ihr rabenschwarzes Haar umrahmte reizvoll ihre Wangen, und ihre Schultern sahen so seidig und glatt wie der Stoff ihres Kleides aus. »Soll ich den Nachtisch auftragen lassen?«

»Nein. Es sei denn, du möchtest ein Dessert.«

Der Gedanke an den Nachtisch, der ihm vorschwebte, ließ seinen Schaft unter dem Tisch dick und schwer werden. Verdammt noch mal, wie sehr er sie begehrte. Vielleicht hätte er Madame Du Monts einen Besuch abstatten sollen, denn dann wäre er jetzt nicht derart versucht gewesen, die Dinge zu überstürzen.

»Dieser Tag heute hat mir großen Spaß gemacht«, sagte Jocelyn ein Weilchen später im Rahmen ihrer Versuche, nervöse Konversation zu betreiben. »Ich hoffe, ich habe mich entsprechend bei dir dafür bedankt.«

Das wirst du sehr bald tun, meine Liebe. »Du hast dich alle fünf Minuten überschwenglich bedankt.«

Darüber lachte sie, und ihr Lachen klang so lieblich, daß Glut durch seinen Körper zuckte. Der Tag, den sie gemeinsam verbracht hatten, war schnell vorübergegangen, denn sein Vergnügen an der Freude, die Jocelyn jedesmal anzusehen war, wenn er ihr den kleinsten Krimskrams kaufte, hatte die Stunden verfliegen lassen. Der Abend dagegen war ihm endlos erschienen. Er war von dem Moment an steif gewesen, in dem sie den Salon betreten hatte, und während des Abendessens war er immer wieder steif geworden.

Bei dem Gedanken an die Freuden, die ihm bevorstanden, beschloß Rayne, sich seiner eigensinnigen Männlichkeit anzunehmen. Er warf seine Serviette auf den Tisch, stieß seinen Stuhl zurück und sprang eifrig auf.

»Es ist ein sehr langer Tag gewesen, meine Liebe.« Und er hatte einen noch längeren Abend vor. »Es ist an der Zeit, daß wir uns zurückziehen und nach oben gehen. Elsa sollte inzwischen dein Bad eingelassen und dein Nachthemd herausgelegt haben.« Es war ein hauchdünnes weißes Spitzengebilde, das er ihr in einem kleinen Geschäft in der Bond Street gekauft hatte. Er konnte es kaum erwarten, sie darin zu sehen.

Jocelyn feuchtete sich die Lippen an. »In Ordnung.«

Er wünschte, sie würde versuchen, sich zu entspannen. Vielleicht sogar ihren Spaß daran zu haben. Verflucht, aber er kam sich vor wie ein Wolf, der sich daran macht, ein unglückseliges Lamm zum Abendessen zu verspeisen.

Er nahm ihren Arm, und sie zitterte, als er sie zur Treppe führte. »Ich lasse dir ein paar Minuten Zeit, damit du dich zurechtmachen kannst, und dann komme ich zu dir in dein Zimmer.«

Er spürte, daß sie sich verkrampfte, als er das Zimmer erwähnte, das sie miteinander teilen würden. Verflucht, das verlief ganz und gar nicht so, wie er es geplant hatte.

»Wie du wünschst.« Jocelyn stieg die Stufen hinauf und verschwand in ihrem Schlafzimmer.

Rayne schien es, als liefe er stundenlang auf dem Teppich auf und ab, doch in Wahrheit waren es weniger als zwanzig Minuten. Dann stieg er die Stufen zu der Suite hinauf, die an ihre grenzte. Er hoffte, nach einem langen heißen Bad würde sich seine Spannung legen, doch statt dessen wurde seine rasende Leidenschaft nur noch mehr davon angefacht. Anschließend zog er sich einen Morgenmantel aus burgunderrotem Brokat über.

Er warf einen Blick auf die Uhr. Jocelyn hatte jede Menge Zeit gehabt, um sich fertig zu machen und vielleicht sogar, was er sehr hoffte, einen Teil der Vorfreude zu verspüren, die ihn durchflutete. Er klopfte leise an die Tür, öffnete sie, ohne eine Aufforderung abzuwarten, und betrat ihr Zimmer. Jocelyn stand in einem weißen Spitzennachthemd am Fenster. Als er näher kam, drehte sie sich um. Das Nachthemd fiel ihr lose bis auf die Knöchel, und Rayne holte hörbar Atem.

Sie war alles, was er sich ausgemalt hatte, und noch mehr. Sie war klein und außergewöhnlich schlank, aber sie hatte reizvolle Rundungen und wirkte äußerst weiblich. Eine weiße Satinschleife war durch ihre pechschwarzen Locken gewoben, Spitzenlangetten faßten das V zwischen ihren Brüsten ein, und nichts weiter als zarte weiße Spitze verbarg ihre Brustwarzen vor seinem Blick. Spitze verschleierte das verlockende Dreieck aus schwarzem Haar an der Stelle, an der ihre Oberschenkel zusammenliefen, doch der Schwung ihrer Hüften sowie ihre langen wohlgeformten Beine waren deutlich durch das dünne Gewebe zu sehen.

Als er sie langsam und bedächtig musterte, röteten sich ihre Wangen, und sie hob die Hände, um ihre Brüste zu bedecken.

»Tu das nicht«, sagte er mit einer Stimme, die rauh geworden war. Sie bestand nur aus geschmeidigen Muskeln und anmutigen Rundungen, und ihr gewelltes schwarzes Haar rahmte ein zart geschnittenes, schmerzlich schönes Gesicht ein. »Wer hätte geahnt, mein hübsches kleines Mädchen aus der Gosse, daß sich unter deinen alten Kleidern eine so unglaublich schöne Frau verbirgt.«

Die Röte ihrer Wangen wurde kräftiger, als er näher kam, und als seine Hände sich auf ihre Schultern legten, spürte er, daß sie zitterte.

»Ich... ich fürchte, ich habe nicht die leiseste Ahnung, was ich tun soll.«

Das ließ ihn lächeln. »Versuch zuallererst einmal, dich zu entspannen.« Er ließ sie einen Moment lang stehen, ging durch das Zimmer und schenkte jedem von ihnen einen Cognac ein. »Hier, vielleicht hilft das.« Möglicherweise schon, dachte er, aber er wollte sie nicht abstumpfen und betäuben. Er wollte die Leidenschaft spüren, von der er wußte, daß sie in ihr steckte. Er wollte sie anzapfen und sich dann im Erguß seiner Mühen ertränken.

Jocelyn trank den Cognac, doch ihr Körper blieb steif und unnachgiebig, und ihre Blicke folgten jeder seiner Bewegungen.

»Komm her.«

Jo trat näher, und Rayne zog sie in seine Arme. Er spürte ihren Widerstand, obwohl sie versuchte, ihn zu überspielen, und in dem Moment, in dem sein Mund ihre Lippen berührte, erkannte er, wie sehr sich dieser Kuß von dem letzten unterschied. Jocelyns Lippen waren ebenso weich und saftig wie beim letzten Mal, und ihr Atem war so süß, wie er ihn in Erinnerung hatte, aber die Arme, die um seinen Hals geschlungen waren, fühlten sich angespannt und spröde an, und der reife, süße Mund, der sich seiner Zunge öffnete, schien vor reiner Resignation verkrampft zu sein.

Sie ließ sich aus Pflichtbewußtsein heraus von ihm in den Armen halten und hatte sich ihrem Schicksal ergeben.

Da er wild entschlossen war, ihr eine Reaktion abzunötigen, vertiefte Rayne den Kuß, und Jocelyn ließ das Vordringen seiner Zunge zu. Doch ihm antworteten keine Wärme, kein beschleunigter Herzschlag, kein hörbares Atemholen. Er zog ihr das Nachthemd von einer Schulter, bewunderte eine kleine spitze Brust, bedeckte sie mit seiner Handfläche und begann, die Brustwarze zu massieren. Die Spitze wurde straff, und er fühlte sie erschauern, aber vor Furcht und nicht vor Lust.

Rayne stöhnte innerlich auf und kämpfte gegen den Schmerz in seinen Lenden an. Verdammt, warum hatte er daran nicht gedacht? Er war sich so verflucht sicher gewesen, daß er sie erregen konnte, so sicher gewesen, sie würde in seinem Bett die leidenschaftlichste Frau sein, die man sich nur irgend denken konnte. Was für ein arroganter, eingebildeter Mistkerl er doch war. Himmel, das Mädchen war unschuldig und nicht etwa irgendeine abgebrühte Hure! Er kannte sie erst seit ein paar Tagen, und doch hatte er erwartet, sie würde verrückt nach ihm sein. Was für ein Wirrkopf und Narr er doch war!

Rayne löste sich von ihr, um ihr ins Gesicht zu schauen, und er sah, daß ihre Unterlippe zitterte. »So wird das nichts, stimmt's?« sagte er leise.

»W-wie meinst du das?« Jocelyns Finger schlossen sich fest um seinen Arm.

»Du bist noch nicht soweit, Jo. Es ist noch nicht der rechte Zeitpunkt dafür.« Natürlich hätte er sie einfach nehmen können. Sie hätte es zugelassen. Dann wäre sein Körper befriedigt – mit der Zeit würde es vielleicht besser klappen.

»Sag das nicht. Es ist nur so, daß ich n-noch nicht sicher bin, wie ich mich verhalten soll.«

»Jo…«

»Bitte, Rayne.« Verzweiflung schlich sich in ihren Tonfall ein, als ihre Augen sein Gesicht erforschten. »Ich brauche lediglich etwas mehr Zeit. Ich kann lernen, dir Vergnügen zu bereiten. Ich weiß, daß ich es kann. Bitte…« Sie ließ ihren letzten Satz abreißen, und in ihren Augen schimmerten Tränen. »Ich… ich kann nicht auf die Straße zurückgehen. Du mußt mir eine Chance geben.«

Rayne sah sie an, und sein Herz schnürte sich zusammen. Seine Hand legte sich auf ihre Wange. »Hör mir zu, Jo. Die Papiere sind bereits unterzeichnet. Du brauchst nie mehr auf die Straße zurückzugehen, hörst du? Nie mehr.«

Sie reckte stur das Kinn in die Luft. »Ich nehme nichts an, was ich nicht verdient habe.«

Rayne lächelte milde. »Das verlange ich auch nicht von dir. Ich sage dir nur, daß wir noch eine Weile warten werden. Ich will dich, Jo. Daran hat sich nichts geändert. Aber ich will, daß du mich auch willst.«

»Das verstehe ich nicht.«

Er ließ einen Finger über ihre Wange gleiten und legte seine Hände dann um ihre Taille. »Erinnerst du dich noch an dieses letzte Mal, als ich dich geküßt habe?«

»Ja… ich erinnere mich noch.«

»Das hat dir doch Spaß gemacht, oder nicht?«

»Ja… aber das hier ist etwas anderes.«

»Es ist nichts anderes… oder zumindest sollte es das nicht sein. Wenn der rechte Zeitpunkt gekommen ist, wirst du genau das empfinden, wenn wir miteinander schlafen.«

Jo blieb stumm. Ganz offensichtlich glaubte sie ihm nicht.

»Du bist einmal wegen meiner enormen Erfahrung mit Frauen über mich hergezogen – die Hälfte aller leichten Mädchen Londons, sagtest du, glaube ich. Wenn du der Überzeugung bist, daß das stimmt, dann ist es das Mindeste, was du tun kannst, dich darauf zu verlassen, daß ich genau weiß, was ich tue. Tätest du das für mich?«

Sie lächelte ihn an, das erste echte Lächeln dieses Abends, und ein Teil der Spannung schien von ihr zu weichen. »Ja.«

Rayne küßte sie zärtlich. »Zieh dein Nachthemd aus.«

»Was?«

»Du hast gesagt, du würdest mir vertrauen.«

Sie feuchtete sich die Lippen an, reckte jedoch das Kinn in die Luft und zog sich das hübsche Nachthemd von den Schultern. Es sank als weißer Kreis um ihre Füße.

»Dein Körper ist wunderschön, Jo. Schäme dich seiner niemals. Lerne, ihn zu genießen. Und jetzt komm ins Bett.«

»Aber du hast doch gesagt...«

»Ich habe gesagt, daß du noch nicht soweit bist, und das bist du auch nicht. Wir werden heute nacht lediglich in einem Bett miteinander schlafen. Ich werde noch nicht einmal meinen Morgenmantel ausziehen.« Er wagte es nicht. So, wie die Dinge standen, verspürte er bei jedem Herzschlag Schmerzen, und er würde weiß Gott die ganze Nacht kein Auge zumachen.

Jocelyn lief vor ihm her zu dem massiven Himmelbett, und er bewunderte ihren strammen kleinen runden Hintern. Er mußte laut gestöhnt haben, denn Jocelyn drehte sich um und sah ihn an.

»Bist du auf etwas getreten? Ich hoffe, Elsa hat keine meiner Haarnadeln fallen lassen.«

Rayne lachte leise in sich hinein. »Nein, mein Liebes, die Stelle, an der ich Schmerzen habe, ist etwas höher über dem Fußboden.« Er nahm ihre Hand und preßte sie auf seinen steifen Schaft. Bestürzte blaue Augen schauten in sein Gesicht auf, und Rayne zog die Stirn in Falten. »Ich dachte, du hättest gesagt, daß du mich gesehen hast.«

»Ja... ja, schon, aber du bist noch größer, als ich dich in Erinnerung hatte. Wie soll das alles... ich meine, bist du sicher, daß das reinpaßt?«

»Es wird reinpassen, Liebes. Das kann ich dir versprechen.«

Jocelyn stieg ins Bett, und Rayne folgte ihr. Er schmiegte ihren Rücken an seine Brust, hielt sie aber von seinen Lenden fern, denn dort erhob sich immer noch heiß und hart seine Männlichkeit. Er unternahm keine weiteren Anstalten, sie zu berühren.

Er konnte die Anspannung in ihrem Körper spüren, aber mit der Zeit ging ihr Atem ruhiger, und Rayne entspannte sich auch ein wenig. Er hatte eine schwierige Entscheidung getroffen, eine Entscheidung, für die er allnächtlich büßen würde, bis er ihren köstlichen kleinen Körper besaß.

Er sah die Frau an, die endlich friedlich neben ihm schlief. Jahrelang war er Soldat gewesen. Wenn er wollte, besaß er mehr Selbstdisziplin als jeder andere Mann, den er kannte. Er lächelte grimmig. Die würde er jetzt brauchen – bis auf den letzten Funken. Aber irgendein männlicher Instinkt sagte ihm, es sei es wert, darauf zu warten, daß Jocelyn Ashbury erwachte und sich von den Flammen der Leidenschaft verzehren ließ. Er schmiegte ihre schlafende Gestalt an sich und schlief endlich selbst ein.

Direkt vor dem Erwachen trieb Jocelyn auf einer Dämmerwolke, und ein Lächeln stand auf ihrem Gesicht, als sie sich an die Wärme und die Kraft neben sich schmiegte. Seit sie dem Vicomte begegnet war, schienen die Zeiten, zu denen sie gefroren und gehungert hatte, im Nebel eines fernen bösen Traums zu verblassen. Unter sich fühlte sie jetzt keine Matratze, die mit Klumpen aus Maishülsen gefüllt war und sich in ihre Rippen grub, sondern ein weiches Federbett.

Das Bettzeug war aus dem feinsten Leinen, und die Daunenkissen waren weich. Und ihr war warm. Es schien Jahre her zu sein, seit ihr zum letzten Mal so warm gewesen war. Und noch etwas anderes tat sich, dachte sie, als sie ein Gefühl wahrnahm, das sich spiralförmig in ihr aufbaute, in ihrem Bauch flatterte und auf ihrer Brust prickelte. Es war ein unglaublich gutes Gefühl, maßlos angenehm.

Jocelyn riß die Augen auf, als sie erkannte, das diese wunderbaren Empfindungen von ihren Brüsten ausgingen und daß

Raynes große Hand auf einer ihrer vollen Brüste lag, während seine Finger ihre Brustwarze neckten.

»Rayne?« flüsterte sie und war unsicher, ob sie zurückweichen oder ihn weitermachen lassen sollte, ihm trauen sollte, wie sie es versprochen hatte.

»Ganz ruhig, mein Liebes.« Er schmiegte sie wieder an seine Brust, wie er es getan hatte, ehe sie eingeschlafen waren. Sie konnte die dichten Muskelstränge und den sinnlich weichen Stoff seines Morgenmantels aus Seidenbrokat spüren, der immer noch zwischen ihnen war.

Rayne küßte ihren Nacken, und ihr Herz schlitterte zur Seite. Sonst tat er gar nichts, aber seine Hand betrieb ihre Magie weiterhin, bis ihre Brustwarze sich aufstellte und straff wurde und der Atem in ihrer Kehle stockte. Rayne knabberte an einem Ohrläppchen, und als ihr Körper sich daraufhin zurückbog, preßten sich ihre Hüften an seine Lenden.

In dem Moment spürte sie es, dieselbe bedrohliche Männlichkeit, die sie am Abend zuvor berührt hatte. Sie dachte an den Seemann in der Gasse, dachte an Raynes festes Fleisch, das sich in derselben Form in sie stieß, und ihr gesamter Körper verkrampfte sich.

Rayne mußte es gespürt haben, denn er hörte auf, sie zu streicheln, und dann löste er sich von ihr.

»Ich schicke Elsa nach oben, damit sie dir beim Ankleiden hilft«, sagte er. »Ich dachte, wir könnten vielleicht der Modistin meiner Schwester einen Besuch abstatten und dann den Abend unter Umständen im Theater verbringen.«

»Du gehst mit mir ins Theater?« Sie konnte es kaum glauben.

»Was hast du denn gedacht? Daß ich dich in diesem Haus einsperre?« Er grinste. »Vielleicht hast du sogar geglaubt, daß ich dich am Fußende meines Bettes ankette.«

Sie errötete, da das gar nicht allzuweit von der Wahrheit entfernt war.

»Wenn du fertig bist, kannst du nach unten kommen. Ich werde dort sein.« Er wollte gehen, blieb dann aber noch einmal stehen und drehte sich um. »Übrigens bist du von jetzt an Jocelyn Ashbury Wyndam, seit zwei Jahren verwitwet und erst kürzlich vom Land in die Stadt gekommen.«

»Aber warum müssen wir...«

»Ich will es dir so leicht wie irgend möglich machen. Als Witwe kannst du dich freier bewegen. Ich werde eine angemessene Gefährtin für dich engagieren müssen, eine Frau, die sich über ihre Rolle in diesem kleinen Drama durchaus im klaren ist, aber das sollte nicht allzu schwierig sein.«

»Jocelyn Wyndam«, wiederholte sie.

»Es sei denn, du ziehst einen anderen Mann vor.« Sie schüttelte den Kopf. »Gut. Dann mach schon. Raus aus dem Bett mit dir. Wir haben einen sehr hektischen Tag vor uns.«

Jo nickte nur und machte sich mit der Vorstellung vertraut, hiermit gerade zu einem anderen Menschen geworden zu sein.

Ihr erster Tag als Mrs. Wyndam war ein Tag, wie sie ihn sich niemals hätte vorstellen können. Von Charing Cross bis White Chapel liefen sie über die steinernen Gehwege, unter riesigen Schildern mit Buchstaben in leuchtenden Farben hindurch, und sie blieben vor einem Schaufenster nach dem anderen stehen und betraten die Geschäfte, gingen zum Uhrmacher Pelham's, in den Porzellanladen Wedgwood, Deard's Nippes, Betty's, St. James' Fruitier – sie brauchte Dinge bloß anzusehen, und schon gehörten sie ihr.

In einem Stuhlmacherladen bewunderte sie einen schönen Schaukelstuhl aus Mahagoni, und ehe sie sich versah, hatte Rayne die Münzen auf die Theke gelegt.

»Ich habe doch nur gesagt, daß er mir gefällt«, sagte sie. »Damit habe ich doch nicht gemeint, daß du ihn mir kaufen sollst. Du hast mir schon genug gekauft.« Allmächtiger, die Mittel des Vicomte schienen unbegrenzt zu sein!

Er lachte leise vor sich hin. »Meine schöne Jocelyn, an einem einzigen Abend verspiele ich mehr als die Gesamtsumme, die ich bisher für dich ausgegeben habe. Überlaß die Sorge um das Geld ruhig mir; hab du nur deinen Spaß.«

Bei Lady Claridge's, einer der elegantesten Modistinnen der Stadt, gab er ein zweites kleines Vermögen aus. Kleider aus dem feinsten Musselin, aus Kaschmir und Kambrikspitze; eine blütenzarte Kreation aus silbernem Netzgewebe, bestickt mit Saphirfäden, ein leuchtend pflaumenblaues Kleid, das wie eine Tunika geschnitten war, einen Satinspenzer, einen Taftüberwurf und ein Seidencape mit Rüschen. Dazu die passenden Schuhe und Schirme und alle erdenklichen Hüte, von denen keiner wie die anderen war.

Und selbst während er sie mit Geschenken überhäufte, spielte er den Gentleman oder zumindest soweit, wie der Vicomte ein Gentleman sein konnte.

»Sie hat hübsche Brüste«, sagte er zu Lady Claridge, die alles andere als eine Dame war, oder zumindest sagte das Rayne. Jocelyn errötete bis in die Zehenspitzen. »Sie mögen zwar klein sein, aber sie sind wunderbar geformt. Wenn es mir auch noch so sehr verhaßt ist, anderen diesen Anblick zu gönnen, dann ist das doch groß in Mode. Ich bin sicher, daß Sie, mit Ihrer Erfahrung, sie besonders vorteilhaft herausbringen werden.«

»Selbstverständlich, Mylord.« Die große Frau, die ein modisches Kleid aus indischem Musselin und eine Perücke trug, die auf ihrem kurzgeschnittenen mausbraunen Haar saß, klopfte sich nachdenklich mit einem Maßband ans Kinn. »Ein tiefes V, würde ich meinen. Das macht das Beste aus ihren... Vorzügen.«

»Und dann ihre Beine«, sagte Rayne. »Sie hat unwahrscheinlich lange, unglaublich wohlgeformte Beine.«

»Ein Schlitz«, sagte Lady Claridge, »sehr lang, sehr provozierend – und sehr schick.«

Jocelyn gefiel es gar nicht, wie er die Dinge in die Hand nahm, und auch nicht, wie er Intimitäten preis gab. Doch am wenigsten war sie auf die seltsame Wirkung seiner Worte vorbereitet. Jedesmal, wenn Rayne ihren Körper auf eine derart intime Art und Weise erwähnte, zog eine prickelnde Wärme durch ihren Bauch.

Und wie er sie ansah, wenn er diese Dinge sagte – als schändeten seine Augen sie, obwohl sein Körper sie noch nicht geschändet hatte.

Jetzt dachte sie an diese Blicke, als sie über die Straße schlenderte und die muskulösen Arme des Vicomte mit Schachteln beladen waren. Wenn sie mehr Aufmerksamkeit darauf verwandt hätte, wohin sie ging, statt ihre Aufmerksamkeit ausschließlich dem gutaussehenden Mann an ihrer Seite zuzuwenden, dann hätte sie vielleicht den frontalen Zusammenstoß mit einem Gentleman vermeiden können, der zum Bekanntenkreis Seiner Lordschaft zählte, einem blonden Mann, der fast so groß wie er war.

»Gütiger Himmel!« Der blonde Mann fing sie gerade noch auf, als sie stolperte und fast hingefallen wäre, und damit ersparte er ihr die Peinlichkeit eines schmerzlichen Sturzes.

»Harcourt«, sagte der Vicomte und reichte seine Schachteln einem seiner Lakaien, der neben der Kutsche stand. Dann nahm er schützend Jos Arm und hing sich bei ihr ein. Seine finstere Miene besagte, daß er den blonden Mann nicht gerade besonders gut leiden konnte.

»Stoneleigh.« Bewundernde blaue Augen musterten Jo von Kopf bis Fuß. Der Mann war zwar schlanker als Rayne, eher sehnig als muskulös, doch er sah gut aus. Er hatte leicht gelocktes goldblondes Haar, eine gerade aristokratische Nase und ein ausgeprägtes Kinn und dazu einen festen, sehr männlichen Mund. »Das also hat dich von den Spieltischen ferngehalten. Ich kann nicht sagen, daß ich dir daraus einen Vorwurf mache.«

»Das ist Mrs. Wyndam, eine Freundin der Familie, die gerade vom Lande zurückgekommen ist.«

Harcourt machte einen prachtvollen Kratzfuß. »Es ist mir ein Vergnügen, Madam, das versichere ich Ihnen.«

»Stephen und ich waren gemeinsam in Cambridge«, sagte Rayne zu Jo. »Man könnte sagen, daß wir alte Freunde waren.«

»Ja, allerdings«, sagte Lord Harcourt. »Um akkurater zu sein, könnte man uns durchaus als Rivalen bezeichnen.« Er lächelte, aber sein Lächeln wirkte ein wenig dünn. »Wir haben miteinander geboxt, jede Menge Kartenspiele um hohe Einsätze gespielt, sind mit unseren edelsten Pferden Rennen geritten... tatsächlich sind Rayne und ich uns oft uneinig – allerdings nie, wenn es darum geht, eine schöne Frau zu würdigen.« Seine Augen glitten auf ihre Brüste hinunter. »In der Hinsicht fand ich den Geschmack Seiner Lordschaft immer einwandfrei.«

»Es freut mich, daß du meiner Meinung bist«, sagte Rayne kühl. »Wenn du uns jetzt entschuldigen würdest, aber wir haben einen sehr langen Tag hinter uns. Es ist an der Zeit, daß wir uns auf den Heimweg machen.«

»Selbstverständlich. Werden Sie heute abend die Soiree bei den Gladstones besuchen, Mrs. Wyndam?«

»Nein«, antwortete Rayne an ihrer Stelle. »Mrs. Wyndam ist noch dabei, sich hier häuslich einzurichten. Es könnte noch eine Weile dauern, ehe sie sich in den Trubel stürzt.«

»Es tut mir leid, das zu hören.«

»Das glaube ich gern«, sagte Rayne keineswegs allzu freundlich, aber Harcourt lachte nur.

»Guten Tag, Mylord«, sagte Jo, die spürte, daß Rayne an ihrem Arm zog.

»Guten Tag, Mrs. Wyndam. Ich freue mich jetzt schon auf den Tag, an dem sich unsere Wege wieder kreuzen werden.«

»Ich würde wetten, daß er das tut«, murrte Rayne, während er auf die Straße trat und die Kutschentür aufriß, ehe der Lakai eine Gelegenheit dazu fand.

»Ich habe den Eindruck, du kannst ihn nicht leiden.«

»Wir mögen einander nicht besonders.«

Jo ließ sich matt auf den Sitz sinken. »Und warum nicht?«

»Das läßt sich eigentlich schwer sagen, weil es schon so weit zurückgeht. Im College haben wir einander ständig Streiche gespielt. Als wir älter geworden sind, ist die Rivalität heftiger ausgebrochen. Was Harcourt über die Damen gesagt hat... wir haben uns oft beide zu denselben Frauen hingezogen gefühlt.«

»Auch in der letzten Zeit noch?«

Rayne nickte. »Eine Schauspielerin namens Rosalee Shellgrave. Sie war Stephens Mätresse... eine Zeitlang.«

Jocelyn blickte zu ihm auf. »Du hast sie Lord Harcourt ausgespannt?«

Er zuckte mit den Achseln, und sein edles Jackett raschelte auf dem Sitzpolster. »Ich vermute, so könnte man es ausdrükken. Ich habe erst gemerkt, wieviel Stephen sich aus ihr gemacht hat, als es schon zu spät war.«

»Kein Wunder, daß er dich nicht leiden kann.«

Er wandte sich zu ihr um, und seine Augen waren plötzlich finster. »Halte dich von ihm fern, Jo. Er täte nichts lieber, als dich in sein Bett zu locken.«

»Weil er glaubt, daß ich meine Zeit in deinem Bett zubringe?«

»Ganz genau. Wenn du nichts dagegen hast, würde ich es vorziehen, wenn wir über ein erfreulicheres Thema als Stephen Bartlett reden.«

Jocelyn schaute aus dem Fenster. Ein Gentleman stieg aus einer schimmernden schwarzen Kutsche, und eine Frau, die Lavendel verkaufte, hielt ihm ein kleines Sträußchen unter die Nase. Vor dem Geschäft des Buchhändlers nebenan bettelte ein Blinder um Almosen.

»Was ist aus ihr geworden?« fragte Jo. »Aus Miss Shellgrave, der Schauspielerin?«

Rayne seufzte matt. »Ich fürchte, innerhalb von kürzester Zeit habe ich festgestellt, daß sie alles andere als amüsant ist.« Jo zog die Stirn in Falten. »Du brauchst mich nicht so anzusehen. Ich habe ihr eine enorme Summe zukommen lassen, und sie ist recht glücklich mit ihrem neuesten Beschützer.«

Jocelyn sagte kein Wort.

»Falls es dir weiterhilft – wenn ich gewußt hätte, wieviel sie ihm bedeutet hat, hätte ich sie Stephen nicht weggenommen. Könnten wir *jetzt* vielleicht über etwas anderes reden?«

Ihr Blick fiel wieder aus dem Fenster. Der Vicomte war ein

harter Mann, wie sie von Anfang an gewußt hatte. In mancher Hinsicht arrogant, in anderer Hinsicht verwöhnt. Und doch verbarg sich große Menschlichkeit in ihm. Und sie hatte nur wenige Männer kennengelernt, die stark genug waren, um zuzugeben, daß sie sich geirrt hatten oder im Unrecht waren.

Trotzdem bedrückte sie die hartherzige Art, auf die er seine unerwünschten Geliebten abschaffte. Würde ihr eigenes Schicksal genauso aussehen?

Ein Apfelkarren fiel auf der Straße um, und Raynes Kutscher stieß saftige Flüche aus. Jocelyn lächelte bei dem Gedanken, daß sie schon weit schlimmere Dinge gesagt hatte.

»Um wieviel Uhr brechen wir auf, um ins Theater zu gehen?« fragte sie.

»Ich denke, das Theater heben wir uns für morgen abend auf.« Rayne legte einen Arm um ihre Taille und zog sie enger an sich. Seine Schultern waren so breit, daß sie die Seite der Kutsche streiften. »Das heißt, falls du nichts dagegen hast.«

Sie stieß einen Seufzer der Erleichterung aus. »Nein, keineswegs. Ich hätte nie geahnt, wieviel Mühe es kostet, die Garderobe einer Dame zusammenzustellen.«

»Meine Schwester genießt jede Sekunde dessen, was wir heute durchgemacht haben.«

»Nun, ich kann dir versichern, daß es mir keinen Spaß macht.« Sie warf einen Seitenblick auf ihn. »Da wir gerade davon reden, befürchtest du nicht, Lady Claridge könnte... könnte gewisse Indiskretionen weitergeben?«

»Du brauchst dir keine Sorgen zu machen. Ich habe mich auf die Talente der Dame in der Vergangenheit schon viele Male verlassen können. Sie ist der Inbegriff von Diskretion.«

Viele Male. Viele Mätressen. Rosalee Shellgrave und wie viele andere noch? Jocelyns Eingeweide zogen sich zu einem festen Knoten zusammen. Bald würde sie dazugehören. Den Rest der Fahrt verbrachte Jocelyn schweigend.

8. Kapitel

Sie trafen vor dem Stadthaus ein, als sich die Dämmerung gerade herabsenkte.

»Von jetzt an werden wir in meinem Zimmer schlafen«, sagte Rayne, als er ihr auf der Treppe voranging. »Das Bett ist breiter, die Fenster sind größer, und man hat von dort aus einen weit besseren Blick auf den Garten.«

Jocelyn schaute auf ihre Hände hinunter, die sie vor dem roséfarbenen Musselinkleid miteinander verschlungen hatte, das sie immer noch trug. Sie hätte gern kehrtgemacht und wäre fortgelaufen, hätte ihm gesagt, daß sie es sich anders überlegt hatte, daß sie nicht mit ihm schlafen wollte, daß sie nicht eine unter seinen zahllosen Eroberungen sein wollte. Es schien ihr nicht fair zu sein, daß ihr Leben und das derer, aus denen sie sich am meisten machte, wieder einmal von dem Vicomte und seinen Launen abhing.

Dennoch mußte sie an Brownie und an Tucker denken und daran, daß sie alle einen Ort brauchten, an dem sie leben konnten, und Nahrung, um ihre Bäuche zu füllen.

»Werden wir... ist heute nacht die Nacht?« fragte sie und hob die Augen zu seinem Gesicht.

»Nein, heute nacht ist *nicht* die Nacht, wenn es auch wirklich ein Jammer ist. Heute abend werde ich lediglich dort weitermachen, wo wir heute morgen aufgehört haben. Das hat dir doch gefallen, oder nicht?«

Glut stieg in ihre Wangen. Was hätte es ihr genutzt, wenn sie es geleugnet hätte? »Ich... es war sehr angenehm.«

»Gut. Heute abend werde ich nicht nur meine Hände, sondern auch meinen Mund benutzen, und dann werden wir ja sehen, ob dir das auch gefällt.«

Jocelyns Kehle entrang sich ein Laut. »D-deinen Mund?«

Er nickte. »Seit Tagen denke ich an nichts anderes als daran, deine hübschen Brüste zu küssen.«

Jocelyn schluckte so schwer, daß sie sicher war, er könnte es sehen. »Wenn du mich jetzt entschuldigst, aber ich finde es außerordentlich warm hier. Ich glaube, ich werde mir etwas Bequemeres anziehen.« Sie ging mit wackligen Beinen auf die Tür zu. Raynes tiefe Stimme ließ sie abrupt innehalten.

»Eine gute Idee. Ich denke, ein Hemd wird genügen. Ruh dich eine Weile aus und nimm ein Bad, wenn du magst. Ich wecke dich, wenn das Abendessen fertig ist.«

Ausruhen, dachte sie. Wie hätte sie sich ausruhen können, wenn sie an nichts anderes denken konnte als an den wunderschönen Mund des Vicomte auf ihrer Brust? Und an seine Zunge. Lieber Gott, was für ein Gefühl würde es sein, wenn er sie mit seiner Zunge berührte? Sie fürchtete sich und fürchtete sich in gewisser Weise doch nicht. Sie hatte ihren Weg gewählt, einen Kurs, den zu ändern nicht in ihrer Macht stand, und mit jedem Tag, der verging, war sie sich weniger sicher, ob sie ihn überhaupt ändern wollte.

Jocelyn lief durch das Zimmer, und ihre langen Beine flogen, als könnte sie vor dieser Vorstellung davonlaufen.

Rayne schaute ihr nach, und einer seiner Mundwinkel zog sich hoch. Es war kein warmer Abend; er hatte sogar festgestellt, daß es reichlich kühl war. Sein Lächeln wurde breiter. Jocelyn war nicht immun gegen ihn – nicht im geringsten.

Den ganzen Tag über hatte er alles Erdenkliche unternommen, um sie zu berühren – natürlich nur flüchtig, nichts weiter als eine zärtliche Liebkosung ab und zu. Mehrere Male hatte er gespürt, wie ihr Atem sich beschleunigt hatte, das allzu schnelle Flattern ihres Herzens. Jocelyn reagierte auf ihn – es konnte durchaus sein, daß das Warten sich lohnte.

Rayne ließ sich ein Bad bringen – ob Baden nun gesund war oder nicht, aber seit seinen Zeiten beim Militär konnte er einfach nicht genug davon bekommen. Jocelyn schien es genauso zu gehen, und er fragte sich, ob die Ursache in ihren Zeiten in den schmutzigen Straßen von London lag. Sein Kammerdiener, ein Mann, der Burbage hieß und den er zusammen mit dem Haus übernommen hatte, brachte ihm ein Leinenhandtuch und legte seine Kleider heraus, während er sich abtrocknete.

»Es liegt alles bereit, Mylord«, sagte der stattliche Diener mit der Halbglatze.

»Danke, Burbage.« Er sah die Hose, das weiße Leinenhemd, die Brokatweste und das Halstuch an, die Dinge, die sorgsam auf seinem Bett ausgebreitet waren. »Nur die Hose und die Stiefel. Den Rest brauche ich nicht.«

Der Kammerdiener sah ihn seltsam an, räumte aber pflichtschuldig die übrigen Kleidungsstücke weg und verließ das Zimmer. Vor dem Fenster war die Dunkelheit hereingebrochen, und der Garten unter ihm lag im weichen Lichtschein brennender Lampen. Glühende Kohlen auf einem Rost hatten die Kühle aus dem Raum verbannt.

Mit nacktem Oberkörper lief Rayne durch das Zimmer, klopfte leise an die Tür zu Jocelyns Suite und öffnete sie dann. Sie saß auf der Bank am Fenster, trug nur ihr dünnes Batisthemd und blätterte die Seiten eines Buches um.

»Was liest du da?« fragte er freundlich, und sein Blick heftete sich auf die Rundungen, die durch den dünnen weißen Stoff zu sehen waren. Hitze staute sich in seinem Bauch, und er wurde steinhart.

Sie blickte von dem Buch auf, und ihre Augen musterten seine Brust, maßen ihre Breite, betrachteten die Täler und die Ebenen und den Streifen gelockten braunen Haars. »W-wordsworth und Coleridge.«

»Ah, die *Lyrischen Balladen.* Wo hast du das gefunden?«

»Unten in der Bibliothek. Liest du gern?«

»Gelegentlich. Gewöhnlich ziehe ich aktivere Beschäftigungen vor. Jagen, Reiten, Schießen. Das Boxen gehört zu meinen Lieblingsbeschäftigungen. Aber andererseits weißt du ja von meinem Boxverein und unseren Treffen bei Lord Dorring... schließlich hatten wir beide dort das Glück, einander zu begegnen.«

Ihre Augen glitten über die Stelle, an der sich sein Geschlecht steif gegen seine eng anliegende Hose preßte und sie ausbeulte. Ihr Ausdruck des Unbehagens zeugte von ihren Zweifeln.

»Nicht alle Frauen üben diese Wirkung auf mich aus, Jocelyn, das versichere ich dir. Warum essen wir nicht einfach, ehe du wieder deine Abwehrhaltung einnimmst?«

Es war die erotischste Mahlzeit, die Rayne je zu sich genommen hatte. Jocelyn nur in ihrem dünnen Hemd, er mit entblößtem Oberkörper und gnadenlos erregt, so saßen die beiden nur wenige Zentimeter voneinander entfernt auf dem Sofa.

»Du ißt ja immer noch nichts«, sagte er, als er aufblickte und sie dabei ertappte, wie sie ihn durch ihre dichten schwarzen Wimpern betrachtete. »Ich will nicht, daß du verhungerst, und das bloß, weil du Angst hast, ich könnte mit dir schlafen.«

Er riß ein Stück von dem Rebhuhn ab, das auf dem Tablett mit dem kalten Fleisch, dem Käse, den Austern und den handflächengroßen Pasteten lag, und diesen Happen führte er an ihre Lippen. »Hier, probier es mal damit.«

Sie machte den Mund auf, und ihre vollen weichen Lippen glitten über seine Finger. Sie waren feucht und warm, und der Schmerz in seinen Lenden wurde noch heftiger. Sie aß einen zweiten Bissen aus seiner Hand und dann noch einen.

»Jetzt bist du dran«, sagte er, und seine Stimme war rauh und heiser. »Was hältst du davon, mich mit einer Auster zu füttern?«

Jocelyn lächelte und begann, sich ein wenig zu entspannen und ihren Spaß an dem Spiel zu haben. Obwohl Rayne halbnackt neben ihr saß, war die Nervosität von ihr abgefallen, und jede Furcht, die sie hätte haben können, war von Entschlossenheit abgelöst worden. Entschlossenheit... und einem warmen, pulsierenden Gefühl, das heiß durch ihren Körper wogte.

Rayne nahm die Auster von ihr entgegen, legte den Kopf zurück und fing sie mit der Zunge auf. Ihr Blick heftete sich auf seinen Mund, als er schluckte, und sie nahm die sinnlichen Bewegungen seiner Lippen wahr.

»Warum probierst du nicht noch eine?« sagte sie und sah ihm fest ins Gesicht, als er sie unverfroren musterte. Ihr entging das auflodernde Feuer nicht, das sie in seinen braunen Augen mit dem Goldrand sah.

»Ja...«, sagte er. »Warum eigentlich nicht?«

Er sagte es so, daß die Hitze in ihrem Innern tiefer nach unten glitt, sich ausbreitete und ihr plötzlich das Gefühl vermittelte, es sei sehr warm im Zimmer. Unwillkürlich bewunderte sie ihn. Nie hatte sie einen Mann mit einer so unglaublichen Muskulatur gesehen, mit dicken Sehnensträngen auf der Brust und schmaleren Muskelbändern auf dem Bauch, der so flach und hart wie ein Waschbrett war.

Rayne machte den Mund auf und saugte die Auster langsam aus ihren Fingern. Dort, wo sie ihre Haut streifte, fühlte sich seine Zunge feucht und warm an und löste ein prickelndes Gefühl in ihr aus. Ehe sie die Hand zurückziehen konnte, packte er ihr Handgelenk und preßte die Handfläche auf seine Kehle. Sie konnte spüren, wie sich die langen, dicken Sehnen auf und ab bewegten, als er schluckte.

Als er ihre Hand losließ, zog sie sie nicht etwa zurück, sondern bewegte sie tiefer nach unten, obwohl sie ein wenig zitterte, um sie dort durch seine braungelockte Brustbehaarung gleiten zu lassen, wobei sie den Blick immer noch fest auf sein Gesicht richtete.

Rayne griff nach einem Träger ihres Hemds und zog ihn über ihre Schulter. Als seine Finger ihre Haut streiften, erschauerte sie, doch diesmal nicht vor Furcht. Sie hatte die Entscheidung getroffen, ihn in ihrem Bett zu akzeptieren. Dafür hatte er versprochen, ihr Zeit zu lassen. Jocelyn hatte die Absicht, ihm Vertrauen entgegenzubringen.

Der zweite Träger glitt nach unten und entblößte sie bis zur Taille. »Machst du dir überhaupt eine Vorstellung davon, welchen Spaß es mir macht, dich anzusehen?«

Sie konnte seinen regelmäßigen Herzschlag fühlen. »Ich schaue dich auch gern an.«

Raynes Blicke wurden noch glühender. »Wenn ich nicht ganz so sehr darauf versessen wäre, dich zu berühren, würde ich mich einfach damit zufrieden geben, meine Augen an dir zu weiden. Aber so, wie die Dinge stehen...« Er griff nach ihr, und seine Handfläche legte sich auf eine Brust.

Er hob sie hoch und formte sie. Seine Finger auf ihrer Haut fühlten sich rauh an. Jocelyns Herz hämmerte rasend. Rayne neckte mit der Seite seines Daumens ihre Brustwarze und ließ sie steif werden. Sie fühlte sich benommen und fand es wieder einmal übermäßig warm im Raum. Rayne küßte sie zart, streichelte ihr Fleisch, knetete es und ließ sie beben. Ihre Brust wurde schwer und schmerzte. Jeder seiner Finger glühte wie Feuerranken.

Als er den Kopf senkte und die kleine stramme Knospe in den Mund nahm, stockte Jocelyn der Atem, und mit einem wimmernden Laut fiel ihr Kopf gegen das Sofa zurück. Sie schlang die Finger in sein Haar und wölbte sich ihm entgegen, und Rayne begann, zart zu saugen. Er umkreiste ihre Brustwarze mit der Zunge, umspülte sie, zog behutsam mit den Zähnen daran, und Jo spürte tief in ihrem Bauch ein irritierendes Ziehen.

Er kniff, kostete und küßte sie. Bei allen Heiligen – ihr Körper schien in Flammen zu stehen! Im einen Moment war sie in Flammen gehüllt, und im nächsten prickelte sie, als sei das Feuer einer Eiseskälte gewichen. Es hätte gut sein können, daß sie sich an Ort und Stelle von ihm hätte nehmen lassen, wäre nicht das unwillkommene Klopfen an der Tür zu vernehmen gewesen.

Rayne riß den dunklen Schopf hoch. »Verdammt, was zum Teufel...«

»Entschuldigen Sie, bitte, Eure Lordschaft«, ertönte Burbages zaghafte Stimme gedämpft durch das dicke Holz. »Es ist Ihre Schwester, Sir. Ich fürchte, Sie hatte einen Unfall.«

»O Rayne.« Jocelyn richtete sich auf dem Sofa auf und zog die Träger ihres Hemdes hoch.

»Ich muß ihn reinlassen«, sagte er. »Du solltest dir besser deinen Morgenmantel holen.« Während sie aus dem Zimmer eilte, ging er an die Tür und zog sie auf.

»Was ist passiert? Fehlt Alex etwas?«

»Ich glaube nicht, Sir. Aber sie hat sich den Knöchel gebrochen. Der Arzt ist gerade bei ihr. Anscheinend war er derjenige, der Sie durch Ihren Anwalt hat verständigen lassen.«

Verflucht, er war so sehr damit beschäftigt gewesen, Jagd auf Jo zu machen, daß er vergessen hatte zu hinterlassen, wo man ihn erreichen konnte. Natürlich wußte Frederick Nelson, sein Anwalt, immer, wo er war. »Wie ist es passiert?«

»Ich glaube, beim Reiten, Mylord. Ich fürchte, das ist alles, was ich weiß.«

Jocelyn eilte in einem Morgenmantel aus blauer Seide durch das Zimmer an Raynes Seite. »Was ist passiert?«

»Alexandra scheint wieder einmal in ein Mißgeschick verwickelt zu sein. Ich fürchte, ich muß aufbrechen.«

»Ist ihr etwas zugestoßen?«

»Anscheinend hat sie sich den Knöchel gebrochen.« Er atmete matt aus. »Mit ihr hat man alle Hände voll zu tun, das kann ich dir sagen. Nur Gott weiß, wie das schon wieder passiert sein kann. Mein Vater hätte sie übers Knie legen sollen, statt sie zu ihrem leichtfertigen Verhalten anzuspornen. Jetzt kann es sein, daß ich es tun muß.«

Jo packte seinen Arm. »Sie ist zu alt dafür, Rayne. Vor allem, wenn du es bist und nicht ihr Vater.«

Er grinste schalkhaft. »Eine Frau ist nie zu alt für Prügel. Nicht, wenn sie sie braucht. Das solltest du dir merken.«

Jocelyn reckte das Kinn in die Luft. »Und *du* solltest dir merken, daß deine Schwester eine Dame ist. Sie hat es verdient, als eine solche behandelt zu werden.«

Rayne murrte nur vor sich hin und trat vor seinen Kleiderschrank, um ein weißes Leinenhemd herauszuholen. Wenige Minuten später machte er sich auf den Weg zur Tür, als Brownie Bescheid geben ließ, seine Kutsche sei vorgefahren.

»Wenn alles gut geht, bin ich übermorgen zurück.« Er zerrte sie an sich und küßte sie, als würde er zwei Wochen wegfahren. Jocelyn ertappte sich dabei, daß sie seinen Nacken umklammerte und daß ihr Körper mit seinem verschmolz.

Er sah mit einem schelmischen Grinsen auf sie hinunter. »Vergiß nicht, wo wir aufgehört haben. Ich versichere dir, daß *ich* es nicht vergessen werde.«

Und dann war er fort, und seine Kutsche fuhr klappernd aus der Hofeinfahrt durch die schmale Gasse, die vor den Ställen verlief. Jocelyn beugte sich aus dem Fenster, winkte Brownie und Tucker zu und versicherte ihnen, wie sie es schon zuvor getan hatte, daß mit ihr alles in Ordnung war.

Brownie winkte zurück, und Tuck winkte ihr auch zu. Wenn sie nicht ganz so müde gewesen wäre, wäre sie nach unten gegangen, um die beiden zu besuchen. Aber so, wie die Dinge standen, wünschte sie sich nichts anderes, als sich im Bett zusammenzurollen. Außerdem pochte ihr Körper immer noch bei der Erinnerung an Raynes Berührungen. Da sie jetzt wußte, wie wunderbar es sein konnte, wollte sie es genüßlich auskosten und den sinnlichen Abend und alles, was sich zugetragen hatte, noch einmal vor ihren Augen vorüberziehen lassen.

Dazu kam noch, daß sie nichts sagen wollte, was ihre beiden Freunde beunruhigt hätte – beispielsweise etwas über ihre immer noch unbeschädigte Jungfräulichkeit. Sie wollte nicht, daß Brownie sich noch mehr Sorgen machte, als er es ohnehin schon tat. Und nach den Gefühlen, die Rayne an jenem Abend in ihr wachgerufen hatte, war es wirklich nur noch eine Frage der Zeit. Der Vicomte würde sie in dem Moment nehmen, in dem er der Meinung war, sie sei soweit.

Als sie an die Feuer dachte, die in ihrem Blut gelodert hatten, stellte Jocelyn zu ihrem Erstaunen fest, daß sie sich schon auf den Tag freute, an dem er es tun würde.

»Gütiger Himmel, Rayne, du hast mich zu Tode erschreckt.« Alexandra wäre aufgesprungen, wenn sie dazu in der Lage gewesen wäre. »Ich habe dich erst in ein paar Tagen zu Hause erwartet.«

Er stand wie ein zorniger Stier in der Tür zum Salon. »Du hast geglaubt, wenn ich erfahre, daß du dir den Knöchel gebrochen hast, mache ich mir nicht die Mühe nachzusehen, ob alles in Ordnung mit dir ist?«

Sie fuhr sich mit der Zunge über die Lippen, die plötzlich trocken waren. »Wer... wer hat dir gesagt, daß ich mir den Knöchel gebrochen habe?« Sie warf einen Blick auf den jungen Mann, der neben ihr auf dem Sofa saß und nervös die Hände rang. Von dieser einen Bewegung abgesehen saß Peter Melford erstarrt da, sah in Raynes wütendes Gesicht auf und brachte keinen Ton heraus.

»Ich bin durch meinen Anwalt benachrichtigt worden. Anscheinend hat der Arzt eine Nachricht geschickt – eine Eilmitteilung. So eilig, daß ich mich tatsächlich gezwungen gesehen habe, mich aus einer äußerst erfreulichen Begegnung loszureißen, um an dein Krankenbett zu eilen.« Er bedachte den Jungen, den zweiten Sohn des verstorbenen Lord Townsend, der neben ihr saß, mit einem strengen Blick. »Statt dessen muß ich dich so vorfinden, mitten in der Nacht, im Salon mit einem Mann. Eine etwas späte Stunde für Besucher, würdest du das nicht auch sagen, meine liebe kleine Schwester?«

Sie versuchte zu lachen, doch der grimmige Gesichtsausdruck ihres Bruders hinderte sie daran. »Lord Peter war bei mir, als ich vom Pferd gefallen bin.«

»Und wann ist das passiert, wenn ich fragen darf?«

»Gestern. Er ist heute abend nur vorbeigekommen, um sich nach meinem Befinden zu erkundigen.«

»Um diese Uhrzeit?«

Peter Melford sprang auf. »Ich war auf dem Heimweg, Eure Lordschaft. Ich war besorgt. Ich hatte keine Respektlosigkeit beabsichtigt.«

Rayne schenkte ihm keine Beachtung. »Und wo ist Miss Parsons, deine überbezahlte Anstandsdame?«

»Hier bin ich, Mylord.« Sie stand stocksteif in der offenen Tür und hatte die Lippen zu einem mißbilligenden Strich zusammengekniffen. »Leider hatte ich Kopfschmerzen. Ich habe mich vor dem Eintreffen dieses jungen Mannes in mein Zimmer zurückgezogen, denn andernfalls säße er jetzt nicht hier.«

Rayne heftete den Blick auf Alexandra. »Und was ist mit deinem Knöchel?«

»Die Nachricht muß irgendwie Umwege gemacht haben. Anfangs dachte ich, ich hätte mir den Knöchel gebrochen, aber es hat sich herausgestellt, daß er nur verstaucht ist.«

Rayne wandte seine Aufmerksamkeit dem rotblonden jungen Mann zu, der nervös vor ihm stand. »Ich glaube, es käme uns allen gelegen, wenn Sie sich jetzt verabschieden würden, Lord Peter.«

»Ja, Mylord.«

»Sie können sich ebenfalls zurückziehen, Miss Parsons. Ich werde mich selbst um meine Schwester kümmern.« Sie zog zufrieden eine Augenbraue hoch, als seien sie sich dieses eine Mal einig, und dann machte sie kehrt und marschierte aus dem Raum. Sowie Lord Peter gegangen war, nickte Rayne dem Butler zu, der die massiven Türen des Salons zuschob und die beiden miteinander allein ließ.

»Es tut mir leid, Rayne. Es tut mir wirklich leid. Ich wollte nicht, daß du dir Sorgen machst.«

»Erzähl mir, wie es passiert ist.« Er stand mit einem unversöhnlichen Gesichtsausdruck vor ihr.

»Ich... ich bin ausgeritten. Lord Peter und ich, genauer gesagt. Und dann natürlich noch seine Schwester Melissa.«

»Natürlich«, sagte Rayne mit einer täuschenden Ruhe, die sie nicht einen Moment lang hinters Licht führte.

»Wir sind um die Wette geritten. Der Zaun war ein kleines bißchen höher, als ich vermutet hatte. Sasha hat den Sprung problemlos geschafft, aber ich habe den Halt auf dem Sattel verloren. Dumm, nicht wahr? Es hätte kein Problem sein sollen.«

»Das Problem, das du hast, Schwesterchen, ist kein Problem mit dem Zaun, sondern ein Problem mit mir. Ich warne dich hiermit. Entweder du fängst an, dich wie die Dame zu benehmen, zu der du erzogen worden bist, oder ich werde dich in dein Zimmer begleiten, dich übers Knie legen und dir zukommen lassen, was dem verzogenen Kind gebührt, das aus dir geworden ist.«

Sie wäre aufgesprungen, wenn ihr Bein nicht in Verbände gewickelt gewesen wäre. »Wage es nicht, mir zu drohen, Rayne Garrick. Ich bin eine erwachsene Frau. Ich lasse mich von dir nicht wie ein Baby behandeln.«

»Wenn du wie eine Frau behandelt werden willst, dann fang an, dich wie eine Frau zu benehmen. Und dazu gehört ganz bestimmt nicht, mitten in der Nacht Herrenbesuch zu empfangen.«

»Wir haben noch nicht einmal Mitternacht. Und außerdem ist Lord Peter nichts weiter als ein Freund.«

»Lord Peter ist ein liebeskranker Verehrer, wie alle anderen auch. Ich schwöre es dir, Alexandra, eines Tages wird sich deine gesamte Hitzköpfigkeit fürchterlich rächen.«

»Und was ist mit dir, großer Bruder? Warum, zum Kuckuck, muß ich mich wie ein Vorbild an Sittsamkeit benehmen, während du dich so benimmst, wie es dir gerade in den Sinn paßt?«

»Weil ich ein Mann bin, deshalb. Und ich rate dir, dir das Fluchen abzugewöhnen, verdammt!« Rayne beugte sich über sie und spießte sie mit seinen dunklen Augen auf das Sofa.

Alex' Mund zuckte verdächtig. Sie ließ sich nicht so schnell einschüchtern. Er mußte es gemerkt haben, denn auch seine Lippen zuckten, und dann brachen sie plötzlich beide in lautes Gelächter aus. Raynes Stimmlage war natürlich tiefer, aber in ihrem heiseren Lachen wiesen die beiden eine Art familiärer Ähnlichkeit auf.

»Es tut mir leid, Rayne, es tut mir wirklich leid. Ich wußte nicht, daß der Arzt nach dir geschickt hat. Sonst hätte ich ihm gesagt, daß er es nicht tun soll.«

»Er hätte mir Bescheid gegeben, Alexandra, weil er wußte, daß ich mir sonst seinen Kopf auf einem silbernen Tablett hätte servieren lassen.« Er beugte sich vor, ließ einen Arm unter ihre Knie gleiten und hob sie hoch.

»Ich versuche nicht, dir das Leben schwer zu machen, Alex. Ich will nur das Beste für dich. Die Klatschbasen warten nur darauf, daß einer jungen Frau ein Ausrutscher unterläuft. Sie können dich ruinieren. Alex. Das willst du doch nicht, oder?«

Sie schüttelte den Kopf. »Ich verspreche dir, daß ich besser aufpassen werde.«

»Braves Mädchen.« Er blieb vor den Türen stehen, schob sie zur Seite, ging dann durch die Eingangshalle und stieg mit ihr die Treppe hinauf.

»Wie geht es deiner Mätresse?« fragte Alexandra, und Rayne blieb stehen.

»Und was genau weißt du über Mätressen?«

»Nur, daß du weit mehr als andere Männer gehabt hast.«

Rayne seufzte. »Ich schwöre es dir, Alexandra, ich werde froh sein, wenn du erst einmal verheiratet bist. Dann kann dein armer unglücklicher Ehemann sehen, wie er mit dir fertig wird. Vielleicht fällt ihm etwas dazu ein, wie er dich in Schach halten kann.«

Alex erzählte ihm nicht, daß sie beabsichtigte, noch eine ganze Reihe von Jahren zu warten, ehe sie das zuließ. Sie lächelte und ließ sich von ihm die Treppe rauftragen.

Jocelyn kniete in dem Garten hinter dem Stadthaus. Er war klein und sehr gepflegt, mit geometrisch geschnittenen Buchsbaumhecken, Tulpen und hübschen Geranien in Blumentöpfen. In einer Ecke blühte Lavendel und verströmte seinen Duft in die Luft, und dort, wo sie bei ihrer Gartenarbeit zwischen den Rosen kniete, fühlte sich der Boden unter ihren Fingern feucht auf der Haut an.

Jocelyn liebte den Garten. In ihrem Häuschen in der Meacham Lane hatte sie den Garten angelegt, der keineswegs so elegant wie dieser war, aber während des größten Teils des Jahres in allen Farben geblüht hatte. Erst jetzt war ihr aufgegangen, wie sehr sie diesen Garten vermißt hatte.

»Morgen, Jolie.« Das kam von Tucker, der sich auf der weichen Erde neben ihr hinkniete.

»Guten Morgen, Tuck.«

»Was tust du da?« Der Wind wehte ihm Strähnen seines hellen Haars in die Augen, und er strich sie sich mit dem Stumpf seiner Hand aus dem Gesicht.

»Ich jäte Unkraut. Es behindert die Wurzeln. Ich möchte den nachwachsenden Rosen viel Platz zum Atmen lassen.« Rosen waren ihre Lieblingsblumen, mit ihren Blütenblättern, die so zart wie Satin waren, und den intensiven Rot- und Weißtönen und den zarten Rosaschattierungen, manche mit feuerroten Schlünden.

»Seine Lordschaft erwartet von dir, daß du Gartenarbeiten verrichtest? Man sollte meinen, es reicht, daß du ihm das verdammte Bett wärmst.«

Jos Wangen begannen zu glühen. »Er erwartet es nicht von mir. Ich liebe Gartenarbeit. Ich habe schon im Garten gearbeitet, seit ich ein kleines Mädchen war.« Ihre Mutter hatte es ihr beigebracht. Später hatten sie und ihr Vater dann gemeinsam im Garten gearbeitet.

»Behandelt er dich einigermaßen gut?«

Sie nickte. »Ich könnte mir keine größere Rücksichtnahme wünschen. Er ist mit mir einkaufen gegangen – Seine Lordschaft hat mir Dutzende von hübschen Dingen gekauft. Aber was ist mit euch, Tuck? Seid ihr glücklich hier?«

»Ich und Brownie arbeiten gern im Stall. Wir hätten es nicht ausgehalten, im Haus eingesperrt zu werden.«

»Ich glaube, das hat Rayne gewußt.«

»Vielleicht. Vielleicht wollte er uns aber auch einfach nur von dir fernhalten.«

»Ihr seid jederzeit im Haus willkommen. Das wißt ihr doch hoffentlich?«

Einen Moment lang sagte er nichts. »Wie kannst du das bloß aushalten, Jo? Daß er seine verdammten Finger nicht von dir läßt? Mich macht es echt und ehrlich krank, mir vorzustellen, daß dieser Hurensohn dich anfaßt. Ich wünschte, ich hätte den Mistkerl in jener Nacht selbst erschossen. Dann bräuchten wir ihm jetzt nicht die Stiefel zu lecken.«

Jocelyn sprang auf, und auch Tucker zog sich auf die Füße. »Sag das nicht, Tuck! Zum Teufel, der Vicomte hat sein Leben für uns aufs Spiel gesetzt. Er ist gut zu uns gewesen und hat uns Essen und Kleidung gegeben, und er hat uns dieses wunderschöne Haus zur Verfügung gestellt.«

»Und was mußt du dafür tun – seine verdammte Hure sein, das und nichts anderes.«

Jo starrte ihn an, als hätte sie ihn noch nie gesehen. Einen Moment lang brannten Tränen in ihren Augen. »Ich vermute, in gewisser Hinsicht ist das wahr, aber in anderer Hinsicht...« Wie konnte sie die Gefühle bloß erklären, die Rayne in ihr wachrief? Sie verstand sie selbst nicht.

»Der Vicomte hat ein Geschäft gemacht. Er ist nett gewesen, mehr als nur nett... und geduldig.« Sie hob den Kopf und sah ihm ins Gesicht. »Die Wahrheit ist, daß mich Seine Lordschaft noch nicht einmal angerührt hat.«

Tucker verspottete sie. »Und warum nicht? Glaubt er, du bist nicht gut genug für ihn?«

Weil er will, daß ich ihn begehre, und, Gott steh mir bei, genau das tue ich. »Weil er will, daß die Dinge zwischen uns stimmen. Er ist ein guter Kerl, Tucker. Das siehst du doch.«

Er murrte etwas vor sich hin, was sie nicht hören konnte, und dabei glitt sein Blick auf seine Stiefelspitzen. Jo rief ihm nicht ins Gedächtnis zurück, daß es das erste Paar neue Stiefel war, das er je in seinem ganzen Leben besessen hatte.

»Er sagt, er findet eine Stelle für mich. Sieht zu, daß ich einen Lehrvertrag bei einem Handwerker bekomme.«

Es kostete Geld, einen solchen Vertrag abzuschließen. Aber sie wußte bereits, wie großzügig Rayne sein konnte. »Was glaubst du, was du gern tätest?« Es verstand sich von selbst, daß für ihn mit seinen verstümmelten Händen die meisten Handwerksberufe ausschieden.

»Du glaubst ihm nicht wirklich, stimmt's?«

»Oh, doch, ich glaube ihm.«

Tucker zuckte mit den Achseln. »Mein Pa war Bäcker. Wenn ich es mir recht überlege, schätze ich, das täte ich auch gern.«

Sein Vater. Ein Mann, der seinen eigenen Sohn verkauft hatte.

»Ich erinnere mich nicht weiter an meine Familie«, sagte Tuck, »aber ich kann noch das Gebäck riechen, wenn es aus dem Ofen kommt. Frisches Brot läßt mich immer noch an meine Mutter denken.«

»Ich glaube, du würdest einen guten Bäcker abgeben, Tuck.«

»Natürlich würde es noch eine ganze Weile dauern ... selbst dann, wenn Seine verdammte Lordschaft sein Wort hält.«

»Ich bin ganz sicher, daß er sein Wort halten wird. Der Vicomte tut immer, was er sagt.« Das war die Wahrheit, erkannte Jo. Vor ein paar Wochen hätte sie noch nicht geglaubt, daß der Vicomte ein Ehrenmann sein könnte. Da sie in dieser Vorstellung Trost fand, bückte sich Jo wieder und begann, die Erde umzugraben.

»Kommt er bald wieder?« fragte Tuck.

Jo spürte, wie sich Wärme in ihrem Bauch breitmachte. »Heute abend«, sagte sie leise. »Er hat mich benachrichtigen lassen, daß er am späten Abend hier sein wird.«

Tucker nickte nur, und Jocelyn wandte sich ihrer Arbeit wieder zu. Aber ihre Hände zitterten ein wenig, als sie in der Erde herumgrub. Rayne würde heute abend kommen. Von dem Moment seiner Abreise an hatte sie sich dabei ertappt, daß sie sich auf seine Rückkehr freute.

Ihr wurde flau in der Magengrube bei dem Gedanken daran, was der Abend unter Umständen bringen würde.

9. Kapitel

Rayne stand auf dem Bürgersteig vor Lord Dorrings Stadthaus, als er in den schnittigen schwarzen Landauer stieg, mit dem er die Fahrt in die Stadt angetreten hatte.

An den Türen prangten keine Abzeichen, nichts, was zu offenkundig darauf hinwies, wer er war, oder was Anlaß zu Spekulationen gegeben hätte, wohin er wohl fahren mochte. Er hatte selten etwas auf Anstandsformen gegeben, doch jetzt stellte er einen seltsamen Unwillen an sich fest, Jocelyns Namen in Verbindung mit seinem von den oberen Zehntausend in demselben herabwürdigenden Tonfall zu hören, der Frauen wie Rosalee Shellgrave oder sogar Lady Campden vorbehalten war.

Dazu würde es früher oder später natürlich kommen. Rayne hatte jedoch vor, seine künftige Mätresse zu schonen, solange es nur irgend möglich war.

»In die Maddox Street, Finch!« rief er seinem Kutscher zu. »Und zwar schnell. Ich habe es eilig.« Er lehnte sich auf dem Sitz zurück, als die Kutsche schlingernd losfuhr. Endlich war er auf dem Weg zu ihr.

Den ganzen Abend über war er unruhig gewesen und hatte es kaum erwarten können, sie zu sehen. Er hatte etliche Partien Whist verloren, die er eigentlich hätte gewinnen müssen, und all das nur, weil seine Gedanken ständig zu Jo und der leidenschaftlichen Begegnung mit ihr vor ein paar Tagen abschweiften. Aber heute war Dienstag. In den letzten zwei Jahren hatte er kein einziges Treffen der Mitglieder von The Pugilist's Hand versäumt. Wenn er es jetzt tat, würden die Männer zwangsläufig Spekulationen anstellen. Harcourt war Mitglied. Er würde mit Begeisterung die Gelegenheit beim Schopf packen und Geschichten in Umlauf setzen, wie er gerade erst kürzlich der reizenden Mrs. Wyndam vorgestellt worden war.

Heiliger Strohsack, und dabei war er noch nicht einmal mit

dem Mädchen im Bett gewesen! Er hatte nicht die Absicht, sie den Wölfen zum Fraß vorzuwerfen!

Die Kutsche traf ein paar Minuten nach elf ein, ein früher Aufbruch von Dorring, aber doch nicht so früh, daß es wirklich aus dem Rahmen gefallen wäre. Ungewöhnlich war dagegen die geringe Cognacmenge, die er zu sich genommen hatte, und wie wenig er tatsächlich trank, seit er dem schwarzhaarigen Biest begegnet war, dessen Bekanntschaft er mit vorgehaltener Waffe gemacht hatte.

Nach seiner Rückkehr nach London hatte er aus schierer Langeweile heraus exzessiv gespielt, getrunken und gehurt. Seit jener schicksalshaften Nacht vor Dorrings Stadthaus hatte er sich wahrhaftig nicht mehr gelangweilt. Rayne dachte an Jocelyn und lächelte. Er hoffte, daß sie auf ihn wartete.

Andererseits hätte es aber auch interessant sein können, nackt zu ihr ins Bett zu steigen, während sie schlief. Dann wäre ihre Abwehr geschwächt, und vielleicht würde sie seine Liebkosungen dulden und sogar darauf reagieren. Wenn sie das tat, dann konnte er sie nehmen, sich in ihren schmalen kleinen Körper stoßen und ihren wahren Kern erfassen, der sich ihm seit dem Monat ihrer ersten hitzigen Begegnung entzogen hatte.

Rayne wußte, daß solche Überlegungen zwecklos waren, obwohl er bereits begonnen hatte, steif zu werden. *Disziplin*, ermahnte er sich. *Wenn sie soweit ist, dann wirst du es schon merken, und dann wird es nur um so reizvoller sein.*

Die Kutsche fuhr durch die Grosvenor Street und bog in die schmale Gasse ein, die hinter seinem Stadthaus verlief. Sein Stallknecht erwartete ihn schon und brachte gemeinsam mit Brownie den Landauer und die Pferde unter.

»Guten Abend, Brownie!« rief Rayne, als er auf das Kopfsteinpflaster stieg.

»Abend, Chef.«

»Wie geht es unserer Freundin?«

»Sie erwartet Sie schon. Nervös wie eine Katze, das kann man wohl sagen.«

Rayne nickte und verbarg seine Enttäuschung, als er über den gepflasterten Weg zum Haus lief. Jocelyn schlief also noch nicht. Es schien aber auch nicht so, als sei sie von der süßen Vorfreude erfüllt, die er sich insgeheim erhofft hatte. Nun, dieses Problem würde sich mit der Zeit von selbst lösen. Daran hegte er keinen Zweifel. Er sollte Madame Du Mont einen Besuch abstatten, um seinem Körper Linderung zu verschaffen. Aber er wußte, daß er es nicht tun würde.

Rayne betrat das Stadthaus durch die Hintertür, eilte durch die Eingangshalle, reichte dem Butler seinen Hut und seine Handschuhe und begab sich dann in den Salon. Nach allem, was Brownie gesagt hatte, rechnete er damit, Jocelyn dort auf dem Sofa vorzufinden, doch im Salon war niemand.

»Sie ist oben, Mylord«, sagte der Butler und verzog dabei allzu selbstgefällig die Lippen.

»Danke.« Er würde etwas unternehmen müssen, um diese Dienstboten zu erziehen. Er konnte sich nur zu genau ausmalen, wie sie Jocelyn behandeln mußten, wenn er nicht da war.

Rayne nahm zwei Stufen auf einmal und fragte sich, ob er sie entgegen allen Erwartungen doch schlafend vorfinden würde, und er wünschte fast, es wäre so. Er öffnete die Tür zu ihrem Zimmer, und wieder sollte er enttäuscht werden.

»Ich bin hier!« rief Jocelyn leise, und beim lieblichen Klang ihrer Stimme regte sich Glut in seinem Körper.

Er war wild entschlossen, diese Gefühle zu ignorieren, als er durch die offene Tür in sein Schlafzimmer ging und abrupt stehenblieb, sowie er den Raum betreten hatte.

»Guten Abend.« Jocelyn stand neben einem großen kupfernen Badezuber, der mit dampfend heißem Wasser gefüllt war. »Ich dachte, du würdest vielleicht gern ein Bad nehmen, ehe wir uns für die Nacht zurückziehen.« Sie trug das weiße Spitzennachthemd, das er ihr gekauft hatte.

Raynes Magen schnürte sich zusammen. Er musterte sie von Kopf bis Fuß und nahm ihren leicht unregelmäßigen Atem und den Puls wahr, der zu schnell in ihrer Kehle schlug.

»Ja«, sagte er, und seine Stimme war ein wenig rauh. »Ich glaube, das würde mir großes Vergnügen bereiten.« Er ging auf sie zu und hoffte nur, das Willkommen, das er in ihren leuchtend blauen Augen las, sei das, was er sich erhoffte, doch er fürchtete, wenn er sich zu schnell bewegte, könnte er den Zauber brechen und sie erschrecken.

Jocelyn lächelte liebevoll. »Warum läßt du dir nicht von mir beim Auskleiden helfen?«

Sein Mund wurde trocken. Jocelyn kam auf ihn zu. Weiße Spitze wehte hinter ihr her, und pechschwarzes Haar schimmerte im Schein der Kerzen und im Licht des sachte flackernden Feuers.

Seit dem Moment, in dem er sie in dem durchsichtigen Spitzenhemd gesehen hatte, war er steif und schwer vor schmerzlichem Verlangen, und er machte sich beträchtliche Sorgen, unter Umständen nicht mehr zurück zu können, wenn sie zu weit ging und dann versuchte, ihn aufzuhalten.

»Bist du dir ganz sicher, daß du das willst, Jo?«

»Ich wäre weitaus sicherer, wenn du mich küssen würdest.«

Rayne stöhnte und riß sie in seine Arme. Sie kam ihm bereitwillig entgegen, geschmeidig und gefügig, und sie erwiderte seinen Kuß und öffnete sich dem Druck seiner Zunge.

Ganz ruhig, warnte er sich. *Geh bloß nicht zu schnell vor.* Aber in Wirklichkeit wollte er sich gar keine Zeit lassen. Er wollte ihr das Nachthemd von dem gertenschlanken Körper reißen, ihre Brüste und ihren Bauch küssen, sie auf den Boden werfen, seine Hose aufknöpfen und sich in sie stoßen.

Statt dessen beendete er den Kuß, um ihr Kinn zu küssen, ein zartes Ohrläppchen zwischen die Zähne zu nehmen und eine Spur von Küssen auf ihre Schulter zu pressen.

»Dein Bad«, hauchte Jocelyn atemlos.

»Ja...« Das gab ihm die Gelegenheit, die Dinge hinauszuzögern. Die sengende Hitze, die in seinem Körper wütete, würde sich legen.

Zumindest hoffte er das, bis er seine Jacke und seine Weste

ablegte und beides zur Seite warf und dann spürte, wie Jos Finger sich an den Knöpfen seines Hemds zu schaffen machten. Mit unsicheren Händen löste er seine Manschetten, schüttelte das steife weiße Leinen von den Schultern und wollte dann die Knöpfe seiner Hose öffnen.

Jocelyns Finger fanden sie vor ihm. Er bemerkte, daß ihre Hände zitterten, doch er riet ihr nicht davon ab. Statt dessen bog er ihr Gesicht zu sich hinauf, senkte den Kopf und küßte sie, und sein Schaft war so dick und hart, daß er fürchtete, er könnte bersten. Der Druck ließ nach, als die Knöpfe geöffnet waren. Jocelyn wandte den Blick ab.

»Deine Stiefel«, flüsterte sie.

Rayne setzte sich auf einen Stuhl und zog sie aus, ehe er seine Hose ablegte. Nackt lief er zu der Wanne und stieg hinein. Jocelyns Wangen röteten sich reizvoll, als sie sich neben die Wanne kniete, ohne sich an dem Wasser zu stören, das das weiße Spitzenhemd feucht und nahezu durchsichtig werden ließ.

»Das sollte wohl besser ein ziemlich kurzes Bad werden, meine Liebe«, sagte Rayne, »denn sonst wirst du mit mir in der Wanne landen, samt Nachthemd und allem Drum und Dran.«

Sie lachte leise. »Ich habe schon gebadet. Daher wäre es mir lieber, mich erst im Bett zu dir zu legen.«

Sie sah die Glut des Verlangens in seinen Augen, und zum ersten Mal wirkte sie unsicher. »D-das heißt... falls du das auch willst.«

Rayne nahm ihr Gesicht zwischen seine Hände, zog ihren Mund auf seinen und küßte sie. »Meine entzückende Jocelyn, du ahnst nicht, wie sehr ich mir das wünsche.«

Sie lächelte zaghaft und holte dann tief Atem. Sie griff nach dem Schwamm, der neben ihr auf dem Boden lag, seifte ihn ein und begann, ihm den breiten Rücken zu waschen. Er setzte sich anders hin, weil er unter Wasser gegen seine schmerzhafte Erregung ankämpfte. Jocelyn hob den Schwamm hoch, ließ Wasser auf seine Schultern tropfen, beugte sich vor und fing an, seinen Brustkorb zu waschen. Er konnte das Gewicht einer ihrer zarten Brüste spüren, als sie sich über ihn beugte und die Brustwarze seinen Arm streifte.

Sie seifte die Haut auf seiner Brust ein, spülte die Seife ab und seifte dann seinen Bauch ein. Als ihre Finger auf der Wasseroberfläche innehielten, packte Rayne ihr Handgelenk und zog ihre Hand sachte unter die Wasseroberfläche. Sie ließ den Schwamm los, der zwischen den Seifenblasen an die Oberfläche trieb, doch ihre Hand blieb unter Wasser, glitt leicht über ihn und bildete sich ein Urteil über die Größe und die Form und darüber, wie er sich anfühlte.

»Wir sind dazu geschaffen zusammenzupassen, Jo. Dein Körper wird sich schon bald an meinen gewöhnen.«

»Rayne?«

»Ja, Liebling?«

»Würdest du mich noch einmal küssen?«

Fast hätte er gelächelt. Immer, wenn sie sich zu fürchten begann, verließ sie sich darauf, daß seine Küsse ihr die Angst nahmen. Bisher hatte das geklappt, und diesmal schien es auch nicht anders zu sein. Er setzte seine Zunge besonders behutsam ein, spielte mit ihren Mundwinkeln und drängte sie zu einer Reaktion. Anfangs ging sie zögernd darauf ein, aber dann reagierte sie sichtlich hingebungsvoller. Ihre Reaktionen zerschnitten den letzten dünnen Faden, an dem seine Selbstbeherrschung hing.

Ohne sich daran zu stören, daß Wasser über den Rand der Wanne schwappte, stand er auf, nackt und erregt und mit Seifenschaum auf der Brust.

»Rayne!«

Er lachte leise, streckte die Arme nach ihr aus, zog sie an sich und küßte sie. Dann legte er einen Arm unter ihre Knie, hob sie hoch und setzte sich mit ihr in Bewegung. Im nächsten Augenblick war das weiße Spitzenhemd klatschnaß. Ebenso der Teppich, als er mit seinem großen nassen Körper zu dem massiven Himmelbett lief. Er landete gemeinsam mit Jo mitten auf der weichen Federmatratze, achtete dabei sorgsam darauf, ihr nicht weh zu tun, und fiel über ihren Mund her, während seine Hände ihre Brüste fanden.

Sie verkrampfte sich nur im ersten Moment, und dann erwiderte sie seine Küsse, schlang die Finger in sein Haar und wölbte ihm ihren schlanken Körper entgegen.

Jocelyn begann zu zittern, und es kam weder von der Kälte, noch von der Feuchtigkeit. Raynes muskulöse Gestalt preßte sich an ihre. Sie konnte die sinnlichen Konturen spüren, die dicken Muskelstränge auf seinen Schultern, die Waschbrettstruktur seines Bauchs. Eine seiner kräftigen Hände hatte sich in ihr Haar gefädelt, während die andere auf ihrem Hintern lag, um sie an ihn zu pressen. Seine Finger massierten sie, neckten sie und ließen die Stelle zwischen ihren Beinen pochen und brennen.

Gütiger Gott im Himmel. Nie hatte sie derart glühende Empfindungen verspürt, nie sich derart mitreißen lassen, nie so lodernd und unbeherrscht gebrannt. Rayne nahm ihren Mund und verwüstete ihn, forderte ihn für sich. Seine Zunge trieb sie in die Raserei. Unter ihren Fingern spannten sich die Muskeln auf seiner feuchten Brust an und bewegten sich, und ihre Brustwarzen wurden so hart, daß sie weh taten, wenn sie sich an ihm rieben.

Er zog ihr das Hemd von den Schultern, als hätte er ihr Verlangen gespürt, und nachdem er eine Brust entblößt hatte, senkte er den Kopf und nahm die Brustwarze in den Mund. Jocelyn spürte, wie Feuer sie durchzuckte und Hitze in ihrem Körper glühte, und ein leises Stöhnen entrang sich ihrer Kehle. Rayne sog zart daran, und sie spürte ein glühendes Pulsieren in ihrem Bauch. Er küßte sie und ließ seine Zunge über sie gleiten, und dann öffnete er den Mund weiter, um mehr von ihrer Brust in sich aufzunehmen, und er sog und knabberte und kostete sie und entflammte damit ihr Blut. Als er den Mund fortnahm, war der plötzliche Verlust so schmerzhaft, daß sie am liebsten geweint hätte.

Er tat es nur, um ihr das Nachthemd auszuziehen, es ihr über den Kopf zu streifen und auf den Boden zu werfen. Wenige Sekunden später küßte er sie wieder, und seine Lippen waren zärtlich und fordernd, während seine Zunge tief in ihren Mund eintauchte. Seine Hand, die über ihr Fleisch strich, fühlte sich wie Feuer an, und dann glitt sie durch das Dreieck von zarten braunen Locken zwischen ihren Beinen, spreizten die Blütenblätter ihres Geschlechts, und ein Finger tastete sich hinein.

Die Glut, die durch ihren Körper zuckte, ließ Jocelyn aufschreien. Flammen züngelten in ihr auf und löschten jeden anderen Gedanken aus. Sie konnte nur noch an Rayne und an den Zauber denken, den er erschuf. Sie war naß dort, erkannte sie, als er die Feuchtigkeit dazu benutzte, sie auszuweiten und sie vorzubereiten, einen zweiten Finger in sie gleiten ließ, beide Finger herauszog und wieder hineinsteckte.

Sie fürchtete sich. Sie war in Sorge. Sie war verlegen.

Sie war nichts von alledem.

Sie wollte seine Finger in sich spüren, obwohl sie es bis zu diesem Augenblick nicht geglaubt hätte. Sie wollte, daß er sie streichelte, die glühenden Flammen noch mehr entfachte, die in ihr tobten.

»Rayne«, flüsterte sie und preßte sich an die harten Muskeln, die sich auf seiner Brust spannten. Sie flehte ihn um etwas an und wußte, daß es dieser dicke, harte Körperteil war, vor dem sie so sehr Angst hatte und den sie doch dringend brauchte, obwohl sie sich gleichzeitig immer noch davor fürchtete.

»Ganz ruhig, Liebes. Bleib ganz ruhig.« Er küßte sie wieder, langsam und tief, und währenddessen massierte eine Hand ihre Brust. »Bist du bereit, Jo? Kannst du es spüren?«

»Ich bin bereit. Lieber Gott, Rayne, ich bin mehr als bereit.«

Raynes Kehle entrang sich ein leiser Laut. Dann spreizte er mit einem Knie ihre Beine, legte sich dazwischen, küßte ihre Brüste, sog daran und kehrte dann zu ihrem Mund zurück, in den er seine Zunge dringen ließ. Im selben Augenblick spürte sie, wie sein langer, harter Schaft in sie glitt, so dick und heiß, daß sie einen Moment lang wieder Angst bekam. Aber seine Küsse waren spielerisch und verlockend, und seine Muskeln bewegten sich auf ihren Brüsten, und innerhalb von Sekunden spreizte sie die Beine weiter auseinander und drängte ihn weiterzumachen, bis er die Barriere ihrer Jungfräulichkeit erreicht hatte.

»Es wird weh tun, Jo. Aber nur dieses eine Mal. Ich werde versuchen, so behutsam wie möglich zu sein.«

Ihr Körper spannte sich an und wartete auf den Augenblick, auf das Zerreißen ihres Fleisches. Statt dessen legten sich seine Finger auf ihre Brust und spielten mit der Brustwarze, und seine Zunge erklomm die Mauern ihres Mundes, und seine Lippen – o Gott, sie tranken von ihren, bis sie bis in ihre tiefste Seele hinein von ihr Besitz ergriffen zu haben schienen. Jocelyn spürte eine Woge von Glut, öffnete sich ihm wie eine Blume im Sonnenschein, und Rayne stieß sich in sie.

Ein heftiger Schmerz durchzuckte sie. Jocelyn stieß einen Schrei aus, doch der Laut wurde von seinem Kuß geschluckt.

»Es tut mir leid«, sagte er. Er hatte sich über ihr auf die Ellbogen gezogen, und Sorgenfalten zerfurchten seine Stirn. »Ich wünschte, es hätte sich anders machen lassen.« Sie sah den Preis seiner Behutsamkeit in dem schimmernden Schweiß auf seinen Schläfen und dem feuchten Haar, das an seiner Stirn klebte.

»Es ist schon in Ordnung. Der Schmerz ist schnell vorübergegangen.« Es war tatsächlich alles in Ordnung, erkannte sie. Ihr ging es immer gut, solange sie bloß mit Rayne zusammen war.

»Gott sei Dank.« Er küßte sie wieder, lange und tief, und in dem Moment, in dem sie sich entspannte, spürte sie, wie Wärme ihren Körper durchflutete.

Rayne begann jetzt ganz langsam, sich in ihr zu bewegen, sie sachte zu necken und dabei darauf zu achten, daß er ihr nicht weh tat. Erstaunlicherweise setzte der Schmerz nicht wieder ein. Alles, was blieb, war das Gewicht von Raynes muskulösem Körper und sein langer, steifer Schaft, der tief in ihr begraben war. Sie hätte das als eine Verletzung und eine unerwünschte Vereinnahmung empfinden können, doch statt dessen fühlte sie sich zärtlich durchdrungen.

Raynes Bewegungen beschleunigten sich. Sein Rhythmus wurde schneller und sicherer und ging tiefer. Seine Muskeln spannten sich an, und sie spürte, wie auch ihre eigenen Muskeln sich strafften. Lust spülte über sie hinweg; Feuer schien durch ihre Adern zu fließen. Was passiert hier? dachte sie panisch. Dann wurde der Gedanke von einer Woge unglaublicher Hitze fortgetragen.

Bei jedem seiner tiefen, kräftigen Stöße zischten Flammen durch ihren Körper. Ihre Gliedmaßen schienen nicht mehr angewachsen zu sein; ihre Brüste fühlten sich heiß und kalt an, schwer, schmerzend und prickelnd. Sie zitterte von Kopf bis Fuß und wurde voll und ganz von Raynes großem, strammem Körper in Anspruch genommen, von den Muskeln und Sehnen, die sich über ihr spannten. Feuchte Hitze überflutete sie, sog sie in das Feuer und das Verlangen hinein, die Raserei und die Leidenschaft, und packte sie wie eine gewaltige Macht, die sie nicht verstehen konnte, die sie aber aufforderte, sich ihr zu unterwerfen.

»Laß es kommen«, sagte Rayne, der die Anspannung ihres Körpers spürte, leise. »Das ist genau das, was du willst, Liebes. Es ist genau das, was du brauchst.«

Sie vertraute ihm, schloß die Augen und ließ die Flut über sich hinwegströmen. Innerhalb von Sekunden schwamm sie durch Wogen von flimmernder Hitze, durchbrach den silbernen Schaum, wurde nach oben getragen, immer höher hinauf, auf den Wellenkamm, auf dem sie sich treiben ließ und der sie dem fernen Horizont entgegentrug. Sie rief Raynes Namen, und die Welle schlug über ihr zusammen. Ihr Körper bebte und zuckte, und sie war berauscht vor Lust, einer Lust, die so undenkbar war, so unglaublich süß.

Sie spürte, wie er erschauerte, als er sie an sich preßte. Sein Kopf fiel zurück, und ein tiefer Laut blieb in seiner Kehle stekken. Es war der unglaublichste Augenblick, den sie je erlebt hatte, der aufregendste, aber auch der beängstigendste.

Sie atmete schwer, als sie spiralförmig hinabglitt, und Raynes Atem ging ebenso schwer. Einen Moment lang verharrte er über ihr, und dann löste er sich von ihr und schmiegte sie in seine Armbeuge.

Eine Zeitlang sagte keiner von beiden ein Wort. Sie lagen einfach nur da und lauschten dem süßen Pochen ihrer Herzen, die nahezu im Gleichklang schlugen. Als ihre Welt nicht mehr auf dem Kopf stand, und als ihr Pulsschlag sich verlangsamt hatte, drehte sich Jocelyn auf die Seite, um ihn anzusehen.

»Warum hast du mir nicht gesagt, daß es so sein wird?«

Rayne lachte leise. »Wie hätte ich dir das erklären sollen?«

Sie lächelte ihn an. »Ich vermute, das wäre nicht ganz einfach gewesen. Es war viel zu schön, um es in Worte zu fassen. Ich danke dir.«

»Du dankst mir? Wofür?«

»Für ein so wunderschönes Geschenk. Ich werde es mein Leben lang nicht vergessen.«

Er lachte wieder, diesmal lauter und tiefer. »Das ist erst der Anfang, mein Liebes. Für dich stehen noch tausend von diesen Geschenken bereit.«

Tausend Geschenke? Tausend Nächte? Sie hoffte es. Sie stellte fest, daß sie sich nichts sehnlicher wünschte.

»Den meisten Frauen bereitet es beim allerersten Mal keine Lust. Ich wußte, daß du eine leidenschaftliche Frau bist, Jo. Aber du bist eine echte Kostbarkeit.«

Jocelyn lächelte und schmiegt sich an ihn. Als sein Arm ihre Brust streifte, zuckte sie zusammen und war überrascht über die neuerliche Glut, die ihren Körper durchströmte. Im Kerzenlicht zog sie eine Augenbraue hoch, als sie Raynes dicken Schaft sah, der sich wieder steif an ihren Bauch preßte.

»Ich weiß, daß du wahrscheinlich wund bist«, sagte er, und seine Stimme war wie rauher Samt. »Vielleicht sollte ich besser im anderen Zimmer schlafen.«

»Ich glaube, ich möchte gern von dir geküßt werden.«

»Aber du weißt doch bestimmt, daß ich dann ...«

»Natürlich nur, wenn du es auch willst.«

»Gütiger Gott, du bist wahrhaft eine Kostbarkeit.« Mit diesen Worten zog er sie unter sich, stützte sich auf die Ellbogen und ragte über ihr auf. Ein köstlicher langer Kuß, und dann ließ er sich in sie hineingleiten und traf sich mit ihr auf derselben Woge der Lust, auf die er sie zuvor gehoben hatte.

Sie verspürte eine Seligkeit, auf die sie ganz und gar nicht vorbereitet gewesen war. Was sie taten, war leidenschaftlich. Schön. Und nachhaltig. Gewiß war das, was sie miteinander erlebt hatten, für Rayne ebenso sehr etwas Besonderes wie für sie, dachte Jocelyn. Gewiß empfand er etwas für sie, was sie von dem unterschied, was er für alle anderen Frauen in seinem Leben empfunden hatte.

Dieser Gedanke ließ ihre ungewisse Zukunft hinter einem Schleier in der Ferne verblassen. Sie war glücklicher als je zuvor. Sie würde sich von den Ängsten, die sie tief in ihrem Innern hegte, nicht den Spaß verderben lassen, sich nicht die Seligkeit nehmen lassen, die Rayne ihr gebracht hatte. Sie würde sie tief in ihrem Herzen begraben, und bestimmt würden sich diese Ängste eines Tages verflüchtigen.

Am Morgen hatte sich Jocelyns Sorge fast gänzlich verflüchtigt. Sie erwachte, als ein Sonnenstrahl schräg durch die Gardinen einfiel. Sie streckte sich gähnend und dachte an Rayne und die Genüsse der vergangenen Nacht. Sie drehte sich zu ihm um, doch er war fort. Auf dem Kissen, auf dem sein Kopf gelegen hatte, fand sie eine einzelne rote Rose.

Jocelyns Herz schlug schneller. Er hatte sie aus dem Garten geholt. Sie eigens für sie gepflückt.

Glückselig drehte sie sich auf den Rücken, hielt sich die Rose unter die Nase und atmete den köstlich süßen Duft ein. Er war gegangen, aber er hatte sie nicht vergessen. Und bald würde er zu ihr zurückkommen.

Vor Anbruch der Nacht stürmte er ins Haus, wie er es immer tat, und versetzte die Dienstboten in Aufruhr. Er ordnete an, das Abendessen sollte ihnen oben serviert werden, und Jocelyn errötete bei der Vorstellung, was sich der gesamte Haushalt wohl denken mußte. Am Tisch sprachen sie sehr wenig miteinander und aßen noch weniger. Dann küßte er sie, riß sie an sich und drehte sie um, damit er ihr Kleid aufknöpfen konnte. Er trug sie zu seinem breiten Himmelbett, und sie verbrachten die ganze Nacht damit, einander zu lieben. Zwischendurch schliefen sie für kurze Zeit ein, um beim Aufwachen gleich wieder von vorn zu beginnen.

»Dein Haar ist einfach prachtvoll«, sagte er in den Stunden vor dem Morgengrauen zu ihr. »Schwarz wie die Nacht. So unglaublich dicht und doch so seidenweich.« Seine Finger fädelten sich hinein und strichen es ihr aus dem Gesicht. »Ich wüßte zu gern, wie es aussähe, wenn es lang wäre und um deine Schultern flösse.«

Jocelyn lächelte zärtlich. »Dann werde ich es mir eben wachsen lassen, nur für dich.«

Rayne beugte sich zu ihr hinunter und küßte sie. »Das wäre ein wunderschönes Geschenk – ein Geschenk, das ich wahrhaft zu schätzen wüßte.«

Dann zog er sie wieder in seine Arme, küßte ihren Mund, erkundete ihn und zog eine Spur von feuchten Küssen über ihre Schulter zu ihren Brüsten.

Innerhalb von Minuten war sie feucht und wand sich unter ihm. Sie hatten die Decken von sich geworfen, und Raynes große Gestalt preßte sie auf die Matratze. Er ließ seine Härte in sie gleiten, füllte sie aus und gab ihr das Gefühl, ein vollständiges Ganzes zu sein. Jocelyn schwelgte in der Lust und in dieser Nähe, in der Freude, die Rayne ihr immer brachte.

Jocelyns Leben wäre aus dem Stoff gewesen, aus dem die Träume sind, wenn sie sich nicht ständig Sorgen gemacht hätte, es könnte bald enden. Brownie warnte sie wiederholt und rief ihr behutsam ins Gedächtnis zurück, was sie beide über die Frauen in Raynes Vergangenheit wußten.

»Früher oder später verwelkt die Rose am Stiel, Mädchen. Du solltest besser darauf vorbereitet sein.«

Jocelyn stellte einen seltsamen Unwillen an sich fest, ihm zuzuhören. Irgendwo in ihrem Innern wußte sie zwar, daß es bestimmt wahr sein mußte, aber irgendwo hoffte sie auch, daß etwas so Süßes wie das, was sie beide miteinander verband, unmöglich dasselbe sein konnte wie das, was Rayne mit anderen Frauen erlebt hatte.

Fieberhaft klammerte sie sich an diese Hoffnung und versuchte, ihre Ängste auszuräumen.

Wenn Raynes schmutzige Vergangenheit das doch bloß zugelassen hätte!

Statt dessen wurde sie immer wieder daran erinnert. Zum Beispiel an dem Abend, an dem sie in den Vauxhall Gardens einen Maskenball besucht hatten. Jocelyn hatte sich sehr darauf gefreut und fand es aufregend, sich mit einem extravaganten schulterfreien Kleid mit silbernen Besätzen als Kleopatra zu verkleiden. Rayne trug seine Uniform, und unter den goldenen Epauletten eines Colonel wirkten seine Schultern noch breiter als sonst.

Unter bunten Papierlampions hatten sie miteinander Walzer getanzt, etwas, was Jocelyn vorher nie getan hatte, und dann waren sie in die Dunkelheit der Gärten geschlendert.

Rayne hatte die Hände auf ihre Wangen gelegt und sie zärtlich geküßt. Er hatte sich gerade von ihr gelöst, als eine kalte Männerstimme zu ihnen herüberdrang.

»Verbringst du einen angenehmen Abend?« Stephen Bartlett, der Earl of Harcourt, der als Peter der Große verkleidet war, stand neben einer Dame in einem roten Seidenkleid mit einer breiten weißen Halskrause und weiten Reifröcken auf dem Pfad.

Jocelyn konnte das Gesicht der Frau unter ihrer leuchtend roten Halbmaske nicht sehen, doch ihre rot geschminkten Lippen waren schön geschwungen, und die Brüste ihres üppigen Körpers quollen fast aus dem Mieder ihres Kleides.

»Äußerst angenehm, vielen Dank«, sagte Rayne barsch. »Oder zumindest war es bisher ein angenehmer Abend.«

Jocelyn trug auch eine Halbmaske, weiß mit silbernem Rand, doch Harcourt schien geradewegs hindurchzuschauen.

»Und die reizende Miss Wyndam. Ihre reizenden... Merkmale kann man in jeder Verkleidung mühelos erkennen.« Er lächelte Jo an. »Darf ich Ihnen Lady Campden vorstellen? Ich glaube nicht, daß ihr beide einander schon begegnet seid... obwohl ihre Ladyschaft und der Vicomte einander wahrhaft gut genug kennen.«

»Wahrhaft gut genug«, sagte die Dame in dem roten Kleid. Sie musterte Jocelyn mit einem allzu gründlichen Blick und wandte sich dann an Rayne. »*Das* also ist deine neueste... Freizeitbeschäftigung. Sie scheint recht hübsch zu sein, Rayne. Kein Wunder, daß wir in der letzten Zeit so wenig von dir zu sehen bekommen haben.«

Raynes Hand legte sich auf Jocelyns Finger, als sie unbewußt nach seinem Arm griff. Ihre Hände waren plötzlich kalt geworden, und Rayne hielt sie schützend fester.

»Mrs. Wyndam ist fast so etwas wie eine Verwandte. Ihr Vater und meiner waren miteinander befreundet.« Eine dreistere Lüge hätte er sich kaum einfallen lassen können. Und doch war es ein Bestandteil der Geschichte, die sie sich zurechtgelegt hatten, um einen Skandal zu vermeiden. Es überraschte sie, daß er sich solche Mühe gemacht hatte. »Ich sorge für ihr Wohlergehen, bis sie sich hier eingelebt hat.«

»Das ist natürlich sehr... praktisch«, sagte Ihre Ladyschaft. Sie lächelte grimmig, und ihre Lippen schimmerten im Mondschein blutrot. »Da sie eine so gute Freundin der Familie ist, bestehe ich darauf, sie im Campden House zu empfangen. Lord Campden und ich veranstalten am Samstag in einer Woche eine kleine Soiree. Es wäre uns ein Vergnügen, euch beide bei uns empfangen zu dürfen.«

»Soweit ich weiß, hat Mrs. Wyndam bereits andere Pläne«, sagte Rayne gewandt.

»Ich werde absagen«, sagte Jo, da die Arroganz dieser Frau sie in Wut versetzte. »Ich käme dieser Einladung nur zu gern nach.«

Einen Moment lang schien Rayne wütend zu sein. Dann schlichen sich Nachsicht und vielleicht sogar ein Anflug von Respekt in seine Züge ein. Lady Campden hatte den Fehdehandschuh geworfen, und Jocelyn hatte ihn lediglich aufgehoben.

»Dann also bis Samstag, im Campden House.« Harcourt machte einen Kratzfuß, und ein belustigtes Grinsen machte sich auf seinem gutgeschnittenen Gesicht breit.

»Ich nehme an, das hätte ich nicht tun sollen«, sagte Jo, als sie sich auf den Rückweg zu seiner Kutsche machten. »Ich weiß selbst nicht, was über mich gekommen ist. Ich hoffe, du bist nicht allzu böse auf mich.«

Er lachte in sich hinein. »Besonders erfreut bin ich nicht darüber, das kann ich dir versichern. Du hast mich den Hunden und dich selbst den Wölfen zum Fraß vorgeworfen, aber dazu mußte es früher oder später zwangsläufig kommen.«

»Wie meinst du das?«

»Ich meine damit, daß Ihre Ladyschaft eine frühere Flamme von mir ist und daß Stephen dich unbedingt verführen will.«

»Ich weiß mir selbst zu helfen, da kannst du sicher sein.« Sie blieb auf dem Pfad stehen und sah ihn an. »Ich verspreche dir, daß ich dich nicht in Verlegenheit bringen werde – falls das deine Sorge ist.«

»Wohl kaum«, spottete er.

»Dann muß es mit der Dame zu tun haben.« Unsicherheit schlich sich in ihre Stimme ein. »Ich weiß, daß es mir an gewissen... Talenten mangelt, die Ihre Ladyschaft besitzt. Ich habe gewiß nicht soviel Erfahrung wie sie. Falls du ein heimliches Treffen mit dieser Frau vereinbart hast – falls du meiner schon überdrüssig geworden bist...«

»Jocelyn, mein Liebling«, sagte Rayne. Er drehte sie zu sich um und streifte ihren Mund mit einem zarten Kuß. »Du bist zweifellos das entzückendste kleine Biest, das meinen Weg seit Jahren gekreuzt hat. Ich habe gerade erst begonnen, deine Reize zu kosten. Ich hatte wahrhaftig noch keine Zeit, deiner überdrüssig zu werden. Wer mir Sorgen bereitet, das sind Wölfe wie Harcourt!«

»Harcourt! Du glaubst doch nicht etwa, ich würde mich für einen Mann wie ihn interessieren? Schließlich ist er ... ist er ...«

»Was ist er, mein Liebling?«

»*Er ist nicht du.* Nicht mein Typ, das ist alles.«

Einer seiner Mundwinkel zog sich hoch. »Es freut mich sehr, das zu hören.« Daraufhin küßte er sie so ausgiebig, daß ihre Knie weichen wurden.

Dennoch konnte sie den Zwischenfalls nicht ganz aus ihrem Gedächtnis streichen. Lady Campden war eine weitere von Raynes zahllosen Eroberungen. Man hatte ihr eindeutig anmerken können, daß sie noch etwas für ihn empfand, und doch waren seine Gefühle für sie anscheinend erloschen.

Wie stand es um ihre eigene prekäre Lage? Mit jeder Stunde, die sie mit ihm verbrachte, gab sie etwas mehr von sich selbst auf. Sie verliebte sich in ihn – von Tag zu Tag mehr. Aber was empfand Rayne? Wie würde ihr zumute sein, wenn er sie verließ?

Es war eine grauenerregende Vorstellung, und doch wußte sie, daß das passieren konnte.

Mit jedem Tag, der verging, betete sie eindringlicher, es möge nicht dazu kommen.

10. Kapitel

Es ist nicht Liebe, sagte sich Jocelyn entschlossen, als sie unter dem Baldachin aus goldener Seide rundum zufrieden in Raynes Himmelbett lag. Rayne war zwar schon am frühen Morgen aufgestanden, doch sein männlicher Geruch hing noch in der Luft, der Duft nach Kiefernseife und ein Hauch von Tabak, vermischt mit dem würzigen Aroma ihrer wilden Liebesnacht.

Es ist nicht Liebe, ganz bestimmt nicht! wiederholte sie zum hundertsten Mal. Es war nur die neu erwachte Leidenschaft, die unerforschten Gefühle, die Rayne in ihr freigesetzt hatte und mit denen sie vorher nie zu tun gehabt hatte.

All diese Verwirrung, die sich ihrer bemächtigt hatte, all die Ängste, die ihr Herz durchfluteten, all das waren nur unerprobte, unausgegorene Emotionen. Früher oder später würde sie die Herrschaft darüber gewinnen.

Zumindest redete sie sich das ein, obwohl ihre rationale Seite ihr sagte, daß sie auf der Hut sein sollte. Wie sie es von Anfang an getan hatte, verscheuchte Jocelyn auch jetzt gewaltsam diese Gedanken, schwang ihre langen Beine auf den dicken Aubusson-Teppich, schnappte sich ihren wunderschönen Morgenmantel aus roséfarbener Seide, zog ihn über und schlenderte dann ans Fenster, um auf ihren hübschen kleinen Garten hinunterzuschauen.

Rayne machte sich etwas aus ihr, dessen war sie sich ganz sicher. Er hatte sie gut behandelt, besser als jeder andere Mann, den sie je gekannt hatte. Er verwöhnte sie und erfüllte ihr jeden Wunsch – was konnte sie noch mehr verlangen?

Jocelyn bewegte den Messingriegel, stieß das Sprossenfenster auf und atmete tief die süß duftende saubere Luft ein. Dieser Teil der Stadt wurde nicht vom Ruß der Fabriken erstickt. Sie führte ein reiches, angenehmes Leben, das von Freude und Gelächter erfüllt war, und die Stunden, die sie mit Rayne verbrachte, waren außergewöhnlich schön.

Und kein Mann hatte ihr je mehr bedeutet.

Sie drehte sich abrupt um, als an die Tür geklopft wurde und sie ihn mit langen Schritten ins Zimmer kommen sah.

»Zieh dich an«, sagte er. »Wir machen eine Spazierfahrt durch den Park. Ich habe eine Art Überraschung für dich.«

»Einverstanden.« Jocelyn, die es mit Glück erfüllte, daß er so schnell wieder zurückgekehrt war, eilte in ihr Schlafzimmer und fand dort Elsa vor, die nur darauf wartete, ihr bei der morgendlichen Toilette behilflich zu sein. Als sie eine halbe Stunde später fertig war, erwartete Rayne sie am unteren Treppenabsatz.

»Was hat das alles zu bedeuten?« fragte Jo.

»Ich bin einem Freund über den Weg gelaufen, sonst gar nichts. Einem Maler, den ich kennengelernt habe, als ich beim Militär war. Er hat seine Staffelei im Park aufgebaut.«

Sie lüpfte ihr gelbes Musselinkleid, eines ihrer liebsten Kleider, das Jo in Auftrag gegeben hatte, um das Kleid zu ersetzen, daß sie in der Brandnacht eingebüßt hatte, hing sich bei ihm ein, und sie gingen gemeinsam zu seiner Kutsche.

»Außerdem bin ich zufällig dem Marquis von Gravenwold begegnet.« Das war Raynes bester Freund. »Nach Dominics Angaben hat Lady Campden die Nachricht über dein Eintreffen in der Stadt unter den oberen Zehntausend verbreitet. Sie werden zahllos zu ihrer Soiree am Samstag erscheinen.«

»Ich wünschte, ich hätte den Mund gehalten.«

»Das wünschte ich auch, aber ich nehme an, es ist ein egoistischer Wunsch. Wahrscheinlich wirst du deinen Spaß dort haben.« Er drehte ihr Kinn mit einer Hand zu sich um. »Ich bitte dich lediglich darum, dich von Harcourt fernzuhalten.«

»Ich habe dir doch gesagt, daß dieser Mann keinen Reiz auf mich ausübt.«

»Du findest nicht, daß er gut aussieht?«

»Doch, gewiß, aber...«

Raynes Augen wurden finster. »Es ist mein Ernst, Jo.«

Jocelyn lächelte nur. Es tat gut zu wissen, daß er eifersüchtig war, und wenn auch noch so wenig. Es war tröstlich, daß nicht nur sie allein diese verwirrenden Gefühle hatte.

Sie schaute aus dem Fenster und begann, ihre Freude an der Ausfahrt zu haben. Unter einem azurblauen Himmel, den die weißen Wattewolken nur noch mehr verschönerten, schimmerten im Hyde Park frisch aufgekeimte Blätter und farbenfrohe Blumen: Krokusse, Tulpen und Butterblumen. Die Luft roch würzig nach Erde und feuchtem Laub, Grillen surrten, und Bienen tranken Nektar aus den Kelchen verlockender Blumen.

»Da ist er.« Rayne deutete auf einen Mann, der an einem stillen kleinen Teich saß. »Er heißt Thomas Keeley.«

Sie stiegen aus der Kutsche und gingen durch das feuchte Gras auf einen hageren Mann mit ergrautem Haar zu, der einen langen spitzen Pinsel zwischen den Fingern hielt.

»Ich bin froh, daß du noch da bist, Thomas.« Rayne drückte seinem Freund die mit Farbe beschmierte Hand.

»Ich werde die ganze Woche über hier malen.« Thomas sah Jocelyn bewundernd an. »Ein reizendes Geschöpf, Rayne. Hast du sie hergebracht, damit sie mir für ein Porträt Modell sitzt?«

»Ein Porträt?« sagte Jo. »Du willst, daß er mich malt?«

»Eigentlich malt Thomas Miniaturen, wenn er sich nicht mit Landschaftsmalerei befaßt.« Rayne nahm ein goldenes Medaillon in die Hand. Das zartgeschnittene Gesicht einer schönen blonden Frau war sorgsam in den goldenen Rahmen gemalt. In den Rand waren kleine Perlen eingesetzt, und drei winzige Diamanten bildeten Sterne über dem Kopf der Dame.

»Er arbeitet mit Emaille«, sagte Rayne. »Jede Farbe wird einzeln aufgetragen und dann gebrannt.« Er reichte ihr das kleine Schmuckstück und hing die schmale goldene Kette über ihre Handfläche.

»Das ist wunderschön.«

»Möchtest du, daß Thomas ein solches Porträt von dir anfertigt?«

Sie sah das Medaillon noch einmal an. »Mir wäre ein Porträt von dir lieber.

Darüber lachte Rayne. »Ich halte das für keine allzu gute Idee. Ich kann mir regelrecht ausmalen, was Harcourt dazu zu sagen hätte, wenn er dahinterkäme.«

Jocelyn lachte jetzt auch. »Ich vermute, du hast recht, aber trotzdem...« Ihr Blick fiel auf die Staffelei, auf der ein nahezu beendetes Gemälde von dem Teich stand.

»Meinst du, Mr. Keeley könnte ein Bild von dem Teich auf das Medaillon malen? Es ist so schön hier.«

Rayne warf einen Blick auf den Maler. »Thomas?«

Der Mann mit dem grau werdenden Haar lächelte und nickte dann. Seine Gesichtszüge verzogen sich wohlwollend. »Dazu bin ich bisher noch nie aufgefordert worden, aber ich glaube, das läßt sich machen. Und außerdem, mein Freund, glaube ich, daß du in Gesellschaft einer ganz besonderen Frau bist.«

Raynes schönes Gesicht wurde weicher. »Ich kann dir versichern, daß diese Feststellung mich nicht überrascht. Es ist eine Tatsache, die ich schon vor einer ganzen Weile herausgefunden habe.«

Seine Worte ließen Jocelyn erröten, und sie betete von ganzem Herzen, daß er es ernst meinte. Kurz darauf war die Transaktion abgeschlossen. Der Vicomte führte sie zu der Kutsche zurück und wies den Kutscher an, sie nach Hause zu fahren.

Er blieb nicht lange dort. Alexandra hatte ihn dazu gedrängt, die Partysaison endlich zu beginnen, die schon in vollem Schwunge war, und er konnte sie nicht länger hinhalten.

»Wenn alles gut geht, wirst du, sowie du auf Lady Campdens Soiree allen möglichen Leuten vorgestellt worden bist, Einladungen zu anderen Bällen erhalten. Falls du dich entschließen solltest, sie zu besuchen, werde ich mich bemühen, sooft wie möglich auch zu erscheinen.«

»Ich kann mir nicht vorstellen, daß ich mich in einer solchen Umgebung wohlfühle, aber vielleicht mit der Zeit...«

»Leider kann ich mir dich nur zu gut in einer solchen Umgebung vorstellen. Ich hoffe nur, meine Gesellschaft wird dir weiterhin willkommen sein, wenn erst ganz London auf dich anstößt.«

Es war ein Kompliment und sonst gar nichts, doch Jocelyn war bezaubert, und ebenso begeistert war sie, als er ihr ein paar Tage später das Medaillon zum Geschenk machte.

»Es ist entzückend.« Sie hielt es an dem dünnen goldenen Kettchen hoch und sah es sich im Schein der Lampe genauer an. »Mr. Keeley hat die Landschaft blendend eingefangen, und die winzigen Diamanten machen sich zwischen den Wolken so schön.« Sie hielt es ihm hin und kämpfte gegen einen Tränenschleier vor den Augen an. »Bitte, Rayne, hilf mir, es anzulegen.«

Er tat es, und das schöne Medaillon fühlte sich kühl an ihrem Hals an, während seine Hände in ihrem Nacken sich so warm anfühlten. Dieselbe Glut schimmerte in seinen Augen, eine Gier, die niemals nachzulassen schien – weder bei ihm noch bei ihr.

»Es ist wunderschön, Rayne.« *Wie sehr ich dich doch liebe.* Ihr graute bei diesem Gedanken, und doch konnte sie es nicht mehr leugnen.

Vielleicht war das einer der Gründe für den Streit, der am nächsten Tag begann.

Rayne war früh aus dem Haus gegangen; er hätte noch unabgeschlossene Angelegenheiten zu erledigen, sagte er. Bei seiner Rückkehr ließ er ihr oben Bescheid geben, sie solle in sein Arbeitszimmer kommen. Es gäbe etwas zu besprechen.

Jocelyns Magen schnürte sich zusammen. *Gütiger Gott im Himmel, war das der Moment, vor dem ihr schon so lange graute?* Würde er ihr jetzt sagen, daß er jemand Neuen gefunden hatte? Ihre Hände zitterten, als sie das Arbeitszimmer erreichte, und ihre geheimen Ängste kamen an die Oberfläche.

»W-worum geht es?« Sie betrat das holzgetäfelte und sehr männlich gehaltene Zimmer in einem Kleid aus pastellrotem Jakonett und fächelte sich mit dem passenden Fächer Luft zu.

Rayne blickte vom *Morning Chronicle* auf, den er gerade gelesen hatte, schlug die Zeitung zu und legte sie zur Seite, stieß dann seinen Stuhl zurück, kam um den Schreibtisch herum und nahm ihre Hände.

»Warum setzen wir uns nicht?« Mit einem burgunderroten Frack, einer hellgrauen Kniebundhose, einer weißen Pikeeweste und einem weißen Halstuch war er makellos gekleidet.

»O Rayne, was ist? Was ist passiert?«

»Nichts ist passiert, meine Liebe. Es ist nur so, daß ich gerade mit William Dorset gesprochen habe, meinem Grundstücksverwalter in Marden. Wir haben uns heute am frühen Morgen in der Kanzlei meines Anwalts getroffen.«

»Ich verstehe überhaupt nichts.«

Er führte sie durch das Zimmer zu einem Ledersofa mit Quasten, drängte sie, sich hinzusetzen, und setzte sich dann neben sie.

»William arbeitet seit mehr als zwanzig Jahren für die Familie Garrick. Er war an dem Tag in Marden, an dem dein Vater gekommen ist. Er wußte, daß Sir Henry vorher meinem Vater einen Besuch in Stoneleigh abgestattet hatte. Er hat mir ganz genau erzählt, was sich damals zugetragen hat.«

Jocelyns Kehle wurde trocken. Sie wollte nicht an die Vergangenheit denken. Sie war glücklich, so unglaublich glücklich. Sie wollte nicht, daß sich die Erinnerung an ihren Vater zwischen sie und Rayne stellte.

Und doch konnte ein Teil von ihr sich nicht ganz von der Vergangenheit lösen.

»Was hat er gesagt?«

Rayne nahm eine andere Haltung auf dem Sofa ein. Seine große Gestalt bewegte sich mit einem Anflug von Unbehagen. »Versuch bitte, dich daran zu erinnern, wie die Dinge damals gestanden haben. Du warst ein kleines Mädchen, Jo. Du hast deinen Vater als einen Helden angesehen – das geht jedem so. Aber kein Mensch ist vollkommen, und schon gar nicht Sir Henry.«

»Ich... ich verstehe nicht, was du damit sagen willst.«

»William sagt, dein Vater hat seinen Untergang weitgehend sich selbst zuzuschreiben. Er sagt, Sir Henry hat begonnen zu trinken, ehe er seine Schüler verloren hat. Daß er zum Zeitpunkt des Todes deiner Mutter mit dem Trinken begonnen hat. William sagt, im Laufe der Jahre ist es mit dem Trinken immer schlimmer geworden, und das war der Grund dafür, daß seine Schüler nicht mehr zu ihm gekommen sind, der Grund dafür, daß er es sich nicht mehr leisten konnte, die Pacht für das Häuschen zu bezahlen.«

»Aber das ist nicht wahr!«

Rayne nahm ihre Hände in seine. »William sagt, an dem Tag, an dem er in Stoneleigh erschienen ist, war dein Vater betrunken. Mein Bruder Christopher war erst eine Woche vorher gestorben, und mein Vater, der von seinem Kummer übermannt war, hatte sich in sein Arbeitszimmer zurückgezogen. Dein Vater ist hereingeplatzt und hat getobt und gewütet, er würde auf die Straße gesetzt, und mein Vater hat angeordnet, ihn aus dem Haus zu weisen. Später, als er in Marden verlangt hat, man solle ihm das Haus lassen, war William derjenige, der ihn abgewiesen hat. William sagt, unter denselben Umständen würde er heute genauso handeln.«

Jocelyn entriß ihm ihre Hände. »Er lügt! Mein Vater war ein guter Mann – freundlich und rücksichtsvoll. Die Grausamkeit deines Vaters war sein Untergang – und meiner!«

»Nachdem Sir Henry gestorben ist, hat mein Vater darauf beharrt, daß William überprüft, wer zu deinem Vormund gemacht worden ist. Er hat sich persönlich mit deinem Cousin und dessen Frau unterhalten und war damals der Meinung, daß dort gut für dich gesorgt wird. Trotzdem ist eine kleine monatliche Summe für dich ausgesetzt worden, die die Kosten für deine Unterkunft und Verpflegung decken sollte. Es war eine Geste der Wertschätzung für die Jahre, in denen Sir Henry den Leuten von Marden gute Dienste erwiesen hat, ehe es mit ihm bergab gegangen ist.«

Jocelyn sprang auf. »Ich glaube dir kein Wort. Das kann nicht wahr sein, es kann einfach nicht wahr sein!« Sie wandte sich von ihm ab und trat ans Fenster. Blumen blühten im Garten, doch Jocelyn nahm kaum Notiz von ihnen. Sie merkte nicht, daß sie weinte, bis Rayne sie in seine Arme zog.

»Kannst du dich nicht an manche dieser Dinge erinnern? Löst das in deinem Hinterkopf nicht vage Erinnerungen aus, die all das bestätigen?

Sie schüttelte den Kopf, und ihre Wange traf gegen die festen Muskeln unter seinem Hemd.

»Manchmal fällt es schwer, Tatsachen zu akzeptieren, aber ich war der Meinung, daß das die einzige Möglichkeit ist, die Dinge zwischen uns zu klären.«

Sie sagte kein Wort mehr dazu, sondern richtete sich nur steif auf und löste sich von ihm. »Du hast mir gesagt, was du glaubst. Zufällig bin ich anderer Meinung als du.«

»Jocelyn...«

»Andererseits bist du nett zu mir gewesen... und großzügig. Ich hätte gern eine Weile Zeit, um über das nachzudenken, was du mir erzählt hast.«

Rayne nickte mit grimmiger Miene. »Dann sollst du diese Zeit haben. Denk daran, Jo, all das liegt in der Vergangenheit. Es geht um ein Problem, das unsere Väter miteinander hatten, nicht wir beide.«

Er unterbrach sich einen Moment lang. »Morgen abend findet die Soiree bei Lady Campden statt. Bis dahin lasse ich dir Zeit.« Er lächelte freundlich. »Falls du bis dahin noch nicht damit zurechtgekommen bist und das Problem einfach abgeschoben hast, werde ich dich nach unserer Rückkehr nach oben tragen und dich lieben, bis du dich mit allem arrangiert hast.«

Jocelyn sagte nichts dazu, aber sie konnte nicht bestreiten, daß Raynes Worte Wärme durch ihren Körper strömen ließen. Sie sah ihm nach, als er ging, und sie dachte an all das, was sich zwischen ihnen abgespielt hatte, dachte an ihren Vater und an das, was William Dorset gesagt hatte.

War es die Wahrheit? Lag die Schuld an all den schrecklichen Dingen, die geschehen waren, wirklich bei ihrem Vater? Sie wollte es nicht glauben, aber wenn sie ihren Verstand und ihr Herz erforschte, wußte sie, daß zumindest ein Teil dessen, was Dorset gesagt hatte, der Wahrheit entsprach.

Ihr Vater hatte nach dem Tod ihrer Mutter tatsächlich zu trinken begonnen. Aber wenige Monate später hatte er wieder damit aufgehört. Oder doch nicht? Sie erinnerte sich daran, in den Schränken Ginflaschen gefunden zu haben, von deren Existenz sie nichts gewußt hatte. Sie erinnerte sich daran, eine solche Flasche unter einer Buchsbaumhecke im Garten entdeckt zu haben. Aber sie hatte ihn nur selten betrunken gesehen.

Zumindest nicht vor diesem letzten Jahr. Aber daran war doch Stoneleigh schuld gewesen – oder etwa nicht?

Sie bemühte sich nachzudenken, bemühte sich, sich zu erinnern, doch ihr Verstand weigerte sich, die Reihenfolge der Ereignisse zu erfassen. Sie war ständig mit ihren Freundinnen zusammen gewesen, den anderen jungen Mädchen aus dem Dorf, und sie war vollauf mit ihren Tagträumen von Martin Carey beschäftigt gewesen, dem Sohn des Pfarrers. Wie immer, wenn sie versuchte, sich daran zu erinnern, schien sie vor einem wirren Haufen von zusammenhanglosen Erinnerungen zu stehen, und ihre Gedanken vermischten sich mit dem Feuer und den Schreien und dem einstürzenden Dach.

Vielleicht hatte Rayne recht. So gut, wie sie ihn inzwischen kannte, fiel es ihr schwer, sich vorzustellen, sein Vater könnte etwas anderes als ein guter Mensch gewesen sein. Aber auch ihr Vater war ein guter Mensch gewesen. Niemand konnte sie von dieser Überzeugung abbringen.

Die eigentliche Frage war, ob all das überhaupt noch eine Rolle spielte.

Ihr Vater war jetzt seit drei Jahren tot. Der dritte Lord Stoneleigh war ebenfalls tot. Was sich zwischen den beiden Männern abgespielt hatte, gehörte der Vergangenheit an. Rayne fand, es sollte keinen Einfluß auf sie und ihn haben.

Jocelyn war seiner Meinung, daß ihr gemeinsames Glück jetzt das Wichtigste war.

Ihr schwirrte immer noch der Kopf, als sie das Arbeitszimmer verließ, die Treppe hinaufstieg und sich in ihr Schlafzimmer begab, um ihr hübsches pastellrotes Kleid abzulegen und sich umzuziehen. Sie würde den Tag mit Gartenarbeiten verbringen. Morgen nachmittag würde Rayne zurückkommen.

Ab da, gelobte sie sich, würde sie die Vergangenheit hinter sich zurücklassen und ihre Gedanken ganz der Gegenwart und der Zukunft zuwenden. Alles, was zählte, war Rayne. Und die Tatsache, daß sie leidenschaftlich und hoffnungslos in ihn verliebt war.

»Warum kann ich dich und Mrs. Wyndam heute abend nicht begleiten?« Alexandra stand in der Eingangshalle, als der Butler den Stoneleighs die Tür aufhielt.

»Das gehört sich einfach nicht, Alexandra.« Rayne zog seine Schwester diskret zur Seite. »Ich will offen mit dir reden und nichts beschönigen, Alex – die Frau ist meine Mätresse, wie du, glaube ich, bereits weißt. Unter den Mitgliedern der oberen Zehntausend ist das noch nicht allgemein bekannt, aber früher oder später wird es durchsickern. Wenn es dazu kommt, will ich nicht, daß dein Name mit uns beiden in Zusammenhang gebracht wird.«

»Aber…«

»Das hat zu genügen, Alexandra.«

Sie schob schmollend die Unterlippe vor. Dann grinste sie. »Richte Mrs. Wyndam schöne Grüße von mir aus.«

Das ist bei weitem nicht alles, was ich ihr zu sagen habe. »Wird gemacht.« Rayne nahm seinen Hut von dem Butler entgegen und ging zur Tür hinaus. Als er Jocelyn in seinem Arbeitszimmer zurückgelassen hatte, hatte er dies bereut. Er hätte die ganze Geschichte an Ort und Stelle mit ihr austragen und sie dann nach oben und in sein Bett zerren sollen.

Jocelyn war ein so leidenschaftliches Geschöpf, daß er nicht daran zweifelte, ihr den Wahnsinn vor Augen führen zu können, den es dargestellt hätte, der Vergangenheit zu erlauben, daß sie zwischen ihnen stand. Doch zu dem Zeitpunkt hatte er geglaubt, es sei die weiseste Entscheidung, ihr die Gelegenheit zu geben, sich in Ruhe mit ihren Gefühlen auseinanderzusetzen.

Jetzt machte er sich Sorgen, ihr Zorn könnte sich wieder einmal gegen ihn richten und all ihr alter Groll und ihre fehlgeleiteten Rachegelüste könnten wieder ausbrechen.

Das würde er natürlich nicht mitmachen. Er würde dafür sorgen, daß diese ganze Angelegenheit endgültig begraben würde, und zwar bald – und daß Jocelyn wieder in sein Bett kam. Trotzdem wollte er diesen ganz besonders warmen Schimmer in ihren Augen sehen, wenn sie ihn anschaute, wollte spüren, wie ihre Finger sich in sein Haar schlangen, wenn sie ihn küßte. Er wollte sie zärtlich und bereitwillig vorfinden, wenn sie ihn in ihren geschmeidigen, schlanken Körper aufnahm.

Rayne lächelte und verspürte eine Mischung aus Vorfreude und Entschlossenheit, mit einem Anflug von Beklommenheit vermischt. Sie würde ihn schon erwarten. Er hatte sie im voraus über den Zeitpunkt seines Eintreffens verständigen lassen. Er betrat das Haus und suchte sie im Salon, doch dort war sie nicht.

»Sie ist in Ihrem Arbeitszimmer, Mylord«, sagte der Butler

Rayne zog die Augenbrauen hoch. »In meinem Arbeitszimmer?« Hatte er wirklich damit gerechnet, daß sie ihn in seinem Bett erwartete?

»Ein Lakai hat eine Art Nachricht überbracht. Sie wollte sie auf Ihren Schreibtisch legen.«

»Danke.« Rayne lief durch die Eingangshalle in das von Büchern gesäumte Arbeitszimmer, das mit Walnußholz getäfelt war. Jocelyn war gerade über seinen Schreibtisch gebeugt und hielt etwas in der Hand.

»Rayne!« Als sie seine schweren Schritte hörte, drehte sie sich abrupt zu ihm um, und ihre Hand hob sich vom Schreibtisch und wies in seine Richtung. Er sah den Gegenstand, den sie in den Händen hielt, silbern schimmern.

Direkt darauf ertönte der Schuß, bohrte sich in seine Brust, hallte durch den Raum, und der Schmerz und die Schwärze trafen ihn wie ein brutaler Schlag auf den Kopf.

»Rayne!«

Das war das letzte Wort, das zu ihm vordrang, als er nach vorn auf den Teppich fiel. Die Finger auf seinem Herzen waren mit rotem Blut verschmiert und er wußte, daß ihn seine Liebe getötet hatte. Gott, o Gott, nicht Jo. Ungläubig und doch sicher – und er wünschte, die Seele sei aus ihm gewichen, ehe er zu dieser Erkenntnis gelangt war. Er schloß die Augen und ließ sich von der Dunkelheit verschlingen, doch bei jedem seiner flachen Herzschläge spürte er das Leid über ihren Verrat, schlimmer als den Schmerz durch die Kugel, weit schlimmer als der Tod.

Und dann endeten seine Schmerzen.

»Rayne! Lieber Gott, Rayne!«

Das silberne Tablett entglitt ihren Fingern, und die Nachricht von seiner Schwester fiel Jocelyn aus der Hand, als sie zu ihm raste und sich neben ihn kniete. Ihre Augen weiteten sich vor Entsetzen über das, was passiert war, als sie sah, wie Raynes Blut aus seinem Körper auf den Boden rann.

Ein leises Geräusch hinter ihr ließ sie herumwirbeln, und sie hörte, wie ein schwerer Gegenstand auf den Teppich fiel. Es war eine Pistole, die noch heiß war und rauchte. Sie bemühte sich zu erkennen, woher sie gekommen war, und dazu mußte sie gegen die Tränen anblinzeln, doch sie sah nur den Vorhang, der sich vor dem offenen Fenster blähte.

Dann kamen die Dienstboten hereingeströmt und stießen Schreie und Klagelaute aus, als sie den regungslosen Körper des Vicomte sahen, der auf den Boden gestürzt war.

»Bitte, jemand muß ihm helfen!« rief Jocelyn aus, ohne die sengende Nässe auf ihren Wangen weiter zu beachten, denn sie stand Todesängste aus, es sei bereits zu spät.

»Sie ist es gewesen!« Der Butler deutete mit einem Finger in ihre Richtung. »Sie ist diejenige, die auf ihn geschossen hat.«

»Was?« Das Zimmer um sie herum schien sich zu drehen.

»Sie war es – die Hure des Vicomte! Sie ist in sein Arbeitszimmer gegangen und hat ihn dort erwartet. Sie hat ihn getötet, ich sage es euch.«

»Seht nur!« rief eines der Küchenmädchen aus. »Dort liegt die Waffe, die sie benutzt hat! Jemand muß sie hier festhalten!«

»Aber ich war es nicht!« *Ich liebe ihn!* »Ich täte ihm niemals etwas an!«

»Ergreift sie!« rief der Butler. Sie kamen auf sie zu, Lakaien, Bedienstete und Hausmädchen. Sie hielt nach Elsa Ausschau und hoffte, die Frau, die sie unter all diesen Fremden am besten kannte, würde zu ihrer Verteidigung kommen, doch ihre kleine Zofe war nirgendwo zu sehen.

»Ich... ich habe es nicht getan!« Aber die Pistole lag vor ihren Füßen, und der Vicomte war tot oder lag im Sterben.

Als sie ihn so bleich und leblos dort liegen sah, stieg ein Schluchzen in ihre Kehle auf, doch ihr blieb keine Zeit mehr. Jocelyn wandte sich dem Fenster zu. Dann rannte sie los.

»Haltet sie auf!«

Aber Jo war schon öfter um ihr Leben gerannt. Sie hob ihren blaßblauen Musselinrock hoch, stieg über das Fenstersims und sprang auf den Boden, der ein gutes Stück unter ihr war. Sie landete hart, zerschrammte sich die Knie, sprang auf und rannte weiter.

Die Ställe – Brownie und Tucker würden ihr helfen – sie mußte nur schleunigst zu ihnen gelangen.

Schlitternd kam sie zum Stehen und klammerte sich an eine Ecke der Hausmauer, um sich zu stützen. Lieber Gott, was war, wenn der Wachtmeister glaubte, ihre Freunde seien in die Schießerei verwickelt? Was war, wenn Tucker und Brownie ins Gefängnis geworfen wurden? Was war, wenn man sie hängte?

Sie war tränenblind und wischte sich mit dem Handrücken über die Augen.

Während sie im Dauerlauf das Stadthaus hinter sich ließ, hörte Jocelyn kaum die Stimmen hinter sich, als sie zur nächsten Kreuzung raste und in eine schmale Gasse einbog. Ein alternder Esel, der einen Karren zog, trottete vor ihr her. Jo wich dem Karren aus, kam hinter einer moosbewachsenen Kirche vorbei, prüfte, ob die Tür offen war, fand sie verschlossen vor und rannte weiter. Sie kam auf die Grosvenor Street, überquerte die St. George und lief an einer Reihe von Händlern vorbei, die Besen, Schnürsenkel und Socken verkauften, und dann an einer Frau, die Äpfel feilbot.

»Da ist sie!« schrie jemand, und neuerliches Grauen erfaßte ihr Herz. »Die schwarzhaarige Hure in dem blaßblauen Kleid. Sie ist eine Mörderin, eine Mörderin!«

Jocelyns Herz sprang in ihre Kehle. *Eine Mörderin! Gütiger Gott, dann mußte Rayne wahrhaft tot sein.*

Ihre Kehle schnürte sich zu, und wenn sie auch noch so sehr um ihre Sicherheit fürchtete, so schwirrte ihr doch der Kopf, weil sie an ihn dachte. Hatte ihm denn niemand helfen können? Hatte er Schmerzen? Fragte er nach ihr? Wie hatte sie ihn bloß allein lassen können? Diese Gedanken marterten ihr Gehirn, als sie sich in einer engen Gasse flach an eine Hausmauer preßte und keuchend nach Luft schnappte.

In der Brook Street wandte sie sich wieder nach Osten, weil sie unbedingt in die Gegend gelangen wollte, die sie von früher kannte. Ihr graute davor, sie könnten sie vorher finden. Wieder in eine Gasse hinein, in der fauliges Abwasser stand, das entsetzlich stank, und dazu kam noch der Gestank einer toten Katze. Sie glitt mit den Schuhen in stehendem Schmutzwasser aus, und die Feuchtigkeit sickerte durch das weiche blaue Rehleder und ruinierte die Schuhe.

Rayne hatte sie ihr gekauft. *Rayne.* Sein Name hallte durch ihren Kopf, und der Schmerz war übermächtig. *Bitte, verlaß mich nicht!* Das war der letzte Gedanke, den sie hatte, als sie um die Ecke eines Bierlokals bog und geradewegs in die Arme von drei Wachtmeistern lief.

11. Kapitel

»Wie geht es ihm?«

Als Alexandra aufblickte, sah sie Catherine Edgemont, die Marquise von Gravenwold, die neben ihrem gutaussehenden dunkelhäutigen Ehemann durch den Korridor im ersten Stock des Stadthauses kam. Der imposante große Mann war Raynes bester Freund.

»O Catherine.« Alex, die direkt vor der Tür zum Zimmer ihres Bruders stand, warf sich der rothaarigen Frau in die Arme, die sich sogleich um sie schlossen. Weitere Tränen flossen, eine Fortsetzung des endlosen Stroms, seit auf Rayne geschossen worden war.

»Es wird alles wieder gut, Alex«, beschwichtigte sie die schöne Frau. »Dominic und ich sind hier, und wir haben die Absicht hierzubleiben, bis dein Bruder wieder auf den Beinen ist.«

Alexandra bemühte sich, über diese tröstlichen Worte zu lächeln, doch ihre Lippen schienen nicht zu einer Mitarbeit bereit zu sein, und ein Schluchzen blieb in ihrer Kehle stecken.

Gravenwold wandte sich an den kleinen Arzt mit dem grauen Haar. »Ich nehme an, Sie sind Dr. Chandler.«

»Richtig.«

»Was können Sie uns zu Raynes Verfassung sagen?«

»Ich fürchte, es sieht nicht gut aus. Es ist eine Brustwunde, verstehen Sie. Sehr vertrackt. Er hat beträchtliche Schmerzen, wie Sie sich sicher vorstellen können. Es ist uns gelungen, die Bleikugel herauszuholen, aber er hat enorme Mengen Blut verloren. Er ist geschwächt und außerordentlich verwirrt durch… die Geschehnisse.«

»Konnte man sich ein Bild von dem tatsächlichen Vorfall machen?«

»Halbwegs. Er ist zwischendurch immer wieder zu sich gekommen. Der Wachtmeister hat ihn verhört, soweit er es gewagt hat, wenn man die Schwere der Verletzung bedenkt. Natürlich hat er auch die Dienstboten und Alexandra verhört. Dabei ist die Tatsache ans Licht gekommen, daß die Frau, die sich als Jocelyn Wyndam ausgegeben hat, bereits mit dem Vicomte auf Stoneleigh gewesen ist. Ihr richtiger Name lautet Jocelyn Ashbury.«

Ein Muskel in Dominics Wange zuckte. Er wußte von der Frau. Rayne hatte sich ausführlich zu ihr geäußert, als Dominic ihn das letzte Mal gesehen hatte. »Was hat man sonst noch in Erfahrung bringen können?«

»Theophilus Finch, der Kutscher des Vicomte, behauptet, die Frau hätte bereits vorher zweimal versucht, Seine Lordschaft zu töten. Einmal direkt vor Boodle's und dann noch einmal vor Lord Dorrings Haus, als der Vicomte, wie jede Woche, zum Kartenspielen dort erschienen ist.«

Catherine reichte Alexandra ein Taschentuch, mit dem sie sich die Augen abtupfte. »Farthington, unser Butler, sagt, daß Rayne die Frau direkt von der Straße geholt hat«, sagte Alexandra. »In der Nacht ihres Eintreffens in Stoneleigh hat sie eine zerrissene Herrenhose getragen. Rayne hat sich etliche Kleider von mir geborgt, um sie einzukleiden. Er hat ihr dieses Haus gekauft. Meine Güte, er hat sie wie eine Dame behandelt – und seht euch nur an, wie sie ihm das heimgezahlt hat!« Alexandra fing wieder an zu weinen, und Catherine zog sie noch einmal in ihre Arme.

»Wohin hat man sie gebracht?« fragte Dominic.

»Nach Newgate, kann ich mir vorstellen.« Das Gesicht des Arztes wirkte grimmig. »Der Kutscher besteht darauf, daß außerdem noch zwei Männer beteiligt waren. Die Dienstboten hier glauben, daß es sich dabei um dieselben zwei Männer handelt, die der Vicomte kürzlich in seine Dienste genommen hat.«

»Wo sind diese beiden Männer jetzt?«

»Verschwunden. Sie haben sich regelrecht in Luft aufgelöst. Bedauerlicherweise gibt es keine Indizien, die darauf hinweisen, daß sie sich zu dem Zeitpunkt, zu dem der Schuß abgegeben worden ist, auch nur in der Nähe des Geschehens aufgehalten haben.«

»Rayne hat nichts gesagt, was die beiden mit dem Anschlag auf ihn in Verbindung bringt?«

»Nein. Er hat nur von dem Mädchen gesprochen.« Der Arzt nahm sein Lorgnon vom Auge und ließ es an der dünnen schwarzen Schnur um seinen Hals baumeln. »Falls Sie noch weitere Fragen haben, kann Seine Lordschaft Ihnen vielleicht die Antworten darauf geben. Er hat schon nach Ihnen gefragt.«

Dominic machte eilig einen Schritt auf die Tür zu. »Kann ich jetzt zu ihm gehen?«

Der Mann mit dem ergrauenden Haar steckte das Lorgnon in die Tasche seiner blaugestreiften Weste. »Halten Sie Ihren Besuch so kurz wie möglich. Sagen und tun Sie nichts, was ihn beunruhigen könnte.«

Dominic holte tief Atem, öffnete die Tür und betrat Raynes Schlafzimmer.

Er ignorierte die beißenden Gerüche des Krankenzimmers und setzte sich so leise wie möglich an das Bett seines besten Freundes. Raynes Gesicht, das gewöhnlich braungebrannt war, wirkte bleich und wächsern, und sein Atem ging krächzend. Seine Augen waren geschlossen, und Strähnen seines rötlichbraunen Haars klebten ihm an der Stirn und an den Schläfen.

Jetzt schon tränkten sich die frisch angebrachten Verbände auf seiner Brust mit Blut.

»Dominic?« Es war kaum mehr als ein Flüstern, und Dominics Magen schnürte sich zusammen, als er die krächzende Stimme hörte, die von Schmerz erfüllt war.

»Ich bin hier, mein Freund.« Er nahm Raynes breite braungebrannte Hand, doch der Händedruck, den er zur Antwort bekam, war schwach und zittrig.

»Ich bin… froh, daß du gekommen bist.«

»Ich bin so schnell wie möglich hergekommen.«

Rayne bewegte den Kopf, um matt zu nicken. »Es war Jocelyn«, sagte er mit belegter Stimme.

»Ich weiß.«

»Wo … wo hat man sie hingebracht? Niemand wollte es mir sagen.«

»Höchstwahrscheinlich nach Newgate. Das wäre das übliche Vorgehen.«

Die Haut um Raynes Mund herum wurde noch weißer, als sie es ohnehin schon war, und sein Gesicht war grau und grimmig. »Sie … hat mir die Schuld daran gegeben … was ihrem Vater zugestoßen ist. Eine lange Geschichte. Erinnere mich daran, daß ich sie dir erzähle … irgendwann.«

»Wird gemacht.« Dominic schluckte schwer. »Sowie du wieder auf den Beinen bist.«

Rayne nickte ein zweites Mal matt. Seine Lider schlossen sich. »Ich will nicht, daß man sie … hängt. Ich weiß, daß es mir … gleichgültig sein sollte. Irgendwo sähe ich es sogar … gern. Aber irgendwo …« Er öffnete unter großen Anstrengungen die Augen und sah Dominic ins Gesicht. »Hol sie dort raus, Dom. Sorg dafür, daß sie fortgeschickt wird, irgendwohin. Tu alles, was notwendig ist, um das zu erreichen.«

Dominic hätte gern Einwände erhoben. Er wollte die Frau für das, was sie getan hatte, in der Hölle schmoren sehen. »Bist du ganz sicher, daß du das wirklich willst? Die Frau hat versucht, dich zu töten, Rayne.« *Und bis jetzt ist noch nicht einmal klar, ob es ihr vielleicht sogar gelungen ist.*

»Der Gedanke, daß sie dort ist, ist mir unerträglich … an diesem gräßlichen Ort. Ich weiß, wie es ist … an einem solchen Ort.«

»Sie gehört dorthin. Sie muß für das büßen, was sie getan hat.«

Rayne zog sich schnell auf einen Ellbogen, daß Dominic keine Gelegenheit fand, ihn zurückzuhalten. »Versprich es mir bitte! Ganz gleich, was passiert – versprich es mir!«

»Schon gut, Rayne – ganz ruhig.« Er preßte seinen Freund sachte auf die Matratze zurück. »Du weißt doch, daß ich es tue. Ich tue alles für dich, was du willst.«

»Danke.« Rayne entspannte sich wieder. »Da ist... nur noch eins.«

»Ja, natürlich.«

»Wenn es schlimmer wird... wenn ich nicht durchkomme...«

»Du wirst durchkommen, verdammt!«

»Wenn nicht... versprich mir, daß du auf Alexandra aufpassen wirst.«

Der Schmerz in Dominics Kehle nahm zu. »Das versteht sich doch von selbst. Sie wird zu Catherine und mir ziehen. Bis du wieder bei Kräften bist, werden wir ohnehin bei ihr bleiben.«

Tiefe braune Augen richteten sich auf sein Gesicht. »Wird es wirklich dazu kommen? Ich will, daß du mir die Wahrheit sagst.«

Dominic hielt Raynes Hand fester. »Die Wahrheit ist, daß eine ganze Menge von dir selbst abhängt. Ich weiß, was für eine Kämpfernatur du bist. Wenn du durchkommen willst, dann wirst du es schaffen. Ich will, daß du durchkommst. Wir alle wollen es. Aber du selbst mußt es auch wollen.«

»Wie kommst du auf den Gedanken, daß... ich es nicht will?«

»Wir sind schon lange miteinander befreundet, Rayne. Ich weiß, was du für diese Frau empfunden hast. Ich habe es dir jedesmal, wenn du von ihr gesprochen hast, im Gesicht abgelesen.«

Raynes Lider schlossen sich wieder. Als er endlich etwas sagte, mußte sich Dominic dicht über ihn beugen, damit er ihn hören konnte.

»Ich habe dir doch gesagt, daß es eine Dummheit ist, wenn ein Mann sich verliebt.« Dann lag seine Hand matt in Dominics Händen, und er versank in einen unruhigen, von Schmerzen erfüllten Schlaf.

Jocelyn Ashbury zog sich die zerrissene Wolldecke enger um die Schultern. Es war kalt in der winzigen dunklen Zelle, so unglaublich kalt. Sie erschauerte und spürte die Nässe zwischen ihren Zehen, denn das stehende Wasser auf dem unebenen Steinboden hatte ihre Schuhe vollständig durchweicht. Die Luft roch faulig und feucht. Der Geruch nach menschlichen Exkrementen und ungewaschenen Leibern machte ihr furchtbar zu schaffen.

Im Schein einer einzigen kleinen Kerze war es dunkel in der Zelle, die sie allein belegt hatte, abgesehen von den Schaben und Spinnen, doch auf ihrem Weg in die Tiefen des Gefängnisses hatte sie eine Vielzahl von Dieben, Straßenräubern, Mördern, Prostituierten und Bettlern gesehen. Die Hungernden und die Obdachlosen, die Skrupellosen und jene, die nur um das Überleben kämpften, sie alle trugen hier ihr Leben wie ein löchriges Wollhemd auf.

Jetzt war sie wieder einmal eine von ihnen.

Jocelyn ließ sich auf einen kaputten dreibeinigen Hocker sinken und hob ihre nassen, kalten Füße auf eine der Sprossen. Abgesehen von einer feuchten Strohmatratze und dem Nachttopf in einer dunklen Ecke war der Hocker der einzige Gegenstand in der Zelle.

Sie zog ihr dünnes Musselinkleid eng um sich und versuchte, die Kälte einzudämmen, versuchte vergeblich, etwas dagegen zu unternehmen, daß ihre Zähne klapperten. Sie trug immer noch das blaßblaue Musselinkleid, das jetzt an etlichen Stellen zerrissen war. Die Reihe von gestickten Blumen unter ihrem Busen hing schlaff herunter, und weitere Blumen baumelten am Saum.

Daß sie das Kleid überhaupt noch trug, war ein Wunder – oder zumindest ein Wunder in Form von einem lieben Freund namens Brownie, den sie verdächtigte, die Wärter mit einer kleinen Summe bestochen zu haben, damit sie nicht ganz so schlecht behandelt wurde.

Zahle oder zieh dich aus, so lautete die Regel. Brownie war schon dagewesen, ehe sie ins Gefängnis gezerrt worden war. Die Männer des Wachtmeisters waren grob mit ihr umgesprungen, und einer von ihnen hatte sogar unverhohlen ihre Brüste betatscht.

»So'n Kerl war da und hat für dich geblecht«, hatte ihr ein vierschrötiger Wächter mit lüsternem Blick mitgeteilt. »Ich wünschte bei Gott, er hätte es nicht getan. Ich hätte schon Lust drauf, mir mal anzusehen, was du da unter deinen feinen Kleidern hast.«

Doch das Geld war bezahlt worden, und der Wächter hatte sein Wort gehalten und sie in Ruhe gelassen. Die Summe hatte für eine Einzelzelle und ein Minimum an Essen genügt, zwar verschimmelt, aber dennoch nicht ganz ohne Nährwert, und sogar für eine kleine Kerze. Er mußte so viel bezahlt haben, daß sie sich fragte, wem Brownie das Geld gestohlen hatte.

Sie fragte sich, wo er wohl steckte und ob er und Tucker nach der Schießerei der aufgebrachten Menge hatten entkommen können.

Sie dachte an Rayne und fragte sich, ob er tot war.

Ihre Kehle schnürte sich zu, als sie an seinen bleichen, regungslosen Körper dachte, an seinen flachen Atem und an sein Blut, das in den Teppich gesickert war. Sie dachte an ihn, und ihre Seele schmerzte, und sie hätte gern geweint, doch sie konnte es nicht. Kein einziger Tropfen war seit dem Moment gefallen, in dem die Männer des Wachtmeisters sie ergriffen hatten. Sie war zu betäubt für Tränen gewesen, zu trostlos, zu verzweifelt.

Selbst jetzt, als sie Schritte näher kommen hörte, fühlte sie sich zu benommen, um aufzustehen. Der große eiserne Schlüssel wurde scharrend in dem rostigen Schloß umgedreht.

»Raus mit dir, du feine Dame. Für dich ist Besuch gekommen.«

Sie umklammerte ihre Decke voller neuerwachter Hoffnung, und ihr Herz trommelte laut in ihren Ohren, als sie durch die Tür ging. Fehlte Rayne etwa doch nichts? Hatte er ihnen die Wahrheit gesagt, ihnen berichtet, was wirklich vorgefallen war? Waren sie gekommen, um sie freizulassen?

Ihr Puls schlug rasend, als sie durch das Gefängnis geführt wurde, vorbei an den Unterernährten in ihren überfüllten Zellen, durch den naßkalten schmutzigen Korridor, in dem es schlimmer roch als in jeder Gosse von Southwark. Ihre Hände zitterten vor Unsicherheit, und doch war ihr Herz von Hoffnung und Erwartung erfüllt.

Dann sah sie, daß Brownie ihr Besucher war, sah die tiefen Falten auf seinem liebgewonnenen verlebten Gesicht und wußte, daß ihre Hoffnungen sich zerschlagen hatten.

»Brownie!« Sie rannte auf ihn zu, als der Wächter die Tür hinter ihnen zumachte und sie miteinander einschloß. Der stämmige Mann preßte sie an sich. Die Tränen drohten hervorzubrechen, doch jetzt war nicht der rechte Zeitpunkt, um sie fließen zu lassen.

»Ist alles in Ordnung, Mädchen? Sie haben dir doch nichts getan, oder?«

Doch, hätte sie gern geschrien. *Mein Herz tut weh. Der Schmerz ist nahezu unerträglich.* Aber sie konnte ihm nicht sagen, welchen entsetzlichen Schmerz sie fühlte. Konnte ihm nicht sagen, daß der Kummer und das Grauen über ihre Haft sie nahezu überwältigten.

Statt dessen schüttelte sie den Kopf und löste sich von ihm, damit sie ihn ansehen konnte. Sie zwang sich zu einem Lächeln. »Nein, mir hat niemand weh getan. Du hast die Bestechungssumme für mich bezahlt, stimmt's?«

Er grinste, wenn auch freudlos. »Hab ich von Seiner verdammten Lordschaft höchstpersönlich. Ich und Tuck, wir wollten etwas in der Hand haben, wenn jemals etwas schiefgeht. Und das ist ja jetzt verflucht noch mal der Fall.«

»W-wird Rayne...« Ihre Brust schnürte sich zusammen. Sie biß sich auf die Unterlippe, um sie am Zittern zu hindern. »I-ist er tot?« Ihr Herz schien unglaublich langsam zu schlagen, als sie auf seine Antwort wartete.

»Noch nicht ganz«, sagte Brownie. »Du hast ihn fast erledigt, aber der Kerl ist kräftig, das muß man schon sagen.«

»Ich habe nicht auf ihn geschossen!« *Ich liebe ihn!* »Ich hätte ihm niemals etwas angetan. Ich dachte, das wüßtest du.«

Brownie musterte sie einen Moment lang. »Du hast nicht auf den Dreckskerl geschossen?«

»Nein, natürlich nicht.« *Und er ist noch am Leben!* Ihr Herz schien zum ersten Mal seit Tagen kräftiger und in einem gleichmäßigen Rhythmus zu schlagen.

»Wenn du es nicht warst, wer, zum Teufel, war es denn dann?«

»Ich... ich weiß es nicht. Bei Gott, das habe ich mich auch gefragt, aber jetzt, nachdem ich ihn besser kenne, kann ich einfach nicht glauben, daß jemand ihm etwas antun will.«

»Tja, jedenfalls will ihn jemand ganz eindeutig tot sehen.«

Wer *hatte* auf Rayne geschossen? Sie war zu sehr betäubt gewesen, um sich diese Frage zu stellen. Da war natürlich Stephen Bartlett, vielleicht sogar die Schauspielerin, Bartletts Mätresse. Oder vielleicht Lady Campden in einem Anfall von Eifersucht.

»Ich weiß nicht, wer es getan hat, Brownie, aber wenn Rayne nicht tot ist, kann er ihnen sagen, daß ich es nicht war.« Sie umklammerte seinen Arm und fühlte neue Hoffnung in sich aufkeimen. »Verstehst du das denn nicht, Brownie? Es ist alles ein fürchterlicher Irrtum, und sowie es Rayne besser geht, wird er alles ins Lot bringen.«

Der Hoffnungsschimmer wurde heller. Rayne würde wieder gesund werden. Dann würde er kommen und sie von diesem teuflischen Ort fortholen, und alles würde wieder so wunderschön werden, wie es vorher gewesen war.

Brownie räusperte sich. Er wirkte ein wenig unsicher, doch das machte Jo nichts aus. Rayne war am Leben. Am Leben! Das war das einzige, was zählte.

»Ich werde dafür sorgen, daß der Wärter mehr Geld kriegt. Genug, damit dir nichts passieren kann, bis die Dinge geklärt sind und du hier rauskommst. Versteck diese letzten Münzen, damit du sie parat hast. Man weiß nie, wann man sie gebrauchen kann.«

Sie steckte sie in ihren Ausschnitt. »Du hast gesagt, du hast dem Vicomte Geld abgenommen. Woher hast du gewußt, wo er sein Geld aufbewahrt?«

»Das war nicht schwer. Irgendwo mußte er schließlich Geld rumliegen haben, höchstwahrscheinlich in seinem Arbeitszimmer. Ich hätte es nicht angerührt, wenn es zwischen dir und ihm geklappt hätte.«

»Es weiß doch niemand, daß du das Geld gestohlen hast, oder doch? Du und Tuck, ihr steckt doch nicht etwa auch in Schwierigkeiten?«

»Ich hab den Jungen lange nicht mehr gesehen. Er muß sich verzogen haben, sowie er gesehen hat, daß es Ärger gibt, genau wie ich.«

Brownie steckte einen Finger zwischen zwei Knöpfe seines rauhen Leinenhemds und kratzte sich den Bauch. »Allerdings glaube ich nicht, daß wir gesucht werden. Der Wachtmeister glaubt, du bist die Schuldige, die die Tat begangen hat. Aber du kannst wetten, daß ich mich trotzdem vorsehe.«

»Es wird alles wieder gut werden, Brownie. Wir müssen nur beten, daß Rayne wieder gesund wird.«

Der stämmige Mann legte ihr zart eine Hand auf die Wange. Sie konnte die Schwielen und eine tiefe alte Narbe spüren.

»Hab seit Jahren um nichts mehr gebetet, Mädchen. Aber wenn es dich aus diesem Höllenloch hier rausholt, dann bete ich, bis mir die Knie bluten.«

Jocelyn lächelte zum ersten Mal, seit dieser gräßliche Schuß in das Arbeitszimmer des Vicomte abgegeben worden war. Sie schmiegte ihre Wange an Brownies Hand und legte ihre Hand auf seine. »Rayne wird wieder gesund werden, ich weiß es ganz gewiß. Und dann wird er alles andere in die Hand nehmen.«

Brownie sagte nichts, sondern drehte sich nur um, als er das Geräusch hörte, mit dem der große Metallschlüssel die Tür öffnete. Jocelyn ließ ihn wortlos stehen und folgte dem Wärter zurück in ihre Zelle.

»Du bist gewaltig beliebt, Fräulein. Das liegt doch nicht etwa daran, daß du deine feinen Röcke hochgehoben hast, oder doch?« Es war der Wärter.

Drei Tage waren seit Brownies Besuch vergangen. »Ein anderer Besucher ist gekommen?«

Der Wächter drehte den Schlüssel um und riß die schwere Eisentür auf. Er war ein dicker Kerl mit einer Halbglatze, einem fettigen braunen Haarkranz, kleinen Schweinsäuglein und einem Bart.

»Diesmal ein feiner Herr. Und noch dazu ein gutaussehender Kerl. Du solltest besser an deine Manieren denken.«

Ein feiner Herr. Nicht Rayne; es war ausgeschlossen, daß er selbst gekommen war. Hatte er jemanden an seiner statt geschickt? Waren sie endlich gekommen, um sie freizulassen? Wieder stieg Hoffnung in ihr auf. Sie folgte dem Wärter durch den Korridor, fuhr sich nervös mit den Fingern durch das Haar und wünschte, sie könnte sich irgendwie vorzeigbar herrichten.

Sie kamen an dem Raum vorbei, in den der Wächter sie das letzte Mal geführt hatte. Sie verließen den gewöhnlichen Gefängnistrakt und betraten den Bereich, in dem die Häftlinge etwas Besseres waren – oder zumindest hatten die Verbrecher, die hier untergebracht waren, mehr Geld.

»Hier rein«, sagte der Wärter und riß eine niedrige Holztür auf.

Sie sah, daß der Raum in den Schein von hohen Kerzen getaucht und mit einem massiven Holztisch und Stühlen eingerichtet war. Sie blieb stehen, als sie den schwarzhaarigen Mann entdeckte, der mit dem Rücken zu ihr an der anderen Seite des Raumes stand und die Hände auf dem Rücken gefaltet hatte. Bei ihrem Eintreten drehte er sich um.

Gravenwold. Er mußte es sein. Dunkle Augen, dunkle Haut. Rayne hatte oft von ihm gesprochen. Mit hämmerndem Herzen sank Jocelyn zu einem Knicks auf den Boden. Ihr graute davor, es könnte etwas passiert sein.

»Wissen Sie, wer ich bin?«

»Lord Gravenwold«, sagte sie und ging auf ihn zu. »Raynes Freund.«

»Richtig.«

»Er ist doch nicht… er ist doch nicht…«

»Nein. Zumindest noch nicht.« Harte schwarze Augen hefteten sich mit einem so kalten Blick auf sie, daß sie erschauerte. »Aber selbst jetzt, während wir miteinander reden, hängt sein Leben an einem seidenen Faden.«

Sie umklammerte die Lehne eines der hölzernen Stühle, um dort Halt zu finden. »Gütiger Gott im Himmel.«

»Ein solches Maß an Sorge. Das hätte ich nicht erwartet. Aber andererseits wäre Rayne jetzt nicht in Todesnähe, wenn Sie nicht eine derart begabte Schauspielerin wären.«

»W-was? Sie glauben doch nicht etwa, ich hätte auf ihn geschossen!«

Die Haut um seine hohen Backenknochen herum spannte sich. »Ihre Darbietung ist außerordentlich ergreifend, Mrs. Wyndam… oder sollte ich lieber Miss Ashbury sagen? Aber die Tatsache, vor der wir hier stehen, ist die, daß mein Freund schwer verwundet worden ist und daß Sie, Madam, die Schuld daran tragen.«

»Aber ich habe nicht auf ihn geschossen! Wenn Rayne erst wieder gesund ist, wird er Ihnen selbst erzählen können, was passiert ist.« Sie beugte sich über den massiven Holztisch und flehte ihn an zu begreifen, daß sie die Wahrheit sagte. »Rayne kann Ihnen persönlich sagen, daß ich es nicht war.«

»Ich fürchte, Miss Ashbury, in dem Punkt geht Ihre Rechnung nicht auf. Verstehen Sie, Seine Lordschaft hat inzwischen bereits mehrfach wieder das Bewußtsein erlangt. Er hat Sie klar und eindeutig als diejenige genannt, die ihn angegriffen hat.«

»Aber das täte Rayne nicht. Das könnte er nie!«

»Ich versichere Ihnen, daß er es getan hat.«

»Ich glaube Ihnen kein Wort. Sie lügen! Und ich dachte, Sie seien sein Freund.«

»Ich bin sein Freund. Zudem bin ich ein Mann, der an Gerechtigkeit glaubt. Wenn Rayne es nicht anders haben wollte, würde ich Sie liebend gern hängen sehen.«

Sie ließ sich auf den Stuhl sinken, zitterte von Kopf bis Fuß, kämpfte gegen ein Woge von Übelkeit an und versuchte, ihre Gedanken zu sortieren. »Wenn Sie mich für schuldig halten, warum sind Sie dann gekommen?«

»Um es schonungslos zu sagen, ich bin hier, um Sie vor die Wahl zu stellen: Entweder Sie bleiben hier in der besseren Hälfte des Gefängnisses und erwarten Ihre Verhandlung wegen Mordversuch, vorausgesetzt, Rayne überlebt, oder Sie bekennen sich schuldig und werden zu zehn Jahren verurteilt – lebenslänglich, falls er sterben sollte – und für Ihr Verbrechen abtransportiert.«

»A-abtransportiert?«

Sein Gesichtsausdruck blieb hart. »Höchstwahrscheinlich nach Jamaika. Da die Einfuhr von Sklaven nicht mehr erlaubt ist, besteht eine beträchtliche Nachfrage an Gefangenenarbeit.«

»Aber ich... ich habe nicht auf ihn geschossen«, sagte sie matt.

»Wenn das die Wahrheit ist, schlage ich vor, daß Sie den Fall zur Verhandlung kommen lassen. Falls Ihre Unschuld erwiesen wird, werden Sie freigesprochen.«

Verhandlung oder Abtransport. Jocelyns Kehle schnürte sich zu. *Gott, o Gott, dazu durfte es einfach nicht kommen!* Aber so sah es aus.

Sie hätte gern Einwände erhoben und ihm gesagt, wie ungerecht das alles war, doch der Schmerz in ihrer Kehle ließ nicht zu, daß die Worte herauskamen. Wann war das Leben je fair zu ihr gewesen? Seit dem Tod ihres Vaters gewiß nicht mehr. Seit sie mit Rayne zusammen war, war alles anders gewesen. Jetzt schien es, als hätte sogar er sich gegen sie gewandt.

»Falls Sie sich für Ihre Entscheidung Zeit lassen möchten, komme ich in ein oder zwei Tagen noch einmal zu Ihnen, und

Sie können mir dann Ihren Entschluß mitteilen.« Der Marquis ging um den Tisch herum zur Tür.

»Nein.« Jocelyn feuchtete sich die Lippen an, die plötzlich so trocken waren, daß sie kaum ein Wort herausbrachte. »Sie können meine Entscheidung gleich hören.« Als ob sie wirklich die Wahl hätte, eine Entscheidung zu treffen. Wie konnte sie einen Prozeß riskieren, wenn niemand wußte, wer der wahre Schurke war? Wenn sie keinerlei Mittel hatte, ihre Unschuld zu beweisen? Wenn der Fall verhandelt wurde, war ihre Lage hoffnungslos. Sie hatte nichts in der Hand, die Dienstboten hatten sie für schuldig erklärt, und selbst Rayne glaubte an ihre Schuld.

»Ich nehme Ihr Angebot an, mich abtransportieren zu lassen. Wir wissen beide, daß ich keine andere Wahl habe.«

Der Marquis zog die dichten schwarzen Augenbrauen hoch. Er musterte sie einen Moment lang, und sein Gesicht war eine emotionslose Maske, als er sich steif verbeugte. »Wie Sie wünschen. Ich werde mich der Einzelheiten persönlich annehmen.« Er setzte sich wieder in Bewegung, und sein burgunderroter Frack und das leuchtend weiße Hemd bildeten einen krassen Gegensatz zu den rauhen grauen Gefängnismauern. Er ging wortlos an ihr vorbei und nickte den Wachen zu, die die niedrige Holztür öffneten.

»Ich möchte, daß Sie eins wissen, Mylord«, sagte Jocelyn zu seiner großen Gestalt, die ihr den Rücken zugekehrt hatte. »Ich habe nicht auf Seine Lordschaft geschossen. Er war ... mir sehr lieb und teuer. Ich hatte gehofft, er könnte ... ebenfalls gewisse positive Gefühle für mich hegen. Nach allem, was er gesagt hat, ist für mich offenkundig, daß das heute nicht der Fall ist und daß es auch nie so gewesen ist. Dennoch wünsche ich ihm bei seiner Genesung viel Glück. Ich kann nur beten, daß Sie ihm das ausrichten werden.«

Der Marquis sagte nichts, sondern zog lediglich seinen dunklen Schopf ein, als er zur Tür hinausging.

Als der dicke Wärter zurückkam, hob Jocelyn das Kinn und

zwang sich, von dem Stuhl aufzustehen. Es kostete sie all ihre Willenskraft und all ihre Entschlossenheit, nicht auf den kalten Steinboden zu sinken und sich ihrer Verzweiflung hinzugeben.

Ihre Augen füllten sich mit Tränen, doch sie wischte sie weg, weil sie entschlossen war, den Wärter ihre Tränen nicht sehen zu lassen.

»Du hast 'ne neue Zelle, Süße. Ganz schön schick für eine Mörderin.«

»Der Vicomte ist nicht tot.«

»Das ist dasselbe – du hast auf einen von den feinen blaublütigen Engländern geschossen.«

Jocelyn sagte nichts und ließ sich von ihm durch den Korridor in ihre neue, nicht ganz so trostlose Zelle führen. Aber innerlich brach ihr das Herz. Sie war so voller Hoffnung gewesen – so naiv. Sie hatte ihm vertraut und zu ihm aufgeblickt wie nie zuvor zu einem anderen Mann. Sie hatte ihn geliebt.

Der Preis dafür würde der höchste sein, den sie je bezahlt hatte.

»Wie geht es ihm?« fragte Dominic Catherine, als er sich ihr in ihrem gemeinsamen Schlafzimmer anschloß, nicht weit von dem Zimmer, in dem Rayne in einen fiebrigen Schlaf versunken war.

»So gut, wie man es unter den gegebenen Umständen nur erwarten kann. Er hat immer noch hohes Fieber. Wir haben ihn in kaltem Wasser gebadet.« Ihr Mann machte einen müden Eindruck, fiel ihr auf, und er wirkte besorgt um seinen Freund. Catherine hatte tiefes Mitgefühl mit ihm.

»Ist der Arzt noch bei ihm?«

»Ja. Alexandra sitzt neben seinem Bett. Das arme Ding hat noch weniger geschlafen als wir.«

In dem burgunderroten Frack, den er im Gefängnis getragen hatte, ging Dominic durch das Zimmer und zog die Vorhänge zu, um etwas gegen den strahlenden Sonnenschein des späten Nachmittags zu unternehmen.

»Vielleicht können wir vor dem Abendessen ein paar Stunden schlafen«, sagte er und kehrte an ihre Seite zurück.

»Ich hoffe, daß der kleine Randall gut schläft. Es ist das erste Mal, daß er so lange von uns getrennt ist.«

Dominic bog mit einer Hand ihr Kinn zu sich hoch. »Unser Sohn wird blendend zurechtkommen. Er hat eine ganz ausgezeichnete Amme und ein Kindermädchen, das ihn schrecklich verwöhnt. Es ist wohl eher so, daß seine Mutter und sein Vater nicht ohne ihn auszukommen scheinen.«

Catherine sah lächelnd in seine schönen dunklen Augen auf. Dann verblaßte ihr liebevolles Lächeln. »Hast du sie gesehen?«

Dominic nickte. »Ich will nicht, daß Alexandra etwas davon erfährt. Ich weiß, daß sie es nicht gutheißen würde. Mir gefällt das übrigens auch nicht, aber wenn es Raynes Wunsch ist, dann soll es eben so sein.«

»Was hat sie gesagt?« fragte Catherine.

»Genau das, was ich erwartet habe. Daß sie unschuldig ist.« Dominic ließ sich auf einen prall gepolsterten Sessel vor dem Kamin sinken, und Catherine stellte sich hinter ihn. Sie legte die Hände auf seine breiten Schultern und begann, die Spannung aus seiner Nackenmuskulatur zu massieren.

»Ich nehme an, du hast ihr nicht geglaubt?«

»Ich habe ihr gesagt, wenn sie die Wahrheit sagt, sollte sie hier in London bleiben und ihre Verhandlung abwarten.«

»Und?«

»Sie hat statt dessen das Angebot angenommen, sich abtransportieren zu lassen.«

»Dann muß sie schuldig sein.«

»Sie ist schuldig, das ist klar. Rayne hat dem Wachtmeister gesagt, sie hätte die Waffe in dem Moment auf ihn gerichtet, in dem er sein Arbeitszimmer betreten hat. Am Tag davor hatten sie eine Meinungsverschiedenheit, die etwas mit ihrem Vater zu tun haben mußte.« Er fuhr sich mit einer Hand durch das glatte schwarze Haar. »Rayne ist kein Narr. Ich kann nicht glauben, daß sie ihn so gänzlich hinters Licht geführt hat.«

»Bist du sicher, daß es keine andere Antwort geben kann? Besteht wirklich keine Chance, daß Rayne und die Dienstboten sich geirrt haben könnten?«

»Ich wünschte weiß Gott, es wäre so. Aber die Beweise scheinen schlüssig zu sein.«

»Hattest du Gelegenheit, mit dem Richter zu sprechen?«

Er nickte. »Und mit dem Kapitän der *Sea Demon*. Sie werden gegen Ende des Monats eine Ladung von weiblichen Strafgefangenen nach Jamaika transportieren.«

Catherine seufzte. »Es tut mir so schrecklich leid für ihn. Nach allem, was du mir erzählt hast, glaube ich, Rayne war fast in sie verliebt.«

»Er ist ganz schön auf sie reingefallen.«

»All dieser aufgestaute Haß in ihr. Sie muß in gewisser Weise krank gewesen sein.«

»Auf mich hat sie einen durch und durch normalen Eindruck gemacht.« Er schüttelte den Kopf und strich sich eine schwarze Haarsträhne aus dem Gesicht, die ihm in die Stirn gefallen war. »Sie hat gesagt, er sei ihr lieb und teuer. Sie wünschte ihm viel Glück bei seiner Genesung. Sie hat mich gebeten, ihm das auszurichten.«

»Wirst du es tun?«

»Ich weiß es nicht. Ich will ihn nicht noch mehr aus dem Gleichgewicht bringen, als er es ohnehin schon ist.«

»Ich hoffe nur, daß er durchhält, bis sich sein Fieber legt. Der Arzt glaubt, wenn er das schafft, hat er eine Chance.«

Dominic nickte nur. Als er aufstand, schlang ihm Catherine die Arme um den Hals. »Lieb mich, Dominic. Laß mich all diese traurigen Dinge vergessen – wenigstens eine Zeitlang.«

Er antwortete nichts darauf, sondern küßte sie gierig, denn auch er hatte es nötig, seinen Schmerz zu lindern. Dann hob er sie hoch und trug sie durch das Zimmer zu dem breiten Federbett. Die Intensität ihres Liebesakts würde ihnen neue Kraft geben. Catherine wünschte nur, sie könnte ihrem gemeinsamen Freund einen Teil dieser Kraft abgeben.

12. Kapitel

In einem derben braunen Leinenrock und einer schlichten weißen handgewebten Bluse, Kleidungsstücken, die ihr und den anderen für die bevorstehende lange Seereise ausgehändigt worden waren, stand Jocelyn an der Reling der *Sea Demon.*

Die dreißig Meter lange Brigantine mit der kompletten Takelage pflügte sich behäbig ihren Weg ins offene Meer hinaus. Es war ein mitgenommener alter Kahn, aus dem bis auf das Allernotwendigste alles entfernt worden war, und der Frachtraum war zu einem Schlafraum umgewandelt worden, in den man hundertzwanzig weibliche Strafgefangene gezwängt hatte.

Mit trockenen Augen und leerem Herzen beobachtete Jocelyn, wie der ferne Küstenstreifen verschwamm und am Horizont verblaßte, bis nur noch ein kleiner dunkler Schatten über dem blaugrauen Meer zu sehen war. In dieser fernen Erhebung drückte sich nichts aus, was mit ihrem Zuhause oder den Menschen zu tun hatte, die sie lieben gelernt hatte und die ihr jetzt gewaltsam entrissen worden waren wie früher bereits ihre Familie.

Sie konnte nicht wissen, was sie noch alles erleiden würde. Welche grausame Behandlung ihr für ihre angeblichen Verbrechen bevorstand und mit welchen Härten sie in den kommenden langen Jahren fertig werden mußte, konnte sie sich nur ausmalen. Doch diesmal war sie kein unerfahrenes Mädchen, das schließlich auf der Straße sitzen und hungern würde, keine unschuldige Jungfrau, die den Verheißungen der Zukunft erlag, des Glücks... der Liebe.

Jocelyn spürte, wie der Wind ihre Haut liebkoste und das Haar gegen ihre Wange wehte, und sie dachte an eine andere vergleichbar zarte Berührung. Warme Finger, die über ihre Brust glitten, den federleichten Druck fester männlicher Lippen.

Rayne.

Seine Lügen hatten zu ihrer Verurteilung geführt. Er hatte sie im Stich gelassen, sie verraten. Und doch vermißte sie ihn mit einem stechenden Schmerz, der schlimmer war als alle Qualen, die sie je erlitten hatte, als jedes Elend, das sie noch erleiden würde.

Warum hatte er das bloß getan? Was hatte es ihm eingebracht?

Nur eine Antwort fiel ihr dazu ein, und die war so ärgerlich wie der ganze Rest. Das Interesse des Vicomte an ihr hatte sich gelegt, und es war genau das eingetreten, wovor Brownie sie gewarnt hatte. Zwar hatte er diesen Angriff auf seine eigene Person bestimmt nicht geplant, aber es hatte nicht lange gedauert, bis er die Gelegenheit, die sich ihm dadurch bot, beim Schopf ergriffen hatte. Die Schießerei war für ihn der leichteste Weg, sie loszuwerden. Und bei weitem der billigste.

Die fünftausend Pfund und der Pachtvertrag für das Haus stellten kein Problem mehr dar. Sie war aus der Stadt vertrieben worden. Brownie und Tucker waren untergetaucht, und selbst wenn es nicht so gewesen wäre, hätten sie niemals das Wort eines Adligen in Abrede gestellt. Sie hätten sich nur selbst damit geschadet, wenn sie es getan hätten.

Rayne hatte sie verlassen, genauso wie die anderen auch. Aber trotz all ihrer Verzweiflung und all ihres Leids sehnte sie sich immer noch schmerzlich nach ihm. Oder zumindest hing sie an den bittersüßen Erinnerungen, die sie noch mit sich trug. Sie arbeitete hart daran, die Gedanken an ihn tief in sich zu begraben, wie sie es schon seit dem Moment getan hatte, in dem der schwarzäugige Marquis sie im Gefängnis aufgesucht hatte.

Und doch konnte sie ihn nicht vergessen.

»Ihr habt noch zehn Minuten!« rief der erste Maat. Über seinem Kopf kletterten Matrosen in die Takelage. Möwen kreisten über dem Heck und schrien und krächzten, und ein kalter Wind peitschte die großen Segel aus Leinwand. »Noch zehn Minuten, und dann geht es wieder ab in euer Quartier.«

Man hatte sie über die Vorschriften informiert: Zwei Stunden jeden Morgen und zwei Stunden jeden Nachmittag würde man sie gruppenweise nach oben bringen, und dann konnten sie sich ungehindert auf dem Vordeck bewegen. Die restliche Zeit mußten sie unten im Laderaum verbringen. Dort gab es Pritschen, die so breit wie ihre Schultern waren, in Siebenerreihen aufgestellt, mit kaum dreißig Zentimetern Zwischenraum. Ein langer Holztisch zog sich durch den ganzen Frachtraum, und rußige Walfischtranlampen sorgten für den matten gelben Schimmer, den sie brauchten, um etwas sehen zu können.

Die Frauen waren alle gleich gekleidet, doch alle Größen, Formen und Farben waren unter ihnen vertreten. Die meisten waren Engländerinnen, aber es waren auch Schottinnen darunter, Walliserinnen, Französinnen, Italienerinnen, ein paar Negerinnen und sogar eine einsame Spanierin. Sie waren Diebe, Bettler, Prostituierte – oder gar Schlimmeres. Ob sie nun alt, jung, gebrechlich oder kräftig waren, eines hatten sie alle gemeinsam – die Gerichtshöfe hatten sie für schuldig befunden.

»Wie heißt du, Schätzchen?« Eine dralle ältere Frau mit einer dichten weißen Haarmähne stellte sich neben sie an die Reling. »Mich nennen Sie Dolly. Dolly Whitehead.« Sie streckte eine dicke, fleischige Hand aus, und Jo schüttelte sie.

»Jocelyn Ashbury.«

»Womit haben sie dich drangekriegt?«

Einen Moment lang antwortete Jo nicht. »Mordversuch«, sagte sie schließlich und zog dabei unbewußt die Schultern zurück.

Die Frau, die Dolly genannt wurde, lachte nur in sich hinein, und dabei wackelten ihre schwabbeligen Fleischmassen. »Auf so was hätt' ich dich gar nicht abgestempelt. Du scheinst ja noch ein kleines Mädchen zu sein.«

Jocelyn dachte an Rayne, wie er totenblaß auf dem Boden zusammengesunken war. »Ich habe in Wirklichkeit gar nicht auf ihn geschossen. Es war alles nur ein Irrtum.«

»Ja, gewiß, Lämmchen. So geht es uns anderen Mädels doch allen.«

Sie wollte es abstreiten, aber was hätte das schon genutzt? Nicht das geringste, das wußte sie, und sie betete, mit der Zeit würde sie sich mit dem Los abfinden, das das Schicksal ihr bestimmt hatte.

Sie fragte sich, wie lange es wohl dauern würde, bis sie sich mit Raynes Verrat abgefunden hatte.

»Wie viele Wochen brauchen wir bis Jamaika?« fragte sie die massige ältere Frau, um das Thema zu wechseln.

»Ich schätze, so um die sechs Wochen. Wenn Gott will und wir eine steife Brise im Rücken haben.«

Sechs Wochen, vielleicht auch mehr. In ihrem beengten und schauderhaften Quartier würden ihr diese Wochen eher wie sechs Jahre erscheinen.

»Es ist soweit, meine Damen! Setzt euch in Bewegung. Seht zu, daß ihr unter Deck verschwindet.«

»Ich schätze, wir sollten jetzt besser gehen.« Als Dolly sich in Bewegung setzte, drehte Jocelyn sich um und sah einen großen, kräftigen Matrosen auf sich zukommen. Er hatte einen nackten Oberkörper, abgesehen von dem roten Schal, den er sich um den dicken Hals gebunden hatte, war barfuß und von der Sonne so braungebrannt, daß er die Farbe von poliertem Teakholz hatte. Muskeln wölbten sich in Armen, die so dick wie breite Äste waren; das widerspenstige schwarze Haar hatte er sich zu einem Zopf geflochten.

»Lauf lieber los, Mädchen. Der Käpt'n ist ziemlich heikel, wenn es darum geht, daß jemand gegen seine Vorschriften verstößt.«

Jocelyn nickte und war dankbar für den freundlichen Tonfall in der tiefen Stimme des Mannes. Etwas an ihm erinnerte sie an Brownie, und sie lächelte ihn freundlich an.

Der große Seemann erwiderte ihr Lächeln und musterte ihr welliges schwarzes Haar und ihre leuchtend blauen Augen. »Du bist nicht zufällig diese Ashbury, oder doch?«

»Ich bin Jocelyn Ashbury.«

»Ich bin Meeks«, sagte er. »Der Zweite Maat auf diesem Schiff. Der Käpt'n hat Anweisung gegeben, dafür zu sorgen, daß du eine besondere Behandlung erfährst. Eine zusätzliche Decke, ein bißchen mehr Eßbares und so weiter. Er hat mir gesagt, ich soll dich im Auge behalten.«

»Wie kommt das?«

»Ein feiner Herr ist bei ihm gewesen. Ein hochnäsiger Aristokrat. Er hat den Käpt'n dafür bezahlt, daß er dich sicher nach Jamaika bringt.«

Gravenwold. Raynes Gewissen. Glaubte der Vicomte tatsächlich, wenn er da und dort mit seinem Zaster um sich warf, könnte das den fürchterlichen Schaden wiedergutmachen, den seine Lügen angerichtet hatten?

»Ich bin kein Dummkopf, Mr. Meeks«, erwiderte Jocelyn. »Ich werde jede Vergünstigung annehmen, die ich bekommen kann, und ich werde es keinen Augenblick lang bereuen. Ich habe auf dieser Erde niemand anderen als mich selbst, für den ich sorgen muß, und ich habe schon vor langer Zeit gelernt, daß Hochmut vor dem Fall kommt.«

Der Seemann grinste noch breiter. »Nicht nur vor dem Fall, scheint mir. Ich habe den Verdacht, du hast eine ganze Menge davon in deinem steifen kleinen Rückgrat.« Er lachte in sich hinein, und die Muskeln auf seiner Brust bewegten sich. »Du solltest jetzt lieber gehen. Nach dem Abendessen kannst du noch eine Zeitlang raufkommen, wenn du Lust hast.«

»Danke, gern.«

»Ich muß dich abholen. Sonst glauben die Männer, du willst zu ihnen aufs Vordeck und für sie die Beine breitmachen.«

Jo errötete. Sie konnte nichts dafür. Rayne hatte sie aus der Schattenseite des Lebens herausgeholt; es fiel ihr schwer zu akzeptieren, daß sie wieder hineingeschlittert war.

»Ich bitte um Verzeihung, Miss«, sagte der zweite Maat. Jo fiel auf, daß auch sein Gesicht mit den eingefallenen Wangen rot angelaufen war.

»Schon gut, Mr. Meeks.«

»Nein, Miss, das war keineswegs in Ordnung, und Sie werden nicht mehr hören, daß mir so was über die Lippen kommt. Und jetzt ab mit Ihnen, ehe Mr. Dearling Wind von Ihnen bekommt.«

»Wer ist Mr. Dearling?«

»Der Erste Maat und Schiffsprofos. Halte dich besser von ihm fern, Mädchen. Der kann gemein werden, das sage ich dir.«

Jocelyn nahm sich die Worte des Zweiten Maats zu Herzen und eilte gemeinsam mit den anderen Frauen zu der Leiter zurück, die in ihr muffiges Lager unter Deck führte.

In dem matten Lichtschein des Frachtraums saßen einige von ihnen an dem langen Holztisch und spielten Karten. Andere hatten sich auf ihre schmalen Pritschen gelegt, die zu dicht nebeneinanderstanden. Als Jocelyn auf die Pritsche zuging, die ihr zugeteilt worden war – eine der besten, wie sie jetzt bemerkte –, war ihr Bett bereits anderweitig belegt. Die schwarzhaarige, dunkelhäutige Spanierin, die Jo schon aufgefallen war, als sie an Bord gekommen war, hatte die nackten Füße auf die Zusatzdecke gelegt, von der Mr. Meeks gesprochen hatte.

»Ich fürchte, Sie müssen aufstehen«, sagte Jo. »Das ist die Pritsche, die mir zugeteilt worden ist. Wenn ich mich recht erinnere, gehört die obere Ihnen.«

Die dunklen Augen des hübschen Mädchens kniffen sich zusammen. »Ich glaube, *du* bist hier diejenige, die sich irrt. Die Pritsche oben – das ist deine.«

In den letzten drei Jahren, seit dem Tod ihres Vaters, hatte Jocelyn diesen beunruhigenden Weg schon mehrfach beschritten. Es ging nicht um die Pritsche, das Kissen oder die Decke. Es drehte sich darum, daß, wenn eine der Frauen ihr etwas wegnahm, auch andere versuchen würden, das gleiche zu tun. Sie ging auf die Frau zu, die auf dem Bett lag, und beugte sich vor.

»Diese verdammte Pritsche ist meine«, sagte sie und verfiel absichtlich in ihr breitestes Cockney. »Krieg deinen lahmen Arsch hoch, ehe ich nachhelfe.«

Die Spanierin riß die Augen weit auf. Sie wand sich von der schmalen Pritsche und baute sich vor Jo auf. Sie war etwas kleiner als sie, aber schwerer und üppiger gebaut.

»Ich warne dich, *Puta*. Diese Pritsche, das ist meine.« Sie stemmte sich die Arme in die Hüften und warf ihr rabenschwarzes Haar zurück. »Ich kann euch nicht leiden, *Inglés*. Es würde mir Spaß machen, einer von euch eine Lektion zu erteilen.«

Jocelyn nahm eine steife Haltung ein und ballte unbewußt die Hände zu Fäusten. »Zum Teufel, versuch's doch.«

Zum ersten Mal wirkte die Spanierin verunsichert. Sie hatte die Hände zu Fäusten geballt, doch ihre Blicke schossen nervös durch den Raum, als suchte sie nach jemandem.

»Hört auf, ihr beiden, und zwar augenblicklich!« Das kam von Dolly Whitehead, die zwischen die beiden Frauen trat. »Conchita, du steigst jetzt wieder rauf auf die Pritsche, wo du hingehörst. Jo – du wirst jetzt einen so weiten Spaziergang machen, wie es in diesem stinkigen Loch nur irgend möglich ist. Wir müssen in den nächsten sechs Wochen miteinander auskommen – vielleicht sogar noch länger. Das ist kein guter Anfang.«

Jo rechnete fast damit, daß die junge Spanierin sich gegen die ältere Frau zur Wehr setzen würde. Statt dessen wirkte sie verdrossen.

»Geh schon«, drängte Dolly, und das junge Mädchen lüpfte die Röcke und stieg in die obere Koje.

Jocelyn setzte sich in Bewegung, da sie nur zu gern bereit war, sich ihrerseits an die Abmachungen zu halten.

»Beachte Chita nicht weiter«, sagte Dolly, die neben ihr herging. »Sie hat dieses heißblütige spanische Temperament, du weißt schon, aber ansonsten ist sie ein gutes Mädchen.«

»Ich vermute, ihr beide seid befreundet.«

»Gewissermaßen, ja. Wir haben uns im Gefängnis kennengelernt. Haben uns irgendwie ins Herz geschlossen, wie Mutter und Tochter. Sie ist wirklich einsam, verstehst du?«

Sind wir das nicht alle? dachte Jo, doch sie sprach es nicht aus.

»Sie hat es mit dem Stehlen, aber in Wahrheit ist ihr verdammtes Temperament der Grund dafür, daß sie hier ist. Sie ist mit ihrer Mama nach England gekommen, aber die alte Kröte ist weggelaufen und hat sie sitzenlassen. Sie hat es gut hingekriegt, sich allein durchzuschlagen. Sie hat als Zimmermädchen gearbeitet, bis sie und die Hausherrin aneinandergeraten sind.«

»Erzähl mir bloß nicht«, sagte Jo, und ihre Stimme triefte vor Sarkasmus, »sie hat versucht, der Dame das Bett zu stehlen.«

Dolly lachte. »Das war es nicht. Es scheint, als wäre die Frau etwas zu grob mit ihren Kindern umgesprungen. Hat sie mit einem Birkenholz geschlagen, bis sie geblutet haben. Chita hat die Kleinen geliebt. Sie hat die Frau fürchterlich verprügelt. Ihr gesagt, sie sollte ihre Kinder in Ruhe lassen. Am nächsten Tag haben sie sie dann geholt.«

»Ich verstehe.« Jo verstummte. Wenn Chita Kinder sosehr liebte, dann konnte sie kein durch und durch schlechter Mensch sein.

Sie erreichten das vordere Ende des Laderaums und hörten durch das dicke Holz, wie die schäumenden Wogen gegen den Schiffsrumpf schlugen. Dort blieben sie stehen.

»Ich sorge dafür, daß sie dir nicht in die Quere kommt, das verspreche ich dir. Du brauchst dir keine Sorgen zu machen, daß sie dir noch mehr Ärger machen könnte.«

Jo seufzte. »Wenn ich etwas nicht mehr haben will, dann ist es Ärger.«

Dolly lächelte, als sie sie stehenließ. Jocelyn fielen die Pokkennarben an ihrem Hals auf, die unter dem Kragen ihrer Bluse verschwanden. Jo ging noch ein Weilchen umher, bahnte sich einen Weg zwischen den Scharen von Frauen hindurch und dachte dabei an die junge Spanierin, die ebenfalls verraten worden war. Zumindest hatten sie das miteinander gemeinsam.

Sie wurde ernst, als sie an Rayne dachte, und der allzu vertraute Schmerz schnürte ihr die Brust zu. Warum hatte er das getan? Wie konnte er sie so vollständig im Stich lassen? Welche Frau teilte jetzt das Bett mit ihm? Die Fragen waren endlos.

Als sie zu ihrer winzigen Pritsche in dem stickigen Raum zurückkehrte, eingekeilt zwischen sechs anderen Frauen, fühlte sie sich krank in der Seele und sehr einsam. Sie legte sich hin, und die Erinnerungen an Rayne benebelten immer noch ihren Verstand und ihr Herz. Sie stürzte in einen Strudel von Bildern aus ihren gemeinsamen Zeiten. Rayne, der in seiner rußgeschwärzten Kleidung ein hilfloses Kind auf die Ladefläche eines Wagens hob. Rayne, der über etwas lachte, was sie gesagt hatte. Der Klang seiner Stimme war voll und warm. Rayne, der sie über das Dach in die Sicherheit des Hauses zerrte, mit diesen unglaublich starken Händen, die doch so unermeßlich sanft waren.

Sie dachte an ihn, wie er in jener Nacht gewesen war, in der sie ihn in ihrem Bett aufgenommen hatte, so groß und so unglaublich gutaussehend. Sie hatte nicht einen einzigen seiner Gesichtszüge vergessen, nicht einen einzigen Teil seines muskulösen Körpers. In der Dunkelheit des Frachtraums kam es ihr vor, als könnte sie die Hand ausstrecken und ihn berühren, seine feste Brust spüren, die sie auf die Pritsche preßte, die Glut seines Mundes, der sie küßte.

Sie warf und wälzte sich herum, und abwechselnd verzehrte sie sich glühend nach ihm, und dann haßte sie ihn wieder, doch immer begehrte sie ihn und vermißte ihn.

In der Dunkelheit berührte sie das Medaillon, das sie unter ihrem dünnen weißen Baumwollnachthemd trug. Sie hatte es vor den Gefängniswärtern verborgen, indem sie ein kleines Loch in den Saum ihres Kleides gemacht und es dort hineingesteckt hatte. Jetzt trug sie es unter ihrer Kleidung, und jedesmal, wenn sie es berührte, dachte sie an ihn. Sie wußte, daß sie sich davon hätte trennen sollen, sich von den schmerzlichen Erinnerungen hätte befreien sollen, die es wachrief, aber sie konnte sich nicht dazu durchringen, es herzugeben.

Ihre Hand glitt tiefer, auf ihre Brust, und einen Moment lang machte sie sich vor, es sei Raynes Hand, die sie berührte, sie streichelte. Sie biß sich auf die Lippen, um gegen das Beben ihres Körpers und das stechende Verlangen anzukämpfen, das so schnell und heiß durch ihre Adern rauschte.

Es kostete sie wirklich Mühe, ihre Hand nicht noch tiefer gleiten zu lassen und sich selbst zu berühren, wie sie es schon getan hatte, um diesen furchtbaren Schmerz zu lindern, den die Gedanken an ihn mit sich brachten. Aber sie wußte, daß diese Glut niemals aus ihr weichen würde. Nur Rayne konnte diese Flammen ersticken.

Nur Rayne.

Jocelyn drehte den Kopf zu dem rauhen Holz der Schiffswand um. Raynes schönes Gesicht lächelte auf sie herunter, und seine braunen Augen waren warm und liebevoll. Rayne.

Zum ersten Mal, seit sie das Gefängnis verlassen hatte, fing Jocelyn an zu weinen.

»Es ist schön, dich zu sehen, Dominic. Ich bin froh, daß du vorbeigekommen bist.« Rayne, der eine rehbraune Kniebundhose und ein weißes Leinenhemd trug, führte seinen großen dunkelhaarigen Freund zu dem braunen Ledersofa vor dem Kamin.

»Ich hatte gehofft, ich würde etwas von dir hören.« Dominic setzte sich auf das Sofa. »Als ich dann doch nichts von dir gehört habe, habe ich beschlossen, auf eigene Faust herauszufinden, warum du nichts von dir hören läßt.«

»Ich vermute, ich habe ziemlich zurückgezogen gelebt«, antwortete Rayne ausweichend. Nachdem sein Fieber gesunken war, hatte er den langen mühseligen Pfad zur Genesung eingeschlagen. Sowie er dazu in der Lage gewesen war, war er von seinem Stadthaus nach Stoneleigh in Hampstead Heath übergesiedelt. Er wollte nicht in den Räumen bleiben, die er gemeinsam mit Jocelyn bewohnt hatte.

Er wollte nicht mehr an sie denken.

»Ich hoffe, du weißt, wie sehr Alexandra und ich es zu schätzen wissen, daß ihr eingesprungen seid und die Dinge in die Hand genommen habt, du und Catherine.«

»Du hättest dasselbe für mich getan. Dazu sind Freunde da.«

Rayne ging steif zu dem Büfett aus geschnitztem Walnußholz. Seine Wunde war noch nicht vollständig verheilt. Er griff nach einem Cognacschwenker aus Kristallglas. »Du trinkst doch einen Cognac?«

»Ja, das hört sich gut an.«

Rayne schenkte jedem von beiden ein Glas ein, reichte eines davon Dominic und setzte sich dann auf den prall gepolsterten Sessel, der seinem Freund gegenüber stand.

»Du siehst wesentlich besser aus als letztes Mal, als ich dich gesehen habe.« Dominic trank einen Schluck von seinem Cognac. »Alexandra scheint gut für dich zu sorgen.«

Er sah besser aus? Das entsprach nicht wirklich der Wahrheit. Natürlich sah er gesünder aus. Die Blässe war aus seiner Haut gewichen, und er hatte ein wenig an Gewicht zugenommen. Aber er hatte dunkle Ränder unter den Augen, seine Wangen waren bleich und eingefallen, und sein gewöhnlich braungebrannter Teint war schon seit langem blaß.

Er hatte sich weit öfter als sonst im Haus aufgehalten. Dort, wo die Bleikugel aus seinem Körper herausgekommen war, schmerzte sein Rücken ständig, und daher hatte er nicht schlafen können.

»Was Alex angeht, hast du recht.« Rayne lächelte. »Sie wacht über mich wie eine Glucke. Mein Vater hat früher immer gesagt, daß alles, was passiert, seine guten Seiten hat. Alex hat sich solche Sorgen um mich gemacht, daß sie keine Zeit gehabt hat, sich in Schwierigkeiten zu bringen. Peter Melford, dieser junge Spund, hat ihr den Hof gemacht, doch ansonsten hat sie sich relativ ruhig verhalten.«

»Wie du schon sagtest, es springt bei allem etwas Gutes heraus.«

Rayne nickte und trank einen Schluck von seinem Cognac. Dominic beobachtete ihn und schien sich ein Urteil bilden zu wollen. Der Marquis stellte seinen Kristallglasschwenker etwas fester als notwendig auf den Chippendale-Tisch vor dem Sofa und beugte sich vor.

»Sieh mal, Rayne, wir können dieses Geplänkel für den Rest des Abends fortsetzen – und wenn es das ist, was du brauchst, dann tue ich es liebend gern –, oder du erzählst mir freiwillig, was, zum Teufel, hier eigentlich vorgeht.«

»Ich fürchte, ich weiß nicht, wovon du redest.«

»Ach, nein? Du bist jetzt schon seit einer ganzen Weile wieder auf den Füßen, aber du hast dich noch kein einziges Mal in der Öffentlichkeit blicken lassen. Ich weiß, daß du noch nicht ganz auf der Höhe bist, aber du warst bei keinem Boxkampf, bei keinem Pferderennen, und du hast noch nicht einmal einen Abend bei White's oder Boodle's verbracht und dein Geld verspielt. Sag mir, was hier vorgeht.«

Rayne drehte den Cognacschwenker zwischen seinen großen Händen. »Nichts... oder jedenfalls nichts, womit ich nicht allein fertig würde.«

»Was genau soll das heißen?«

Rayne trank einen großen Schluck aus seinem Glas. »Ich will dir gegenüber ehrlich sein, Dom. Das einfachste an dieser ganzen verfluchten Geschichte war es, die Verletzung zu überleben. Aber alles andere ist die reinste Hölle.«

Dominic trank einen Schluck. »Willst du darüber reden?«

»Nicht wirklich. Ich kann mir nicht vorstellen, daß das für irgend etwas gut sein könnte.«

»Warum versuchst du es nicht einfach?«

Rayne spielte mit seinem Glas und trank dann noch einen großen Schluck. »Also, gut, die Wahrheit ist, daß diese ganze verdammte Geschichte mir fürchterlich zusetzt. Jocelyn...« Rayne räusperte sich. »Jocelyn hat mir sehr viel bedeutet. Mehr, als ich mir vorher eingestehen wollte. Nachdem sie jetzt fort ist, denke ich ununterbrochen an sie. Ich kann kaum etwas essen, und ich schlafe miserabel. Immer wieder sehe ich ihr schönes Gesicht vor mir und denke daran, was sie früher alles durchgemacht hat, und ich stelle sie mir in diesem grauenhaften Gefängnis vor. Ich weiß, was für ein scheußliches Loch das ist.«

»Wir haben für sie getan, was wir nur irgend für sie tun konnten. Und außerdem ist sie nicht mehr dort.«

»Ja, ich weiß. Sie ist auf irgendeiner verfluchten alten Brigantine mit hundertzwanzig anderen Frauen eingepfercht, von denen die meisten der Abschaum dieser Erde sind. Sie leben wie die Tiere auf einem dieser Schiffe.«

»Kapitän Boggs steht in dem Ruf, außerordentlich gerecht zu sein. Er gilt als der Beste von allen, die dieses Gewerbe betreiben.«

»Das Gewerbe, Verbrecher zu transportieren.« Rayne lehnte den Kopf an die Stuhllehne. »O Gott, Dom. Es ist mir unerträglich, sie mir in dieser Lage vorzustellen.«

Dominic stellte das Cognacglas hin und stand auf. »Hör zu, verdammt noch mal, das muß ein Ende finden. Die Frau hat versucht, dich zu töten! Und beinah wäre es ihr sogar gelungen. Wir wissen beide, daß sie es schon vorher versucht hat. Du hast mir selbst erzählt, daß ihr beide euch über ihren Vater gestritten habt. Du hast mit deinen eigenen Augen gesehen, wie sie den Schuß abgegeben hat, um Gottes willen!«

Rayne stand jetzt auch auf. »Da ist auch noch so etwas. In den seltenen Fällen, in denen ich tatsächlich einschlafe, träume ich immer wieder davon, was sich an jenem Tag in meinem Arbeitszimmer zugetragen hat, nur ist der Ablauf der Dinge in meinem Traum anders. Ich betrete das Zimmer, Jocelyn dreht sich um und hebt die Hand – aber in meinem Traum wird erst der Schuß abgegeben, und *dann* ruft sie meinen Namen. *Nachdem* ich getroffen worden bin, nicht vorher. Ich kann das Grauen auf ihrem Gesicht sehen, ehe ich zu Boden stürze. Ich kann sehen, wie sehr sie peinigt, was mir zugestoßen ist. Weshalb hätte dieser Ausdruck auf ihrem Gesicht stehen sollen, wenn sie diejenige gewesen wäre, die auf mich geschossen hat? Weshalb sollte sie meinen Namen ausrufen?«

»Das ist nur ein Traum, Rayne.«

Er fuhr sich mit einer Hand durch das Haar, und beide setzten sich wieder. »Sie hat dir selbst gesagt, daß sie unschuldig ist.«

»Was hast du anderes von ihr erwartet?«

Daran grübelte er herum. »Ich habe sie gesehen, verdammt noch mal! Ich habe selbst gesehen, wie sie den Schuß abgegeben hat. Was für eine andere Erklärung könnte es noch geben?«

»Die Wahrheit ist, daß die Frau schuldig ist. Du mußt dieser Tatsache ins Gesicht sehen, sie akzeptieren und dein Leben wieder in die Hand nehmen.«

Rayne lehnte sich auf seinem Stuhl zurück. »Mein Gott, wie sehr ich sie hasse. Das, was sie getan hat, läßt mich sie sosehr hassen, wie ich sie vorher mochte.«

»Löse dich davon, Rayne. Haß und Rachsucht haben überhaupt erst zu diesem ganzen Kummer geführt.«

Rayne bewegte den Kopf gerade weit genug, um ein Nicken anzudeuten. »Ich weiß, daß du recht hast, aber...«

»Aber es ist leichter gesagt als getan. Ich verstehe dich, mein Freund. Ich glaube, wenn ich an deiner Stelle wäre, empfände ich dasselbe.« Dominic trank seinen Cognac aus und stellte das Glas hin. »Ich sollte jetzt besser gehen. Wir haben noch ein paar Stunden Tageslicht, und ich habe Catherine versprochen, so schnell wie möglich aus der Stadt zurückzukommen.«

Rayne zwang sich zu einem Lächeln. »Wie ich schon sagte, es freut mich, daß du hier bist.«

»Du schaffst das schon, Rayne. Die Zeit wird dir dabei helfen. Mit der Zeit wirst du darüber hinwegkommen.«

Rayne seufzte. »Ich vermute, du hast recht. Ein kleines Zechgelage, ein Kartenspiel unter Freunden und ein dralles Mädchen könnten mir dabei helfen.«

Dominic lächelte. »Ganz bestimmt.«

»Morgen abend gibt Lady Townsend eine Party. Alexandra hat mich gedrängt, mit ihr hinzugehen. Ich nehme an, ich könnte ihrem Wunsch nachkommen.«

»Eine ganz ausgezeichnete Idee.« Auf dem Weg zur Tür klopfte Dominic Rayne auf den Rücken. »Du wirst darüber hinwegkommen, mein Freund. Du mußt dir nur selbst eine Chance geben.«

Rayne nickte. »Grüß Catherine von mir.«

Dominic drückte Rayne die Hand, wandte sich ab und ging zur Tür hinaus. Rayne sah seiner Gestalt nach, die sich immer weiter entfernte, dachte an Dominics Worte und versuchte, den entsetzlichen Aufruhr in seinem Innern abzustellen, die nagenden Zweifel, das unerträgliche Leid.

War es Haß, was er verspürte – oder Liebe? Wie konnten zwei derart widersprüchliche Gefühle derart eng miteinander verwoben sein? Liebe und Haß, Wut, Zärtlichkeit und Leidenschaft. Was von alledem empfand er für Jo?

Er fragte sich, wo sie wohl war und was sie durchmachte. Er fragte sich, ob sie je an ihn dachte und ob sie eventuell bereute, was sie getan hatte.

Er fragte sich, ob Jocelyn irgendwelche von diesen quälenden, marternden Gefühlen verspürte, die sie in ihm wachgerufen hatte.

Der erste Sturm brach in der dritten Woche auf See los. Nach den ersten Stunden war der Boden des gesamten Frachtraums glitschig von Erbrochenem, die Toiletteneimer waren voll bis zum Überlaufen, und die Männer an Deck hatten zuviel damit zu tun, die Segel einzuholen und gegen die haushohen Wellen anzukämpfen, um die Eimer auszuleeren.

Jocelyn übergab sich mehrfach, konnte aber schließlich gegen ihre Übelkeit ankämpfen. Auf das Drängen etlicher anderer Frauen hin riß sie einen Streifen von ihrer Bluse und band ihn sich über den Mund und die Nase, damit sie atmen konnte, ohne zu würgen.

Am vierten dieser qualvollen Tage waren einige Frauen zu schwach, um von ihren Pritschen aufzustehen, und daher hatten Jocelyn und die anderen begonnen, sie zu pflegen. Seit der

Sturm aufgekommen war, hatte man ihnen nur ein einziges Mal erlaubt, an Deck zu gehen. Das Meer war einfach zu stürmisch, und die Männer fürchteten, eine unerwartete Woge könnte eine der Frauen über Bord und in die schäumende Gischt spülen.

Da es zu gefährlich war, in einer derart rauhen Witterung ein Feuer in der Kombüse anzuzünden, waren die Lebensmittelrationen reichlich geschrumpft, von einem Streifen gepökelten Schweinefleischs mit Brot am Abend und einer Schale Maismehlbrei mit Melasse am Morgen zu madenstichigem Zwieback zweimal am Tag und einer kleinen Menge getrocknetem Rindfleisch zwischendurch.

Jocelyns zusätzliche Ration, die ihr bisher Mr. Meeks auf ihren Spaziergängen am Abend übergeben hatte, wurde jetzt ohne weitere Umstände auf ihrem Teller serviert. Die neiderfüllten Blicke der anderen ließen ihrem nagenden Gewissen keine Ruhe, und Jocelyn teilte ihr Essen mit der geschwächtesten unter den kranken Frauen. Auf den Pritschen lagen stöhnende ausgemergelte Körper, und es schien, als würde es dabei bleiben, bis das Wetter umschlug.

Am Nachmittag des vierten Tages wurde das Meer zum Glück allmählich ruhiger. Die Frauen, die aufstehen konnten, wurden an Deck geführt, während Matrosen den Frachtraum mit Salzwasser schrubbten, um gegen den ekelhaften Geruch anzugehen.

Zwei Tage, nachdem der Normalzustand wiederhergestellt war, waren die meisten von ihnen wieder auf den Füßen, sogar Conchita, die die Seekrankheit schlimmer als alle anderen erwischt hatte. Der dunkle Teint der Spanierin war aschfahl geworden, und ihre Wangen waren hohl und eingefallen.

Jocelyn war es besser ergangen als den meisten anderen, und sie hatten jetzt fast die Hälfte der Reise hinter sich. Gewiß, sagte sie sich, würde sie die restliche Strecke auch noch überleben. Zumindest glaubte sie das, bis der Kapitän die Frauen am folgenden Morgen früher als gewöhnlich an Deck holen ließ.

»Versammeln Sie sich, meine Damen!« Silas Meeks gab die Befehle des Ersten Maats weiter. »Und gebt Ruhe! Mr. Dearling hat etwas zu sagen. Ruhe – oder alles wird sich nur zum Schlimmeren wenden!«

Jocelyn stand neben Dolly Whitehead dicht an der Reling, und an deren Seite stand auf unsicheren Füßen eine dünne Conchita Vasquez mit schalem Teint.

»Was glaubst du, was passiert ist?« flüsterte Jo der Frau mit den breiten Hüften zu.

»Ich... ich weiß es nicht. Vielleicht sollen sie uns einfach nur sagen, wann wir in Jamaika ankommen.«

»Vielleicht«, sagte Jo, aber eigentlich glaubte sie es nicht. Das Murren der Mannschaft und Mr. Meeks' grimmige Miene verhießen nichts Gutes.

»Ruhe!« ordnete Dearling an. Er war ein schlanker Mann mit rotblondem Haar, der nicht älter als dreißig zu sein schien. Mr. Meeks hatte ihr erzählt, der Mann sei früher einmal Leutnant gewesen, ein Offizier der Königlichen Marine, doch er sei aus deren Diensten entlassen worden. Er wirkte reichlich harmlos, aber Silas hatte ihr anvertraut, daß der Mann für seine Grausamkeit berüchtigt war.

»Ihr Frauen kennt die Vorschriften«, sagte Dearling, und ein Schauer des Unbehagens lief Jo über den Rücken. »Ihr wißt, daß der Kapitän keinen Verstoß gegen die Vorschriften duldet.« Die Frauen begannen, nervös herumzuruckeln und miteinander zu murmeln.

»Neben dem Wasser«, fuhr Dearling fort, »sind die Lebensmittelrationen die wichtigste Ware an Bord dieses Schiffs. Unter den ungünstigsten Umständen könnte ein Diebstahl von Lebensmitteln einem Mord gleichkommen. Da das der Fall ist, sind wir darauf aufmerksam gemacht worden, daß eine von euch in die Vorratskammer eingebrochen ist.«

Dearling nickte, und daraufhin begannen zwei stämmige Matrosen, einer mit einer häßlichen Tätowierung auf dem Arm und ein anderer mit einem dichten schwarzen Bart, sich einen

Weg durch die Schar von Frauen zu bahnen. Dutzende von besorgten Zuschauern machten ihnen den Weg frei und wirkten enorm erleichtert, wenn die Männer weiterzogen.

Jocelyn fiel auf, daß Dolly Whitehead begonnen hatte, die Hände mit den fleischigen Fingern zu ringen.

»Wenn sie wüßten, wer es war«, flüsterte Dolly, »dann hätten sie nicht bis jetzt gewartet.« Aber ihre Schultern bebten, und sie feuchtete sich immer wieder nervös die Lippen an.

Jocelyn beobachtete sie und sah zu, wie die Männer näher kamen und die Frauen sich in ihrer Hast, ihnen den Weg freizumachen, teilten wie das Rote Meer, und plötzlich machte ihr Herz einen Satz in ihrer Brust.

O mein Gott! Zum ersten Mal ging ihr auf, daß Conchita in all der Zeit, in der sie krank gewesen war, keinen Bissen hatte essen wollen. Sie hatte nur ganz geringe Essensmengen bei sich behalten können, aber Dolly war immer wieder mit einem Happen mehr zur Stelle gewesen, genug, um durchzuhalten.

Jocelyns Blick heftete sich auf die Tätowierung auf dem Arm des stämmigen Seemanns, als er über das Deck schlenderte und direkt vor ihr stehenblieb. Einen furchtbaren Augenblick lang glaubte Jocelyn, sie wollten sie holen, doch statt dessen packten sie Dolly an den Armen und begannen, sie zum Heck zu zerren. Dolly schrie und wehrte sich.

»Mrs. Whitehead«, sagte Dearling, dessen Ausdrucksweise immer förmlich war. »Nach einer gründlichen Untersuchung der näheren Umstände des Diebstahls von Schiffsrationen sind wir zu dem Schluß gekommen, daß Sie diejenige sind, die des Verbrechens schuldig ist.«

Dolly sagte nichts, doch ihr alternder Körper bebte vor Furcht.

»Bei einem Vergehen dieser Größenordnung können wir keine Nachsicht walten lassen. Sie werden an den Mast gebunden und ausgepeitscht wie der gemeine Dieb, der Sie sind.«

»Nein!« Dolly versuchte sich loszureißen, doch die Männer hielten ihren dicken Körper fest. »Ich habe es doch nur getan, damit sie nicht draufgeht. Ich dachte, sie stirbt, verstehen Sie das denn nicht? Ich konnte sie nicht sterben lassen!«

Conchita, die neben Jocelyn stand, wimmerte, und die Laute, die sich dem einst so hochmütigen Mädchen entrangen, klangen kläglich.

»Dolly – sie hat es für mich getan«, sagte Chita, als sie die dralle Frau zum Mast zerrten. »Ich kann nicht zulassen, daß sie ihr das antun. Sie ist zu alt dafür.« Mit totenbleichem Gesicht und grauen Rändern unter ihren Augen trat Conchita vor. Sie wankte, und Jocelyn hielt ihren Arm fest.

»Das kannst du nicht tun. Du bist noch zu schwach. Es könnte ohne weiteres dein Tod sein.«

»Das ist mir gleich. Dolly, sie ist meine Freundin. Ich habe nicht viele Freunde. Ich muß ihr helfen, wie sie mir zu helfen versucht hat.«

Sie setzte sich wieder in Bewegung, doch Jocelyn vertrat ihr den Weg. »Ich gehe hin. Ich bin jung und stark, und ich bin nicht krank gewesen. Soviel sind zehn Peitschenhiebe nun auch wieder nicht.« Sie dachte an Brownie. »Ich habe einen Freund, der fünfzig Peitschenhiebe überlebt hat.«

»Du... du tätest das für mich... für Dolly?«

Jocelyn antwortete nichts darauf, sondern ging zum Heck des Schiffs, bahnte sich einen Weg durch die Reihen von Frauen und betete zu Gott, ihr Mut möge sie nicht verlassen.

13. Kapitel

»Sie hat es nicht getan!« rief Jocelyn mit lauter und deutlicher Stimme aus. »Ich war es!«

Dolly, die an den Mast gebunden und deren Bluse auf dem Rücken zerrissen worden war, riß abrupt den Kopf herum.

Dearling nahm eine steife Haltung ein. »Ich erlaube mir, anderer Meinung zu sein«, sagte er, »aber für mich spielt es keine

Rolle, wenn Sie wünschen, den Platz der alten Frau einzunehmen.« Er lächelte so teuflisch, daß Jocelyn zusammenzuckte. »Bindet sie vom Mast.«

»Bist du... bist du ganz sicher, meine Süße?« flüsterte Dolly, als ihre Arme herunterfielen und sie in Jocelyns Richtung wankte.

»Ich schaffe es schon.«

»Das vergesse ich dir nicht.« Dann wurde sie von der brodelnden Schar von Frauen geschluckt und bahnte sich den Weg zurück zur Reling und zu ihrer kleinen dunkelhaarigen Freundin.

Jocelyn wurden die Handgelenke gebunden, und dann zog man ihr die Hände über den Kopf und band sie an den Mast. Dearling trat persönlich vor, um ihre Bluse und das dünne Baumwollhemd, das sie darunter trug, auf ihrem Rücken zu zerreißen. Sie konnte sein lüsternes Lächeln so deutlich fühlen wie die kühle salzige Seeluft.

»Ich glaube, diese Ehre werde ich mir selbst gestatten.« Dearling nahm einem kräftigen Matrosen die Peitsche aus den Händen.

Zum ersten Mal bemerkte Jocelyn, daß nicht nur ein Lederstreifen an der Peitsche hing, sondern gleich etliche. *Eine neunschwänzige Katze. Gott im Himmel.*

Sie stählte sich, doch als der gräßliche Hieb endlich kam, war der Schmerz trotzdem so groß, daß sich ihr ein Schluchzen entrang und die Knie unter ihr zusammensackten. Rote Striemen bildeten sich auf ihrem Rücken, und Blut rann in ihren Rock. *Lieber Gott, wie sollte sie neun weitere Hiebe überleben?*

Sie zitterte von Kopf bis Fuß, ihre Haut glühte vor Hitze, und ihr graute davor, sie könnte laut aufschreien. Sie hörte, wie Dearling die Peitsche schüttelte, um die Lederstriemen zu entwirren, und sie schloß die Augen und grub die Finger unbewußt in das glatte Holz des Mastes. Er ächzte, als das Schiff wankte. Die langen Lederriemen trafen mit einem raschelnden Laut auf das Deck.

»Halt, Mr. Dearling!« Silas Meeks trat aus der Mannschaft vor und ging auf den uniformierten Mann zu. »Sie haben gesagt, Ihnen ist gleich, wer sich anstelle von der alten Frau an den Mast binden läßt.« Er stand mit gespreizten Füßen und nacktem Oberkörper da, ließ seine Muskeln spielen, ballte die Hände auf Höhe seiner Taille zu Fäusten, richtete einen selbstgefälligen Blick auf Dearling und grinste. »Ich springe für das Mädchen ein.«

Jocelyn drehte den Kopf um, bis sie ihm in die Augen sah. Sie wußte, daß sie Einwände hätte erheben sollen, aber sie brachte beim besten Willen nicht den Mut auf, auch nur ein Wort zu sagen.

Silas Meeks bereitete ihrem Dilemma mit einem noch breiteren Grinsen ein Ende und zwinkerte ihr zu.

»Das ist hochgradig vorschriftswidrig«, sagte Dearling, der eindeutig verstimmt war.

»Befreien Sie das Mädchen!« Kapitän Boggs war in seiner makellosen dunkelblauen Uniform an Deck gekommen. Er war nicht so groß wie Dearling, war älter und hatte eine Halbglatze, aber offensichtlich besaß dieser Mann Autorität. Der Erste Maat machte den Mund auf, um zu protestieren, erhielt einen finsteren warnenden Blick von dem Kapitän und wandte sich ab, um dem Befehl Folge zu leisten.

Wenige Minuten später war Jocelyn losgebunden worden, und Silas Meeks war an den hohen Mast aus Zypressenholz gebunden. Während der Kapitän zusah, bekam er schnelle und saubere Hiebe, die den Rücken des großen Seemanns aufschlitzten, bis seine braungebrannte Haut von Rot überzogen war. Aber Silas blieb auf den Füßen und gab nicht mehr als ein schmerzliches Murren von sich. Hinterher banden ihn einige andere Matrosen, die sein Mut sichtlich beeindruckt hatte, vom Mast und halfen ihm zu seiner Unterkunft unter dem Vordeck.

»Ich kann es einfach nicht glauben.« Chita erwartete sie neben der Leiter, die in den Frachtraum führte, als Dolly Jocelyn half, nach unten zu steigen. »Mir ist noch nie eine tapferere Frau begegnet.«

»Nicht annähernd so tapfer wie Mr. Meeks.« Jo schnitt eine Grimasse, als ein glühender Schmerz sie durchzuckte, und sie ging auf die Bank am Ende des langen Holztischs zu.

»Er ist ein feiner Mann, nicht wahr?«

»Oh, doch, er ist ein feiner Mann«, sagte Jo.

»Und du bist eine sehr gute Freundin.« Tränen traten in Chitas schwarze Augen. »Es war unrecht von mir, dich so zu behandeln, wie ich es getan habe. Ich hoffe, du findest die Kraft in deinem Herzen, mir verzeihen zu können.«

Jocelyn griff nach der Hand der jüngeren Frau. »Von Freunden wird erwartet, daß sie einander verzeihen.«

Chita lächelte zart, Jocelyn lächelte ebenfalls, und Dolly rieb Salbe auf Jocelyns Rücken.

Vielleicht würde ihr neues Leben gar nicht so schlimm werden, überlegte sich Jocelyn. Schon jetzt hatte sie drei neue Freundschaften geschlossen. Dann dachte sie an Brownie und an Tucker, die Freunde, die sie zurückgelassen hatte und die ihr so nahe standen wie Familienangehörige. Rayne hatte sie ihr genommen, so wirkungsvoll, daß er sie ebensogut hätte töten können.

Rayne.

Sie sah sein gutgeschnittenes Gesicht vor sich, doch in seinen Augen stand kein liebevoller Ausdruck mehr. Er verhöhnte sie für ihre Dummheit. Anfangs hatte sie ihn gehaßt. Jetzt war ihr Haß auf ihn noch stärker. Die Wut und der Schmerz in ihrem Innern nahmen zu, eiterten und schwollen an. Sie wußte, daß Rayne der einzige Mensch auf Erden war, dem sie niemals würde verzeihen können.

»Guten Tag, Eure Lordschaft.«

»Guten Tag, Frederick. Ich weiß, daß Sie viel zu tun haben. Ich werde Ihre Zeit nicht lange in Anspruch nehmen.«

Frederick Nelson, der die Geschäfte des Vicomte abwikkelte, musterte den großen Mann, der vor ihm stand. Seine Lordschaft war zwar so makellos gekleidet wie immer, heute mit einem dunkelbraunen Frack mit einem braunen Samtkragen, doch er sah seit seiner Verwundung anders aus, war dünner geworden und schien blaß im Gesicht zu sein. Es kam jedoch noch etwas anderes hinzu, stellte Frederick fest, etwas, was sich nur schwer definieren ließ.

Wenn der Vicomte vorher ein harter Mann gewesen war, dann war er jetzt ein Mann aus gehärtetem Stahl.

»Warum setzen wir uns nicht?« Frederick trat hinter seinen Sheraton-Schreibtisch, als Stoneleigh sich zu einem der schwarzen Ledersessel begab, die ihm gegenüberstanden. Er strahlte Gereiztheit und Ruhelosigkeit aus, lodernde Wut, die er unterdrückte, die jedoch in den Tiefen seiner Augen glühte, die so schwarz wie Kohlen waren.

»Was führt Sie hierher, Mylord? Ich hoffe, es sind keine schlechten Nachrichten.« Frederick rückte seine Brille mit dem Drahtgestell zurecht und nahm den Federhalter in die Hand, der auf der grünen Filzmatte vor ihm lag.

»Nein, nichts dergleichen. Aber ich brauche Ihren Rat in einer Angelegenheit, die nicht ohne Bedeutung ist.«

»Ja, selbstverständlich.«

»Ich habe beschlossen, meinen Grundbesitz auszuweiten. Ich habe Interesse daran, etwas außerhalb des Landes zu erwerben. Ich denke an die Karibik. Nach allem, was ich gehört habe, lassen sich dort große Gewinne erzielen.«

»Ganz richtig. Die Inseln Mittelamerikas haben einer Reihe von klugen Kapitalanlegern ein Vermögen eingebracht. Tatsächlich sind einige meiner Klienten und eine Reihe derer, die von meinen Kollegen vertreten werden, derzeitig dort an Unternehmen beteiligt. Es sollte nicht länger als zwei Monate erfordern, eine Liste von Ländereien zu erhalten, die für Sie in Frage kämen. Natürlich muß ich wissen, an welcher Art von Land Sie interessiert sind und welchen Betrag Sie anzulegen wünschen. In drei oder vier Monaten...«

»Ich dachte eher an drei oder vier Wochen.«

»Aber ich kann unmöglich...« Die Tinte aus Fredericks Federhalter bildete dort, wo er ihn auf seine Schreibunterlage preßte, einen häßlichen schwarzen Fleck.

»Es gibt doch gewiß hier in London Männer mit Anwesen, die sie verkaufen würden – wenn der Preis stimmt.«

»Ja, gewiß, Mylord, aber als Kapitalanleger wären Sie klüger beraten, wenn Sie sich Zeit lassen und eine möglichst sichere Geldanlage wählen.«

Der Vicomte lächelte dünn. »Ich bin nicht dazu aufgelegt, Zeit zu vertrödeln. Ich habe die Absicht, in allernächster Zukunft Grundbesitzer in Mittelamerika zu sein.«

»In Mittelamerika... ja. Da müßte sich etwas auftreiben lassen.«

»Insbesondere bin ich an Jamaika interessiert.«

»Jamaika! A-aber um die Zuckerrohrplantagen dort ist es furchtbar schlecht bestellt.«

Stoneleigh zog die breiten Schultern hoch und zuckte mit den Achseln. »Dann werde ich eben etwas anderes anbauen müssen.«

»A-aber, Eure Lordschaft, was verstehen Sie von...«

»Suchen Sie einfach nur eine Plantage für mich, Nelson. Je eher, desto besser. Für Sie springt auch etwas dabei heraus. Ich kann Ihnen versichern, daß Ihre Prämie mit jedem einzelnen Tag, den Sie einsparen, größer sein wird.«

Frederick schluckte. »Ja, Mylord.«

Stoneleigh stand auf, und Frederick bemerkte einen Spazierstock mit goldenem Knauf, der früher nie zur Ausstattung Seine Lordschaft gehört hatte. Er fragte sich, ob sich darin, wie in so vielen anderen Spazierstöcken, eine Klinge verbarg, oder ob der Vicomte sich aufgrund seiner Verletzung angewöhnt hatte, einen Spazierstock mit sich herumzutragen. »Ich erwarte, so bald wie möglich von Ihnen zu hören.«

»Ja, Mylord. Ich werde gleich heute nachmittag mit der Suche beginnen.«

»Gut.« Stoneleigh schritt zur Tür, und seine großen federnden Schritte waren etwas langsamer als das letzte Mal, als Frederick ihn gesehen hatte. Ein oder zweimal stützte er sich auf den Stock. »Lassen Sie mich nicht im Stich, Nelson.«

»Sie brauchen keinerlei Befürchtungen zu haben, Eure Lordschaft. Die Aufgabe ist so gut wie erledigt.«

Als der Vicomte nickte und zur Tür hinausging, ließ sich Frederick auf seinen Stuhl sinken. Gütiger Gott, die Stimme des Mannes hatte die Schärfe einer Klinge; sein Gesicht war eine eisige Maske. Frederick hatte nicht die Absicht, ihn zu enttäuschen. Tatsächlich bemitleidete er sogar jeden, der das gewagt hätte.

Er dachte an die Schußwunde, die der Vicomte nur mit knapper Not überlebt hatte. Was war doch schnell noch einmal aus dieser Frau geworden?

Fredericks Eingeweide zogen sich zusammen und zerflossen dann plötzlich. Wenn er sich recht erinnerte, hatte er gehört, daß die Frau nach Jamaika geschickt worden war.

»Du hast Mumm, Mädchen. Ich glaube, du kriegst das gut hin.« Silas Meeks stand eingerahmt in der offenen Tür der Sword and Buchaneer Taverne.

Es war ein verräuchertes Lokal mit niedriger Decke, aber laut Silas doch ein weitaus angenehmerer Ort als einige derer, an denen die anderen Frauen arbeiten würden. Abgesehen von den wenigen, die an Bord der *Sea Demon* blieben, die nach Barbados weitersegelte, wurde der Rest auf einer Auktion an den Meistbietenden versteigert, und dann würden sie auf entlegenen Plantagen Schwerstarbeit verrichten.

Für die Auslese wurden schon vorher Angebote abgegeben, hatte Silas ihr gesagt, für die jüngsten und kräftigsten Frauen, diejenigen, die wahrscheinlich den wenigsten Ärger machen würden... die attraktivsten. Diese Frauen fielen an Besitzer in Städten wie Kingston, Mandeville und Port Antonio, um dort in Privathäusern, Geschäften und Tavernen zu arbeiten.

Erstaunlicherweise hatte es sich so ergeben, daß sie und Chita jetzt beide für Barzillai Hopkins arbeiteten, den Besitzer des Sword and Buchaneer sowie eines weiteren Dutzends von Bierlokalen, Grogläden und Bordellen am Kai. Seit dem Zwischenfall auf dem Schiff hatten sie sich schnell miteinander angefreundet, und sie arbeiteten zwar nicht zusammen, sahen einander aber doch oft bei den verschiedensten Erledigungen oder wenn sie einsprangen, weil eine der anderen Frauen krank geworden war.

Leider hatte Dolly Whitehead weniger Glück gehabt. Ihr Los blieb unbekannt und wurde durch die Auktion willkürlich entschieden.

Jocelyn blickte zu dem großen, stämmigen Seemann auf, der vor ihr stand. »Ich schaffe das schon, Silas.« Sie lächelte ein wenig hoffnungslos. »Ich bin eine Überlebenskünstlerin. Irgendwie schlage ich mich durch. Bisher habe ich es noch immer geschafft.«

»Du bist wirklich drollig, Mädel. Es war mir ein Vergnügen, deine Bekanntschaft gemacht zu haben.«

»Ich werde dir nie vergessen, was du für mich getan hast.«

Silas tat ihre Worte mit einem Achselzucken ab. »Ich sollte jetzt wohl besser gehen. Das Schiff läuft morgen früh mit der Flut aus. Wir haben eine enorme Menge Piment, Bauholz und Rum an Bord genommen. Wir bringen die restlichen Frauen nach Barbados, laden das Schiff mit Zuckerfässern voll und segeln nach Hause zurück.«

Ehe er gehen konnte, stellte Jocelyn sich auf die Zehenspitzen und küßte ihn auf die wettergegerbte Wange. »Auf Wiedersehen, Silas.«

Der kräftige Matrose wurde rot. »Paß auf dich auf, Mädchen.« Mit einem letzten liebevollen Blick wandte er sich ab und ging zur Tür hinaus.

»Was, zum Teufel, geht hier vor?« Barz Hopkins, ein Mann mit einem Mondgesicht, bösen Augen und dem lüsternsten Grinsen, das sie je gesehen hatte, trat neben sie. Wenn er nicht schrie, dann grinste er. Oder kniff eine der Frauen in den Hintern.

»Krieg deinen Arsch hoch, Mädchen! Die Krüge der Männer müssen nachgefüllt werden, und den Hungrigen unter ihnen muß eine Hammelhaxe aufgetragen werden. Beweg dich schon, oder ich gebe dir Grund zum Trödeln!«

Es war sein Ernst, das wußte sie. Er hatte sie schon mehr als einmal mit der flachen Hand geschlagen. Er duldete keine Widerrede und bewahrte in der Küche ein Birkenholz auf, das er keineswegs sparsam einsetzte. Jocelyn hatte Striemen auf den Beinen und auf dem Hintern, mit denen sie das beweisen konnte.

»Es tut mir leid, Mr. Hopkins. Ich habe mich nur gerade schnell von einem Freund verabschiedet.«

»Gut, daß er weg ist. Es ist schon schwer genug, euch faule Weiber zum Arbeiten anzuhalten. So einen stämmigen alten Seebär wie Meeks zu haben, der dir ständig über die Schulter schaut, hilft dir jetzt auch nichts mehr.«

Was hieß, daß Hopkins immer einen großen Bogen um sie gemacht hatte, wenn Silas Meeks in der Taverne gewesen war. Jetzt hatte sie ihren Beschützer verloren. Wieder einmal war sie ganz allein auf sich gestellt.

»Bier, Weib! Und zwar schnell. In diesem Wirtshaus kann ein Mann verdursten.« Jocelyn wandte sich von Barz Hopkins ab und eilte fort, um dem Geheiß des lauten Seemanns Folge zu leisten. Sie gewöhnte sich allmählich an den Krach, an den ekelhaften Geruch nach kaltem Tabak und den widerlichen Gestank schwitzender Betrunkener.

Nach Ablauf des ersten Monats hatte sie sich außerdem daran gewöhnt, auf einer Strohmatte auf dem Dachboden zu schlafen, an einen zwölfstündigen Arbeitstag und daran, die Annäherungsversuche der betrunkenen Männer abzuwehren.

Sie haßte den knöchellangen weiten roten Rock und die weißen Rüschenpetticoats, die sie zu tragen gezwungen war, und noch mehr haßte sie die tief ausgeschnittene Bluse, die viel zuviel von ihrem Busen zeigte. Das wunderschöne Medaillon aus Gold und Emaille, das Rayne ihr geschenkt hatte, hatte sie wieder einmal in ihrem Rocksaum in Sicherheit gebracht, doch sie kämpfte ständig gegen die Versuche irgendeines Matrosen an, ihr die Röcke hochzuheben oder sie zu küssen.

Ihre größte Furcht galt Barz Hopkins. Er folgte ihr jetzt ständig mit seinem lüsternen Grinsen, und ihr Hintern war voll mit blauen Flecken, weil er sie immer wieder ungehörig kniff. Das allerschlimmste war, daß Barz von Tag zu Tag ungeduldiger wurde und immer leichter aufbrauste – und Jocelyn fürchtete, genau zu wissen, woher das kam.

Sie seufzte, als sie durch den Raum lief. Heute abend drängten sich die Gäste in der Taverne, und unter den schweren Holzbalken hingen dichter Rauch und lautes ausgelassenes Gelächter. Es war ein großes Ecklokal den Kais gegenüber, und die Türen öffneten sich nach beiden Straßen. Es gab eine Schankstube, ein Restaurant und oben eine Galerie mit kleinen abgeteilten Nischen, vor denen Vorhänge hingen und die von den Huren benutzt wurden, die in dem Bordell im zweiten Stock arbeiteten, und über dem Restaurant gab es Zimmer für Gäste, die über Nacht blieben.

»Warum bist du nicht längst hier, Weib!« Das kam von einem britischen Matrosen, der zu einer Schiffsladung von Männern gehörte, die zum Dienst im nahen Fort Charles abkommandiert worden waren.

Jocelyn lief eilig auf den unflätigen bärtigen Seemann zu. »Es tut mir leid, daß es so lange gedauert hat. Es liegt nur daran, daß wir heute wirklich viel zu tun haben.«

Sie stellte drei Zinnkrüge Rum vor den Matrosen und seine Freunde hin und wollte gerade wieder gehen, als der Seemann einen Arm um ihre Taille schlang und sie auf seinen Schoß zog.

»Ich habe Ihnen doch gesagt, daß ich zu tun habe!« Jocelyn versuchte sich loszureißen, doch er ließ sie nicht gehen. »Lassen Sie mich los!«

Die Männer brüllten vor Lachen. »Ich habe eine Menge Geld

in der Tasche«, sagte der Mann. »Mehr als genug, um dir deine Zeit zu bezahlen.«

Jocelyn zuckte steif zusammen. »Ich habe kein Interesse.« Sie stieß gegen seine Brust, die so hart wie eine Stahlplatte war. »Es gibt genug andere, die daran interessiert sind.«

Der bärtige Mann packte mit einer Hand ihr Kinn. »Ich wette, die sind nicht so hübsch. Ich habe eine Schwäche für seidiges schwarzes Haar und Augen, die so blau wie das Meer sind.«

»Und Titten wie zwei reife Mangos!« rief einer der anderen aus, was wieder derbes Gelächter aufkommen ließ.

Unter dem Vorbau der Galerie saß Rayne im Dunkeln und beobachtete stumm das Geschehen. Ein Muskel in seinem Kiefer zuckte, und seine Finger gruben sich in das zerschrammte Holz des Stuhls, auf dem er saß.

Auf demselben Platz hatte er gestern abend gesessen und, unbemerkt in der Schar von ungebärdigen Männern, beobachtet, wie Jocelyn am anderen Ende der Taverne Getränke servierte. Er hätte heute abend fortgehen können, wie er es schon gestern abend getan hatte, zufrieden mit der Härte ihrer Strafe und zufrieden darüber, daß sie auf andere Weise ebensosehr litt wie er.

Das hätte er vielleicht auch getan, wenn er nicht gesehen hätte, wie die fleischigen Hände des Kerls ihren Busen anfaßten, wenn er nicht den Widerwillen und die Verzweiflung in ihren wunderschönen leuchtend blauen Augen gesehen hätte.

Er hätte einfach gehen können. Jetzt konnte er es nicht mehr.

Rayne stieß seinen Stuhl zurück und stand auf, und dann bahnte er sich einen Weg durch die Menge, hin zu den drei Männern, die an einem zerschrammten Holztisch saßen. Er konnte ihr heiseres Gelächter und ihre derben Bemerkungen hören und sehen, wie Jocelyn rot wurde, als einer der Männer ihren Hintern tätschelte. Als der Matrose versuchte, sie zu küssen, ihren Mund gewaltsam auf seine nassen, klebrigen Lippen herunterzuziehen, riß sie eine Hand los und zerkratzte ihm mit den Nägeln die Wange.

»Du kleines Biest!« Eine schallende Ohrfeige hallte durch die Taverne. Der Seemann hob wieder den Arm, doch Rayne fing ihn mitten in der Luft auf, und seine Finger gruben sich in das von körperlicher Arbeit gestählte Fleisch.

»Laß sie los«, warnte er den Mann leise, und seine Stimme war so hart wie Granit.

»Rayne…« Es war kaum mehr als ein Flüstern, ein schwacher Lufthauch. Jocelyn saß erstarrt auf den Oberschenkeln des bärtigen Matrosen, während die gesamte Taverne verstummte.

»Ich habe gesagt, du sollst sie loslassen.«

Der stämmige Mann ließ sie los, und Jocelyn stand wankend auf. Der Mann stieß seinen Stuhl zurück, knallte ihn gegen die Wand und trat dann vor. »Die kleine Hure gehört mir.« Der Matrose hatte vor Wut die Zähne zusammengebissen, als er zum Schlag ausholte.

Rayne wich dem festen Hieb aus und versetzte dem Matrosen einen harten Schlag in den Bauch. Der Mann krümmte sich, richtete sich aber gleich wieder auf und holte aus. Rayne konnte den beiden ersten Schlägen ausweichen, doch ein dritter traf sein Kinn und ließ ihn rückwärts wanken, doch dann gewannen seine Kampfinstinkte die Oberhand. Er schlug dem Matrosen die Nase blutig und versetzte ihm einen Hieb, der seinen Kiefer spaltete, ehe er dem Seemann eine Faust in den Magen stieß. Drei weitere schmetternde Hiebe waren nötig, doch endlich sackte der stämmige Mann auf die Knie. Eine harte Rechte aufs Kinn, und er fiel stöhnend auf den Boden und verdrehte die Augen.

Jocelyn stand in geringer Entfernung da und wirkte bleich und erschüttert. Rayne packte ihren Arm und zog sie an sich. Während die Erinnerung an den Kampf noch durch seine Adern rauschte, bemerkte er, wie zart sich ihre Haut anfühlte und wie seidig ihr Haar war, als es seine Wange streifte.

»W-was tust du hier? Warum bist...«

»Warum ich noch am Leben bin und atme?« Er stieß einen rauhen Laut aus. »Was ist los mit dir, Süße? Bist du jetzt enttäuscht?«

Sie starrte ihn an, als sähe sie einen Geist.

»Da soll mich doch der Teufel holen! Was geht hier eigentlich vor?« schrie Barzillai Hopkins, der einfache Mann mit dem griesgrämigen Gesicht, dem die Taverne gehörte. Rayne wußte bestens über ihn Bescheid. Er hatte sich ausgiebig über den Mann informiert.

»Krieg deinen Arsch hoch und arbeite weiter, Mädchen. Du hast hier schon genug Ärger verursacht.« Er hob das Birkenholz und schlug es fest auf ihre Waden. Sie holte hörbar Atem. »Du kannst dich darauf verlassen, daß du später noch mehr davon bekommst. Vielleicht lernst du dann, auf deine Manieren zu achten.«

»Ich... es tut mir leid, Mr. Hopkins.« Sie wollte eilig loslaufen, doch Rayne hielt ihren Arm fest.

»Bleib hier«, sagte er und wandte seine Aufmerksamkeit dem Barbesitzer zu. Erneut rauschte die Wut durch seine Adern. »Ich will Sie sprechen, Hopkins.«

»Wer, zum Teufel, sind Sie?«

»Und zwar unter vier Augen.«

Hopkins' vortretende Augen musterten ihn von Kopf bis Fuß und nahmen seine maßgeschneiderte rehbraune Kniebundhose, die teuren Stulpenstiefel und das feine Batisthemd zur Kenntnis. Ein Blick in Raynes wutentbranntes Gesicht genügte, und er nickte. »Dann kommen Sie am besten mit.«

14. Kapitel

Jocelyn sah den beiden Männern nach und sank dann betäubt auf einen der Stühle, die die drei Matrosen geräumt hatten, als sie eilig verschwunden waren.

Lieber Gott im Himmel. Rayne.

Einen flüchtigen Moment lang war bei seinem Anblick, heil und gesund und so gutaussehend wie eh und je, Freude in ihr Herz geströmt. Gleichzeitig war in ihr die wilde und wahnsinnige Hoffnung erwacht, sie könnte aus diesem gräßlichen Alptraum erwachen, die Hoffnung, Rayne sei endlich gekommen, um sie zu holen.

Aber ein einziger Blick in diese harten braunen Augen sagte ihr, daß das nicht der Wahrheit entsprach.

Ihr Magen spannte sich an, und ihr Herz pochte rasend. Sie erschauerte, als sie sich an seinen Ausdruck glühenden Hasses erinnerte.

Jetzt war ganz offenkundig, daß Rayne die Behörden nicht belogen hatte. Er glaubte wahrhaftig an ihre Schuld. Das stand in jeder der harten Linien seines Gesichts geschrieben. Mit jedem unerbittlichen Blick und jeder verkrampften Bewegung sagte er ihr, wie sehr er sie verabscheute. Er hatte über sie zu Gericht gesessen und sie für schuldig befunden.

Sie wußte nicht, wie er das hatte tun können, nicht nach den Augenblicken, die sie gemeinsam erlebt hatten, der Liebe, die sie ihm entgegengebracht hatte. Sie konnte sich einfach nicht vorstellen, daß er sie verdammte, ohne ihr eine Gelegenheit zu geben, sich zu rechtfertigen. Aber es bestand kein Zweifel daran, daß er genau das getan hatte.

Und dafür haßte sie ihn. Mehr, als sie es je für möglich gehalten hätte.

Wut und Stolz ließen sie eine aufrechte Haltung bewahren, und sie hielten sie auch davon ab, ihre Unschuld zu bekunden. Dazu kam noch die Tatsache, daß er ihr ja doch nicht geglaubt hätte, wenn sie dies getan hätte. Sie sah ihn zurückkommen. Er war einen halben Kopf größer als die anderen Männer, und sein dichtes braunes Haar schimmerte im Licht der Lampen rötlich. Als er auf sie zukam, wurde Jocelyns Mund trocken.

Warum war er hier? Hatte er ihr nicht schon genug angetan? Was, in Gottes Namen, wollte er jetzt noch von ihr?

Er durchquerte den Raum, ohne nach rechts oder nach links zu schauen, und sein verbissener Gesichtsausdruck ließ die sonst so ausgelassene Kundschaft einen Moment lang verstummen.

Er blieb etwa zwei Meter vor ihr stehen. »Geh rauf und hol deine Sachen. Du wirst von hier fortgehen.«

»Was?«

»Ich habe gesagt, du sollst deine Sachen holen.«

»Ich gehe nicht mit dir, ganz gleich, wohin.«

»Du wirst von hier fortgehen – so oder so –, da kannst du dir sicher sein.« Es war sein Ernst. Sie konnte es in seinen Augen sehen. Wenn es sein mußte, würde er sie gewaltsam aus dem Lokal zerren.

»Was ist mit Mr. Hopkins? Was ist mit meinem Urteil?«

Rayne lächelte, und sein Mund verzog sich zu einem dünnen und grausamen Strich. »Keine Angst, meine Süße, es hat sich nichts geändert. Nichts... nur, daß du vom heutigen Tag an deine Strafe abbüßen wirst, indem du für mich arbeitest. Und jetzt hol deine Sachen.«

Jocelyn umklammerte die Stuhllehne mit beiden Händen, und ihr Körper wurde starr. Sie fand kaum die Kraft, sich von der Stelle zu rühren, bis Rayne sie fortzerrte.

»Geh schon!« brüllte er, und in ihrer Hast, seinem Befehl nachzukommen, stolperte sie fast.

Mit zitternden Gliedmaßen bahnte sie sich einen Weg durch die Menschenmenge, stieg die Treppen zum Dachboden hinauf und packte ihre spärliche Habe zusammen: ihr Hemd und ihr Nachthemd, den schlichten braunen Rock und die handgewebte Bluse, die sie auf der Überfahrt getragen hatte, ein Paar derbe braune Schuhe, einen Kamm und eine Bürste, die Chita ihr geschenkt hatte, und natürlich das Medaillon, das sie gemeinsam mit Brownies Münzen im Saum ihres weiten roten Rocks verbarg.

Sonst hatte sie nur ein kleines Stück Seife und noch ein paar andere Sachen, aber nichts von Bedeutung. Mit unsicheren Händen packte sie alles in den Rock und schnürte ihn zu einem Bündel zusammen, ehe sie die Treppe hinuntereilte.

Sie blieb stehen, ehe sie ihn erreicht hatte, warf einen Blick auf seine makellose Kleidung und bemerkte, daß sein Körper schlanker als zuvor wirkte, seine Muskeln noch kräftiger. Sie stellte fest, daß kein Hauch von Wärme oder Freundlichkeit von seinen starren Gesichtszügen ausging.

»Wohin gehen wir?« fragte sie, als er ihren Arm nahm. Ihr wurde flau in der Magengrube von der allzu vertrauten Glut, die seine Berührung auslöste.

»Ich habe ein Zimmer im King's Inn. Wir werden die Nacht dort verbringen.«

Jocelyn blieb abrupt stehen, hielt direkt vor der Taverne mitten in der Bewegung inne. »Falls du auch nur einen Augenblick lang geglaubt hast... falls du auf den Gedanken kommen solltest, da weiterzumachen, wo wir aufgehört haben...«

»Sei kein Dummkopf.« Er zerrte sie jetzt wieder über den Gehsteig und zwang sie zu rennen, wenn sie mit ihm Schritt halten wollte. »Wir werden bis morgen früh in der Stadt bleiben, es sei denn, du willst den Weg bei Dunkelheit zurücklegen. Morgen brechen wir dann zu meiner Plantage im Mahagonital auf. Sie liegt einen guten Tagesritt von der Stadt entfernt.«

»Du besitzt Ländereien in Jamaika?«

Er bedachte sie mit einem kalten spöttischen Lächeln. »Eine Neuerwerbung.«

Jocelyn spürte, wie eisige Kälte über ihren Rücken zog. »Ich vermute, das heißt, daß du findest, meine Strafe sei nicht hart genug. Daß du beschlossen hast, persönlich dafür zu sorgen, daß ich meine gerechte Strafe bekomme.«

Er lachte freudlos. »Du kannst vermuten, was du willst. Was mich angeht, so bin ich hier, um mich als Pflanzer zu versuchen, und sonst gar nichts.«

»Selbstverständlich. Wie konnte ich bloß auf den Gedanken kommen, du könntest tiefere Beweggründe haben.« Wer war dieser Fremde? Wie hatte sie ihm jemals trauen können? Wie hatte sie ihn jemals lieben können?

Rayne sagte nichts, sondern lief einfach in einem unbarmherzigen Tempo weiter über den Gehsteig, ohne auf das sperrige Kleiderbündel Rücksicht zu nehmen, das sie an ihre Brust preßte. Ihr schoß der Gedanke durch den Kopf, daß sie einen Fluchtversuch unternehmen könnte, aber sie kannte sich in diesem Land nicht aus, und es gab keinen Ort, an den sie hätte gehen können, niemanden, an den sie sich hätte wenden können – und die Strafe für einen mißlungenen Fluchtversuch war zu schwer.

Sie bogen um eine Ecke, überquerten die Straße und erreichten schließlich den King's Inn, ein zweistöckiges weißes Fachwerkhaus mit einem Balkon, der sich um das obere Stockwerk zog. Rayne hielt ihren Arm immer noch umklammert, als er sie in das Foyer und die breite Treppe mit dem Geländer hinaufzerrte. Im Korridor vor seiner Zimmertür blieb er stehen, steckte den Schlüssel ins Schloß, schloß auf, stieß sie ins Zimmer und folgte ihr dann.

Rayne kam auf sie zu. Er packte das kleine Bündel, das ihre Kleider enthielt, warf es auf das hohe Himmelbett, schnürte es auf und wühlte in seinem Inhalt herum.

»Was tust du da?«

»Ich vergewissere mich, daß du keine Waffe hast.« Er drehte sich zu ihr um, zog sie mit einem Ruck näher zu sich und ließ seine großen Hände über ihre Brüste, ihre Taille und ihren übrigen Körper gleiten.

»Wie kannst du das wagen!« Jo wankte rückwärts, und ihr Gesicht rötete sich glühend vor Verlegenheit.

»Ich wage alles, was ich will, und daran solltest du dich besser gleich gewöhnen.« Kalte braune Augen bohrten sich in sie. »Ich habe nicht die Absicht, jede wache Stunde damit zu verbringen, darauf zu achten, was hinter meinem Rücken geschieht, Jocelyn. Falls du auch nur auf den Gedanken kommen solltest, mich zu bedrohen, dann wird es diesmal keine Gnade für dich geben. Du kannst ganz sicher sein, daß du dann hängen wirst.«

Sie hätte lachen können, wenn diese ganze Geschichte nicht so beängstigend gewesen wäre. »Ich werde versuchen, es mir zu merken.«

»Die Chaiselongue sollte dir als Bett genügen... es sei denn, du ziehst den Fußboden vor.«

Jocelyn warf einen Blick auf die kleine Couch mit einer Armlehne auf einer Seite, die unter dem Fenster stand, und dann fielen ihre Augen auf das bequeme Himmelbett mitten im Raum. Sie schaute Rayne an und sah das spöttische Funkeln in seinen Augen. Ihr Kinn reckte sich in die Luft.

»In den letzten vier Wochen habe ich über der Taverne auf dem Fußboden geschlafen. Davor habe ich auf einer schmalen Pritsche geschlafen, mitten in einer Siebenerreihe, mit nur dreißig Zentimetern Platz zu beiden Seiten. Ich kann dir versichern, daß mir die Chaiselongue als der reinste Luxus erscheinen wird.« Sie lächelte mit bitterem Abscheu. »Du kannst dir meiner unterwürfigsten Dankbarkeit sicher sein.«

Raynes Kiefer spannte sich an. Er drehte sich um und begann, sein Hemd aufzuknöpfen. »Ich schlage vor, daß du versuchst, ein paar Stunden zu schlafen. Morgen haben wir einen harten Tag vor uns.«

Jocelyn sagte hämisch: »Als ob du wüßtest, was ein harter Tag ist.« Mit hocherhobenem Kopf trat sie hinter den Wandschirm in der Ecke und begann, sich auszuziehen und ihr Nachthemd anzuziehen.

Rayne schaute ihr nach. Er ging zu einem Tisch aus Satinholz, der an der Wand stand, schenkte sich einen Cognac ein, stürzte ihn hinunter und goß sich einen weiteren nach. Dann stellte er den Cognacschwenker hin, und seine Bewegungen verlangsamten sich ein wenig, da die Anspannung des Abends den Schmerz in seinem Rücken wieder hatte aufkommen lassen. Schließlich legte er sich zwischen das saubere Bettzeug.

Das Zimmer war geräumig und luftig, das Gasthaus das beste in ganz Kingston. Das Bett war stabil, die Federmatratze weich, und der Duft frischgeschnittener Lilien in der Vase auf dem Queen-Anne-Tischchen schwebte in der Luft.

Es war friedlich hier und bis auf das gelegentliche Klappern der Räder einer vorbeifahrenden Kutsche oder das Trommeln von Pferdehufen auf der Straße unter dem Fenster leise. Es war ein ruhiger Ort, aber nichts lag Rayne ferner als Schlaf.

Er lauschte den Geräuschen in der Dunkelheit, dem Rascheln von Jocelyns Kleidern, als sie sich auszog. Er konnte hören, wie Stoff Haut streifte, wenn sie die Kleidungsstücke ablegte, und er konnte sich ausmalen, wie ihre langen geschmeidigen Gliedmaßen sich anmutig bewegten, als sie aus ihrem Rock stieg.

Er brauchte nicht hinter den Wandschirm zu schauen, um genau zu wissen, wie sie aussah, als sie nackt dort stand. Er erinnerte sich an jede einzelne ihrer köstlichen Rundungen, an jeden Zentimeter ihrer zarten Haut. Wochenlang war ihr schönes Gesicht durch seine Erinnerung gespukt und hatte ihn verfolgt. Die Erinnerungen an ihr zartes blasses Fleisch, wie es sich unter ihm wand, hatte seinen Körper entflammt.

Auf der Seereise von England hierher hatten diese Erinnerungen seinen Haß vertieft. Er hatte an jede einzelne glühende Umarmung gedacht, an jeden leidenschaftlichen Augenblick, den sie gemeinsam erlebt hatten, und er war zu der Überzeugung gelangt, daß all das eine Lüge gewesen war. Er war sogar zu dem Glauben gelangt, daß sie nicht mehr jungfräulich gewesen war. Alaun, mutmaßte er, das eingesetzt wurde, um den Eingang einer Frau zu verengen und zu straffen, und vielleicht Hühnerblut. Das war ein alter Trick, aber trotzdem wirkte er immer noch.

Jetzt wußte er ohne jeden Zweifel, daß seine Instinkte ihn von Anfang an nicht getrogen hatten. Jocelyn mochte zwar zu einem Mord fähig sein, aber sie war keine Hure. Sogar in der schmuddeligen alten Taverne hatte sie die Rolle der Dame gespielt und trotz ihrer schlechten Chancen darum gekämpft, diesen Teil ihrer selbst zu bewahren, den sie einst ihm gegeben hatte.

Wie immens mußte ihr Haß doch gewesen sein, als sie etwas hergab, worauf sie derart großen Wert gelegt hatte. Aber andererseits war das vielleicht das einzige, was sie nicht geplant hatte.

Rayne hörte, wie Jocelyns schmale nackte Füße über den Boden tappten, und dieselbe Schwere und Anspannung, die er allnächtlich erfahren hatte, seit sie fort war, bemächtigte sich seiner Brust. Die Chaiselonge quietschte, als ihre schlanke Gestalt sich auf den Polstern zusammenrollte, und ihm ging auf, daß er vergessen hatte, ihr eine Decke bereitzulegen.

Heiliger Strohsack, es war wahrhaftig nicht kalt. Und selbst, wenn es kalt gewesen wäre, was war eine weitere unbehagliche Nacht schon im Vergleich zu dem, was sie getan hatte? Eine Zeitlang lag er in der Dunkelheit, lauschte ihren Bewegungen und hörte, wie sie versuchte, es sich auf dem schmalen gepolsterten Sofa einigermaßen bequem zu machen. Er rührte sich immer noch nicht von der Stelle.

Eine Stunde verging, vielleicht auch zwei. Jocelyn atmete jetzt tief und regelmäßig, und das sagte ihm, daß sie endlich eingeschlafen war. Er lauschte ihrem Atem, malte sich aus, wie ihre Brüste sich sachte hoben und senkten, und erinnerte sich wieder daran, wie sie sich angefühlt hatten. Sein Glied wurde steif und pochte.

Mit einem gemurmelten Fluch stieg Rayne aus dem Bett, riß die leichte Tagesdecke aus Satin herunter und begab sich zu der schlafenden Jocelyn. Er warf die Decke über ihre zusammengerollte Gestalt und lief eilig zu seinem Bett zurück.

Irgendwie fühlte er sich jetzt besser und wünschte sich doch teuflisch, es sei nicht so, als er die Augen schloß, um nicht mehr vor sich zu sehen, wie Jocelyn auf dem schmalen Sofa lag. Wie konnte jemand, der so unschuldig aussah, bloß zu einem Mord fähig sein?

Er warf einen Blick auf ihre schlafende Gestalt, die nur wenige Meter von ihm entfernt war. Er fürchtete sich wahrhaftig nicht vor ihr, obwohl er das bei Gott wahrscheinlich hätte tun sollen. Er war körperlich doppelt so stark wie sie und ein erfahrener Soldat. Sie hätte niemals Erfolg haben können, wenn er ihr nicht so vollständig vertraut hätte. Abgesehen davon war sie kein Dummkopf. Obwohl sie ihn vielleicht tot sehen wollte. Seine Drohung allein würde ausreichen, um sie abzuschrecken.

Dennoch war er zu lange Soldat gewesen, um sich nicht in acht zu nehmen. Er würde nicht in seiner Wachsamkeit nachlassen – zumindest nicht gänzlich.

Raynes Gedanken schweiften ab, und er begann, sich der Erschöpfung hinzugeben, die seinen Körper übermannte. Mit einem Ohr lauschte er im Schlaf auf unerwünschte Bewegungen von Jocelyns Seite. In den langen Nachtstunden plagten ihn keine Sorgen und keine nagenden Zweifel. Er wußte, wo Jocelyn war und daß sie in Sicherheit war.

Als er erwachte, stellte er fest, daß er so ausgeruht war wie schon seit Wochen nicht mehr.

Jocelyn drehte sich von einer Seite auf die andere, da es ihr unter der Tagesdecke aus eisblauem Satin etwas zu warm war. Sie warf sie zur Seite und versuchte, sich daran zu erinnern, wie sie zu dieser Decke gekommen war. Als ihr klar wurde, daß Rayne sie zugedeckt haben mußte, riß sie abrupt den Kopf herum. Er lag nicht im Bett. Tatsächlich war er überhaupt nicht im Zimmer.

Sie war dankbar für den Umstand, daß sie sich in Ruhe zurechtmachen konnte, und eilig huschte sie hinter den handbemalten Wandschirm, benutzte schnell den Nachttopf und wusch sich. Sie zog ihren schlichten braunen Rock und die weiße Bluse und ihre praktischen braunen Lederschuhe an und hatte sich gerade das schulterlange Haar gekämmt, als Rayne die Tür öffnete und hereinkam.

»Wie ich sehe, bist du schon fertig. Das ist gut. Pack deine Sachen zusammen und laß uns aufbrechen.«

Diesmal schnürte sie ihren roten Rock als Bündel zusammen und folgte ihm dann aus dem Zimmer. Da sie sich an seine elegante Kutsche mit den goldenen Verzierungen erinnerte, war sie erstaunt, statt dessen einen schweren Karren zu sehen. Das klobige Gefährt war bis an den Rand mit Vorräten und Baumaterial beladen. Sie sah Bauholz, Fässer voller Nägel, Hämmer, Sägen und Segeltuch, aber auch Lebensmittelvorräte: Mehlsäcke, Zuckerzapfen, Kaffeedosen, Reis, Bohnen; sogar Pferdegeschirr war auf der Ladefläche zu sehen.

»Es ist dir ernst mit deinen Ländereien hier«, sagte sie nicht ohne ein gewisses Erstaunen.

»Ja, das kann man wohl sagen.«

Er umfaßte mit Händen, die so warm und kräftig waren, wie sie sie in Erinnerung hatte, ihre Taille und wollte ihr gerade helfen, auf das große hölzerne Rad zu steigen.

»Jo! Jocelyn!« Conchita Vasquez kam über die Straße auf sie zugerast. Die roten Röcke wehten hinter ihr her, und das dichte schwarze Haar fiel ihr gewellt bis auf die Taille.

»Chita!« Jocelyn sprang von dem Wagenrad, und die Frauen fielen einander in die Arme. »Ich hätte nicht geglaubt, daß ich dich noch sehe, ehe wir Kingston verlassen. Wie hast du mich gefunden?«

»Der alte Griesgram hat gesagt, daß du nicht mehr da bist. Er hat gesagt, ein verrückter reicher Plantagenbesitzer hat ihm ein Vermögen dafür geboten, daß er dich gehen läßt. Ich habe mir ausgerechnet, wenn der Mann so viel Geld hat, wird er wohl im besten Hotel in der ganzen Stadt abgestiegen sein.«

Jo verharrte regungslos, und Chita riß den Kopf zu dem großen Mann herum, der über ihnen aufragte. »Conchita, das ist Seine Lordschaft, der Vicomte Stoneleigh.«

Chitas große Augen wurden kugelrund. »*Madre de Dios.*« Sie machte einen tiefen Knicks, was in Verbindung mit der geschmacklosen Kleidung, die sie als Barbedienung tragen mußte, irgendwie lächerlich wirkte. »Ich... es tut mir leid, Euer Gnaden. Ich hätte nicht geglaubt... ich hätte das nicht sagen sollen.«

Ihre Form der Anrede, die einem Herzog zugedacht war, entlockte Rayne ein mattes Lächeln. »Es ist schon gut, Chita. Es ist nicht das erste Mal, daß ich als verrückt bezeichnet werde.«

»Ich... ich habe es nicht so gemeint«, sagte Chita. »Ich dachte nur...«

»Ich kann mir vorstellen, was du dir gedacht hast.« Er wandte sich an Jo. »Wir haben einen weiten Weg vor uns, Jocelyn. Verabschiede dich von deiner Freundin.«

»Du wirst doch zurechtkommen, nicht wahr?« fragte Jo, die auf den Wangen des hübschen Mädchens, das in der letzten Zeit ein wenig blaß zu wirken schien, Tränen glitzern sah.

»Ich werde dich vermissen, genauso wie ich Dolly vermisse. Jetzt habe ich niemanden mehr.«

Jocelyn wußte ganz genau, wie sie das meinte. »Ich werde dich auch vermissen.« Die beiden Frauen umarmten einander noch einmal, und Tränen brannten hinter Jos Augen. »Paß auf, daß dir der alte Griesgram nicht zu nahe kommt.«

»Ich werde es versuchen.« Chita umklammerte ihre Hand. »*Vaya con Dios.*« Das dunkelhäutige Mädchen wandte sich mit einem Ausdruck der Verzweiflung ab, rannte zu der Taverne zurück und blieb auf dem Weg noch ein letztes Mal stehen, um zu winken. Dann bog sie um die Ecke und verschwand.

Jocelyn blickte in Raynes Gesicht, konnte seine Miene jedoch nicht ergründen. Er umfaßte ein wenig zu fest ihre Taille und gab ihr Halt, als sie auf das Rad und von dort aus in den Wagen stieg.

Um sie herum herrschte auf den Straßen von Kingston reges Leben, und es wimmelte nur so von Händlern, Matrosen, reichen Plantagenbesitzern und deren Ehefrauen und ihren schwarzen Sklaven, die schlichte weiße Baumwollkleidung trugen. Die meisten Männer trugen unförmige weite Hosen und Strohhüte mit breiten Krempen, wogegen sich die Frauen mit einfachen Röcken und Blusen kleideten und sich Tücher um das Haar banden. Esel zogen durch die Straßen und waren mit Weidenkörben beladen, in denen sich Obst und Gemüse für den Jubilee Markt türmte.

Es war Sonntag, der Markttag der Insel. Jocelyn hatte zwar bisher so gut wie nichts von Jamaika zu sehen bekommen, doch sie war mehrfach auf den Markt geschickt worden, um Dinge zu besorgen. Es war ein farbenfrohes Treiben, Scharen von Einheimischen, die ihre Waren feilboten, Sklaven, die verkauften, was sie in ihren eigenen kleinen Gärten anbauten, Fischhändler und Handwerker, Zimmerleute, die Möbel zum Verkauf anboten, die aus den schönen Harthölzern der Insel angefertigt worden waren – Mahagoni, Satinholz, Rosenholz und spanische Ulme.

Rayne stieg in den Wagen und schnitt eine Grimasse, als er auf dem Kutschbock Platz nahm. Ihm war deutlich anzusehen, daß er sich immer noch nicht vollständig von der Schußwunde erholt hatte, und wider Willen verspürte Jocelyn eine Woge von Mitgefühl.

Er streckte die langen Beine aus, soweit es sich unter den beengten räumlichen Verhältnissen nur irgend machen ließ, nahm die Zügel in die Hand und klatschte sie gegen den Rumpf der Pferde, bis sie sich ins Zeug legten.

»Ist das Mahagonital eine Zuckerrohrplantage?« fragte Jo, als sich das behäbige Fahrzeug in Bewegung gesetzt hatte.

»Es war eine Zuckerrohrplantage, aber sie war etwas zu hoch gelegen, um ein wirklicher Erfolg zu sein.«

»Warum hast du sie dann gekauft?«

»Ich sagte, es *war* eine Zuckerrohrplantage. Da die Zuckerpreise gesunken sind, habe ich vor, Kaffee anzubauen.«

»Kaffee?«

»Ganz genau.« Er saß keine fünfzehn Zentimeter von ihr entfernt, hatte ein langes Bein auf den Kutschkasten gestemmt und streifte mit seinen muskulösen Armen fast ihre Schultern. Sie konnte die Glut spüren, die sein kräftiger Körper ausstrahlte, und ihre eigene schlanke Gestalt wärmte sich daran.

»W-wie bist du ausgerechnet auf Kaffee gekommen?« fragte sie. Ihr war alles recht, um sich von den starken Gefühlen abzulenken, die sich ihrer bemächtigten.

Er bedachte sie mit einem grimmigen Blick und ging mit sich selbst zu Rate, ob sie eine Antwort verdient hatte oder nicht.

»Die blaue Plage«, sagte er schließlich. »Der Gin. Das Verderben der Unterschicht. Da die Gesellschaft Feldzüge dagegen unternimmt, schießen überall in ganz London Kaffeehäuser aus dem Boden. Auf dieser Insel hier ist schon mit Kaffee experimentiert worden, wenn auch nicht in großem Maßstab, doch das wenige, was hier angebaut worden ist, war ein Erfolg.« Sie fuhren um die Ecke, bogen von der King Street ab und machten sich auf den Weg zum Stadtrand. »Ich habe einfach nur vor, es in einem größeren Rahmen zu probieren.«

Wie kam es, daß sie nicht erstaunt darüber war? Wahrscheinlich lag es daran, daß Stoneleigh kein Mann war, der irgend etwas in Angriff genommen hätte, was nicht monumental gewesen wäre.

»Und wo ist mein Platz in diesem ganzen Unternehmen?

Er machte sich nicht die Mühe, in ihre Richtung zu sehen. »Mahagonital ist keine große Plantage. Im Moment gibt es dort nur fünfzig Arbeiter und ein paar Hausangestellte, und dazu kommt noch ein halbes Dutzend portugiesischer Dienstboten, die drei Monate, bevor ich die Plantage erworben habe, rübergekommen sind. Aber es gibt jede Menge zu tun.«

Er wandte sich zu ihr um, ließ seine Blicke schamlos über sie gleiten und zog zynisch einen Mundwinkel hoch.

»Unter anderen Umständen würde die Tatsache, daß du das Bett mit mir geteilt hast, dir gewisse... Privilegien gewähren.«

Jocelyn sträubten sich die Haare.

»So, wie die Dinge stehen, wirst du Seite an Seite mit den anderen arbeiten, dich ebenso wie sie an die Arbeitszeiten halten, mit ihnen gemeinsam essen. Du wirst keine Sonderbehandlung erfahren, sondern so behandelt werden wie alle anderen auch.«

Jocelyn hatte die Zähne zusammengebissen, daß sie kaum ein Wort herausbrachte. »Bist du je auf den Gedanken gekommen, *Eure Lordschaft*, daß ich keinerlei Interesse an deinen sogenannten ›Privilegien‹ haben könnte? Und im übrigen wünsche ich nicht, an die ekelerregenden Stunden erinnert zu werden, die ich in deinem Bett verbracht habe.«

Rayne riß an den Zügeln und brachte die Pferde am Rand einer menschenleeren Straße unter einem Mahoebaum mit weit ausladenden Ästen, deren gelbe Blüten sich gerade zu röten begannen, zum Stehen. Er schlang die Zügel um die Bremsvorrichtung, und Jocelyn spürte eine plötzliche Spannung in sich aufsteigen.

»Darüber habe ich mir viele Gedanken gemacht. Damals habe ich geglaubt, du würdest es genießen – sogar sehr. Ich kann mich deutlich daran erinnern, wie du gestöhnt und dich an meinen Hals geklammert hast, wie du diese langen schlanken Beine um meinen Rücken geschlungen hast, um mich noch tiefer in dich hineinzuziehen. Und jetzt sagst du mir, es sei dir widerlich gewesen. Nach allem, was passiert ist, vermute ich, ich sollte dir glauben. Trotzdem frage ich mich...«

Er ließ den Satz abreißen und zog sie an sich.

»Was... was tust du da?«

»Sagen wir einfach, ich befriedige meine Neugier.« Dann bog er sie zurück, senkte den Mund auf ihre Lippen und stieß seine Zunge fest zwischen ihre Zähne.

Rasende Wut und ein Gefühl der Demütigung wogten über sie hinweg. Jocelyn trommelte mit den Fäusten auf seine Brust und versuchte sich loszureißen, doch er hielt sie so fest, als hätte sie den Kopf in einer Schlinge. Sie konnte spüren, wie sich die Muskeln in seinen kräftigen Armen und Schultern anspannten, konnte den stetigen Rhythmus seines Herzschlags fühlen.

Seine Lippen waren warm und fest, seine Oberschenkel, die sich an ihre preßten, waren hart, und seine Zunge – lieber Gott, seine Zunge war feucht und heiß und versengte bei jeder Bewegung ihren Mund.

Glut durchströmte sie, heiße Wellen, die sie mit ihrer Wucht betäubten. Sie wollte lauthals leugnen, ihre Wut über die Macht herausschreien, die er immer noch über sie besaß. Sie wollte nichts anderes als Leere fühlen, wenn er sie berührte, nichts anderes als Abscheu. Statt dessen verspürte sie eine rasende, glühende Leidenschaft, die ihren Körper durchzuckte, eine Woge von Hitze und Verlangen, so wie schon früher immer, wenn er sie berührt hatte.

Gott, o Gott, oh, nein. Sie wollte ihm weh tun, ihre Nägel in seine Wange graben und ihn mit jedem gemeinen Schimpfwort bedenken, das ihr nur irgend einfiel. Sie wollte ihn ohrfeigen und beschimpfen, weil er ihr Leben zerstört hatte, ihre Welt.

Statt dessen schlang sie die Arme um seinen Hals und erwiderte seinen Kuß; ihre Zunge berührte seine, und ein leises Stöhnen blieb in ihrer Kehle stecken. Sie spürte, wie seine Finger die Knöpfe ihrer Bluse öffneten und den Stoff auseinanderzogen, wie seine braungebrannten Hände unter ihre Bluse glitten, um sich auf die Fülle ihrer hochangesetzten Brüste zu legen.

»Rayne…« Als er hörte, wie sie leise seinen Namen aussprach, hielt er in der Bewegung inne.

Er ließ sie nicht los, doch die Berührungen seiner Hände wurden roh, und sie zuckte zusammen. Eine erbitterte Belustigung erschütterte Raynes breite Brust.

»Du hast mir also doch nicht alles nur vorgespielt, stimmt's, Jo?« Er lachte wieder, so kalt, daß Jocelyn erschauerte. »Was für ein Gefühl ist es, meine Liebe, einen Mann zu begehren, den du verabscheust?«

Ihre Wangen glühten heißer als die strahlende Sonne von Jamaika. Sie wollte ihm sagen, daß er sich irrte, daß sie ihn früher einmal geliebt hatte. Sie wollte ihm sagen, daß sie unschuldig war, daß sie ihm niemals etwas angetan hätte. Aber ein Blick in diese harten dunklen Augen genügte, ein Blick auf sein unerbittliches Profil, und sie wußte, daß er ihr ohnehin nicht glauben würde. Seine Meinung stand fest – er hatte sie bereits für schuldig befunden.

»Du bist auch nur ein Mann«, sagte sie. »Ein Mann wie alle anderen auch. Was ich für dich empfinde, ist nichts weiter als reine Lust. Genau das gleiche, was du früher einmal für mich empfunden hast.«

»Das Gefühl, das mich beinahe das Leben gekostet hat. Glaube mir, ich habe es nicht vergessen.«

»Wenn ich mich recht erinnere, waren Gelüste auf das zarte Geschlecht schon immer deine Stärke.«

»Und deine, meine Süße, war es, unablässig durch deine hübschen weißen Zähne zu lügen.« Er nahm die Zügel in die Hand, löste die Bremse und trieb die Pferde wieder an. Die Räder rollten schwerfällig, und das Geschirr der Pferde klirrte noch lauter als das Surren der Insekten auf dem von Laub überhangenen Bergpfad.

Dieser Mistkerl! Dieser verdammte elende Mistkerl! Jo sprach diese Worte nicht aus. Das konnte sie sich nicht leisten. Wie schon von dem Moment ihrer ersten Begegnung an hatte Rayne sämtliche Trümpfe in der Hand. Sie würde seinen Wünschen Folge leisten und nach seiner Pfeife tanzen, weil ihr Leben davon abhing. Sie dachte gar nicht daran, sich von ihm zu einer Dummheit anstacheln zu lassen, zu etwas, was ihre Strafe um Jahre hätte verlängern können – zu etwas, wofür man sie hängen konnte.

Durch gesenkte Wimpern schaute sie ihn an und betrachtete sein unnachgiebiges Profil. Es versetzte sie in Wut, daß er ihr immer noch unter die Haut ging – nach allem, was er ihr angetan hatte. Er sah gut aus, und er war charmant, ein Mann, der in den Verführungskünsten äußerst erfahren war. Es war keineswegs erstaunlich, daß sie sich in ihn verliebt hatte – aber daß sie sich immer noch zu ihm hingezogen fühlte, immer noch diese überwältigende Anziehungskraft verspürte, schien ihr ein solches Wunder zu sein, daß sie es kaum glauben konnte.

Dennoch war es die Wahrheit. Es war in dem Moment ausgebrochen, in dem er sie berührt hatte, vielleicht sogar schon in dem Augenblick, in dem er in der Taverne aufgetaucht war.

Sie war verärgert und erbost darüber, doch es würde nicht ihr Untergang sein. Sie mochte ihn zwar begehren, aber jetzt wußte sie, was für ein Mann er in Wirklichkeit war, und sie würde auf der Hut vor ihm sein.

Und früher oder später würde Rayne seine rachsüchtigen Spielchen satt haben. Eine Plantage auf dem Lande war wohl kaum mit einem eleganten Stadthaus in London zu vergleichen. Sein Wunsch nach einem luxuriösen und bequemen Leben würde ihn fortlocken, und dann war sie ihn los. Sie mußte dann zwar immer noch ihre ungerechte Strafe abbüßen, aber auch das würde sie überstehen. Sie wußte nicht, was die Zukunft für sie bereithielt, doch solange sie am Leben war, bestand die Chance, daß sie glücklich werden konnte.

Sie folgten dem gewundenen Verlauf des schmalen Lehmpfads durch die Berge, und die Landschaft, durch die sie kamen, war schöner als alles, was Jocelyn sich je hätte ausmalen können. Zwischendurch konnte sie manchmal das Meer sehen, das von einem ganz unglaublichen Türkisblau war und von langen weißen Sandstränden gesäumt wurde.

Sie fuhren durch etliche kleine Ansiedlungen, in denen weißgetünchte Häuschen an der Straße standen. An den winzigen Lattenzäunen der Vorgärten rankten sich schwere Kletterrosen.

Rayne sprach während der Fahrt nur wenig mit ihr, doch sein Rücken war so steif wie ihrer, da die Wut auch auf seinen Schultern lastete. Angesichts dieser umwerfenden Schönheit ihrer Umgebung legte ihre eigene Wut sich reichlich schnell. Der Tag war einfach zu phantastisch, die Luft duftete zu süß, und der Himmel war von einem zu reinen Blau. Als Jocelyn einen Schmetterling mit einer Flügelspanne von fünfzehn Zentimetern sah, vergaß sie ihre Wut auf Rayne, deutete aufgeregt darauf und sprang mit einer solchen Begeisterung auf die Füße, daß sie fast vom Wagen gefallen wäre.

Raynes kräftiger Arm hielt sie fest und zerrte sie wieder auf die harte Holzbank zurück. »Was, zum Teufel, tust du da – willst du dich umbringen?«

»Hast du das gesehen?« Sie deutete noch einmal auf das anmutige Insekt, das gerade fortflog, und ihre Augen leuchteten vor Verwunderung.

Einen Moment lang schaute Rayne grimmig, dann mußte er lächeln. »Das ist ein Schwalbenschwanz.«

»Gütiger Himmel, der war ja ganz unglaublich. Der größte Schmetterling, den ich je gesehen habe.«

Er stieß ein heiseres Lachen aus, und seine braunen Augen färbten sich plötzlich heller. »Warte nur, bis du siehst, wie groß die Eidechsen hier sind.«

Jocelyn hätte fast gelächelt. Rayne lachte noch einmal und trieb die Pferde an, die sich ins Zeug legten, um den steilen Berghang zu bewältigen. Jocelyn saß stumm da, als der Karren über den schmalen gewundenen Pfad zu der kleinen Plantage rumpelte, die an einem Nebenfluß des Yallah lag.

Etliche Stunden später trafen sie dort ein. Inzwischen hatte Rayne seine steife Haltung wieder eingenommen, und Jocelyn war nicht sicher, ob sie auf die Schmerzen zurückzuführen war, die seine Wunde ihm immer noch bereitete, oder auf seine Wut auf sie. Sie schenkte ihm keine weitere Beachtung, sondern schaute sich um: der wolkenlos blaue Himmel, der einen noch leuchtenderen Blauton als das Meer hatte, die dicht belaubten Berggipfel in der Ferne, die sanften Hänge und die winzigen abgeschiedenen Täler, die das Mahagonital bildeten.

Als sie näher kamen, wurden die schwarzen und weißen Tupfer zu Arbeitern, die sich auf den Hängen bückten, und Holzkarren, die von Eseln gezogen wurden, bahnten sich ihren Weg durch die frisch bestellten Felder mit der schwarzen Erde.

Jocelyn hatte ein riesiges Plantagengebäude mit hohen weißen Säulen erwartet. Statt dessen sah sie zu ihrem Erstaunen ein behagliches zweistöckiges Fachwerkhaus mit einem Walmdach, breiten Terrassen und einem Balkon vor sich, der im oberen Stockwerk über die gesamte Fassade lief und mit Fliegengittern versehen war. Als sie vorfuhren, stellte sie zu ihrem noch größeren Erstaunen fest, daß die weiße Farbe abblätterte, die Veranda ein wenig heruntergesackt war und die Blumenbeete von Unkraut überwuchert waren.

»Ich habe dir doch gesagt, daß es hier noch jede Menge zu tun gibt«, sagte Rayne, als wollte er sich verteidigen, als er ihren ungläubigen Gesichtsausdruck bemerkte. »Die Arbeiter haben bereits die meisten Felder gejätet. Wir werden uns an das Haus machen, sowie das Gelände für die Aussaat vorbereitet ist.«

»Ich fürchte, ich habe keine Ahnung, was man anpflanzen muß, um Kaffee anzubauen.«

»Sprößlinge von ausgewachsenen Kaffeesträuchern. Ich erwarte eine Lieferung aus Haiti.« Er warf einen harten spöttischen Blick auf sie. »Da das Anpflanzen, das Pflücken, das Schälen und das Sortieren alles Sache der Arbeiter ist, wirst du Erfahrungen aus erster Hand sammeln können.«

Mit dieser letzten, beißenden Bemerkung riß er an den Zügeln, brachte den Wagen vor dem Haus zum Stehen, sprang ab und zuckte zusammen, als er fester als beabsichtigt auf dem Boden auftraf.

Jocelyn empfand es als einen momentanen Triumph, daß seine spöttische Haltung in der Form belohnt wurde. Dann sah sie die Schweißperlen, die sich auf seiner Stirn gebildet hatten, und sie war augenblicklich zerknirscht. Als Rayne um den Wagen herumkam und die Arme ausstreckte, um ihr beim Aussteigen behilflich zu sein, ignorierte sie seine ausgestreckten Hände und sprang ohne Hilfe auf den Boden.

Seine Gesichtszüge wurden hart. »Wenn ich mich recht erinnere, fandest du meine Berührungen am Straßenrand gar nicht ganz so ekelhaft.«

Jocelyn sah ihm fest in das finstere Gesicht. »Jeder Dummkopf kann dir ansehen, daß du Schmerzen hast. Ich wollte dich lediglich schonen. Wenn du mir jetzt zeigen würdest, wo ich meine Sachen unterbringen soll, dann werde ich sie wegpacken und anschließend bereit sein, mit der Arbeit zu beginnen.«

Einen Moment lang sagte Rayne kein Wort, sondern richtete den Blick fest auf ihr Gesicht, als versuchte er, ihre Gedanken zu lesen. Dann wandte er sich ab und ging auf das Haus zu. »Folge mir.«

15. Kapitel

Rayne führte Jocelyn in das Haus und ließ sie dann vorangehen und die Eingangshalle betreten. Das Haus, das er erworben hatte, wirkte von innen weit weniger heruntergekommen, natürlich keineswegs elegant, aber die Einrichtung war ursprünglich kostspielig gewesen, und die Tapeten an den Wänden ergänzten sich blendend mit den Orientteppichen auf den glatten Holzböden.

Das Fachwerkhaus war im Kolonialstil erbaut, mit einem Salon, der auf der einen Seite der Eingangshalle lag, einem Eßzimmer gegenüber und einer prächtigen Treppe dazwischen. Ein kleinerer privater Salon, ein intimer Wintergarten und ein Arbeitszimmer, in dem der frühere Besitzer seine Geschäfte erledigt und von dem aus er seine Plantage geleitet hatte, bildeten die Rückfront des Hauses.

»Deine Unterkunft ist im oberen Stockwerk«, sagte Rayne und riß sie damit aus ihren Gedanken. »Die zweite Tür rechts. Falls du irgend etwas brauchst, frag das Zimmermädchen, das gewöhnlich mühelos auffindbar ist.«

Jocelyn preßte das kleine Kleiderbündel an sich, das sie aus dem Gasthaus mitgebracht hatte, als sie zu ihm aufblickte. »Du willst, daß ich im Haus unterkomme?«

»Ich will dich in meiner Nähe haben, damit ich dich im Auge behalten kann. Was die Arbeit angeht, bin ich der Meinung, es ist früh genug, wenn du morgen damit beginnst. Ich werde dir von der Köchin etwas raufschicken lassen.«

Als er sonst nichts mehr sagte, ging Jocelyn durch die Eingangshalle, lüpfte ihre Röcke und stieg die Treppe hinauf.

Rayne sah ihr nach und beobachtete, wie anmutig ihre geschmeidige Gestalt sich bewegte. Er nahm den Schwung ihrer Hüften wahr, konnte einen Blick auf einen schmalen Knöchel erhaschen und hörte das Rascheln der Röcke, wenn sie ihre Beine streiften. Als sie sich auf dem oberen Treppenabsatz umdrehte, bewegten sich ihre kleinen spitzen Brüste unter ihrer Bluse, und das Blut in seinen Adern wurde dicker. Er dachte an ihre süßen weichen Lippen, und sein Magen schnürte sich zusammen. Tief in seinen Lenden pochte ein Schmerz.

Verdammt und zum Teufel! Diese Frau übte eine ganz und gar unglaubliche Wirkung auf ihn aus. Er konnte sie nicht ansehen, ohne ihr die Röcke hochziehen zu wollen, konnte den Klang ihrer Stimme nicht hören, ohne seine Zunge tief in ihren Mund eintauchen zu wollen. Er hatte nicht vorgehabt, sie über Nacht im Haus unterzubringen. Heiliger Strohsack, er hatte noch nicht einmal die Absicht gehabt, sie hierher mitzunehmen!

Oder doch?

War das nicht in Wahrheit genau der Grund dafür, daß er überhaupt auf diese verfluchte Insel gekommen war?

Alle hatten versucht, ihn davon abzubringen. Insbesondere Dominic und Catherine und mehr als alle anderen seine Schwester.

»Um Himmels willen, Rayne«, hatte Alexandra ihn angefleht, »du bringst für diese Frau dein Leben in Gefahr. Siehst du das denn nicht selbst?«

»Alex könnte durchaus recht haben«, hatte Dominic zugestimmt. »Du hast diese Frau schon einmal unterschätzt. Du kannst nicht sicher sein, wozu sie fähig ist.«

»Ich fürchte mich wahrhaftig nicht vor ihr. Sie hat mich überrumpelt, als ich nicht darauf gefaßt war, das ist alles.«

»Darum geht es nicht!« hatte Dominic eingewandt, aber Rayne war wild entschlossen gewesen.

Er brauchte die Gegenüberstellung, um mit seinen nagenden Zweifeln aufzuräumen. Er mußte ihr Gesicht sehen, sagte er sich. Nur ein einziger Blick in diese klaren blauen Augen, und er würde den Abscheu sehen, den sie so geschickt vor ihm verborgen hatte. Ein einziger forschender Blick würde ihren Verrat entlarven, und dann konnte sein Geist akzeptieren, was in Wahrheit passiert war, und er würde seinen Seelenfrieden wiederfinden.

Er war sich so sicher gewesen, derart besessen von dieser Vorstellung, so unerschütterlich entschlossen, Ruhe zu finden. Um diese Tat zu vollbringen, hatte er eines der Weltmeere überquert und eine verdammte Plantage gekauft! Aber als der Moment dann endlich gekommen war, waren die Dinge nicht plangemäß abgelaufen.

Er erinnerte sich jetzt wieder an diesen Augenblick, als sie die Tür ihres Schlafzimmers schloß, gegenüber von dem großen Zimmer am anderen Ende des Ganges, das er für sich belegt hatte. In diesen leuchtendblauen Augen hatte Erstaunen gestanden, und dann war dieser blaue Zorn aufgeblitzt, den er ein dutzendmal gesehen hatte, seit er ihr begegnet war. Und vielleicht einen Moment lang Furcht. Der Haß war, wie auch schon früher, hinter einem Ausdruck von Unschuld und Verzweiflung verborgen, und sogar unter einem Hauch von Schmerz.

Er war da, bei Gott, dieser Haß, er mußte da sein! Sie hatte ihn verraten – er hatte mit seinen eigenen Augen gesehen, wie sie den Schuß abgegeben hatte! Er war da und lauerte in diesen strahlend blauen Augen, verschleiert von einer Frau mit krankhaften Rachegelüsten, einer Frau, die die Kunst der Täuschung bis zur Meisterschaft beherrschte. Und wenn dieser Haß an die Oberfläche kam, dann wollte Rayne ihn sehen.

Daher hatte er Barzillai Hopkins, dem Besitzer der Taverne, das Doppelte dessen bezahlt, was ihm dafür zustand, daß er sie in seine Dienste nahm – und jetzt würde er noch teurer dafür bezahlen.

Rayne schlenderte in das Arbeitszimmer, griff nach der Flasche auf dem Regal hinter dem Schreibtisch und schenkte sich eine großzügige Menge Rum ein. Er leerte das Glas mit einem einzigen Zug und spürte, wie sich die scharfe Flüssigkeit einen Weg in seinen Magen brannte. Aber selbst dieses Brennen konnte sich nicht an dem Feuer messen, das immer noch durch seine Adern brauste. Das Feuer, das jedesmal, wenn er sie sah, hell aufloderte.

Er ließ sich hinter dem massiven Mahagonitisch auf einen hochlehnigen Lederstuhl sinken. Er hatte bereits viele Abende an diesem Schreibtisch zugebracht, sich die Bücher angesehen und die Liste von Arbeitern studiert, die in den kleinen strohgedeckten Hütten lebten, die aus geflochtenen Zweigen und Lehm gebaut waren.

Schon lange vor der Nacht, in der er zum ersten Mal in die Taverne gegangen war, hatte er die gescheiterte Plantage erworben und sich in dem Haus eingerichtet. Da er Zeit gebraucht hatte, um sich innerlich auf dieses Treffen vorzubereiten, hatte er lange Stunden mit den Arbeitern auf den Feldern geschuftet und gemeinsam mit ihnen das verfaulende Zuckerrohr ausgerissen. Er hatte die Plantage unbesehen gekauft, nichts weiter als ein Vorwand, um seine Reise zu rechtfertigen. Doch im Laufe der Nachforschungen, die er über die Insel und ihre wirtschaftliche Lage angestellt hatte, war sein Interesse erwacht. Was ließ sich aus diesem Land machen, wenn man ein wenig Mühe hineinsteckte? Wie konnte er hier etwas aufbauen?

Anfangs erschien die Vorstellung, hier im großen Rahmen Kaffee anbauen zu wollen, absurd, aber ganz allmählich schlug die Idee Wurzeln, die sich so fest im Boden verankerten, wie es das alte Zuckerrohr einst getan hatte, und jetzt war nicht mehr daran zu rütteln. Die harte Arbeit stellte eine Herausforderung für seinen Körper dar, obwohl sie seine Rückenschmerzen verstärkte, und der Gedanke an einen Erfolg trieb ihn an, wie ihn seit dem Krieg nichts anderes mehr angestachelt hatte.

Er schenkte sich noch ein Glas Rum ein. Das war keineswegs sein Lieblingsgetränk, aber er hatte so hart gearbeitet und sich so sehr in seine Pläne vertieft, etwas aus dieser Plantage zu machen und mehr notwendige Vorräte zu erstehen, daß er gar nicht daran gedacht hatte, Cognac zu kaufen.

Er grinste, als er die scharfe Flüssigkeit hinunterstürzte und spürte, wie sie ihn wärmte und betäubte. Letzte Nacht hatte er gut geschlafen. Die Erschöpfung hatte jeden Traum ausbleiben lassen, und es war ihm gelungen, den pochenden Schmerz des Verlangens zu ignorieren, der ihn von dem Moment an gequält hatte, in dem er Jo bei ihrer Arbeit in der Taverne entdeckt hatte.

Letzte Nacht hatte er geschlafen. Heute nacht würde das nicht ganz so einfach sein.

Rayne lauschte auf Schritte über ihm und malte sich aus, wie Jocelyns Füße über den Teppich tappten. Er konnte sich noch deutlich an die Glut ihres Mundes unter seinem im Wagen erinnern, den Umriß ihrer kleinen festen Brüste spüren. Vielleicht sollte er Dulcet zu sich kommen lassen. Die Haushälterin, eine Achtelnegerin, machte ihm schon seit dem Moment seiner Ankunft schöne Augen.

»Ich gehöre Massa James«, hatte sie gesagt und sich dabei auf den früheren Besitzer bezogen. »Ich mache ihm Freude. Jetzt gehöre ich dir.«

Rayne musterte ihre schweren Brüste und ihre schmale Taille. Sie hatte glänzende braune Augen, hohe Wangenknochen und einen Mund, der sinnlicher als jeder andere war, den er je gesehen hatte. Sein Körper schien Linderung zu brauchen – warum, zum Teufel, sollte er nicht annehmen, was sie ihm so freizügig angeboten hatte?

Rayne seufzte. Dulcet konnte seinen Körper beschwichtigen, aber nicht seinen Geist. Das konnte nur Jocelyn erreichen – und nur mit der Wahrheit.

Im Moment bekam er nichts anderes als Lügen, aber früher oder später würde sie ihre Täuschungsmanöver eingestehen. Wenn sie ihren Verrat erst einmal zugegeben hatte, würde er frei von ihr sein.

Jocelyn stand neben dem hohen Himmelbett, zog ihre staubigen Kleider aus und warf sie auf die Tagesdecke aus roséfarbenem Chintz. Sie war ermattet von der holprigen Fahrt und dem Sitzen auf der unbequemen Bank im Wagen. Doch obwohl Rayne dabeigewesen war und ihre Freude getrübt hatte, hatte sie die Reise ausgekostet – jede einzelne Minute der Fahrt durch die süß duftende Luft.

Sie zog ihr Nachthemd an und trat ans Fenster. Die Luft hier oben war so unglaublich sauber, der Himmel mit Sternen angefüllt. Was würde passieren, wenn sie ins Freie ging? fragte sie sich. Würde jemand versuchen, sie aufzuhalten? Es war still im Haus, denn die Dienstboten hatten sich für die Nacht zurückgezogen. Sie besaß keinen Morgenmantel, aber wenn sie sich leise bewegte, würde sie vielleicht von niemandem gesehen werden.

Sie wußte, daß sie es nicht hätte tun sollen, doch die kühle Nachtluft lockte sie, und sie verließ ihr Zimmer und stieg die Treppe hinunter. Sie würde sich nicht weit vom Haus entfernen, sich nur ein Weilchen ins Dunkle setzen und sich von den nächtlichen Geräuschen und der frischen Bergluft einlullen lassen.

Sie trat in die Dunkelheit hinaus und setzte sich auf eine niedrige Steinmauer, die den überwucherten Garten umgab. Hier draußen war es friedlich, so still und erholsam. Innerhalb von Minuten hatte sie sich von der Stille einfangen lassen, etwas, was sie seit ihrer Kindheit auf dem Lande vermißt hatte. Ihr entging das Geräusch, mit dem eine Tür sich öffnete, aber auch das Knirschen schwerer männlicher Stiefel auf dem Kies.

»Ich habe mir eingebildet, ich hätte etwas gehört. Ich hätte mir ja gleich denken können, daß du es bist.«

Jocelyn sprang auf und stieß einen überraschten Ausruf aus, als sie Raynes Stimme hörte. »Ich... ich war noch nicht schläfrig. Es war so schön hier draußen, daß ich einfach nur...« Wie konnte sie erklären, was für ein Gefühl es war, einfach nur die süß duftende saubere Luft einzuatmen? »Ich wollte nicht fortlaufen.«

Sie konnte ihn zwar kaum erkennen, doch sie konnte spüren, wie seine Blicke über ihren Körper glitten. »Was, zum Teufel, hast du da an? Du bist doch nicht etwa in deinem Nachthemd aus dem Haus gegangen?«

Unbewußt wich sie einen Schritt zurück. »Niemand hat mich gesehen. Es ist dunkel hier draußen, und es ist niemand in der Nähe.«

»Außer mir.«

Darauf fiel ihr keine Antwort ein.

»Was tust du hier draußen?«

»Ich schaue die Sterne an. Ich habe schon immer die Sternbilder geliebt.« Sie deutete auf den Himmel. »Das ist der Große Hund. Und dort – das ist der Stier.«

Er murrte: »Stimmt.«

»Es ist so wunderschön zu dieser späten Nachtstunde... und so still. Nicht wie in der Stadt... oder in der Taverne. Dort schien man keinen Moment lang Ruhe und Frieden zu finden.«

»Du solltest nicht hier draußen sein.«

»Nein, vermutlich nicht. Es überrascht mich, daß du mich nicht eingeschlossen hast.«

»Die Insel an sich ist ein Gefängnis. Du kannst nicht entkommen.«

Sie zuckte steif zusammen. Er war immer noch nicht bereit für die Wahrheit. Sie konnte es aus seiner Stimme heraushören. Sie fragte sich, ob er je bereit sein würde.

»Wenn das der Fall ist, hast du sicher nichts dagegen, wenn ich noch ein Weilchen länger hier sitzen bleibe.« Sie ließ sich wieder auf das niedrige Steinmäuerchen sinken, auf dem sie gesessen hatte. »Ich beobachte gern die Glühwürmchen – sie leisten mir Gesellschaft.«

Rayne packte ihren Arm und zog sie auf die Füße. »Wenn du noch länger halbnackt durch die Gegend läufst, wird dir bestimmt einer dieser Männer Gesellschaft leisten.« *Oder ich.* »Falls du glauben solltest, *ich* sei roh mit dir umgesprungen, wirst du schon bald dahinterkommen, daß es gewaltige Unterschiede gibt.«

Sie riß sich von ihm los, und ihre Wangen glühten vor Verlegenheit. »Deine Sorge ist wirklich rührend.«

Rayne schaute sie im Dunkeln an. »Was ich gesagt habe, war mein Ernst – eine Frau ist allein hier draußen nicht sicher. Unsere Arbeiter mögen zwar vielleicht kein Problem darstellen, aber es sind andere Menschen in der Nähe, die Ärger machen könnten. Ich will nicht, daß du nachts allein durch die Gegend läufst.«

Er machte sich doch nicht etwa Sorgen um sie? dachte Jo höhnisch. Er sorgte sich doch nicht etwa, ihr könnte etwas zustoßen, ehe er seine verdammte Rache an ihr geübt hatte.

Sie stand auf und machte sich auf den Rückweg zum Haus.

»Wir fangen früh mit der Arbeit an«, sagte er.

Jocelyn ging unbeirrt weiter.

Da sie lange Arbeitstage gewöhnt war, erwachte Jocelyn vor dem Sonnenaufgang und war einen Moment lang verwirrt von dem Moskitonetz, das über dem Bett hing, aber auch darüber, wie weich sich die Federmatratze anfühlte.

Sie seufzte, als ihr wieder einfiel, wo sie war, und dann gönnte sie sich eine Minute, um das Gefühl von Bequemlichkeit und Behagen in sich aufzusaugen, das ihr so lange verwehrt geblieben war. Sie streckte sich und gähnte im Dunkeln. Das Morgengrauen hatte den Himmel noch nicht grau gefärbt. Schließlich schlug sie die Decke zurück und rollte sich an die Bettkante, um eine Kerze anzuzünden.

Sie hatte letzte Nacht nicht gut geschlafen, obwohl das Bett weich war und das Zimmer ihre Erwartungen bei weitem übertroffen hatte. Sie hatte mit trostlosen Dienstbotenunterkünften gerechnet. Dennoch war ihre Nacht angefüllt mit Träumen von ihm gewesen, von dem Gespräch, das sie draußen im Dunkeln miteinander geführt hatten und von allem, was sich seit seinem Erscheinen zugetragen hatte.

Der Haß, den sie in seinen Augen sah, machte sie zornig – und auch ängstlich. Im Laufe der Nacht war sie schweißgebadet aufgewacht, weil sie geträumt hatte, daß er wutentbrannt über ihr aufragte und seine breiten Hände um ihre Kehle geschlossen hatte, während er sie langsam erwürgte, bis das Leben aus ihrem Körper wich.

Sie versuchte, ihm zu sagen, daß sie nicht auf ihn geschossen hatte, doch er drückte nur noch fester zu. »Wenn du es nicht warst, wer war es dann?« hatte er sie angebrüllt.

Das war eine Frage, die sie sich selbst seit jenem schicksalhaften Nachmittag tausendfach gestellt hatte, und die Liste potentieller Schurken war immer länger und verwirrender geworden.

Sie wußte, daß Rayne Feinde hatte. Sie hatte nahezu zwei Jahre damit zugebracht, sich ein Bild von seinem Lebenswandel zu machen, sie hatte ein halbes Dutzend seiner Schlägereien in Tavernen miterlebt und selbst gesehen, wie er um eine ganze Reihe von Frauen geworben und sie fallengelassen hatte, ohne ihren Gefühlen größere Beachtung zu schenken. Er hatte ihr selbst erzählt, daß Lady Campden früher einmal seine Geliebte gewesen war und daß ihr Ehemann immer sehr eifersüchtig zu sein schien.

Als nächsten konnte man Stephen Bartlett auf diese Liste setzen, Lord Harcourt. Und natürlich Rosalee Shellgrave, die Schauspielerin, die früher Stephens Mätresse gewesen war – ehe sie Raynes Mätresse wurde.

Dann gab es noch einen letzten Namen, den zu erwähnen ihr zutiefst widerstrebte, sogar in der Stille ihres Innern. Ein schmächtiger blonder Knabe mit schlimmen Verbrennungen an den Händen. Anfangs hatte sie diese Möglichkeit abgestritten. Dann erinnerte sie sich wieder an den subtilen Wandel ihrer Beziehung zueinander, an sein seltsames Benehmen, seit sie begonnen hatte, Kleider zu tragen und sich wie eine Dame zu geben. Hatte Tuck wie ein Schuljunge für sie zu schwärmen begonnen? Konnte es möglich sein, daß er eifersüchtig auf Rayne gewesen war? Glaubte er etwa, daß er sie beschützte, sie vielleicht sogar rettete?

Bei diesem Gedanken schnürte sich Jocelyns Magen zusammen, und sie betete, es möge nicht die Wahrheit sein. Selbst wenn es so war, war er in Sicherheit, da sie für das Verbrechen verurteilt worden war. Das schien nur ein kleiner Trost für diese enorme Ungerechtigkeit zu sein, aber dennoch beruhigte es sie ein klein wenig.

Jocelyn zog sich an, fuhr sich mit einem Kamm durch das Haar und griff nach dem Kerzenhalter, den sie angezündet hatte, um Licht im Zimmer zu haben. Sie zog die schwere Holztür auf und trat in den Gang hinaus. Es war dunkel im Haus, oder zumindest schien es so, bis sie unten am Arbeitszimmer vorbeikam. Ein gelber Lichtschein fiel unter der Tür hindurch, und sie konnte hören, daß sich jemand in diesem Raum bewegte.

So früh war Rayne doch gewiß nicht auf.

Da sie neugierig geworden war, wer das wohl sein mochte, aber dennoch nicht das Risiko eingehen wollte, es herauszufinden, verließ Jocelyn das Haus und begab sich zu dem Gebäude, in dem die Küche untergebracht war. Die Arbeit in dem dampfenden, ständig überheizten Raum war die unerfreulichste Aufgabe, die sie sich für sich selbst hätte vorstellen können, aber sie dachte gar nicht daran, darauf zu warten, bis Rayne sie für bestimmte Arbeiten einteilte. Sie dachte gar nicht daran, ihm Grund zu Vorwürfen zu geben oder sich etwas zur Last legen zu lassen.

Einen Moment lang stand Jocelyn unbemerkt in der Küchentür. Riesige schwarze Kessel brodelten auf einem selbstgebauten Herd aus weißen Ziegeln neben einem großen Ziegelofen. Dampf zischte aus einem Teekessel, und Gemüse und Obst türmten sich auf den langen Holztischen auf: Mais, weiße Rüben, Süßkartoffeln, Mangos, die Zutaten für Brühe und Brotfrüchte. Es war jetzt schon heiß im Raum, doch die Gerüche waren angenehm, der Duft nach siedenden Fleischstücken und frisch gebackenem Brot.

»Das Brot ist fertig«, sagte eine große Frau mit kakaobrauner Haut, langen Gliedmaßen, hohen Wangenknochen und einem Lächeln auf ihren breiten Lippen. »Soll ich es aus dem Ofen holen?«

»Spar dir die Mühe.« Eine kleine Schwarze, die den dreifachen Körperumfang des anderen Mädchens hatte und wirklich pechschwarz war, riß die Eisentür des Ofens auf. »Ich mach das schon.«

Jocelyn lächelte unwillkürlich über das Patois, den starken kreolischen Akzent. Selbst jetzt, nach ein paar Wochen in diesem Land, verstand sie kaum, was hier gesprochen wurde.

»Hallo«, sagte die große Frau, deren Sprechweise wesentlich leichter zu verstehen war. »Du mit neuem Massa hergekommen, Mädchen?«

»Ja. Ich heiße Jocelyn.«

»Jo-ce-line?«

»Jo genügt, falls das leichter ist.«

Sie grinste und entblößte dabei ihre weißen Zähne. Sie war hübsch, erkannte Jo. Exotisch und gertenschlank und dabei doch mit großen Brüsten und einer Form von Sinnlichkeit, die sich sehr von der der meisten anderen Frauen unterschied.

»Ich bin Dulcet, und das hier ist Gwen. Ich bin Haushälterin, und Gwen ist Köchin. Die zwei da drüben sind Robin und Bluejay.«

Als Jo sich umdrehte, sah sie zwei junge Mädchen, die in einer Ecke standen und hinter vorgehaltenen Händen kicherten.

»Schluß damit!« sagte Gwen. »Ich schlag euch auf die Finger, wenn ihr euch jetzt nicht endlich an die Arbeit macht.« Im nächsten Moment war das Lächeln verflogen, und die beiden jungen Mädchen schnitten wieder mit ernsten Gesichtern die reifen weißen Rüben in Scheiben.

»Die werden es nie lernen.« Gwen schüttelte die wollige Mähne und holte einen zweiten Brotlaib aus dem Ofen. Der würzige Duft ließ das Wasser in Jos Mund zusammenlaufen.

»Du Mädchen von Massa?« erkundigte sich Dulcet.

»Nein.«

Dulcets Lächeln wurde strahlender. »Gut.«

Das gefiel Jo gar nicht, und ebensowenig gefiel ihr der Gesichtsausdruck der Frau, als sie von Rayne gesprochen hatte. Doch ihr Lächeln war freundlich, und sowie Jocelyn den Frauen zur Hand ging, akzeptierten sie sie, als seien sie schon lange miteinander befreundet.

»Bebo krank heute.« Dulcet biß in ein Stück Mango, die sie gerade in Scheiben schnitt, und dann leckte sie sich den süßen Saft von den langen braunen Fingern. »Gwen meine Freundin. Massa sagt, in Ordnung, wenn ich helfe.« Da war er wieder, dieser Blick, eine Form von Erröten, der ihre hohen Wangenknochen dunkler färbte.

»Ich habe den Eindruck, du magst ihn.«

»Massa schöner Mann.« Sie grinste. »Große Hände. Starker Körper. Lange Latte.«

»Lange Latte?« wiederholte Jo.

Gwens enormer Bauchumfang schwabbelte gegenüber am Tisch, wo sie gekochte grüne Bananen und Reis zubereitete, vor Heiterkeit. Sie machte mit ihren Stummelfingern ein paar anzügliche Gesten, die deutlich klarstellten, wovon Dulcet sprach, und jetzt röteten sich Jocelyns Wangen.

»Sie will mit ihm«, sagte Gwen, und Jo verstand zwar nicht ganz, was sie meinte, machte sich aber doch eine recht klare Vorstellung davon, daß Dulcet Rayne in ihrem Bett haben wollte.

Wäre nicht dieser Ausdruck der Verlegenheit auf das Gesicht

des hübschen Mädchens getreten und wäre nicht offenkundig gewesen, daß sie ihn nicht in ihrem Bett gehabt hatte, dann hätte Jocelyns Eifersucht durchbrechen können. So, wie die Dinge standen, ertappte sie sich dabei, daß sie breit grinste, und dann brachen alle drei Frauen in lautes Gelächter aus. Gott, wie gut es doch tat, endlich wieder einmal zu lachen.

Rayne stand in der Tür und beobachtete die drei Frauen. Er stand schon seit einer ganzen Weile da und war von Jocelyns lächelndem Gesicht hypnotisiert.

So sah er sie in seinen Träumen, in denen sie lachte und ausgelassen mit ihm redete, aber im Laufe des Tages gewann sein rationaler Verstand die Oberhand und löschte jede angenehme Erinnerung aus, die ihm noch geblieben war. Es überraschte ihn, daß sie bereits auf den Beinen war und sich an die Arbeit gemacht hatte, aber wahrscheinlich hätte es ihn nicht weiter verwundern sollen. Sie hatte schon immer bereitwillig mit angepackt und in dem Stadthaus, das sie gemeinsam bewohnt hatten, mehr Arbeiten übernommen, als nötig gewesen wäre.

Sie beugte sich über einen langen Holztisch und schnitt grüne Bananen in Scheiben. Ihr Gesicht war vom Lachen und der dampfenden Hitze gerötet, die in der Küche herrschte, und feuchte Locken ihres rabenschwarzen Haars klebten hartnäkkig an ihren Wangen. Sie streckte sich einen Moment lang, um etwas gegen ihren steifen Rücken zu unternehmen, und dabei reckten sich ihre Brüste verlockend vor. Er malte sich genau aus, wo die Brustwarzen wohl sein mochten, und eine Woge von Glut spannte seine Lenden an.

Sie streckte sich noch einmal, da sie wirklich eine unbequeme Haltung eingenommen hatte, und seine Gedanken schweiften von dem sinnlichen Anblick, den sie bot, zu der Zeit, in der sie ihm von ihrer Arbeit in der Küche einer Taverne im East End berichtet hatte.

»Das war der schlimmste Job aller Zeiten«, hatte sie gesagt, und ihr Cockney hatte sich bei der unerfreulichen Erinnerung wieder eingeschlichen. »Die gräßliche Hitze war mir verhaßt, der Rauch und diese endlosen Berge von schmutzigem Geschirr. Da wäre ich doch noch lieber Dieb.«

Damals hatte er darüber gelacht. Jetzt lachte er nicht.

Jo lachte auch nicht. Sie hatte ihn in der Tür stehen sehen, und sämtliche Frauen waren abrupt verstummt.

»Ich... wußte nicht, daß du um diese Zeit schon auf bist. Ich habe mir gedacht, daß in der Küche immer Hilfe benötigt wird.«

»Ja... ich erinnere mich noch daran, wie gern du diese Form von Arbeiten verrichtest.« Unbewußt schnitt sie eine Grimasse, und Raynes Mund verzog sich zu der Andeutung eines Lächelns. »Dennoch halte ich es für das beste, wenn du deine Arbeit hier im Stich läßt. Ich habe etwas anderes mit dir im Sinn.«

»Natürlich.« Sie wollte die Schürze aufschnüren, die sie sich über den Rock gebunden hatte.

»Es könnte gut sein, daß du die Schürze behalten möchtest. Es geht um eine ziemlich üble Schmutzarbeit.«

Sie reckte das Kinn in die Luft. Ganz offensichtlich glaubte sie, er hielte etwas Schauriges für sie bereit. Das hätte er auch tun sollen. Verdammt und zum Teufel, das hätte er wahrhaft tun sollen!

»Hier entlang.« Er führte sie hinter der Küche vorbei und schritt forsch über den breiten Streifen Erde hinter dem Haus, auf dem gepflanzt wurde. Hohe Maisähren wankten in der Brise, und Melonen krochen an langen, niedrigen Reben entlang, die in ordentlichen Reihen angebaut waren. Ein schwarzweiß gemusterter Köter huschte an einem der dunkelhäutigen Arbeiter vorbei, der dem Tier mit dem Ende seiner Hacke drohte und es verscheuchte.

Rayne blieb am Rand des Gemüsegartens neben einem schwarzhaarigen Mann stehen, der nicht älter als sechsundzwanzig sein konnte.

»Jocelyn, das ist Paulo Baptiste. Er ist der Mann, der für den

Garten und das Gelände in unmittelbarer Nähe des Hauses zuständig ist.«

Paulo, der auf dem Boden kniete, erhob sich und klopfte sich die fruchtbare dunkle Erde von den Händen. »*Bom dia, Senhorita.*«

»Jocelyn spricht Französisch und Englisch, aber ich fürchte, sie spricht kein Portugiesisch.« Da er das Interesse des jungen Mannes deutlich wahrnahm, spürte Rayne, wie ihm die Eifersucht einen unerwünschten Stich versetzte.

»Es ist mir ein Vergnügen, dich kennenzulernen, Paulo.« Jocelyn reichte ihm eine Hand mit schmalen Fingern, doch der Portugiese sah, wie schmutzig seine eigene Hand war, und er schüttelte nur den Kopf.

»Ich bin sicher, daß das Vergnügen ganz bei mir liegt.« Dafür, daß er recht klein war, war er ein strammer Bursche mit intelligenten Augen und einer umgänglichen Art. Rayne hatte ihn von Anfang an gemocht und gleich seine Begabung erkannt, der Erde Wachstum zu entlocken, aber auch seine Fähigkeit, die anderen Arbeiter anzuleiten.

»Jocelyn stellt sich mit Blumen außerordentlich geschickt an. Ich dachte, vielleicht könnte sie mit unseren armseligen Blumenbeeten etwas anstellen.«

Jocelyn drehte sich abrupt zu ihm um und sah ihm ins Gesicht. »Du läßt mich im Garten arbeiten? Aber ich dachte...«

»Ich weiß, was du dir gedacht hast, Jocelyn, und du kannst sicher sein, daß ich dich darauf angesetzt hätte, mit den anderen gemeinsam die letzten Zuckerrohrfelder umzugraben, wenn diese Beete es nicht so dringend nötig hätten, daß sich jemand mit ihnen beschäftigt.«

Der Gedanke war ihm natürlich durch den Kopf gegangen. Sie hatte es weiß Gott verdient – das und noch viel Schlimmeres. Aber als er gestern nacht gesehen hatte, wie sie die Glühwürmchen beobachtet hatte, und als er ihr Gelächter bei der Küchenarbeit gehört hatte, hatte er diese Idee augenblicklich wieder verworfen.

»Paulo wird dir das Treibhaus und den Geräteschuppen zeigen. Dort wirst du das Werkzeug finden, das du brauchst, um das Unkraut zu jäten. Schreib mir eine Liste der Pflanzen, die du gern haben möchtest, und wenn wir die nächste Fahrt in die Stadt unternehmen, um Vorräte zu besorgen, kümmere ich mich darum, daß du alles bekommst, was du willst.«

Sie sah ihm forschend ins Gesicht. »In Ordnung.«

Rayne nickte lediglich. Der freudige Ausdruck auf ihrem Gesicht, als er ihr diese Aufgabe zugewiesen hatte, sorgte dafür, daß seine Brust sich zusammenschnürte. Verdammt noch mal, er wünschte wirklich, sie hätte ihn nicht so angesehen. Das benebelte seinen Verstand mit Gefühlen, die schon vor langer Zeit hätten absterben sollen. All seine nagenden Zweifel kamen wieder an die Oberfläche.

Und er begehrte sie mit einer Leidenschaft, die sich fast an der Wut über das messen konnte, was sie getan hatte.

Verdammt und zum Teufel! Rayne wandte sich von Jocelyns Anblick ab, als sie mit dem kleinen dunkelhäutigen Portugiesen zum Geräteschuppen schlenderte. Jetzt schon lachte sie über etwas, was der junge Mann gesagt hatte, und jetzt schon bereute Rayne den Entschluß, die beiden zusammenzubringen. Der Teufel sollte dieses Biest holen!

Wild entschlossen, sie zu vergessen, und wenn es den letzten Funken seiner Willenskraft kostete, machte sich Rayne auf den Weg zu den Ställen. Wie die meisten Nebengebäude war auch der Stall alt und reparaturbedürftig. Das Dach leckte, und Spinnweben hingen an den Dachbalken und zogen sich in allen Ecken über die Wände. Dort roch es nach Tieren, Dung und Stroh.

Rayne begab sich zu einer Box ganz hinten und lockte mit Schmeicheleien den großen schwarzen Hengst heraus, den er ritt, seit er hier angekommen war. Knight war das edelste Tier auf der ganzen Plantage, das einzige Pferd aus einer einigermaßen guten Zucht, das nicht schon vor seinem Eintreffen auf der Insel verkauft worden war. Rayne sattelte das Pferd persönlich und schwang sich auf den Sattel. Sein Rücken krümmte sich vor Schmerz; er zuckte zusammen und ignorierte dann die Schmerzen.

Er mußte die Arbeiten überwachen, die auf den Feldern verrichtet wurden, und er brauchte frische, saubere Luft. Er mußte diese heiße Lust vertreiben, die sich tief unten in seinem Bauch zusammengeballt hatte.

Er würde bis zur Abenddämmerung arbeiten, wenn es sein mußte, damit die körperliche Erschöpfung seinen Geist von diesem höllischen Verlangen läuterte. Wenn das nicht klappte, würde er in Betracht ziehen, Dulcet in sein Bett zu holen.

Genau das würde er tun, gelobte er sich. Er würde alles tun, was nötig war, um die Gefühle des Verlangens nach Jo aus seiner Seele und seinem Körper zu vertreiben.

Mit einem Hut auf dem Kopf, den eine der portugiesischen Arbeiterinnen ihr geliehen hatte, arbeitete Jocelyn den ganzen Tag unter der sengenden karibischen Sonne. Nach einem so schweren Arbeitstag hätte ihr heiß sein sollen, und sie hätte müde und gereizt sein müssen, doch sie war es nicht.

Jeder einzelne Augenblick im Freien hatte ihr Freude bereitet, ein Gefühl, das fast so schön wie die Freiheit war. Paulo Baptiste war hilfreich und freundlich gewesen. Sie hatte herausgefunden, daß er sich als Arbeitskraft verpflichtet hatte, damit ihm die Überfahrt bezahlt wurde. Er war kein Sträfling wie sie.

»Ich habe mich in die Sklaverei verkauft«, hatte er gesagt. »Das gibt mir die Chance, ein neues Leben zu beginnen. Nur noch fünf Jahre, und ich werde ein freier Mann sein. Dann habe ich genug Geld verdient, um in Amerika einen neuen Anfang zu machen.«

»Das klingt ja wunderbar, Paulo.« Und ihr machte es Hoffnung. Vielleicht würde auch sie eines Tages irgendwo einen Neubeginn machen.

Sie gab sich angenehmen Überlegungen dieser Art hin, als sie sich auszog und in ihr weißes Baumwollnachthemd schlüpfte. Sie hatte die Tagesdecke aus roséfarbenem Chintz gerade zurückgeschlagen, als sie sie sah, eine riesige haarige Spinne, die fast so groß wie ihr Handteller war. Noch ehe sie sich umdrehte und zur Tür raste, stieß sie ungewollt einen Schrei aus. Die Tür flog schon auf, ehe sie sie erreicht hatte, und Jocelyn prallte frontal mit Rayne zusammen. Er schlang die Arme um sie, als sie wankte, um sie an seine Brust zu ziehen, damit sie das Gleichgewicht nicht verlor.

»Was ist los? Was ist passiert?«

Sie zitterte von Kopf bis Fuß, und plötzlich kam sie sich dumm vor, weil sie einen solchen Aufruhr verursacht hatte. »Es tut mir leid. Es war nur eine Spinne, nichts weiter. Sie ist nur so... so verflucht groß!«

Raynes Mundwinkel zogen sich nach oben. Sie konnte es nicht glauben, aber er lächelte tatsächlich. »Ich fürchte, das ist die Plage dieser Insel. Sie sind harmlos, aber sie sind wirklich ziemlich groß. Du solltest sehen, wie groß die Eidechsen hier sind.«

Jocelyn biß sich auf die Lippen. Sie strengte sich nach Kräften an, um nicht laut loszulachen, aber plötzlich wurde der Drang einfach zu stark. Sie schaute Rayne an und sah das schelmische Funkeln in seinen Augen, und beide grinsten breit. Dann lachten sie laut, hielten sich aneinander fest und schüttelten sich vor Heiterkeit. Es war genauso wie früher, wie bei all ihren zahlreichen vergnüglichen Stunden, die sie miteinander verbracht hatten.

In diesem einen Augenblick wünschte sich Jocelyn mehr als alles andere auf Erden, daß Rayne die Wahrheit erfuhr und von ihrer Unschuld wußte. Sie blickte zu ihm auf und sah, daß sein Lächeln verflogen und ein dunkler rauchiger Schimmer in seine Augen getreten war.

»Rayne, ich habe nicht...«

Sein Kuß schnitt ihre Worte so schnell und glühend ab, daß ihre Knie beinahe unter ihr zusammensackten. Wenn der Moment nicht gewesen wäre, in dem sie herzlich miteinander gelacht hatten, hätte sie vielleicht versucht, ihn daran zu hindern. Statt dessen öffnete sie jetzt einladend den Mund, fühlte seine seidenweiche Zunge, spürte sein glühend heißes Drängen und lehnte sich an die feste Mauer seiner Brust. Stählerne Muskeln bewegten sich unter ihr, sein Herz pochte rasend unter ihrer Hand, und glühende Hitze zuckte durch ihren Körper.

Raynes Hand glitt über ihren Rücken, legte sich auf ihren Hintern und zog sie an ihn. Sie konnte seine feste Männlichkeit spüren und erinnerte sich wieder daran, was für ein Gefühl es war, wenn er sich in sie stieß. Ein leises Stöhnen entrang sich ihrer Kehle, und ihre Finger zerzausten sanft sein Haar.

Sie spürte, wie er steif zusammenzuckte, spürte, wie er sich losriß, und ein Gefühl von ungestillter Gier bemächtigte sich ihrer, als sei sie am Verhungern. Als sie in Raynes Gesicht aufblickte, das noch vor wenigen Momenten einen zärtlichen Ausdruck und ein Lachen gezeigt hatte, wich sie angesichts seiner unverhohlenen Wut erschrocken zurück.

»Ich bin kein Dummkopf, Jocelyn. Ich weiß, daß du mich dafür hältst. Ich weiß, daß ich mich früher einmal so benommen habe, aber ich kann dir versichern, daß ich mich von dir nicht noch einmal zum Narren halten lasse.«

»Rayne, bitte. Wenn du doch bloß...«

»Sei ruhig«, sagte er. »Kein Wort mehr.«

»Aber ich...«

Er packte ihren Arm. »Ich muß mich wirklich zusammenreißen, um dich nicht zu schlagen. Du kannst dich glücklich schätzen, daß ich bislang die Selbstbeherrschung nicht verloren habe.« Sie zweifelte nicht daran, daß das sein Ernst war. Es stand in jede der zornigen Linien seines Gesichts geschrieben. Mit einem letzten harten Blick wandte Rayne sich ab und stolzierte zur Tür hinaus.

Jo starrte ihm nach, bis einer der Hausangestellten kam, um die Spinne zu entfernen. Dann wurde es still im Raum, und sie war wieder allein.

Ihr Herz pochte immer noch, und ihre Brust war schwer, als sie sich auf das Bett setzte und zu dem dünnen Moskitonetz aufblickte. Tränen brannten hinter ihren Augen, und ihre Kehle fühlte sich heiß an und schmerzte.

Einen kurzen Augenblick lang war Rayne wieder der Mann gewesen, den sie gekannt und geliebt hatte. Das Lachen in seinem Gesicht hatte ihrem Herzen Hoffnung eingeflößt und sie in die Vergangenheit zurückgetragen, als hätte diese nie geendet.

Dann war das Lachen verflogen, und die Leidenschaft war durchgebrochen. Sie war nicht immun dagegen gewesen – und Rayne auch nicht. Diese Leidenschaft hatte seine Wut wachgerufen, ein Verlangen, dem er sich anscheinend noch weniger hingeben wollte als sie. Und doch war es da. Ihr Körper pochte noch vor Gier, die er geweckt hatte. Die Bilder seiner kräftigen Gestalt, die sich an sie preßte, ließen sich nicht vertreiben.

Mit einem bitteren Schluchzen ballte Jocelyn eine Hand zur Faust und schlug damit auf die Matratze. Wenn er ihr doch bloß zugehört hätte! Früher einmal war er ein vernunftbegabter Mann gewesen. Aufbrausend, soviel stand fest, aber selten ohne guten Grund. Jetzt blendete ihn seine Wut. Er hielt sie für schuldig, und er wollte sie ihre gerechte Strafe abbüßen sehen.

Und doch war es zu diesem einen Augenblick gekommen, in dem sie miteinander gelacht hatten. Zu diesem einen zärtlichen Blick, der tiefe Gefühle verriet, die noch nicht abgestorben waren. War es möglich, daß noch mehr von diesen Gefühlen übrig war? Vielleicht waren sie alle noch da und schlummerten dicht unter der Oberfläche. Wenn sie wartete und betete, würden sie vielleicht ans Licht kommen. Wenn sie einen kleinen Teil seines Vertrauens wiedererlangte, würde er ihr mit der Zeit vielleicht doch zuhören.

Vielleicht würde er im Laufe der Zeit, die er noch auf der Insel blieb, beginnen, ihr Glauben zu schenken.

Wenn ja, dann bot sich ihr vielleicht doch noch eine Chance, die Freiheit wiederzuerlangen.

16. Kapitel

Rayne betrank sich in jener Nacht sinnlos und arbeitete dann am nächsten Tag sechzehn Stunden gegen seine rasenden Kopfschmerzen an. In den nächsten drei Tagen bemühte er sich nach Kräften, Jo nicht über den Weg zu laufen. Ihm ging immer wieder die Frage durch den Kopf, wie sie und der gutaussehende Portugiese wohl miteinander auskamen, doch er zwang sich, diese Vorstellung zu verdrängen.

Allabendlich trank er mehr, als er beabsichtigt hatte, doch nur so konnte er einschlafen. Als er mit seinem Pferd über die Wege der Plantage geritten war, hatte er Jocelyns schlanke Gestalt gesehen, die über die Blumenbeete gebeugt war, nichts weiter als ein kleiner Punkt mit schwarzem Haar im wuchernden Gras, und doch hätte er sie überall erkannt. Gemeinsam mit frischen Vorräten war eine Wagenladung von Freilandpflanzen aus Kingston gebracht worden, und schon jetzt blühten sie rosa und rot unter der nährenden Sonne.

Zweimal hatte er sie gesehen, wie sie von Scharen von Arbeiterkindern umzingelt war. Er hatte ihr Gelächter und das der Kleinen gehört. Er erinnerte sich wieder an die Findlinge in dem Armenhaus, an ihre Liebe zu ihnen und daran, wie sehr sie sich um sie gesorgt hatte. Das paßte nicht zu dem Bild einer Frau mit krankhaftem Haß, das er sich von ihr gemacht hatte, und doch wußte er, daß an diesem Bild etwas Wahres dran sein mußte.

Er hatte gesehen, wie sie die Pistole auf ihn gerichtet hatte, hatte das blinkende Silber der Mündung gesehen, ehe der Schuß ertönt war. Er konnte immer noch das glitschige Blut auf seinen Fingern fühlen, das schmerzhafte Brennen der Kugel.

Seine Rückenschmerzen waren eine ständige Erinnerung daran, und doch...

Rayne arbeitete vom Morgengrauen bis in die Abenddämmerung hinein wie ein Irrer und nahm seine Mahlzeiten in seinem Arbeitszimmer ein oder trug sie in ein Tuch gehüllt in den Satteltaschen mit auf die Felder hinaus. Er hatte das Gewicht, das er verloren hatte, zum größten Teil wieder zugenommen, die schwere körperliche Arbeit hatte seine Muskeln gekräftigt, und die Stunden in der Sonne hatten seine Haut gebräunt, die jetzt den Farbton einer hohen spanischen Ulme hatte.

Gegen Ende der Woche würden die letzten Felder vom Zukkerrohr befreit und für die Kaffeepflanzen vorbereitet sein, obwohl die Lieferung von Setzlingen noch nicht eingetroffen war. Sie wurde Anfang nächster Woche im Hafen erwartet.

Rayne saß an seinem Schreibtisch und warf einen Blick auf die Uhr auf dem Kaminsims. Es ging auf Mitternacht zu, und er konnte immer noch nicht schlafen. Er schloß das Hauptbuch auf seinem Schreibtisch und schenkte sich einen weiteren Cognac ein, den er mit der letzten Lieferung hatte kommen lassen.

Er war immer noch viel zu nüchtern, und erst vor wenigen Minuten hatte er Jocelyn mit Dulcet sprechen hören, als sie die Stufen hinaufstieg. Ihre Stimme hatte guttural geklungen, und die Belustigung über etwas, was die größere Frau gesagt hatte, war deutlich herauszuhören gewesen. Sie waren lange aufgeblieben, hatten neue Kleider für die Kinder genäht und anscheinend Spaß an dieser Aufgabe gehabt, die ihnen gar nicht zugewiesen worden war.

Er konnte sie ganz deutlich vor sich sehen. Ein entzückender Anblick in dem weißen Spitzennachthemd, das sie in der Nacht für ihn getragen hatte, in der er ihr die Jungfräulichkeit genommen hatte, und im weichen gelben Schein der Lampe schimmerte ihr Haar wie die Schwingen eines Raben. Ihre Haut hatte die Farbe von Elfenbein und fühlte sich genauso glatt an. Sie war mit einem Lächeln auf dem Gesicht zu ihm gekommen, hatte seine Annäherungsversuche willkommen geheißen und ihn in dem Glauben gewiegt, daß sie ihn begehrte.

Er lachte über die bittere Wendung des Schicksals und war jetzt sicher, daß zumindest das wahr gewesen war. Ihr Körper hatte Verrat an ihr begangen, wie sie Verrat an ihm begangen hatte. Er dachte an den Kuß in ihrem Zimmer. Sie hatte ihn begehrt. Er bezweifelte nicht, daß er sie hätte nehmen können.

Rayne trank den Cognac und stieß seinen Stuhl zurück. Wenn er dort sitzen blieb und grübelte, machte er damit alles nur noch schlimmer. Daher lief er um den Tisch herum, wankte ein wenig und ging auf die Tür zu, die in die Eingangshalle führte. Er riß sich den langen weißen Schal von der Kehle und begann, sein Hemd aufzuknöpfen. Es stand zur Hälfte offen, als er den Treppenabsatz erreichte und im oberen Stockwerk durch den Gang lief.

Er hätte es in sein Zimmer schaffen können, wenn er nicht die Geräusche von Bewegungen gehört hätte, nicht den Schein der Kerze gesehen hätte, deren Licht durch den Spalt unter ihrer Tür drang. So, wie die Dinge standen, lockten die gelben Strahlen ihn an wie ein Leuchtfeuer, und seine braungebrannte Hand legte sich aus eigenem Antrieb auf den Türknopf. Dann drehte er ihn um, stieß die schwere Holztür auf und trat in den schwach beleuchteten Raum.

Jocelyn, die dasaß und im flackernden Schein einer dicken weißen Kerze las, blickte auf und bekam bei seinem Anblick große Augen. Sie klappte das Buch zu, legte es auf den kleinen Tisch neben sich und stand langsam auf.

»Was hast du hier zu suchen?« fragte sie, als er weiter in das Zimmer hineinkam.

Sie trug das weiße Spitzennachthemd nicht, und dennoch war er nicht enttäuscht. Nach dem Abend, an dem er sie draußen im Garten angetroffen hatte, erschien ihm ihr züchtiges weißes Nachthemd irgendwie verlockender.

»Was willst du?«

»Was ich will?« hörte Rayne sich sagen. »Ich glaube, meine Liebe, daß du das selbst erraten kannst.« Er stieß gegen einen Stuhl, der dicht neben dem Fußende des Bettes stand, und fluchte leise.

»Du bist betrunken.« Sie bemerkte sein nahezu gänzlich aufgeknöpftes Hemd und sein zerzaustes Haar. »Verschwinde.«

Er lachte freudlos. »Weshalb sollte ich das tun? Keiner von uns beiden will es wirklich.« Jocelyn nahm eine steife Haltung ein, und doch konnte er sehen, daß er die Wahrheit gesagt hatte. Er sah es dem Puls in ihrer Kehle an, der schneller schlug, und er sah es auch daran, daß sie sich unbewußt die Lippen anfeuchtete.

»Du irrst dich. Das hier ist mein Zimmer. Hier hast du nichts zu suchen. Und hier wirst du auch nie wieder etwas zu suchen haben.«

Er zog eine dunkle Augenbraue hoch. »Ach ja? Warum kommst du nicht her, damit wir das herausfinden können?«

Sie wich vor ihm zurück. »Du bist nicht bei klarem Verstand. Wenn du versuchst, mir nahe zu kommen, werde ich mich wehren, und die anderen werden es hören. Willst du das wirklich?«

»Was ich will, meine süße Jo, ist, daß du dein Nachthemd ausziehst und in dieses Bett steigst. Ich will, daß du die Beine spreizt und mich mit derselben süßen Leidenschaft in dir willkommen heißt, mit der du mich früher einmal aufgenommen hast.«

Die Wut in ihren Augen entging ihm nicht. Er wollte sie in Wut versetzen. Er war zu ihr gekommen, weil er es auf ihre Wut abgesehen hatte – und auf noch mehr.

»Ich habe dir bereits gesagt, daß du verschwinden sollst, und das war mein Ernst.« Sie nahm das Buch, das sie gelesen hatte, und warf es nach ihm. Es traf gegen einen der Bettpfosten und prallte auf dem Fußboden auf, ohne etwas angerichtet zu haben.

Rayne lachte nur in sich hinein. »Ich habe dieses Feuer schon immer an dir bewundert, Jo. Ich glaube, das ist es, was dich im Bett so leidenschaftlich macht.« Er ging auf sie zu, und das Verlangen, das heiß durch seine Adern strömte, ließ den Alkoholschleier ein wenig aufreißen. Sein Glied war jetzt schon steif und schmerzte und beulte seine Hose aus.

Jocelyn machte einen Satz nach hinten, als er sie packen wollte. Sie griff nach einem geblümten Wasserkrug aus Porzellan und warf ihn nach ihm. Er zog im letztmöglichen Moment den Kopf ein, und der Krug zersplitterte auf dem Fußboden.

Rayne lächelte kalt. »Du wirst dir etwas Besseres einfallen lassen müssen, meine Süße.« Er sprang nach rechts, und Jo sprang nach links, machte kehrt und rannte zur Tür. Das weite Nachthemd schmiegte sich an ihre langen schlanken Beine und ließ sie langsamer laufen, und mit zwei schnellen Schritten hatte er sie eingeholt.

»Laß mich los!« Sie versuchte, sich ihm zu entreißen, doch er hielt sie fest.

»Du bist temperamentvoll, meine Liebe. Das gefällt mir. Aber ich habe etwas, was du haben willst – und ich habe vor, dafür zu sorgen, daß du es bekommst.«

»Nein.« Sie schüttelte hartnäckig den Kopf mit dem schimmernden schwarzen Haar, das wild um sie wogte, während ihre Augen fest auf sein Gesicht geheftet blieben. Zum ersten Mal wirkte sie furchtsam, und ein dicker Knoten zog sich in seinem Magen zusammen.

»Fürchtest du dich? Ich habe nicht vor, dir weh zu tun. Ich will mir nur von dir das Bett wärmen lassen.«

»Nein, du verfluchter Kerl!« Als Jocelyn versuchte, sich loszureißen, packte Rayne ihr Nachthemd und riß es von den Schultern bis zur Taille auf. Mit großen Augen wich sie vor ihm zurück und hielt die zerfetzten Stoffreste vor sich, um ihre Brüste zu bedecken.

Er schaute von ihrer zitternden Gestalt auf das feine Goldkettchen hinunter, das er ihr versehentlich vom Hals gerissen hatte. Der Verschluß war kaputtgegangen, und die Kette hing unbrauchbar über seine Handfläche, doch dem Medaillon war nichts passiert, die liebevoll emaillierte Miniatur einer Landschaft war großartig, und zwischen den Wattewolken verhöhnten ihn die winzigen Diamanten.

Wenn er vorher zwischen seinem Zorn und seinem Verlangen nach ihr zerrissen gewesen war, dann war er jetzt wutentbrannt.

»Was haben wir denn hier, meine Liebe?« spottete er und provozierte sie, sich dazu zu äußern. »Ein Erinnerungsstück? Eine Trophäe? Eine Erinnerung daran, wie geschickt du mich wahrhaft zum Narren gehalten hast!«

Jocelyns Kehle entrang sich ein wimmernder Laut, als er eine Faust um das Medaillon ballte und es an die Wand warf. Es landete klappernd auf dem Fußboden, und Jo stieß einen Schrei aus, als hätte sie Schmerzen. Blind vor Wut legte Rayne die wenigen Schritte zurück, die sie voneinander trennten, und ehe sie fortlaufen konnte, hielt er sie fest.

»Du bist mir etwas schuldig. Ich habe vor, dafür zu sorgen, daß du deine Schuld bezahlst.«

»Laß mich los!«

Aber das entsprach keineswegs seinen Absichten. Er zerrte sie zum Bett und stieß sie auf die weiche Federmatratze.

»Du hast deine Trophäe. Und jetzt hole ich mir meine.« Er setzte seinen Körper ein, um sie auf der Matratze festzuhalten, während er ihr das zerfetzte Nachthemd über die Schultern zog und es von ihr riß. Als sie nackt und ausgeliefert unter ihm lag, hielt Jocelyn endlich still. Er ertappte sich dabei, daß er in ihre großen blauen Augen schaute und dort die Wut sah, die zu verhehlen sie sich gar nicht erst bemühte. Er sah jedoch auch noch etwas anderes.

Etwas Gequältes stand in ihrem Ausdruck, Schmerz und bittere Verzweiflung. Als sei ihr gemeinsam mit ihrem Nachthemd eine letzte kostbare Hoffnung entrissen worden. Der Ausdruck in ihren Augen war ihm unerträglich, und er konnte einfach nicht glauben, daß er so tief gesunken war.

Gütiger Himmel – schließlich war er kein Wilder! Er ließ ihre Handgelenke los, rückte jedoch nicht von ihr ab, sondern starrte einfach nur in diese gepeinigten blauen Tümpel und wünschte, er könnte sehen, daß Liebe und Lachen sie erstrahlen ließen, wie er es früher einmal geglaubt hatte.

»Warum, Jo?« sagte er, und seine Stimme war rauh vor Schmerz. »Warum?«

Ihre Augen sahen forschend in seine, und Tränen verschleierten ihr den Blick. Dann senkte er den Kopf und streifte ihre Lippen mit einem denkbar zarten Kuß. Seine Zunge glitt über ihre Unterlippe, und er spürte, wie sie bebte. Er würde ihre Süße kosten, gelobte er sich, nur dieses eine letzte Mal, und dann würde er fortgehen.

Schimmernde schwarze Locken streiften seine Finger, und mit unsicherer Hand strich er sie ihr von den Wangen. In dem Moment hatte er vor, sich von ihr loszureißen, fortzugehen und sie in Ruhe zu lassen. Statt dessen fühlte er, wie ihre Finger in sein Haar glitten, ihn enger an sie zogen, spürte, wie ihre Lippen sich unter seinen teilten, und er fühlte die zaghaften Berührungen ihrer Zunge.

Unter ihm auf der Matratze wölbte sich ihr Körper ihm entgegen, und ihre kleinen vollen Brüste stießen sich an seine Brust. Sie schmeckte nach wildwachsenden Beeren in den Bergen. Ihre Haut fühlte sich so zart an wie die Blütenblätter einer Orchidee.

Rayne stieß tief in der Kehle ein Stöhnen aus, und der letzte Rest an Selbstbeherrschung wich aus ihm. Jetzt tauchte seine Zunge tief in ihren Mund ein, und er nahm ihre Lippen und küßte dann ihre Augen, ihre Nase, ihre Wangen. Er füllte seine Hände mit ihren Brüsten aus, streichelte sie und bearbeitete die Spitzen, bis sie zu Kieselsteinen wurden. Er konnte spüren, wie ihre schmalen Finger mit den zarten Knochen durch seine Brustbehaarung glitten und ihm das Hemd von den Schultern zogen. Er riß in seiner Hast, es abzulegen, den letzten Knopf ab, und dann knöpfte er seine Hose auf und gestattete seinem schweren Geschlecht, ungehindert herauszuspringen.

Im nächsten Moment waren Jocelyns Hände dort, während er sich über ihr bewegte, und sie führte ihn dem Kern ihres Wesens entgegen und drängte ihn, in sie einzudringen. Er konnte spüren, daß sie bebte, konnte die Glut ihres Körpers fühlen, und Flammen der Begierde loderten in ihm auf.

Seine Zunge feuchtete eine rosige Brustwarze an; als er zart mit den Zähnen daran zog, hörte er sie stöhnen. Dann spreizte er ihre Schenkel, berührte die zarten, glitschigen Blütenblätter ihres Geschlechts und ließ einen Finger in sie gleiten, um sie auf den einen festen Stoß seines Schafts vorzubereiten.

Sie wollte es. Er merkte es dem wilden Hämmern ihres Herzens an und ihren Hüften, die sich ihm entgegenbogen, und er kostete die Macht aus, die er immer noch über sie hatte.

Ebenso erging es Jo.

Sie spürte Raynes glühendes Verlangen, und dieses Wissen stachelte ihre eigene Leidenschaft nur noch mehr an. Sie spürte seine glühenden Berührungen, die glitschige nasse Glut im Kern ihres Wesens, und ihr bebender Körper zuckte ihm entgegen. Sie konnte nicht klar denken, schon seit dem Augenblick nicht mehr, in dem sie den gequälten Ausdruck auf Raynes Gesicht gesehen hatte, sein ungezügeltes schmerzliches Verlangen nach ihr, das Leid, das er so sorgsam in sich verschlossen hielt.

Ihre Finger krallten sich in die dicken Muskelstränge auf seinen Schultern, kneteten sie und fühlten ihre unglaubliche Kraft. Er küßte sie wieder, und sie wurde von einer Glut verschlungen, die sie so lange eingedämmt hatte, daß die Ekstase in Vergessenheit geraten war, die Verzückung, diese leidenschaftlichen Empfindungen. Gütiger Gott, wie hatte sie es nur vergessen können? Das war es, was sie wollte. Was sie beide wollten. Es kam ihr so richtig vor, obwohl sie wußte, daß es falsch war, weil zuviel zwischen ihnen stand.

Dennoch konnte sie es sich nicht versagen. Nicht, wenn die Lust derart berauschend war, das Feuer so heiß, so süß und so verzehrend. Nicht, wenn diese Nähe den Schmerz und die Seelenqualen der Vergangenheit auslöschte, und sei es auch nur für eine noch so kurze Zeit.

»Rayne«, flüsterte sie, doch sein wilder Kuß brachte sie zum Schweigen. Er ging nicht mehr zärtlich mit ihr um, und Zärtlichkeit war auch nicht das, was sie von ihm wollte. Sie wollte ihn in sich fühlen, von ihm ausgefüllt werden, seine Stöße spüren, bis er diese furchtbare nagende Gier stillte, dieses unglaublich schmerzliche Verlangen vertrieb.

Und das tat er. Mit einem einzigen kräftigen Stoß füllte er sie aus und verband sie mit ihm, als umfaßte dieser eine Akt all die Zeiten, die sie früher miteinander verbracht hatten.

Rayne! Innerlich rief sie seinen Namen aus und betete, sein Herz möge sie hören.

Sie wollte ihn nicht brauchen. Sie wollte ihn nicht lieben. Sie wollte ihn hassen, sich aus der Sklaverei befreien, die er ihr aufgezwungen hatte, doch sie konnte es nicht. Nicht jetzt. Und schon ganz gewiß nicht in diesem süßen zeitlosen Moment. Nicht, während jeder feste Stoß, mit dem er in sie eintauchte, sie höher und höher trug, immer weiter hinaus, diesem Ort der Lust, des Lichts und der Erfüllung entgegen.

Sie fühlte die Spannung in seinen Muskeln, und seine Leidenschaft feuerte sie an, als er immer tiefer und fester in sie drang und sie weitertrieb, höher hinauf. Dann war sie angekommen, taumelte zwischen den Schattierungen von Rot, Gold und Silber und spürte eine solche Woge von Freude in sich, daß sie einen Moment lang glaubte, daran sterben zu können.

In dem Moment zählte nichts anderes, als ihn zu fühlen, die Faszination ihres Zusammenkommens zu erfahren. Sie gab sich diesem Feuer gänzlich hin, spürte, wie Rayne über ihr erschauerte und erstarrte, fühlte die Nässe seines Samens, als er sich in sie stieß, und dann setzten beide zu dem spiralförmigen Absturz an.

Es dauerte lange, wieder zur Erde zurückzuschweben, und es erforderte noch mehr Zeit, bis ihr Verstand akzeptiert hatte, was geschehen war. Sie nahm es nur widerwillig hin, und auch das erst, nachdem sie spürte, daß Rayne sich aus ihr zurückgezogen hatte, als sie ihn über sich stehen sah und er seine enganliegende schwarze Hose wieder zuknöpfte. Sein Ausdruck war unergründlich, eine kühle Maske der Teilnahmslosigkeit, die verletzender war als die höhnischen Bemerkungen, die er von sich gegeben hatte, als er in ihr Zimmer gekommen war.

Einen Moment lang sagte er nichts, sondern sah sie nur an, als sei sie jemand, dem er früher schon einmal irgendwo begegnet sein könnte.

»Offensichtlich ist meine Annahme korrekt, was dein Verlangen angeht.« Er bückte sich, um sein Hemd aufzuheben, das zusammengeknüllt auf dem Boden lag. Dann richtete er sich wieder auf und heftete einen kalten, ausdruckslosen Blick auf sie. »Von jetzt an werde ich dich so brutal und sooft nehmen, wie es mir beliebt. Du solltest dich besser gleich an diesen Gedanken gewöhnen.«

Jocelyn zuckte zusammen, als hätte er sie geohrfeigt. »Wenn du... wenn du auch nur einen Moment lang glaubst, daß ich das zulasse, dann bist du noch dümmer, als man es für möglich halten sollte.«

Sein Mund verzog sich zu einem bitteren Halblächeln. »Das werden wir ja sehen, meine Liebe.« Er öffnete die Tür.

»Ich warne dich, falls du versuchen solltest, dich mir gewaltsam aufzudrängen, dann werde ich dir tatsächlich eine Kugel in die Brust jagen!«

Raynes dunkle Augenbrauen zogen sich finster zusammen. Er schien an ihren Worten herumzugrübeln, die in Zusammenhang mit dem, was er glaubte, keinen Sinn ergaben. Dann verzog sich seine Unterlippe zynisch.

»Ich habe dich davor gewarnt, mir zu drohen. Und das war ernst gemeint. Falls du versuchen solltest, von hier zu verschwinden, haben die Behörden dich innerhalb von vierzehn Tagen geschnappt. Ich schlage daher vor, daß du dich mit deinem Los abfindest und uns beiden das Leben leichter machst.« Mit diesen Worten trat er in den Korridor und knallte die Tür hinter sich zu.

Jocelyn starrte ihm nach und konnte einfach nicht glauben, was vorgefallen war. Ihr Körper fühlte sich matt und zufrieden an, und doch sehnte sich ein Teil von ihr schon jetzt danach, wieder von ihm berührt zu werden. Wie konnte sie bloß einen Mann begehren, der sie so offenkundig verabscheute? Wie hatte sie sich bloß von einem einzigen verzweifelten Blick derart reinlegen lassen können?

Mit zitternden Fingen berührte Jocelyn ihre Lippen, die noch von seinen Küssen geschwollen waren, noch von Raynes Leidenschaft glühten. Ihr Herz schien bleischwer zu sein. In ihrer Kehle brannten Tränen, die sie zu überwältigen drohten.

Sie stand vom Bett auf, ging betäubt durch das Zimmer und kniete sich neben dem Teppich auf den harten Holzfußboden. Wenige Minuten später schlossen sich ihre Finger um das goldene Medaillon, das Rayne mit soviel Abscheu an die Wand geworfen hatte. Mit bebenden Händen und Bitterkeit in ihrem gequälten Herzen hielt sie es hoch, um es im Schein der Kerze anzusehen. Die feine Goldkette war irreparabel zerrissen, doch das wunderschöne emaillierte Medaillon schimmerte so prächtig wie eh und je. Jocelyns Finger schlossen sich darum, und sie preßte es sich an die Brust.

Sie hätte gern geweint und gejammert, sich das Herz aus dem Leib geschluchzt und ihren zerbrochenen Träumen nachgetrauert. Sie wollte es tun, doch sie tat es nicht.

Der Schmerz war trotzdem da, tief und sengend, und sie litt an Herz und Seele. Ihr Schmerz wurde nur durch diesen einen verräterischen Blick gelindert, diesen Moment der Zärtlichkeit, in dem er unerwünscht und ungebeten in Raynes dunklen Augen gestanden hatte.

Und deshalb hatte er sie nicht mit Gewalt genommen.

Und in diesem Moment hatte sie gewußt, daß er es nicht tun würde.

Sie versuchte, sich einzureden, daß sie sich all das nur eingebildet hatte. Daß sie sich dumm gestellt hatte und daß er sich nicht das geringste aus ihr machte, sich nie etwas aus ihr gemacht hatte. Aber wenn sie die Augen schloß, konnte sie es immer noch vor sich sehen, das Aufblitzen von Schmerz, diesen Augenblick verzweifelten Verlangens.

Und da sie die Vorstellung nicht abschütteln konnte, daß es tatsächlich so gewesen war, schlug die Verzweiflung, die sie verspürte, nicht so tiefe Wurzeln, wie es andernfalls hätte sein können. Sie hatte diesen Blick gesehen, ja, wirklich, durchbohrend und leiderfüllt, ein dumpfer Schmerz direkt unter der Oberfläche. Wenn sie sich an diesen Blick erinnerte, kam neuerliche Hoffnung in ihr auf. Sie dachte gar nicht daran, sich ihre Niederlage einzugestehen, noch nicht, und aus den bitteren Erfahrungen von Jahren wußte sie, daß es ihr am nächsten Morgen wieder besser gehen würde.

Die Sonne würde scheinen, und sie würde ihren Tag mit Gartenarbeit zubringen. Dieses schlichte Vergnügen würde süß und ungetrübt sein. Sie würde nehmen, was sie bekommen konnte, und das würde ihr genügen.

Paulo Baptiste beobachtete, wie die hübsche Frau seines Herrn sich über ihre Arbeit beugte und wie ihre langen schmalen Finger sich in das fruchtbare schwarze Erdreich der Blumenbeete gruben. Seine Lordschaft mochte es zwar leugnen, aber Paulo wußte, daß die Frau dem Vicomte gehörte. Für ihn war das so sicher wie das Amen in der Kirche. Obwohl der Pfarrer die Gelübde nicht gesprochen hatte, konnte man es daran erkennen, wie er sie anschaute, an seiner besitzergreifenden Art, sie zu berühren, sogar an der beschützenden männlichen Körperhaltung, die er in ihrer Gegenwart einnahm.

Und Jo sah ihn entsprechend an, obwohl es keiner von den beiden wußte. Jeder von den beiden tat sein Bestes, um Distanz zu dem anderen zu wahren. Paulo fragte sich, ob das für einen von den beiden gut war.

»*Bom dia, Menina.*«

»*Bom dia, Senhor*«, sagte Jo. Paulo brachte ihr ein paar Brocken seiner Sprache bei. Außer Portugiesisch sprach er auch noch Spanisch, und er kündigte ihr an, ihr auch das später beizubringen.

»Du hast deinen Hut heute gar nicht getragen.« Paulo stand stirnrunzelnd da und kauerte sich dann neben sie. »Du fürchtest die grelle Sonne nicht?«

Sie lächelte ihn an. »Heute habe ich es einfach nötig, ihre Strahlen zu spüren. Ich wollte etwas von dieser Wärme in mich aufnehmen.«

Paulo musterte sie unsicher. »Ja, ich kann sehen, daß du ein wenig blasser bist als sonst. Bist du ganz sicher, daß dir nichts fehlt?«

»Mir fehlt nichts, Paulo. Trotzdem danke für die Nachfrage.« Paulo war der engste Freund, den Jocelyn seit ihrer Ankunft hier gefunden hatte. Dulcet und Gwen behandelten sie freundlich, aber die Sprachbarriere erschwerte es ihnen, sich miteinander zu unterhalten, und da sie wußte, was Dulcet für Rayne empfand, gab es wenig, was Jo hätte sagen können.

»Du bist einsam, stimmt's? Ich habe es dir bei der Arbeit im Gesicht angesehen.«

Sie riß unter einem kurzen struppigen Busch Unkraut aus und warf es auf einen Haufen. »Ja, in gewisser Weise bin ich das vermutlich. Es wäre schön, eine andere Frau zu haben, mit der ich reden kann, jemanden, dem ich mich anvertrauen kann.« Sie dachte an Brownie und Tucker und daran, wie sehr sie die beiden vermißte. Sie dachte an Conchita und Dolly und fragte sich, wie es ihnen wohl ging.

»Eine Frau in deinem Alter sollte verheiratet sein. Was du brauchst, das ist ein Mann und Kinder.«

»Ich hätte schrecklich gern Kinder. Wer weiß... vielleicht werde ich eines Tages jemanden finden, wenn ich Glück habe.«

Paulos pechschwarze Augen sahen forschend in ihr Gesicht. »Ich glaube, du hast ihn schon gefunden. Ich habe gesehen, wie du ihn ansiehst – wie er dich ansieht.«

Jocelyn errötete. »Das verstehst du nicht.«

»Ich verstehe durchaus, wenn ein Mann eine Frau begehrt. Wenn ich nicht denselben Ausdruck in deinem Gesicht sähe, würde ich mich selbst um dich bemühen.«

Jocelyn riß abrupt den Kopf herum. »Das ist doch gewiß nicht dein Ernst. Ich dachte, wir seien Freunde, du und ich. Ich dachte...«

»Mir ist vollkommen klar, *Querida*, was du empfindest, aber ich bin ein Mann wie jeder andere auch. Ich habe dieselben Bedürfnisse wie er. Wenn du nicht ihm gehören würdest, würde ich dich zu meiner Frau machen.«

»Aber…«

»Sag nichts mehr dazu, *minha linda*. Deine Augen sagen mir selbst dann, was sich in deinem Herzen tut, wenn dein hübscher Mund die Worte nicht über die Lippen bringen will.«

Jocelyn sagte kein weiteres Wort mehr, doch unbewußt hielt sie nach Rayne Ausschau. Wenigstens war er nicht wieder in ihr Zimmer gekommen. Er hatte sich sogar regelrecht angestrengt und alles getan, um bloß nicht in ihre Nähe zu kommen. Wenn er es auch nicht eingestehen wollte, so hatte ihn doch das, was passiert war, ebensosehr aus der Fassung gebracht wie sie. Wenn man bedachte, daß er glaubte, sie hätte auf ihn geschossen, dann verwirrte es ihn wahrscheinlich sogar noch mehr.

Mehrfach hatte sie mit dem Gedanken gespielt, ihn aufzusuchen und ihm die Wahrheit über die Schießerei zu erzählen. Sie hatte jedoch das sichere Gefühl, er würde ihr nicht glauben. Rayne war von seiner Haltung überzeugt. Die Dienstboten hatten sie beschuldigt, sie hatte keine Beweise in der Hand, und ihr Verlassen des Landes erweckte den Anschein, als sei sie fortgelaufen.

Und Rayne hatte sich ganz bestimmt nicht die Mühe gemacht, die Wahrheit herauszufinden

»Arbeite nicht zu lange ohne deinen Hut«, sagte Paulo, und sein schönes dunkles Gesicht war streng. »Wenigstens in dem Punkt wirst du tun, was ich dir sage.«

Jocelyn hätte fast gelächelt. Er war ein starker junger Mann, sanftmütig, freundlich und mit Beschützertrieben. Er würde für eine Frau einen guten Ehemann abgeben. In einem tiefen, verborgenen Winkel ihres Herzens wünschte sie, sie hätte diejenige sein können.

Conchita Vasquez beugte sich in einer Ecke ihres winzigen Zimmers hinter der Küche über den Nachttopf und erbrach den Inhalt ihres Magens. So spät am Morgen hatten sich ihre Anfälle von Übelkeit gewöhnlich längst gelegt, doch der Geruch eines drei Tage alten Papageifischs, der in der Küche gebraten wurde, hatte sie schleunigst in ihr Zimmer laufen lassen.

Madre de Dios, manchmal fühlte sie sich so elend, daß sie wünschte, sie hätte sich einfach hinlegen und sterben können. Das hätte der alte Griesgram natürlich niemals zugelassen. Selbst, nachdem sie ihm von dem Baby erzählt hatte, ließ er sie noch schuften, bis ihr Bauch so angeschwollen und so schwer war, daß sie sich kaum noch bewegen konnte. Chita sackte in sich zusammen, als sie plötzlich von Furcht durchzuckt wurde. *Dios mio*, würde er sie rauswerfen und auf die Straße setzen?

»Chita! Komm runter, du faule Hure! Du hast einen Haufen Arbeit!« Das war die schnarrende Stimme der alten Köchin. Die Frau war ebenso herzlos wie ihr Herr.

Chita schüttete Wasser in die Schale auf ihrer zerschrammten Holzkommode, spülte sich den Mund aus, um den schlechten Geschmack loszuwerden, und wusch sich dann das Gesicht und trocknete es mit der Schürze ab, die sie trug.

»Chita!«

»Ich komme ja schon!« Sie stieß die Tür zur Küche des Blue Boar Inn auf, und der Geruch nach Fisch schlug ihr entgegen. Es kostete sie große Mühe, sich zu zwingen, die Magensäure zu schlucken, die wieder in ihre Kehle hochschoß.

Als sie etwas weiter zurückwich, entdeckte sie den stämmigen Mann, den sie augenblicklich als denjenigen wiedererkannte, der Jo gekauft und somit ihren Vertrag mit Hopkins gekündigt hatte.

»Señor Vicomte!« rief sie aus und eilte durch den Schankraum auf ihn zu. »Könnten Sie mir bitte sagen, wie es meiner lieben Freundin Jo geht?«

Er musterte sie von Kopf bis Fuß. »Deiner Freundin geht es gut. Aber das wirst du bald mit eigenen Augen sehen.«

»Jo kommt her?« Sie blickte strahlend zu ihm auf. *Por Dios*, es würde ja eine solche Erleichterung sein, jemanden zu haben, mit dem sie reden konnte, jemanden zu haben, der bei ihr war, wenn das Baby geboren wurde. Sie hatte jetzt schon solche Angst!

»Nein, ich fürchte, sie kommt nicht.« Chitas strahlendes Lächeln verflog. »Hol deine Sachen. Du kommst mit mir zu ihr.«

»Zu ihr? Sie nehmen mich mit? Sie nehmen mich mit zu Jo?«

Sein gutgeschnittenes Gesicht wurde verschlossen, sein Ausdruck unverbindlich, wenn nicht gar unergründlich. »Im Mahagonital gibt es eine Menge zu tun. Wir bräuchten noch ein paar zusätzliche Arbeitskräfte. Und jetzt tu, was ich gesagt habe, und hol deine Sachen.«

»Si. Si, Señor.« Chita, die unsicher war, ob sie dankbar oder verängstigt sein sollte, eilte zurück in die Küche. Was auch immer sie dort erwartete, es konnte nicht schlimmer sein als das Los, das sie bei Barz Hopkins zu erwarten hatte. Oder doch?

Was würde Stoneleigh tun, wenn er dahinterkam daß sie schwanger war? Würde er sie schlagen? Sie zwingen, das Kind herzugeben? *Dios mio.* Sie bekreuzigte sich und schluckte den Magensaft, der erneut in ihre Kehle aufstieg.

17. Kapitel

»Dulcet, hast du Jocelyn gesehen?« Rayne hielt die große gertenschlanke Haushälterin am unteren Treppenabsatz zurück.

Sie lächelte ihn an, und in ihren nachtschwarzen Augen stand eine unverhohlene Einladung. »Jo ist mit Gwen draußen in der Küche. Gwen macht süßes Kokosnußbrot. Jo ist reingekommen, um es zu kosten.«

Rayne stieß nur einen murrenden Laut aus. »Sag ihr, daß ich sie zu sehen wünsche. Sie findet mich in meinem Arbeitszimmer.«

»Ja, Massa.« Sie lief zur Rückseite des Hauses, blieb dann stehen und drehte sich noch einmal um. »Sind Sie ganz sicher, daß Sie Dulcet heute nacht nicht bei sich haben wollen? Es nicht mit ihr tun wollen? Macht sie sehr glücklicher Mann.«

Rayne musterte ihre verführerischen Rundungen und ihre schweren, üppigen Brüste und spürte einen Stich in den Lenden. Ein Teil von ihm wünschte sich das mehr als alles andere, doch ein anderer Teil von ihm verspürte ein Widerstreben. Er war nicht ganz sicher, woher das kam, aber solange er es nicht mit Sicherheit wußte, würde er warten.

»Dein Angebot führt mich wirklich in Versuchung, Dulcet. Aber im Moment ist der Zeitpunkt ungünstig. Vielleicht später irgendwann einmal...« Er beendete seinen Satz nicht.

Dulcet sah ihn mit einem Anflug von Bedauern an und lächelte dann. »Ich warte. Wenn Sie mich brauchen, bin ich da.«

»Danke.« Gott, die Sonne mußte seine Sinne verwirrt haben. Die Frau konnte sein Verlangen ebensogut stillen wie jede andere auch, und noch dazu hätte sie ihren Spaß daran gehabt. Was, zum Teufel, war bloß los mit ihm? Dennoch überlegte er es sich nicht anders. Statt dessen ging er in sein Büro und setzte sich hinter seinen Mahagonischreibtisch. Wenige Momente später klopfte Jocelyn leise an und betrat sein Arbeitszimmer.

»Dulcet hat gesagt, du willst mich sprechen.«

Er deutete auf eine Kiste, in der sich Stoffballen türmten, indischer Musselin, Bombassin, Jakonett, Seide und Spitze. »Ich habe es satt, dich in Lumpen herumlaufen zu sehen. Du hast mir einmal erzählt, daß du dir deine Kleider früher selbst genäht hast. Ich möchte, daß du ein paar Stunden weniger mit Gartenarbeit zubringst und dir etwas Anständiges zum Anziehen schneiderst. Ich erwarte von dir, daß du immer ordentlich gekleidet bist, wenn du dich im Haus aufhältst. Habe ich mich deutlich genug ausgedrückt?«

Er konnte ihr ansehen, daß sie zwischen seinem fordernden Tonfall und der Schönheit der schimmernden Stoffe hin und her gerissen war.

»Wenn das dein Wunsch ist, bleibt mir offensichtlich gar nichts anderes übrig, als dir zu gehorchen.«

»Ganz genau.« Ihr kaum verhohlener Sarkasmus war ihm nicht entgangen, ebensowenig wie ihre zurückgezogenen Schultern. Sie stellte es so hin, als täte sie ihm damit einen Gefallen, und Belustigung zog an seinen Mundwinkeln. »Ich sage dem Boy, daß er die Kiste in dein Zimmer bringen soll.«

Sie nickte nur und wandte sich dann ab, um zu gehen.

»Da wäre noch etwas.«

»Ja?«

»Eine Freundin von dir wird sich unserem kleinen Trupp von Arbeitern anschließen.«

»Eine Freundin?«

»Die Frau, die du mir in Kingston auf der Straße vorgestellt hast. Conchita Vasquez.«

Jocelyns Mund sprang auf. »Conchita ist hier? Im Mahagonital?«

»Paulo Baptiste sorgt gerade dafür, daß sie sich in den Dienstbotenunterkünften einrichtet. Ich dachte, du würdest sie vielleicht gern dort aufsuchen.«

Ein Grinsen breitete sich auf Jos Gesicht aus. »Vielleicht? Gern? Heiliger Strohsack, ich kann es kaum erwarten!« Sie lüpfte ihre Röcke und wollte zur Tür hinauslaufen, doch dann blieb sie noch einmal stehen und drehte sich um. »Es fehlt ihr doch nichts, oder? Hopkins hat sie doch nicht etwa mißhandelt?«

»In meinen Augen scheint die Frau einen gesunden Eindruck zu machen, aber genau kann ich es dir wirklich nicht sagen.«

»Wie hast du sie gefunden? Warum hast du...«

»Wir haben noch ein paar zusätzliche Arbeitskräfte gebraucht. Ich habe mich daran erinnert, daß das Mädchen gesund und stämmig auf mich gewirkt hat. Ich dachte mir, sie eignet sich ebensogut wie jede andere Arbeitskraft auch.«

Das entsprach nicht der Wahrheit, und der Ausdruck, der in Jocelyns Augen trat, besagte deutlich, daß sie es wußte. Verdammt noch mal, welcher Teufel hatte ihn bloß geritten? Wenn Jo sich einsam fühlte – na und? Wenn er den sehnsüchtigen Ausdruck an ihr gesehen und gewußt hatte, daß sie ihre Freundin vermißte – na und? Verdammt noch mal, schließlich wollte er, daß sie unglücklich war. Sie sollte für das leiden, was sie ihm angetan hatte!

»Ich danke dir.«

Er wollte hören, daß sie Rayne zu ihm sagte, wie sie es in jener Nacht in ihrem Zimmer getan hatte. Er wollte sie wieder nehmen, Besitz von ihr ergreifen, sich gleich hier auf seinem Schreibtisch in sie stoßen, und er verabscheute sich selbst für seine Schwäche.

»Das ist alles«, sagte er barsch. »Du kannst jetzt gehen.« Er wußte, daß es sie aufbringen würde, derart arrogant von ihm weggeschickt zu werden, und Rayne spürte tiefe Zufriedenheit in sich aufkeimen. Er schaute wieder auf seine Arbeit hinunter, als sei sie gar nicht da, und dann wartete er, bis sich die Tür fest hinter ihr geschlossen hatte, ehe er langsam ausatmete.

Er war sich immer noch nicht sicher, warum er es getan hatte. Vielleicht aus Reue, weil er betrunken in ihr Zimmer eingedrungen war. Er war sich wirklich nicht sicher. Aber andererseits hatte ein Teil von ihm das ernst gemeint, was er in jener Nacht zu ihr gesagt hatte. Sie gehörte ihm, und wenn er sich ihr auch nicht gewaltsam aufdrängen würde, dann würde er doch nicht zögern, sie zu nehmen, wenn er sie wieder wollte und sie ihn ebenfalls begehrte.

Er betete nur, daß, wenn er es machen sollte, die enorme Anziehungskraft, die sie immer noch auf ihn ausübte, nicht noch stärker werden würde. Sie möge nicht den Schutzschild durchbrechen, den er sorgsam zwischen ihnen aufgebaut hatte.

Bei Gott, er mochte sie zwar begehren, aber das änderte nichts an dem Umstand, daß sie ihn beinahe getötet hätte!

Rayne stieß seinen Stuhl zurück, trat vor das Regal hinter seinem Schreibtisch, schenkte sich einen Cognac ein und stürzte ihn mit einem Zug hinunter. Die Wahrheit war, daß ihm Jocelyn Ashbury hinter ihrer sanftmütigen Fassade immer noch die Schuld am Tod ihres Vaters gab. Ob sie nun bereit war, es zuzugeben oder nicht – insgeheim haßte sie ihn, wie sie ihn schon von Anfang an gehaßt hatte.

Er warnte sich, das niemals zu vergessen.

»Conchita!« Jocelyn stürzte in das winzige Schlafzimmer im oberen Stockwerk des Hauses, in dem die Dienstboten untergebracht waren.

»Jo!« Die junge Spanierin ließ die Bluse fallen, die sie gerade zusammengefaltet hatte. Mit ausgebreiteten Armen eilte sie ihrer Freundin entgegen.

»Ich hätte nie geglaubt, daß ich dich jemals wiedersehe«, sagte Jo. »Ich habe mir solche Sorgen gemacht, was wohl aus dir geworden sein könnte.«

»Ich habe mir genauso große Sorgen um dich gemacht.« Sie umarmten einander wieder, dann trat Jo einen Schritt zurück.

»Ist alles in Ordnung mit dir? Hopkins hat dir doch nichts getan?«

»Er hat mich ein oder zweimal geschlagen, *nada mas.*« Sie grinste, und ihre weißen Zähne setzten sich blinkend gegen ihren dunklen Teint ab. »Ich habe ihm gesagt, daß ich die Pocken habe. Ich habe ihm gesagt, wenn er versucht, mir die Matrosen aufzudrängen, erzähle ich es ihnen, und sie werden ihn dafür umbringen, daß er versucht, ihnen eine pockenverseuchte Hure zu verkaufen.«

Jocelyn lachte. »Kein Wunder, daß er dich in Ruhe gelassen hat.«

»Ich war nicht sicher, wie lange ich ihn noch zum Narren halten kann, aber er hat mich in Ruhe gelassen, *si.*«

»Was hast du von Dolly gehört?«

Chita schüttelte den Kopf, und das lange schwarze Haar fiel ihr auf den Rücken. »Ich habe nichts von ihr gehört. Ich kann nur beten, daß sie wohlauf ist.« Sie umklammerte Jos Hand. »Aber was ist mit dir? Der Vicomte, behandelt er dich gut?«

»Stoneleigh ist der Mann, auf den ich geschossen haben soll. Er hat mich hierher geholt, um dafür zu sorgen, daß ich meine gerechte Strafe bekomme.«

»Madre de Dios.« Chita bekreuzigte sich. »Er hat dich geschlagen?«

»Nein.«

»Er hat dich vergewaltigt?«

»Nein.« Ihre Wangen röteten sich. »Ich vermute, genau das hat er vorgehabt, aber... letztlich hat er mich nicht dazu gezwungen.« Sie hatten nie über derart persönliche Dinge miteinander geredet, aber Jocelyn brauchte so dringend eine Freundin, daß alles einfach aus ihr herauszupurzeln schien. »Ich war früher einmal in ihn verliebt.«

Chitas schwarze Augen wurden vor Erstaunen groß, und dann nickte sie. »Ich war auch einmal verliebt – oder zumindest habe ich es geglaubt. Es ist sehr qualvoll, nein?«

»Doch... das ist es.«

»Ich bin froh, daß er dir nichts getan hat. Ich, ich könnte mich niemals in einen solchen Mann verlieben.« Sie erschauerte. »Ich glaube, dieser Mann ist hart.«

»Ich habe nicht auf ihn geschossen, Chita. Ich wünschte mir sosehr, ich könnte es ihm sagen. Ich wünschte mir sosehr, er würde mir glauben, aber ich glaube nicht, daß er mir glauben wird.«

Chitas Gesicht wurde ernst. »Ich glaube, in dem Punkt hast du recht. Der Vicomte hat große Wut auf dich. Auf der Fahrt hierher konnte ich es ihm jedesmal im Gesicht ansehen, wenn ich deinen Namen erwähnt habe. Deshalb habe ich Angst um dich gehabt.«

»Manchmal habe ich auch Angst um mich.« Sie lächelte hilflos. »In anderen Momenten... sehe ich etwas in seinen Augen, was mich glauben läßt, daß er sich immer noch etwas aus mir macht.«

»Dann mußt du abwarten, *mi Hermana.* Wenn du zu früh mit ihm sprichst, wirst du ihn damit nur noch mehr erzürnen.

Wenn das passiert, wird er dir niemals glauben, daß du die Wahrheit sagst.«

Jocelyn ließ sich auf das Bett sinken. »Genau das habe ich mir auch überlegt.« Sie zwang sich zu einem Lächeln, obwohl ihr nicht danach zumute war. »Aber genug jetzt von meinen Sorgen. Was ist mit dir? Als ich dich das letzte Mal gesehen habe, warst du schrecklich dünn. Wie ich sehe, hast du ein bißchen zugenommen, aber du siehst immer noch blaß aus.«

Conchita setzte sich neben sie, nahm Jos Hand und legte sie sachte auf ihren Bauch, blickte auf und brach prompt in Tränen aus.

»O mein Gott!«

Es dauerte nicht lange, die Geschichte zu entwirren.

»Er war ein Freund des Mannes, für den ich gearbeitet habe«, sagte Chita tränenüberströmt, »der Sohn eines Großgrundbesitzers aus der Umgebung. Jedesmal, wenn er ins Haus gekommen ist, hat er mich aufgesucht. Ich habe geglaubt, daß er mich liebt. Er sah so gut aus... und ich war ja so dumm.«

Jocelyn drückte ihre Schulter. »Manchmal sind wir eben alle dumm. Du darfst dich deswegen nicht martern.« Sie reichte Chita ein Taschentuch, und die junge Spanierin wischte sich die Tränen aus dem Gesicht.

»Ich fürchte mich davor, dieses Baby zu bekommen, und doch verspüre ich jetzt schon Liebe zu ihm.«

»Ich glaube, es ist nur natürlich, daß du dich fürchtest.« Jocelyn umarmte sie. »Wenn es an der Zeit ist, werde ich bei dir sein, und ich weiß, daß du eine wunderbare Mutter abgeben wirst.«

»Was... was wird *er* tun?«

Ja, allerdings, was würde Rayne wohl tun, wenn er dahinterkam? »Er wird dich nicht fortschicken.« Zumindest glaubte sie nicht, daß er das tun würde. »Er kann ein harter Mann sein, wenn er glaubt, daß ihm Unrecht widerfahren ist, aber er würde niemals einer jungen Frau etwas antun, die in der Patsche sitzt.«

Und er würde sie auch nicht dazu bringen, das Baby wegzugeben.

Dennoch hatte Jocelyn nicht vor, es ihm zu sagen, oder wenigstens jetzt noch nicht. Statt dessen schlug sie vor, eine Möglichkeit zu finden, daß Chita für Paulo im Gemüsegarten arbeiten konnte.

»Das ist keine allzu schwere Arbeit, und Paulo ist ein netter, rücksichtsvoller Mann. Wenn die Geburt des Babys näherrückt, könnten wir mit Rayne reden. Ich bin sicher, daß er dich dann im Haus arbeiten läßt.«

Insgeheim hoffte sie, wenn die beiden zusammenkamen, könnte es sein, daß Paulo um Chita warb. Paulo sprach Spanisch und hatte eine Zeitlang in diesem Land gelebt, und es schien ganz so, als bräuchte er eine Frau. Und Chita konnte gewiß einen Mann brauchen.

Am folgenden Tag suchte sie Rayne in seinem Arbeitszimmer auf, weil sie hoffte, er würde Chita für Paulo arbeiten lassen. Er hörte ihr hinter einem Stapel von Papieren zu, die auf seinem Schreibtisch lagen, schien sich jedoch kaum für das zu interessieren, was sie zu sagen hatte.

»Dort gibt es genausoviel zu tun wie überall sonst auch. Wenn Paulo einverstanden ist, soll es mir recht sein.«

»Ich danke dir.« Da Chita erst im vierten Monat war, würde ihr die Arbeit nicht schaden. Wenn sie erst einmal einen dicken Bauch bekam, würde er es zwangsläufig bemerken. Jocelyn betete, daß Rayne für Chitas Lage Verständnis aufbringen würde. »Und noch einmal vielen Dank dafür, daß du sie hergebracht hast.«

Raynes Gesicht wurde hart. »Ich sagte doch bereits, daß wir weitere Arbeitskräfte brauchen. Chita eignet sich so gut wie jede andere Arbeitskraft auch.«

»Ja... genau das hast du gesagt.«

»Und jetzt schlage ich vor, daß du dich wieder an die Arbeit machst. Paulo hat dir gegenüber bisher Nachsicht walten lassen. Falls ich sehen sollte, daß du dich vor deinen Pflichten drückst, kannst du sicher sein, daß ich mich nicht so leicht um den Finger wickeln lasse.«

Jocelyn spürte, wie Zorn in ihr aufwogte. »Hast du bisher etwas an meiner Arbeit auszusetzen? Glaubst du wirklich, ich gäbe dir auch nur den geringsten Anlaß zu Klagen? Und wenn ich wirklich trödeln würde, wie sähe meine Strafe aus? Willst du mich vielleicht auspeitschen lassen? Oder mich wieder einmal in deinem Bett brutal überfallen?«

Raynes gutgeschnittenes Gesicht wurde unter der Sonnenbräune seiner Haut blaß. Dann zog Wut über seine Züge. »Es gibt Momente, in denen ich dich nur anzusehen brauche und dein verräterisches Fleisch selbst mit der Peitsche bearbeiten könnte.«

Jetzt war Jo an der Reihe, blaß zu werden.

»Aber du brauchst keine Angst zu haben – die Schläge, die du verdient hast, wirst du nicht von mir bekommen. Was die Zeit angeht, die du in meinem Bett verbracht hast, wäre es dumm von mir, sie zu bereuen, da du ganz offensichtlich auch deinen Spaß daran gehabt hast. Und ich denke auch gar nicht daran, dir zu versprechen, daß es nicht wieder dazu kommt.«

Seine dunklen Augen glitten von Kopf bis Fuß über sie, und ein kaltes spöttisches Lächeln verzog seine Lippen. »Ich rate dir, schleunigst zu deinen Blumen zurückzueilen, meine Süße, oder es könnte gleich hier wieder passieren, jetzt sofort. Ich wüßte nicht, was ich lieber täte, als dich auf meinen Schreibtisch zu pressen, deine langen, wohlgeformten Beine zu spreizen und deinen heimtückischen kleinen Körper zu schänden.«

Mit einem entrüsteten Aufschrei und einem Schluchzen, das in ihrer Kehle steckenblieb, raffte Jocelyn ihre Röcke, machte kehrt und rannte zur Tür. Ihr Herz hämmerte rasend vor Angst. Sie fürchtete die Wut, die sie in seinem Gesicht gesehen hatte – oder war es Verlangen, was in seinen Augen gelodert hatte?

Sie zitterte von Kopf bis Fuß und blieb erst stehen, als sie den

Gemüsegarten erreicht hatte. Am anderen Ende des langen, rechteckigen Streifens Erde stand Chita neben Paulo im Schatten einer Palme, wo sie die beiden zurückgelassen hatte. Erst als sie das leise Lachen ihrer Freundin hörte, blieb sie stehen und bemühte sich sehr, ihre Gefühle wieder unter Kontrolle zu kriegen. Paulo grinste über etwas, was Chita gesagt hatte, und in seinen schwarzen Augen stand ein Lächeln.

Jocelyn hatte fast augenblicklich wahrgenommen, daß die hübsche junge Spanierin starke Anziehungskraft auf ihn ausübte, und Chita schien nicht immun gegen Paulos stolze Männlichkeit. Als sie die beiden jetzt zusammen sah, wie sie fröhlich miteinander lachten, verspürte Jocelyn, wie unerwarteter Neid ihr einen Stich versetzte.

Früher einmal hatten Rayne und sie so miteinander gelacht. früher einmal waren sie glücklich miteinander gewesen. Es hätte zwar gut sein können, daß es nicht ewig angehalten hätte, aber sie hätte niemals ahnen können, daß es so enden würde. Sie wandte ihren Blick von dem Paar ab und lief zu den Blumenbeeten vor dem Haus zurück, in denen sie gerade das Unkraut jätete.

Mit jedem Tag, der verging, schien Raynes Haß zuzunehmen, statt sich zu legen. Er traute ihr immer weniger. Er verabscheute sie immer mehr. Es schien ihn um den Verstand zu bringen, sie auch nur in seiner Nähe zu haben. Wie konnte sie sich erhoffen, ihm je die Augen für die Wahrheit zu öffnen?

Da sich diese Aussichten ständig verschlechterten, tat Jocelyn ihr Bestes, um ihm aus dem Weg zu gehen. Die wenigen Male, die sie ihn sah, war er immer distanziert, und sein Blick war immer kalt und spöttisch. Er arbeitete zwar tagsüber wie in Irrer und trieb sich bis an den Punkt vollständiger Erschöpfung, doch am späten Abend saß er grübelnd da und nahm viel mehr Schnaps zu sich, als er es hätte tun sollen.

Sie konnte ihn unten in seinem Arbeitszimmer hören oder wie er in den frühen Morgenstunden die Treppe hinaufstieg und dabei ein wenig unsicher auf den Füßen war. Es bereitete ihr Sorgen, daß er sich selbst gegenüber so nachsichtig war, und es erinnerte sie allzu deutlich daran, was aus ihrem Vater geworden war. Das Trinken hatte dazu geführt, daß Sir Henry ein erbitterter und rücksichtsloser Mann geworden war, abgestumpft und leblos, und das schon lange vor der Nacht, in der er ums Leben gekommen war.

In ihrem tiefsten Innern war Jocelyn die Vorstellung unerträglich, Rayne könnte sein Leben in dieser Form fortwerfen, und doch gab es nichts, was sie dagegen tun konnte.

Es war Spätnachmittag, als in der folgenden Woche die Kaffeesaat eintraf. Im Mahagonital herrschte helle Aufregung, als die schwer beladenen Tafelwagen, die jeweils von zwei Pferden gezogen wurden, angerollt kamen.

Sämtliche Arbeiter versammelten sich um die Wagen herum, um deren Fracht zu beurteilen: schwere Samensäcke, kräftige kleine Setzlinge mit ihren spitz zulaufenden dunkelgrünen Blättern und die seltsam geformten Stecklinge, die der Segen oder der Untergang der wunderbaren alten Plantage sein würden.

Jocelyn ertappte sich dabei, daß sie vom Feuereifer der anderen mitgerissen wurde. Sie trug ein neues apricotfarbenes Musselinkleid, eines der schlichten, aber hübschen Kleider, die sie sich aus den Stoffen, die Rayne ihr mitgebracht hatte, selbst geschneidert hatte, als sie jetzt das Haus verließ und sich der Menschenmenge anschloß, während die Wagen näher kamen. Er fuhr der Kolonne voraus, und seine breiten Hände drängten dem Gespann von stämmigen Braunen, die die Ohren spitzten, als sie vor ihrer Heimkehr um die letzte Kurve bogen, mühelos seinen Willen auf.

Gegen ihren Willen bewunderte Jocelyn, wie groß und kräftig er wirkte und wie unglaublich gut er aussah. Die Arbeit im Freien schien sich gut mit ihm zu vertragen, was sie niemals geglaubt hätte, und seine Energie war so grenzenlos wie seine Entschlossenheit. Diese Seite hätte sie nicht an ihm vermutet, doch sie konnte nicht leugnen, wie reizvoll sie es fand. Er behandelte seine Arbeiter gut, war freundlich zu ihnen und um ihr Wohlergehen besorgt und immer bereit, selbst mit anzupacken, ganz gleich, wie schwierig eine Aufgabe auch sein mochte – oder wie ekelhaft. In Wahrheit schien es, als sei der gutaussehende Vicomte ein noch viel beeindruckenderer Mann, als sie je geglaubt hätte. »Aufregend, nicht?« fragte Conchita, die von hinten auf sie zukam. Ihr fiel auf, daß Paulo in der Nähe stand.

»Ja, den Eindruck habe ich auch. Ich wünsche Rayne, daß es ein voller Erfolg wird.«

»Das kannst du noch sagen, nach allem, was er dir angetan hat? Nach allem, was du durchgemacht hast?«

Jocelyn zuckte lediglich mit den Achseln. »Er hält mich für schuldig. Es hat eine Zeit gegeben, in der ich ihm gegenüber ähnlich empfunden habe.«

»Frau, Frau!« Jo spürte, wie sachte an ihrem Rock gezogen wurde. »Hebst du mich hoch, damit ich etwas sehen kann?« Tooney und Mike standen da, zwei der Kinder der Arbeiter, die Jocelyn gleich nach ihrer Ankunft kennengelernt hatte. Es waren entzückende kleine Jungen, einer pummelig und einer dürr, altersmäßig weniger als ein Jahr auseinander – Tooney drei und Mike vier.

Jocelyn streckte die Hände nach dem kleineren Kind mit dem runden Gesicht aus und hob es auf ihre Hüfte. Paulo setzte Mike auf seine breiten Schultern.«

Mike packte Paulos dichtes schwarzes Haar, um sich daran festzuhalten. »Halt still, *Moço*, und ruckele nicht so wild herum.«

Der kleine Junge grinste von einem Ohr zum anderen. »Von hier oben kann ich gut sehen.«

Paulo lächelte nur.

»Massa! Massa!« Der kleine Tooney strahlte und winkte Rayne zu.

Als er sah, wer seinen Namen rief, lächelte Rayne und

winkte zurück, und dann bemerkte er, daß das Kind auf Jocelyns Hüfte saß. Bei diesem Anblick zuckte etwas über seine Züge, etwas, was Jocelyn in tausend Jahren nicht hätte benennen können, und doch schnürte sich ihr das Herz zusammen. Ihre Blicke trafen sich, und sie sahen einander fest in die Augen, ehe Rayne seinen Blick abrupt von ihr losriß. Jocelyn fühlte sich betäubt und erschüttert zugleich, und ein Schmerz war in ihre Kehle aufgestiegen.

Sie verfolgte Raynes Bewegungen, als er zu einem der Wagen lief und aufstieg. Ein kleiner Mann mit einer Halbglatze, einer Brille und einem leuchtend pflaumenblauen Frack saß dort neben einem dunkelhäutigen Kutscher.

»Könnte ich bitte euer aller Aufmerksamkeit haben!« Die Menge, die bereits begonnen hatte zu verstummen, schwieg auf Raynes Befehl hin endgültig. »Wir haben alle hart für diesen Tag gearbeitet. Es ist nicht ein einziger Mann unter euch, der sich vor seinen Pflichten gedrückt hat. Wir haben die Felder gerodet und umgegraben und den Boden für diesen Tag vorbereitet, der jetzt endlich gekommen ist. Die Saat ist eingetroffen und mit ihr der Mann an meiner Seite. Das ist Bertrand Spruitenberg. Er ist hier, um uns beim Kaffeeanbau zu helfen.«

Ein Holländer, dachte Jo, als sie den unbekümmerten kleinen Mann genauer betrachtete. Wahrscheinlich kommt er aus Java. Nirgends wußte man mehr über Kaffee als dort.

»Ich erwarte von euch, daß ihr seine Anweisungen befolgt, denen nur meine eigenen Anweisungen übergeordnet sind. Wenn wir alle genau das tun, was er sagt, und weiterhin so hart arbeiten, wie wir es bisher getan haben, dann kann sich uns nichts in den Weg stellen. Ich glaube, wir haben gute Chancen, erfolgreich zu sein.«

Jubel brach unter den Arbeitern aus, und Jocelyn ging auf, wie sehr sie den Mann respektierten, der auf ihrer gescheiterten Plantage die Zügel in die Hand genommen hatte.

Auf eine traurige und herzerweichende Art respektierte auch sie ihn.

»Frau, Frau! Laß mich jetzt runter, bitte.«

Jocelyn lachte. »Du hast wohl schon genug gesehen?« Sie stellte ihn wieder auf den Boden. »Ich will dir was verraten. Gwen hat Zuckerrohr in der Küche. Ich habe es heute morgen dort liegen sehen. Warum gehen wir nicht hin und holen uns welches?«

Der kleine Junge strahlte vor Freude. »Für Mike auch?«

»Natürlich auch für Mike. Du kannst ihm etwas mitbringen.«

Tooney nickte energisch und klammerte sich an Jos Hand. Mit einem letzten Blick auf Rayne, der sich bereits an die Aufgabe gemacht hatte, unter dem Dach aus Palmwedeln, das dort Schatten auf den Boden warf, wo früher einmal der Zucker gelagert worden war, die Wagen zu entladen, machte sie sich auf den Weg zur Küche hinter dem Haus.

Obwohl Tooney an ihrer Seite unablässig strahlte und plapperte, konnte sie den zärtlichen Ausdruck nicht vergessen, den sie auf Raynes Gesicht gesehen hatte, als er bemerkt hatte, daß sie das Kind auf der Hüfte trug. Was hatte er sich wohl gedacht? fragte sie sich. Und was war wohl nötig, um ihn dazu zu bringen, daß er sie noch einmal so ansah?

Rayne arbeitete in den kommenden zehn Tagen vom Morgengrauen bis zur Abenddämmerung an Bert Spruitenbergs Seite. Da sie verschiedene Anbaumethoden ausprobierten, wurden auf einem Teil der frisch bestellten Felder Samen ausgesät, andere Bereiche wurden mit Setzlingen bepflanzt, die ein Jahr alt waren, und Stecklinge von den großen Zweigen ausgewachsener Kaffeesträucher bildeten die dritte Variante.

Es war eine ungeheure Aufgabe, und doch genoß er sie, und mit jedem Tag, der verging, war er sicherer, daß sein Plan von Erfolg gekrönt werden würde. Er hatte sich derart an die langen Arbeitszeiten gewöhnt, daß er ganz vergessen hatte, daß nicht alle anderen auch die körperlichen Voraussetzungen für solche harten Arbeiten mitbrachten. Schließlich machte dann der kleine Holländer derart den Eindruck, am Ende zu sein, daß Rayne gezwungen war, sich zu erbarmen.

»Ich weiß, daß das Tempo mörderisch war«, sagte er zu dem Mann mit dem grauen Haarkranz, der auf dem Sofa saß. »Aber die Fortschritte, die wir gemacht haben, sind es wert gewesen.« Durch das Fenster seines Arbeitszimmers konnte er auf einen Teil der frisch angepflanzten Felder schauen, und Stolz schwoll in ihm an, als er sah, was sie bereits erreicht hatten.

Heute waren sie früh von den Feldern zurückgekommen, hatten hastig eine Mahlzeit zu sich genommen und sich dann in den Salon zurückgezogen, um eine Zigarre zu rauchen, ehe Rayne sich in sein Arbeitszimmer begeben hatte.

»Warum ruhen Sie sich nicht ein paar Tage aus?« sagte Rayne. »Fahren Sie in die Stadt, wenn Sie Lust haben. Der King's Inn ist ein angenehmes Gasthaus. Sie können mir das Zimmer in Rechnung stellen.«

Der kleine Holländer wirkte erleichtert. »Das ist eine gute Idee. Ich sage es Ihnen ganz ehrlich: Kaffee mag zwar für das Gehirn enorm anregend sein, aber das Anpflanzen von Kaffee ist eine verheerende Anstrengung für den Körper.«

Rayne lachte. Gleich den Engländern war der Holländer der Überzeugung, daß Kaffee Eigenschaften hatte, die die Denkfähigkeit des Gehirns erhöhten und den Körper frisch belebten. Ihn zu züchten war jedoch nicht dasselbe wie ihn zu trinken.

»Ich lasse Sie morgen früh von einem der Männer in die Stadt fahren. Wenn Sie in ein paar Tagen wieder da sind, dann sollte das genügen.«

»Ich würde lieber schon heute abend aufbrechen.« Er grinste. »Es ist schon viel zu lange her, seit ich in den Genuß weiblicher Gesellschaft gekommen bin.«

Rayne nahm einen Zug von seiner Zigarre und blies einen Rauchring in die Luft. »Einverstanden. Ich sage Paulo, er soll jemanden suchen, der Sie hinfährt.«

»Sind Sie ganz sicher, daß Sie nicht mitkommen wollen? Ein willfähriges Weib wäre auch für Sie richtig.«

Ja, allerdings. »Ich habe zuviel zu tun.« Rayne stand von seinem prall gepolsterten Sessel auf.

»Wegen des Anpflanzens brauchen Sie sich keine Sorgen zu machen«, sagte Bert, der ebenfalls aufstand. »Es läuft alles termingerecht ab. Sogar noch schneller als geplant.«

Rayne schlug dem Mann freundschaftlich auf den Rücken. »Ich versichere Ihnen, daß ich zu würdigen weiß, was Sie hier schon alles getan haben.«

Aber was Rayne zusetzte, war nicht das Anpflanzen, wie Bert irrtümlich vermutet hatte. Es waren die Worte des Holländers über die Gesellschaft einer Frau. In den letzten zehn Tagen hatte Jocelyn sich rar gemacht, und Rayne hatte so viel zu tun gehabt, daß er kaum dazu gekommen war, daran herumzugrübeln, warum sie sich so selten blicken ließ, obwohl er oft an sie gedacht hatte.

Heute nachmittag hatte er sie in einem Beet von gelben Krokussen arbeiten sehen, und sie hatte jedes einzelne kraftvolle Pflänzchen mit unendlicher Sorgfalt behandelt, und bei diesem Anblick hatte sich seine Brust so zugeschnürt wie vor zehn Tagen, als er sie gesehen hatte, wie sie das Kind im Arm hielt.

Es war zum Verrücktwerden, diese Macht, die sie über ihn hatte. Dem mußte er ein Ende bereiten, und zwar schon bald. Er hatte es vor sich hergeschoben, ihr gegenüberzutreten, denn er war überzeugt gewesen, der rechte Zeitpunkt würde sich wie durch ein Wunder von selbst ergeben. Doch der Moment war nicht gekommen, und jetzt hatte er lange genug gewartet. Es war an der Zeit, ihr gegenüberzutreten, sie nach der Schießerei zu fragen und sie zu zwingen, die Wahrheit zu gestehen. Sowie sie das getan hatte, konnte er sich von ihr lossagen und mußte nicht mehr diese Träume haben, die ihn weiterhin plagten, und er konnte den schmerzlichen Vorfall in der Vergangenheit begraben.

Wenn er erst einmal erreicht hatte, was er sich vorgenommen hatte, würde er dafür sorgen, daß sie aus dem Mahagonital verschwand und bei jemand anderem unterkam, um dort den Rest ihrer Strafe abzubüßen. Aber nicht bei Barz Hopkins – das hätte er niemals dulden können. Es mußte doch einen Ort für sie geben, jemanden, der berücksichtigte, was sie in der Vergangenheit durchgemacht hatte, und der sie anständig behandelte.

Wenn nicht auf Jamaika, dann eben auf einer anderen Insel.

In Wahrheit schob er es Tag für Tag vor sich her, und jeder Moment, in dem er der Konfrontation aus dem Weg ging, zerriß ihn nur immer mehr. Es verging keine Stunde, in der er sich nicht fragte, wo sie wohl stecken mochte und was sie wohl gerade tat, in der er nicht versuchte, einen Blick auf sie zu erhaschen, wie sie bei der Arbeit zwischen den Blumen kniete und mit den Kindern lachte, mit denen sie sich angefreundet hatte.

Es marterte ihn, und doch konnte er es nicht abstellen.

Rayne ging durch das Zimmer, öffnete ein Büfett aus geschnitztem Walnußholz und holte eine Karaffe Cognac heraus. Er würde nicht viel trinken, gelobte er sich, nur genug, um sich mehr Halt zu geben. Er wollte einen klaren Kopf haben, wenn er ihr in die Augen sah. Er wollte auf die Lüge gefaßt sein, von der er sicher war, daß er sie entdecken würde, auf den Haß, den sie seinem Vater gegenüber verspürte und der irgendwie auf ihn übergegangen war. Er wollte, daß sie seine Entschlossenheit deutlich sah und endlich die Wahrheit bekannte.

Er wollte nun die ganze Geschichte hinter sich bringen.

Rayne goß Cognac in den Schwenker und leerte ihn, und die feurige Flüssigkeit wirkte beschwichtigend auf ihn, als sie seine Nerven zu beruhigen begann. Noch ein großer Schluck, und dann würde er sie aufsuchen.

Er warf einen Blick aus dem Fenster. Die Abenddämmerung hatte gerade begonnen, sich herabzusenken; die Arbeiter würden auseinandergehen und sich auf den Weg zu ihren strohgedeckten Lehmhütten machen. Jocelyn würde sich ins Haus begeben – und wenn nicht, dann würde er sie schon finden.

Heute nacht, gelobte er sich, würde er seinem Kummer ein Ende bereiten.

18. Kapitel

Jocelyn wässerte einen Topf mit frisch gepflanzten rosa Geranien und war zufrieden mit den Fortschritten, die sie gemacht hatte.

Sie wischte sich die Hände an der Schürze ab, die sie über ihrem lavendelfarbenen Kleid trug, und machte sich auf den Weg zu dem Geräteschuppen, um die große Gießkanne wegzubringen, die sie benutzt hatte. Am frühen Morgen war sie mit der Aussaat fertig geworden und hatte sich dann frische Kleider angezogen, um einzuspringen und sich um die Kinder zu kümmern.

Eine Frau namens Magda paßte normalerweise auf die Kleinkinder auf, die noch zu winzig waren, um ihre Mütter auf die Felder zu begleiten, doch Magdas Monatsblutung hatte eingesetzt, und sie fühlte sich elend. Jocelyn hatte sich nur zu gern freiwillig erboten, für sie einzuspringen, da sie mit Freuden die Gelegenheit ergriff, mit Tooney, Mike und den anderen Kleinen zusammenzusein. Als die Sonne tief am Himmel stand, waren die Mütter gekommen, um ihren Nachwuchs abzuholen. Nachdem sie wieder allein war, hatte Jocelyn beschlossen, die frisch gepflanzten Blumen vor dem Haus noch ein letztes Mal zu gießen.

Da sie diese Aufgabe jetzt erledigt hatte, machte sie sich auf den Rückweg zum Geräteschuppen, der abseits hinter dem Gemüsegarten stand.

In dem länglichen Gebäude mit den steinernen Mauern war es wie immer kühl, und alles war tadellos in Ordnung. Sämtliche Werkzeuge hatten ihren festen Platz, die Bänke und Arbeitstische waren frisch gewischt, der Lehmboden mit einem Besen aus Maishülsen gefegt.

Als die letzten Sonnenstrahlen schräg zwischen den Balken unter dem strohgedeckten Dach einfielen, wehte durch ein offenes Fenster in der Rückwand eine Brise, die von den Bergen kam. Jocelyn sog den Geruch der Erde ein, die an den Spaten und Schaufeln klebte, den Rechen und den unzähligen anderen Gartengeräten. Der schwache Duft der Veilchen, die in winzigen Schalen auf einem Fensterbrett blühten, vermischte sich damit. Sie hatte die Gießkanne gerade auf einem der Arbeitstische abgestellt, als sie hinter sich Geräusche hörte und eine Tür geöffnet wurde.

»Dachte ich mir doch gleich, daß ich dich hier draußen finde.« Rayne trat in den Schein der untergehenden Sonne, und sein kastanienbraunes Haar schimmerte rötlich. Er trug eine eng anliegende rotbraune Hose und ein weißes Batisthemd mit offenem Kragenknopf. Seine hohen schwarzen Stiefel waren noch staubig von der Feldarbeit.

»Ich bin gerade fertig geworden und wollte zum Abendessen ins Haus gehen.« Sie bemühte sich, nicht darauf zu achten, wie gut er aussah, wie unglaublich männlich.

Sie bemühte sich, darüber hinwegzusehen, wie eng sich die Hose an seine muskulösen Oberschenkel schmiegte und wie deutlich sich die Sehnen auf seinem Hals abzeichneten und die Kraft andeuteten, die sich unter seinem Hemd verbarg. Sie versuchte es zwar, doch sie kam nicht gegen den prickelnden Schauer an, der sie bei der Erinnerung an seine muskulöse Brust durchzuckte und daran, wie diese Muskeln sich bewegt hatten, wenn sie miteinander geschlafen hatten.

»Ich bin fast fertig mit den Beeten vor dem Haus«, sagte sie und hoffte nur, er würde das Beben ihrer Stimme nicht bemerken. »Ich hoffe, du bist zufrieden mit meiner Arbeit.« Obwohl sie mit aller Willenskraft dagegen ankämpfte, schlug ihr Herz schneller, und ein paar Tropfen Feuchtigkeit rannen durch den Spalt zwischen ihren Brüsten.

»Ich bin äußerst zufrieden mit dem, was du geleistet hast. Nur bin ich leider nicht hergekommen, um mit dir über Blumen zu sprechen.«

»Wenn es nicht um meine Arbeit geht, w-worum geht es denn dann?« Ihre Augen sahen forschend in sein Gesicht, doch der Schatten von einem Dachbalken fiel auf seine Züge. In seiner Haltung drückte sich Anspannung aus; sie war ähnlich wie die, die er eingenommen hatte, als er in der Taverne den Streit mit diesem Seemannn begonnen hatte, die Beine leicht gespreizt, die Füße fest auf den Boden gestemmt.

»Es ist an der Zeit, Jocelyn, daß wir beide uns mit der Vergangenheit auseinandersetzen. Ich habe dich heute abend aufgesucht, um mit dir über die Schießerei zu reden. Ich hatte nicht vor, mich hier mit dir zu unterhalten, aber wenn ich es mir recht überlege, ist das vielleicht gar nicht schlecht. Hier sind wir wenigstens sicher vor forschenden Blicken und lauschenden Ohren.«

Jocelyn schluckte schwer. »Ja... der Geräteschuppen steht abseits. Paulo ist sehr eigen, wenn es darum geht, wer ihn betreten darf.«

Sie brachte die Worte nur mit Mühe heraus. Ihr Mund war trocken, und ihre Hände hatten zu zittern begonnen. War er gekommen, weil er die Wahrheit hören wollte? War das die Gelegenheit, um die sie so lange gebetet hatte? Hoffnung stieg in ihr auf, und doch verspürte sie rasende Angst.

»Was damals vorgefallen ist...«, sagte sie. »Ich hatte gehofft, es würde irgendwann der passende Zeitpunkt kommen.«

Etwas in Raynes Haltung veränderte sich kaum wahrnehmbar. Als er aus dem Schatten trat, sah sie die tiefen Furchen in seiner Stirn und die Anspannung seines Kiefers. In seine Augen war eine kalte, besonnene Zielstrebigkeit getreten, und das Herz schlingerte seitlich in ihrer Brust.

»Ich glaube kaum, daß es in diesem Punkt viel Spielraum für eine Diskussion gibt. Wir wissen beide, was vorgefallen ist – auf meine Brust ist aus nächster Nähe ein Schuß abgegeben worden. Ich bin schwer verwundet worden. Ich war in akuter Lebensgefahr. Ich bin gekommen, um mir anzuhören, was du dazu zu sagen hast.«

Jocelyns Blicke glitten über ihn und nahmen seine starre Haltung wahr, seinen verbissenen Kiefer, in dem sich deutlich seine Abwehr ausdrückte. Seine Augen waren unergründlich tief geworden, sein Mund ein grimmiger Strich.

Schlagartig begriff sie, daß er nicht gekommen war, um die Wahrheit in Erfahrung zu bringen. O nein, er rechnete fest damit, daß sie ihn belügen würde, und er war sicher, daß sie schuldig war – wie er es schon von Anfang an gewesen war. Er war gekommen, um ihrem Leugnen zu widersprechen. Er war schon jetzt voreingenommen gegen sie und zum Kampf bereit.

Rayne hatte, wie schon früher, sein Urteil bereits gefällt und sie für schuldig befunden.

Wut und Verzweiflung wogten in ihr auf und türmten sich auf wie eine Welle. Schmerz und Zorn überfluteten, überschwemmten und ermatteten sie. Das Leid, das sie fühlte, hielt ihre Worte zurück, die Wahrheit, die er niemals glauben würde, und sie konnte sich nicht dazu durchringen, etwas zu sagen.

Sie hätte sich gern auf ihn gestürzt und auf ihn eingeschlagen, um sich gegen die furchtbare Gewißheit zu wehren, der sie bis jetzt bewußt ausgewichen war – daß nichts, was sie jemals sagen oder tun konnte, ihn von seiner Meinung abbringen würde. Innerlich war ihr sterbenselend zumute. Sie litt unter dem Gefühl von Hoffnungslosigkeit, Gram, Mißerfolg und Verlust. Ihr Leben erstreckte sich als ein gähnender schwarzer Abgrund vor ihr, ohne jede Zukunft, nichts weiter als bittere Verzweiflung und trostlose Einsamkeit.

»Nun mach schon, meine liebe Jo. Schließlich bin ich viertausend Meilen weit gereist, um diese Worte aus deinem eigenen Mund zu hören. Wir wissen beide, daß du es warst. Jetzt bleibt dir nur noch zu erklären, wie du das alles ausgeheckt und geplant hast. Bringst du denn weder den Mut auf, meine Worte in Abrede zu stellen, noch die Courage, endlich die Wahrheit zu gestehen?«

Sie sagte immer noch nichts. Die Wut und die Demütigung hatten sie an einen Punkt getrieben, an dem sie kein Wort mehr herausbrachte, und sie konnte nicht einmal mehr über diesen einen qualvollen Moment hinausdenken. Sie hatte so lange darauf gewartet, hatte gewagt zu hoffen, ja, sogar zu träumen. Jetzt hatten sich all ihre Hoffnungen zerschlagen.

»Du willst die Wahrheit hören?« zischte sie ihn schließlich an, als sie den Mut aufbrachte, doch in Wirklichkeit brach es ihr das Herz. »Die Wahrheit ist, daß ich dich von Anfang an gehaßt habe. Ich habe gewartet, bis ich wußte, daß du in deiner Wachsamkeit nachgelassen hast, und dann habe ich dich in dein Arbeitszimmer gelockt. Als du reingekommen bist, habe ich die Pistole herausgezogen, die ich in meiner Rocktasche versteckt hatte, und dann habe ich auf dich geschossen!«

Die Pein, die sich auf seinen Zügen zeigte, war unübersehbar, und doch konnte sie ihr eigenes Leid nicht übertreffen. Sie wollte ihn verletzen, ihn strafen, wie er sie bestrafte. »Genau das willst du doch hören, oder etwa nicht? Nur deshalb bist du hergekommen. Um mich sagen zu hören, daß ich versucht habe, dich zu töten. Also gut, jetzt hast du es aus meinem eigenen Mund gehört – und wenn du mich weiterhin belästigst, werde ich Mittel und Wege finden, es wieder zu tun!«

Wut loderte in Raynes Augen auf. Er ging auf sie zu, doch Jocelyn wich keinen Zentimeter zurück. Sie war weit über den Punkt hinausgelangt, sich vor Vergeltung zu fürchten oder sich auch nur das Geringste daraus zu machen, was er ihr antat oder womit er beabsichtigte, sie büßen zu lassen.

»Ich soll dich in Ruhe lassen?« höhnte er. »Willst du das wirklich? Das glaube ich nicht. Nicht, wenn du mich so ansiehst, wie du es tust. Dein Verstand mag mir zwar den Tod wünschen, aber dein Körper verzehrt sich nach mir. Das war schon immer der springende Punkt in deinen todbringenden Ränken, der sich deiner Kontrolle entzogen hat, stimmt's?«

Sein Gelächter klang bitter und rauh. »Du willst, daß ich dich in Ruhe lasse? Ich glaube, daß du mich in dir haben willst. Ich glaube, daß du vom Aufstehen bis zum Schlafengehen nach mir lechzt, genauso wie ich mich nach dir verzehre.« Er packte ihre Arme und zerrte sie an sich.

»Du bist ein Dummkopf, wenn du glaubst, daß ich dich immer noch begehre. Ich hasse dich – und das ist das einzige, was ich für dich empfinde.«

»Ist das wirklich wahr?« Er versuchte, sie zu küssen, doch Jocelyn wehrte sich und konnte sich schließlich losreißen. Erzürnt wich sie zurück und schlug ihm ins Gesicht, und das Echo der Ohrfeige hallte durch die Stille des Raums.

Jos Herz hämmerte mit der Wucht der Ohrfeige gegen ihre Rippen. Er war so wütend, daß er sie bestimmt schlagen würde.

»Ich bin froh, daß sie dich nicht mürbe gemacht haben«, sagte er statt dessen und hob die Hand, um sich die Wange zu reiben. »Dein Mut gehört zu den Dingen, die ich schon immer an dir bewundert habe.«

Dieses kleine Eingeständnis verblüffte sie, obwohl es in Bitterkeit verpackt war. Als Rayne sie wieder in seine Arme zog, nahm sie es kaum wahr. Sie spürte seine Brustmuskulatur unter ihren Fingern, und dann bog er ihren Kopf zurück und küßte sie leidenschaftlich und verschlang mit seinem Mund erbarmungslos ihre Lippen. Sie rechnete damit, daß er ihr weh tun würde, ihre zarten Lippen mit seinen Zähnen zermalmen würde, brutal und grausam zu ihr sein würde, sie für ihre furchtbaren Worte bestrafen würde, die ihrer Wut entsprungen waren, und dafür, daß sie ihn geohrfeigt hatte.

Statt dessen bemächtigte sich sein Mund mit glühender Leidenschaft ihrer Lippen. Es schien nicht seine Absicht zu sein, ihr etwas zu nehmen, sondern ihr zu beweisen, daß er sie dazu bringen konnte, es ihm freiwillig zu geben. Seine Berührungen waren feurig und fordernd und von einer unerbittlichen Kraft beseelt, und Jocelyn spürte, daß sie sich mit jedem Herzschlag davon angezogen fühlte.

Raynes Arme schlangen sich erbarmungslos um sie und rissen sie enger an ihn. Sie konnte spüren, wie sich sein kräftiger Körper an ihren Bauch preßte, ihre Brüste und ihre Oberschenkel. Seine Hände glitten in ihr Haar und zogen ihren Kopf gewaltsam zurück, als er seinen Kuß vertiefte. Mit subtilem Druck bewegte er ihre Lippen dazu, sich für ihn zu teilen, neckte mit seiner Zunge ihre Unterlippe und versenkte sie dann in ihrem Mund, um sie um ihre Zunge zu schlingen.

Sein Kuß war nicht frei von Kraft und Gewalt und doch fühlten sich seine Lippen erstaunlich sanft an, als sie über ihren Mund glitten. Er preßte sie an sich, und doch streichelten seine Hände unendlich zart ihre Hüften, legten sich auf ihren Hintern und kneteten ihn und kosteten ihn, während er sie noch mehr mit seinem Körper verschmolz.

Sie spürte seinen steifen Schaft und wußte, was für ein Gefühl es gewesen wäre, ihn zu spüren, wie er sich in sie stieß, und flüssige Glut wogte durch ihren Körper.

Er war Feuer und Eis, Zärtlichkeit und Wut, sengende Hingabe und frostige Selbstbeherrschung. Er setzte jede einzelne der Fertigkeiten ein, die er kannte, ließ keines ihrer aufgestauten Gefühle unberührt und weckte stürmisch das Verlangen nach ihm, mit dem er sie verspottet hatte, bis sie nicht länger widerstehen konnte. Eine Woge von Hitze spülte über sie hinweg, versengte sie und hinterließ ein unglaublich köstliches Gefühl. Ranken entfalteten sich in ihrem Bauch; Funken sprühten wild und schnell in ihrem Blut.

Sie fühlte sich benommen und verwirrt, in dem Zauber gefangen, den er webte, und ihre Sinne waren verwirrt, ihr Körper selbst dann in Leidenschaft und Wut versponnen, als ihr Geist gegen den lockenden Rausch des Begehrens ankämpfte. Sie stellte fest, daß sie sich an ihn preßte, ein leises Stöhnen von sich gab und ihre Finger in sein Haar schlang. Sie hätte ihn dieses abscheuliche Spiel nicht gewinnen lassen dürfen, aber irgendwie spielte es keine Rolle mehr. Es war aus zwischen ihnen. Was auch immer sie miteinander verbunden haben mochte, war abgestorben und vergangen. Das einzige, was noch zwischen ihnen bestand, war eine rasende Glut, die sie beide in eine Leidenschaft hineinriß, gegen die sie machtlos waren.

Sie spürte Raynes Hände auf ihrem Rücken, fühlte, wie die

Knöpfe ihres Kleides aufsprangen. Dann zog er es von ihren Schultern und füllte seine Hände mit ihren Brüsten aus.

»Sag mir, daß du mich willst«, sagte er und neckte ihre Brustwarzen, bis sie ihn mit einer Macht begehrte, die sie beben ließ. »Sag es. Sag mir, daß es das ist, was du brauchst.«

Sie schluckte und preßte sich an ihn, und ihre Lippen teilten sich, als er mit Küssen einen weiteren Anschlag auf sie ausübte. Ihr Körper war vor Verlangen angespannt, feucht und lechzte nach Erlösung.

»Sag es, Jo. Sag mir, daß ich habe, was du willst, und ich werde dafür sorgen, daß du es bekommst.«

Er schmeckte schwach nach Cognac und Tabak, und er roch nach Staub, nach Leder und nach Mann. »Lieber Gott«, stöhnte sie, als sie erst seine Hände auf ihren Brüsten fühlte und dann die nasse Glut seines Mundes, als er an einer aufgestellten strammen Brustwarze sog. Er bog ihren Rücken über seinen Arm, um ganz ungehindert daran saugen zu können, und diese unglaubliche Hitze verzehrte ihren Unterleib, während feuchtes Feuer zwischen ihren Beinen brannte.

»Sag es, Jo.« Er wandte sich jetzt wieder ihrem Mund zu, nahm ihre Unterlippe gefangen und sog sachte daran. »Ich habe, was du brauchst, und wir wissen es beide.«

Er neckte ihre Brust mit einem Finger, umkreiste die rosige Brustwarze und verteilte die schimmernde Nässe, die von seinem Mund geblieben war, und Feuer durchzuckte sie. Er drückte sanft zu, und dann glitt seine Hand tiefer und seine Finger spreizten sich über der weiblichen Glut, die dort brannte, wo ihre Beine zusammentrafen.

»Du willst mich, Jo. Sag es mir.«

Sie schluckte schwer und schmiegte sich gegen seine Hand. »Ich... ich will dich.«

»Ja... genauso, wie ich dich will.« Er zog sich einen Moment lang zurück und sah ihr ins Gesicht. »Obwohl ich dich hasse, begehre ich dich. Manchmal glaube ich, ich werde dich bis zu meinem letzten Atemzug begehren.«

Ein wimmernder Laut entrang sich Jocelyns Kehle, als er ihren Mund wieder gefangennahm. Sie glühte vor Verlangen, brannte lichterloh und hatte keine Macht darüber. Die Glut und der Schmerz waren so übermächtig, daß sie es kaum wahrnahm, als er sie umdrehte und sie sinken ließ, bis ihre Ellbogen auf die Arbeitsplatte gestützt waren. Alles, was sie wahrnahm, waren die Arme, die sich von hinten um sie geschlungen hatten, die Hände, die ihre Brüste streichelten, sein Mund, der zart an ihrem Nacken knabberte, seine Zunge, die sich in ihr Ohr stieß.

Sie nahm kaum zur Kenntnis, daß er ihren lavendelfarbenen Rock hochhob, ihn auf ihre Taille zog, den Saum ihres Hemds raffte und dann seine Hose aufknöpfte.

Was sie jedoch zur Kenntnis nahm, war, daß er sich steinhart an ihre Hinterbacken preßte, denn die samtige Dicke seines Schafts war unverwechselbar. Sie so zu nehmen, war ihr als Strafe zugedacht, erkannte sie, doch ihr Verlangen vertrieb die sengende Woge von Demütigung.

»Spreiz die Beine für mich, Jo.« Sie tat es blind und gedankenlos, da sie sich nach seinen Berührungen verzehrte, verzweifelt danach verlangte. Sie spürte, wie seine Hand über die Wölbungen ihres Hinterns glitt und die Geschmeidigkeit ihrer Haut testete. Seine Finger glitten zwischen die Rundung der Halbkugeln, teilten die Blütenblätter ihres Geschlechtes und glitten tief in sie hinein.

Feuer schien von den Dachbalken zu regnen. Ranken entflammten sich in ihren Brüsten und zogen tief in ihren Bauch, glühende Wogen verbrannten das Fleisch, das er liebkoste. Seine Finger zogen sich aus ihr zurück und glitten wieder in sie hinein, bewegten sich durch den seidigen Kanal, erst nur einer, dann ein zweiter. Jocelyn wölbte ihm ihre Hüften entgegen und drängte ihn weiterzumachen, da sie die Erlösung brauchte, die nur er ihr verschaffen konnte.

»Ganz ruhig, Liebes«, flüsterte er und überraschte sie mit seinen zärtlichen Worten und beschwichtigte sie zugleich, da sie einander in der Form noch nie geliebt hatten. »Du kannst beruhigt sein. Ich werde dir nicht weh tun.« Dann glitt sein steifes Glied in sie hinein und füllte sie mit einem einzigen tiefen, kräftigen Stoß.

Jocelyn stöhnte, als sie ihn fühlte, und sie zitterte von Kopf bis Fuß und hatte weiche Knie, als sie sich an die Arbeitsplatte klammerte. Mit dem vierten kräftigen Stoß kam die Erlösung und wirbelte sie in einen Abgrund betäubender Lust, ehe sie auch nur erfaßt hatte, was ihr zugestoßen war. Als Rayne sich mit seinen tiefen, gemessenen Stößen aus ihr herauszog und wieder eindrang, spülte eine Woge der Lust nach der anderen über sie hinweg. Er stieß fest und tief zu, wieder und immer wieder, bis ein zweiter Krampf sie zucken ließ.

Gott im Himmel. Sooft sie einander auch geliebt hatten, er war immer zart mit ihr umgegangen. Mit der Zeit, hatte er gesagt, würde er sie in die Kunst der Liebe einführen. In ihren kühnsten Träumen hätte sie sich nicht ausgemalt, daß es so sein könnte.

»Noch mal, Jo. Laß es kommen.«

Sie konnte es einfach nicht glauben, als die dritte Woge sie erschütterte. Der einzige Halt, den sie noch zu haben schien, waren Raynes Hände, die ihre Hüften hielten, als er sich in sie stieß. Sie spürte, wie er erstarrte, spürte, wie sein Samen glühend in sie drang, und immer noch bewegte er sich über ihr.

Endlich endeten seine Stöße, und sein Arm schlang sich um ihre Taille, um ihren Körper an ihn zu ziehen. Jocelyn lehnte sich zurück, und ihr Kopf ruhte auf seiner Schulter. Ihr Fleisch war nicht mehr eins, doch er hielt sie immer noch im Arm, als wollte er sie beschützen, nahezu zärtlich.

Sie spürte seine Hände auf ihren Hüften, wie sie sorgsam ihr Kleid wieder herunterzogen und den Stoff glattstrichen. Dann knöpfte er ihr Kleid zu. Seine Hände zitterten, und seine Bewegungen waren irgendwie unsicher und zögernd, beinahe bedauernd. Jocelyn heftete den Blick fest auf die Wand, da ihr davor graute, ihm ins Gesicht zu schauen. Sie fürchtete sich vor dem spöttischen Ausdruck, den sie dort sehen würde.

Schon allein der Gedanke daran bewirkte, daß ihre Augen sich mit Tränen füllten, und wenn sie sich auch noch sosehr bemühte, dann konnte sie sie doch mit all ihrer Willenskraft nicht vertreiben. Dennoch begann die Feuchtigkeit erst über ihre Wangen zu rinnen, als sie hörte, wie die Tür leise zufiel.

Sie schloß die Augen, doch die heißen Tränen glitten unter ihren Wimpern hervor. Sie wischte sie mit dem Handrücken fort, und ihr brach fast das Herz, als sie die Stille in dem Geräteschuppen wahrnahm. Er ließ ihr Zeit, damit sie die Fassung wiedergewinnen konnte, ließ sie zurück, damit sie allein ins Haus zurückkehren konnte, gestattete ihr diesen letzten Rest an Würde. Diese eine kleine Geste in einem Moment, in dem sie bösartigen Spott erwartet hatte, war ihr endgültiger Untergang.

Jocelyn ließ sich wieder auf die niedrige Arbeitsbank sinken und begann zu weinen. Sie konnte die Tränen nicht zurückhalten, war machtlos dagegen. Die Tränen, die sie sich so lange versagt hatte, die sie vorher immer mit einem dünnen Hoffnungsschimmer zurückgehalten hatte, der endgültig erloschen war, erschütterten ihren ganzen Körper.

Die Wahrheit, mit der sie jetzt konfrontiert war, war weitaus bitterer als die verheerende Lüge, die sie ihm vorgesetzt hatte. Die schlichte Tatsache zerriß ihr das Herz und hämmerte wie Totengeläut in ihren Schläfen.

Rayne würde ihr niemals glauben, und sie würde niemals frei sein.

Aber eine andere Wahrheit war noch bitterer. So gewiß, wie Rayne sie verabscheute, liebte Jocelyn ihn immer noch.

Rayne begab sich vom Geräteschuppen aus direkt in sein Arbeitszimmer, ging auf die Bar hinter seinem Schreibtisch zu, öffnete sie und schenkte sich einen großen Schluck Cognac ein.

Innerlich loderte er vor Schmerz und Schuldbewußtsein, und damit, daß er Jocelyn heute abend genommen hatte, hatte er alles nur noch verschlimmert. Er hatte geglaubt, seinem Leiden ein Ende bereiten zu können; statt dessen hatte er es nur vertieft. Wie konnte sie ihn hassen und derart leidenschaftlich auf ihn reagieren? Wie konnte er sie mit einer solchen Wut nehmen und dennoch derart bemüht sein, sie zart zu behandeln? Wie konnte sie ihn dazu bringen, daß er sich selbst genausosehr verabscheute wie sie?

Er zog den Glasstöpsel ein zweites Mal aus der Kristallglaskaraffe mit dem kurzen Hals und schenkte sich eine weitere großzügig bemessene Portion Cognac ein. Seine Finger zitterten ein wenig, als er den Schwenker mit der Absicht in die Hand nahm, den feurigen Inhalt hinunterzustürzen, doch dann fiel sein Blick auf den Cognac, der über den Rand des Glases schwappte, das fast bis zum Rand gefüllt war, und seine Hand erstarrte auf dem Weg zu seinen Lippen mitten in der Luft.

Gott im Himmel! Was, in Gottes Namen, tat er hier eigentlich? Schließlich war er kein abgewrackter Obdachloser aus dem East End, der an der Flasche hing! Er war nicht irgendein Penner, den das Glück verlassen hatte und dessen Zukunft von der nächsten Eckkneipe abhing!

Er litt, das stimmte wohl, an einem seelenzerreißenden Schmerz, der nicht von ihm abfallen wollte. Aber er hatte auch Pflichten und Verantwortungen, und andere Menschen waren von ihm abhängig. Er hatte eine Plantage zu leiten, Saat auszusäen, Menschen zu ernähren und einzukleiden. Er hatte sich selbst eine monumentale Aufgabe gestellt, und er konnte es sich nicht leisten, sich wie ein pflichtvergessener Schuljunge gehenzulassen und sich einen zu genehmigen.

Hatte Jocelyn ihn so tief sinken lassen?

In Wahrheit konnte er ihr nicht die gesamte Schuld daran zuschieben. Er hatte diesen selbstzerstörerischen Kurs eingeschlagen, als er gezwungen gewesen war, aus dem Militär auszuscheiden. Da er wenig zu tun hatte, trank er aus bloßer Langeweile heraus. Nach der Schießerei hatte er in seinem Bemühen zu vergessen weitergetrunken.

Er warf einen Blick aus dem Fenster auf das fruchtbare Erdreich der Felder, die umzugraben er geholfen hatte, und er dachte an die langen Stunden harter Arbeit, die sie alle in das Mahagonital gesteckt hatten, damit es blühte und gedieh. Es war ein gutes Gefühl, die Arbeit geleistet zu haben, die er geleistet hatte, und er war froh über das, was sie erreicht hatten. Er brauchte keinen Schnaps. Noch nicht einmal, um die Gedanken an Jo zu verscheuchen.

Rayne warf einen Blick auf den Cognacschwenker, den er immer noch in der Hand hielt, hob ihn ins Licht und warf ihn dann durch das Zimmer. Er zerschmetterte an der Wand. Gleich darauf folgte mit einem lauten Knall, der die Hausangestellten herbeilaufen ließ, die Karaffe. Er schickte seine Bediensteten mit einer unwirschen Geste fort, und sie wichen schnell durch die Tür zurück.

Er war nie so wie manche andere Männer vom Alkohol beherrscht gewesen, doch er hatte ihn wahrhaft mißbraucht. Dazu würde es nicht noch einmal kommen.

Rayne atmete tief aus und trat ans Fenster. Wenn Jocelyn nicht bald ins Haus zurückkam, würde er sie holen müssen. Er machte sich immer noch Sorgen um sie, und doch wollte er sie nicht sehen. Sie sollte unter gar keinen Umständen wissen, daß das, was im Geräteschuppen passiert war, für ihn ebenso verheerend gewesen war wie für sie.

Er wußte, daß er sie weinend zurückgelassen hatte. Er hatte in der Dunkelheit draußen gewartet und dem fürchterlichen Schluchzen gelauscht, das ihren ganzen Körper erschüttert haben mußte. Es hatte ihn viel Kraft gekostet, nicht wieder in den Schuppen zu gehen und sie zu trösten, sie in seine Arme zu ziehen und ihr die Tränen von den Wangen zu küssen.

Wie hätte er das auch tun können? Jocelyn hatte endlich ihren Verrat eingestanden. Hatte sie das wirklich getan? Die Form, in der sie die Worte gesagt hatte, hatte mehr von einem erbitterten Leugnen an sich gehabt. Das verunsicherte und verwirrte ihn nur noch mehr.

Es wäre der reinste Selbstmord gewesen, ihr noch einmal zu

vertrauen, und doch wollte er das mit einer Macht, die ihn erschreckte.

Heiliger Strohsack, die Frau war für ihn zu einer Besessenheit geworden! Er mußte sie aus seinem Blut vertreiben, aus seinem Leben, und zwar bald.

Als er am Fenster stand, sah Rayne, wie sich durch das mondhelle Dunkel draußen etwas Lavendelfarbenes bewegte. Jocelyn kam über den Rasen und öffnete die Hintertür, die in die Eingangshalle führte. Rayne seufzte vor Erleichterung, als er endlich wußte, daß ihr nichts fehlte. Er lauschte ihren Schritten, als sie durch den Gang lief und matt die Treppe hinaufstieg. Er ließ ihr Zeit, ihr Zimmer zu erreichen, ehe er sich auf den Weg nach oben und in sein eigenes Zimmer begab.

Er war erschöpft – und er schämte sich dessen, was er getan hatte. So hatte er sie noch nie genommen, obwohl er sich oft ausgemalt hatte, wie reizvoll es wohl sein würde. Aber andererseits konnte Jocelyn nicht leugnen, daß sie es genossen hatte. Nie zuvor hatte er sie so leidenschaftlich und so hingebungsvoll erlebt. Allein schon der Gedanke daran heizte sein Blut auf und ließ seinen Schaft wieder hart werden. Er ertappte sich bei dem Wunsch, er könnte einfach durch den Korridor zu ihr gehen, ihr Zimmer betreten, sich zu ihr in das weiche Federbett legen und sie noch einmal nehmen, diesmal zart und rücksichtsvoll.

Statt dessen würde er allein in seinem Bett liegen müssen, sich herumwälzen und sich von einer Seite auf die andere werfen und nicht schlafen können, ganz gleich, wie müde er auch sein mochte, und er würde zu dem Betthimmel aufblicken und sich vor Verlangen nach Jo verzehren.

Am folgenden Tag war es heißer. Es war außergewöhnlich schwül und drückend, und eine ungewohnte Stille hing in der Luft. Sie alle spürten die Wirkung der sengenden Sonnenstrahlen, und Jocelyn erging es nicht anders. Abgesehen davon, daß sie niedergeschlagen und verzweifelt war, fühlte sie sich auch noch klebrig und nicht auf der Höhe, und sie betete, eine laue Brise möge vom Meer her wehen und dazu beitragen, ihre bedrückte Stimmung zu mildern.

Auf der anderen Seite des Weges stützte sich Chita auf ihre Hacke und wischte sich mit dem Saum ihrer Bluse die Feuchtigkeit aus dem Gesicht. Direkt nach ihrer Ankunft hier hatten sich ihre Anfälle von morgendlicher Übelkeit gelegt. Sie war wieder bei guter Gesundheit, und die Blässe war aus ihren Wangen gewichen. Als sie jetzt am Rand des Gartens stand, wirkte sie so verschwitzt und ermattet wie alle anderen auch, und doch hatte sie unbeirrt gearbeitet, das hartnäckige Unkraut gejätet und die Kürbisse und Melonen nach Insekten abgesucht.

Jocelyn fragte sich, ob Chita vielleicht hoffte, der virile Portugiese, der nicht weit weg war, würde ihre harte Arbeit und ihre Anstrengungen anerkennen.

Chita warf einen Blick in die Richtung des gutaussehenden Mannes mit den dunklen Augen, mußte jedoch feststellen, daß er in ein Gespräch mit einem hübschen Mädchen mit kakaobrauner Haut vertieft war, das Hattie hieß. Hattie kicherte über etwas, was Paulo gesagt hatte, lächelte ihn ganz reizend an, stellte die Hacke zur Seite, die sie geschwungen hatte, und schlenderte sorglos weiter.

Als sie sah, daß Paulo den Schwung von Hatties Hüften wie ein lüsterner Narr beobachtete, sprang Chita auf und stürmte an den Rand des Gemüsegartens.

»Du läßt sie einfach gehen?« fuhr sie ihn aufbrausend auf spanisch an. »Sie hat nur in den beiden letzten Stunden gearbeitet. Ich bin hier diejenige, die sich abgerackert hat – ich bin diejenige, die in all diesem Schmutz und in dieser Hitze geschwitzt hat. Wenn überhaupt jemand, dann habe ich es verdient, daß du mich eher gehen läßt.«

»Wir arbeiten alle hart, *Nina*. Heute ist es heißer als sonst. Hattie war nicht besonders gut in Form.«

»Nicht besonders gut in Form, ha! Ihr Männer seid alle

Dummköpfe, sobald ihr ein hübsches Gesicht und ein Paar wohlgeformte Hüften seht. Wenn der Hintern einer Frau genügt, um dich ins Wanken zu bringen, warum schaust du dann nicht auf meinen!«

Sie wirbelte herum und bot ihm einen Ausblick auf ihr Hinterteil, und dann schaute sie über die Schulter und sah, daß seine Blicke darauf gerichtet waren, während ein belustigtes Lächeln auf seinem Gesicht stand.

Sie wandte sich wieder zu ihm um und war noch wütender als vorher. »Ich hoffe, der Anblick hat dir gefallen, weil ich jetzt nämlich auch die Arbeit niederlege.« Sie wollte an ihm vorbeilaufen, doch Paulo hielt sie am Arm fest.

»Du hast einen sehr hübschen Hintern, *Nina*. Wie würde es dir gefallen, wenn ich dich übers Knie lege und ihn dir versohle?«

Sie keuchte entrüstet. »Hattie hast du nicht gedroht!«

»Hattie benimmt sich nicht wie ein verzogenes kleines Mädchen.«

»Was? Ich denke gar nicht daran hierzubleiben und mich von dir beschimpfen zu lassen.« Sie versuchte, sich von ihm loszureißen, doch daraufhin schloß sich seine Hand nur noch fester um ihren Arm.

»Es ist meine Aufgabe, mich um den Rasen und um die Gärten zu kümmern. Es gibt außer dir noch andere, auf die ich Rücksicht nehmen muß. Wenn du mich darum gebeten hättest, hätte ich dir erlaubt, dich eine Zeitlang im Schatten hinzusetzen. So, wie die Dinge jetzt stehen, haben die anderen deine unerwünschte Darbietung mitangesehen, und sie beobachten uns auch jetzt noch, weil sie sehen wollen, wie ich mich verhalte.«

Zum ersten Mal verspürte Chita Unbehagen. Paulo Baptiste hatte sie mehr als gerecht behandelt, doch jetzt mußte sie erfahren, daß er ein starker Mann war, mit dem man nicht nach Belieben umspringen konnte. »Und was... wirst du tun?«

Er grinste und kostete ihr Unbehagen aus. »Ich werde persönlich dafür sorgen, daß du noch lange weiterarbeitest, nachdem die anderen ihre Arbeit längst niedergelegt haben. Wenn das nicht genügt, um dir gute Manieren beizubringen, bin ich sicher, daß mir noch etwas anderes einfällt, womit ich das erreiche.«

Chita schluckte die zornige Bemerkung herunter, die in ihrer Kehle steckte. Voller Verachtung starrte sie ihn mit schwarzen Augen an, die Funken sprühten, und ein ebenso schwarzes Augenpaar sagte ihr, daß er jedes Wort ernst gemeint hatte.

»Du bist eine herzlose Bestie.«

»Und du, mein feuriger kleiner *Tigre*, solltest jetzt besser deinen hübschen Hintern in Bewegung setzen und dich wieder an die Arbeit machen.«

Chita bedachte ihn mit sämtlichen spanischen Schimpfwörtern, die ihr nur irgend einfielen, während sie wieder an die Stelle stapfte, an der sie ihre Arbeit unterbrochen hatte. Unter der flachen Krempe ihres Strohhuts sah sie, daß Paulo in die entgegengesetzte Richtung starrte.

Was spielte es schon für eine Rolle, wenn er in Hattie vernarrt war? Was interessierte sie das schon? Er war nichts weiter als ein Mann – und das war das allerletzte, was sie wollte. Trotzdem behielt sie ihn im Auge, als er über den Rasen zu dem längst abgestorbenen Rosengarten ging, den Jo umzugraben und neu anzulegen begonnen hatte.

»Was hatte das alles zu bedeuten?« fragte Jo.

Paulo warf einen Blick auf das lebhafte schwarzhaarige Mädchen, das ihn schon seit dem Moment ihres Eintreffens auf der Plantage faszinierte. »Deine Freundin Chita, sie schien zu glauben, daß ich andere bevorzuge.«

»Ach?« Jo benutzte ihren spitzen Pflanzenheber aus Metall, um neben dem Stiel einer verwelkten Rose die Erde zu lockern.

»Hattie hat sich nicht besonders wohl gefühlt. Ich habe ihr gesagt, sie könnte für den Rest des Tages freinehmen.«

»Hattie ist sehr hübsch. Vielleicht hat Chita recht.«

»Du glaubst, ich würde...«

»Nein, das glaube ich nicht.«

Paulo zuckte mit den Achseln. »Hattie bedeutet mir nicht das geringste. Sie ist kein Mädchen, das ich zur Frau nehmen würde.«

»Ein Mann denkt nichts zwangsläufig an eine Heirat, wenn er sich zu einem hübschen jungen Mädchen hingezogen fühlt.«

Paulo grinste. »In dem Punkt hast du recht, aber ich bin kein Mann, der zuläßt, daß seine Lenden über seinen Verstand bestimmen. Hattie wird morgen früh wieder zur Arbeit erscheinen, oder ich werde sie von der Frau, die die Kranken behandelt, untersuchen lassen. Falls ich feststellen sollte, daß sie lügt, werde ich dafür sorgen, daß sie für diese Täuschung bestraft wird.«

»Wenn Hattie deinem Geschmack nicht entspricht, was ist dann mit Chita? Ich würde meinen, sie ist hübsch genug, um so ziemlich jedem Mann zu gefallen.«

»Chita ist ein Kind.«

»Ein Kind? Ich weiß, daß sie in mancher Hinsicht naiv ist, aber sie hat ein gutes Herz und eine Menge Temperament.«

»Ich brauche eine Frau und kein Kind.«

»Kinder wachsen zu Frauen heran, Paulo. Sie heiraten und bekommen Babies. Wenn sie das Glück haben, einen guten Ehemann zu finden, brauchten sie nicht lange, um festzustellen, was im Leben wirklich wichtig ist.«

Paulo sah sie versonnen an. So hatte er darüber noch nicht nachgedacht, nicht wirklich. Es stimmte, daß er sich gewaltig zu dem kleinen spanischen Biest hingezogen fühlte. Er zweifelte nicht daran, daß er mit ihr fertigwerden konnte. Er hatte sich lediglich gefragt, ob es die Mühe wert war.

»Sie ist ein gutes Mädchen, Paulo. Sie wird dem richtigen Mann eine sehr gute Ehefrau sein.«

Paulo sah lächelnd auf sie hinunter. *»Sim, minha linda.* Vielleicht hast du recht. Ich werde mir Gedanken darüber machen.«

»Bis zum Sonntag ist es nicht mehr lange. Vielleicht könntet ihr beide den Tag miteinander verbringen.«

Er schüttelte den Kopf. »Bis dahin wird sie noch wütend auf mich sein. Sie würde meine Einladung ablehnen.«

Jo warf einen Blick auf Chita, die mit unglaublicher Energie auf das arme, hilflose Unkraut einhackte. »Ach, ich weiß nicht so recht. Ich glaube, du könntest eine Überraschung erleben.«

Paulo grinste. »Wenn ich es mir genauer überlege, werde ich ihr keine andere Wahl lassen. Ich glaube, ich werde versuchen herauszufinden, ob du recht hast. Ich will wissen, ob ich aus einem zornigen kleinen Mädchen die Frau herauslocken kann.« Paulo legte zum Abschied die Finger an die Krempe seines Strohhuts und wandte sich lächelnd von Jocelyn ab.

Jocelyn wünschte, auch sie hätte lächeln können. Statt dessen saß sie grübelnd da und arbeitete zwischen den alten Rosensträuchern, wie sie es schon den ganzen Tag getan hatte, und dabei versuchte sie zu vergessen, was sich zwischen ihr und Rayne abgespielt hatte.

Sie versuchte, einen Entschluß zu fassen, was sie tun sollte.

Sie konnte ihm immer noch nicht gegenübertreten. Ihre eigene Wollust war ihr noch zu peinlich, und es marterte sie, daß er sie so mühelos hatte erregen können. Sie konnte sich ausmalen, was er von ihr denken mußte, obwohl sie sich gelobte, sich nie wieder von ihm anrühren zu lassen.

Vielleicht sollte sie fortgehen. Auf diesen Gedanken war sie bis gestern abend nicht gekommen. Vor diesen letzten furchtbaren Augenblicken im Geräteschuppen hatte sie noch gehofft, Rayne würde eines Tages an den Punkt gelangen, ihr Glauben zu schenken. Sie war entschlossen gewesen, andernfalls ihre Strafe im Mahagonital abzubüßen.

Jetzt schon hatte sie die alte Plantage ins Herz geschlossen. Sie hatte begonnen, hier neue Freundschaften zu schließen. Sie hatte Chita und Paulo und Dulcet und Gwen. Sie liebte die Kinder, und die Kinder liebten sie. Die Insel war fruchtbar und schön, und das warme Klima tat ihr gut. Sie liebte ihre Gartenarbeit.

Jetzt hatten sich ihre Hoffnungen auf Freiheit zerschlagen,

und so, wie die Dinge zwischen ihr und Rayne standen, wäre es eine Folter gewesen, die sie nicht länger ertragen konnte, wenn sie hierbleiben würde. Die Vorstellung, wieder einmal von ihren Freunden Abschied zu nehmen und die kleinen süßen Freuden aufzugeben, die sie im Mahagonital gefunden hatte, tat ihr in der Seele weh, und doch blieb ihr wirklich nichts anderes übrig.

Sie würde von hier fortgehen müssen. Aber wohin konnte sie gehen? Wie würde sie leben? Wie konnte sie von dieser Insel fliehen?

Was würde geschehen, wenn sie geschnappt wurde?

So schwierig diese Fragen auch sein mochten – Jocelyn beschloß, sich mit ihnen auseinanderzusetzen. Sie konnte es schaffen, gelobte sie sich, wenn sie alles gründlich plante und wartete, bis der rechte Zeitpunkt gekommen war.

Sie würde nichts überstürzen, ganz gleich, wie eilig sie es damit hatte, von hier fortzukommen. Sie würde abwarten, die Dinge gründlich durchdenken und eine perfekte Gelegenheit abpassen. Wenn diese Chance sich bot, würde sie sie erkennen, bereit sein und sie ergreifen.

Bis dahin würde sie sich von Rayne fernhalten.

19. Kapitel

Da ihn unerwünschte Gedanken an Jo nicht in Ruhe ließen, arbeitete Rayne übermäßig lange auf den Feldern. Sie gruben neben dem östlichen Teil der Plantage, auf dem die Setzlinge eingepflanzt worden waren, einen Kanal, weil sie hofften, er würde ihnen bei den Problemen mit der Bewässerung hilfreich sein.

Da ihm die körperliche Anstrengung willkommen war, hatte er sich von der Taille aufwärts entblößt und sich eine Schaufel geschnappt, was seine Arbeiter mit Ehrfurcht erfüllte. Sein

Körper war in Schweiß gebadet, und das dichte dunkle Haar klebte naß an seinem Nacken und auf seinen Schläfen. Rayne störte sich nicht daran. Er hatte vor, heute nacht ein paar Stunden Schlaf zu finden, und das war die einzige Möglichkeit, die ihm einfiel, um sein Ziel zu erreichen.

Kurz vor Mitternacht ritt er von den Feldern zurück, erschöpft bis in die Knochen, aber zufrieden mit dem, was sie erreicht hatten, und er begab sich auf direktem Weg zu seinem Schlafzimmer. Er ließ sich von seinen schläfrigen Hausangestellten ein Bad bringen, legte sich eine Zeitlang hinein und ging dann ins Bett. Nach einer Weile schlief er ein und fiel in einen langen, tiefen Schlaf, der die Anspannung von ihm nahm und seinen müden, schmerzenden Körper einhüllte, bis er sich ihm vollständig hingab.

Mit dem Schlaf kam der Traum.

Erst war er verschwommen und entzog sich, lockte ihn wie eine schöne Frau, zog ihn in die Vergangenheit zurück und zwang ihn, sich zu erinnern. Wie schon zuvor führte der Traum ihm wieder die Bilder des Tages vor Augen, an dem Jocelyn auf ihn geschossen hatte.

Wie schon ein dutzendmal zuvor saß er auf der langen Rückfahrt in die Stadt in seiner Kutsche und verspürte wieder die gesamte frühere Vorfreude auf Jocelyn, auf ihr baldiges Zusammensein. Wie zuvor traf er in seinem Stadthaus ein, sprach mit dem Butler, lief durch den Gang zu seinem Arbeitszimmer, trat ein und rief leise ihren Namen.

Er konnte sie deutlich vor sich sehen, wie sie sich beim Klang seiner Stimme von dem Schreibtisch abwandte, ihn lächelnd ansah, die Hand hob und die Waffe auf ihn richtete. Die Mündung der Pistole blinkte, und die Kugel schlug mit enormer Wucht in seine Brust. Dann schrie Jocelyn seinen Namen und rannte auf ihn zu, und in ihr hübsches Gesicht waren Entsetzen und Leid gemeißelt.

Es war immer derselbe Traum gewesen, doch heute nacht unterschied er sich von allen bisherigen. Diesmal sah er das Lächeln, mit dem sie ihn begrüßte, sah, wie sie die Hand hob, sah das Silber blinken, doch die Form war nicht länglich und rund wie der Lauf einer Pistole, sondern flach wie ein Tablett, und es lag etwas darauf.

Rayne erwachte abrupt und hörte in seiner Vorstellung Jocelyns entsetzte Schreie, und das Herz hämmerte rasend in seiner Brust. Er war von einer dünnen Schweißschicht überzogen, als er sich im Bett aufsetzte und versuchte, die letzten Bilder festzuhalten, die sich ihm entzogen, doch schon im nächsten Moment waren sie fort, so trüb wie seine Erinnerung an diese langen Tage nach dem Schuß, der auf ihn abgegeben worden war.

Und doch bewirkte der Traum im Gegensatz zu den bisherigen, daß etwas an ihm nagte. Er versuchte, sich daran zu erinnern, doch es entglitt ihm und entzog sich in noch weitere Fernen.

Er wünschte bei Gott, er könnte sich erinnern, was es war.

Obwohl Sonntag war, im Mahagonital ein Ruhetag, kniete Jocelyn zwischen den Rosen und arbeitete. Sie besuchte einen kurzen Gottesdienst in der winzigen provisorischen Kapelle, einem luftigen Schuppen mit einem strohgedeckten Dach, in dem lediglich unbearbeitete Holzbänke aufgestellt worden waren.

Sie hatte sich von Chita und Paulo verabschiedet, die zu ihrem Sonntagsausflug aufgebrochen waren, und dann hatte sie mit Mike und etlichen anderen Kindern Ball gespielt, doch ihre Gedanken waren schon bald abgeschweift, und als sie Rayne auf seinem großen Hengst, einem Rappen, fortreiten sah, war sie verdrossen. Ihr war trostlos zumute. Sie hatte ihn so lange Zeit geliebt, und nach den Lügen, die sie ihm erzählt hatte, war er gänzlich verloren für sie.

Jocelyn versank so tief in ihre finstere Stimmung, daß sie es nicht wahrnahm, als die Sonne verschwand und die Temperaturen zu sinken begannen. Als sie den Kopf jedoch zurückwarf, um unter der Krempe ihres Huts hervorzuschauen, sah sie, wie finster der Himmel geworden war. Wenige Minuten später begannen die ersten Regentropfen zu fallen. Kräftige Windstöße zogen an ihren Röcken, und dichte graue Wolken flogen am Horizont entlang.

»Geh ins Haus«, befahl ihr Rayne, der auf dem großen Rappen neben ihr anhielt. Das waren die ersten Worte, die er in den letzten zwei Tagen an sie gerichtet hatte. »Ein Sturm zieht auf. Es könnte ein schlimmes Gewitter geben. Sorg dafür, daß die Fensterläden geschlossen und die Speisekammern aufgefüllt werden und daß im Haus und in der Küche alles dicht gemacht wird. Sag Dulcet, sie soll dir helfen.«

Sie nickte, als Rayne weiterritt, und sie bemühte sich, nicht daran zu denken, wie müde er ausgesehen hatte. Statt dessen dachte sie an die Momente, die sie im Geräteschuppen miteinander verbracht hatten, und sie erinnerte sich daran, wie schonungslos und zugleich zärtlich er sie geliebt hatte.

Ihr war nicht ganz klar, was eigentlich passiert war. Sie wußte nur, daß ihre Gefühle immer wirrer wurden, je mehr Zeit sie mit ihm zusammen verbrachte.

Sie mußte fort von hier, und als sie auf das Haus zuging, kam sie auf den Gedanken, daß der Sturm ihr genau die Gelegenheit bieten könnte, nach der sie Ausschau hielt. Bei Wind und Regen würde sie sich mühelos unbemerkt davonschleichen können, und das Vorankommen würde zwar erschwert werden, die Straßen dafür aber menschenleer sein, und sie konnte eine beträchtliche Entfernung zwischen sich und das Mahagonital legen, ehe jemand ihr Verschwinden bemerkte.

Dieser Gedanke ging ihr durch den Kopf, als Jocelyn tat, was Rayne befohlen hatte. Sie sicherte das Haus, schloß die Fenster, verriegelte die Fensterläden und vergewisserte sich, daß genügend Vorräte im Haus waren und sie nicht vor die Tür zu gehen brauchten.

Das war eine perfekte Gelegenheit, um auch das zusammenzutragen, was sie persönlich brauchen würde: eine zusätzliche Decke, einen ausgehöhlten Kürbis mit einem Lederriemen, den man sich über die Schulter schlang, nachdem man ihn mit frischen Wasser gefüllt hatte, eine kleine Schachtel Kerzen, Kleider zum Wechseln und jede Menge Nahrungsmittel.

Als sie damit fertig war, war es draußen schon dunkel geworden. Gwen ließ ein kaltes Abendessen ins Haus bringen: Hammelfleisch, Käse, Brot, in Scheiben geschnittene Ananas, Brotpudding und Mangos. Jocelyn stellte das Tablett auf einen Tisch in Raynes Arbeitszimmer, nahm ihre Portion an sich und ging in ihr Zimmer, um dort zu essen. Jetzt mußte sie nur noch abwarten, bis Rayne von den Feldern zurückkam und sich schlafen legte. Dulcet hatte ihr zwar berichtet, daß er sich abends nicht mehr sinnlos betrank, doch selbst wenn sein Schlaf weniger tief war, würden die Geräusche des Unwetters ihre Flucht übertönen.

Ein heftiger Wind heulte um das Haus und rüttelte an den verriegelten Fensterläden. Am Waldrand zuckten Blitze, und laute Donnerschläge waren zu vernehmen. Es war eine schreckliche Nacht, um im Freien zu sein, aber wenigstens war es nicht kalt. Und alle würden sich in ihre Häuser zurückziehen, um dem Unwetter zu entgehen.

Jocelyn, die von Minute zu Minute nervöser wurde, lief vor ihrem hohen Himmelbett auf und ab und lauschte in der Dunkelheit nach Raynes Schritten auf der Treppe. Eine Weile später vernahm sie sie, matte Schritte, die seine Erschöpfung verrieten, und ihr Herz schnürte sich zusammen.

Er hatte nicht in seinem Arbeitszimmer herumgetrödelt. Sie fragte sich, ob er sich überhaupt die Zeit gelassen hatte, etwas zu essen. Sie machte sich Sorgen um ihn und wünschte doch gleichzeitig, er würde sich eilen und schnell einschlafen.

Eine Stunde verging und dann noch eine, und die Minuten zogen sich qualvoll in die Länge. Aus Raynes Zimmer war kein Laut zu vernehmen. Sie war sicher, daß sie jetzt ungehindert das Haus verlassen konnte. Nachdem sie tief Atem geholt hatte, um Mut zu schöpfen, griff sie unter ihr Bett und zog ihre Tasche hervor.

Sie lugte in den Korridor. Der Sturm toste und ächzte immer noch und ließ die Fensterläden quietschen, doch niemand war zu sehen. Auf Beinen, die ein wenig wacklig waren, schlich sie sich an Raynes Zimmer vorbei die Treppe hinunter und verrenkte sich dabei den Hals nach allen Seiten. Sie spitzte die Ohren, um auf das kleinste Geräusch zu lauschen. Als sie unten in der Eingangshalle stand und an dem Arbeitszimmer vorbeilief, sah sie den gelben Lichtschein, der durch den Spalt unter der Tür drang.

Gütiger Jesus! Was war, wenn Rayne wieder nach unten gegangen war? Sie zwang sich, nicht in Panik zu geraten. Wahrscheinlich hatte er einfach nur vergessen, das brennende Licht zu löschen. Jocelyn ignorierte das wilde Pochen ihres Herzens und schlich weiter. Sie hatte nur wenige Schritte zurückgelegt, als die Tür aufgerissen wurde und Rayne eingerahmt in der Türöffnung stand.

Sie erstarrte regungslos, und ihr Atem stockte. Das Gewicht der Tasche schien gewaltig zuzunehmen. Der Griff schien sich in ihre Finger zu schneiden.

»Jocelyn«, sagte Rayne nüchtern, »ich dachte, du seist ins Bett gegangen. Ich dachte…« Seine Worte rissen ab, als er ihren entsetzten Gesichtsausdruck sah. Im nächsten Moment fiel sein Blick auf den Beweis dafür, daß sie das Haus hatte verlassen wollen: die Tasche. Anschließend nahm er bewußt das schlichte taubengraue Kleid wahr, das sie mit ihrem derben braunen Schuhwerk, einem Hut und einem Schal trug, den sie sich eng um die Schultern gezogen hatte.

Gott im Himmel – was sollte sie bloß sagen? Konnte sie denn gar nichts tun?

Raynes kalte dunkle Augen gruben sich in sie. Er hatte ihre Absicht voll und ganz durchschaut. Etwas flackerte in den harten braunen Tiefen auf, eine Mischung aus Wut und etwas anderem, was sie nicht hätte benennen können.

»Es ist schon spät, Jocelyn. Ich finde, du solltest wieder in dein Zimmer gehen.«

Sie hätte sich nur zu gern entfernt, konnte sich aber nicht vom Fleck rühren. Sie war schon froh darüber, daß sie es schaffte, auf den Füßen zu bleiben.

»Ich habe gesagt, du sollst in dein Zimmer gehen«, sagte er und rang mühsam um Selbstbeherrschung. »Ich werde so tun, als sei nichts von alledem vorgefallen. Als hätte ich nicht die leiseste Ahnung, was du heute abend vorhattest.«

Sie schien die Bedeutung seiner Worte nicht erfassen zu können. Er würde doch gewiß dafür sorgen, daß sie bestraft wurde. Oder er würde sie bei den Behörden anzeigen. Wenn sie Glück hatte, war es das mindeste, daß ihr Strafmaß erhöht wurde.

»W-was hast du gesagt?«

»Zu diesem Vorfall ist es nie gekommen, hörst du?«

Jocelyn feuchtete sich die Lippen an, als seine Worte allmählich zu ihr vordrangen. Gott, o Gott, sie würde nicht dafür bestraft werden! Eine derart übermächtige Woge der Erleichterung schwappte über sie hinweg, daß ihre Knie fast unter ihr zusammensackten.

»Danke«, war alles, was sie herausbrachte, ehe sie sich umdrehte und eilig fortlief.

Rayne sah ihr nach und war fast blind vor Wut. Dieses verdammte Weib! Der Teufel sollte sie dafür holen, daß sie ein solches Biest war! Wenn er nicht trotz seiner Erschöpfung absolut nicht hätte einschlafen können, wenn er nicht noch einmal nach unten gegangen wäre, um einen Happen zu essen, dann hätte er sie vielleicht nicht bei ihrem Fluchtversuch ertappt. Jetzt, in diesem Moment, könnte sie draußen in dem Unwetter sein. Sie hätte sich verirren können, sich verletzen können – vielleicht sogar sterben können!

Seine Eingeweide rebellierten gegen diese Vorstellung, und seine Brust schnürte sich so eng zusammen, daß er kaum noch atmen konnte. Er wartete, bis er hörte, wie sich die Tür ihres Zimmers im oberen Stockwerk schloß, und dann begann er, auf dem Teppich auf und ab zu laufen.

Er malte sich aus, wie sie sich an seinem Arbeitszimmer vorbeigeschlichen hatte, bereit, sich der Wut des tosenden Sturms auszuliefern. War sie derart außer sich, daß sie versucht hatte fortzulaufen – ohne einen einzigen Gedanken auf ihre Sicherheit zu verschwenden und obwohl sie sich ganz und gar über die schrecklichen Folgen ihres Handelns bewußt war? Er bestritt nicht, daß er sich miserabel benommen hatte, aber Jocelyn hätte ihn davon abhalten können, und das wußten sie alle beide.

Rayne knallte einen muskulösen Unterarm auf seinen Schreibtisch und warf brutal sämtliche Gegenstände herunter, die darauflagen. Ein schweres Hauptbuch, das in Leder gebunden war, fiel lärmend auf den Fußboden, gefolgt von einigen Blättern Papier und einem Papierbeschwerer aus geschliffenem Kristallglas. Der Donner dämpfte den Krach des Aufpralls.

Er schaute sich an, was er angerichtet hatte, und er wünschte, nach diesem Ausbruch wäre ihm wohler zumute gewesen. Er hatte sie nach oben geschickt, damit seine Wut sich legen konnte, doch sie loderte nur um so glühender auf. Verdammt und zum Teufel mit ihr – wußte sie denn nicht, daß sich auf der Straße Gangster herumtrieben? Männer, die nichts lieber getan hätten, als ein verführerisches junges Mädchen zu schänden. Blitze schlugen ein, Zweige brachen von den Bäumen und stürzten auf den Boden, Schlammlawinen gingen herunter...

Rayne ging zur Tür und riß sie so gewaltig auf, daß er den Griff fast abgerissen hätte, ehe er auf die Treppe zulief.

Jocelyn stand mit dem Gesicht zum Fenster da, obwohl die Läden geschlossen waren und sie nicht hinausschauen konnte. Sie hatte den Lärm unten im Arbeitszimmer gehört. Sie konnte sich die Ursachen nur ausmalen.

Rayne war wütender, als sie ihn je zuvor erlebt hatte. Nur noch eine weitere Stufe auf der Skala der Wut, die sich zwischen ihnen steigerte. Ihr graute bei der Vorstellung, was passieren könnte, wenn es so weiterging wie bisher. *O Rayne, wenn ich dir doch nur die Augen öffnen könnte.*

Ihre Brust schnürte sich zusammen, als sie seine Schritte auf der Treppe hörte. Er würde in ihr Zimmer kommen – sie war ganz sicher. Bei jeder ihrer erbitterten Auseinandersetzungen hatte er die Kontrolle über sich mehr und mehr verloren. Gott im Himmel, was sollte sie bloß tun?

Als die Tür aufgerissen wurde, drehte sie sich um und sah ihn eingerahmt in der Türöffnung stehen. Lange zornige Schritte trugen ihn in das Zimmer, und der Lichtschein verzerrte seinen Schatten und ließ ihn größer und furchteinflößender denn je wirken. In dem flackernden gelben Licht sah sie die Wut, die in seine Züge gemeißelt war, und seine Hände, die zu Fäusten geballt waren, und das Blut wich aus ihrem Gesicht.

Wie ein wutentbrannter Bär lief er durch das Zimmer und blieb erst stehen, als er vor ihr stand, über ihr aufragte und mit glühender Verachtung finster auf sie herabsah. Er streckte die Hände aus, packte ihre Arme und zog sie auf die Zehenspitzen.

»Machst du dir auch nur die leiseste Vorstellung davon, was dir dort draußen hätte zustoßen können? Verdammt noch mal, es hätte dein Tod sein können!«

Nicht nur Zorn war aus seiner Stimme herauszuhören, sondern auch Angst. Angst um ihre Sicherheit? Die Sorge, sie hätte sich verletzen oder ihr hätte etwas zustoßen können? Wie konnte das sein, wenn alles, was er für sie empfand, Abscheu war?

»Um Gottes willen, Jo, du kannst auf dieser Insel nicht weglaufen. Die Behörden würden dich finden. Du hast keine Möglichkeit, von hier fortzukommen.«

Er ließ sie los, doch sie sagte immer noch nichts. Es gab nichts mehr zu sagen.

»Ich lasse das nicht zu, hast du gehört? Ich lasse nicht zu, daß du dir das antust!«

Die letzten Worte brachte er mit einer solchen Überzeugungskraft heraus, daß sie den Blick zu seinem Gesicht hob. »Ich lasse mich nicht noch einmal derart von dir mißbrauchen.«

»Mißbrauchen? So siehst du das, was vorgefallen ist? Ich habe dich mißbraucht?«

»Etwa nicht?«

Er wandte den Blick ab. »Vielleicht habe ich es tatsächlich getan, aber was ist mit dir? Du wolltest es genausosehr wie ich. Du hast dich mir kein einziges Mal ernstlich widersetzt. Mach dir nichts vor, Jo.«

Innerlich machte sie sich nichts vor. Nur ihr Stolz versuchte sich vorzumachen, es sei anders gewesen. »Vielleicht hast du recht. Aber das spielt wirklich keine Rolle.«

»Ach, nein? Ich glaube, es spielt durchaus eine Rolle. Ich glaube, du hast mich gebraucht, wie auch schon früher. Warum willst du das nicht eingestehen?«

Sie hatte sich nach ihm verzehrt, das stimmte. Früher einmal. Sich verzweifelt, hoffnungslos und gänzlich nach ihm verzehrt. Und er hatte sie im Stich gelassen. »Es hat Zeiten gegeben, in denen es so war... früher.«

Er starrte sie lange und fest an und nahm die Veränderungen an ihr wahr, die ihm zeigten, wie weit er sie getrieben hatte. »Ich bin für dich verantwortlich. Ich will nicht, daß dir etwas zustößt.«

Und heute leide ich, Rayne. Ich leide jedesmal, wenn ich dich ansehe. »Ich halte das nicht mehr aus. Ich fühlte mich unsäglich elend. Ich bitte dich, Rayne – hast du mich immer noch nicht genug bestraft?«

Er packte ihre Arme, und wieder drückte sich Wut in seinen Gesichtszügen aus. »Kannst du es denn nicht einmal von der anderen Seite sehen? Du bist hier diejenige, die mich bestraft!« Er senkte den Kopf, um sie zu küssen, doch Jocelyn wandte sich ab.

»Nein, Rayne, diesmal nicht.« Sie versuchte, sich ihm zu entreißen, doch er wollte sie nicht loslassen. Sie wand sich und riß sich schließlich von ihm los, doch die Knöpfe sprangen von ihrem Kleid, und der zarte Stoff zerriß unter seinen Händen.

»Es tut mir leid«, sagte er kläglich. »Das wollte ich nicht.« Er mußte auch ihr Hemd festgehalten haben, denn der Träger war abgerissen, und das Kleidungsstück rutschte von ihrer Schulter und glitt auf die Rundung ihrer Brust.

Sein Blick heftete sich auf die bleiche Wölbung, und er atmete hörbar ein. Dann fiel ihm etwas ins Auge, und er trat näher. Sofort begriff Jocelyn, was seine Aufmerksamkeit auf sich gezogen hatte.

»Was ist das?« fragte er und stellte sich so hin, daß er es besser sehen konnte. Der schmale goldene Rahmen funkelte und tanzte im Schein der Lampe, und eine Landschaft von friedlicher Schönheit ruhte auf ihrer sorgengeplagten Brust, eine schmerzliche Erinnerung an das, was niemals sein konnte.

Als er erkannte, daß es sich um das winzige handgemalte Medaillon handelte, das er ihr geschenkt hatte, das Medaillon, das er ihr vom Hals gerissen und an die Wand geschleudert hatte, schaute er ihr forschend ins Gesicht.

»Soviel kann es dir doch gewiß nicht bedeuten.« Jocelyn zitterte unter seiner Hand. »Warum hast du es dort in dein Hemd eingenäht… über deinem Herzen?«

Wie konnte sie es ihm sagen? Was hätte sie sagen können? Und doch drückte sich gerade in ihrem Schweigen alles aus.

Er schaute auf das Medaillon hinunter, und seine Hand zitterte, als er einen Finger über die schimmernde Oberfläche gleiten ließ, die noch warm von der Glut ihrer Haut war. Er sah ihr noch einmal in die Augen und drängte sie, mit ihm zu reden, und doch war er unsicher, was sie sagen würde.

»Soviel bedeutet es dir also?«

Sie hatte sich gegen seine Wut gewappnet, aber darauf war sie nicht vorbereitet. Sie war nicht sicher, wie sie seine Frage beantworten sollte, aber es gab nur eine einzige Wahrheit. »Der Mann, den ich geliebt habe, hat es mir geschenkt.« Es kam als ein Flüstern heraus, und Verwirrung verfinsterte seine Augen.

»Aber derjenige war doch ich.«

»Ja…« Ihre Kehle schnürte sich zu, und der glühende Schmerz schwoll an und wurde nahezu unerträglich.

»Wenn du mich geliebt hast, warum hättest du dann... warum solltest du...?« Sein Atem ging flach, und das Blut wich aus seinem Gesicht. Er schluckte, als unmißverständliche Wahrheit über ihn hereinbrach, und die unausgesprochenen Worte waren lauter als der Donner des Unwetters, das draußen wütete. *Wenn sie ihn geliebt hatte, dann hatte sie nicht auf ihn geschossen.*

Und sie hatte ihn mit Sicherheit geliebt. Sie liebte ihn immer noch. Der Beweis dafür ruhte auf ihrem Herzen. Und es hatte immer in ihren Augen gestanden, jederzeit sichtbar für ihn, wenn er bloß hingeschaut hätte.

Kummer verzerrte seine Züge. Seine Augen wurden dunkel und trübten sich. Er wirkte derart verzweifelt, daß sich etwas um ihr Herz schnürte.

»Du hast es nicht getan, stimmt's? Du hast gar nicht auf mich geschossen.« Die Worte kamen rauh und gequält heraus, als hätten sie sich seiner Kehle gewaltsam entrissen.

Tränen ließen die Welt vor ihren Augen verschwimmen und rannen über ihre Wangen. »Ich habe dich geliebt. Wie konntest du auch nur einen Moment lang glauben, ich würde dir etwas antun? W-wie konntest du nur zulassen, daß sie mich...«

»O Gott.« Er riß sie in seine Arme, und sein Leid schwoll von Minute zu Minute an, als die entsetzlichen Folgerungen ihrer Worte zu ihm durchdrangen. »O Gott.«

Sie sagte sich, daß sie sich abwenden sollte, ihn leiden lassen sollte, wie er sie hatte leiden lassen. Doch die Qualen, die er nicht vor ihr verbergen konnte, besagten deutlich, daß auch er gelitten hatte.

»Rayne«, flüsterte sie. Ihre Seele schmerzte, und ihre Kehle war so eng zugeschnürt, daß sie kaum ein Wort herausbringen konnte.

Seine Arme schlangen sich fester um sie, und er begrub sein Gesicht in ihrem Haar. Die Arme, die sie hielten, sonst immer so stark, ein so sicherer Griff, zitterten jetzt vor Verzweiflung und Leid. Sie fühlte seine Wange an ihrer, die Glut seines Körpers, seine Lippen auf ihrer Haut. Von diesem Augenblick hatte sie geträumt, ihn sich tausendfach ausgemalt, und doch war der Traum nie so süß gewesen wie dieser Moment jetzt. Er preßte sie glühend an sich, doch die Zärtlichkeit war da. Sie spürte die Anspannung in seinem Körper, als könnte er mit reiner körperlicher Kraft die Zeiger der Zeit zurückdrehen und alles rückgängig machen, was geschehen war. Dann spürte sie seine Tränen auf ihrer Wange.

»Jo.«

Er war so männlich, so stark. Es rührte sie, wie nichts anderes sie hätte rühren können, und seine Tränen sagten ihr, daß seine Wut seine Waffe gewesen war, seine Form, seinen Schmerz zu verbergen.

»Tu das nicht...« Ihre Hand legte sich auf sein Gesicht und wischte die Nässe fort. »Es macht nichts... jetzt nicht mehr. Nicht, solange du mir glaubst.«

Rayne klammerte sich fester an sie, strich ihr über das Haar und flüsterte immer wieder ihren Namen. »Ich glaube dir«, sagte er. »In meinem tiefsten Innern habe ich von Anfang an die Wahrheit gekannt. Ich hatte nur Angst, darauf zu hören.«

Jocelyn zog den Kopf zurück, um ihn anzusehen. Sie war blind vor Tränen, und ihre Kehle schmerzte. »Ich bin hier diejenige, die sich fürchtet, Rayne. Ich fürchte mich davor, zu glauben, daß es wahr ist.« Jocelyn schmiegte sich an ihn, und sein Herz hämmerte wie verrückt unter ihrer Hand.

»Fürchte dich nicht, Jo. Du brauchst nie wieder Angst zu haben.« Rayne küßte ihre Augen, ihre Nase, ihren Mund. Jocelyn weinte heftiger, und ihr Schluchzen schnitt sich in ihn und raubte ihm einen Teil seiner Seele. Er konnte nichts weiter tun als sie festzuhalten.

Seine Seele schrie gequält auf, denn ihn marterte, was er getan hatte. Sein Herz tat weh, seine Kehle brannte, und seine Brust schmerzte, als hätte sich eine Klinge hineingegraben. Er dachte an die Qualen, die sie erlitten haben mußte, an die Verbannung, die Wochen voller Entbehrungen. Er dachte daran, wie allein sie sich gefühlt haben mußte, wie verzweifelt und verängstigt sie gewesen sein mußte.

»Warum hast du es mir nicht gesagt?« fragte er, als ihre Tränen versiegt waren und sie nur noch ab und zu herzerweichend schluchzte. Jocelyn tupfte sich die Augen ab und schneuzte sich.

»Hat es denn einen Z-zeitpunkt gegeben, zu dem du mir geglaubt hättest?«

Seine Augen schlossen sich gegen den nächsten stechenden Schmerz. »Nein.«

»So sicher warst du dir?«

»Ich habe dich gesehen... oder zumindest habe ich es geglaubt. Was hast du in der Hand gehalten?«

»D-deine Schwester hatte dir eine Nachricht geschickt. Sie lag auf einem kleinen silbernen Teller.«

Rayne glaubte, ihm könnte übel werden.

»Ich wußte nicht, was in der Nachricht stand. Ich... ich wollte, daß du sie augenblicklich vorfindest, wenn du zurückkommst.«

Er atmete schwer. Alex hatte ihn gebeten, ihr zu erlauben, daß sie ihn und Jo zu der Soiree der Campdens begleiten durfte. Die Nachricht hatte auf dem funkelnden silbernen Tablett gelegen, das er in seinem Traum gesehen hatte und an das er sich erst jetzt wieder erinnerte. Andere Teile fügten sich in das Bild ein, das sich plötzlich vor seinen Augen zusammensetzte.

»Bitte, Rayne. Ich will, daß du mich einfach nur im Arm hältst.«

»Ich werde dich in meinen Armen halten, Jo. Ich werde dich festhalten und dich nie mehr loslassen.« Rayne hob sie auf seine Arme und trug sie zum Bett. Er konnte immer noch die Schauer spüren, die ihren schlanken Körper durchzuckten, und mit jedem dieser Schauer verstärkte sich seine Entschlossenheit, alles an ihr gutzumachen.

»Du brauchst dir nie wieder Sorgen zu machen«, sagte er zärtlich, als er sie neben dem Bett auf die Füße stellte. Mit zitternden Händen begann er, ihr das Kleid auszuziehen, das er zerrissen hatte, doch Jocelyn hob die Hände, um ihn davon abzuhalten.

»Keine Sorge«, sagte er zärtlich. »Ich werde dir nicht weh tun.« Bei diesen Worten schien sie sich zu entspannen. Rayne warf das Kleid auf den Fußboden und zog ihr dann die Schuhe und die Strümpfe aus. Als sie nur noch im Hemd dastand, hob er sie hoch und legte sie sachte auf das Bett.

Wortlos legte er sich neben sie, ohne den Umstand zu beachten, daß er noch vollständig angezogen war. Er lehnte sich mit dem Rücken an das geschnitzte Holz am Kopfende, ignorierte den Schmerz, den er in seinem Rücken spürte, schmiegte sie an seine Brust und strich ihr zart über das Haar.

Er küßte ihr Haar, und die pechschwarzen Strähnen fühlten sich wie Seide unter seinen Lippen an. »Dein Haar wird immer länger. Mich hat gewundert, daß du es nicht abgeschnitten hast, denn dann wäre es pflegeleichter gewesen.«

»Ich wollte, daß du mich mit langem Haar siehst«, sagte sie. »Ich habe dir doch gesagt, daß ich mir das Haar für dich wachsen lassen werde.«

Er spürte einen schmerzhaften Stich, der sich in seine Brust schnitt, obwohl er die Wahrheit schon geahnt hatte. Warum hatte er nicht auf die Zweifel gehört, die so lange an ihm genagt hatten? Sein Herz hatte die Wahrheit selbst dann erkannt, als die Logik ihm gesagt hatte, daß es nicht sein konnte. Sein Herz hatte ihn nach Jamaika geführt. Sein Herz hatte ihn gezwungen, der Wahrheit auf die Spur zu kommen.

Gott sei Dank, daß er sie endlich hatte erkennen können.

»Niemand wird dir jemals wieder weh tun«, wiederholte er und beugte sich hinunter, um ihr einen Kuß auf die Stirn zu drücken. »Das verspreche ich dir, Jo. Weder ich noch andere.« Aber sie war bereits eingeschlafen. Die Erschöpfung hatte ihren Tribut gefordert.

Vielleicht wußte sie aber auch nur, daß sie in seinen Armen endlich sicher war.

20. Kapitel

Jocelyn erwachte jäh. Sie war durcheinander, ihre Gedanken überschlugen sich, und als sie sich an den vergangenen Abend erinnerte, schwirrte ihr der Kopf. Sie sah sich um und stellte fest, daß sie in ihrem Zimmer war, in ihrem Bett, allein.

Gott, o Gott, es war nur ein Traum gewesen.

Ihre Brust schnürte sich zusammen, als diese furchtbare Gewißheit über sie hereinbrach. Raynes Arme, die sie in den langen Nachtstunden umschlungen gehalten hatten, waren ihr so wahr erschienen, daß die Erkenntnis, sich all das nur eingebildet zu haben, einen Schmerz in ihre Kehle aufsteigen ließ.

Dann fiel ihr Blick auf etwas, was neben ihr auf dem Kissen lag. Als sie sich umdrehte, stellte sie fest, daß es sich um eine weiße Orchidee handelte. Auf den festen krausen Blütenblättern haftete noch die schwere Feuchtigkeit der letzten Nacht, und in dem dunklen purpurnen Schlund saßen noch winzige schimmernde Tauperlen. Sie war nicht etwa aus einem Traum erwacht, der nicht wirklich war, sondern aus einem Alptraum, der tatsächlich wirklich gewesen war.

Sie warf die Decke zurück, stieg aus dem Bett und war immer noch ein wenig unsicher. Wo war Rayne? Was dachte er sich? Was würde jetzt aus ihnen werden?

Sie zog ihren Morgenmantel aus dicker Baumwolle an und drehte sich dann um, als sie hörte, daß der Türknopf sich bewegte. Die Tür öffnete sich langsam, und Hattie streckte den Kopf ins Zimmer. Das kleine schwarze Mädchen quietschte überrascht, als sie Jo im Zimmer stehen sah.

»Massa sagt, du darfst nicht geweckt werden. Er sagt, du brauchst viel Ruhe, und dann sollst du essen.« Sie strahlte. »Er sagt, du kein Dienstmädchen mehr. Du große englische Dame. Ich sorgen für dich.«

»Ich verstehe.«

»Du willst jetzt essen?«

»Wo ist Rayne? Ich meine, wo ist Seine Lordschaft?«

»Sturm weitergezogen. Mr. Spruit, er ist zurückgekommen, um Felder herzurichten. Massa fort, in die Stadt gegangen.« Sie grinste. »Ich dir beim Anziehen helfen?«

Seit sie Elsa in London zurückgelassen hatte, hatte ihr niemand mehr geholfen. Das nette Mädchen mit den wohlgeformten Hüften schien jedoch derart aufgeregt zu sein, weil es einen neuen Posten bekommen hatte, daß Jocelyn es einfach nicht übers Herz brachte, sie fortzuschicken.

»Einverstanden, Hattie, du darfst mir helfen.« Mit ihrem kurzen Haar und einer kleinen Stupsnase wirkte Hattie sehr feminin, ansprechend und reizvoll, obwohl sie allzuoft versuchte, ihr Aussehen dafür zu benutzen, sich vor unangenehmen Aufgaben zu drücken.

Sie legte ein rosa Musselinkleid heraus, das Jocelyn aus einem der Stoffe geschneidert hatte, die Rayne gekauft hatte. Außerdem stellte sie Schuhe bereit, legte Strümpfe auf das Bett und machte sich dann daran, das Zimmer aufzuräumen.

»Danke, Hattie«, sagte Jocelyn, als sie fertig angekleidet war. »Warum siehst du nicht nach, ob Dulcet Hilfe gebrauchen kann?«

Ein paar Minuten später kam Jocelyn nach unten, und zu ihrem Erstaunen fand sie Chita vor, die im Salon auf und ab lief. Sie machte auf dem Absatz kehrt, als sie Jo sah, brach in ein kindliches Grinsen aus und überschüttete sie mit einem spanischen Wortschwall.

Jocelyn lachte. »Du wirst Englisch mit mir reden müssen, Chita. Paulo hat noch nicht einmal damit begonnen, mir Spanisch beizubringen.«

»Oh, *si, si, perdóname.*« Sie holte tief Atem, um ruhiger zu werden. »Etwas Aufregendes ist passiert – ich weiß es ganz genau! Du mußt Chita erzählen, was passiert ist.«

Jocelyn umarmte sie. »O Chita, es geht um Rayne. Er weiß jetzt, daß ich nicht auf ihn geschossen habe.«

»Ah! Das sind gute Nachrichten. Der Vicomte, er ist heute

morgen zu mir gekommen. Er hat zu mir gesagt, daß ich nicht mehr im Garten zu arbeiten brauche. Ich soll deine Ge... Gesell... wie sagt man das?«

»Meine Gesellschafterin sein?«

»*Si,* das ist es – Gesellschafterin. Er sagt, ich soll ins Haus ziehen.«

Ein Gefühl von Wärme schlich sich in Jos Brust. »Das ist ja wunderbar. Jetzt brauchen wir uns wegen des Babys keine Sorgen mehr zu machen, und ich habe eine Freundin in der Nähe, mit der ich reden kann.« Jocelyn sprach ein stummes Dankgebet und lächelte Chita strahlend an. »O Gott, ich kann es kaum glauben.«

»Es wird alles ins Lot kommen, du wirst es ja sehen.«

»Das hoffe ich, Chita.« Es war noch lange nicht alles geklärt, und doch war ihr Herz von Aufregung und Hoffnung erfüllt.

Chita lächelte ebenfalls, doch für einen Moment flackerte etwas in ihren Augen auf.

»Was ist los? Was ist passiert? Hat Rayne sonst noch etwas gesagt? Chita, bitte, falls es noch etwas gibt, was ich wissen sollte...«

»Der Vicomte, der hat sonst nichts gesagt.«

Jocelyn bedachte sie mit einem langen forschenden Blick. »Es geht um Paulo, nicht wahr? Zwischen euch beiden ist etwas vorgefallen?«

»Es ist nichts vorgefallen. Mach dir um mich keine Sorgen. Es ist an der Zeit, daß du glücklich wirst.«

»Sag es mir, Chita. Dazu sind Freunde da.«

Chitas tapferes Lächeln verflog, und sie blinzelte gegen einen plötzlichen Schwall von Tränen an.

»Warum setzen wir uns nicht?« Jocelyn führte sie zum Sofa. Es dauerte eine Weile, bis sie die einzelnen Teile der Geschichte zusammengesetzt hatte, aber es schien, als hätte Jocelyn recht gehabt, was die Anziehungskraft zwischen ihren beiden Freunden anging.

»Paulo und ich, wir haben den Tag zusammen verbracht und

den größten Teil des Abends auch. *Madre de Dios*, er sieht so gut aus, daß mein Herz schneller schlägt, wenn ich bloß daran denke. Er ist sanft und freundlich ... und seine Küsse ... sind wie süßes Feuer. Nicht so wie bei Antonio.«

»Antonio? Ist er der Mann, der ... ist er der Vater deines Kindes?«

Chitas hübsches Gesicht fiel in sich zusammen. »*Si*, Anthony Fieldhurst hat nur an sein eigenes Vergnügen gedacht. Ich habe mich von ihm anfassen lassen, weil ich geglaubt habe, daß er mich liebt, aber innerlich habe ich nichts empfunden. Wenn Paulo mich küßt – das ist, als hätten sich die Pforten des Himmels gerade geöffnet.« Sie lächelte scheu und strich ihre Rockfalten glatt. »Ich glaube, ich bin auf dem besten Wege, mich in ihn zu verlieben.«

»Aber das ist doch wunderbar, Chita.«

»Das ist überhaupt nicht wunderbar.«

»Warum denn nicht? Glaubst du nicht, daß es Paulo genauso geht?«

»Oh, doch. Ich glaube, daß er mich auch mag.«

»Was steht euch denn dann noch im Weg?«

»Paulo glaubt, daß ich noch Jungfrau bin. Was wird er sagen, wenn er die Wahrheit entdeckt?«

»Wenn Paulo sich wirklich etwas aus dir macht, dann wird es ihn nicht stören, daß du ein Baby bekommst.«

Chitas Unterlippe zitterte. »Paulo wird keine Frau wollen, die nicht frisch und unberührt ist.«

»Warum sagst du es ihm nicht, damit du weißt, woran du bist?«

Chita schüttelte den Kopf und warf ihr dichtes schwarzes Haar zurück. »Das könnte ich niemals tun. Ich schäme mich viel zu sehr.« Wieder drohten ihre Tränen zu fließen, und Jo nahm Chitas Hand.

»Laß dir noch ein wenig Zeit damit. Wenn Paulo dich wirklich liebt, dann wird er dich und dein Baby wollen. Wenn nicht, dann willst du ihn ohnehin nicht haben.«

»Wenn ich an Antonio denke, könnte ich ihn umbringen.«

»Sag das nicht, Chita. Glaube mir, Rachegelüste zahlen sich nicht aus. Die gerechte Strafe sollte man besser Gott überlassen.«

Chita lächelte matt. »Du bist immer so klug. In meinem Herzen weiß ich, daß die Schuld an dem, was passiert ist, nicht nur Tonio allein trifft. Ich war so dumm, ihm zu glauben. Ich habe die Dinge nicht gründlich genug durchdacht, und ich habe mich von ihm ausnutzen lassen.«

»Welche Gründe auch immer es gehabt haben mag, das gehört jetzt der Vergangenheit an. In deinem Leib wächst ein Kind heran, und wenn Paulo sich wirklich etwas aus dir macht, wird er das Kind gemeinsam mit seiner Mutter akzeptieren.«

Chita schaute auf die kleine runde Schwellung unter ihren Händen. »In dem Punkt irrst du dich. Ein Mann heiratet keine Frau, die schon von einem Mann besessen worden ist. Noch nicht einmal dann, wenn er selbst dieser Mann ist.«

Jocelyn verstummte, da sie es schwierig fand, Einwände dagegen zu erheben. Eine gefallene Frau wollte niemand heiraten. Das war eine Tatsache, die sie schon vor langer Zeit akzeptiert hatte. Eine Tatsache, über die sie sich im klaren gewesen war, ehe sie den Vicomte in ihrem Bett willkommen geheißen hatte. Zu dem Zeitpunkt hatte sie um des blanken Überlebens willen kaum eine andere Wahl gehabt, als ihre Stellung als Raynes Mätresse zu akzeptieren. Sie fragte sich, ob er ihr denselben Status wieder anbieten würde.

Sie fragte sich, ob sie dann sein Angebot annehmen sollte.

Sie war oben in ihrem Zimmer, als er am späten Abend zurückkam. Der Sturm hatte sich gelegt, und der Nachthimmel war schwarz und sternenklar. Die winzigen Sterne funkelten wie Juwelen. Nach allem, was sie in Erfahrung gebracht hatte, hatten die frisch gepflanzten einjährigen Setzlinge eine Menge Schaden erlitten, doch die Ableger hatten das Unwetter gut überstanden, der Teil der Felder, auf dem Samen gelegt worden waren, war unbeschadet.

Jocelyn war den ganzen Tag über und auch am Abend unruhig gewesen und hatte sich gefragt, wann Rayne wohl zurückkommen würde, da sie wußte, daß der Weg nach Kingston und zurück eine zermürbende Strecke war. In den beiden letzten Stunden hatte sie gelesen, obwohl es ihr nicht leichtgefallen war, sich zu konzentrieren, während sie mit einem Ohr darauf lauschte, ob die Haustür sich öffnete.

Endlich hörte sie Geräusche in der Eingangshalle. Ihr Herz begann in dem Moment zu rasen, in dem sie Raynes tiefe Stimme hörte, die Befehle erteilte. Dann kamen seine Schritte schnell die Treppe herauf. Sein Klopfen an der Tür überraschte sie, da er gewöhnlich einfach hereingestürzt kam. Als sie ihn zum Eintreten aufforderte, stieß er die Tür mit einem Stiefel auf und kam mit einem riesigen Rosenstrauß in der Hand ins Zimmer.

»Wo soll ich sie hinstellen?« fragte er, als sei es ein alltägliches Vorkommnis, daß er ihr Unmengen von Blumen mitbrachte.

»A-auf die Kommode, denke ich. Danke. Sie sind wunderschön.« Üppige rote Rosen – mindestens mehrere Dutzend.

Ein zweites Klopfen ertönte, und Rayne ging zur Tür. »Stapelt diese Schachteln einfach auf dem Bett«, sagte er zu einem kleinen Heer von Dienstboten. »Den Rest könnt ihr auf dem Boden ausbreiten.«

»Was, auf Erden, ist das alles?«

Rayne lächelte, wie sie es seit Wochen nicht mehr an ihm gesehen hatte. Er wirkte so überschwenglich, als sei eine furchtbare Last von seinen Schultern genommen worden. Und doch flackerte auch etwas Finsteres in seinen Augen auf.

»Die meisten Pflanzen haben den Sturm überstanden. Da Bertrand wieder da ist und die Instandsetzungsarbeiten überwacht, habe ich den Tag in der Stadt verbracht. Es gab ein paar Dinge, die ich dir gern kaufen wollte.«

»Mir kaufen? Ich… ich verstehe nicht.«

»Nein?« Er legte ihr die Hände auf die Schultern, und sie

mußte den Kopf zurücklegen, um ihm ins Gesicht sehen zu können. »Dann laß mich ein paar Dinge zweifelsfrei klarstellen. Du bist keine Strafgefangene mehr. Sobald ich es arrangieren kann, wird dein Urteil aufgehoben, und dieser Schandfleck wird aus deiner Akte gelöscht. Als Sir Henrys Tochter wirst du deinen rechtmäßigen Platz als eine Dame von guter Herkunft wieder einnehmen. Von jetzt an wirst du in diesem Haus als Gast behandelt werden – als ein ganz besonderer Gast, der verwöhnt werden soll. Ich habe eine Schneiderin aus Kingston mitgebracht. Sie ist zwar keineswegs eine französische Modistin, aber ich glaube, wenn du ihr klare Anweisungen erteilst, wird sie die Sache schon meistern.«

»Eine Schneiderin?«

»Ganz genau. Du hast bewundernswerte Arbeit geleistet, als du aus den Stoffen, die ich dir mitgebracht hatte, einfache, anspruchslose Kleider geschneidert hast, aber ich will dich mit der Garderobe einer Dame einkleiden. Unter den Sachen, die ich dir mitgebracht habe, wirst du Schuhe in mindestens zwölf verschiedenen Farben finden, meterweise Spitze, Federn, Perlen und Pailletten, allerlei Verzierungen – hoffentlich alles, was du brauchst und noch mehr. Wenn nicht, dann werde ich dafür sorgen, daß du mehr bekommst.«

Jocelyn sah forschend in sein Gesicht, doch sein Ausdruck blieb unergründlich. Sie ging zum Bett und lüpfte den Deckel einer der Schachteln. Weiße Spitzenunterwäsche quoll über den Rand. Es waren Strümpfe und Strapse und zarte Batisthemden darunter. Eine andere Schachtel enthielt Schleifen aus Samt und Satin in jeder erdenklichen Farbe und Größe. Eine weitere enthielt eine mit Schnitzereien verzierte Haarbürste aus Elfenbein und Silber, einen Kamm und einen Spiegel, und dazu gehörte ein passendes silbernes Tablett.

»Rayne, das war doch nicht nötig.«

»Doch, allerdings«, sagte er gar zu leichthin. Er nahm eine kleine geblümte Schachtel in die Hand, die mit einer blaßrosa Schleife zugeschnürt war. »Das hier hat mir besonders gut gefallen. Ich hatte gehofft, du könntest auch deine Freude daran haben.«

Jocelyn öffnete die Schleife und hob mit zitternden Händen eine wunderschöne Spieldose aus Porzellan aus ihrer Verpakkung. Sie war mit zahllosen pastellfarbenen Blümchen verziert. Als sie den Deckel öffnete, ertönten aus der Spieldose die zarten Klänge eines Cembalos.

»Sie ist wunderschön.« Tränen brannten in ihren Augen, und sie mußte den Blick abwenden. Abgesehen von dem Medaillon, das er ihr geschenkt hatte, hatte sie noch nie etwas so Hübsches besessen. »Ich danke dir.«

Rayne räusperte sich, doch seine Stimme klang trotzdem noch heiser. »Es freut mich, daß sie dir gefällt.«

Sie packte Tüten, Pakete und Schachteln aus, bis sich im ganzen Zimmer Hüte, Sonnenschirme, Samt und Spitze und Stikkereien in Gold und Silber türmten, und es war auch ein Schmuckkasten aus Rosenholz mit Perlmutt darunter – wirklich alles, was das Herz einer Frau höher schlagen ließ.

»Das ist erst der Anfang, Jo. Ich habe noch Monate nachzuholen. Ich will, daß du alles besitzt, was dein Herz begehrt.«

Das einzige, was mein Herz begehrt, bist du. Sie wollte es ihm sagen, ihm zu verstehen geben, daß er sich ihre Vergebung nicht zu erkaufen brauchte. Nach der letzten Nacht verstand sie, warum er sie für schuldig gehalten hatte. Es war ein gräßliches, entsetzliches Mißverständnis, unter dem sie beide gelitten hatten. Wenn er sie nicht mit vorgehaltener Waffe kennengelernt hätte und wenn sie einander besser gekannt hätten, einander mehr Vertrauen entgegengebracht hätten, wäre es wohl nicht passiert.

Dennoch war es dazu gekommen, und offensichtlich fühlte sich Rayne schuldig. Sie fragte sich, wohin das alles führen würde.

»Du warst äußerst zuvorkommend, aber das war wirklich nicht nötig.«

Die Muskeln auf seinen Schultern spannten sich an, und das

Dunkle, das sie hinter seinen Augen gesehen hatte, schien sich auf seinem ganzen Gesicht auszubreiten.

»Wirklich nicht?« Er packte noch einmal ihre Arme. »Machst du dir auch nur die leisesten Vorstellung davon, was es mir antut, wenn ich an dich in diesem schauderhaften Gefängnis denke? Das Wissen, daß ich deinen Aufenthalt dort verschuldet habe?«

»Es war nicht deine Schuld. Du hattest Grund, mich für schuldig zu halten.«

»Das ist wahr, und ich glaube, wenn es nicht so wäre, könnte ich nicht mit mir selbst weiterleben. Dennoch trifft mich ein großer Teil der Schuld daran. Und an dem, was sich hier zwischen uns abgespielt hat, bin ich ganz entschieden schuld.«

Ihre Hand berührte sanft seine Wange. »Selbst daran trifft die Schuld nicht dich allein. Es ist wahr, du bist die meiste Zeit über wütend auf mich gewesen, aber du hast nicht ein einziges Mal die Hand gegen mich erhoben.«

»Und was ist mit allem anderen, Jo? Was ist damit, daß ich mich dir gewaltsam aufgedrängt habe? Ich habe dich ohne einen Funken Zärtlichkeit genommen, ohne jede Rücksicht auf deine Gefühle. Ich hatte nur meine eigenen selbstsüchtigen Bedürfnisse im Sinn.«

»Willst du mich wirklich glauben machen, ich hätte dich nicht daran hindern können – sogar an dem Abend im Geräteschuppen?«

Rayne schüttelte den Kopf, doch der gequälte Ausdruck wich nicht von seinem Gesicht. »Nein. Ich hätte sofort aufgehört. Du hättest mich nur darum zu bitten brauchen.«

»Es war genau so, wie du es einmal formuliert hast: Wir haben einander etwas genommen. Es hat uns beide nach etwas verlangt.«

Er wandte den Blick von ihr ab und versuchte gewaltsam, sich wieder in den Griff zu bekommen. »Die Gedanken sind lediglich ein Zeichen meiner Zuneigung zu dir. Alle Geschenke und alles Geld auf Erden könnten das Schuldbewußtsein nicht von mir nehmen, nicht nach allem, was passiert ist.« Er fuhr sich mit einer Hand durch das wellige dunkle Haar. »Außerdem sind die Dinge, die ich dir besorgt habe, auch von praktischem Nutzen. Du brauchst dringend etwas Anständiges zum Anziehen.«

»Für meine simplen Bedürfnisse ist das hier schon viel zuviel.« *Ich muß nur wissen, wo ich stehe.* »Wir sind meilenweit von der Stadt entfernt. Gewiß wären ein paar neue Kleider mehr als genug gewesen.«

»Wir sind viertausend Meilen von der Stadt entfernt. In London wirst du alle diese Dinge und noch viel mehr brauchen.«

Jocelyns Brust schnürte sich zu. »London! Aber es kann doch nicht dein Ernst sein, von hier fortzugehen! Du hast gerade erst die Felder bestellt. Es k-könnte alles mögliche passieren. Du mußt hierbleiben und dich um alles kümmern.«

»Dein Urteil muß aufgehoben werden, und der Makel muß von deinem Namen getilgt werden. Ich habe die Absicht, mit dir nach London aufzubrechen, sobald wir die Reisevorbereitungen getroffen haben.«

»W-was ist mit dem Mahagonital? Was ist mit all deinen Bemühungen, mit all deiner harten Arbeit?«

Er lächelte sie nachsichtig an. »Diese Kaffeesträucher werden frühestens in fünf Jahren erstmals eine Ernte abwerfen. Für den Moment ist die harte Arbeit erledigt. Wenn Bertrand und Paulo sich um alles kümmern, solange wir fort sind, besteht aller Grund zu der Hoffnung, daß unsere Bemühungen zum Erfolg führen.«

»Aber ich will nicht nach England zurückgehen. Ich will hierbleiben.«

Rayne zog die dunklen Augenbrauen zusammen. »Was ist mit Brownie und Tucker? Ich dachte, du vermißt die beiden.«

»Ja, das ist... wahr. Ich vermisse sie schrecklich.« *Was ist, wenn Tucker derjenige ist, der auf dich geschossen hat?*

»Warum willst du dann nicht nach Hause gehen?«

Jocelyn spürte Panik in sich aufsteigen. Sie dachte an die

Tage, die sie im Gefängnis verbracht hatte, in Newgate, an den Moder, die Fäulnis und den Schmutz. »Was ist, wenn etwas schiefgeht? Was ist, wenn sie dir dort nicht glauben? Was ist, wenn sie mich wieder ins Gefängnis stecken?« Ein Schluchzen entrang sich ihrer Kehle. »Ich könnte es nicht überleben, Rayne – kein zweites Mal.«

Rayne zog sie heftig in seine Arme. »Das werde ich nicht zulassen. Die Lords im Berufungsgericht werden mir glauben. Weshalb sollten sie das auch nicht tun? Schließlich bin ich derjenige, der dich angeklagt hat. Ich bin derjenige, der ihnen sagen kann, daß du unschuldig bist.«

Sie atmete schwer und bemühte sich, die Fassung zu bewahren, die ihr zu entgleiten drohte. »Du kannst nicht sicher sein, daß sie auf dich hören werden. Du hast nicht das geringste Beweismaterial vorzulegen. Du kannst dir noch nicht einmal selbst ganz sicher sein, daß ich es nicht war.«

Sie bog ihm ihr Gesicht entgegen. »Von einem Tag auf den nächsten könntest du mit all deinen früheren Zweifeln und deinem alten Argwohn erwachen. Der Verdacht könnte an dir nagen, bis du zu der Überzeugung gelangst, daß ich dich irgendwie überlistet habe, damit du mir glaubst.«

»Dazu wird es niemals kommen.«

O doch, es konnte dazu kommen, und das wußte sie. Sie konnte es sich nicht leisten, ihm zu glauben. *Lieber Gott, er kann doch nicht wirklich mit dem Gedanken spielen, mich zu einer Rückkehr zu zwingen.*

»Solange wir hier sind, spielt das keine Rolle«, sagte sie. »Hier kann ich glücklich sein, selbst dann, wenn ich auf dem Feld arbeiten muß. In England könnte alles mögliche passieren – bis hin zu meiner Rückkehr ins Gefängnis. Ich kann es nicht tun, Rayne. Lieber möchte ich sterben!«

»Hör auf, Jo! Ich weiß, daß du mir nicht traust. Warum, in Gottes Namen, solltest du das auch tun? Aber ich schwöre es dir, ich werde alles in Ordnung bringen.«

»Ich werde nicht nach England gehen. Du hast gesagt, ich sei keine Strafgefangene mehr. Du hast gesagt, ich sei dein Gast. Ein Gast braucht deinen Befehlen nicht zu gehorchen.«

»Ich muß zurückgehen, verstehst du das denn nicht? Ich bin von Anfang an nicht mit der Absicht hergekommen hierzubleiben. Ich habe Pflichten und Verantwortlichkeiten. Ich muß an meine Schwester denken. Ich muß nach Hause fahren, Jo.«

Und ich will dich bei mir haben.

»Nein.«

»Bitte, Jo. Zwing mich nicht, den Schurken zu spielen.«

»Ich komme nicht mit, Rayne.«

Rayne wich zurück. Sein Kiefer war verbissen, und seine Züge waren wieder hart geworden. »Bis dein Fall einer Revision unterzogen worden ist, bist du meinem Gewahrsam unterstellt. Wir beide werden nach London zurückkehren. Das ist mein letztes Wort.«

»Es ist immer dasselbe, stimmt's? Du befiehlst, und ich gehorche.«

»Verdammt noch mal, Jo, wir reden hier über dein Leben. Du bist noch nie ein Feigling gewesen. Laß jetzt nicht zu, daß dich dein Mut im Stich läßt.«

Jocelyn sagte kein Wort. Wenn man es so sah, hatte Rayne recht. Sie hatte das Verbrechen nicht begangen, für das sie verurteilt worden war, und wenn ihr auch davor graute, sich die gräßlichen Dinge auszumalen, die möglicherweise passieren konnten, dann mußte sie doch nach England zurückkehren.

»Was ist mit dir?« fragte sie leise und sah in sein schönes Gesicht auf. Die vielen Stunden, die er in der Sonne verbracht hatte, hatten seine Bräune noch tiefer werden lassen, und seine Augen hatten die Farbe von braunem Samt. »Wenn du zurückgehst, könnte dein Leben wieder in Gefahr sein.« Was ist, wenn etwas passiert? Was ist, wenn du wieder verwundet wirst? Was ist, wenn du getötet wirst?

»Ich bin mir durchaus über dieses Problem im klaren. Ich habe den halben Tag mit dem Versuch zugebracht, dahinterzukommen, wer der Täter gewesen sein könnte.«

»Ist es dir gelungen?«

»Du kannst sicher sein, daß ich dahinterkommen werde. Das ist nur noch ein Grund mehr, aus dem ich zurückkehren muß.«

Schon allein bei dem Gedanken, er könnte sich wieder in Gefahr begeben, lief ihr ein Schauer über den Rücken. Vielleicht änderte es etwas, wenn sie bei ihm war. Vielleicht konnte sie irgendwie seine Sicherheit gewährleisten.

Sie reckte das Kinn in die Luft. »Also, gut. Ich werde deinem Wunsch nachkommen.«

Rayne zog sie in seine Arme und preßte sie eng an sich. Unter ihren Fingern konnte sie seinen ruhigen, gleichmäßigen Herzschlag fühlen. Es tat so gut, so von ihm in den Armen gehalten zu werden. Bei allen Heiligen, sie fühlte sich wie im Himmel. Und in seiner festen Umarmung begannen sich ihre Ängste zu legen.

»Das wird dir nicht leid tun, Jo.« Er begrub sein Gesicht an der Stelle, an der ihr Hals in ihre Schulter überging. »Ich werde gut auf dich aufpassen. Ich werde alles regeln. Das verspreche ich dir.«

Aber er hatte ihr schon andere Dinge versprochen, und er hatte jedes seiner Versprechen gebrochen. Diesmal konnte es durchaus sein, daß ihr Leben von Rayne und den Gelübden abhing, die er gerade abgelegt hatte.

Sie betete, daß sie das Richtige tat.

»Guten Abend, Mr. Spruitenberg. Eure Lordschaft.«

Rayne, der einen herbstlich braunen Frack, eine bernsteinfarbene Weste und eine hellbeige Hose trug, hing sich bei Jocelyn ein, ehe Bert eine Gelegenheit fand, sie ins Eßzimmer zu begleiten.

Bei ihrem Anblick war ihm die Sprache weggeblieben. In ihrem neu geschneiderten Kleid aus roséfarbener Seide sah sie herrlich weiblich und äußerst reizvoll aus.

»Du siehst ganz reizend aus«, sagte er und fragte sich, ob ihr das heisere Timbre seiner Stimme auffiel.

»Welch ein Anblick«, sagte Bert, als sie am Tisch Platz nahmen.

Heute gab es zum Abendessen Bananencremesuppe, Austern, die sich unter Wasser zwischen den Wurzeln von Mangobäumen eingenistet hatten, gebackene Krebse, Süßkartoffeln, Obstsalat aus Papayas und Carambolas mit süßem Saft. Nicht gerade eine allzu europäische Küche, und doch hatte Rayne die Delikatessen der Insel zu schätzen gelernt.

Er ließ Jocelyn zu seiner Rechten Platz nehmen, und Bert setzte sich auf den Stuhl zu seiner Linken.

»Mrs. Pedigru scheint sich gut anzulassen«, sagte Rayne zu Jo. »Das Kleid sitzt gut und wird deiner Figur halbwegs gerecht.« Sein Blick glitt gierig über die sanften Wölbungen ihrer Brüste und ließ keinen Zweifel daran offen, wonach er sich sehnte. Er dachte gar nicht daran, sie zu nehmen. Aber er machte ihr unmißverständlich klar, daß es genau das war, was er wollte.

»Mrs. Pedigru ist sehr begabt«, sagte sie leise, und ihre Wangen röteten sich bezaubernd. »Sie hat etliche recht neue Illustrationen und Schnittmuster mitgebracht, die in Mode sind, damit wir eine Grundlage haben, von der wir ausgehen können.«

»Ich vermute, Sie können es kaum erwarten, wieder nach Hause zu kommen«, sagte Bert, und Jocelyns rosige Wangen wurden blaß.

»Ich fühle mich eigentlich recht wohl hier. Wenn ich die Wahl hätte...«

»Leider hat keiner von uns beiden eine andere Wahl«, warf Rayne warnend ein. »Wir werden in weniger als vierzehn Tagen lossegeln. Ganz im Gegensatz zu Miss Ashbury und trotz der Zuneigung, die ich selbst zu dieser alten Plantage gefaßt habe, muß ich doch sagen, daß ich es kaum erwarten kann, nach England zurückzukehren.«

Jocelyn sah ihn scharf an. »Dann hat dir der Müßiggang so sehr gefehlt?« Ihre Augen schienen blauer denn je zu sein, und es drückte sich eine akute Unsicherheit darin aus.

»Der Müßiggang hat mir absolut nicht gefehlt. In Wahrheit hat es mir enorm gut getan, London hinter mir zurückzulassen. Ich habe festgestellt, daß ich keinen Geschmack mehr daran finde, endlose Runden zu trinken und mich Nacht für Nacht zügellosen Ausschweifungen hinzugeben.«

Jocelyns Wangen wurden flammendrot. Verflucht und zum Teufel, glaubte sie tatsächlich, daß er von ihr sprach?

Bert hob seinen Weinkelch und trank einen großen Schluck. »Wenn ein solches Leben keinen Reiz auf Sie ausübt, was beabsichtigen Sie dann zu tun?«

Rayne hatte die Probleme, die sie in England zu klären hatten, weder gegenüber Bertrand noch gegenüber anderen erwähnt; auch jetzt hatte er nicht die Absicht, es zu tun. »Ich muß mich in London um ein paar geschäftliche Angelegenheiten kümmern. Sobald ich das erledigt habe, mache ich mich auf den Weg nach Marden.«

Jo riß abrupt den Kopf herum. »Nach Marden? Was hast du dort vor?« Geschwungene schwarze Augenbrauen zogen sich zu einem besorgten Stirnrunzeln zusammen, und ihr Ausdruck war bekümmerter denn je.

Bisher hatten sie noch nicht über Zukunftspläne gesprochen. Er hatte ihr Zeit lassen wollen, damit sie sich mit der Vorstellung anfreunden konnte, nach London zurückzukehren. Sie mußte sich auf die Probleme gefaßt machen, mit denen sie gleich nach ihrer Rückkehr konfrontiert sein würde.

»Marden Manor ist eines der größten Güter in ganz England. In den letzten hundert Jahren hat es der Familie Garrick einiges eingetragen, aber es ist wenig unternommen worden, um fortschrittlicher zu arbeiten. Hier im Mahagonital habe ich eine Menge über Anbautechniken, Ernteerträge und Aussaat gelernt. Ich habe die Absicht, noch viel mehr zu lernen, sobald ich wieder in Großbritannien bin. Ich hoffe, ich kann in Marden eine ganze Reihe von Veränderungen einführen, die die Produktivität erhöhen und die Zukunft des Guts sichern. Kurz und gut – ich beabsichtige, mich dort häuslich niederzulassen.«

»Ich verstehe.« Jocelyn schaute auf ihren Teller hinunter. Sie tat so, als äße sie etwas, doch in Wirklichkeit stocherte sie lediglich in dem Essen herum.

Als er sie dabei beobachtete, wünschte Rayne plötzlich, er hätte die Dinge anders gehandhabt. Morgen, gelobte er sich, würde er ihren Ängsten ein Ende bereiten.

»Was gibt es Neues in Kingston, Bert?« fragte er, um ein weniger heikles Thema anzuschneiden. Er aß einen Bissen von dem gebackenen Krebsfleisch, fand es ganz köstlich und stellte zu seiner Erleichterung fest, daß auch Jocelyn begonnen hatte, etwas zu essen.

»Mir ist zufällig ein alter Freund aus Java über den Weg gelaufen. Ein Kaffeepflanzer, den ich von Haiti kenne. Er sagt, daß er für den größten Teil der Insel eine gute Ernte erwartet. Sie werden schon bald mit der Ernte beginnen.«

»Werden die Kaffeebohnen direkt von den Sträuchern gepflückt?« fragte Jo, und Rayne ging auf, daß er sich nie die Zeit genommen hatte, es ihr genauer zu erklären.

»Sie kommen aus sogenannten Kaffeekirschen«, sagte Rayne. »Zwischen der Blüte und der ausgereiften Frucht liegt ein Achtmonatszyklus.«

»Ah, es sind ganz entzückende kleine weiße Blüten«, sagte Bert überschwenglich. »Sie sehen aus wie Jasmin, und ihr Duft ist ebenso süß. Wenn die Kaffeesträucher blühen, weht dieser Duft durch das ganz herrliche Tal.«

»Das klingt ja wunderbar«, sagte Jo. »Wie gern ich das doch erlebt hätte.«

Rayne ignorierte den kleinen Stachel ihrer Worte. »In jeder Kaffeekirsche sind zwei Bohnen enthalten. Während des Reifeprozesses färben sie sich erst grün, dann gelb, dann rot. Wenn sie rot sind, haben sie den richtigen Reifegrad erreicht und müssen geerntet werden.«

»Leider reifen nicht alle zur selben Zeit«, warf Bert ein und trank noch einen Schluck Wein aus seinem Glas. »Manchmal muß man sie in drei oder vier Arbeitsgängen pflücken.«

Rayne schluckte einen Bissen von einer Süßkartoffel hinunter, den er noch im Mund gehabt hatte. »Nachdem sie geerntet worden sind, werden die Kirschen getrocknet, und dann werden die Hornschalen entfernt. Schließlich wird die schützende Innenhaut abgeschält, die sogenannte Silberhaut. Alles in allem macht es ziemlich viel Arbeit.«

»Danach hört es sich allerdings an«, sagte Jo.

»Ah, aber es ist die Mühe wert.« Bertrand lehnte sich auf seinem Stuhl zurück. »Stellen Sie es sich nur vor – ein köstliches gehaltvolles Getränk, das die Fähigkeit hat, das Denkvermögen zu erweitern. Schließlich genügen schon ein bis zwei Tassen, um selbst das schwierigste Problem einfach erscheinen zu lassen. Kaffee belebt, muntert auf und läßt die Lähmung der Müdigkeit praktisch von einem abfallen.«

Rayne lachte leise vor sich hin. »Was auch immer Kaffee bewirken mag, es gibt ganz entschieden einen Markt dafür, und das Mahagonital kann die Gewinne, die sich daraus erzielen lassen, ganz eindeutig gebrauchen. Ich weiß sehr zu schätzen, was Sie alles für uns getan haben, Bert.«

»Ihnen steht hier eine glänzende Zukunft bevor, Mylord. Sie könnten sich darauf verlassen, daß ich in jeder Hinsicht dazu beisteuern werde, was ich nur irgend kann.«

Als sie die Mahlzeit beendet hatten, beugte sich Rayne zu ihr vor, damit nur Jo ihn hören konnte. »Für morgen habe ich etwas ganz Besonderes für uns geplant. Ich möchte dir etwas zeigen. Ich dachte, wir könnten Gwen bitten, daß sie uns einen Picknickkorb packt.«

Jocelyns Lächeln wirkte gequält. »Einverstanden.«

Aber sie wirkte immer noch unsicher, und sogar später, als er sie in ihr Zimmer brachte, war dieser Gesichtsausdruck immer noch nicht von ihr abgefallen.

21. Kapitel

Jocelyn hielt den Weidenkorb auf dem Schoß, als sie mit den Beinen auf Raynes Oberschenkeln auf seinem großen schwarzen Hengst saß.

»Es ist nicht weit, aber der Pfad ist ziemlich steil.« Sein Arm schlang sich schützend fester um sie. »Ich verspreche dir, daß es ein lohnender Ritt ist.«

Es war jetzt schon weitgehend ein erfreulicher Ausflug. Sie war mit Rayne zusammen, die Brise milderte die Glut der Sonne, und der Himmel bildete eine kristallblaue Kuppel über ihren Köpfen. Jocelyn schaute über Raynes Schulter, weil sie sehen wollte, wie das Tal unter ihnen versank, die Felder ein Karomuster bildeten und das blaugrüne Meer den Himmel aufhellte.

Nur die Gedanken an die Zukunft trübten den strahlenden Tag.

»Vor uns liegt ein kleiner Teich. Dort werden wir unser Picknick machen.« Rayne lenkte das Pferd einem überwucherten Wasserlauf entgegen, der mit dichtem grünem Laub gesäumt war, und das Geräusch von rauschendem Wasser, das über Felsen stürzte, erfüllte die Luft.

Jocelyn ruckelte herum und bemühte sich zu ignorieren, daß sie seine Schenkel, die von der harten Arbeit gekräftigt waren, unter ihren langen Beinen spürte, die feste Muskelwand, die Raynes Brust bildete. Sie errötete, als sie den dicken Wulst des Verlangens spürte, der sich unter ihrem Hintern erhob und sich an sie preßte. Sie strengte sich an, dem heiseren Tonfall keine Bedeutung beizumessen, mit dem er die letzten Worte herausgebracht hatte.

Wenige Minuten später ließ er sein Pferd vor einem hohen Wasserfall anhalten, um den herum verschwommene Regenbogen in der Luft schimmerten.

»O Rayne, es ist wirklich wunderschön hier.«

»Paulo hat mir vor einer Weile davon erzählt. Ich dachte, hier könnte es dir gefallen.«

»Es ist umwerfend schön.«

Er stieg vom Pferd und war ihr beim Absteigen behilflich, und dann wandte er seine Aufmerksamkeit dem Rappen zu. »Keine Sorge, du brauchst nicht lange zu warten.«

Jocelyn beschäftigte sich damit, die Patchworkdecke auszubreiten, die Rayne mitgebracht hatte, und sie strich gerade die Falten glatt und trat einen Schritt zurück. Dabei stolperte sie über etwas, was sie irrtümlich für einen seltsam geformten Baumstumpf hielt. Ein zweiter schneller Blick bewirkte, daß sie die Augen weit aufriß und einen lauten Schrei ausstieß, der durch die hügelige Landschaft hallte.

»Was ist passiert?« Rayne kam angerannt, zog sie in seine Arme und hielt nach möglichen Gefahren Ausschau.

»D-da drüben! Eine Art... eine Art Ungeheuer!«

Rayne ließ sie stehen und begab sich in das dichte grüne Laubwerk.

»Sei vorsichtig«, warnte sie ihn.

Zu ihrer Erleichterung blieb er nicht lange dort. Als er sich den Rückweg durch die dichten Palmwedel und Farnsträucher bahnte und auf sie zuging, lachte er.

»Komm mit. Wir gehen nicht zu dicht ran, nur nah genug, daß du es dir genauer ansehen kannst.« Er nahm sie an der Hand und zog sie durch das Laub. Jocelyn lugte über seine Schulter.

»W-was ist das?«

Er lachte jetzt wieder, und diesmal wußte sie, warum. Als sie in das Gras starrte, sah sie die größte grüne Eidechse, die sie je gesehen hatte.

»Ich kann es einfach nicht glauben.«

»Ich habe dir doch schon gesagt, daß sie unglaublich groß sind.«

»›Du kannst dir gar nicht vorstellen, wie groß die Eidechsen hier sind‹«, sagten sie beide gleichzeitig. Raynes breite Brust bebte vor Heiterkeit, und Jocelyn brach ebenfalls in Gelächter aus.

Die Eidechse mußte sie gehört haben, denn sie sperrte das Maul auf, wobei sich dicke Falten häßlicher grüner Haut unter ihrem Kiefer bildeten, und dann stieß sie einen zischenden Laut aus. Auf ihren krummen Stummelbeinen huschte sie fort und zog ihren langen, spitz zulaufenden Schwanz hinter sich her. Sie suchte Deckung und verschwand im Laub – mit ihrer vollen Länge von knapp zwei Metern.

»Dann war das also kein Witz«, sagte Jo, die Tränen gelacht hatte und sie sich jetzt vom Gesicht wischte, als Rayne sie zu der Decke zurückführte.

»Sie werden Leguane genannt. Man bekommt sie nicht oft zu sehen, aber wenn man sie sieht, dann vergißt man sie nie mehr.«

Jocelyn lachte wieder und wurde dann ernst. »Ich werde diesen Ort nie vergessen, und nichts, was hier geschehen ist.«

Sein Gesichtsausdruck veränderte sich. Er rieb sich den Kiefer mit den Knöcheln. »So, wie ich dich behandelt habe, müssen für dich bestimmt einige unerfreuliche Erinnerungen mit diesem Ort verknüpft sein.«

Sie schüttelte den Kopf. »Eher ein wenig traurige vielleicht. Ich wünschte, wir hätten die glücklichen Zeiten hier gemeinsam erleben können.« Sie lächelte bedrückt. »Ich habe hier neue Freundschaften geschlossen. Ich bin schrecklich gern mit den Kindern zusammen gewesen. Diese Insel ist wunderschön.« *Und du warst hier.*

»Wir werden hierher zurückkommen, Jo. Sooft du willst.« Er setzte sich auf die Decke und zog sie neben sich.

Jocelyn sah forschend in sein Gesicht und suchte nach einem Anhaltspunkt, der ihr sagte, was er dachte. *Wir werden hierher zurückkommen, Jo. Sooft du willst.* Was sagte er da? Gestern abend hatte er gesagt, er würde aus London fortgehen und sich in Marden heimisch einrichten. Hatte er vor, sie weiterhin als seine Mätresse zu behalten, aber so weit fortzugehen, daß sie einander nur selten sehen würden?

Sie bezweifelte nicht, daß er sie noch begehrte – sie konnte es in jedem seiner glühenden Blicke sehen, es jedesmal erkennen, wenn seine Finger ihre Haut berührten. Sie verspürte dasselbe Verlangen nach ihm, heftiger denn je. Jedesmal, wenn er sie berührte, beschleunigte sich ihr Herzschlag, und Hitze breitete sich in ihrem Bauch aus.

Aber es war soviel passiert. Sie hegte so viele Zweifel.

»Gwen hat uns kalten Hammelbraten und Hühnerfleisch eingepackt, das in Streifen geschnitten und luftgetrocknet worden ist«, sagte sie, da sie entschlossen war, sich unbeschwert zu geben. »Außerdem haben wir Käse und frisch gebackenes Brot, Ananas, Jacá und Kokosnüsse. Ich hoffe, du hast Hunger.«

»Das klingt nach einem echten Festmahl.« Seine dunklen Augen glitten über sie und drückten deutlich seine Gier aus, die jedoch nicht dem Essen galt. Er griff in den Korb, um ihr beim Auspacken zu helfen, und schließlich zog er eine Flasche Wein heraus.

Jocelyn sah ihm ins Gesicht. »Ich... ich wußte nicht, daß sie uns eine Flasche Wein eingepackt hat. Ich weiß, daß du aufgehört hast zu trinken.«

Rayne stellte die Flasche mitten auf die Decke. »Ich bin nicht wie dein Vater, Jo. Und ich werde auch nie so sein. Ich gebe zu, daß ich mir weit mehr gegönnt habe, als ich es hätte tun sollen, und das nicht zum ersten Mal. Aber dazu wird es nicht noch einmal kommen.«

Er lächelte liebevoll. »Ich versichere dir, daß ich außerordentliche Selbstdisziplin habe, wenn ich es darauf anlege. Falls du daran zweifeln solltest, dann wisse, daß ich jetzt, in diesem Augenblick, nichts lieber täte, als dich auf diese Decke zu zerren und deinen süßen Körper zu schänden. Daß ich es nicht tun werde, besagt einiges über den zermürbenden Alltag und den mörderischen Drill beim britischen Militär.«

Darüber lachte sie, doch der gierige Blick, mit dem seine glühenden Augen sie verschlangen, ließ eine heiße Flut durch ihren Körper strömen.

»Du willst dir doch bestimmt nichts Gwens köstliches Hühnerfleisch entgehen lassen?«

»Ich wäre bereit, vierzehn Tage lang nichts zu essen, wenn ich dich dafür wieder in meinem Bett hätte.«

Dieser Gedanke ernüchterte sie, und doch erfüllte er sie mit Wehmut. Das Lächeln schwand von ihrem Gesicht.

»Ich wünschte, ich verstünde, was hier vorgeht. Was willst du damit sagen, Rayne?«

Es war alles so verwirrend. Er hatte gerade gesagt, daß er sie begehrte, und doch hatte er keine Anstalten unternommen, sie zu berühren, seit er hinter die Wahrheit gekommen war und wußte, daß sie nicht auf ihn geschossen hatte. Er hatte sie noch nicht einmal geküßt. Vielleicht war das auch gar nicht seine Absicht.

Rayne nahm ihre Hand. »Ich bin mit dir hierher gekommen, damit wir uns über die Zukunft unterhalten können. Du weißt ebensogut wie ich, daß es nicht einfach werden wird, nach London zurückzukehren.«

Ein Schauer der Furcht lief ihr über den Rücken. »Willst du mir sagen, daß die Möglichkeit besteht, du könntest scheitern? Ich könnte wieder ins Gefängnis gesperrt oder auf eine andere Insel abtransportiert werden?«

»Lieber Gott, nein!« Er zog sie in seine Arme und küßte sie auf die Wange. Als er spürte, wie verkrampft ihr ganzer Körper war, begann er, ihr über das Haar zu streichen. »Was ich sagen will, ist, daß wir gezwungen sein werden, andere Probleme zu bewältigen.«

Jocelyn zog den Kopf zurück, um ihn anzusehen. »Wie zum Beispiel?«

»Da wäre zum einen der Skandal. Ganz London ist jetzt über deine wahre Identität informiert. Man weiß, daß du nie verheiratet gewesen bist und folglich nie verwitwet warst. Jetzt ist allgemein bekannt, daß du meine Mätresse warst, Jo.«

Jocelyn reckte das Kinn in die Luft. »Dazu mußte es früher oder später zwangsläufig kommen. Das haben wir beide gewußt. Es war nett von dir, mich so lange davor zu bewahren, wie du es getan hast. Da die Wahrheit jetzt ans Licht gekommen ist, werde ich eben damit leben müssen.«

»Verdammt noch mal, das kommt überhaupt nicht in Frage.«

Jocelyn schnaubte vor Wut. »Wovon redest du?«

»Ich rede davon, gehässige Zungen zum Schweigen zu bringen. Ich rede davon, deine Zukunft zu sichern. Ich rede davon, dich zu heiraten.«

Sie hatte gerade Luft geholt, die sich jetzt in ihrer Lunge einzukeilen schien. »Das kann nicht dein Ernst sein.«

»Ich meine es todernst.«

»Warum? Weil ich dir leid tue? Weil du dich schuldbewußt fühlst? Meinst du nicht selbst, daß du deine Buße ein wenig zu weit treibst?«

»Nach allem, was du durchgemacht hast, kannst du das sagen? Was mich angeht, so bin ich der Meinung, daß die nächsten vierzig Jahre nicht genügen, um all das wieder an dir gutzumachen.«

»Himmel, du bist ein Vicomte. Ich bin ein mittelloses Mädchen von der Straße und noch dazu vorbestraft.«

»Du bist Sir Henry Ashburys Tochter.«

»Du kannst nicht einfach so tun, als sei nichts passiert. Du mußt Rücksicht auf deine Schwester nehmen, auf den Besitz und den Namen deiner Familie. Du kannst unmöglich mit dem Gedanken spielen, mich zur Frau zu nehmen.«

»Ich habe nicht die Absicht, mit dem Gedanken zu spielen, sondern die, es zu tun.«

Jocelyn starrte ihn einfach nur an. In all der Zeit, seit sie zusammen waren, war ihr der Gedanke an eine Heirat nicht ein einziges Mal durch den Kopf gegangen. Die Bahnen, auf denen sie sich bewegten, waren zu verschieden. Ihre Welten waren zu weit voneinander entfernt.

Von Anfang an war das Beste, was sie sich je zu erhoffen gewagt hatte, gewesen, er könnte sich mit der Zeit genug aus ihr machen, um sie nicht abzuschieben, sondern sie über die Jahre beibehalten. Sie war sogar so weit gegangen, sich auszumalen, sie könnte seine Kinder großziehen, aber sie war nie auch nur auf den Gedanken gekommen, sie könnten legitim sein und seinen Namen tragen.

Jetzt standen die Schießerei und der Skandal und die langen qualvollen Monate zwischen ihnen, die sie hinter sich hatte. Sie liebte ihn – sie hatte selbst zwischendurch nie wirklich aufgehört, ihn zu lieben. Aber sie traute ihm nicht mehr. Sie wagte es einfach nicht.

»Nein.«

»Was hast du gesagt?«

»Ich habe nein gesagt, Rayne. Du hast mich aufgefordert, dich zu heiraten – oder zumindest bist du davon ausgegangen, daß ich einwilligen werde, wie du auch sonst immer davon ausgehst, daß ich mich mit allem einverstanden erkläre. Die Wahrheit ist jedoch, daß ich im Traum nicht daran denke.«

»Du lehnst meinen Antrag ab?«

Ich weigere mich, einen Mann zu heiraten, der mich nur aus Schuldbewußtsein heraus zur Frau nehmen will. Was ist mit der Liebe? dachte sie. Gelüstet hatte es ihn fast von Anfang an nach ihr. Aber Liebe? Davon war nie die Rede gewesen. Und jetzt war auch nicht die Rede davon.

»Wenn du es so nennen willst – ja.«

Rayne schaute über ihren Kopf hinweg auf einen Punkt im dichten grünen Laub des Waldes. »Dann magst du mich also überhaupt nicht mehr?«

Ich liebe dich. Es scheint ganz so, als hätte ich dich immer geliebt. Aber ich vertraue dir nicht. »In diesen letzten langen Monaten ist viel geschehen. Und jetzt erwartest du von mir, daß ich innerhalb von ein paar kurzen Tagen all diese Wochen des Leids und der Ungewißheit ausradiere. Das kann ich nicht, Rayne.«

Etwas huschte über seine Züge und war sofort wieder verflogen. »Du bist schon immer praktisch veranlagt gewesen, Jo. Du bist schon immer eine Überlebenskünstlerin gewesen. Du siehst doch bestimmt ein, daß das die einzig mögliche Lösung deiner Probleme ist.«

Sie schüttelte schlichtweg den Kopf. »Ich will nicht praktisch denken, diesmal nicht.« *Ich will geliebt werden.*

Spannung schien durch seinen Körper zu zucken und ihn aufzuladen. »Dir ist doch sicher klar, daß du bereits jetzt ein Baby von mir austragen könntest.«

Jocelyns Hand hob sich auf ihren Bauch. Sie hatte durchaus gewußt, daß das möglich war, und doch hatte sie es sich niemals gestattet, diese Vorstellung in ihren Gedanken Fuß fassen zu lassen. Als sie jetzt hörte, wie Rayne diese Worte auf seine grobe männliche Art aussprach, flatterte sie innerlich.

»Selbst wenn das wahr wäre, würde es nichts an meinen Gefühlen ändern. Ich bin mein ganzes Leben lang ein Opfer der Umstände gewesen. Das Trinken meines Vaters hat uns ruiniert und mich gezwungen, auf der Straße zu leben. Die Armut und meine jämmerliche Existenz haben mich in dein Bett getrieben. Ein schrecklicher Irrtum hat mich ins Gefängnis gebracht. Aber nichts auf Erden kann mich dazu zwingen, dich zu heiraten.«

Rayne sah sie lange und versonnen an. »Was wünschst du dir denn sonst? Was soll ich für dich tun?«

»Ich will dein Geld nicht haben, falls es das ist, was du glaubst. Aber es wäre mir sehr lieb, wenn du mir dabei helfen könntest, mir wieder eine Zukunft aufzubauen.«

»Sprich weiter.«

»Ich bin gebildet. Ich liebe Kinder. Ich habe oft geglaubt, daß ich eine sehr gute Gouvernante abgeben würde. Wenn du mir helfen würdest, eine solche Stellung zu bekommen, dann könnte ich mich auf eigene Füße stellen. Dann wärst du nicht verpflichtet, mich zu heiraten und...«

»Ich bin zu gar nichts verpflichtet, verdammt noch mal!« Er holte tief Atem, um sich wieder zu beruhigen, und dann fuhr er sich mit den Händen über das Gesicht. »Ich habe mich reichlich ungeschickt angestellt. Ich hätte warten und um dich werben müssen, wie es sich geziemt. Ich wollte dir doch nur deine Ängste nehmen.«

Er beugte sich vor und streifte ihre Lippen mit einem federleichten Kuß. »Du hast weit Besseres verdient als das Leben, das du als Angestellte in einem Haushalt führen würdest. Du wirst mich heiraten, Jo. Wir haben jede Menge Zeit, und du kannst dich in Ruhe an den Gedanken gewöhnen. Das einzige, was jetzt zählt, ist, daß die Tat vollbracht wird, ehe wir in England eintreffen.«

Jocelyn schlug mit der Faust auf die Decke, und in ihren Augen brannten glühende Tränen des Zorns.

»Wie kommt es bloß, daß alle anderen außer mir freie Entscheidungen treffen können?« Sie sprang auf und rannte fort. Rayne holte sie ein, nachdem sie nur wenige Meter bergab gelaufen war.

»Es tut mir leid«, sagte er und hielt ihren Arm fest. »Verflucht noch mal, aber ich habe alles verpatzt. Ich bin derart daran gewöhnt, Befehle zu erteilen, daß ich es tue, ohne mir etwas dabei zu denken. Verzeih mir. Ich werde dich nicht zwingen, irgend etwas zu tun, was du nicht tun willst. Darauf gebe ich dir mein Wort.« Mit einem Knöchel seiner breiten Hand wischte er ihr die Tränen von den Wangen.

»Ist das dein Ernst?«

Rayne nickte. »Ich werde alles tun, was nötig ist, um dich glücklich zu machen. Was ich gesagt habe, war mein Ernst, Jo. Du brauchst dir in deinem ganzen Leben nie mehr Sorgen zu machen.«

Sie entspannte sich ein wenig, schmiegte sich an ihn und begrub ihr Gesicht an seiner Brust.

Seine Hand strich über ihr Haar, das sie zurückgekämmt und mit einer leuchtend gelben Schleife zusammengebunden hatte. »Wir werden uns einfach Zeit lassen, einverstanden?«

Er sprach mehr oder weniger von sechs Wochen. Mehr Zeit hatte er nicht. Sechs Wochen, um sie davon zu überzeugen, daß es das beste war, wenn sie seinen Heiratsantrag annahm. Er bereute, sie derart unter Druck gesetzt zu haben. Aber er war wild entschlossen, sie zu beschützen. Als seine Vicomtesse war sie in Sicherheit, ganz gleich, was geschah.

»Ich bin immer noch hungrig«, sagte er nach einer Weile. »Was ist mit dir?«

Sie nickte.

Es kostete ihn nicht viel Mühe, Jos Tränen trocknen zu lassen. Ein lockeres Geplänkel und zwischendurch ein schelmisches Lächeln. Sie war immer bereit, dem Augenblick etwas Erfreuliches zu entlocken, immer auf der Suche nach den einfachen Freuden des Lebens. Wenn sie erst einmal seine Vicomtesse war, würde er sie mit irdischen Gütern und Genüssen überschütten, ganz zu schweigen von den Freuden sinnlicherer Natur. Und in jedem Lächeln, das sie ihm schenkte, würde er seine Freude finden.

Endlich herrschte eine entspannte Atmosphäre, und sie aßen gemeinsam das Picknick auf, das Gwen ihnen mitgegeben hatte, bis nur noch Krumen übrig waren und sie keinen einzigen Bissen mehr heruntergebracht hätten. Als sie alles aufgegessen hatten, ließen sie die Füße in den Teich baumeln und tollten herum wie Kinder, und dann saß Jocelyn wieder auf seinem Schoß, als sie den Hügel hinunterritten.

Als sie das Haus erreichten, hatte die Dunkelheit begonnen, sich herabzusenken. Rayne hob Jo vom Pferd, übergab den Hengst einem jungen Stallknecht und ging neben ihr her auf den warmen gelben Lichtschein zu, der verlockend durch die offenen Fenster fiel.

»Jo! Gott sei Dank, daß ich dich gefunden habe.« Paulo kam aus der Dunkelheit auf sie zugerannt.

»Was ist?« fragte Rayne. »Was ist passiert?«

»Ich bin nicht sicher. Ich habe Angst um Chita. Ich habe sie überall gesucht, aber ich kann sie nirgends finden.«

»Wahrscheinlich stattet sie nur einer der Familien einen Besuch ab«, sagte Jo.

»Das glaube ich nicht.« In seinen Gesichtszügen drückte sich große Anspannung aus.

Jocelyn packte seine Schulter. »Erzähl mir, was passiert ist, Paulo. Habt ihr euch gestritten?«

»*Sim*, ich habe eine Dummheit begangen. Wenn ich die Worte doch bloß zurücknehmen könnte.«

»Sie hat es dir gesagt, stimmt's? Darum geht es also.«

»Ihm was gesagt?« fragte Rayne. »Ihr beide solltet mir lieber erklären, was hier vorgeht.«

Jocelyn blickte zu ihm auf, und ihre blauen Augen waren vor Sorge verschleiert. »Chita erwartet ein Baby.«

Rayne verdaute diese Information und warf dann einen grimmigen Blick in Paulos Richtung. »Wenn du der Vater des Kindes bist, erwarte ich von dir, daß du dich dem Mädchen gegenüber anständig benimmst und das einzig Richtige tust.«

»Wenn ich der Vater wäre, wäre das nicht passiert.«

»Ich glaube, du solltest besser von Anfang an erzählen«, sagte Rayne zu dem jüngeren Mann.

»Vom ersten Moment an«, sagte Paulo und begann seine Geschichte, »war etwas zwischen uns. Wir haben den Sonntag am Teich in den Bergen verbracht. Es war ein wunderbarer Tag, aber hinterher hat Chita sich geweigert, mich wiederzusehen. Sie hat gesagt, mit uns könnte es ohnehin nichts werden, aber ich dachte, sie fürchtet sich nur vor ihren eigenen Gefühlen. Als wir zusammen waren, ist mir alles so richtig erschienen, und es war genauso, wie Jo gesagt hat. Chita ist ein Kind, aber sie ist auch eine Frau. Ich wollte sie heiraten...«

»Sprich weiter, Paulo«, drängte Jocelyn ihn sanft, als er verstummte.

»Ich habe sie dazu überredet, daß wir uns Zeit lassen. Wir haben jeden einzelnen Moment miteinander verbracht... bis heute. Heute nachmittag ist sie weinend zu mir gekommen. Sie hat gesagt, sie könnte mich nicht länger anlügen. Sie hat mir von dem Mann erzählt, den sie in England gekannt hat. Sie hat mir von dem Baby erzählt.«

Paulo schüttelte den Kopf, und auf seiner Stirn bildeten sich Sorgenfalten. »Ich war so wütend auf sie. Ich habe sie *Puta* genannt.« Als Jo ihn verständnislos ansah, wurde sein Gesichtsausdruck noch kläglicher. »Das heißt Hure.«

»O Gott.«

»Ich habe es nicht so gemeint. In dem Moment, in dem ich ihr Gesicht gesehen habe, wußte ich, was ich angerichtet habe. Ich wußte auch, daß mich der Mann, der vor mir war, nicht interessiert. Daß nur sie allein mich interessiert.«

»Aber das hast du ihr nicht gesagt«, sagte Jo mit scharfer Stimme.

»Dazu war keine Zeit. Auf den Feldern ist es zu einem Unfall gekommen. Einer der Arbeiter ist dabei verletzt worden, und man hat mich geholt. Als ich zurückgekommen bin, war Chita verschwunden.«

»Wir werden sie finden, Paulo«, sagte Rayne. »Weit kann sie nicht gekommen sein.«

Jocelyn wandte sich der Küche hinter dem Haus zu. »Ich werde mit Dulcet und Gwen reden. Wenn jemand weiß, wohin sie gegangen ist, dann eine von den beiden.« Sie lüpfte ihre Röcke und rannte los.

Rayne schaute den dunkelhäutigen gutgebauten Mann an seiner Seite an. »Falls wir sie innerhalb der nächsten zwei Stunden nicht finden sollten, werde ich Männer ausschicken, die sich auf die Suche nach ihr machen sollen.«

»Es ist alles nur meine Schuld. Ich war derjenige, der Angst vor seinen eigenen Gefühlen gehabt hat. Wenn ich mich nicht davor gefürchtet hätte, wäre all das nie passiert.«

Rayne legte dem kleineren Mann eine Hand auf die Schulter. »Es scheint das Los eines Mannes im Leben zu sein, den Frauen Kummer zu bereiten.«

Paulo nickte nur und lief wieder in die Dunkelheit.

»Eil dich, Rayne! Ich weiß, wohin Chita gegangen ist.« Jocelyn lief auf ihn zu, und er schlang einen Arm um ihre Taille.

»Wo ist sie?«

»Sie hat Gwen nach dem Namen einer Medizinfrau gefragt. Gwen hat sie zu jemandem in Tamarind geschickt.« Das war eine benachbarte Zuckerrohrplantage am Fuß des Hügels. »Sie hat ein bißchen Geld bei sich, Münzen, die sie vor Barz Hopkins verstecken konnte.«

Jocelyns Finger klammerten sich in seine Hemdbrust. »Sie wird sich das Baby wegmachen lassen, Rayne. Die Schwangerschaft ist zu weit fortgeschritten. Es könnte ihren Tod bedeuten.«

»Komm.« Gemeinsam rannten sie zu den Ställen. Paulo holte sie auf halber Strecke ein, und Jocelyn erzählte ihm eilig, was sie in Erfahrung gebracht hatte.

»*Deus,* ich kann nicht glauben, daß sie so etwas tut.«

»Chita liebt Kinder«, sagte Jo. »Ich weiß, daß sie dieses Baby haben will. Ich kann es auch nicht glauben.«

»Menschen tun in ihrer Wut oft Dinge, die sie später bereuen.« Raynes Blick besagte, daß er von sich selbst sprach.

»*Sim.* Wir müssen sie davon abbringen.«

»Kannst du reiten?« fragte Rayne Paulo, als die drei den Stall erreicht hatten.

»Gut genug für diesen Zweck.«

Rayne holte Knight aus seiner Box, sattelte ihn und legte ihm das Zaumzeug an, während ein Stallknecht ein Pferd für Paulo sattelte. Wenige Minuten später spürte Jocelyn Raynes Hände auf ihrer Taille, und dann hob er sie auf den Sattel und schwang sich hinter ihr auf das Pferd.

»Es gibt eine Abkürzung, die zwischen den Bergen durchführt«, sagte Paulo. »Das ist der Weg, den sie bestimmt eingeschlagen hat.« Er übernahm die Führung, und sie ritten zum nahen Tamarind hinab.

»Nach Gwens Angaben«, sagte Jo, »steht eine Hütte hinter den Unterkünften der Sklaven. Dort wohnt eine Frau namens Penna, die Medizinfrau. Gwen sagt, sie kann Chita einen Trank geben, der bewirkt, daß ihr Körper das Baby abstößt.«

Sie spürte, wie Raynes Brust sich aufblähte, als er tief Luft holte. »Wir können nur hoffen, daß es noch nicht zu spät ist.«

Nicht lange darauf erreichten sie die Hütte. Ihr Standort entsprach exakt Gwens Schilderung. Auf einem Tisch am Fenster stand eine Kerze und warf ihren flackernden Schein in die Dunkelheit. Rayne sprang eilig ab und half Jo beim Absteigen, und dann rannten sie alle drei auf die Tür zu. Rayne hämmerte so fest dagegen, daß sie sicher sein konnten, man würde ihnen öffnen. Eine große Schwarze, die so dürr war, daß sie nur aus Haut und Knochen bestand, trat in die Tür.

»Wir suchen eine Frau«, sagte Rayne. »Conchita Vasquez. Hast du sie gesehen?«

Als die Frau zögerte, zog Rayne einen Beutel mit Münzen aus dem Bund seiner Hose und drückte ihr ein paar Geldstücke in die Hand.

»Ich habe dich gefragt, ob du sie gesehen hast.«

Die Frau warf einen Blick auf das Geld in ihrer Hand, stellte fest, daß es eine beträchtliche Summe war, und bedeutete ihnen, ins Haus zu kommen. »Hier entlang.«

Paulo rannte voraus und stieß den zerrissenen Wollvorhang zur Seite, mit dem ein kleines Hinterzimmer abgeteilt war, und trat in den schwach erleuchteten Raum, in dem eine schmale Pritsche an einer Wand stand.

Darauf saß Chita. Sie hatte die Beine angezogen und das Kinn auf die Knie gestützt, und ihre zarten dunklen Wangen waren naß von ihren Tränen. Das schwarze Haar hing ihr feucht und wirr um das Gesicht, und ihre Kleidungsstücke waren zerrissen und schmutzig. Ihre kleinen Hände umklammerten ein Gefäß mit einer trüben dunklen Flüssigkeit.

Paulo ging behutsam auf sie zu, als sei sie ein verängstigtes Tier, das in die Enge getrieben worden war. »Ich habe dich gesucht«, sagte er leise.

»Warum... wozu?«

»Um dir zu sagen, daß es mir leid tut.« Er rückte ein wenig näher. »Ich habe es nicht ernst gemeint, *Querida.* Wenn ich gewußt hätte, daß meine Worte dich dazu treiben, hätte ich mir lieber die Zunge aus dem Mund geschnitten.«

»Wie… wie hast du mich gefunden?«

»Ich habe dich den ganzen Nachmittag gesucht, aber dann hat Jo mit Gwen gesprochen. Sie hat uns gesagt, wohin du gegangen bist.«

Chitas Hände zitterten, und Tropfen des dunklen Gebräus schwappten über den Rand des Gefäßes, doch sie stellte es nicht ab.

»Du willst deinem Baby doch nichts antun.«

Frische Tränen rannen über ihre Wangen. »Nein.«

Paulo streckte langsam die Hände nach dem Becher aus. »Gib mir den Becher.«

Sie begann, heftiger zu zittern. Paulos Finger berührten ihre Hände kaum wahrnehmbar. Er nahm ihr den Becher aus den steifen Fingern und stellte ihn auf den Tisch neben der Pritsche.

»Ich konnte es nicht über mich bringen«, flüsterte sie. »Ich liebe das Baby jetzt schon viel zu sehr.« Weitere Tränen flossen, als Paulo sie in seine Arme zog.

»Ganz ruhig, *Namorada.* Deinem Baby ist nichts zugestoßen, und ich bin hier, um dich nach Hause zu holen.«

»Es tut mir leid, Paulo. Wenn ich gewußt hätte, daß ich einen Mann wie dich kennenlernen würde, hätte ich mich niemals von ihm anrühren lassen.«

Paulo schmiegte seine Wange an ihr Haar. »Er hat dich nicht so berührt, wie ich dich berühren werde. Er hat dir die Liebe nicht gezeigt. Das hat er mir überlassen.«

Chita hob den Kopf und sah ihn aus Augen an, in denen Tränen standen. »Ich liebe dich, Paulo.«

»Ich liebe dich auch, *meu Amor.*«

Rayne, der in der Tür stand, räusperte sich. »Ich finde, es ist an der Zeit, daß wir uns auf den Heimweg machen.«

Paulo nickte, beugte sich über die Pritsche und hob Chita auf seine Arme. Vor der Hütte setzte er sie vor sich auf das Pferd, und dann traten sie den Rückweg zum Mahagonital an.

Als sie die beiden fortreiten sah, legten sich Jocelyns Ängste um Chita plötzlich. *Ich liebe dich*, hatte Paulo gesagt, und Jocelyn wußte, daß mit diesen drei Worten Chitas Zukunft gesichert war.

Verdrossen frage sie sich, ob sie diese Worte wohl jemals von Rayne hören würde.

22. *Kapitel*

Die Heimreise nach England wies keinerlei Ähnlichkeiten mit der Überfahrt auf dem Schiff auf, das Jocelyn nach Jamaika gebracht hatte.

Rayne hatte eine sorgsame Wahl getroffen und sich für ein wunderschönes aufgetakeltes Segelschiff entschieden, das gerade erst vor einem Jahr in der Werft von Liverpool fertiggestellt und mit allen Schikanen ausgerüstet worden war. Seine Fracht bestand vorwiegend aus Zucker, doch das Schiff nahm auch Passagiere an Bord – denen es einigen Luxus bieten konnte. Es gab zwar zahlreiche Kabinen, doch jede einzelne von ihnen war komfortabel eingerichtet, und der Salon und der Speisesaal mit den roten Samtbezügen auf den Polstermöbeln und der Holztäfelung, die mit prächtigen Schnitzereien versehen war, waren außerordentlich aufwendig ausgestattet.

Jocelyn hatte zu ihrem Erstaunen festgestellt, daß Rayne getrennte Einzelkabinen reserviert hatte – und zusätzlich hatte er für sie auch noch eine Reisebegleiterin engagiert. Grace Kenwood, eine grauhaarige ältere Frau, die Rayne in Kingston gefunden hatte, reiste ebenfalls nach London. Mit seinen Überredungskünsten und der Lockung einer kostenlosen Schiffspassage hatte er sie zu der Einwilligung bewegt, sich eine Kabine mit Jocelyn zu teilen und somit der bevorstehenden Reise einen Anstrich von Schicklichkeit zu verleihen.

In Jocelyns Seufzen schwang ihre Verstimmung mit. Sie

wußte, daß sie dankbar dafür hätte sein sollen, mit welchem Respekt Rayne sie behandelte, aber jeden Abend nach dem Essen, wenn sie sich in ihre Kabine zurückzog und sich in der Koje gegenüber von Mrs. Kenwood zusammenrollte, fühlte sie sich elend.

Rayne schien sich weit weniger daran zu stören. Er war unerträglich höflich und immer ganz der Gentleman. Wenn sie jedoch allein miteinander waren, scheinen seine Augen zu schwelen, ein sorgsam eingedämmtes Feuer, das weit ehrlicher als seine Worte war.

Er sprach nicht mehr von einer Heirat, und darüber hätte sie froh sein sollen, doch die Erleichterung, mit der Jocelyn fest gerechnet hatte, äußerte sich statt dessen in erbittertem Groll. Wie mühelos sich sein Gewissen doch hatte beschwichtigen lassen. Wie schnell seine guten Absichten sich doch in Luft aufgelöst hatten.

Bestimmt ist es besser so, sagte sie sich. Du willst keinen Mann, der dich aus bloßem Schuldbewußtsein heraus heiratet. Ganz zu schweigen von der Frage des Vertrauens und des Verrats, von ihrem unterschiedlichen gesellschaftlichen Status, von dem Urteilsspruch, der ihr noch bevorstand – und von dem ungelösten Rätsel, wer den Anschlag auf Raynes Leben ausgeübt hatte.

Das waren jedoch keineswegs die Gedanken, denen Chita Ausdruck verliehen hatte, als Jocelyn ihr die Neuigkeiten berichtet hatte. »Was! Er hat dich aufgefordert, ihn zu heiraten, und du hast abgelehnt!«

»Rayne wollte mich nicht wirklich heiraten. Er hat nur Mitleid mit mir gehabt.«

»Er ist kein Mann, der heiraten würde, wenn es nicht sein eigener Wunsch ist. Ich glaube, er ist in dich verliebt.«

»Rayne glaubt nicht an die Liebe.« Jocelyn machte sich gar nicht erst die Mühe, ihr zu sagen, selbst, wenn er sie liebte, wären damit noch längst nicht all die Probleme aus der Welt geschafft, die zwischen ihnen standen.

Dennoch konnte sie nicht leugnen, daß er sie gut behandelte. Die Geschenke, die er ihr kaufte, schienen endlos zu sein, und sie wurden nur von den Aufmerksamkeiten übertroffen, mit denen er sie überschüttete. Als Chita von ihrer Abreise erfahren hatte und in Tränen ausgebrochen war, weil ihr entsetzlich davor graute, das Baby ganz allein zu bekommen, hatte Rayne sich Jocelyns Flehen ergeben und eingewilligt, Nachforschungen anzustellen, wohin Dolly Whitehead geschickt worden war. Innerhalb von weniger als einer Woche waren Vorkehrungen getroffen worden, die es Dolly gestatteten, den Rest ihrer Strafe im Mahagonital abzubüßen.

»Siehst du denn nicht, daß er all diese Dinge nur tut, um dir eine Freude zu machen?« sagte Chita. »Siehst du denn nicht, daß er dich liebt?«

»Er begehrt mich. Er hat mich schon immer begehrt. Was er empfindet, ist nur das – und sein Schuldbewußtsein wegen allem, was passiert ist.«

Mit Paulo verhielt es sich ganz anders. Zwei Tage nach dem Zwischenfall in Tamarind hatte Paulo Chita gebeten, ihn zu heiraten. Sie hatte seinen Antrag mit einem Strom von Freudentränen angenommen, und am Sonntag darauf war das Paar getraut worden. Ein Blick in Paulos schwarze Augen, in denen Stolz und Liebe leuchteten, und der blindeste Narr hätte sehen können, wieviel Chita ihm bedeutete.

Aber Rayne? Als sie ihm jetzt im Speisesaal gegenübersaß, war sich Jocelyn nicht mehr sicher, was Rayne für sie empfand. Nach diesen langen Wochen auf See hätte sie fast alles getan, um seine höfliche Förmlichkeit und seine ach so charmanten Galanterien gegen einen seiner ganz und gar nicht zurückhaltenden und so köstlich sengenden Küsse einzutauschen. Oh, sich von ihm in sein Bett zerren zu lassen, in seinen Armen zu liegen und von ihm liebkost zu werden, bis sie von Sinnen war, noch einmal in einem Ausbruch wilder Leidenschaft von ihm davongetragen zu werden!

»Schmeckt dir das Essen?« Rayne trank einen Schluck von

seinem kräftigen Rotwein. Er hatte sich an sein Wort gehalten und trank jetzt nur noch genüßlich, ohne jemals zu große Alkoholmengen zu sich zu nehmen. Leider schürte seine zuvorkommende Mäßigung, wie alles andere in der letzten Zeit auch, nur noch ihre trübsinnige Stimmung.

»Der Barsch ist zu weich gekocht«, sagte sie gereizt, »und die Kartoffeln schmecken alt. Abgesehen davon vermute ich, daß das Essen gut ist.«

Sie hätte schwören können, daß seine Lippen zuckten. »Es tut mir leid, daß dir das Essen nicht besser mundet, aber andererseits ist mir aufgefallen, daß du in der letzten Zeit nicht ganz auf der Höhe bist. Ich hoffe aufrichtig, es liegt an nichts, was ich getan habe.«

Sag es nicht. Sie konnte es nicht lassen. »Ganz im Gegenteil. Es liegt an Dingen, die du nicht getan hast.« Jocelyn stieß ihren Stuhl aus geschnitztem Rosenholz zurück. »Ich glaube, ich werde auf unseren abendlichen Spaziergang verzichten. Ich muß feststellen, daß ich leider Kopfschmerzen habe. Ich fürchte, du wirst mich entschuldigen müssen.«

Rayne erhob sich eilig. »Selbstverständlich.«

Er reichte ihr den Arm, und Jocelyn hing sich bei ihm ein. Dichte Muskelstränge spannten sich unter ihrer Hand an und ließen eine unwillkommene Wärme in ihren Bauch strömen. Als sie sich ihren Weg zwischen den Tischen der elegant gekleideten Passagiere bahnten, lächelten einige von ihnen sie an, doch Jocelyn nahm sie kaum zur Kenntnis.

Es waren vierzehn andere Reisende an Bord des Schiffs, aber Rayne war jedem Kontakt von Anfang an ausgewichen und hatte durch seinen subtilen Rückzug deutlich klargestellt, daß er keinerlei Interesse daran hatte, auf dem Schiff Anschluß zu finden – abgesehen, so schien es, von Jocelyns Gesellschaft. Ein einziger seiner finsteren Blicke genügte, um die meisten männlichen Passagiere schleunigst zu vertreiben, und selbst die Frauen, die unablässig um ihn herumscharwenzelten, konnten sehen, daß er anderweitige Interessen hatte.

»Ah, Lord Stoneleigh... und Miss Ashbury. Sie werden sich doch gewiß nicht etwa schon so früh zurückziehen?« Die meisten hielten sich von ihnen fern, aber nicht Fletch Martell, dem die Schiffahrtslinie gehörte, mit der sie reisten.

Er war ein gutaussehender Mann, der vielleicht ein oder zwei Jahre älter sein mochte als Rayne, mit hellbraunem Haar und meergrünen Augen. Er strahlte Gelassenheit und Selbstsicherheit aus und wußte offensichtlich die Reize des anderen Geschlechtes zu schätzen.

»Miss Ashbury hat Kopfschmerzen. Ich kann mich glücklich schätzen, sie wohlbehalten in ihre Kabine bringen zu dürfen. Wenn Sie uns jetzt entschuldigen würden...«

Von Raynes kühlen Worten ging eine Warnung aus, doch als er sich mit Jocelyn wieder in Bewegung setzen wollte, baute sich Fletch Martell nur noch stämmiger vor ihnen auf.

»Vielleicht wird es Miss Ashbury morgen früh wieder bessergehen.« Er lächelte freundlich, doch seine grünen Augen funkelten herausfordernd. »Ich würde gern die Gelegenheit nutzen, sie auf dem Schiff herumzuführen und ihr alles zu zeigen.«

Tu es nicht, hörte sie eine leise warnende Stimme. »Das würde mir großes Vergnügen bereiten«, erwiderte Jocelyn.

Martell nahm ihre Hand und führte sie an seine Lippen. »Ich werde Sie um zehn in Ihrer Kajüte abholen.«

Aus dem Augenwinkel nahm sie Raynes zorniges Gesicht wahr. *Scher dich zum Teufel,* dachte sie. *Du willst galant und schicklich sein. Du begehrst mich, aber du denkst gar nicht daran, mich anzurühren. Sehen wir doch mal, was Fletcher Martell will.*

Als sie ihre Kabine erreicht hatten, zeichnete sich in Raynes Gesicht ein Gewitter ab. Als sie eintrat, versetzte er sie damit in Erstaunen, daß er ihr in die Kabine folgte, und als er Mrs. Kenwood nirgends sah, schloß er energisch die Tür hinter sich.

»Was soll das eigentlich alles heißen?« Er heftete einen unnachgiebigen Blick auf sie.

Mit einem kleinen Ruck zog Jocelyn ihre Handschuhe aus und warf sie auf den Tisch. »Ich hatte vor, dir eine Reaktion zu entlocken.« Sie riß an dem Band unter ihrem Kinn, zog sich den Hut vom Kopf und legte ihn neben die Handschuhe. »In den letzten Wochen warst du der Gipfel der Zuvorkommenheit, und ich vermute zwar, daß ich dir dankbar dafür sein sollte, aber in Wahrheit bin ich es nun einmal nicht. Mir hat es besser gefallen, als du getobt und gewütet hast, mich gepiesackt und mich ... mich ...«

»Geküßt hast? Daran hast du doch gerade gedacht, oder etwa nicht?«

Jocelyn schluckte und wandte den Blick ab. »Du willst mich – oder zumindest glaube ich, daß du mich noch begehrst. Aber du willst nicht ... wir haben nicht ... ich verstehe einfach nicht, was sich geändert hat.«

Er packte ihren Arm und drehte sie zu sich um. Die Härte war aus seinen Zügen gewichen und von einem Ausdruck abgelöst worden, den sie nicht wirklich ergründen konnte.

»Was sich geändert hat, meine liebe Jo, ist, daß ich jetzt weiß, daß du keines der zahllosen Verbrechen, deren ich dich angeklagt habe, begangen hast. Du bist genau der Mensch, für den ich dich gehalten habe, als wir in London zusammen waren. Du bist freundlich und hilfsbereit. Du bist sehr süß und sehr weiblich, und du findest immer die Freuden des Lebens, und wenn es noch so simple Freuden sind. Was sich geändert hat, meine entzückende Jocelyn, ist, daß ich dich zur Frau haben will.«

Jocelyn starrte ihn voller Erstaunen an. Tränen traten in ihre Augen, und sie mußte den Blick abwenden. »D-das hast du mit keinem Wort mehr erwähnt, seit jenem Tag am Teich nicht mehr. Ich dachte, du hättest es dir anders überlegt.«

Er drehte mit einer Hand ihr Kinn um und zwang sie, ihm ins Gesicht zu sehen. »Es mir anders überlegt? Seit Wochen habe ich an nichts anderes mehr gedacht.«

»D-du hast mich kaum auch nur angerührt. Du hast mich nicht einmal mehr geküßt.«

»Ich habe dich nicht geküßt, weil ich wußte, daß ich nicht mehr damit aufhören könnte, wenn ich es täte. Ich habe mich dem irrsinnigen Glauben hingegeben, du hättest etwas Besseres verdient, als jedesmal, wenn ich den Drang verspüre, wie eine Hafennutte von mir genommen zu werden.«

Jocelyn hob den Kopf. »So war es also? Als das hast du mich angesehen?«

»Lieber Gott, nein! Ich werfe mir nur mein eigenes verdammtes schlechtes Benehmen vor.« Er schmiegte ihre Wange an seine Handfläche. »Ich bin der Meinung, daß die zukünftige Ehefrau eines Mannes eine zärtlichere Behandlung verdient hat. Und ich wollte, daß du mich begehrst – rasend und verzweifelt und ohne die geringste Zurückhaltung. Ich dachte, wenn ich dir eine Weile Zeit lasse... wenn ich mich anstrenge, manches wiedergutzumachen...«

»Ich will dich, Rayne. Jedesmal, wenn ich dich ansehe, begehr ich dich.« *Und so war es schon immer.*

»Genug, um mich zu heiraten?«

Sie kaute auf ihrer Unterlippe herum. Wenn er sich soviel aus ihr machte, wie es schien, dann würde er sie vielleicht eines Tages doch noch lieben. »Ja«, sagte sie und wußte doch, daß sie es nicht hätte tun sollen. Sie kämpfte gegen die Zweifel an, die sie bestürmten.

Rayne riß sie in seine Arme. »Gott sei Dank.«

Sie schlang die Arme eng um ihn und hoffte nur, daß sie richtig gehandelt hatte. »Allerdings stelle ich eine Bedingung«, sagte sie.

Er schaute finster auf sie hinunter, doch das Lächeln in seiner Stimme war nicht zu überhören. »Und die wäre?«

»Daß ich nicht unablässig eine Dame sein muß – und schon gar nicht in unserem Schlafzimmer. Das fände ich nämlich extrem langweilig. Du mußt mir versprechen, daß du mich weiterhin so stürmisch und so leidenschaftlich liebst, wie du es schon immer getan hast.«

Raynes schönes Gesicht verzog sich zu einem breiten Grinsen. »Nie hat sich ein Mann glücklicher schätzen können – eine Dame in seinem Salon und ein kleines Biest in seinem Bett.« Er bog ihr Gesicht zurück und küßte sie. Es war ein liebevoller, sengender und vielversprechender Kuß, der sie völlig atemlos zurückließ. »Du weißt gar nicht, wie glücklich du mich gemacht hast.«

Jocelyn sagte nichts dazu. Wieder einmal schenkte sie ihm ihr Herz und gab ihm einen Teil ihres Vertrauens zurück. Das letzte Mal hatte das zu einer Katastrophe geführt. Sie betete, diesmal würde es nicht dahin kommen.

Schließlich war Jocelyn diejenige, die sich weigerte, in Raynes Bett zu kommen.

»Du sagst, daß wir heiraten werden. Wenn das so ist, dann möchte ich lieber warten, bis die Gelübde abgelegt worden sind.«

Rayne lächelte lediglich. »Du kannst mir glauben, meine Liebe, daß es so kommen wird. Und da du warten möchtest, kannst du dich darauf verlassen, daß die Gelübde abgelegt werden, so schnell ich es nur irgend einrichten kann. Wenn wir auch nur ein kleines bißchen Glück haben, wirst du morgen abend wieder in mein Bett übersiedeln, und dort wirst du bleiben.«

Jocelyn sah ihn mit einem schalkhaften Grinsen an. »Und wie lange?«

Er lachte leise. »Zumindest kannst du dich darauf verlassen, daß du jede freie Minute dort verbringen wirst, bis wir im Hafen einlaufen. Wir haben Monate nachzuholen, mein Liebling. Ich habe die Absicht, mich auf deinen schlanken Körper zu stürzen, bis du um Gnade flehst.«

Jocelyn lachte. »Wir werden ja sehen, wer von uns als erster um Gnade fleht.«

Fletcher Martell war der erste, der die Neuigkeit erfuhr, daß sie sich miteinander verlobt hatten – um zehn Uhr am folgenden

Morgen. Als Martell sich pünktlich vor Jocelyns Tür einfand, stand Rayne davor, um ihn zu begrüßen und ihm die Neuigkeiten mit aller Deutlichkeit zu übermitteln.

»Tja, alter Knabe«, sagte Fletcher, »ich schätze, man darf gratulieren.«

»Ja, das meine ich auch.«

»Sie haben wahrhaft keine Zeit vergeudet, die Aufmerksamkeit der Dame zu erobern – nicht etwa, daß man Ihnen das vorwerfen könnte. Sie ist außerordentlich hübsch. Diese Frau besitzt Intelligenz und Wärme. Wenn ich das Glück gehabt hätte, die Dame vor Ihnen kennenzulernen, hätte ich auch überstürzt gehandelt.«

Rayne lachte gutgelaunt, und das Glück, das in seiner Brust saß, machte ihn überschwenglich. Die Männer schüttelten einander die Hände, und nachdem Rayne Martell auf den Rücken geklopft hatte, begaben sie sich auf der Suche nach dem Kapitän in den großen Salon. Als die Sonne an dem strahlend blauen Horizont eine schillernde Halbkugel gebildet hatte, stand Jocelyn neben Rayne auf dem Heck, und sämtliche Passagiere hatten sich um sie herum versammelt.

In einem Kleid aus blauer Seide, das exakt den Farbton ihrer Augen traf, hielt Jocelyn nervös ein kleines Sträußchen Trokkenblumen in der Hand, ein hastig fabriziertes Geschenk von Mrs. Kenwood, die nicht weit von ihr entfernt stand und sich mit einem Taschentuch die Augen abtupfte.

In ihrer Nervosität fummelte Jocelyn an den kleinen Zuchtperlen herum, die das Mieder ihres hochgeschlossenen Kleides sprenkelten. Sie hätte glücklich sein sollen – und irgendwie war sie es auch. Doch ein anderer Teil von ihr hatte den Tag damit zugebracht, in der Kabine auf und ab zu laufen, und sie war sich schmerzlich über alles bewußt geworden, was passiert war, seit sie Rayne zum ersten Mal begegnet war. Sie fürchtete sich vor dem Schritt, den sie unternehmen würde.

Was war, wenn er lediglich sein Gewissen beschwichtigen wollte? Was war, wenn er sie in Marden zurückließ und ohne sie nach Stoneleigh zurückkehrte? Was war, wenn er sich eine andere Mätresse zulegte? Und noch schlimmer, was war, wenn ein weiterer Anschlag auf sein Leben verübt wurde? Was war, wenn er wieder verwundet oder diesmal vielleicht sogar getötet wurde. Als seine Frau und in Anbetracht dessen, daß sie schon einmal eines solchen Verbrechens für schuldig befunden worden war, würde man Jocelyn bestimmt verdächtigen. Wer würde sie diesmal retten?

Was war, wenn Rayne Verrat an ihr beging, wie er es schon einmal getan hatte?

Und doch liebte sie ihn. Und zwar von Tag zu Tag mehr.

Anfangs, nachdem er sie von den schmutzigen Straßen Londons geholt hatte, hatte sie ihn geliebt, wie ein unschuldiges junges Mädchen einen Helden liebt. Jetzt, nachdem sie den Mann kennengelernt hatte, der in ihm steckte, den Mann, der mit derart stählerner Entschlossenheit, endloser Plackerei und ewiger Sorge um die Leute, die für ihn arbeiteten, das Mahagonital zu dem gemacht hatte, was es jetzt war, hatte sie gelernt, ihn zu bewundern und die tiefe Liebe einer Frau zu ihrem Mann für ihn zu empfinden.

Jocelyn nahm eine aufrechtere Haltung ein, als die sachte Brise, die über das Deck wehte, das Satinband ihres hastig hergestellten Tüllschleiers flattern ließ. Kapitän Owens redete, wie sie jetzt erst bemerkte, schon seit einer ganzen Weile und wurde allmählich heiser, während er seinen Sermon fortsetzte. Jocelyn zwang sich, dem Mann mit dem grauen Haar ins Gesicht zu sehen, und sie begriff, daß die Worte, die er las, an sie gerichtet waren. Sie begann zu zittern.

»Willst du, Jocelyn, diesen Mann, Rayne, zu deinem angetrauten Ehemann nehmen? Gelobst du, ihn zu lieben und zu ehren und in guten wie in schlechten Zeiten zu ihm zu stehen und allen anderen zu entsagen, solange ihr beide am Leben seid?«

Sie feuchtete sich die Lippen an. »Ja.«

Rayne, der neben ihr stand, lächelte sie liebevoll an. In dem rostroten Frack und der enganliegenden rehbraunen Hose sah er unglaublich gut aus. Die Sonne brachte den rötlichen Schimmer seines Haars zur Geltung, und sein braungebranntes Gesicht bildete einen scharfen Kontrast zu dem leuchtend weißen steifen Kragen an seinem Hals. Sie konnte seine enorme Ausstrahlung wahrnehmen, seine Kraft und seine Standhaftigkeit, fast so, als berührte er sie.

Jocelyn zwang sich, ihn anzulächeln, doch ihr Lächeln fiel reichlich dünn aus. Sie hätte nicht geglaubt, daß es ihr derart schwerfallen würde, diese Gelübde abzulegen, und auch die nachhaltige Wirkung der Worte hatte sie nicht bedacht. Als sie jedoch ihr Versprechen wiederholte, in guten wie in schlechten Zeiten Raynes angetraute Ehefrau zu werden, ihr Gelübde, ihn zu lieben und zu ehren, bis daß der Tod sie voneinander schied, erkannte sie, wie ernst es ihr damit war.

Sie fragte sich, was diese Worte Rayne bedeuteten und ob er sich daran halten würde, insbesondere an seine Einwilligung, allen anderen Frauen zu entsagen.

Seine Stimme erklang klar und deutlich, als er die Worte sagte, und seine Augen liebkosten ihr Gesicht. Sie wollte daran glauben. Sie wünschte es sich sosehr. Und doch konnte sie es nicht.

»Kraft des Amtes, das mir als Kapitän dieses Schiffs verliehen worden war, erkläre ich euch hiermit zu Mann und Frau. Sie dürfen die Braut jetzt küssen.«

Sie nahm die Worte dumpf zur Kenntnis und war sich unsicher darüber, wie sie ihre Zukunft beeinflussen würden, und dann zog Rayne sie in seine Arme, hob ihren Schleier und küßte sie in einer Form auf den Mund, die bestenfalls im Schlafzimmer angemessen gewesen wäre. Er grinste, als er sich von ihr losriß, und Jocelyns Knie waren weich.

»Champagner für alle!« rief Fletch Martell, und aus den lächelnden Blicken, die er und Rayne miteinander tauschten, war klar ersichtlich, daß die beiden auf dem besten Wege waren, Freundschaft zu schließen.

Das Hochzeitsessen war aufwendig, wenn man den Umstand bedachte, daß sie weit draußen auf dem Meer waren. Im großen Salon floß Champagner zum Empfang, und dann folgte ein edles Abendessen – Hummer, Barsch in Kapernsauce mit Reis und verschiedenen Gemüsen, die man in Jamaika an Bord genommen hatte, und zum Dessert ein deftiger Pflaumenpudding.

Sie saßen am Tisch des Kapitäns und ließen endlose Trinksprüche über sich ergehen, und dann beendete Rayne kurzerhand den Abend, und sie verabschiedeten sich höflich.

»Gott sei Dank, daß wir das alles hinter uns haben«, sagte er mit einem liebevollen Lächeln, als sie die Tür erreichten.

Jocelyn nickte nur und ließ sich von ihm aus dem Salon und durch den Gang zu der Kabine führen, die er für Jocelyn und sich hatte herrichten lassen. Rayne zog sie in seine Arme, ehe sie die Tür erreicht hatten, schloß auf und trat mit dem Fuß gegen die Tür. Er trug sie in die Kabine, ehe er ihre Beine losließ und sie gezwungen war, an seinem Körper hinabzugleiten.

»Wie fühlt man sich als Vicomtesse, mein Liebling?«

Jocelyn bedachte ihn mit einem anzüglichen Lächeln. »Noch weiß ich es nicht. Warum zeigst du es mir nicht einfach?«

Ein Laut kam aus seiner Kehle, und sein Mund senkte sich auf ihren. Es war ein sengender Kuß von der Sorte, nach der sie sich in diesen langen letzten Wochen verzehrt hatte, und doch war dieser Kuß von einer unbeschreiblichen Zärtlichkeit. Jocelyn schlang ihm die Arme um den Hals, gab sich ihm ganz hin und grub ihre Finger in sein Haar. Rayne vertiefte den Kuß, küßte sie mit glühender Leidenschaft und doch zart, und seine Zunge glitt in ihren Mund, um sich bei ihr einzuschmeicheln und sie zu verlocken.

Innerhalb von Minuten zitterte sie, preßte sich schamlos an ihn und wünschte, die allzu hinderlichen Kleidungsstücke wären ihnen nicht im Weg.

Rayne drehte sie um und öffnete die Knöpfe auf dem Rücken ihres Kleides, als hätte er ihre Gedanken gelesen.

»Das wünsche ich mir jetzt schon seit Wochen.«

Er brauchte nicht lange, um ihr das blaue Seidenkleid auszuziehen, während sie sein Hemd aufknöpfte. Ihre Finger legten sich auf die Wunde auf seiner Schulter.

»Hast du immer noch Schmerzen?«

»Keine schlimmen.«

Sie preßte einen zarten, liebevollen Kuß auf die Erhebung seiner Haut, hob dann die Arme und küßte ihn. Rayne zog ihr das Hemd aus und entfernte dann ihre Strümpfe und Strapse. Ein apricotfarbenes Nachthemd aus hauchdünner Seide lag auf dem Bett für sie bereit, doch als sie danach griff, hielt Rayne ihre Hand fest.

»Ich möchte dich gern sehen, wie du bist und wie ich dich in diesen langen Monaten nicht mehr gesehen habe. An unserem Hochzeitstag bitte ich dich um dieses Geschenk.«

Jocelyn spürte, wie sich die Röte in ihre Wangen schlich. »Dann erbitte ich mir dasselbe Geschenk von dir«, sagte sie und schenkte ihrer Verlegenheit keine Beachtung. »Du bist wunderschön. Ich möchte dich gern so sehen, wie ich dich in all dieser langen Zeit in Erinnerung gehabt habe.«

In Raynes Augen trat ein undefinierbarer Ausdruck, doch er nickte nur. Innerhalb von wenigen Minuten hatte er seine Schuhe ausgezogen und den Frack, die Weste und die Hose abgelegt. Nackt und ohne jede Scham kam er auf Jocelyn zu, die am Fußende der breiten Koje stand, die ihnen als Bett diente. Sein Schaft war bereits steif geworden. Er erhob sich kühn vor seinem flachen Bauch und versprach Wonnen, von denen sie nur träumen konnte.

Raynes Augen liebkosten sie nicht weniger kühn. »Ich habe es vermißt, dich so zu sehen.« Er ließ einen Finger durch den Spalt zwischen ihren nackten Brüsten gleiten, und sie bekam eine Gänsehaut. »Ich hatte fast vergessen, wie schön du bist.«

Jocelyns Wangen röteten sich noch mehr. »Danke.«

»Dreh dich um... ganz langsam. Ich möchte dich von allen Seiten sehen.«

Sie tat es ohne Zurückhaltung, denn ihr einziges Ziel war es, ihm diesen Gefallen zu tun, ihm Freude zu bereiten und ihm das Geschenk zu machen, um das er sie gebeten hatte. Sie war bereit, die Ehefrau zu werden, die sie zu sein gelobt hatte, bis sie hörte, daß er nach Luft schnappte.

»Gütiger Himmel, dein Rücken.« Rayne trat näher, während sie sich abrupt zu ihm umdrehte. Das Vergnügen, das gerade noch auf seinem Gesicht gestanden hatte, war von einem Ausdruck abgelöst worden, der so hart wie Stahl war.

Sie feuchtete sich die Lippen an. Die Spuren des Peitschenhiebes waren weitgehend zurückgegangen. Sie hätte nicht geglaubt, daß es noch so übel aussah.

»Ich... es tut mir leid. Ich hatte die Striemen ganz vergessen. Ich... ich glaube nicht, daß dauerhafte Narben zurückbleiben werden.« Sie griff nach dem Nachthemd, um sich zu bedekken.«

»Laß das sein«, sagte er, und seine Stimme war jetzt heiser. »Ich will wissen, wie es dazu gekommen ist.«

Jocelyn wandte den Blick ab und zuckte dann mit den Achseln.

»Chita war krank. Dolly hatte an Bord des Schiffs Lebensmittel für sie aus der Speisekammer gestohlen, und der Kapitän befahl daraufhin, sie auspeitschen zu lassen. Sie war zu alt, und Chita war zu krank. Deshalb wollte ich...«

»Deshalb wolltest du Dollys Platz einnehmen.«

»Das war meine Absicht. Zum Glück bekam ich nur den ersten Peitschenhieb zu spüren. Ich hatte in dem Zweiten Maat einen Freund gefunden. Er ließ die restlichen Hiebe tapfer über sich ergehen.«

Rayne sagte nichts, aber seine Augen wirkten finster und bedrohlich.

»Ich hätte daran denken müssen, daß die Striemen da sind. Es tut mir leid, daß du sie gesehen hast. Ich wollte dir nur einen Gefallen tun.«

»Dir tut leid, daß ich sie gesehen habe?« Raynes Hände zitterten, als er sie auf ihre Schultern legte. »Ich bin hier derjenige, den man hätte auspeitschen sollen. Machst du dir auch nur die geringste Vorstellung davon, wie mir jetzt zumute ist? Ich hätte dich beschützen sollen – zu dem Zweck hast du dich mir hingegeben, und das konntest du im Austausch gegen deinen wunderschönen Körper von mir erwarten. Ich hätte deine Sicherheit gewährleisten sollen – aber ich habe versagt.«

»Das macht nichts. All das liegt jetzt hinter uns.«

Rayne schüttelte nur den Kopf. »Wofür bin ich noch verantwortlich? Ich muß es wissen, Jocelyn. Ich werde dich nie mehr danach fragen, nur dieses eine Mal, aber ich muß es wissen.«

Sie legte die Hände auf sein schönes Gesicht und sah mit einem liebevollen Lächeln zu ihm auf. »Du bist dafür verantwortlich, daß du mir gezeigt hast, wie schön es zwischen einem Mann und einer Frau sein kann. Dafür, daß du mir diese grenzenlose Freude bereitet hast, für endlose Stunden unbeschwerter sinnlicher Lust. Falls du dir Sorgen machen solltest, ein anderer Mann könnte mir genommen haben, was ich dir gegeben habe, dann kannst du beruhigt sein. Das Geld, das du bezahlt hast, hat ausgereicht, um mich davor zu beschützen.«

Raynes Lider schlossen sich, und er stieß einen rauhen Seufzer der Erleichterung aus. »Gott sei Dank«, flüsterte er und zog sie in eine glühende Umarmung.

Er roch nach Seife, edlem Cognac und Tabak. Jocelyn küßte seinen Hals und begann dann, kleine feuchte Küsse auf seine Schulter und seine Brust zu pressen. »Wenn du mich für alles entschädigen willst, dann kannst du das tun, indem du dein Versprechen hältst, mich leidenschaftlich zu lieben.«

Rayne zog den Kopf zurück, um sie anzusehen. »Wenn ich auch nur einen Moment lang glauben würde, daß es genügt, dich eine einzige Nacht lang zu lieben, dann wäre mein Gewissen morgen früh reingewaschen. Tausend Nächte kämen dem schon näher.« Einer seiner Mundwinkel zog sich zu einem schelmischen Lächeln hoch. »Natürlich müssen wir irgendwo den Anfang machen.«

Daraufhin küßte Rayne sie und preßte ihre weichen Brüste an seinen Brustkorb, und ein kräftiges, muskulöses Bein zwängte sich intim zwischen ihre Schenkel.

Sie schnappte nach Luft, als sie diese erotische Berührung spürte, seine stählernen Sehnen, die sich an ihr bewegten, als er ihre Beine etwas weiter spreizte und sich dazwischen zwängte. Lust durchzuckte sie; feuchte Glut rann ungehindert an die Stelle zwischen ihren Beinen. Raynes Mund und seine Zunge neckten ihre Lippen; seine eine Hand liebkoste eine Brust, während die Handfläche seiner anderen Hand sich auf ihren Hintern legte, um sie an ihn zu ziehen.

Bei allen Heiligen im Himmel! Jedesmal, wenn sie einander liebten, erschien es ihr noch erotischer zu sein als beim letzten Mal. Diesmal war sie seine Ehefrau; jede Zurückhaltung war unangebracht. Keine der Barrieren, die noch zwischen ihnen standen, hatte etwas mit dem zu tun, was hier geschah.

Dieser Gedanke ließ Jocelyn erschauern. Unter ihrer weiblichen Glut bewegte sich Raynes muskulöser Oberschenkel weiterhin auf und ab, hob sie fast in die Luft und sandte Schauer über ihre Haut und Hitze in das Fleisch, das sich an ihn preßte.

Sie spürte seine Lippen auf ihrer Schulter, wie sie eine schmale Narbe küßten, und dann lagen seine Hände auf ihrer Taille, hoben sie hoch und setzten sie auf die Bettkante, und er stellte sich zwischen ihre Beine, die immer noch weit gespreizt waren.

»Rayne?« Sie versuchte, sich aufzusetzen, doch er preßte ihren Rücken auf das Bett.

»Ganz ruhig, mein Liebling. Ich weiß, daß wir das bisher noch nie getan haben, aber ich habe mir schon tausendmal ausgemalt, dir in der Form Lust zu bereiten. Das wirst du mir doch gewiß nicht versagen.«

Sie war sich nicht ganz über seine Absichten im klaren, doch sein Blick besagte, daß Einwände ihr wenig nutzen würden. Was auch immer er vorhaben mochte, er wollte es jetzt. Jocelyn entspannte sich und ließ sich von dem Wissen in Sicherheit wiegen, daß sie sich ihm schon öfter anvertraut hatte, und bisher hatte sie dies noch nie bereut.

Er mußte gespürt haben, daß die Anspannung von ihr abfiel, denn er beugte sich vor und küßte sie. Weitere Küsse folgten und zogen eine Spur von ihrem Mund zu ihren Brüsten, von dort weiter nach unten bis zu ihrem Nabel, in den seine Zunge eintauchte, wie das Feuer in ihr noch mehr entflammte. Dann kniete er sich vor das Bett, küßte ihre Oberschenkel und legte seinen Mund auf ihren intimsten Körperteil, küßte und neckte sie und ließ dann seine Zunge hineingleiten.

Gott, o Gott. Jocelyn bog ihren Rücken durch, und ihre Nägel krallten sich in den Satin der Tagesdecke. Flammen verschlangen sie, rasten durch ihr Blut und rauschten in ihren Ohren. Instinktiv grub sie die Hände in Raynes Haar und war unsicher, ob sie ihn von sich stoßen oder näher an sich ziehen sollte. Er schien ihren halbherzigen Protesten keine Beachtung zu schenken. Seine Zunge leckte sie, seine Lippen sogen an ihr, und er neckte und kostete sie, und seine Hände glitten unter ihren Hintern, um sie noch näher an seinen Mund zu ziehen.

»Gütiger Gott, Rayne!« Dann erklomm sie den silbrigen Grat der Lust, wurde über den Rand des Abgrunds geschleudert, trieb dem Boden entgegen und schwang sich dann auf hellen schimmernden Luftströmungen wieder auf. Süße spülte über sie hinweg; ihre Zunge fuhr über ihre Lippen, als könnte sie sie schmecken. Sie holte abgehackt Atem und wartete darauf, daß der Moment enden würde.

Das tat er jedoch nicht.

Rayne erhob sich, und sein großer, kräftiger Körper ragte über ihr auf. Er plazierte sich dicht an dem Eingang, der in ihr Innerstes führte, und dann stieß er sich in sie hinein, mit einem einzigen tiefen, kräftigen Stoß, einem potenten männlichen Glied, das sie ausfüllte und mit dem er sie für sich forderte.

Als er sie küßte, schmeckte sie ihren eigenen Moschusduft auf seiner Zunge, doch dieses seltsame Gefühl schürte die Feuer, die in ihr tobten, nur noch mehr und ließ ihren Körper in Flammen aufgehen. Er sprang jetzt roh mit ihr um, stieß sich tief in sie und lotete ihre Abgründe aus, und sie wölbte sich jedem seiner fordernden Stöße entgegen. Unter ihren Fingern spannten sich die Muskeln auf seiner Brust an. Sie fühlte seine drahtige Brustbehaarung, legte ihre Hände dann auf seinen Rücken und ließ sie tiefer hinuntergleiten, um sie auf seinen Hintern zu pressen. Die Kugeln waren stramm und rund, so fest und glatt wie Satin über Stahl, und bei jedem seiner heftigen Stöße spürte sie seine kräftigen Muskeln.

Glut spülte über sie hinweg, heißer als zuvor, und sie entsprang einem ursprünglicheren und tieferen Ort in ihrem Innern, als hätte seine Seele sie gerufen, und ihre Seele wollte ihm gerade antworten. Ein kleiner Laut entrang sich ihrer Kehle, und direkt darauf setzte die sengende Glut eines zweiten ungestümen Höhepunktes ein.

»Rayne!« rief sie aus, als ihre Lust den letzten großen Sprung machte.

Sie spürte, wie sich seine Muskeln anspannten, sah, wie sein Kopf zurückfiel, spürte seinen heißen, nassen Samen, der sich in sie ergoß. Instinktiv spannte sich ihr Körper fester darum, als könnte sie irgendwie an dieser lebenspendenden Kraft festhalten, damit sie in ihrem Körper Wurzeln schlug. Nie zuvor hatte sie ein derartiges Verlangen verspürt, etwas von ihm in sich zurückzubehalten.

Spiralförmig glitten sie langsam nach unten. Sie spürte Raynes Finger in ihrem Haar, wie sie ihre feuchten schwarzen Strähnen aus dem Gesicht strichen.

»In Ordnung?« fragte er, als er sein schweres Gewicht von ihr nahm und sie in seine Armbeuge schmiegte.

»Einfach perfekt.«

Er küßte ihre Schläfe. »Alles?«

»Jeder einzelne wunderbare Augenblick.«

Er lachte leise in sich hinein. »Ich hatte gehofft, daß es dir Spaß macht. Manche Frauen mögen es nicht.«

Wie kann man nur so dumm sein, dachte sie, doch sie sprach

es nicht aus. Statt dessen spürte sie, daß bei der Erinnerung daran, was Rayne getan hatte, glühende Röte in ihre Wangen aufstieg.

»Und was ist mit dir?« fragte sie nicht ohne ein gewisses Zögern. »Die meisten Männer fänden diese Vorstellung doch bestimmt abstoßend.«

Er grinste anzüglich, beugte sich hinunter und streifte ihren Mund mit seinen Lippen. »Dieser Mann nicht.« Und dann küßte er sie wieder, zog sie unter sich und glitt in sie hinein.

»Ich habe dich gewarnt, meine Gattin. Ich werde nicht aufhören, ehe du um Gnade winselst.«

Jocelyn grinste jetzt ebenfalls und wölbte ihm ihren Körper entgegen. »Und ich habe dich gewarnt, daß wir ja sehen werden, wer als erster um Erbarmen fleht.«

23. Kapitel

Friedliche Tage folgten. Nie hatte Jocelyn so sehr das Gefühl gehabt, umsorgt und beschützt zu werden. Was Rayne für sie empfand, mochte zwar vielleicht nicht Liebe sein, aber er brachte ihr mit Sicherheit große Zuneigung entgegen. Es bestand immer die Gefahr, daß diese Zuneigung nachlassen würde und daß es ihn eines Tages langweilen würde, den perfekten Ehemann zu spielen, und doch gab es keine einzige Frau an Bord des Schiffes, die nicht neidisch auf sie war.

Jocelyn schwelgte in Raynes Aufmerksamkeiten, seinem Charme und seiner Sorge um sie. Sie weigerte sich, auf die Stimme zu hören, die sie warnte, so hätte er sie auch früher schon einmal behandelt.

Wie kannst du bloß das bittere Ende vergessen, dem er dich entgegengeführt hat? Wie kannst du bloß vergessen, wie dir hinter diesen dicken grauen Mauern zumute war?

Das ist etwas ganz anderes, wandte sie dagegen ein. *Diesmal bin ich seine Ehefrau.* Aber sämtliche Einwände auf Erden konnten die Stimme nicht gänzlich zum Verstummen bringen.

In der folgenden Woche schlug Jocelyns Sorge eine ganz andere Richtung ein. Sie erwachte mit rasenden Kopfschmerzen und einem gräßlichen Anfall von Seekrankheit. Zumindest glaubte sie das, bis sie feststellte, daß das Meer vollkommen ruhig war. Ihre Monatsblutung war jetzt schon seit zwei Monaten ausgeblieben, doch bis jetzt hatte sie geglaubt, daß sei auf die Anspannung zurückzuführen, unter der sie gestanden hatte.

Was würde Rayne dazu sagen, fragte sie sich besorgt, wenn sie wahrhaftig ein Kind von ihm in sich trug? Sie war sich immer noch nicht sicher, wie er wirklich zu dieser Eheschließung stand. Würde er in dem Baby nur noch eine weitere Fessel sehen, die ihn an sie band?

Der zweite Morgen bestätigte ihren Verdacht, und mit diesem Wissen ging ein heftiges, süßes Verlangen einher, das anders war als alles, was sie bisher gekannt hatte. Sie wollte dieses Baby und liebte es jetzt schon. Sie ertappte sich dabei, daß sie betete, sie möge sich nicht irren. Sie hatte schon immer Kinder gewollt; sein Kind würde sie ganz besonders lieben.

Gott im Himmel, laß ihn dieses Baby ebensosehr wollen, wie ich es will.

Als Rayne sie an drei aufeinanderfolgenden Tagen morgens über den Nachttopf gebeugt sah, sandte sein lauter Freudenschrei einen Schauer des Erstaunens über ihren Rücken.

»Um Himmels willen, Rayne, was soll das heißen?« Sie wischte sich mit einem kühlen feuchten Lappen das Gesicht ab, als er grinsend auf sie zukam. Der unverwechselbare Ausdruck heller Freude, der auf seinem geliebten gutgeschnittenen Gesicht stand, bewirkte, daß ihr Herz einen Sprung machte.

Er ließ seine Arme unter ihren Hintern gleiten und zog sie hoch, um ihr ins Gesicht zu sehen. »Sag mir, daß das, was ich glaube, die Wahrheit ist.«

Jocelyn legte die Arme auf seine Schultern und fühlte sich

benommen vor Erleichterung über das Glück, das in seinen Augen funkelte.

»Die Wahrheit ist, daß du höchstwahrscheinlich mit sehr unerfreulichen Folgen rechnen mußt, wenn du mich nicht gleich wieder hinstellst.«

»Das ist mir egal.«

Ihr Lächeln wurde strahlender. »Ich glaube, es besteht eine ziemlich große Chance, daß ich ein Baby von dir bekomme.«

Er stieß noch einen Freudenschrei aus, lauter als der vorangegangene, und seine Arme schlangen sich enger um sie.

»Wag es nicht, dich mit mir im Kreise zu drehen!«

Ein tiefes Lachen rumpelte in seiner Brust. Rayne stellte sie behutsam auf die Füße. »Ich dächte nicht im Traum daran. Oder genauer gesagt, ich käme nicht im Traum darauf, auch nur irgend etwas zu tun, was unser Baby stören könnte.«

Jocelyns Finger strichen nervös über das Revers seines Fracks. »Dann freust du dich also wirklich? Ich war mir nicht sicher, wie du darauf reagieren würdest. Ich wollte noch ein Weilchen warten, um ganz sicher zu sein, ehe ich es dir sage.«

Sein Lächeln wurde etwas matter. »Du brauchst dich nie zu fürchten, mir etwas zu sagen. Ich bin dein Mann, Jo. Deine Probleme sind auch meine – und auch deine Freuden sind meine.«

Sie hob die Hand zu seinem Gesicht, um sie auf seine Wange zu legen, doch eine weitere Woge von Übelkeit brach über sie herein. Sie wandte sich schleunigst von seinem besorgten Gesicht ab und raste hinter den Wandschirm zu dem Nachttopf in der Ecke.

»Ich wünschte, meine morgendliche Übelkeit würdest du auch mit mir teilen«, sagte sie gereizt hinter dem Wandschirm und hörte Raynes schallendes Gelächter.

Nach den ersten zwei Wochen legte sich die Übelkeit und machte ihr nur noch gelegentlich Last, vor allem dann, wenn sie tagsüber nicht ganz das Richtige gegessen hatte. Sie und Rayne nahmen ihre zügellosen Liebesakte wieder auf – nachdem Jocelyn ihm versichert hatte, daß es dem Baby nicht schaden würde – und da sie diesen Teil von ihm in sich trug, fühlte sie sich ihm näher als je zuvor. Sie betete, er möge einen Teil dieser Gefühle für sie hegen.

Am Tag vor dem Termin, zu dem sie in England einlaufen würden, stand Rayne neben ihr an der Reling. Wolken, die vom Wind gepeitscht wurden, trieben in der spätnachmittäglichen Brise vorbei, zogen vor die Sonne und ließen sie erschauern. Möwen hatten begonnen, dem Schiff zu folgen. Sie schrien und krächzten und trugen damit noch mehr zu Jocelyns nervlicher Anspannung bei.

»Ich wünschte, wir müßten niemals an Land gehen«, sagte sie. Rayne zog ihren Rücken an seine Brust und schlang die Arme schützend um sie.

»In mancher Hinsicht wünschte ich das auch.«

Sie drehte sich in seinen Armen um und sah ihm forschend in die Augen. »Wir haben kaum über die Probleme geredet, die auf uns zukommen. Was geschieht nach unserer Rückkehr, Rayne? Was werden die Leute sagen? Was werden sie tun? Die Vorstellung, ihr beide, du und Alexandra, könntet meinetwegen gemieden werden, genügt schon, damit mir wieder übel wird.«

Rayne küßte ihre Stirn. »Was auch passieren mag, du bist nicht schuld daran. Schließlich bin ich derjenige, der einem unschuldigen jungen Mädchen die Tugend geraubt hat. Ich bin derjenige, der dich eines Verbrechens beschuldigt hat, das du nicht begangen hast.«

Er war auch derjenige, den ein Feind tot sehen wollte. Bei dem Gedanken daran schnürte sich ihr Magen zusammen. »Man wird uns aus der Gesellschaft ausstoßen, stimmt's?«

Rayne seufzte und schaute auf das Wasser hinaus. »Wir haben Macht und Reichtum auf unserer Seite. Wir haben unser unmoralisches Treiben abgeschafft und es legitimiert. Die oberen Zehntausend haben schon ein Auge zugedrückt, wenn es um viel Schlimmeres gegangen ist.«

»Das kann ich kaum glauben.«

»Hast du je von Canis, Racky und der Ratte gehört?«

Jocelyn lachte. »Nein, ich glaube nicht.«

»Was ist mit dem fünften Herzog von Devonshire, seiner Herzogin Georgia und Lady Elizabeth Foster? Die waren eine Zeitlang ein beachtliches Dreiergespann.«

»Ein Dreiergespann? Du meinst doch nicht etwa...«

Er grinste. »Ganz genau.«

»Sie waren... sie hatten alle drei... miteinander zu tun?«

»Die Franzosen sprechen in solchen Fällen von einer *Ménage à trois.*«

»Aber diese Beziehung war doch bestimmt ein sorgsam gehütetes Geheimnis?«

»Lady Elizabeth ist bei dem Herzog und der Herzogin eingezogen. Schließlich haben ihm dann beide Frauen Kinder geboren. Es war alles ziemlich schäbig, und trotzdem sind alle drei während der ganzen Zeit feste Freunde geblieben.«

»Und respektierte Mitglieder der oberen Zehntausend?«

»Wenn nicht respektiert, dann doch mit Sicherheit toleriert. Die Herzogin wurde als eine der gepriesensten Gastgeberinnen von ganz London angesehen.«

Jocelyns Körper entspannte sich, und sie ließ den Kopf auf seine Schulter fallen. Er wickelte sich eine ihrer Locken, die der Wind ihr ins Gesicht geweht hatte, um einen Finger. »Wenn das so ist, dann besteht vielleicht doch noch Hoffnung für uns.«

»Du überläßt einfach alles mir, Liebling. Falls diese Meisterleistung sich bewerkstelligen läßt, werde ich alle Hebel in Bewegung setzen.«

Er stellte es so hin, als sei das alles ganz einfach, und doch wußte sie, daß ein kleines Wunder vonnöten war. Und jetzt mußte sie auch noch an das Baby denken. Jocelyn seufzte und schaute auf das stumpfe Graublau des Meeres hinaus.

Rayne hatte nicht damit gerechnet, bei seiner Heimkehr eine solche Freude zu verspüren. Er war darauf versessen, seine Schwester und seine guten Freunde Dominic und Catherine zu sehen, und er war auch darauf versessen, seine Frau und das Kind, das sie in sich trug, in ihrem neuen Zuhause einzuquartieren.

Er hatte mit einem früheren Schiff einen Brief an Dominic geschickt, in dem er die Woche ihrer Ankunft genannt und ihn und Catherine voller Zuversicht über seine bevorstehende Hochzeit informiert hatte, obwohl Jocelyn zu diesem frühen Zeitpunkt noch nicht eingewilligt hatte. Er hatte den beiden Zeit lassen wollen, damit sie seinen Entschluß akzeptieren konnten, und er hatte ihnen auch erklärt, worin sein Irrtum bestanden hatte und wie er alles wiedergutmachen wollte. Er betete, die beiden würden es verstehen und Jocelyn als seine Frau mit offenen Armen aufnehmen.

Als das Schiff sich dem Hafen näherte, stand Rayne neben Jocelyn an der Reling. Der Hafen von London sah noch genauso aus wie bei seiner Abreise; an den Masten der zahllosen Schiffe, die sich an den geschäftigen Kais drängten, flatterten die Flaggen aller Herren Länder. Kaufleute boten auf der Landungsbrücke ihre Waren feil, und Nutten, die ihre pockennarbigen Gesichter hinter einer dicken Puderschicht verbargen, zeigten vor, was sie zu bieten hatten. Schauermänner mit breitem Rücken löschten die Schiffsfrachten und liefen neben Matrosen her, die Segeltuchhosen und breit gestreifte Hemden trugen, die Uniform der Marine Seiner Majestät.

Überall wiesen Zeichen darauf hin, daß der Krieg noch im Gange war. Kanonen mittschiffs, Nachschub an Männern und Bedarfsmaterial wurde zu unbekannten Häfen verschifft, Offiziere marschierten forsch und hatten Schlachten im Kopf, die noch nicht gewonnen waren. Dieser Anblick brachte Raynes Blut ins Wallen, wie schon immer, und rief ihm eine Zeit ins Gedächtnis zurück, in der er sich mehr als je zuvor oder seitdem als Mann gefühlt hatte.

Das nahm er jetzt zurück. Als er das Land bestellt und das Mahagonital wieder in Schwung gebracht hatte, hatte er dasselbe Gefühl gehabt. Als er mit der Frau, die neben ihm stand, ein Baby gemacht hatte. Etwas schwoll in seiner Brust, als er auf seine junge Ehefrau hinunterschaute, und er mußte sich räuspern, weil er plötzlich einen Kloß in der Kehle hatte.

»Bestimmt erwarten sie uns auf Stoneleigh«, sagte er. »Sie wissen, daß wir im Lauf dieser Woche zurückkommen.«

Sie hing sich bei ihm ein, und er spürte, daß sie zitterte.

»Du hast keinen Grund, dich zu fürchten«, sagte er liebevoll und wünschte, er hätte gewußt, wie er ihr die Ängste nehmen konnte. »Die beiden wissen, daß du nicht auf mich geschossen hast. Sie wissen, daß wir geheiratet haben. Es wird alles gut werden.«

»Daß du mir glaubst, heißt noch lange nicht, daß sie mir auch glauben werden.«

Das waren Worte, die er sich selbst bereits gesagt hatte. »Sie vertrauen meinem Urteil. Für den Moment muß das genügen.« Bis er hinter die Identität des Mannes kam, der den Schuß auf ihn abgegeben hatte.

Unbewußt ballte sich seine Hand zur Faust. Nach allem, was sie beide durchgemacht hatten, würde er dafür sorgen, daß dieser Lump ihm dafür büßte. Er hatte bereits einen Brief an Harvey Malcolm aufgegeben, einen Privatdetektiv, den Dominic früher schon eingesetzt und wärmstens empfohlen hatte. Hoffentlich hatte sich der Mann bereits an die Aufgaben gemacht, die Rayne ihm gestellt hatte.

Das Schiff lief in den Hafen ein. Ihre Gepäckstücke wurden aus der Kabine getragen und in eine Mietsdroschke geladen. Jocelyn verabschiedete sich von Mrs. Kenwood und bedankte sich bei ihr dafür, daß sie ihr auf dieser Reise Gesellschaft geleistet hatte, obwohl sie in Wahrheit nicht viel Zeit miteinander verbracht hatten. Dann begleitete Rayne die ältere Frau zu einer Kutsche, die sie zu ihrem Sohn bringen würde, damit sie einander endlich wiedersahen.

Bald darauf brachen Rayne und Jocelyn auf. Sie holperten durch die geschäftigen Straßen Londons, lauschten dem vertrauten Argot der Bettler und den Rufen und Schreien der Kaufleute – Bäcker, Weber, Trödler, Lumpensammler –, fuhren an Wagen vorbei, die hoch mit Baumaterial oder Gemüse für den Markt beladen waren und hörten das rauhe Gelächter und gelegentlich auch Weinen durch das Fenster der Kutsche dringen.

Holpernd und schwankend fuhr der Wagen an Bierlokalen und Ginlokalen vorbei, an Schuhmachereien, an Geschäften von Putzmacherinnen und an Restaurants, in denen sich die Menschen so dicht drängten, daß die Räumlichkeiten sie kaum fassen konnten. Der Geruch nach gebratenem Fleisch hing in der Luft und wurde dann von dem unangenehmen Gestank nach verfaulenden Abfällen abgelöst.

Jocelyn, die neben ihm saß, schien nichts von alledem wahrzunehmen.

»Ich würde so gern die Kinder besuchen«, sagte sie leise und lenkte seine Aufmerksamkeit von dem geschäftigen Treiben auf den Straßen ab. »Ich kann mir gar nicht vorstellen, wie groß sie inzwischen geworden sein müssen.«

Lange, bevor der Schuß auf ihn abgegeben worden war, hatte er sich um das Waisenhaus gekümmert und gemeinsam mit Ezra Perkins, dem Heimleiter, daran gearbeitet, die Kinder umzuquartieren und alles in die Wege zu leiten, damit gut für sie gesorgt wurde. Jocelyn hatte ihn begleitet, erst nach Bell Yard, wo die Kinder vorübergehend ein Zuhause gefunden hatten, und dann in das neue Gebäude, sowie die Kinder dort eingezogen waren.

Rayne drückte Jos schmale Hand, die in einem weißen Handschuh steckte. »Wir werden sie besuchen, sowie wir uns häuslich eingerichtet haben.« Er lächelte liebevoll. »Ich verspreche es dir.«

Sie bemühte sich, ebenfalls zu lächeln, doch ihre Unterlippe zitterte. Sie war außerordentlich nervös; er konnte es in ihren besorgten blauen Augen lesen. Er wünschte, er hätte gewußt, wie er ihr das Leben leichter machen konnte.

Er betete, seine Schwester und seine Freunde würden die Lage nicht noch verschlimmern.

Auf den Stufen von Stoneleigh wurden sie von einer Heerschar von Dienstboten empfangen, die ausnahmslos freundlich lächelten. Farthington grinste sogar tatsächlich, eine Meisterleistung, die er seit dem Tag nicht mehr vollbracht hatte, an dem Rayne aus dem Krieg zurückgekommen war. Rayne half Jocelyn beim Aussteigen aus der Kutsche und führte sie die breiten Steinstufen hinauf.

»Es ist schön, Sie zu sehen, Mylord«, sagte der Butler.

»Danke, Farthington. Ich verlasse mich darauf, daß Sie in meiner Abwesenheit ein Auge auf alles gehabt haben.«

»Selbstverständlich, Mylord.«

Rayne schlang einen Arm um Jos Taille. »Ich möchte Ihnen Ihre neue Herrin vorstellen, Lady Stoneleigh.«

Der kleine grauhaarige Butler neigte den Kopf zu einer geziemenden Begrüßung und tat, ebenso wie Rayne, so, als begegneten die beiden einander zum ersten Mal. »Willkommen in Ihren neuen Zuhause, Mylady.«

»Danke.« Sie sah dem kleinen Mann mit hocherhobenem Kopf ins Gesicht, doch eine Spur von Farbe rötete ihre Wangen.

»Ich werde Ihrer Schwester und den anderen Bescheid geben, daß Sie eingetroffen sind.« Aber das war natürlich nicht nötig. Sie hatten den Aufruhr vor dem Haus gehört und stürmten jetzt in die Eingangshalle.

»Rayne!« Alexandra eilte als erste aus dem Haus, warf sich ihm in die Arme und umklammerte seinen Hals, als er sie in die Luft hob.

»Wie geht es dir, du ungezogene Göre?«

»Gut – weil du jetzt wieder zu Hause bist.« Sie umarmte ihn noch einmal und grinste auf eine Art, die sie noch jünger als ihre gerade siebzehn Jahre wirken ließ.

»Irgendwo habe ich ein Geburtstagsgeschenk für dich. Es tut mir leid, daß ich zu dem Zeitpunkt nicht da war, aber ich verspreche dir, daß wir es nachholen werden.« Er löste sich von ihr. »Ich glaube, ihr seid einander schon begegnet, du und Jocelyn. Jo, du erinnerst dich sicher noch an Alex.« Jocelyn lächelte, doch Alexandra zuckte steif zusammen.

»Ja, ich glaube, wir haben uns hier auf diesen Stufen zum ersten Mal gesehen«, sagte sie mit einem gepreßten Lächeln. »Guten Tag.«

»Hallo, Alexandra.«

»Was soll denn dieser ganze Aufruhr?« Diese Worte kamen von Dominic, der sich vor die Frauen stellte. »Dieser ganze Rummel wird doch wohl nicht etwa deshalb veranstaltet, weil dieser alte Krieger endlich zur Vernunft gekommen ist und seine Rückreise angetreten hat?« Die Männer schüttelten einander die Hand und umarmten sich dann herzlich, und Catherine ließ sich ebenfalls von Rayne umarmen.

»Willkommen zu Hause, Rayne.« Sie lächelte ihn voller Zuneigung an und wandte sich dann seiner schlanken Frau zu, die ein wenig blaß wirkte. »Und das muß Jocelyn sein. Ich freue mich ja so sehr, daß wir uns endlich kennenlernen.«

In Catherines Stimme schwang so viel Wärme mit, daß Jocelyn endlich lächelte, als meinte sie es ernst. »Rayne hat geschrieben und uns alles über Sie berichtet. Ich freue mich schon seit langem auf diese Begegnung.«

Dominic wandte seine Onyxaugen in Jos Richtung. »Ich glaube, ich muß mich bei Ihnen entschuldigen, Lady Stoneleigh. Um Raynes willen hoffe ich, daß Sie unsere Meinungsverschiedenheiten der Vergangenheit zurechnen.«

»S-sie sind mir nichts schuldig. Es war alles ein gräßlicher Irrtum. Es tut mir leid, daß es überhaupt dazu kommen mußte.«

Dominic lächelte, und strahlend weiße Zähne, die die abgestumpfteste Frau von ganz London betören konnten, setzten sich als scharfer Kontrast gegen seine dunkle Haut ab. »So spricht nur eine wahre Dame.« Er führte ihre Finger an seine Lippen. »Willkommen zu Hause, Vicomtesse.«

Von diesem Moment an klappte alles wie geschmiert; zumindest wiegte sich Rayne in diesem Glauben, bis die Frauen sich nach oben zurückzogen, um sich für das Abendessen zurechtzumachen, und Rayne und Dominic allein unten im Salon zurückblieben.

»Also, was ist?« Dominic lehnte wie ein sprungbereiter Panther an der Wand des Roten Salons, und seine durchdringenden schwarzen Augen folgten Rayne, als er über den roten Orientteppich lief.

»Was soll sein?« sagte er und bückte sich, um eine Zigarre aus dem kristallenen Feuchthaltebehälter auf dem mit Schnitzereien verzierten Rosenholztisch zu ziehen.

»Ich meine, wirst du mir jetzt vielleicht erzählen, wie es zu dieser atemberaubenden Offenbarung gekommen ist? Wie du zufällig herausgefunden hast, daß Miss Ashbury unschuldig war?«

Rayne strengte sich an, eine verbindliche Miene zu bewahren. »Woher ich es weiß, ist unwichtig. Es ist eine unumstößliche Tatsache, *daß* ich es weiß.«

»Dann hast du also Beweise?«

»Ich sage dir, daß Jocelyn nicht schuldig ist. Ich bitte dich als meinen engsten Freund Vertrauen in mein Urteil zu setzen. Ich bitte dich, die Frau zu akzeptieren, die ich geheiratet habe, ebenso, wie ich deine Frau akzeptiert habe.«

Lange Zeit sagte Dominic kein Wort. Dann: »Wir sind schon viel zu lange miteinander befreundet, als daß ich dir irgend etwas abschlagen könnte, worum du mich bittest. Wenn du bereit bist, dein Leben auf diese Frau zu setzen, dann weiß ich, wie stark deine Gefühle für sie sein müssen. Wie du schon sagtest, sie ist deine Frau. Das hat mir zu genügen.«

»Und Catherine?«

»Catherine ist romantisch veranlagt. Sie sucht immer nach dem Guten im Menschen. Ich glaube, von dem Moment an, in dem ihr klargeworden ist, was du für sie empfindest, wollte sie das Gute in Jocelyn finden. Sie wird sich in jeder erdenklichen Form für deine Frau einsetzen.«

Rayne nickte und freute sich über Dominics Worte. Er schnitt das Ende seiner Zigarre ab, steckte sie sich zwischen die Zähne, zündete sie an und nahm einen tiefen Zug, der die Spitze rot glühen ließ.

»Leider«, fügte Dominic hinzu, »kann ich das gleiche nicht von deiner Schwester sagen.«

Rayne zog eine Augenbraue hoch. »Was soll das heißen?«

»Alexandra ist der festen Überzeugung, daß Jocelyn schuldig ist. Sie glaubt, daß du auf einen Trick reingefallen bist und dich hast täuschen lassen, wenn du jetzt an ihre Unschuld glaubst. Was deine Schwester angeht, so fürchte ich, daß Jocelyn eine harte Nuß zu knacken hat.«

Rayne seufzte. »Das Mädchen braucht einen Mann.«

»Sie hat viele Anträge bekommen. Den letzten von Peter Melford, aber sie hat natürlich abgelehnt. Der arme Narr hat tatsächlich geglaubt, er hätte eine Chance. Nach allem, was ich gehört habe, hat ihn ihre Ablehnung schwer getroffen.«

Rayne knurrt. »Das kann ich mir vorstellen. Erinnere mich daran, daß ich mich darum kümmere und dafür sorge, daß sie sich verlobt, sowie wir all das hier hinter uns gebracht haben.«

Dominic stieß sich von der Wand ab, und seine langen Schritte trugen seinen großen schlanken Körper anmutig in Raynes Richtung. »Und das bringt uns auf das Problem zu sprechen, mit dem wir uns zuerst befassen sollten, stimmt's?«

Rayne zog an seiner Zigarre. »Und was wäre das?«

»Das wäre, wer, zum Teufel, auf dich geschossen hat.«

Rayne blies einen Rauchring in das Zimmer und lehnte sich auf seinem Stuhl mit dem Brokatbezug zurück. »Ich fürchte, ich habe nicht die leiseste Ahnung. Ich habe eine verdammt lange Liste von Verdächtigen, wie du dir vielleicht vorstellen kannst, aber es ist keiner darunter, dem ich entschieden die Schuld zuschieben kann.«

»Du hast in deinem Brief geschrieben, du hättest vor, Harvey Malcolm zu engagieren.«

»Das habe ich bereits getan. Ich habe ihm auch eine Liste der Personen zukommen lassen, die mir den Tod wünschen könnten, und ich habe ihn angewiesen, in Erfahrung zu bringen, wo sich jede einzelne dieser Person zum Zeitpunkt der Schießerei aufgehalten hat.«

»Der Mann ist gut, Rayne. Falls jemand diesen Schurken finden kann, dann ist es Malcolm. Ich hoffe, bis dahin hast du dafür gesorgt, daß du unter ständigem Schutz stehst.«

»Noch nicht, aber ich werde mich darum kümmern.«

»Warte bloß nicht damit. Selbst jetzt, in diesem Moment, könnte dein Leben in Gefahr sein.«

Es ärgerte ihn, verhätschelt zu werden, und doch wußte er, daß er sich die Worte seines Freundes zu Herzen nehmen sollte. Er würde etwas unternehmen, gelobte er sich, und dann würde er sich den verdammten Mistkerl schnappen, der ihnen allen soviel Leid verursacht hatte.

Je länger er in London blieb, desto mehr steigerte sich Raynes Frustration. Statt der schnellen Aufhebung von Jocelyns Urteil, die er erwartet hatte, wurde er immer wieder vom Richter verhört. Dann trat er den Lords des Revisionsgerichts gegenüber, die sicher waren, daß seine Verliebtheit in seine hübsche junge Ehefrau ihn blind für die Wahrheit hatte werden lassen.

»Ich würde sie gern sehen«, sagte einer der vier Männer, die den Vorsitz führten, ein hagerer Mann, der an seiner Hakennase vorbeischaute, wenn er Rayne ansah und sich seine graue Lockenperücke kratzte. »Ich habe noch ein paar offene Fragen. Wir müssen uns vergewissern, daß wir auch wirklich die Wahrheit herausgefunden haben, ehe der Fall abgeschlossen werden kann.«

Rayne dachte daran, welche entsetzliche Ängste Jocelyn ausstehen würde. Er hatte ihr versprochen, daß ihr nichts passieren konnte. Schweißperlen brachen auf seiner Stirn aus.

»Ich versichere Ihnen, Mylord, es besteht keinerlei Notwendigkeit für diesen Aufwand. Meine Frau ist das unschuldige Opfer einer entsetzlichen Ungerechtigkeit geworden. Ich bin derjenige, der dafür büßen sollte, und nicht sie.« Er rang sich ein Lächeln ab. »Falls Sie es mir gestatten würden, leiste ich mit Freuden Entschädigung für die Umstände, die ich gemacht habe. Ich habe gehört, daß dieses Gebäude dringend einen weiteren Flügel braucht. Es wäre mir eine Ehre, sagen wir... zehntausend Pfund zu dem Anbau beizutragen. Ich bin sicher, daß Eure Lordschaften dafür sorgen würden, daß das Geld einem guten Zweck zugeführt wird.«

»Nun...« Die Wieselaugen des Mannes schimmerten. Er warf einen Blick auf die anderen, die zustimmend nickten, und Rayne stieß einen Seufzer der Erleichterung aus. Die Tat war getan; Jocelyn würde frei sein. Ihm würde zwar erst wohl zumute sein, wenn er die Papiere in der Hand hielt, doch er machte stetige Fortschritte.

Seine Zusammenkünfte mit Harvey Malcolm waren bei weitem schlechter verlaufen.

Der untersetzte Mann mit der Halbglatze war zwar so scharfsinnig, wie Dominic ihn geschildert hatte, doch bisher war er nur auf sehr wenige Anhaltspunkte gestoßen.

»Lady Campdens Verbleib zu jenem Zeitpunkt ist nachgewiesen«, berichtete er ihm eines Nachmittags in seinem Büro. »Sie hat den Tag, an dem der Schuß abgegeben worden ist, bei ihrer Modistin verbracht. Natürlich hätte sie jemanden dafür bezahlen können, daß er es tut. Mit dieser Möglichkeit befasse ich mich im Moment gerade.«

»Was ist mit Bartlett?« fragte Rayne.

»Er ist immer noch der Hauptverdächtige. Niemand scheint zu wissen, wo er sich zu diesem Zeitpunkt aufgehalten hat. Am Vorabend war er betrunken. Es scheint, als hätte er etliche unbesonnene Bemerkungen über Ihre Schurkenstreiche von sich gegeben. Eines der Mitglieder Ihres Boxclubs«, sagte er und sah in seinen Notizen nach, »ein gewisser Lord Schofield, behauptet, Lord Harcourt hätte gesagt, für das, was Sie getan hätten, sollte jemand Sie erschießen. Niemand scheint genau zu wissen, was er damit gemeint hat, aber anscheinend hat er das gesagt.«

»Bartlett.« Wut wogte schon beim Klang des Namens in ihm auf. »Ich hätte nicht geglaubt, daß er so weit gehen würde, aber wenn er es war...«

»Wenn er es war, dann werden Sie ihn den Behörden übergeben.«

Rayne sagte nichts. Er nickte, aber innerlich war er sich vollkommen sicher, was er tun würde. Er erinnerte sich an die Tage, die er in Todesnähe verbracht hatte, an die Schmerzen, die er erlitten hatte, und an seine Seelenqualen. Er dachte an Jocelyn, wie sie allein und verängstigt ihre Zeit im Gefängnis Newgate überlebt hatte, an ihre lange, erdrückende Reise, an die neunschwänzige Katze, die ihren hübschen weißen Rücken gezeichnet hatte.

Er dachte daran, was hätte passieren können, wenn er nicht nach Jamaika gefahren wäre, und von Tag zu Tag steigerte sich die Wut, die er für den Mann empfand, der den Schuß auf ihn abgegeben hatte, und sie eiterte wie eine schwärende Wunde.

Nur nachts legte sich seine Wut. Wenn er im Bett lag und in einer Form wie nie zuvor zufrieden und glücklich war und sich vollständig verausgabt hatte, dachte Rayne an seine Gefühle für Jo, die ständig zunahmen. In Jamaika hatte er fälschlicherweise geglaubt, es würde genügen, sie zur Frau zu nehmen. Es würde sein Gewissen besänftigen, die Frage ihrer Zukunft lösen – und auch seiner eigenen – und das unglaubliche Verlangen stillen, das er immer nach ihr verspürte.

Aber wie er von Anfang an geargwöhnt hatte, ließen sich seine Gefühle für Jo keineswegs durch reine Äußerlichkeiten regeln.

Was war mit ihr? fragte er sich jetzt. Was glaubte sie, was fühlte sie? War er ihr sosehr unter die Haut gegangen wie sie ihm? Auf dem Schiff hatte er geglaubt, die Tatsache, daß sie ein

Kind von ihm in sich trug, würde sie an ihn binden. Und natürlich war das in gewisser Weise auch der Fall. Aber genügte das? Gegen seinen Willen erinnerte er sich immer wieder an die Liebe, die sie ihm in seinem Stadthaus entgegengebracht hatte. *Das hat mir der Mann geschenkt, den ich geliebt habe... der Mann, den ich geliebt habe... der Mann, den ich geliebt habe.*

Konnte sie ihn wieder lieben? Konnte sie ihm so vollständig vertrauen, wie sie es früher einmal getan hatte? Empfand sie mehr für ihn als das rasende Verlangen, das jedesmal zwischen ihnen knisterte, wenn sie zusammen waren?

Warum es ihm soviel bedeutete, war unwesentlich. Er wußte nur, daß er von ihr geliebt werden wollte. Sie würde ihn nicht lieben, solange sie ihm nicht vertraute, und er wußte, daß sie ihm in vieler Hinsicht noch kein Vertrauen entgegenbrachte. Noch nicht einmal jetzt, nachdem er die Dinge mit den Gerichten geregelt hatte und bald die Papier in der Hand halten würde, die ihre Freiheit garantierten. Sie hatte diese Neuigkeiten mit Erleichterung und Dankbarkeit aufgenommen, geweint und ihn umarmt und sich bei ihm dafür bedankt, obwohl er ihr gesagt hatte, das sei schließlich das mindeste, was ihr zustünde.

Aber ihr Vertrauen entzog sich ihm immer wieder. Und ohne ihr Vertrauen konnte er auch ihre Liebe nicht erringen.

Jocelyn brachte ihre erste Woche auf Stoneleigh damit zu, ihr neues Zuhause kennenzulernen. Oder zumindest ihr Zuhause, in dem sie mit Rayne immer dann wohnen würde, wenn sie nicht in Marden waren.

Das Haus war so prachtvoll, wie sie es in Erinnerung gehabt hatte, und sie staunte über die Vorstellung, daß sie jetzt Herrin über ein so weitläufiges und wunderschönes Anwesen war. Schon jetzt begann sie, es zu lieben, doch die Vorstellung, einen großen Teil ihrer Zeit in der offenen Weite von Marden zu verbringen, übte auch einen großen Reiz auf sie aus.

Und in Marden würde Rayne weiter von der Stadt entfernt

sein, weiter entfernt von jeder möglichen Gefahr. Das war einer der Gründe, aus denen sie ihn nicht gedrängt hatte, Brownie oder Tucker zu finden.

Jocelyn wußte, daß Rayne einen Mann engagiert hatte, der sich mit dem Fall befassen sollte. Brownie und Tucker mußten zwangsläufig zu den Verdächtigen zählen. Sie war sicher, daß Brownie nichts damit zu tun gehabt hatte, aber was war mit Tuck? Selbst wenn er dafür verantwortlich war, war er noch ein Junge, und sie war sicher, daß es nur aus einem fehlgeleiteten Gefühl von Gerechtigkeit dazu hatte kommen können. Ihr war die Vorstellung unerträglich, er könnte gehängt werden oder den Rest seines Lebens im Gefängnis verbringen.

Dazu kam noch das Problem, das Raynes Schwester darstellte. Alexandra glaubte immer noch an ihre Schuld. Sie war wachsam und unfreundlich und entzog sich ihr. Natürlich nicht in Raynes Gegenwart. Das hätte selbst Alex nicht gewagt. Jo wünschte, es gäbe etwas, was sie hätte tun können.

Sie seufzte, als sie die Treppe zu ihrem Zimmer hinaufstieg. Rayne hätte schon vor einer ganzen Weile nach Hause kommen sollen, und doch hatte sie ihn nicht ins Haus kommen gehört. Für den Fall, daß sie ihn überhört haben könnte, öffnete sie die Tür zu seinem Zimmer und stellte dort zu ihrem Erstaunen fest, daß er vor dem Drehspiegel aus Kristallglas stand und sich gerade einen frischen weißen Kragen um den Hals band.

»Ich hätte nicht geglaubt, daß du da bist«, sagte Jo und warf einen Blick auf die Abendkleidung, die auf seinem Bett bereitlag.

»Ich habe beschlossen, heute abend aus dem Haus zu gehen. Es kann gut sein, daß ich erst spät zurückkomme. Du brauchst nicht aufzubleiben und auf mich zu warten.« Er schnappte sich den Frack aus schwarzem Brokat und schlüpfte hinein.

»Aber wohin gehst du? Außer Haus bist du nicht sicher, und schon gar nicht nachts.« Sein Benehmen war seltsam, und er wirkte irgendwie ausweichend. Jocelyn feuchtete sich die Lippen an, die plötzlich trocken geworden waren.

»Ich kann nicht ewig in diesem Haus hocken. Und außerdem wird Finch mich fahren. Der Mann kann gut mit einer Waffe umgehen.«

»Aber warum? Wohin gehst du?«

»Schofield veranstaltet eine Party. Ich dachte, ich teste mal die Wassertemperatur und mache mir ein Bild davon, woher der Wind weht.«

»Das gefällt mir gar nicht, Rayne. Dir könnte etwas zustoßen.«

»Mir wird schon nichts zustoßen.«

»Wenn du dich dem Klatsch aussetzt, warum kann ich es dann nicht tun?«

Er beugte sich hinunter und küßte sie. »Weil ich die Leute erst beschwichtigen will. Stell es dir so vor, als würde ich den Löwen ein Opferlamm vorwerfen, ehe ich mich in ihre Höhle begebe.«

Warum glaubte sie ihm nicht? »Bist du ganz sicher, daß ich nicht mitkommen kann?«

»Nein, Liebling, diesmal nicht.«

Verdammt und verflucht, was enthielt er ihr vor? Sie machte den Mund auf, um ihn danach zu fragen, doch er gab ihr noch einen Kuß, wandte sich ab und ging zur Tür hinaus.

Jocelyn starrte ihm nach, und ihr Magen zog sich zu einem Knoten zusammen. Traf er sich mit einer anderen Frau? Sie hatte von Anfang an gewußt, daß sich seine Zuneigung verlagern könnte, und doch sagten ihr ihre Instinkte, daß es hier um etwas anderes ging.

Hatte es etwas mit der Schießerei zu tun? Sie wußte, daß ihm dieses Rätsel Tag und Nacht keine Ruhe ließ. Nur Gott wußte, was dem Mann zustoßen würde, wenn Rayne dahinterkam, wer es war.

Vorausgesetzt, der Mann fand Rayne nicht eher als Rayne ihn.

»Elsa!« rief Jocelyn in ihr angrenzendes Zimmer, da sie plötzlich zu der Überzeugung gelangt war, zu wissen, was sie zu tun hatte. Das kleine blonde Mädchen eilte zu ihr. »Leg mein blausilbernes Kleid heraus. Und bitte Farthinton, daß er noch eine Kutsche vorfahren läßt. Ich werde den Abend außer Haus verbringen.«

Jocelyn kleidete sich eilig an und dachte dabei an das, was ihr bevorstand. Lord Schofield lebte am Berkeley Square. Dorthin war sie Rayne damals gefolgt, als sie mit Brownie durch die Straßen gezogen war. Wenn die Stoneleigh-Kutsche irgendwo vor dem Haus geparkt war, würde sie sich ins Haus begeben. Wenn sie ihn fand, konnte sie sehen, was er plante, und sie konnte ihn schützend im Auge behalten.

Wenn die Gesellschaft ihr Erscheinen nicht guthieß, dann sollten sie sich doch alle zum Teufel scheren.

24. Kapitel

Rayne erreichte Schofields Stadthaus um Viertel nach elf. Die Außenbeleuchtung war einladend, und Gäste quollen auf die Straße hinaus. Es waren nicht viele, denn selbst die Nebensaison neigte sich ihrem Ende zu. Rayne schlug den Biberkragen seines Mantels hoch und betrat das Haus.

»Guten Abend, Mylord«, sagte Lady Schofield, eine übermäßig grazile und doch irgendwie attraktive Frau in ihren Vierzigern. »Wir haben schon von Ihrer Rückkehr in die Stadt gehört.«

Er war relativ sicher gewesen, daß er damit rechnen konnte, von Emma und Max akzeptiert zu werden, ganz gleich, was er getan hatte. Zumindest redeten sie mit ihm. »Ja. Meine Frau und ich richten uns endlich häuslich ein.«

»Das habe ich schon vermutet«, sagte Max. »Herzlichen Glückwunsch.« Der spekulierende Glanz in Schofields schlauen Augen entging ihm nicht.

»Danke. Ich glaube, wenn Sie meine Frau kennenlernen,

werden Sie feststellen, daß ich mich sehr glücklich schätzen kann.« Sie betrieben höfliche Konversation, und Rayne entschuldigte Jocelyn für ihr Fernbleiben, während er unablässig den Raum nach dem Earl von Harcourt absuchte.

Schließlich entdeckte er ihn neben den Türen, die auf die Terrasse hinausführten.

»Wenn Sie mich jetzt entschuldigen würden, Max. Ich glaube, ich habe gerade einen Freund entdeckt.« Genau genommen, einen ganzen Saal voller Freunde... wenn er die Bezeichnung freizügig verwandte. Als er sich einen Weg durch die Menge bahnte und den Raum zur Hälfte durchquert hatte, erkannte er, daß eine schrille Stimme, die in der Luft hing, sich auf ihn bezog.

»Skandalös, das sage ich Ihnen.« Die Witwe mit dem flachen, ovalen Gesicht verbarg sich hinter ihrem Lorgnon, machte sich aber nicht die Mühe, die Stimme zu senken. »Ich wußte schon immer, daß der Mann ein Schurke ist, aber das ist einfach absurd.«

Raynes Kiefer spannte sich an.

»Es heißt, er hätte sie direkt von der Straße geholt! Eine schmutzige, verlumpte Göre. Ich sage Ihnen, wahrscheinlich hat sie irgendwelche Krankheiten!«

Es kostete ihn jeden Funken seiner Willenskraft weiterzugehen. Nur seine Entschlossenheit, Harcourt zu erreichen, hielt ihn davon ab, seinen Zorn auf die Klatschweiber loszulassen, die ihr gehässiges Mundwerk nicht im Zaum halten konnten.

Statt dessen ignorierte er das anzügliche Grinsen und die spekulativen Blicke, die Fächer, die in Bewegung gerieten, als könnte schon seine bloße Gegenwart zu einer Ohnmacht führen, während er zielstrebig auf die Terrasse zuging. Harcourt hatte sich in der letzten Zeit verdächtig selten blicken lassen. Rayne war entschlossen, den Grund dafür herauszufinden.

Selbst in der Dunkelheit konnte Jocelyn den Bären und die Schlange des Stoneleigh-Wappens mühelos auf der Tür von

Raynes Kutsche entdecken. Sie stieß einen kleinen Seufzer der Erleichterung aus. Er war hier, wie er es gesagt hatte. Aber was genau hatte er hier zu suchen?

Ein Lakai war ihr dabei behilflich, aus dem Landauer auszusteigen. Sie zog den hermelingefütterten Umhang enger um sich und ging auf das graue Steingebäude zu, in dessen Fenstern ausnahmslos Licht brannte. Vor der Haustür blieb sie stehen, unsicher und doch entschlossen, und sie hoffte nur, daß sie das Richtige tat.

Ein Bediensteter nahm ihr den Umhang ab, den sie nur unwillig hergab, da die voluminösen Falten ihr eine gewisse Sicherheit verliehen, doch sie wußte, daß sie sich ohne ihr Cape unauffälliger im Haus bewegen konnte.

»Guten Abend, Madam. Ich glaube nicht, daß wir einander schon begegnet sind.« Die Worte kamen von einem stattlichen Mann, dessen Haar von Silberfäden durchzogen war und der der Gastgeber zu sein schien.

Jocelyn feuchtete sich nervös die Lippen an. »Ich bin Lady Stoneleigh. Ich suche meinen Mann. Ich glaube, er ist hier.«

Eine silbrige Augenbraue zog sich hoch. »Als ich ihn das letzte Mal gesehen habe, war er auf dem Weg zur Terrasse. Ich bin Lord Schofield. Es freut mich, daß Sie sich wieder besser fühlen.

»Was? Ja... nun, ich dachte, es könnte mir guttun, eine Zeitlang unter Menschen zu sein.« Das Gut Stoneleigh lag nicht gerade in der Nachbarschaft, doch seine Lordschaft besaß den Anstand, sie nicht darauf hinzuweisen. »Es ist mir ein Vergnügen, Ihre Bekanntschaft zu machen, Mylord.«

Er machte den Mund auf, um noch etwas zu sagen, doch Jocelyn setzte sich eilig in Bewegung. Hinter ihr beugte sich die Frau, die dicht hinter Schofield gestanden hatte, zu ihm vor, um ihn zu fragen, wer sie war. Jocelyn hörte nicht nur seine Antwort, sondern auch, daß die Frau hörbar nach Luft schnappte.

Sie reckte das Kinn ein wenig höher in die Luft, ging aber

weiter durch einen Salon, der in Gold und Smaragdgrün gehalten war. Die Crème de la Crème der Hautevolée war in großer Zahl erschienen und hatte sich schillernd herausgeputzt. Livrierte Bedienstete befolgten geschwind jede Anweisung, und obwohl die Türen offenstanden und die Luft draußen kühl war, schien es übermäßig warm im Raum zu sein.

»Entschuldigen Sie, bitte, würden Sie mir vielleicht Platz machen?« Jocelyn bahnte sich einen Weg durch die Menschenmenge und fing auf dem Weg neugierige Blicke auf. Sie hatte die Türen, die auf den Innenhof führten, fast erreicht, als sie bemerkten, wieviel stiller es im Saal geworden war.

»... wahrhaftig keine verlumpte Göre von der Straße«, sagte jemand, ein rotblonder Mann, der sich mit einer senffarbenen Hose und einem waldgrünen Frack geckenhaft herausgeputzt hatte. »Ich kann gut verstehen, warum Stoneleigh sie nur zu gern bei sich aufgenommen hat.«

Jocelyn reckte den Kopf noch höher in die Luft.

»Das ist doch die Frau, die ich in den Vauxhall Gardens gesehen habe«, sagte ein anderer Mann. »Ich wäre nie auf den Gedanken gekommen, daß *dieses* hübsche kleine Ding identisch mit dem berüchtigten Geschöpf sein könnte, über das sich die halbe Stadt den Mund fransig geredet hat.«

Ihre Unterlippe zitterte. Es hätte sie nicht verletzen dürfen, und doch tat es weh.

Jocelyn ging einfach weiter. Jetzt konnte sie die Terrasse vor sich sehen. Rayne stand direkt vor der Tür aus Bleiglas. Bei seinem Anblick begann ihr Herz, schneller zu schlagen. Er war so groß und so gefaßt.

Dann sah sie die Frau. Sie war unglaublich hübsch, mit üppigen Rundungen und weißblondem Haar. Sie lachte über etwas, was Rayne gesagt hatte, und sie flirtete geradezu empörend mit ihm. Jocelyns Schritte wurden zaghafter. Sie hatte gewußt, daß es dazu kommen konnte. Sie hatte es von Anfang an gewußt, und doch war sie nicht auf die glühende Wut vorbereitet gewesen, auf das schwere Gewicht, das sich auf ihre Brust senkte.

Dann sah sie Raynes Gesicht. Seine Augen waren nicht auf die Frau gerichtet, sondern schauten über ihr weißblondes Haar hinweg. Er nickte der Frau zu, doch seine Aufmerksamkeit galt ihr nicht. Während sie ihn noch umgurrte, unterbrach er sie mitten im Satz, entschuldigte sich und ließ sie stehen.

Jocelyn hätte vor Erleichterung in sich zusammensacken können. Das entrüstete Flüstern um sie herum verhallte, und ein winziges Lächeln zog an ihren Lippen.

Unbewußt bog sie die Schultern zurück, als sie durch die Türen auf die Terrasse trat und einen Moment anhielt, um Rayne zu suchen. Er entfernte sich gerade von ihr, überquerte die Terrasse und ging mit einem Gesichtsausdruck, der plötzlich auf Sturmwolken hinwies, auf einen großen blonden Mann zu. Als der blonde Mann sich umdrehte, erkannte Jocelyn Stephen Bartlett, Lord Harcourt – und ihr Herz begann, heftig gegen ihre Brust zu schlagen.

»Guten Abend, Stephen.«

»Stoneleigh.« Ein eisiges Lächeln verzog Harcourts Lippen. »Dann bist du also endlich aus deinem Unterschlupf herausgekommen. Du hast mehr Mut, als ich geglaubt hätte.«

»Warum? Weil jemand auf mich geschossen hat?«

»Weil du deine Schar von Bewunderern verloren hast – oder zumindest die meisten von ihnen –, oder ist dir das noch nicht aufgefallen?«

»Es ist mir aufgefallen. Damit war ja schließlich zu rechnen.«

»Ich habe gehört, daß du das Mädchen geheiratet hast. Wo ist sie?«

»Zu Hause. Ich würde sie wohl kaum dieser Situation aussetzen.«

»Und warum nicht? Du hast sie schließlich schon so ziemlich allem anderen ausgesetzt.«

Rayne biß die Zähne zusammen, und seine Hand ballte sich zur Faust. »Ich bin gekommen, weil ich gehört habe, du würdest hier sein.«

Harcourt musterte ihn kühl. »Was willst du von mir?«

»Ich will wissen, ob du der Mistkerl bist, der auf mich geschossen hat.«

Stephen trank einen Schluck Champagner. »Es hat Zeiten gegeben, zu denen ich das nur zu gern getan hätte. Das will ich nicht bestreiten.«

»Dann hast du dich also in mein Haus geschlichen, den Schuß abgegeben und Jocelyn dafür verantwortlich machen lassen.«

»Selbst du kannst nicht so dumm sein zu glauben, daß ich so etwas täte.«

»Und warum nicht? Niemand scheint zu wissen, wo du zu diesem Zeitpunkt warst. Es sei denn, versteht sich, du hast Lust, es mir selbst zu sagen.«

»Das geht dich nichts an.«

»Und geht es mich auch nichts an, daß du am Abend vorher betrunken warst und damit gedroht hast, mich zu töten?«

»Ich glaube, meine exakten Worte waren: ›Für das, was du getan hast, sollte dich jemand erschießen.‹«

»Und dieser jemand warst du.«

»Wohl kaum.«

Rayne sah ihm fest in die Augen. Harcourts Auftreten war nicht ausweichend. Sein Blick war kalt und erbarmungslos, fast spöttisch, aber er schien die Wahrheit zu sagen.

»Wenn ich gewußt hätte, daß Rosalee dir so viel bedeutet hat, hätte ich mich nicht eingemischt.«

Harcourt verhöhnte ihn. »Was diese Frau angeht, habe ich mich lächerlich gemacht. Im Grunde genommen hast du mir einen Gefallen getan. Nein, worüber ich an jenem Abend geredet hatte, das war nicht, was du mir, sondern was du dem offenkundig unschuldigen Mädchen angetan hast, das du als deine Mätresse öffentlich vorzeigtest. Das Mädchen schien eindeutig nicht in diese Kategorie zu passen. Du hattest die Grenzen des guten Geschmacks überschritten, mein Freund.«

Rayne verdaute diese Mitteilung und wußte dabei, daß jedes dieser harten und kritischen Worte gerechtfertigt war. »Du willst damit also sagen, daß du nichts mit der Schießerei zu tun gehabt hast.«

»Wenn ich auf dich schießen wollte, würde ich dich schlichtweg zum Duell herausfordern.«

»Wo warst du?«

»Ich sagte dir bereits, daß dich das nichts angeht.«

Rayne streckte die Hand aus und packte Harcourts Hemdbrust, und dabei schwappte das Getränk über, das er in der Hand hielt.

»Ich kann dir nur raten, deine verdammten Finger von mir zu lassen.«

»Rayne!« Jocelyn lief auf ihn zu. Schmale Finger spannten sich panisch um seinen Arm. »Bitte, Rayne. Das darfst du nicht tun. Nicht hier.«

Verflucht noch mal, aber sie hatte recht. Es kostete ihn seine gesamt Selbstbeherrschung, seine Finger von Harcourts Hemd zu lösen. Stephen strich die Falten glatt. In seinen eisblauen Augen stand immer noch Zorn, aber jetzt war noch etwas anderes hinzugekommen.

»Lady Stoneleigh«, sagte er und beugte sich über Jocelyns Hand. »Es ist mir ein Vergnügen, Sie wiederzusehen. Ich wünsche Ihnen von ganzem Herzen alles Gute.« Sein Tonfall hätte sich besser mit einer Beileidsbekundung vertragen.

»Danke.« Jocelyn schaute von Stephen zu Rayne und flehte ihn stumm an, von seinem Vorhaben Abstand zu nehmen.

»Stephen?« Eine zierliche Blondine kam durch die Tür ins Freie. »Ich hatte gehofft, du könntest hier draußen sein – es tut mir leid, mir war nicht klar, daß du in ein Gespräch vertieft bist.« Ihre Wangen röteten sich, und sie strich ihr Kleid aus weißem Organdy glatt und wollte sich wieder abwenden, doch Harcourt umfaßte sachte ihren Arm. Sie war zart gebaut und hübsch, beinah fragil. Das entsprach wohl kaum Harcourts Geschmack.

»Es ist schon in Ordnung, mein Liebes«, sagte er, und die Anspannung war plötzlich aus seinem Gesicht gewichen.

Rayne hatte nie erlebt, daß er eine Frau derart sehnsüchtig anblickte. Er hing sich voller Besitzerstolz bei dem Mädchen ein, schaute von ihr zu Jo und zögerte nur einen Moment, ehe er die junge Frau offiziell vorstellte.

»Lady Stoneleigh, das ist Lady Ann, meine Verlobte. Sie ist gerade erst vom Lande in die Stadt gekommen.« Er wandte sich an Rayne. »Ich glaube, du kennst ihren Vater, seine Hoheit, den Herzog von Burlington.«

Die Frauen hatten einander bereits angelächelt und ein Gespräch begonnen. Die hübsche Lady Ann war schüchtern und ganz reizend, und Jocelyn nahm ihre freundlichen Annäherungsversuche mit Dankbarkeit und Wärme auf.

Rayne sah Stephen an. »Danke«, sagte Rayne, der genau wußte, was der Mann gerade mit dieser unverblümten Vorstellung ausgedrückt hatte. »Ich glaube, ich weiß jetzt, wo du dich an dem fraglichen Tag aufgehalten hast, und ich muß mich bei dir entschuldigen.«

Stephen deutete ein Nicken an. »Deine Entschuldigung ist angenommen.«

»Warum hast du das getan?« Der Umstand, daß er und die Tochter des Herzogs ihn und Jocelyn anerkannten, sicherte ihnen mit nahezu absoluter Gewißheit zu, daß sie ihren Platz in der Gesellschaft wieder einnehmen konnten, und darüber war sich Harcourt durchaus im klaren gewesen.

»Du hast mir einen Gefallen damit getan, daß du mir Rosalee vom Hals geschafft hast; jetzt sind wir quitt. Und außerdem macht mir unsere Rivalität ziemlich großen Spaß. Wenn du nicht da wärst, mit wem sollte ich denn dann aneinandergeraten?«

Rayne nickte. Er streckte eine Hand aus, und Harcourt schüttelte sie. Dann zog Rayne Jocelyn zur Terrassentür. Als sie sich durch die tosende Menschenmenge bewegten, fiel ihm auf, daß die Stimmung jetzt schon subtil umgeschlagen war.

»Sie ist ganz gewiß nicht das, was man mich glauben machen wollte«, sagte eine ältere Dame mit grauem Haar.

»Und wie unschuldig sie ist«, sagte eine andere Frau. »Ihr Vater ist für seine herausragenden Beiträge zur englischen Literatur geadelt worden, verstehen Sie. Stoneleigh sollte sich schämen.«

»Jetzt hör schon auf, Sarah, schließlich hat der Vicomte alles wiedergutgemacht. Er hat das Mädchen geheiratet, das mußt du doch zugeben.« Die Frau seufzte wehmütig, als die beiden an ihr vorbeikamen. »Und außerdem ist es ganz offensichtlich eine Liebesheirat. Etwas Romantischeres kann ich mir gar nicht vorstellen – ein Mann wie Stoneleigh überquert eines der Weltmeere, um mich zu retten.«

Rayne lächelte vor sich hin, drückte einen zarten Kuß auf Jocelyns Lippen und eilte mit ihr zur Tür hinaus.

Jocelyn schaute aus dem Fenster auf den dichten grauen Nebelschleier, der um das Haus herum dicht über dem Boden hing. Auf Raynes Beharren hin hatte sie einen Mittagsschlaf gehalten, und sie hatten früh zu Abend gegessen. Das Baby machte sich deutlich bemerkbar. Sie fühlte sich heute abend matt und nicht ganz auf der Höhe.

Rayne schmiedete in seinem Arbeitszimmer Pläne für bevorstehende Veränderungen, die er in Marden vornehmen wollte. Er hatte ihr gesagt, er würde den ganzen Abend damit zu tun haben. Jocelyn seufzte, da sie lustlos und verwirrt war. Vielleicht sollte sie es sich mit einem Buch behaglich machen. Sie hatte gerade die Tür erreicht, als sie leise Schritte hinter sich hörte.

»Guten Abend, Alexandra.« Jocelyn lächelte das Mädchen mit den grünen Augen an und versuchte wieder einmal, wie sie es täglich tat, die Kluft zwischen ihnen zu überbrücken.

Alex' hübsche Lippen wurden dünn. »Das soll ein guter Abend sein? Ich habe ihn bis jetzt eher für trostlos gehalten.«

»Wie kommt das?«

»Zum einen durch das Wetter. Und dann kommt natürlich noch all dieser Klatsch hinzu. Ich habe einiges über den gestrigen Abend gehört – woher hast du bloß den Mut genommen, dich öffentlich zu zeigen?«

»Ich habe nichts getan, dessen ich mich schämen müßte, Alex.«

»Nichts, dessen du dich schämen müßtest! Mit all diesem Unsinn magst du vielleicht meinen Bruder zum Narren halten, aber ich lasse mich nicht für dumm verkaufen. Ich weiß, daß du diejenige warst, die auf ihn geschossen hat, und tagtäglich schwebt er in Lebensgefahr, weil du in seiner Nähe bist!«

»Alex, bitte...« Aber das Mädchen eilte an ihr vorbei, und Tränen der Wut glitzerten auf ihren Wangen. Ein paar Minuten später verließ sie das Haus, um sich Lady Townsend und deren Tochter anzuschließen.

Jocelyn seufzte. Laß ihr Zeit, sagte sie sich. Irgendwann würde Rayne den Schurken aufspüren, und dann würde Alexandra endlich die Wahrheit erkennen.

Jocelyn machte sich jetzt auf den Weg zur Bibliothek, doch ihre Nerven waren noch angespannter als vorher. Obwohl es draußen neblig war, lockte sie die Ruhe des Gartens an. Vielleicht konnte sie dort ein wenig Frieden finden. Sie ging wieder in ihr Zimmer, hüllte sich in einen warmen Umhang, eilte die Treppe hinunter und schlüpfte zur Tür hinaus.

Die Gärten von Stoneleigh waren riesig und unglaublich gepflegt. Jocelyn ging zwischen Reihen von pedantisch gestutzten Buchsbaumhecken hindurch, und ihr Schatten flimmerte im matten Schein der Lampen. Alex geisterte ihr immer noch im Kopf herum, als ihre Hand auf ihren Bauch hinunterglitt. Er war inzwischen ziemlich rund geworden, und gelegentlich spürte sie, wie das Baby sich bewegte.

Sie fragte sich, ob das Kind sich wohl ebensogern im Freien aufhalten würde wie sie und Rayne und ob es wohl ein Junge oder ein Mädchen werden würde. Alexandra äußerte sich nie dazu, aber wenn sie je Milde in den grünen Augen des Mädchens gesehen hatte, dann war das, wenn ihr Blick auf die weibliche Rundung gerichtet war, die Raynes Kind umspannte.

Jocelyn pflückte eine rosa Kamelie und hielt sich die duftende Blüte dicht unter die Nase. Endlich fand sie ihre innere Ruhe wieder, und sie hatte sich gerade dem Haus zugewandt, als sie den lauten Knall eines Schusses hörte, der die stille Nachtluft zerriß.

Lieber Gott! Rayne! Sie raffte ihre Röcke, und ihr Herz pochte rasend, als sie zur Hintertür des Hauses rannte. Sie riß die Tür auf, eilte ins Haus und durch die Eingangshalle, und ihre Knie waren so weich, daß sie kaum laufen konnte. *Er darf nicht verletzt sein. Bitte, lieber Gott, laß ihn nicht verletzt sein.*

Er war nirgends zu sehen, als sie ins Haus stürmte, aber das Fenster stand offen, und die Vorhänge bauschten sich ein wenig. Sie stürzte zum Fenster und beugte sich panisch hinaus. »Rayne! Wo bist du?« *Bitte, es darf dir einfach nichts fehlen.* Als er ans Fenster eilte, konnte sie seinen schweren Atem hören.

»Was ist passiert?« fragte sie. »Du bist doch nicht verletzt, oder doch?«

Er schüttelte den Kopf, doch seine Augen suchten die Dunkelheit ab. »Jemand hat einen Schuß auf mich abgegeben. Ich dachte, ich könnte ihn vielleicht erwischen, aber es ist verdammt dunkel und neblig.«

»Du hast niemanden gesehen?«

»Keine Menschenseele.«

»Ich auch nicht«, sagte sie. »Ich war draußen im Garten. Ich habe den Schuß gehört, aber ich habe absolut nichts gesehen.«

Inzwischen hatte sich ein Dutzend Dienstboten im Arbeitszimmer versammelt. »Ich komme gleich ins Haus«, sagte Rayne, der sich entschied, diesmal die Tür zu nehmen.

»Ist alles in Ordnung, Mylady?« Farthington trat vor und hatte die grauen Augenbrauen besorgt zusammengezogen.

»Ich... ich bin nicht sicher.«

In dem Moment kehrte Rayne in den Raum zurück, und Jocelyn eilte in seine Arme. »Gott sei Dank, daß dir nichts fehlt.« Als sie ihn heil und unbeschadet vor sich stehen sah, wäre sie vor Erleichterung fast zusammengebrochen. Rayne hielt sie fest, und sie konnte die Anspannung noch in seinem Körper spüren.

»Was, zum Teufel, geht hier vor?« Beide drehten sich beim Klang dieser unbekannten Stimme um, doch Raynes Arme blieben schützend um sie geschlungen. »Ihr Lakai sagt, es hätte Ärger gegeben.« Ein untersetzter Mann mit rotblondem Haar, einer Halbglatze und kühlen grauen Augen stand in der Tür.

»Jemand hat einen Schuß auf mich abgegeben«, sagte Rayne zu ihm. Er wandte sich an Jo. »Das ist Harvey Malcolm. Der Mann aus der Bow Street, von dem ich dir erzählt habe.«

»Ja.«

»Guten Abend, Mylady.« Obwohl er ihr antwortete, machte der untersetzte Mann den Eindruck, als sei er abgelenkt.

»Es ist mir ein Vergnügen, Mr. Malcolm«, sagte Jocelyn. »Ich bin ja so froh, daß Sie hier sind.«

»Ich wünschte nur, ich wäre einen Moment eher gekommen.« Malcolm ging bereits im Zimmer umher, machte sich ein Bild von den Vorhängen, die sich bauschten, und betastete das kleine runde Loch in der Wand hinter Raynes Schreibtisch. Er folgte der Schußlinie zu dem Fenster, das noch geöffnet war.

»Ich habe versucht, ihn abzufangen.« Rayne hob die kräftigen Schultern zu einem Achselzucken. »Es ist nirgends eine Spur von ihm zu sehen.«

»Meiner Vermutung nach hat er sich irgendwo draußen im Garten aufgehalten«, sagte Malcolm mit fester Stimme, und Jocelyn spürte, wie das Blut aus ihrem Gesicht wich.

Draußen im Garten? Lieber Gott, *sie* war draußen im Garten gewesen. Rayne wußte es. Sie hatte es selbst zugegeben, als er mit ihr am Fenster gestanden hatte.

»Sind Ihre gesamten Hausangestellten überprüft worden?«

»Noch nicht, aber das werde ich gleich veranlassen. Alexandra ist aus dem Haus gegangen, um Freunde zu besuchen.«

»Ist Ihnen bekannt, ob sich jemand draußen aufgehalten hat?«

Jocelyns Augen heftete sich auf Raynes Gesicht. *Gott, o Gott, das durfte nicht passieren – kein zweites Mal!* Sie feuchtete sich die Lippen an und wollte etwas sagen, brachte die Worte aber einfach nicht über die Lippen. Raynes Arme legten sich enger um ihre Taille.

»Jocelyn ist gerade erst ins Zimmer gekommen«, sagte er beiläufig. »Ich bin nur froh, daß sie sich nicht in der Schußlinie dieses Schurken aufgehalten hat.«

Ein kleiner Laut entrang sich ihrer Kehle. Sie konnte nichts dagegen tun. Gütiger Gott im Himmel, Rayne hatte für sie gelogen! Er wußte, daß sie es ohne weiteres hätte sein können. Er wußte es! Wie konnte er sie nach allem, was passiert war, für unschuldig halten? Wie konnte er glauben, es sei kein Irrtum gewesen, ihr zu trauen, kein Irrtum gewesen, sie zu heiraten?

Sogar seine Schwester glaubte an ihre Schuld.

Jocelyn schaute auf ihre Hände hinunter und achtete sorgsam darauf, daß sie nicht zitterten. Sie stand Seelenqualen aus, weil sie sicher war, Zweifel in Raynes Gesicht vorzufinden. Dennoch zwang sie sich, zu ihm aufzublicken. Die Linien um seinen Mund herum waren verkniffen, und tiefe Falten zogen sich durch seine Stirn. In seinen Augen stand jedoch nur die glühende Entschlossenheit, sie zu beschützen.

Bei diesem Anblick hätte sie in Tränen ausbrechen können. Als sie den Argwohn in Harvey Malcolms Augen sah, hätte sie es fast getan.

»Ich möchte mich gern allein mit Mr. Malcolm unterhalten«, sagte Rayne liebevoll zu ihr. »Ich weiß, daß du reichlich durcheinander sein mußt. Warum gehst du nicht nach oben und erwartest mich dort?«

Sie schluckte schwer. »In Ordnung.«

»Wir werden den Behörden diesen Vorfall melden müssen«, sagte Malcolm gerade, als sie an ihm vorbeikam, um das Zimmer zu verlassen.

»Der Meinung bin ich nicht«, sagte Rayne und schloß nachdrücklich die Tür.

25. Kapitel

Sie stand vor dem großen Drehspiegel mit dem reich verzierten Rahmen, als er ins Zimmer kam. Sie starrte ihr Spiegelbild an, ohne es wirklich zu sehen, und dabei fragte sie sich, was er wohl zu ihr sagen würde und was sie zu ihm sagen sollte.

Als er auf sie zukam, drehte Jocelyn sich zu ihm um, doch seine entschlossenen Schritte verlangsamten sich nicht. Er blieb vor ihr stehen, hauchte ihren Namen, zog sie behutsam an seine Brust und wiegte ihren Kopf sachte hin und her.

»Es ist alles in Ordnung, Liebes. Alles wird wieder gut werden.«

Sie hatte nicht vor zu weinen, aber die Tränen stiegen in ihre Augen auf, flossen über und rannen über ihre Wangen. Jocelyn klammerte sich an ihn, denn ihr graute vor dem, was fast passiert wäre, und vor dem, was er sich denken mußte, und sie betete nur, sie würde die richtigen Worte finden.

Sie wischte die Nässe aus ihrem Gesicht und bemühte sich, den glühenden Strom aufzuhalten, doch sie konnte an nichts anderes denken als daran, daß Rayne sie mit allen Mitteln beschützen wollte, ihretwegen gelogen hatte und es gegen jeden aufgenommen hätte, der sie hätte gefährden können. Sie spürte seine Finger in ihrem Haar, seine Hände, die ihren Rücken streichelten, seine Stimme, die ihren Namen immer wieder aussprach, sie beschwichtigte und ihr sagte, alles würde wieder in Ordnung kommen.

»Du brauchst dich nicht zu fürchten«, sagte er, und seine Stimme war vor Gefühlsüberschwang rauh. »Ich lasse nicht zu, daß dir jemand etwas tut.«

Sie zog ihn jedoch nur noch enger an sich und klammerte sich an seinen Nacken, als könnte sie ihm damit, wie sie ihn festhielt, zeigen, wieviel er ihr bedeutete und wie sehr sie ihn für das liebte, was er getan hatte.

»W-warum hast du das getan?« fragte sie schluchzend und

zog den Kopf zurück, damit sie ihn ansehen konnte. »Warum?«

Sie spürte ein Beben in den Fingern, die ihr zart das feuchte schwarze Haar aus den Wangen strichen. »Das fragst du noch? Weiß du es denn nicht?«

»Ich weiß, daß ich draußen im Garten war. Ich h-hätte diejenige sein können. Ich hätte...«

»Nein, das hättest du nicht«, entgegnete er und hielt sie unbewußt fester. »Du könntest niemandem etwas antun. Das weiß ich seit der Nacht des Unwetters. Ich weiß es ohne jeden Zweifel und ohne jeden Vorbehalt. Ich weiß es in meinem Herzen und in meiner Seele.«

Es war sein Ernst – sein vollkommener Ernst. Das konnte sie in seinen Augen sehen. Mit diesem Wissen keimte Hoffnung in ihr auf, und die Anspannung in ihrer Brust begann nachzulassen. Es war ein Schmerz, den sie tief in ihrem Innern begraben hatte, doch er war nie wirklich vergangen. Der Schmerz der Ungewißheit und der Erinnerung an seinen Verrat.

»Ich werde nie mehr an dir zweifeln, Jo. Das verspreche ich dir. Ganz gleich, was auch passiert, ich werde nie an dir zweifeln. Ich liebe dich. Heute abend ist mir erst klargeworden, wie sehr ich dich liebe.«

Die Zeit schien stillzustehen, und jedes Ticken der Uhr verlangsamte sich so weit, daß es für ihre ausbleibenden Herzschläge einspringen konnte. Sie wollte ihm glauben – mehr als alles andere auf Erden, und doch...

»Du hast mich früher einmal gehaßt.«

Schmerz huschte über seine Züge. »Ich weiß, daß es dir so erschienen sein muß. Es ist mir sogar gelungen, mich selbst eine Zeitlang zu täuschen, aber es war nie wahr.«

»Du hast mich derart verabscheut, daß du mir gefolgt bist.«

Er ließ die Knöchel einer Hand über ihre Wange gleiten. »Glaubst du wirklich, ich würde viertausend Meilen zurücklegen, um eine Frau zu finden, die ich hasse?«

Jocelyn sah ihm forschend ins Gesicht. »Du bist ein gewissenhafter Mann, Rayne. Du hast mich aus Pflichtbewußtsein heraus geheiratet und nicht aus Liebe.«

»Pflichtbewußtsein?« wiederholte er und wich ein wenig zurück. »Und das glaubst du wirklich?«

»Du hast dich für mich verantwortlich gefühlt. Und du fühlst dich immer noch für mich verantwortlich.«

»Ich habe dich geheiratet, weil ich dich liebe. Es hat eine Weile gedauert, bis ich das erkannt habe – ich kann manchmal verdammt stur sein.«

Darüber lächelte sie, und Rayne seufzte.

»Ich weiß, daß es nicht leicht für dich ist, mir das zu glauben.« Er preßte ihr einen festen besitzergreifenden Kuß auf den Mund. »Mit der Zeit werde ich dich dazu bringen, daß du mir glaubst.«

»Rayne«, sagte sie liebevoll und schlang die Arme um den Hals. *Ich liebe dich so sehr.*

Rayne küßte sie noch einmal, und sein Mund war wie süßes Feuer; seine Zunge stieß sich tief in sie, forderte, eroberte und machte seine Rechte geltend. Sie konnte das schnelle Pochen seines Herzens hören und seine Zuneigung und Sorge daraus ersehen, wie zärtlich er sie in den Armen hielt.

Sie ließ all die Liebe, die sie für ihn empfand, in ihren Kuß einfließen, und doch konnte sie die Worte nicht sagen, und ein leises Stöhnen entrang sich seiner Kehle. Er hob sie auf seine Arme und trug sie zu dem riesigen Himmelbett. Wenige Minuten später hatte er sie vollständig entkleidet und auch sich ausgezogen, und dann küßte er sie lange und ausgiebig. In seinen Berührungen drückte sich Leidenschaft aus, aber auch eine Zärtlichkeit, die so deutlich spürbar war wie nie zuvor.

Es war ein unglaublich süßer Moment, von Liebe durchtränkt und voller strahlender Hoffnung für die Zukunft. Jocelyn betete, dieser Augenblick möge ewig andauern.

Dann fiel ihr wieder der Schuß ein, der mit der Absicht, ihn zu töten, auf sein Arbeitszimmer abgegeben worden war. *Lieber Gott, nimm ihn mir nicht noch einmal.*

Rayne spürte schmale Finger, die durch die Haarmatte auf seiner Brust glitten. Die Sonne war noch nicht über den Horizont gestiegen, doch sie hatten einander bereits leidenschaftlich geliebt. Rayne fühlte sich von einer wohltuenden Trägheit befallen, abgrundtief zufrieden und unbestreitbar glücklich. Endlich hatte er seine Liebe zu der schlanken Schönheit eingestanden, die neben ihm lag, und wenn sie auch nichts darauf erwidert hatte, dann besagten ihre Leidenschaft und ihr liebevoller Umgang mit ihm doch mehr als Worte.

Eines Tages, meine Süße, wirst du wieder so auf mich zugehen, wie du es früher einmal getan hast. Du wirst mir vertrauen und keine Angst mehr vor der Liebe haben.

Zumindest betete er, daß es so kommen möge.

Er wünschte zwar, er hätte den ganzen Tag mit ihr im Bett verbringen können, doch die Ereignisse des Vorabends standen ihm nur allzu klar vor Augen, und da er wußte, daß er viel zu tun hatte, schwang Rayne seine langen Beine über die Bettkante und griff nach seinem Morgenmantel, den er über einen Stuhl neben dem Bett geworfen hatte.

»Was hat Mr. Malcolm gesagt, nachdem ich gegangen bin?« fragte Jocelyn leise und zog sich hinter ihm auf einen Ellbogen.

Rayne seufzte resigniert. Ganz gleich, wie süß der Augenblick auch sein mochte, ihre nach wie vor ungelösten Probleme schienen immer wieder aufzutauchen.

»Er sagt, er ist den meisten Namen auf unserer Liste nachgegangen. Lady Campden hat eine heftige Affäre mit dem Herzog von Haverland. Lord Campden weiß anscheinend nichts von meiner Liaison mit seiner Frau, und selbst wenn er etwas davon wüßte, ist er inzwischen durch sein hohes Alter viel zu wirr im Kopf, um sich daraus noch etwas zu machen. Rosalee Shellgrave hat sich einen Liebhaber genommen. Sie hat, was mich angeht, nie eine ernstliche Bedrohung dargestellt. Ich habe mich vergewissert, daß Harcourt nichts damit zu tun hat. Er wollte lediglich den Ruf seiner Verlobten nicht gefährden. Das kann ich ihm schwerlich vorwerfen.«

»Was ist mit all den anderen?«

Rayne zog verärgert eine Augenbraue hoch. »Ich gebe zu, daß die Anzahl der Verdächtigen beträchtlich ist, aber das heißt wohl kaum, daß die gesamte männliche Bevölkerung Englands auf meiner Liste steht.«

Jocelyn lachte. Er liebte den Klang ihres Lachens. »So habe ich es nicht gemeint, und das weißt du ganz genau.«

Er lächelte, obwohl seine Antwort ihr kaum ein Trost sein würde. »Um es simpel zu sagen, Malcolm hat immer noch keinen Anhaltspunkt.«

»Aber er muß doch bestimmt auf etwas gestoßen sein.« Jocelyn setzte sich im Bett auf, und das schimmernde schwarze Haar fiel ihr weich auf die Schultern. Er begeisterte sich dafür, es anzufassen und zu spüren, daß es wie kostbare schwarze Seide zwischen seinen Fingern lag.

»Ich fürchte, es ist bisher nicht viel dabei herausgekommen. Ich habe ihn auch auf Brownie und Tucker angesetzt. Ich weiß, daß du dir Sorgen um die beiden machst. Malcolm hat auf den Straßen in Umlauf gesetzt, daß du sie suchst, aber bisher hat das keine Kontakte nach sich gezogen.« Rayne erwähnte nicht, daß der ältere Mann zu dem Zeitpunkt, zu dem der Schuß abgegeben worden war, in den Ställen gesehen worden war, jedoch niemand zu wissen schien, wo sich der Junge aufgehalten hatte. Um Jocelyns und um Tuckers willen betete er, der Knabe möge nichts damit zu tun haben.

»Ich wünschte, ich könnte die beiden sehen, ehe wir nach Marden aufbrechen.«

»Das weiß ich. Falls Malcolm sie finden kann, werden wir sie augenblicklich herbringen lassen.«

Sie drückte ihm einen zarten Kuß auf die Schulter. »Hat Malcolm sonst noch etwas gesagt?«

»Nichts von Bedeutung, obwohl er eine reichlich seltsame Bemerkung von sich gegeben hat. Er hat gesagt, wir hielten vielleicht Ausschau in die falsche Richtung.«

»Und was heißt das?«

Rayne zögerte nur einen Moment lang. »Obwohl du von der Anklage freigesprochen worden bist, einen Mordversuch unternommen zu haben« – *verdammt noch mal, wo blieben bloß diese Papiere?* – »hat Malcolm herausgefunden, daß du versucht hast, vor Lord Dorrings Haus auf mich zu schießen. Er hat mich nach dem Grund gefragt.«

»Was hast du ihm gesagt?«

»Du hättest mich für meinen Vater gehalten. Ich habe ihm von dem Feuer in der Meacham Lane erzählt, von deinem Cousin und wie du auf der Straße gelandet bist.«

»Und?«

»Das war das Seltsame daran. Er hat mich gefragt, ob es jemand anderen gibt, der mir aus denselben Gründen wie du den Tod wünschen könnte. Ich habe ihm gesagt, es gäbe niemanden, der mir einfiele. Nur deinen Vater, und Sir Henry sei nicht mehr am Leben.«

Rayne beugte sich vor und küßte sie auf die Wange. Jocelyn saß regungslos hinter ihm. Brownie und Tucker hatten Rayne früher einmal aus denselben Gründen wie sie den Tod gewünscht. Sie wußte, daß Brownie nicht auf Rayne geschossen hatte. Und das wies einmal mehr auf Tuck als den Schuldigen hin.

Lieber Gott im Himmel. Sie hatte sich ihm gegenüber doch klar und deutlich geäußert oder nicht? Sie hatte ihm erklärt, Rayne träfe keine Schuld und zu der Zeit, zu dem es zu den bitteren Mißgeschicken in ihrem Leben gekommen war, hätte er sich nicht einmal im Land aufgehalten. Das hatte er doch gewiß verstanden – oder etwa nicht?

»Ich möchte, daß du den heutigen Tag damit zubringst zu packen«, sagte Rayne, als er seine Hose anzog und sie zuknöpfte. »Morgen brechen wir nach Marden auf.«

»Dem Himmel sei Dank«, sagte Jo, die ihn so weit wie möglich von der Gefahr entfernt sehen wollte.

»Ich muß jetzt erst einmal in die Stadt fahren. Wir werden noch ein paar zusätzliche Männer brauchen. Ich will nicht, daß dieser Mistkerl noch eine Chance bekommt, mich zu töten.« Er kam auf sie zu und küßte sie fest auf den Mund. »Es gibt verdammt noch mal zuviel, wofür ich leben möchte.«

Schließlich konnte Jocelyn Rayne überreden, sie nach London mitzunehmen.

»Es gibt noch ein paar Dinge, die ich brauche, ehe wir aufs Land fahren.« Für sie schien erwiesen zu sein, daß sie nicht in Gefahr schwebte. Sie hatten es auf Rayne abgesehen. Nur auf Rayne.

»Du wirst natürlich Elsa mitnehmen.«

Sie zwang sich zu einem Lächeln. »Ja, natürlich.« Die Wahrheit war, daß sie Tucker finden mußte. Sie war nicht ganz sicher, wo sie ihre Suche beginnen sollte, aber wenn sie Brownie finden konnte, standen die Chancen gut, daß der Junge bei ihm war.

In einem schlichten braunen Kleid und einem schmucklosen Cape mit Kapuze eilte sie durch den Korridor, um sich Rayne im Eßzimmer anzuschließen und vor der Fahrt in die Stadt Kakao und Toast zum Frühstück zu sich zu nehmen. Sie kam gerade an Alexandras Zimmer vorbei, als die Tür aufgerissen wurde und das Mädchen mit dem kastanienbraunen Haar in den Gang trat und fast frontal mit Jo zusammengeprallt wäre.

»Guten Morgen, Alexandra.«

»Ich ... ich war gerade auf dem Weg zu dir.« Sie fummelte an den Schnüren ihres apricotfarbenen Jakonettkleids herum. »Meinst du, du hättest einen Moment Zeit für mich?«

»Ja, selbstverständlich.« Sie betraten das Zimmer des jüngeren Mädchens, das ganz in Rosa und Weiß gehalten war. Die Unmengen von Rüschen schienen ein wenig zu mädchenhaft für Alexandras siebzehn Jahre zu sein. Jocelyn merkte sich vor, daß sie mit Rayne reden sollte, damit er seiner Schwester erlaubte, ihr Zimmer neu einzurichten.

Sie sahen einander über den Aubusson-Teppich hinweg an. »Worum geht es, Alex?«

Alexandra feuchtete sich die hübschen hellroten Lippen an, und zum ersten Mal fiel Jocelyn auf, wie nervös das junge Mädchen war. Während Jocelyn sie musterte und ihr Verdacht zunahm, reckte Alex das Kinn höher in die Luft und zog die Schultern zurück, eine Geste, die Jo ein wenig an sich selbst erinnerte.

»Es scheint so, als müßte ich mich bei dir entschuldigen«, sagte Alexandra. »Ich habe gehört, was gestern nacht passiert ist... Rayne hat mir von dem Anschlag auf sein Leben erzählt. Er hat mir auch erzählt, daß du zu diesem Zeitpunkt in seinem Arbeitszimmer warst. Es sieht so aus, als hätte ich mich in dir geirrt. Was ich gesagt habe, tut mir leid. Ich hoffe, du kannst mir verzeihen.«

»Alex...«

»Ich habe mir nur solche Sorgen gemacht. Ich habe voreilige Schlußfolgerungen gezogen, obwohl ich es besser hätte wissen müssen. Mein Bruder hätte dich niemals geheiratet, wenn er sich deiner Unschuld nicht sicher gewesen wäre. Ich hätte mehr Vertrauen in ihn setzen sollen.«

Einen Moment lang sagte Jocelyn nichts. Sie wünschte sich die Freundschaft der jungen Frau, wünschte sich, von Raynes Familie akzeptiert und in sie aufgenommen zu werden.

Aber wenn sich all das auf einer Lüge begründete?

»Rayne bedeutet mir alles«, sagte Alexandra abschließend. »Ich hatte solche Angst, ich könnte ihn verlieren.«

Jo holte tief Atem. »Ich weiß, wie sehr du deinen Bruder liebst. Ich weiß, wie nah er dem Tod gewesen ist. Ich habe so grauenhafte Ängste um ihn ausgestanden, und daher weiß ich, wie dir zumute gewesen sein muß.«

Unbewußt trat Jo näher. »Du und Rayne, ihr seid für mich die einzige wahre Familie seit Jahren. Ich möchte, daß du mir vertraust, Alexandra. Ich wünsche mir mehr als alles andere auf Erden, daß wir Freundinnen werden.«

»Ich wünsche es mir auch«, sagte Alex leise.

Einen Moment lang zauderte Jocelyn. Es wäre so einfach gewesen, Alexandra in dem Glauben zu lassen... Sie holte noch einmal tief Atem. »Freundinnen belügen einander nicht, Alex. Daher werde ich dasselbe Risiko eingehen, das dein Bruder eingegangen ist. Ich werde dir die Wahrheit sagen.«

»Die Wahrheit? Was für eine Wahrheit? Ich verstehe nicht, wovon du sprichst.«

»Ich war gestern abend nicht in Raynes Arbeitszimmer, als der Schuß abgegeben worden ist. Ich war draußen im Garten. Rayne hat für mich gelogen. Er liebt mich, und deshalb hat er gelogen.« Alexandras Gesicht wurde blaß. »Aber ich sage dir, daß ich nicht versucht habe, ihn zu töten.« Sie trat näher, streckte die Hand nach ihr aus und betete, das junge Mädchen möge sie verstehen.

»Ich liebe deinen Bruder, Alex. Ich trage sein Baby in mir, und ich liebe ihn mehr als jeden anderen Menschen auf Erden. Du bist eine Frau, Alexandra, und wenn du mich ansiehst, kannst du doch bestimmt die Liebe sehen, die ich für Rayne empfinde.«

Alexandra sah forschend in ihr Gesicht und schaute dann auf ihre Hände hinunter, die sich krampfhaft umeinandergeschlungen hatten. Als sie aufblickte, funkelten Tränen in ihren betrübten grünen Augen.

»Ich kann es sehen, Jo. Ich habe es schon gesehen, als ich dir das allererste Mal begegnet bin. Selbst damals wußte ich schon, daß du ihn liebst.«

Plötzlich zog auch ein Schleier vor Jocelyns Augen.

Alexandra wischte sich die Tränenspuren aus dem Gesicht, die über ihre Wangen rannen. »Es muß dich viel Mut gekostet haben, das zu sagen, was du gerade gesagt hast. Du kannst ganz sicher sein, daß du es nicht bereuen wirst. Mein Bruder liebt dich. Ich weiß, daß ich dich auch lieben lernen werde.«

Als Jocelyn die Arme nach ihr ausstreckte, kam das jüngere Mädchen näher, und sie umarmten einander. »Danke. Du wirst nie wissen, wie groß das Geschenk ist, das du mir gerade gemacht hast.«

Alexandra nickte nur. Jocelyn löste sich mit einem letzten freundlichen Lächeln von ihr, drehte sich um und ging auf die Tür zu.

»Jocelyn?«

»Ja, Alex?«

»Glaubst du, es würde dir etwas ausmachen, mich Alexa zu nennen? All meine Freunde nennen mich so. Alle außer Rayne.«

»Alexa.« Jocelyn wirkte nachdenklich. »Ja... das ist ein hübscher Name, und ich finde, er paßt besser zu dir. Von jetzt an heißt du für mich Alexa.« Das jüngere Mädchen lächelte, und Jocelyn lächelte ebenfalls.

Nachdem sie die Tür hinter sich geschlossen hatte, ging Jocelyn durch den Korridor und stieg die Treppe hinunter. Sie hatte eine ganze Menge riskiert, als sie Alexandra ihr Vertrauen geschenkt hatte. Irgendwie hatte sie das sichere Gefühl, daß ihr Vertrauen nicht fehl am Platz gewesen war.

Sie lächelte vor sich hin, als sie das Eßzimmer erreichte. Rayne blickte auf und lächelte ebenfalls.

»Du bist heute morgen wirklich guter Dinge.«

»Ich vermute, wenn man bedenkt, was alles geschehen ist, hast du recht.«

»Würdest du mir vielleicht sagen, wie ich das verstehen soll?«

»Da wirst du Alexandra fragen müssen. Wobei mir einfällt, daß ich finde, sie sollte ihr Zimmer neu einrichten. Sie ist jetzt so gut wie erwachsen und...«

»Alex – erwachsen? Auf den Tag kannst du lange warten.«

»So weit ist es nicht mehr hin. Das versichere ich dir.«

Aber Rayne murrte nur eine Antwort vor sich hin, die sie nicht verstand. Sie nahmen die leichte Mahlzeit zu sich und brachen in die Stadt auf. In der Bond Street ließ der Kutscher die Pferde vor Grossman's Modewarengeschäft anhalten.

»Bist du auch ganz sicher, daß du die Kutsche nicht brauchst?« sagte Rayne.

Die Stoneleigh-Kutsche samt Kutscher und Gespann war so ziemlich das letzte, was sie dort, wo es sie hinzog, brauchen konnte. »Ja. Ich werde nur hier und direkt um die Ecke Einkäufe erledigen, solange du unterwegs bist.«

»Also, gut, dann treffen wir uns in zwei Stunden wieder hier.« Er küßte sie zart auf die Lippen, und eine leichte Röte stieg in ihre Wangen auf.

»Du wirst doch vorsichtig sein, ja?« fragte sie.

»Wenn ich zurückkomme, werde ich von Wachen umgeben sein. Ich bin sicher, daß ich mich so fühlen werde wie Sir Walter auf dem Weg zum Tower.«

Jocelyn lachte. »Das soll mir recht sein, solange du in Sicherheit bist.« Diesmal war sie diejenige, die auf ihn zuging und ihn küßte. »Paß auf dich auf«, wiederholte sie, als er wieder in die Kutsche stieg. Sie sah ihm nach, bis die Kutsche um die Ecke gebogen war.

»Ich muß etwas Dringendes erledigen«, sagte Jocelyn zu Elsa, die sie geduldig auf dem Bürgersteig erwartete. »Es sollte nicht allzulange dauern.«

»Aber, Mylady, Sie wollen doch sicher, daß ich mit Ihnen komme.«

Sie dachte nur einen Moment lang darüber nach. Es wäre angenehm gewesen, das Mädchen bei sich zu haben, doch ihre Chancen, Brownie und Tucker zu finden, standen beträchtlich schlechter, wenn sich den Leuten der Anblick einer Dame in Begleitung ihrer Zofe bot. Außerdem würde sie durch die engen Gassen ziehen, nach vertrauten Gesichtern Ausschau halten und Fragen an Leute von der Sorte stellen, die sich bei dem kleinsten Warnzeichen schleunigst verbargen.

»Es wäre das beste, wenn du hierbliebst. Warum siehst du dich nicht um, ob du etwas findest, was wir für unsere Reise aufs Land brauchen? Sag den Verkäufern einfach nur, daß es für Stoneleigh ist, und sie werden es ihm auf die Rechnung setzen.«

Die Aussicht, den Zaster des Vicomte auszugeben, ließ Elsa

über das ganze Gesicht strahlen. »Wie Sie wünschen, Mylady. Ich tue alles, was Sie sagen.«

»Wir treffen uns in weniger als zwei Stunden wieder hier.«

Elsa nickte und wollte sich auf den Weg machen.

»Ach, Elsa, noch etwas... falls Rayne zufällig vor mir zurückkommen sollte, dann sag ihm, ich hätte zufällig eine alte Freundin getroffen und wir seien für einen Moment miteinander fortgegangen. Sag ihm, daß ich gleich wiederkomme.«

»Was für eine alte Freundin, Madam?«

»Eine alte Freundin eben, nichts weiter. Sag ihm das, Elsa.« Jocelyn zog sich den Umhang mit der Kapuze über, den sie über dem Arm trug, hüllte sich hinein und bog um die Ecke.

Wenige Minuten später hielt sie eine Mietsdroschke an und stieg ein. Sie hatte keine Ahnung, wo Brownie wohnen könnte und ob Tucker bei ihm war, aber sie kannte einige seiner Kumpane und ein paar Orte, die er öfter aufsuchte. Irgendwo würde schon irgend jemand wissen, wohin ihre Freunde gegangen waren.

Raynes Treffen mit Harvey Malcolm nahm weit weniger Zeit in Anspruch, als er sich vorgestellt hatte. Malcolm hatte sich der Dinge angenommen und sogar bereits kompetente Wachen engagiert. Die Krönung war jedoch, daß der Mann herausgefunden hatte, wo Brownie lebte.

Rayne lächelte. Der verwahrloste alte Taugenichts war das schönste Geschenk, das er seiner süßen Frau machen konnte, und genau das hatte er vor. Vor dem vereinbarten Treffen mit ihr blieb ihm noch jede Menge Zeit. Wenn er das Glück auf seiner Seite hatte, konnte sich Brownie in der Nähe der Adresse herumtreiben, die Malcolm ihm gegeben hatte. Es war ein Kellerraum unter einem Schnapsladen in einem Innenhof zwischen der Holburn und der Gray's Inn Lane.

Er brauchte nicht lange, um dort anzugelangen. Der Gestank nach verfaulendem Fisch und menschlichen Exkrementen sagte ihm, daß er sein Ziel erreicht hatte. Im Fenster des Lokals hing ein Schild, auf dem stand: FÜR EINEN PENNY BETRUNKEN, FÜR ZWEI PENNY SINNLOS BESOFFEN, STROH STEHT GRATIS ZUR VERFÜGUNG.

Das war anständig. Ein Ort für die armen Säufer, an dem sie ihren Rausch ausschlafen konnten, und wenn sie aus der Bewußtlosigkeit erwachten, konnten sie gleich wieder von vorn anfangen. Er verspürte, wie ihm das Schuldbewußtsein einen Stich versetzte, weil er sich früher einmal selbst nicht viel besser benommen hatte, und dann fragte er sich, ob der Keller, in dem Brownie lebte, ein solcher Ort war. Er erschauerte bei dem Gedanken, daß seine Frau unter derart miserablen Bedingungen um das Überleben gekämpft hatte.

Da man den Keller angeblich vom Hof hinter dem Haus aus erreichte, ging Rayne in die entsprechende Richtung. Er kam an zwei zerlumpten Bettlern vorbei, sah die offene Tür und stieg die morsche Holztreppe hinunter. Er hatte erst zwei oder drei Stufen zurückgelegt, als er die gedämpften Flüche einer Frau hörte. Er war sicher, daß es sich um eine Nutte handelte, die in der Hoffnung, ein paar Shilling mehr für ihre Gunst zu bekommen, die Unzugängliche spielte. Er konnte hören, wie die beiden sich durch den Raum bewegten, aber es war finster im Keller, und er konnte sie immer noch nicht sehen.

Als er den unteren Treppenabsatz erreicht hatte, fiel sein Blick auf den Mann, einen Seemann mit kräftigen Muskeln und einem flachen Bauch, der grinste, während er an der kleineren Gestalt herumfummelte, die weitgehend unter ihrem Umhang verborgen war. Rayne suchte den ansonsten leeren Kellerraum nach Brownie ab, von dem jedoch keine Spur zu sehen war. Er wollte gerade kehrtmachen und war enttäuscht darüber, daß er diesen Ausflug umsonst unternommen hatte, als er die Frau schreien hörte. Sie wehrte sich im Ernst, erkannte er, eine kleine Frau mit einer Kapuze, die gegen die Mauer gepreßt war.

»Du solltest dich lieber benehmen«, warnte der Matrose sie mit einer Ohrfeige, deren Echo von den niedrigen Deckenbalken zurückgeworfen wurde.

Rayne beschimpfte sich als einen zehnfachen Idioten, als er sich zu der Frau umwandte und gerade noch sah, wie der Seemann sie auf das schmutzige Stroh stieß, sich auf sie warf und anfing, seine Hose aufzuknöpfen.

»Du verdammter Dreckskerl! Laß mich in Ruhe!«

Rayne schnappte nach Luft und war benommen bis an den Punkt absoluter Ungläubigkeit, als er die Stimme der Frau hörte, die den Mann, der sie angriff, anzischte und verfluchte. Er kannte diese Stimme, kannte nur zu gut das hübsche Gesicht, das von einer Wolke schimmernden schwarzen Haars eingerahmt war.

Wut wogte über ihn hinweg. »Waren wir nicht ursprünglich erst etwas später miteinander verabredet, meine Liebe?«

»Rayne!«

Er packte den Seemann am Genick, riß den Mann wie eine Marionette auf die Füße und schmetterte mit der Faust eine harte Rechte in sein Gesicht.

Jocelyn sprang vom Boden auf, und ihr Herz hämmerte rasend. *Rayne!* Nie hatte ihr mehr davor gegraut – und nie war sie dankbarer dafür gewesen, ihren großen, kräftig gebauten Ehemann zu sehen.

Der Matrose holte aus. Rayne wich dem Schlag aus und konnte einen weiteren kräftigen Hieb landen, der seinen massigen Gegner taumeln ließ. Rayne teilte zwei schnelle Linke und eine Rechte aus. Inzwischen hüpfte und tänzelte er; er hatte sich in seiner Kampfhaltung gelockert. Der Matrose täuschte eine Rechte vor und landete mit der Linken einen gewaltigen Schlag auf Raynes Kiefer. Rayne trat einen Schritt zurück und überraschte Jocelyn damit, daß er grinste.

Verflucht und zum Teufel! Dieser gemeine Kerl hatte seinen Spaß daran! Und doch entging ihr nicht die unverhohlene Wut in seinen Augen. Sie zuckte zusammen, als sie daran dachte, wieviel von dieser Wut sich zwangsläufig gegen sie richten mußte.

Rayne wich drei weiteren kraftvollen Schlägen aus, schien

dieses Sports allmählich überdrüssig zu werden und versetzte dem Seemann zwei Hiebe aus einer ungewöhnlich großen Distanz, die ihn in die Knie gehen ließen. Der Mann stöhnte, als eine letzte gezielte Rechte ihn auf den Rücken und in die schwarze Leere der Bewußtlosigkeit beförderte.

Jocelyn schaute von dem großen Mann auf dem schmutzigen Stroh zu dem ebenso großen Mann auf, der sich ihr näherte. In seinem Gesicht spiegelte sich Wut wider.

»Würde es dir übermäßig viel ausmachen, meine Liebe«, sagte er freundlich – viel zu freundlich, »mir genau zu sagen, was du an einem solchen Ort zu suchen hast?«

Jocelyn reckte das Kinn in die Luft, obwohl es ein wenig zu zittern schien. »Ich ... ich bin hergekommen, weil ich Brownie finden wollte. Ich habe ein paar alte Freunde nach ihm gefragt und herausgefunden, daß er hier lebt. Da ich ihn sehen wollte, bin ich hergekommen.«

»Ich sollte dich übers Knie legen.«

Sie lächelte matt. »Ich gebe zu, daß ich das wahrscheinlich verdient habe. Aber wenn du nichts dagegen hast, wäre es mir weitaus lieber, diesen trostlosen Ort zu verlassen.«

Einer seiner Mundwinkel zuckte. »Du hast mich zu Tode erschreckt. Bist du ganz sicher, daß dir nichts fehlt?«

»Ich wage zu behaupten, es sei mir schon besser gegangen.«

Rayne knurrte nur. Dann hob er sie hoch und trug sie zur Treppe. Sie schlang ihm die Arme um den Hals, um sich festzuhalten, als er die Stufen hinaufstieg, und dabei überlegte sie, was für ein Glück es doch war, daß er in diesem Augenblick hier aufgetaucht war.

Als er sie in der schmalen Gasse hinter dem Keller auf die Füße stellte, sah Jocelyn sich um und nahm ihre Umgebung wahr: stehende Wasserpfützen, Berge von modernden Abfällen, die dürre gelbgestreifte Katze, die nicht weit von der Kellertreppe eine tote Ratte verspeiste.

»Ich hatte ganz vergessen, wie grausig das alles war.«

Rayne drehte mit einer Hand ihr Gesicht um und sah sich die

Stelle auf ihrem Kiefer an, die sich schon schwarz färbte. »Wenn du jemals wieder auch nur auf den Gedanken kommst, dich an einen solchen Ort zu begeben, meine Liebe, dann sorge ich dafür, daß du es sehr bereust.«

»Es tut mir leid.«

»Es ist mein Ernst, Jo. Ich bin dein Mann. Ich habe vor, auf dich aufzupassen, damit dir nichts passiert.«

Komisch, dachte sie. Was für ein wunderbares Gefühl es doch ist zu wissen, daß jemand sich genug aus einem macht, um eine solche Drohung auszustoßen. »Du hast natürlich recht. Ich hätte nicht herkommen sollen, aber ich muß Brownie finden.«

Hinter ihnen ertönte ein rauhes Lachen. »Brownie, hast du gesagt? Wenn du Brownie suchst, Mädchen, dann schätze ich, du hast ihn gefunden.«

»Brownie!« Jocelyn drehte sich zu dem rauhen Klang seiner Stimme um und warf sich dem stämmigen älteren Mann in die Arme. Er drückte sie so fest an sich, daß sie glaubte, ihre Rippen könnten brechen.

»Kommst du zurecht?« fragte sie. »Hast du genug zu essen? Wo ist Tucker? Ist er bei dir? Ich habe mir ja solche Sorgen gemacht.«

»Glaubst du etwa, ich mir nicht?« Brownie bemerkte den blauen Flecken auf ihrer Wange, geriet in Wut und warf Rayne einen bösen Blick zu.

»Er war es nicht.« Jo lächelte liebevoll. »Wir haben geheiratet.«

Ein Teil der Anspannung fiel von Brownie ab. »So, ihr habt geheiratet? Mir scheint, du hast mir einiges zu erklären, Mädchen.«

Es dauerte nicht lange, bis sie ihm die Geschichte erzählt hatte, und die Erleichterung auf dem Gesicht des grauhaarigen Mannes erfüllte Jocelyns Herz mit Zuneigung für ihren Freund.

»Was ist mit Tucker, Brownie? Ist er noch bei dir?«

»Der Junge ist bei mir, ja. Nicht lange, nachdem sie dich fortgeschickt haben, ist er hier aufgetaucht. Er ist gerade mal schnell um die Ecke gegangen. Er sollte jeden Moment zurückkommen.«

»Jolie!« Der dünne blonde Junge entdeckte sie und eilte auf sie zu.

»Tucker!« Jocelyn lief in seine ausgebreiteten Arme und zog ihn eng an sich.

»Ich traue meinen Augen nicht.«

»Es ist schön, dich zu sehen, Tuck«, sagte sie. Der Junge musterte Rayne mißtrauisch, doch das Lächeln wich nicht von seinem Gesicht.

»Wie bist du wieder nach Hause gekommen?« fragte Tuck. »Und was, zum Teufel, hat der da hier zu suchen?«

»Rayne und ich haben geheiratet.« Jocelyn sah Tuck forschend ins Gesicht und bemühte sich, seine Gedanken zu lesen. »Das ist eine lange Geschichte. Ich hatte gehofft, daß ich dich finde. Ich… ich hatte gehofft…«

»Es ist schon gut, Kleines«, sagte Brownie liebevoll und legte eine Hand auf ihren Arm. »Der Junge hat nicht auf ihn geschossen. Das stimmt doch, mein Sohn?«

»Ich hatte Angst, du könntest glauben, ich sei es gewesen«, sagte Tuck. »Deshalb bin ich weggerannt.« Er warf einen Blick auf Rayne und wandte sich dann wieder ihr zu. »Bei Gott, Jo, ich habe nie auf jemanden geschossen. Ich hab mich eine Zeitlang ziemlich gehenlassen und einigen Mist gebaut – schließlich ist meine beste Freundin plötzlich eine Dame geworden und so weiter, aber du kannst sicher sein, daß ich mit Mord nichts am Hut habe – zumindest nicht ohne einen guten Grund.«

»Dem Himmel sei Dank.« Jocelyn streckte die Arme aus und zog ihn an sich. »Ich habe nicht wirklich geglaubt, daß du so etwas tätest, aber alles war so durcheinander… ich habe mir einfach nur Sorgen gemacht.«

»Schon gut, Jo. Mir ist es auch nicht gerade leichtgefallen, klaren Kopf zu behalten.«

Rayne legte Jocelyn einen Arm um die Schultern. »Da wir jetzt alles bereinigt haben, warum holt ihr beiden nicht eure Sachen? Meine Kutsche wartet gleich um die Ecke. Eure alten Jobs sind noch zu vergeben, falls ihr sie haben wollt.«

Brownie klatschte dem Jungen auf den Rücken. »Stell dir das mal vor, Junge! Wieder einen vollen Bauch zu haben.« Er wandte sich an Rayne. »Mich brauchen Sie nicht zweimal zu fragen.«

Tucker zögerte nur einen Moment, dann rannte er in den Keller, um seine kärgliche Habe zu holen.

»Dann haben Sie den Kerl also noch nicht gefunden, der auf Sie geschossen hat«, sagte Brownie zu Rayne.

»Leider nicht.«

»Dann ist es doch gut, daß wir da sind, stimmt's?« sagte Brownie grinsend. »Jemand muß Sie schließlich beschützen. Ich und Tuck, wir werden die Augen offenhalten. Darauf können Sie ein erstklassiges Weibsstück wetten.«

Rayne lachte, und Jocelyn bemühte sich, nicht zu erröten. Brownie würde sich niemals ändern, und in Wirklichkeit wollte sie das auch gar nicht. »Danke«, sagte sie. »Jetzt ist mir gleich viel wohler zumute.«

Jocelyn fühlte sich, als sei eine Last von ihren Schultern genommen worden. Rayne war immer noch in Gefahr, doch ihre Freunde hatten nichts damit zu tun. Morgen würden sie nach Marden aufbrechen. Sie betete glühend darum, Rayne möge dann endlich in Sicherheit sein.

26. Kapitel

Jocelyn war den ganzen Abend über nervös und unruhig. Sie war darauf versessen, nach Marden aufzubrechen und konnte den kommenden Morgen kaum erwarten, obwohl Alexandra nicht allzu glücklich über ihre Abreise war.

Alex war wieder einmal »der große Knüller«, und all ihre Freunde scharten sich um sie. Der Skandal, den die Eheschließung des Vicomte mit einem früheren weiblichen Insassen von Newgate ausgelöst hatte, begann bereits zu verblassen. Tatsächlich erhöhte *die große Ungerechtigkeit*, als die man diesen Fall inzwischen bezeichnete, nur noch Alexandras Status. Hatte ihr gutaussehender reicher Bruder etwa nicht ein entsetzliches Unrecht wiedergutgemacht? Hatte nicht schließlich die Liebe am Ende alles bezwungen?

Wenn die Frauen Stoneleigh vorher schon attraktiv gefunden hatten, dann sahen sie ihn jetzt als einen Helden von epischen Proportionen an. Wie ein Ritter in einer funkelnden Rüstung hatte er mit wenig Aussicht auf Erfolg Schlachten geschlagen, um eine holde Maid aus ihrer Notlage zu erretten. Der Vicomte und die Vicomtesse waren *der* Gesprächsstoff der oberen Zehntausend. Es bestand wenig Zweifel daran, daß ihre Namen ganz oben auf den begehrtesten Gästelisten Londons stehen würden, wenn im Frühjahr die Ballsaison begann – eine Tatsache, an die Rayne seine Schwester erinnerte, als sie sich stoisch zum Aufbruch bereit machte.

»Die Nebensaison ist fast vorüber«, sagte er freundlich. »Die tonangebende Elite wird sich schon sehr bald aufs Land zurückziehen. Du wirst der Zeit nur ein wenig voraus sein.«

»Das stört mich gar nicht weiter.« Alexandras Lächeln strahlte aus, daß sie sich edelmütig opferte. »Mir ist es wichtiger, daß du in Sicherheit bist.«

In diesem Punkt widersprach ihr niemand.

Wenn Harvey Malcolm doch bloß den Mann entdecken könnte, der eine Bedrohung für Raynes Leben darstellte, dachte Jocelyn, dann könnte endlich wieder eine gewisse Normalität in ihr Leben einkehren.

Sie berichtigte sich.

Wann war ihr Leben mit Rayne je normal verlaufen? Dennoch erwartete sie furchtsam den Tag, an dem ihr Mann endlich außer Gefahr sein würde.

Erst als sie Marden erreicht hatten, wurde ihr ein wenig wohler zumute. Das riesige Landgut war noch ganz so, wie sie es aus ihrer Kindheit in Erinnerung hatte: ein hügelige Waldlandschaft, fruchtbare dunkle Erde und gepflegte Felder. Sie war zwar damals nie in dem großen Gutshaus gewesen, doch da sie nicht weit davon entfernt in der Ortschaft gelebt hatte, erinnerte sie sich noch daran, wie das Haus in der Ferne auf der Kuppe stand und wie ein mächtiger alternder König auf seine Umgebung hinunterschaute.

William Dorset, Raynes Gutsverwalter, kümmerte sich sorgsam um die Ländereien. Das konnte sie sogar aus der Ferne schon erkennen. Das massiv gebaute weiße Haus, das sich gegen den Horizont absetzte, war doppelt so groß, wie sie es in Erinnerung hatte, und wesentlich weitläufiger. Es hatte eine Hauptfassade mit Säulen davor, aber auch zwei zusätzliche Flügel, die ein U-förmiges Hauptgebäude ergaben, das man über zwei Freitreppen erreichte.

Es gab Türme und Giebel und Nebengebäude. Capability Brown hatte die Gärten angelegt und sie so entworfen, daß sie sich in die weite, leicht hügelige natürliche Umgebung einfügten. Ein kleiner Graben, der hinter dem hohen Gras verborgen war, verhinderte, daß die Schafe zu nahe am Haus grasten.

Während sie all das betrachtete, lächelte Jocelyn und runzelte dann die Stirn, weil ihr plötzlich unbehaglich bei der Vorstellung wurde, wie leicht das Haus zugänglich war und wieviel Unterschlupf es für Angreifer bot, die sich verbergen wollten.

»Morgen führe ich dich herum«, sagte ihr Mann zu ihr, nachdem er sie den Dienstboten vorgestellt und sie in ihre weitläufige Suite geführt hatte.

Jocelyn lächelte. Mit seiner riesigen marmornen Eingangshalle, der hohen Rotunde, dem endlosen Labyrinth von Salons, kleineren privaten Salons, Eßzimmern und Wohnzimmern war das Haus noch aufwendiger als Stoneleigh. Und doch fühlte sie sich hier willkommen. Die Dienstboten schienen sich darüber zu freuen, daß ihr Herr und ihre Herrin hier ihren Wohnsitz nehmen würden, und natürlich hatte Rayne auch seine persönlichen Gefolgsleute mitgebracht, damit auch sie sich um ihr Wohlergehen kümmerten.

Dennoch war der Umzug eine Nervenbelastung. An jenem ersten Abend war Jocelyn wie ein Stein ins Bett gefallen, da sie von der langen Fahrt erschöpft war, und Rayne hatte sie allein schlafen lassen – zu ihrem großen Verdruß. Heute abend fühlte sie sich wesentlich besser. Wenn er nicht zu ihr kam, beabsichtigte sie, ihn aufzusuchen.

Sie dachte jetzt an ihn, als sie durch den von Kerzen erleuchteten Korridor zu ihrem Schlafzimmer ging. Als sie das Zimmer betrat, spürte sie, wie sich sein Baby in ihr bewegte, und sie hob die Hand, um sie auf diese Stelle zu legen.

»Mir scheint, mein Sohn macht sich bemerkbar.« Rayne stand dicht vor ihr.

Jocelyn lächelte und war mehr als nur ein wenig darüber erfreut, ihn zu sehen. »Ja.« Sie stellte sich neben ihn, nahm seine Hand und legte sie auf ihren Bauch, der immer dicker wurde. »Er wird so stark wie sein Vater werden.«

»Oder so mutig wie seine Mutter«, sagte Rayne liebevoll.

In dem Moment trat das Baby um sich und stieß mit dem Fuß gegen Raynes Hand, und sein Gesicht strahlte vor Stolz.

»Dein Kind könnte ein Mädchen sein«, warnte ihn Jocelyn.

»Das würde mich keineswegs enttäuschen.« Er beugte sich hinunter und küßte sie auf die Wange. »Und außerdem habe ich vor, ein ganzes Haus voll von diesen lärmenden kleinen Kerlchen um mich zu sehen, ehe wir miteinander fertig sind.«

Als Jocelyn lachte, glitt Raynes Mund warm über ihre Kehle und sog das leichte Vibrieren in sich auf. Dann hob er sie hoch, trug sie durch die Tür, die ihre Zimmer miteinander verband, und ließ sie an seinem großen, kräftigen Körper hinuntergleiten.

»Du hast mir letzte Nacht gefehlt.« Er preßte einen warmen Kuß auf ihren Nacken. »Dabei ist mir aufgegangen, wie verhaßt es mir ist, ohne dich einzuschlafen.« Er knabberte an einem Ohrläppchen und dann glitten seine Lippen über ihren Mund, nagten zart an ihm und ließen ihre Gliedmaßen plötzlich kraftlos einsinken.

»Rayne«, flüsterte sie ein wenig atemlos, als er sie auszog. Sie fragte sich, ob sie wohl je genug von ihm bekommen konnte.

»Wie gefällt dir dein neues Zuhause?« fragte er sie zwischen zarten kleinen Küssen.

»Mir gefällt es überall da, wo du bist.«

Diese Antwort bereitete ihm gewaltige Freude. Oder so schien es zumindest, nach der Glut seiner Berührungen zu urteilen. Sie liebten sich mit leidenschaftlicher Hingabe und dann gleich noch einmal, diesmal zärtlich. Jocelyn strich ihm sanft das feuchte braune Haar aus der Stirn, als er einschlief, doch sie selbst mied den Schlaf. *Wenn ich doch nur sicher sein könnte, daß er außer Gefahr ist.*

Dieser Gedanke ließ sie selbst dann noch nicht los, als sie sich an Rayne schmiegte.

Rayne war seit fast zwei Wochen auf seinem Landsitz, als Harvey Malcolm auftauchte. Da er voll und ganz von den Veränderungen in Anspruch genommen wurde, die vorzunehmen er sich schon vor langer Zeit entschlossen hatte, hatte Rayne den Tag damit zugebracht, die Felder mit Weißdornhecken einzufrieden und Bäume anzupflanzen. Er beabsichtigte, Schafe und Rinder dort weiden zu lassen und die geplante Rotation der Aussaat vorzunehmen. Der zweite Lord Townsend hatte Wurzelgemüse und Knollenfrüchte empfohlen, um den Boden in einem neuartigen Vierphasenzyklus bis in die Tiefe zu regenerieren. Nach allem, was Rayne gelesen hatte, war das genau das, was Marden brauchte, und er hatte die Absicht, sich darum zu kümmern, daß diese Schritte unternommen wurden.

Das bedeutete, lange Tage wie diesen auf den Feldern, doch es gab ihm das Gefühl, etwas erreicht zu haben, und er verspürte wieder die Entschlußkraft und die Zielstrebigkeit, die er im Mahagonital sosehr genossen hatte.

Wenn er auch noch so müde war, dann stockten seine Schritte doch nicht, als er sein Arbeitszimmer betrat und Malcolm die Hand reichte. Die Gefahr, die ihm täglich drohte, war ein Stachel in seiner Seele, den er entfernt sehen wollte.

»Was gibt es Neues, Malcolm? Sie haben einen ziemlich weiten Weg zurückgelegt. Bestimmt sind Sie auf etwas gestoßen.«

»Allerdings, Mylord. Das kann man wohl sagen.« Der stämmige Mann ging auf den Stuhl vor dem Kamin zu, auf den Rayne gewiesen hatte. Diesmal stand endlich etwas anderes als Frustration in den kühlen grauen Augen des Mannes. »Ich glaube, ich könnte auf exakt das gestoßen sein, wonach wir gesucht haben.«

»Sie haben den Mann entdeckt, der auf mich geschossen hat?« Rayne beugte sich auf seinem Stuhl vor.

»Höchstwahrscheinlich, Sir. Es war genauso, wie ich es befürchtet hatte. Wir haben die ganze Geschichte vom falschestmöglichen Ende aufgerollt. Es hat sich nicht um einen persönlichen Feind von Ihnen gehandelt, Mylord, sondern um einen Feind Ihres Vaters. Ich glaube, der Mann, der auf Sie geschossen hat, ist Sir Henry Ashbury.«

»Ashbury? Aber das kann nicht sein. Der Mann ist tot.«

»Ich fürchte, das ist nicht der Fall. Nach unserem letzten Gespräch habe ich beschlossen, mit dem Cousin Ihrer Ladyschaft in Cornwall zu sprechen, Barclay Peters. Die Chance, dabei auf einen Anhaltspunkt zu stoßen, war natürlich gering, aber genau das ist passiert. Sehen Sie, als ich mich nach dem Feuer in der Meacham Lane erkundigt habe, schien Peters ein übermäßiges Unbehagen zu befallen. Ich habe in dem Punkt nicht lokkergelassen, und schließlich hat er mir dann gestanden, daß Sir Henry in jener Nacht nicht gestorben ist. Der alte Mann hatte sich üble Verbrennungen zugezogen, aber irgendwie ist es ihm gelungen, den Flammen zu entkommen, nachdem das Dach schon eingestürzt war. Leider war es um seinen Verstand noch schlimmer bestellt als um seinen entsetzlich zugerichteten Körper.«

»Was ist aus ihm geworden?«

»Peters und seine Frau waren der Meinung, es sei das beste für Ihre Ladyschaft, ihr nichts über ihren Vater zu berichten. Schließlich war er gräßlich entstellt und geistesgestört. Sowie seine Verletzungen verheilt waren, hat man ihn ins Bethlehem Hospital gebracht, da er völlig den Verstand verloren hatte.«

Ins Irrenhaus. Rayne stellte sich vor, wie Jocelyn diese Nachricht aufnehmen würde, und sein Magen knotete sich zusammen. »Ich vermute, Sir Henry ist geflohen.«

»Ganz richtig, Mylord. Der Mann ist frei, seit der erste Schuß auf Sie abgegeben worden ist. Zweifellos macht er sie für alles verantwortlich, was passiert ist – anstelle Ihres Vaters, versteht sich.«

»Haben Sie eine Ahnung, wo Sir Henry stecken könnte?«

»Ich habe vor, mich noch heute abend nach Kingsbury zu begeben. Eine meiner Kontaktpersonen hat gehört, daß sich ein übel entstellter Mann in der Knight and Garter Taverne eingemietet hat.«

»Kingsbury ist weniger als einen halben Tagesritt von hier entfernt. Sie nehmen doch nicht etwa an, daß er schon wieder Jagd auf mich macht, oder doch?«

»Ich fürchte, ja, Mylord.«

Rayne zog an der Uhrkette, die aus seiner Westentasche hing. »Ich halte eine Reise zu so weit vorgerückter Stunde nicht für empfehlenswert. Da ich beabsichtige, Sie zu begleiten, schlage ich vor, daß wir bis morgen früh warten. Wir werden am frühen Morgen aufbrechen und diese Angelegenheit endlich aus der Welt schaffen.«

»Was ist mit Ihrer Ladyschaft, Mylord?«

»Ja, allerdings, was ist mit ihr?« Rayne seufzte matt und richtete den Blick fest auf Harvey Malcolms Gesicht. »Kein Wort über diese ganze Angelegenheit zu Jocelyn. Nicht, ehe es vorbei ist. Ich will nicht, daß sie sich rasend aufregt, und das wird sie zwangsläufig tun, wenn sie von der Geistesverfassung ihres Vaters erfährt.«

»Sie brauchen sich keine Sorgen zu machen, Mylord. Ich bin schon immer außerordentlich diskret gewesen.«

»Das hat mir Gravenwold gesagt.« Rayne sprang auf, und Malcolm erhob sich ebenfalls. »Ich werde meinen Butler bitten, Ihnen und dem Mann, den Sie bei sich haben, oben ein Zimmer herzurichten und Sie hinzuführen. Wir brechen im Morgengrauen auf.«

»Wie Sie wünschen, Mylord.«

Rayne wies auf die Tür, und die beiden Männer setzten sich in Bewegung. Nachdem Malcolm nach oben geführt worden war, begab sich Rayne in seine eigene Suite. Er sorgte sich um Jocelyn. Er wußte, wie gräßlich ihr zumute sein würde, wenn sie die Wahrheit über ihren Vater herausfand. Er hatte die Absicht, ihr dieses Wissen solange wie möglich zu ersparen.

Vor der Tür zu ihrem Zimmer blieb er stehen. Sie war verflucht einfühlsam, und er wollte nicht, daß sie ihm seine Sorge anmerkte. Dennoch brauchte er sie heute nacht, wie er sie auch sonst immer brauchte.

Er würde warten, bis sie ihre Lampe löschte, und sich erst dann zu ihr begeben und sie so leidenschaftliche nehmen, daß sie an nichts anderes mehr denken konnte als an die Lust, die er in ihrem Körper wachrief.

Morgen, gelobte sich Rayne, war es früh genug, und dann würde er den Problemen ins Auge sehen, die auf ihn zukamen.

Jocelyn erwachte lethargisch aus einem tiefen wohltuenden Schlummer. Rayne war gestern nacht ein so glühender Liebhaber gewesen. So leidenschaftlich, daß sie heute verschlafen hatte und er schon aufgestanden und aus dem Haus gegangen war. Schon allein bei dem Gedanken an die Nacht röteten sich ihre Wangen glühend. Er hatte sie hart und schnell genommen und dann noch einmal ganz von vorn angefangen und sie stundenlang genüßlich und langsam geliebt.

Nach einer so wilden Liebesnacht hätte sie dankbar dafür sein sollen, daß er Geschäfte in Kingston zu erledigen hatte, die ihn heute abend fernhalten würden. Im Lauf des Tages konnte sie mit den Vorbereitungen für die Galaveranstaltung beginnen, die Rayne plante. Ein aufwendiges Fest, das dazu gedacht war, ihre Hochzeit zu feiern, die Familie Garrick wieder mit dem Landadel aus der näheren Umgebung bekannt zu machen und Jocelyn als seine Vicomtesse vorzustellen.

Da ihr Mann außer Haus war, konnte sie den Abend mit Alexandra verbringen, die ihr bereits jetzt schnell als eine gute Freundin ans Herz wuchs, und dann konnte sie endlich in Ruhe lesen. Sie würde dankbar dafür sein, einen Abend lang Ruhe und Frieden zu haben.

Aber nachdem sie mit Alex – Alexa, verbesserte sich Jo mit einem matten Lächeln – zu Abend gegessen und sich in ihr Zimmer zurückgezogen hatte, um zu lesen, war Jocelyn ganz anderer Meinung.

Sie seufzte und war ein wenig frustriert. Sie vermißte Rayne jetzt schon, und er war noch nicht einmal einen ganzen Tag außer Haus gewesen. Das wies nur allzu deutlich darauf hin, wie sehr sie ihn inzwischen liebte.

Eine Woge von Schuldbewußtsein spülte über sie hinweg. Letzte Nacht hatte Rayne ihr im Lauf der Zeit des öfteren seine Liebe erklärt. Er hatte die Worte an ihren Lippen geflüstert, sie ausgesprochen, als er ihre Brustwarzen mit seiner Zunge neckte, sie zwischen kleinen Küssen gehaucht, die er ihr auf dem Weg zu ihrem geheimsten Ort auf den Bauch gepreßt hatte.

Doch sie hatte diese Worte nicht zu ihm gesagt.

Warum nicht? grübelte sie jetzt und schämte sich, da sie ohne jeden Zweifel wußte, daß diese Worte der Wahrheit entsprochen hätten. Und das nahezu von Anfang an. Warum hatte sie es ihm nicht gesagt, wenn sie doch wußte, wie sehr er sich wünschte, das von ihr zu hören?

Vertrauen, sagte sie sich nachdrücklich. Nach allem, was zwischen ihnen passiert war, mußte sie sicher sein, daß sie ihm vertrauen konnte. Sie verspottete sich dafür, daß sie sich selbst eine solche Lüge auftischte. Es gab keinen Mann auf Erden, dem sie mehr als Rayne traute.

Glühende Röte stieg in ihre Wangen auf, als ihr die bittere Wahrheit dämmerte. *Sie wollte ihn bestrafen.* Sie ließ ihn für die Wochen und Monate büßen, in denen sie gelitten hatte. Das war selbstsüchtig und unnachsichtig, und doch war es ihr nicht gelungen, es bleiben zu lassen. Jedesmal, wenn Rayne ihr seine Liebe erklärte und sie nichts sagte, zahlte sie ihm heim, was sie gezwungenermaßen hatte durchmachen müssen.

Hat Rayne denn nicht auch gelitten? wandte ihre innere Stimme ein. *Hegst du immer noch Rachegelüste, oder bist du bereit, mit der Vergangenheit abzuschließen und dem Mann, den du liebst, eine warmherzige und willige Frau zu sein?*

Lieber Gott im Himmel, seine Güte und seine Sorge um sie, seine Zärtlichkeit und seine Liebe, mit alledem hatte er doch wohl weit mehr Buße getan, als er verdient hatte.

Wie eine Wolkendecke, die nach einem Sturm aufreißt, legte sich Jocelyns innerer Aufruhr, und ihre Gedanken wurden kristallklar. Die Vergangenheit lag hinter ihnen. Sie liebte Rayne, und er liebte sie. Es war höchste Zeit, daß sie ihm das sagte.

Jo ging lächelnd durch das Zimmer, und Glück sprudelte in ihrer Brust auf. Sie konnte es kaum erwarten, Rayne zu sehen. Bei allen Heiligen, sie wünschte, er käme heute abend noch nach Hause. Das war nicht der Fall, aber heute nacht würde sie tief und fest schlafen. Ihr Entschluß war gefaßt. Endlich würde sie die letzte Last von ihrem Herzen werfen.

Es läutete dumpf drei Uhr, und die Schläge durchdrangen kaum den Nebel ihrer Träume. Es war schwer, sich Raynes Händen, die ihr Lust bereiteten, und seinen zarten Lippen zu entziehen, und doch wußte sie tief in ihrem Innern, daß all das nur eine Illusion war.

Das vage Gefühl, daß etwas nicht stimmte, wand sich seinen Weg in ihre Sinne, die Gewißheit, daß irgend etwas Seltsames geschah, was nicht sein durfte.

Jocelyns Lider öffneten sich mit mehr Mühe, als es der Fall hätte sein dürfen. Sie kamen ihr schwer und träge vor, und im nächsten Moment begannen ihre Augen zu brennen. Das war der Moment, in dem sie tief Luft in ihre Lunge einsog, doch nur um festzustellen, daß dichter Rauch in der Luft hing, die man kaum atmen konnte. Gewaltige Hustenanfälle rüttelten sie vollends wach, und mit ihnen ging das sichere Wissen einher, daß der Raum in Flammen stand.

Feuer! Gott, o Gott, oh, nein! Dichte Rauchschwaden wogten durch das Zimmer, und orange und gelbe Ranken schlängelten sich an den Vorhängen hoch und fraßen die Fransen an den Rändern des Teppichs. *Feuer!* Es gab nichts, wovor ihr mehr graute, und so war es schon seit der Nacht in dem Häuschen in der Meacham Lane. Panik durchzuckte sie, und einen Moment lang konnte sie keinen klaren Gedanken fassen. Sie saß erstarrt im Bett und starrte die Feuerwand an, die größer wurde, und zu ihrem blanken Entsetzen dämmerte ihr, daß der Rauch sie ersticken würde, ehe auch nur irgend jemand ahnen konnte, was passiert war, wenn sie nicht etwas unternahm, und zwar schnell.

Sie versuchte, einen Laut über die Lippen zu bringen, strengte sich an, einen Schrei auszustoßen, doch der Laut blieb in ihrer Kehle stecken, so erstarrt wie ihre zitternden Arme und Beine.

Du kannst nicht einfach dasitzen – tu etwas! Aber ihr Körper streikte, und das Feuer schlich sich immer näher. Wo steckten die Hausangestellten? Warum war niemand gekommen, um sie zu holen? In einem entlegenen Winkel ihres Verstandes ging ihr auf, daß das Feuer in diesem Flügel des Hauses ausgebrochen sein mußte und daß die anderen es noch nicht bemerkt hatten.

Sie war die einzige, die sich der gräßlichen Gefahr bewußt war.

In ihrem Hinterkopf brachen andere Flammen aus und bündelten sich zu Glutbällen. Das lodernde Feuer verschlang ihr kleines Wohnzimmer, züngelte zu den Dachbalken auf, ließ die

Wände einstürzen und vernichtete jede Spur der Welt, die sie bis dahin gekannt hatte. Das Tosen der Flammen erfüllte ihre Sinne, konnte aber nicht die Schreie übertönen. Die gepeinigte Stimme ihres Vaters durchdrang sogar das Knistern des zersplitternden Holzes, das zu Boden fiel und Geräusche von sich gab, die so laut wie Schüsse waren.

Sie hätte ganz einfach dort sitzen bleiben, sich an das Grauen dieses Augenblicks vor langer Zeit erinnern und die sich anschleichende Feuerschranke anstarren können, wenn das Baby sich nicht bewegt hätte. Sein Lebenswille schien ihren eigenen jedoch bei weitem zu übertreffen, und in der Stille ihres Geistes rief die zarte Stimme des Babys nach ihr.

Gott, o Gott, nicht mein Kind. Mit dem Instinkt, den tausend vorangegangene Generationen an sie überliefert hatten, überwand Jocelyn ihre entsetzliche Angst und setzte sich in Bewegung, um das Baby zu retten, das sie in sich trug. Die Vorhänge standen in lodernden Flammen und versperrten den Weg durch die Fenster, aber selbst wenn es nicht so gewesen wäre, hätte der Boden viel zu tief unter ihrem Fenster gelegen. Was wäre dem Baby dann zugestoßen?

Sie ließ sich auf den Boden sinken, hielt sich mit einer zitternden Hand den Bauch und kroch unter dem Bett hindurch zur Tür. Feuer züngelte an dem Bettgestell hinauf, doch selbst das Knistern der Flammen und die Dicke des schweren Holzes konnten die Schreie der entsetzten Dienstboten nicht dämpfen, die jetzt deutlich zu vernehmen waren. Jocelyn zog ihr Nachthemd aus dem Weg und griff nach dem Türknopf, ließ ihn jedoch mit einem Schrei wieder los, als sie sich an dem glühenden Metall die Finger verbrannte. Sie bückte sich, um schnell Atem zu holen, und dann lief sie zur Kommode, griff nach einem kleinen Leinenhandtuch, das neben der Waschschüssel lag, schlang sich das Tuch um die zitternde Hand, kroch wieder zurück und riß die Tür auf.

»Jocelyn!«

»Gütiger Gott, Mylady!« Diese Ausrufe kamen von Alexandra und einer Schar von hysterischen Hausangestellten, die auf der anderen Seite eines drei Meter breiten Lochs im Fußboden des Korridors gegen die Flammen ankämpften.

Der Westflügel des Hauses war die reinste Hölle. Die Mauern brannten, orangerote Flammen zischten an den Rändern der dicken Perserteppiche entlang, die Decke loderte und glühte, und natürlich war der bedrohliche dichte schwarze Qualm, den man nicht atmen konnte, allgegenwärtig.

»Sie dürfen nicht versuchen, zu uns rüberzukommen!« schrie Farthington, als hätte dazu auch nur die geringste Möglichkeit bestanden. »Sie müssen umkehren!«

Jocelyns Magen knotete sich zusammen. »Aber ich... ich kann nicht zurück!« Inzwischen würde ihr Zimmer von Flammen verschlungen sein.

»Lauf durch den Korridor zurück!« rief Alexandra. »Versuch, ein Schlafzimmer zu finden, das nicht in Flammen steht.« Feuer versengte den Korridor hinter ihr, doch der Fußboden war noch intakt – oder zumindest das, was sie vom Boden sehen konnte, ehe alles hinter dichten schwarzen Rauchschwaden verschwand.

»Ich kann nicht! Ich schaffe es nicht!« Aber es gab mehr zu bedenken als nur ihre Ängste. Sie mußte an Raynes Kind denken. Sie konnte es nicht einfach sterben lassen.

»Du mußte es schaffen, Jo!« flehte Alexandra. »Wir werden versuchen, über den Dienstbotenaufgang zu dir zu kommen. Du mußt es wenigstens bis ans andere Ende des Korridors schaffen!« Der dicke kastanienbraune Zopf flog hinter ihr her, als Alex sich abwandte und, gefolgt von einem halben Dutzend tränenüberströmter Dienstboten, die Haupttreppe hinunterrannte.

»Eilen Sie sich, Mylady!« rief Farthington. Er und die anderen kämpften immer noch gegen das Feuer, damit es sich wenigstens auf den Flügel beschränkte, in dem sie festsaßen. Dennoch konnten sie unmöglich zu ihr gelangen. »Eilen Sie sich!«

Jocelyn hustete, weil ihre Lunge voll Rauch war. In ihrem

Bemühen, Atem zu holen, kauerte sie sich hin und betete um Kraft, und dann hielt sie sich den Saum ihres Nachthemds vor den Mund und lief barfuß durch den Rauch und die Hitze in dem Korridor. Hinter den ersten drei Türen lagen Zimmer, in denen das Inferno tobte, und mit jedem gescheiterten Versuch sank Jocelyns Herz tiefer.

Ihre Augen tränten, und das kam nicht nur von dem wogenden schwarzen Rauch. Wenn sie nicht bald einen Ausweg fand, würde sie es nicht schaffen. Ihr Leben in den Flammen zu lassen, die ihr Fleisch zerfraßen, war eine gräßliche Todesart – das wußte sie aus erster Hand –, und doch dachte sie in allererster Linie an Rayne. Er würde sein Kind niemals zu sehen bekommen und nie wissen, wie sehr sie ihn liebte.

Die Tränen strömten jetzt ungehindert, eine Flutwelle, gegen die sie machtlos war, doch das spielte jetzt schon keine Rolle mehr. Der Rauch war so dicht, daß sie keinen Zentimeter weit sehen konnte. Sie tastete die Füllung einer Tür hinter sich ab, während sie an der Wand entlangschlich, der schmale Dienstbotenaufgang, der nach unten führte? Warum waren die anderen nicht gekommen, um sie zu holen?

Als sie um die Ecke bog, bekam sie die Antwort auf diese Frage. Eine lodernde Flammenwand versperrte ihr den Weg, während sich eine zweite züngelnde Barriere von hinten an sie heranschlich.

Es gab keinen Ausweg, keinen Unterschlupf, keinen Fluchtweg. Es war der schlimmste aller Alpträume, und er war wahr.

Jocelyns Herz pochte wie tausend schmerzliche Trommelschläge, und dann begann es, langsamer zu schlagen. Eine gräßliche und doch nur zu willkommene Taubheit begann einzusetzen. Bald würde es vorüber sein, wenn auch bei weitem nicht schnell genug. Würde sie es tapfer hinnehmen? Sie wollte nicht mit einem lauten Schrei sterben, nicht so, wie ihr Vater gestorben war.

Sie betete darum, daß sie keine Schande über sich bringen würde.

Sie zitterte von Kopf bis Fuß, und ihr war schlecht vor Angst, als sie einen letzten Rest an Mut sammelte und ihre Worte zu der Treppe schrie, die sich irgendwo hinter den haushohen Flammen verbergen mußte.

»W-wenn mich jemand hören kann, sagt Rayne, daß ich ihn liebe! Sagt ihm, daß ich nie aufgehört habe, ihn zu lieben. Sagt ihm, daß ich ihn ewig lieben werde!«

»Das kannst du ihm selbst sagen«, ertönte eine tiefe männliche Stimme durch den dichten heißen Rauch und das Feuer.

»Rayne!« Sie konnte sein Gesicht unter der rußigen Decke nicht sehen, die er sich um den Kopf geschlungen hatte, doch die große Gestalt, die auf sie zukam und sie in die Falten eines riesigen nassen Tuchs hüllte, war unverwechselbar. Er selbst war ebenfalls in ein nasses Laken gewickelt. Er wartete keine Antwort ab und konnte nicht wissen, daß sich Hoffnung mit dem größten Entsetzen vermischte, das sie je erlebt hatte – der gräßlichen Furcht, Rayne könnte ebenfalls in den Flammen ums Leben kommen.

Sie war sicher, daß sie beide jeden Moment verloren sein würden, als sie spürte, wie Raynes Arm sich um sie schlang und sie in die Flammenflut hineinstieß, und dann hob er sie hoch, trug sie durch das Feuer und stieg mit ihr die schmale brennende Treppe hinunter.

Hitze glühte in ihrer Lunge und versenkte die Haare auf ihren Armen. Die nasse Decke glimmte, schwelte und zischte, doch er lief einfach weiter. Hustend und keuchend trat er auf eine brennende Treppenstufe, und das glimmende Holz gab unter seinem Stiefel nach. Jocelyn stieß einen Schrei aus; Rayne fluchte grimmig, fand wieder Halt und sprang über die beiden nächsten Stufen.

Im Stockwerk darunter stand es nicht viel besser. Sie fanden eine Masse von lodernden Gardinen und Wandbehängen und glimmenden Teppichen vor. Rayne lief keinen Moment lang langsamer, und seine energischen Schritte trugen sie unbeirrt weiter. Dann lichtete sich der schwere Rauch, und die Dienstboten jubelten, während Alex lauthals schluchzte, als sie die letzte Treppe hinunterkamen.

Brownie und Tucker waren da. Ihre Gesichter waren von dem Kampf gegen das Feuer rußgeschwärzt, doch beim Anblick der beiden stießen sie Rufe der Freude und Erleichterung aus.

»Sie ham's geschafft, Mann! Sie haben mein kleines Mädchen gerettet!« Brownie wischte sich eine Träne von der Wange, und Tucker stieß ein Freudengeheul aus.

»Sie ist jetzt mein Mädchen«, sagte Rayne mit glühendem Besitzerstolz und drängte sie alle, sich aus dem Haus und in Sicherheit zu begeben. Er blieb erst stehen, als sie frische Luft einatmen konnten. Die Dienstboten gingen zurück, um das Feuer einzudämmen, das sich jetzt nicht mehr ganz so schnell ausbreitete, da es einen älteren Teil des Hauses erreicht hatte, der aus dicken Steinmauern erbaut war.

Jocelyn schaute über Raynes breite Schulter hinweg in die Flammen. Als sie ein Stück weit vom Haus entfernt in Sicherheit waren, blieb er unter den ausladenden Ästen einer Platane stehen und stellte sie behutsam auf die Füße.

»Ist alles in Ordnung mit dir?«

»Du bist gekommen, um mich herauszuholen«, sagte sie leise. »In dem Moment, in dem ich gerade den letzten Funken Hoffnung aufgegeben hatte, bist du gekommen.«

Rayne küßte ihre Augen, ihre Nase und ihren Mund. »Ich bin gekommen, um dich zu holen, und es war nicht das erste Mal. Und ich werde immer für dich da sein. Ich würde mein Leben dafür geben, dich zu beschützen, Jo.«

»Ich liebe dich, Rayne. Ich liebe dich ja so sehr.« Sie legte ihre Handfläche auf seine Wange und spürte seine rauhen Bartstoppeln. »Das, was ich oben gesagt habe, war mein Ernst. Ich habe nie aufgehört, dich zu lieben. Selbst dann, als ich es wollte, konnte ich es nicht. Ich habe dich immer geliebt, Rayne.«

Rayne schlang die Arme noch enger um sie und küßte sie zart auf den Mund. »Ich habe geglaubt, ich hätte dich verloren.« Ein

Beben durchrieselte seinen Körper. »Ich habe nie in meinem ganzen Leben größere Angst ausgestanden.« Rayne setzte sich unter den Baum und zog sie auf seinen Schoß.

Er küßte ihr Haar. »Sag das noch einmal, ja?«

Jo lächelte ihn liebevoll an. »Ich liebe dich. Ich hätte es dir schon eher sagen sollen. Ich wollte es dir sagen, als wir in dem Stadthaus gewohnt haben.«

Rayne küßte sie zärtlich und löste sich dann von ihr. »Ich habe dir auch etwas zu sagen. Ich würde alles auf Erden dafür geben, es dir nicht sagen zu müssen.«

Sie sah ihm ins Gesicht.

»Es war dein Vater, Jo. Er ist der Mann, der auf mich geschossen hat.«

»Mein Vater? Aber...«

»Er ist in jener Nacht nicht in den Flammen umgekommen. Zumindest sein Körper hat das Feuer überlebt – sein Verstand dagegen leider nicht.«

»M-mein Vater hat versucht, dich zu töten?«

Rayne nickte. »Malcolm hat recht gehabt. Wir waren auf der falschen Fährte. Als er sich mit Barclay Peters unterhalten hat, ist er hinter die Wahrheit gekommen. Er hat erfahren, was damals tatsächlich passiert ist und daß Peters den Wahnsinn deines Vaters vor dir geheimgehalten hat.«

Er brachte ihr so schonend wie möglich bei, daß ihr Vater eingesperrt worden, aber dann geflohen war.

»In Sir Henrys Geistesverfassung waren mein Vater und ich ein und dieselbe Person und gleichermaßen der Verbrechen schuldig, die er uns unterstellt hat. Er hat das Haus angezündet, Jo.«

»Was?«

»Dein Vater war der Brandstifter. Malcolm und ich sind in der Hoffnung nach Kingston gefahren, ihn dort zu finden. Als wir dort angekommen sind, haben wir erfahren, daß er bereits fort war. Wir haben vermutet, daß er sich auf den Weg hierher gemacht hat, aber wir waren nicht hundertprozentig sicher. Als wir seinen Umwegen auf die Spur gekommen sind, hatte er schon einen Vorsprung von ein paar Stunden. Ich war so dumm zu glauben, solange ich nicht im Haus bin, seist du in Sicherheit.«

Er schaute wieder auf die einstürzenden Überreste des Westflügels, der dort rot glühte, wo die Decke und etliche Böden eingestürzt waren. »Ich kann Gott nur danken, daß ich nicht zu spät erschienen bin.«

Jocelyn preßte sich zitternde Finger an die pochenden Schläfen. Ihre Brust fühlte sich bleischwer an, und ihr Herz tat unerträglich weh.

»Wo ist er?«

Rayne zog sie schützend enger an sich. »Er hat es nicht geschafft, aus dem Haus zu kommen, Jo. Malcolm hat ihn hineingehen sehen. Er war so schrecklich vernarbt, daß kein Irrtum bestehen konnte, wer er war.«

Sie stieß einen leisen wimmernden Laut aus. »Lieber Gott im Himmel.«

»Malcolm hat versucht, ihn zu erreichen, aber ich glaube nicht, daß er vorhatte, das Haus zu verlassen. Ein Balken ist auf ihn gestürzt. Harvey glaubt, daß er schon tot war, ehe die Flammen auch nur bei ihm angelangt sind.«

Jocelyns Finger krallten sich in Raynes Jackett. Sie begrub ihr Gesicht an seiner Hemdbrust, und Tränen strömten über ihre Wangen.

»Weine ruhig, mein Liebes. Laß die Tränen fließen. Die Vergangenheit liegt jetzt hinter uns. Sowie du dich von ihr gelöst hast, können wir weitermachen.«

Jocelyn hob den Blick und sah in das schöne Gesicht ihres Mannes. Wenn er auch noch so erschöpft zu sein schien und sein Gesicht von Ruß verschmiert war, dann spiegelte sich in seinen besorgten Zügen doch die Liebe wider, die er für sie empfand. Sie wußte, daß dieselbe Liebe in ihren eigenen Augen leuchtete.

»Ich liebe dich, Rayne.«

Er küßte sie zart. »Ich werde es nie müde werden, diese Worte von dir zu hören.«

»Ich liebe dich«, sagte sie, und Rayne küßte sie. Er wußte, daß es die Wahrheit war.

Epilog

Jamaika, 1809

Ein weiterer gräßlicher Schrei zerriß die Luft und dann noch einer und noch einer, jeder von ihnen lauter als der vorangegangene.

»Es ist fast vorbei«, sagte Jocelyn beschwichtigend und wischte den Schweiß von Chitas feuchter Stirn. »Du darfst nur nicht aufhören zu pressen. Du machst das schon gut.«

»Der Kopf ist schon fast draußen«, sagte Dolly. »Das Schlimmste ist gleich vorbei, Lämmchen. Noch einmal kräftig pressen, und dann bist du durch.«

Chita tat, was ihr gesagt wurde; sie atmete schwer und kämpfte gegen die Wogen von Schmerz an. Es war zwar schon ihre zweite Entbindung, aber diese Geburt war wesentlich schwieriger gewesen als die vorangegangene. Ihr kleines Mädchen hatte sie vergleichsweise mühelos zur Welt gebracht. Dieses stämmige Kind von Paulo schien hartnäckiger zu sein.

»Pressen!« sagte Jo.

»Ich presse doch.« Erschöpft und entmutigt stieß Chita einen Schwall von spanischen Flüchen aus, doch als sie das nächste Mal drückte, hatte das endlich Erfolg. Der winzige Körper schlitterte feucht in Dollys wartende Hände.

»Du hast es geschafft, Lämmchen!«

Während Jocelyn die Nabelschnur durchschnitt und damit zu tun hatte, die Nachgeburt zu entfernen, klatschte Dolly dem Kind auf den Hintern. In dem Moment, in dem es ein kräftiges Brüllen von sich gab, wurde die Tür aufgerissen, und Paulo stürmte herein.

»Was ist los? Was ist passiert?«

Jocelyn lachte. »Genau das, was zu erwarten war. Du bist der Vater eines gesunden kleinen Jungen.«

»Und Chita? Ist alles in Ordnung mit ihr?«

»Ihr fehlt nichts, Paulo.« Jocelyn hielt das Baby hoch, das in eine Decke gewickelt war. »Schwarzhaarig und dunkelhäutig, genau wie sein Vater.«

Paulos ohnehin schon breite Brust schwoll noch mehr an. Er sah sich sein Kind ganz genau an, eilte an Chitas Bett, beugte sich hinunter und küßte sie. »*Obrigado* – ich danke dir, meine entzückende Frau.« Er grinste die Frauen dämlich an. »Und euch auch, meine lieben Freundinnen.«

In dem Moment kam Rayne durch die offene Tür herein. »Dann hast du jetzt also einen Sohn, stimmt's?« Er ging durch das Zimmer und klopfte seinem Freund auf den Rücken. »Ein Spielgefährte für Andrew Augustus. Ich gratuliere dir.«

Er wandte sich mit einem strahlenden Lächeln in Jocelyns Richtung. »Ich vermute, mein Liebes, das heißt, wir sollten uns besser ans Werk machen und ein Mädchen kriegen, mit dem die kleine Serena spielen kann.«

Serena war Chitas erstes Kind und Paulos größte Freude – abgesehen von seiner Frau, versteht sich –, die er hemmungslos zeigte.

»Ich finde, es wäre besser, wenn ihr jetzt alle geht. Mein armes kleines Lämmchen muß sich eine Weile ausruhen.«

Jocelyn drückte Chitas Hand, und Dolly legte ihr das Baby in die Armbeuge. Paulo blieb an der Seite seiner schlafenden Frau, doch alle anderen verließen das Zimmer, und Dolly machte sich auf den Weg ins Kinderzimmer, um nach dem kleinen Andrew zu sehen. Rayne schloß leise die Tür hinter sich.

»Hättest du auch gern ein kleines Mädchen?« fragte er Jo, sowie sie allein miteinander waren.

»Du weißt doch, wie sehr ich mich darüber freuen würde.«

»Warum sehen wir dann nicht zu, ob wir nicht einfach eins machen können?«

Jocelyn lächelte. Lieber Gott, wie sehr sie ihn doch liebte. Seit der Nacht des Brandes hatte sich ihre Liebe zu ihm verzehnfacht.

Natürlich hatte sie um ihren Vater getrauert, doch die Zeit, die sie brauchte, um sich von ihrem Kummer zu erholen, war kürzer, als sie erwartet hatte. Sie hatte sich bereits vorher vier Jahre lang mit seinem Tod herumgeschlagen und nahm diesen Verlust jetzt endlich hin. Dieser andere Mann war ein Fremder. Sie grämte sich, weil er soviel gelitten haben mußte, doch mit der Zeit war sie in der Lage, all das der Vergangenheit zuzurechnen.

Das Feuer war eingedämmt worden, ehe es das Haus verheeren konnte, und nur der Westflügel war zu Schutt und Asche heruntergebrannt. Er war in einer noch prächtigeren Form wiederaufgebaut worden – mit etlichen Zusatztreppen.

Jocelyn spürte Raynes Arme um ihre Taille, als er sie zu ihrem Zimmer zog. »Was ist mit Alexandra? Sie muß jeden Moment nach Hause kommen.« Alexa besuchte eine Nachbarin auf Tamarind. Sie hatten sie aus dem Haus geschickt, damit sie Chitas furchtbare Schreie nicht hörte. Alexandra hatte schon genug durchgemacht, die Arme.

»Sie wird schon allein zurechtkommen«, sagte Rayne. Er küßte Jo ausgiebig. »Komm schon.«

Alexa hatte sich endlich von einer Tragödie erholt, von der sie persönlich betroffen gewesen war – dem Tod ihres Freundes Peter Melford –, doch es hatte sie fast zwei Jahre gekostet, darüber hinwegzukommen. Lord Peters Tod hatte sie verändert, da sie sich selbst die Schuld daran gab, daß er sich erschossen hatte, obwohl man ihr den Selbstmord des jungen Mannes wohl kaum zur Last legen konnte. Er war in sie verliebt gewesen, ja, das schon, aber schließlich war die Hälfte aller jungen Männer in ganz London auch in sie verliebt gewesen.

Es besagte nur Gutes über ihren Charakter, daß diese Geschichte sie so schwer getroffen hatte.

»Komm schon, Liebling«, sagte Rayne einschmeichelnd.

»Letzte Nacht hast du meinen Körper schwer in die Mangel genommen, und heute bin ich dran.«

Er knabberte an ihrem Ohr und biß sie zart in den Nacken, und auf ihrem Arm bildete sich Gänsehaut.

»Schon gut, schon gut, du hast gewonnen.« Sie drehte sich in seinen Armen um und küßte ihn.

»Ich habe gewonnen? Was habe ich denn gewonnen?«

»Du darfst dich für die letzte Nacht rächen. Ein *süße* kleine Rache.«

Er sah sie an und lächelte. »Ich dachte, du fändest, die süßeste Rache überhaupt sei die, einfach nur glücklich zu sein.«

Jocelyn lächelte ebenfalls. »So ist es, mein Liebling. Es gibt niemanden auf Erden, der das besser weiß.« Um ihm ganz deutlich zu zeigen, wie weise sie war, zog Jocelyn ihn lockend in ihr Zimmer.